EDIÇÕES BESTBOLSO

## *Com vinho e sangue*

Janet Dailey (1944-2013) nasceu em Iowa, nos Estados Unidos. Sempre amou livros e quis ser escritora. Nos anos 1970, vendeu seu primeiro manuscrito para editora Harlequin, tornando-se sua primeira autora americana. Escreveu um total de 57 livros, dos quais cinquenta formaram a coleção "Janet Dailey American Series". Em 1998, já tinham sido vendidos mais de 80 milhões de exemplares de seus romances. Seu primeiro sucesso que esteve na lista de best-sellers do New York Times foi *A carícia do vento*, publicado em 1979, também disponível pela BestBolso. Outras obras famosas são *Orgulho e castigo, Uma terra encantada, Caminho sem volta* e *Jura secreta*.

# Com vinho e sangue

Tradução de
MARIA LUIZA DA SILVA PINTO

1ª edição

RIO DE JANEIRO – 2014

CIP-BRASIL. CATALOGAÇÃO NA PUBLICAÇÃO
SINDICATO NACIONAL DOS EDITORES DE LIVROS, RJ

Dailey, Janet, 1944-2013

D133c   Com vinho e sangue / Janet Dailey; tradução Maria Luiza
da Silva Pinto. – 1ª ed. – Rio de Janeiro: BestBolso, 2014.
12 × 18 cm.

Tradução de: Tangled Vines
ISBN 978-85-7799-130-3

1. Ficção americana. I. Pinto, Maria Luiza da Silva. II. Título.

CDD: 813
14-10525                                    CDU: 821.111(73)-3

*Com vinho e sangue*, de autoria de Janet Dailey.
Título número 372 das Edições BestBolso.
Primeira edição impressa em junho de 2014.
Texto revisado conforme o Acordo Ortográfico da Língua Portuguesa.

Título original norte-americano:
TANGLED VINES

Copyright © 1992 by Janet Dailey.
Publicado mediante acordo com Baror International Inc, Nova York, Estados Unidos.
Copyright da tradução © by Distribuidora Record de Serviços de Imprensa S.A.
Direitos de reprodução da tradução cedidos para Edições BestBolso, um selo da
Editora Best Seller Ltda. Distribuidora Record de Serviços de Imprensa S. A. e
Editora Best Seller Ltda. são empresas do Grupo Editorial Record.

www.edicoesbestbolso.com.br

Design de capa: Simone Villas-Boas.

Todos os direitos reservados. Proibida a reprodução, no todo ou em parte, sem
autorização prévia por escrito da editora, sejam quais forem os meios empregados.

Direitos exclusivos de publicação em língua portuguesa para o Brasil em formato
bolso adquiridos pelas Edições BestBolso um selo da Editora Best Seller Ltda. Rua
Argentina 171 – 20921-380 – Rio de Janeiro, RJ – Tel.: 2585-2000.

Impresso no Brasil

ISBN 978-85-7799-130-3

# 1

Uma van trazendo o logotipo "News Four" da emissora local da NBC, em Nova York, estava estacionada junto ao meio-fio, a uma curta distância de Playmates Arch, no Central Park. Ali, ao longo do caminho, uma equipe de filmagem ocupada preparava-se para transmitir, ao vivo, uma reportagem local para o *Encontro às cinco*. Atrás das barricadas móveis erguidas pelos seguranças do parque, uma multidão de curiosos acompanhava todo o trabalho no calor sufocante daquela tarde de agosto.

Uma antiga música de realejo, vinda do carrossel do parque, ecoava acima do zumbido do gerador da van quando Kelly Douglas saiu do veículo com ar-condicionado. Atuando pelos últimos dois anos como um dos âncoras do telejornal noturno da NBC, ela estava agora toda maquiada, o cabelo acaju preso em uma trança.

– Oi, Kelly. – Eddy Michels, um dos membros da equipe técnica, aproximou-se a passos lépidos, parando ao alcançá-la. – Nossa, que forno! – Enxugou a face suada no ombro da camisa. – Deve estar fazendo uns 38ºC na sombra.

– No mínimo – concordou Kelly e ergueu as mãos. – Bem-vindo a Nova York, a sauna estival da natureza.

– Tem toda razão. – Fez menção de virar-se, então mudou de ideia. – Eu queria lhe dizer... que adorei a entrevista que fez no outro dia com aquela burocrata, a Blaine. Você realmente a deixou toda perdida e sem resposta quando assinalou as muitas discrepâncias do relatório dela. Mas não devia ter ficado com pena e recuado.

Kelly sorriu e balançou a cabeça em discordância amigável.

– Aprendi, lá em Iowa, a não travar uma batalha de sagacidade com um oponente que gastou toda a munição. Especialmente um oponente com amigos poderosos.

Ele deu uma risadinha e concordou.

– É, esse é um bom motivo.

– Eu sei. – O sorriso ampliou-se quando o preveniu: – O meio mais rápido de ganhar um inimigo para o resto da vida é fazê-lo de tolo deliberadamente.

– Suponho que também aprendeu isso quando morou em Iowa – brincou Eddy.

– Naturalmente – replicou Kelly com a expressão mais séria do mundo, depois riu e foi juntar-se à equipe no caminho que levava ao arco.

Ao aproximar-se da equipe, foi reconhecida, e uma voz masculina gritou em meio à multidão de curiosos:

– Ei, Kelly, não está preocupada em vir ao Central Park?

– Só com você – apressou-se a rebater e sorriu, automaticamente esquadrinhando com os olhos a multidão para localizar o dono da voz.

Um idoso se achava bem afastado dos outros, o rosto de perfil, o cabelo escuro entremeado de mechas grisalhas. Vestia uma camisa xadrez e uma calça verde desbotada, com vincos bem marcados.

As roupas, o sorriso de um sarcasmo atrevido...

Kelly ficou gelada ao vê-lo, o medo paralisando-a enquanto imagens velozes lhe brotavam na mente: um punho projetando-se com força, a dor explodindo em arcos lívidos e ardentes, silenciando um grito incipiente, os bruscos empurrões de mãos brutais, o bafo de uísque, uma vozinha assustada soluçando. "Não me bata, papai. Não me bata", uma saraivada de xingamentos violentos, o cheiro e o gosto de sangue.

Encarou-o fixamente, o rosto pálido de choque, a mente disparando em pânico. Como a encontrara? Como, depois de todos aqueles anos? Ela construíra uma nova vida. As pessoas gostavam dela, respeitavam-na. Bendito Deus, não podia deixá-lo arruinar isso. Não podia deixar que a magoasse de novo. Não podia.

– Kelly, qual é o problema? – indagou uma voz. – Você está branca como um fantasma.

Kelly não conseguiu responder. Não conseguiu afastar os olhos dele. Então o homem virou-se, permitindo que ela visse melhor o seu rosto. Não era ele. Ela sentiu uma onda de alívio.

Por fim, Kelly foi capaz de focalizar a mulher diante de si, uma das assistentes de produção.

– É o calor – mentiu, algo que fazia com muita habilidade. – Não se preocupe.

Tranquilizada pela cor que retornava ao rosto de Kelly, a mulher assentiu com a cabeça.

– Patty Cummings, do zoológico do Central Park, está aqui. Achei que você talvez quisesse vê-la antes de irmos ao ar.

– É lógico.

Kelly virou-se para dar uma olhadela no homem, confirmando que não era ele. Como poderia ser? Ele continuava vivendo na Califórnia. Lá em Napa Valley. Ela estava a salvo. Não tinha nada com que se preocupar. Absolutamente nada.

A VINHA ARDIA no calor do sol de agosto, as videiras estendendo-se ao longo das encostas escarpadas da montanha em filas ordenadas, as raízes enterradas bem fundo no solo pedregoso, daí retirando umidade e o gosto distinto da terra. O terreno era improdutivo, incapaz de nutrir qualquer outra colheita, porém, mesmo assim, das uvas daquela vinha viera um dos melhores vinhos em todo Napa Valley – se não do mundo, segundo alguns.

O vinho Rutledge, produzido com as uvas Rutledge, cultivadas na terra dos Rutledge.

Um jipe de cor mostarda, com a insígnia da vinícola Rutledge Estate pintada nas portas, achava-se em uma extremidade da vinha, estacionado no acostamento gramado de uma estrada de terra batida. Sam Rutledge caminhava devagar para o veículo, parando uma vez ou outra, entre as videiras, para examinar um cacho de uva quase amadurecido.

Aos 36 anos, tinha vincos contornando os lados da boca e abrindo em leque no canto dos olhos em rugas profundas, mas os anos não apagavam o leve salpicar de sardas que apareciam sob o bronzeado intenso do rosto largo e irregular. Usava calça de sarja castanho-amarelada e camisa de cambraia azul, os punhos enrolados expondo os antebraços definidos. Um chapéu marrom castigado pelo tempo, do tipo que estava em moda na década de 1940, protegia os olhos da ofuscante luminosidade do sol.

Ao aproximar-se do final da fila da videira e do jipe, Sam Rutledge parou e abaixou-se para pegar um punhado de terra, uma mistura de poeira e pequenas pedras.

Aquela era a terra dos Rutledge, a mesma das videiras. Sua vida girava em torno delas. Era assim que queria que fosse.

Ainda com a terra na mão, Sam ergueu a cabeça e virou-se para contemplar o vale estreito juncado de vinhas. Os desfiladeiros agrestes e o espinhaço das montanhas Mayacamas estendiam-se a oeste, uma réplica da cordilheira costeira que formava uma muralha na parte leste do vale. O verde-escuro das coníferas e dos carvalhos cobria seus declives e contrastava vividamente com o amarelo pálido das pastagens tostadas pelo verão.

O monte Santa Helena situava-se na cabeça do vale, o pico arredondado lançando-se nas alturas para dominar o horizonte ao norte. Acima de tudo isso, arqueava-se o dossel azul de um céu sem nuvens. Esta era uma região de chuvas esparsas e sol implacável, de nevoeiros refrescantes vindos do Pacífico e calor crestante, de rochas e cinzas vulcânicas e do sedimento de uma vida marinha muito antiga. Sam encarava tudo isso como uma provação da natureza.

Os dedos fecharam-se sobre a terra pedregosa na palma da mão, apertando-a com força por um momento, depois abrindo-se enquanto ele virava a mão para deixá-la escorrer a para chão. Quando batia a poeira das mãos, ouviu um veículo na estrada. No mesmo instante, perguntou-se quem teria deixado o portão principal aberto. O público não tinha livre acesso a Rutledge Estate. Só havia excursões à vinícola com hora marcada, e raramente sobrava tempo para esse tipo de coisa.

O ruído foi se transformando no nítido ronco de um carro. Um Buick Le Sabre verde e branco, fazendo curvas na estrada e largando atrás de si uma espessa nuvem de poeira. O ronco do motor rompeu a quietude da vinha.

Sam reconheceu o carro com dez anos de uso antes mesmo de divisar o sinal magnético na almofada da porta, onde se lia: VINHEDO DA REBECA . Só havia um carro como aquele no vale inteiro, e pertencia a Len Dougherty, bem como os dez acres aos quais Dougherty dava o nome de VINHEDO DA REBECA. Na última vez que Sam vira o lugar, ele parecia mais uma selva do que uma vinha. O que não o surpreendera. Len Dougherty só se disfarçava de vinhateiro; sua verdadeira profissão era a bebida, com uma briga como passatempo ocasional.

Sam não tinha qualquer simpatia pelo homem e piedade alguma por seus atuais problemas financeiros. Este sentimento estampava-se em seu rosto quando o Buick estremeceu ao parar abruptamente, cantando pneu. A poeira envolveu o carro e se espalhou.

– Onde ela está? – Len Dougherty meteu a cabeça para fora da janela, o rosto repleto de rugas contorcido de raiva. – Droga, perguntei onde ela está.

– Presumo que se refere a Katherine.

Por força do hábito, Sam sempre chamava a avó pelo nome. Ao aproximar-se do jipe, não precisou adivinhar o motivo para Dougherty querer vê-la. Era óbvio que recebera o aviso da execução hipotecária.

– Você sabe muitíssimo bem a quem me refiro – retorquiu o homem, os olhos se apertando em fendas estreitas. – E vou lhe dizer o mesmo que direi a ela. Vocês não vão tirar aquela terra de mim. – Desviou o olhar, como sempre incapaz de encarar qualquer um de frente por muito tempo. – Aquela vinha é minha. Vocês não têm nenhum direito de tomá-la.

– Qualquer advogado aqui no condado vai lhe afirmar o contrário, Dougherty – replicou Sam sem se perturbar. – Você tomou dinheiro emprestado em Rutledge Estate e assinou uma primeira hipoteca da terra como garantia. Agora está atrasado nos pagamentos e estamos executando a hipoteca. Tudo muito simples e legal.

– Ladrões legais, é o que quer dizer – rebateu Dougherty, e pisou no acelerador com raiva, fazendo girar os pneus carecas, que levantaram cascalho e mais poeira antes de ganharem tração, e o carro disparou.

Sam seguiu com os olhos a onda de poeira até o carro sumir no alto da colina. Tirou o chapéu e penteou com os dedos o cabelo espesso, castanho-claro. Havia esperado que Dougherty reagisse à notificação com indignação e violência. Mas, na sua opinião, violência era de fato o estado de abandono em que Dougherty deixara a terra, o modo como a largara ao deus-dará.

Os dez acres de terra no passado haviam sido parte de Rutledge Estate. Então, uns sessenta anos atrás, o pai de Dougherty morrera em um acidente inesperado na vinícola, deixando a viúva grávida, sem dinheiro nem lugar para morar. Por compaixão e senso de dever, Katherine doara à viúva uma pequena casa na propriedade e os dez acres da vinha que a rodeavam.

No que competia a Sam, era hora de fazer aquela terra voltar aos domínios de Rutledge Estate. Ao empurrar o chapéu para trás, olhou para o sol. Aquela hora do dia, Dougherty encontraria Katherine na vinícola com o velho Claude.

Sam subiu no jipe e acomodou o corpo alto e esguio no banco do motorista, depois partiu na mesma direção de Dougherty, mas sem se preocupar em salvar a avó. Mesmo aos 90 anos, Katherine era mais do que capaz de lidar com Len Dougherty. Ou com qualquer outra pessoa, diga-se de passagem.

UM BOSQUE DE medronheiros com tronco cor de canela sombreava o pátio de terra batida fora da vinícola, em Rutledge Estate. Construída havia mais de cem anos, era uma estrutura maciça de tijolos castigados pela intempérie que se elevava a três andares e meio de altura. A cúpula no topo do telhado fornecia o único adorno às linhas severas da construção.

Um par de pesadas portas de madeira marcava a entrada principal da vinícola. Uma estava aberta, e foi por ela que passou Katherine Rutledge, a bengala de ébano com castão de prata tocando o chão a cada passo. Era uma mulher miúda, mal pesando 45 quilos. Caminhava com os ombros perfeitamente aprumados, a postura sempre correta, um fato que fizera mais de uma pessoa afirmar que ela possuía uma coluna vertebral de ferro.

O tempo tingira de um branco imaculado o cabelo antes negro. Quando recém-casada, Katherine usava-o cortado bem curto no estilo elegante da época; agora estava penteado em uma versão antiquada que lhe emoldurava o rosto em ondas suaves. Um rosto que permanecia relativamente liso, apesar da idade. As feições eram delicadas, quase frágeis – até que a fitassem nos olhos. Existia uma espécie de poder naquelas profundezas azul-escuras, do tipo que se originava de uma combinação de inteligência e determinação.

Claude Broussard estava ao seu lado. Quinze anos mais jovem do que Katherine, era chefe da adega de Rutledge Estate desde a época em que a Lei Seca fora revogada. Era um francês atarracado com mãos grandes, ombros largos e um peito ainda maior. A idade havia-lhe engrossado a cintura e tornado grisalho o cabelo rebelde, mas seu andar, tal como o de Katherine, conservava-se firme, e sua força lendária, em nada fora reduzida. No último inverno, depois que um barrilete cheio de vinho tombara do estrado em uma empilhadeira de forquilha, os trabalhadores da vinícola observaram com admiração Claude levar ao ombro o barrilete de trinta galões e recolocá-lo no estrado.

– Um homem chamado Ferguson apareceu aqui na vinícola hoje de manhã – informou Claude a Katherine. – Comprou a vinha plantada por Cooper. Queria nos vender suas uvas.

– Que absurdo. – Sua resposta foi imediata, a voz ainda apresentando o tom cantante da escola europeia de aperfeiçoamento para moças. – Como poderíamos comprar as uvas dele, se não sabemos quais são suas matrizes? Plantei cada videira nesta propriedade, cuidei delas, vi as mudas crescerem e amadurecerem. O vinho Rutledge é fabricado apenas com as uvas Rutledge. Se este homem nos procurar de novo, pode lhe informar isto.

Em um gesto de plena concordância, Claude Broussard fez que sim com a cabeça.

– Como quiser, madame.

Sempre a chamara assim, desde que se conheceram na França, quando era um mero rapaz. Nunca madame Rutledge. Certamente nunca Katherine. Para Claude, ela fora sempre e simplesmente Madame. Um título ao qual os outros aderiram havia anos. Não era incomum que o pessoal da indústria se referisse aos vinhos engarrafados sob o rótulo de Rutledge Estate como o vinho da Madame. Na década posterior à revogação da Lei Seca, essa referência fora usada em tom de troça, numa zombaria de suas tentativas de produzir um vinho tinto que rivalizasse com o grande Bordeaux da França. Quando seus vinhos começaram a vencer os testes de degustação às cegas, derrotando aqueles famosos *châteaux*, a expressão passou a ser mencionada com respeito e, mais frequentemente, com inveja.

Uma boa parte do mérito cabia a Claude como *maître de chai*, chefe da adega. Sabendo bem disso, ele empertigou a cabeça um pouco mais. Mas seu ar de satisfação evaporou-se quando um velho Buick entrou no pátio da vinícola e parou com um espocar do motor. Uma fina camada de poeira cobria a superfície muito encerada do velho carro, diminuindo seu brilho. Claude lançou uma olhadela preocupada para Katherine.

Uma expressão de aversão tomou suas feições quando ela viu Len Dougherty descer do carro. Apagou do rosto qualquer vestígio desse sentimento quando ele se aproximou.

Seus olhos percorreram por breves instantes o cabelo que começava a embranquecer e o rosto enrugado. A calça verde-oliva ostentava vincos bem marcados nas pernas, e a camisa de listras estava rigidamente engomada. A aparência ainda era tudo para Len Dougherty.

– Você não pode fazer isso. – Parou diante dela. Aplicara Aqua Velva com fartura nas faces bem barbeadas, mas não o bastante para disfarçar o cheiro de uísque. – Não pode me tomar a vinha. A terra é minha. Aquilo me pertence.

– Se deseja impedir que eu reclame a propriedade, Sr. Dougherty, basta pagar o que me deve. A terra será sua.

– São mais de 35 mil dólares. – Dougherty desviou os olhos, um brilho úmido neles, o queixo cerrado, as mãos trêmulas. – Não tenho como pôr as mãos em uma quantia dessas antes do fim de outubro. Preciso de mais tempo. – O protesto trazia um toque familiar de adulação. – Não tem sido fácil para mim desde que perdi minha esposa...

– Já faz uns vinte anos que ela morreu. – A voz de Katherine era como um cristal partido, afiada o bastante para cortar até o osso quando assim o desejava. E desejava agora. – Já explorou o suficiente a morte dela. Não espere lucrar mais nada com isso.

Ele corou. A infusão de cor por breves instantes eliminou a palidez doentia de sua pele.

– Você é uma megera fria e sem coração. Não é de admirar que seu filho Gil a odeie.

Uma pontada aquela de dor atingiu-a na mesma hora. O tipo de dor que só uma mãe pode entender, quando é odiada por um filho. Uma dor que, longe de abrandar-se com o decorrer dos anos, havia se aprofundado, exatamente como se aprofundara com o tempo o ódio de Gilbert pela mãe.

Incapaz de negar a afirmação de Dougherty, Katherine ficou tensa, empertigando-se ainda mais.

– Meu relacionamento com Gilbert não é assunto que desejo discutir com o senhor.

Dougherty marcara um ponto e sabia disso.

– Deve morrer de raiva por saber que a vinícola dele é em tudo tão bem-sucedida quanto Rutledge Estate. Quem sabe... daqui a alguns anos, The Cloisters talvez seja ainda maior.

Um jipe cor de mostarda entrou no pátio e estacionou à sombra dos medronheiros. Pelo canto do olho, Katherine viu o neto, Sam Rutledge, descer do veículo.

– Não vejo a relevância das suas observações, Sr. Dougherty. – Erguendo a bengala, Katherine indicou os papéis na mão dele. – Já recebeu o aviso. Ou paga tudo que me deve ou perde a vinha. A escolha é sua.

– Maldita seja – xingou ele com amargura. – Acha que me derrotou, não é? Mas vai ver só. Antes que a deixe pôr as mãos na minha propriedade, coloco fogo em tudo.

– Faça isso – retrucou Sam ao juntar-se ao grupo. – Vai nos poupar o trabalho de desbastar o terreno com uma máquina de terraplenagem. – Para Katherine, disse: – Sobrevoei o local sábado passado, no Cub. – Cub era o antigo biplano de dois lugares que Sam recolocara em condições de voo havia dois anos. – Lá de cima, pude perceber que ele deixou tudo crescer sem controle. A vinha agora virou uma selva de ervas daninhas, videiras e mato.

– Não pude evitar – apressou-se Dougherty a protestar, na defensiva. – Minha saúde não anda bem ultimamente.

– Vá – ordenou Katherine com rispidez, concedendo a Dougherty um olhar de fúria gélida. – Estou cansada das suas eternas lamúrias e velha demais para perder meu tempo precioso ouvindo-o. – Virou-se para Sam. – Leve-me para casa, Jonathon.

Inadvertidamente, chamou Sam pelo nome do pai, e Sam não se deu o trabalho de corrigi-la. Era um rapazola de 14 anos quando o pai morrera 22 anos antes. Desde então, Katherine enganava-se vez ou outra e o chamava de Jonathon. No correr dos anos, Sam aprendera a ignorar o fato.

Acompanhou Katherine até o jipe, ajudou-a a acomodar-se no banco do carona, depois contornou o veículo até o lado do motorista. Ao sentar-se atrás do volante, ouviu-a suspirar com impaciência.

– Pensando em Dougherty? – perguntou Sam, olhando-a de relance enquanto girava o volante e conduzia o jipe por um caminho ladeado de árvores. – Tenho a sensação de que ele vai nos causar algum tipo de problemas antes que tudo termine.

– Dougherty não me preocupa. Não pode fazer nada.

A rispidez da voz deixou claro que o assunto estava encerrado; não haveria mais discussão. A mente de Katherine podia fechar portas desse jeito para coisas, sentimentos ou pessoas. Como fizera ao excluir o tio Gilbert de sua vida, lembrou-se Sam quando o jipe percorria ligeiro a alameda estreita.

Sam estava no colégio interno na época do rompimento. No vale, surgiram uma centena de versões do que acontecera, e uma infinidade de causas foram sugeridas para o fato. Qualquer uma podia ser verdadeira. Seu pai nunca discutira o caso com ele, e Katherine certamente nunca o mencionava.

Por intermédio dos advogados, ela comprara toda e qualquer participação do filho no negócio da família logo após o rompimento. Gil usara tais recursos, junto com o dinheiro dos investidores, para comprar uma vinha abandonada a menos de oito quilômetros de Rutledge Estate e construir uma vinícola em estilo monástico, batizada como The Cloister; depois lançou um vinho com o mesmo nome, fazendo concorrência direta e aberta com os vinhos da mãe.

Mais de uma vez Sam presenciara encontros acidentais entre os dois em um evento qualquer de vinicultores. Um estranho jamais suspeitaria que eram mãe e filho, e menos ainda que haviam cortado relações. Não demonstravam nenhuma hostilidade ou animosidade. Katherine o tratava como a qualquer outro vinicultor conhecido ao qual se limitava a cumprimentar com a cabeça – quando se dignava a reconhecer sua existência. A rivalidade, porém, estava lá. Não era segredo para ninguém.

– Falei com Emile hoje de manhã – contou Katherine. Emile era, naturalmente, o barão Emile Fougère, dono do Château Noir, na famosa região francesa do Médoc. – Ele vai comparecer ao leilão de vinhos em Nova York na próxima semana. Combinei de nos encontrarmos lá.

Seus dedos fecharam-se em torno do castão entalhado da bengala – um lembrete constante da própria mortalidade, algo que Katherine fora forçada a encarar no ano anterior, após ficar imobilizada por duas semanas devido a uma queda que lhe causara uma grave contusão no quadril e na coxa.

Durante o afastamento, Katherine decidira assegurar o futuro de Rutledge Estate. Por mais doloroso que fosse admiti-lo, tinha dúvidas sobre se a propriedade ficaria segura nas mãos do neto.

Lançou um rápido olhar de avaliação para Sam. Ele possuía os músculos fortes do pai, seu peso e compleição física. Havia uma calma fria nos olhos castanho-claros e dureza nas feições. E, apesar de tudo isso, nunca demonstrara nenhum orgulho dos vinhos que levavam o nome de Rutledge Estate. E sem orgulho não havia paixão; sem paixão, o vinho tornava-se tão somente um produto.

Sob tais circunstâncias, não lhe restara outra alternativa senão procurar alguém fora da família. Na última primavera, tinha entrado em contato com o atual barão do Château Noir e proposto um arranjo comercial que ligaria as duas famílias em um empreendimento para a produção de um grande vinho em Rutledge Estate.

Já teriam chegado a um consenso, não fosse a interferência de Gil, propondo um acordo semelhante com o barão. Tudo para contrariar e irritar a mãe, Katherine tinha certeza.

– Naturalmente, você me acompanhará a Nova York – comunicou a Sam que se encaminhava para o lado do carona e ajudava-a a sair do jipe.

Katherine virou-se para a casa e parou, observando-a. Era uma estrutura imponente, construída vinte anos antes do fim do século XIX pelo avô do seu falecido marido. Uma cópia exata dos grandes *châteaux* da França, elevava-se a dois andares e meio de altura. Trepadeiras arrastavam-se pelas paredes de velhos tijolos rosados, suavizando as linhas severas. Chaminés pontuavam as abruptas inclinações do telhado de ardósia, e as janelas tinham divisões longas e estreitas com vidraças presas em caixilhos de chumbo. Era a imagem de uma riqueza e origens familiares enraizadas em uma longa tradição.

A porta de entrada, de sólido mogno hondurenho, abriu-se e a sempre vigilante governanta, a Sra. Vargas, adiantou-se. Trajada com um uniforme preto engomado, usava o cabelo grisalho preso em um coque.

– Aquele tal de Dougherty esteve aqui hoje cedo exigindo vê-la – declarou a governanta com uma fungadela desdenhosa, indicando o que pensava da exigência. – Acabou indo embora quando lhe informei que a senhora não estava em casa.

Katherine limitou-se a assentir com a cabeça, enquanto Sam a conduzia para os degraus de mármore na entrada.

– Mande Han Li preparar um chá e servi-lo no terraço – ordenou, depois relanceou os olhos para Sam. – Vai se juntar a mim?

– Não. Tenho umas coisas para fazer.

Ao contrário de Katherine, Sam não estava tão convencido de que Len Dougherty não causaria problemas.

Sóbrio, o homem era bastante inofensivo. Mas bêbado, todos sabiam que ficava violento, e a violência podia ser desencadeada contra propriedades ou pessoas. Sam queria assegurar-se de que não fosse contra Rutledge.

O TRÂNSITO CONGESTIONAVA as ruas no centro comercial de Santa Helena. A Main Street, com sua imagem perfeita de cartão-postal, era orlada de construções de pedra e tijolos do início do século XX, uma coleção de lojas graciosas e restaurantes da moda. Um Toyota com placa de Oregon saiu de sua vaga, avançando bem na frente do Buick de Dougherty. Praguejando, este meteu o pé no freio e a mão na buzina.

– Esses malditos turistas enxameiam por aqui que nem moscas-das-frutas – resmungou. – Julgam-se os donos de tudo, igualzinho aos Rutledge.

Este pensamento fez o pânico voltar, trazendo consigo um gosto acre à boca e a desesperada necessidade de uma bebida.

Com alívio, Dougherty avistou o cartaz da cerveja Miller na vitrine de uma maltratada construção de tijolos. As letras desbotadas em cima da porta identificavam o estabelecimento como Ye Olde Tavern, mas os moradores do lugar que o frequentavam costumavam chamá-lo de Bar do Eddy Grandão.

Deixando o carro estacionado em uma vaga em frente ao bar, Dougherty entrou. O ar cheirava a tabaco rançoso e drinques derramados.

Eddy Grandão estava atrás do balcão. Ergueu os olhos quando Dougherty entrou, depois tornou a virar-se para um aparelho de televisão instalado na parede. Estavam transmitindo um programa de teste de conhecimentos com prêmios. Eddy Grandão adorava esse tipo de programas.

Dougherty ocupou seu banco costumeiro, na ponta do balcão.

– Quero um uísque.

Eddy Grandão desceu do banco, enfiou a mão embaixo do balcão e pôs um copo pequeno e uma garrafa de uísque diante de Dougherty, depois voltou ao seu posto e ao programa da TV. Dougherty tomou a primeira dose em um só trago, quase não sentindo a ardência. Com mão mais firme, encheu outra vez o copo. Engoliu a metade, depois pousou o copo, o uísque escorrendo pela garganta como lava. A notificação de execução hipotecária que guardara no bolso da camisa furava-lhe o peito.

Trinta e cinco mil dólares. Não mudaria nada se fossem trezentos mil. Não tinha a menor chance de ter todo esse dinheiro em mãos tão cedo.

Malditos olhos, pensou, lembrando-se do gélido e penetrante olhar a trespassá-lo. Virou o restante do drinque e encheu de novo o copo até a borda, puxando-o para si.

Perdeu a noção do tempo ali sentado, uma das mãos segurando a garrafa, e a outra, o copo. Pouco a pouco foram chegando mais fregueses habituais. Dougherty notou que a garrafa estava aproximadamente pela metade no mesmo instante em que notou que o nível das vozes elevava-se para competir com a televisão. O rosto de Tom Brokaw aparecia na tela.

As pernas de um banco arranharam o chão perto dele. Olhou de relance para o lado quando Phipps, o repórter de olhos empapuçados e gorda papada que trabalhava no jornal local, sentou-se no banco junto do seu.

– Ei, Eddy Grandão – chamou um homem de uma das mesas. – Mais duas cervejas aqui.

– Certo, certo – grunhiu o dono do bar.

Dougherty lançou um olhar sarcástico por cima do ombro para um mecânico de macacão sujo de graxa sentado com um pintor de roupa borrada de tinta branca. Simples operários, todos eles, pensou com desprezo. Marcando cartão de ponto, deixando que os outros lhes dissessem o que fazer. Ele, não. Ninguém lhe dava ordens, era seu próprio patrão. Mas que droga, possuía uma vinha. Ele...

Lembrou-se do papel no bolso e sentiu-se mal. Não podia perder a terra. Era tudo o que lhe restava. Sem isso, onde iria morar? O que faria?

Precisava impedir que os Rutledge lhe roubassem a propriedade. Precisava descobrir um meio de arranjar o dinheiro. Mas como? Onde?

Nada dera certo para ele. Nada. Pelo menos, desde a morte de Becky. Sua bela Rebecca. Tudo amargara em sua vida após tê-la perdido.

Sentindo de novo esse gosto amargo, Dougherty virou a dose de uísque. Ao fazê-lo, seu olhar incidiu na tela da televisão.

– *Em uma cena que relembra o atentado contra o presidente Reagan* – estava falando Tom Brokaw –, *o senador pelo estado de Nova*

*York, Dan Melcher, foi ferido hoje à noite, e um policial baleado. Kelly Douglas tem mais informações para nós de Nova York.*

A figura de uma mulher brilhou na tela. A noite escurecia as bordas da imagem, dominada pela intensa iluminação na entrada de emergência de um hospital ao fundo. Ela estava de pé diante da entrada, uma espécie de inquietação expressa nas feições fortes e angulosas que, por um breve instante, atraiu a atenção de Dougherty.

Baixou os olhos quando ela começou a falar.

– *Tom, o senador Dan Melcher está sendo operado de emergência para a retirada de uma bala que o atingiu no peito...*

Aquela voz. Levantou a cabeça depressa. O tom baixo, o suave timbre de autoridade. Não podia haver nenhum engano. Ele a conhecia. Conhecia aquela voz tão bem quanto a sua. Tinha de ser ela.

O rosto daquela mulher, porém, não estava mais na tela, substituído pela imagem de um homem de meia-idade que saía de um carro preto, depois sorria e acenava para a câmera, ignorando os gritos furiosos dos manifestantes na rua. Havia apenas a voz dela – aquela voz, falando por cima das imagens.

– *Desde a sua eleição para o Senado, há dois anos, Dan Melcher tem sido alvo de muita controvérsia. Suas opiniões quanto aos direitos civis e a favor do aborto provocaram uma clamorosa oposição. Hoje à noite, esta oposição tornou-se violenta.*

A voz calou-se enquanto uma mulher irrompia da multidão portando cartazes.

– Assassino! – gritou, e começou a atirar.

A confusa sucessão de imagens subsequentes foi difícil de acompanhar. Um assessor segurou o senador que caía; um policial tombou; curiosos debandaram em meio a gritos de pânico; alguém agarrou a mulher, e outro policial a derrubou no chão. A cena foi seguida por um close do senador inconsciente, o sangue espalhando-se no branco da camisa social. Depois, o corte para uma tomada em que ele era colocado na ambulância.

Então, a mulher voltou a aparecer.

– *Acabamos de receber a informação de que o policial baleado morreu devido aos ferimentos. A polícia prendeu a agressora. Sua identidade não foi liberada. As acusações estão em curso.* – Fez uma pausa momentânea, depois acrescentou: – *Kelly Douglas, NBC, Nova York.*

Dougherty franziu o cenho. Ela não parecia mais a mesma. O semblante era o mesmo: o cabelo acaju, os olhos verde-escuros. E aquela voz, sabia que não estava equivocado. Mudara muito em dez anos. Tinha até um nome diferente, adotando o da mãe. Mas a voz não mudara. Era ela. Tinha de ser.

Dougherty não desgrudava os olhos da televisão, cego ao comercial patriótico do café Maxwell House que estava no ar. Ao seu lado, Phipps resmungava com Eddy Grandão.

– E chamam isso de jornalismo. Em um jornal, ninguém conseguiria escrever uma matéria de quinta categoria como essa e se safar numa boa.

Mas Eddy Grandão deu de ombros em um gesto de desinteresse.

– Uma imagem vale mil palavras.

– Que imagem? – zombou Phipps. – Um rosto bonito diante de uma câmera, fingindo ser uma repórter. Acredite em mim, todo esse pessoal dos telejornais é pago e valorizado com exagero.

Len Dougherty ouvia a conversa quase sem prestar atenção. Estava confuso, a mente em turbilhão. Fez menção de levantar o copo, então abruptamente empurrou-o para o lado e desceu do banco. Precisava pensar.

## 2

Kelly fez a tomada final ao vivo. Manteve a pose e a posição até vir o sinal de que a transmissão estava concluída. As luzes apagaram e ela baixou o microfone, abandonando o ar calmo e ligeiramente grave que exibia no ar, um brilho de triunfo iluminando-lhe os olhos e curvando-lhe os lábios em uma expressão satisfeita.

O produtor, Brad Sommers, desceu da van de filmagem carregado de equipamentos. Brad, 30 e poucos anos, vestia uma calça cáqui e camisa xadrez de manga curta – no estilo country de Nova York –, uma concessão ao calor sufocante de uma noite de agosto na cidade. Kelly estava empolgada demais com a cobertura da matéria para reparar no ar abafado.

Brad ergueu o polegar para Kelly e a equipe.

– Nossa reportagem apareceu no noticiário da rede na Costa Oeste.

Uma versão que era sempre atualizada com notícias para compensar as três horas de diferença.

– Conseguimos, pessoal. – Afogueada com a sensação de sucesso e a ansiedade em compartilhá-la, Kelly sorriu para seus dois colegas. – Lá em Iowa, de onde vim, isto é o que chamamos de "um presente caído dos céus" – declarou, com uma piscadela.

– Certo, mas foi uma pena que não saísse em rede nacional.

Rory Tubbs, 40 e poucos anos, careca e corpulento, tirou a câmera do ombro e pousou-a no chão.

– Sim, aquela mulher escolheu uma hora bem inoportuna – zombou o técnico de áudio, Larry Maklosky.

Rory corou, percebendo que seu comentário soara duro e insensível ante o trágico acontecimento que deixara um policial morto e um senador gravemente ferido. Certo distanciamento emocional era necessário a todos que trabalhavam no ramo jornalístico. Seu serviço era registrar os fatos quando ocorressem, não reagir a eles. Isso podia vir depois.

– Não foi isso que eu quis dizer – rebateu na defensiva. – Só que nada do que fiz antes saiu no noticiário nacional.

– Talvez ainda saia no de amanhã à noite – ponderou Larry com um sorriso malicioso, sempre pronto a atazanar Rory por qualquer coisa. Agora que o pegara de jeito, não iria desistir. – Só precisa rezar para que o senador morra.

– Quer parar com isso, pelo amor de Deus?

Rory fuzilou-o com um olhar de aviso.

– Por falar no senador, vou checar se veio mais alguma informação da cirurgia – comunicou Kelly, plenamente consciente de que aquela história ainda não tinha terminado.

Brad Sommers a deteve.

– Eu vou. Dê uma relaxada. Preciso mesmo comer alguma coisa. A esta altura, já devemos ter o nome da mulher.

Kelly não discutiu. Mas também não pretendia abandonar por completo o estado de alerta máximo.

– Traga café. Preto – gritou-lhe quando ele saía.

– E uma pizza – acrescentou Rory, brincalhão.

Juntando-se aos dois, Larry levou as mãos em concha à boca e gritou seu pedido para o produtor que se afastava.

– Vou querer hambúrguer com batatas fritas e um milkshake de chocolate.

O estômago de Kelly roncava de fome. Ignorou-o, algo que aprendera a fazer. Em um ramo em que a câmera acrescentava uns cinco quilos a qualquer pessoa que focalizasse, a dieta era uma constante para todos, exceto uma minoria. Kelly não pertencia a essa minoria.

Quando virou-se, Larry tirou um cigarro do maço e ofereceu-lhe. Kelly pegou-o e abaixou-se para perto da chama do isqueiro. Inclinando a cabeça para trás, soprou a fumaça e puxou o cabelo acaju para cima por alguns instantes.

– Você gravou umas cenas bem fortes, Rory.

O entusiasmo e a admiração expressos em sua voz eram bastante sinceros.

Ele deu um sorriso breve e luminoso, depois balançou a cabeça.

– Sabe, quando penso nisso, ainda não consigo acreditar que consegui gravar a coisa toda. Lembro quando Melcher saiu acenando e sorrindo. Girei a câmera direto para os manifestantes a fim de pegar a reação do público. De repente, aquela mulher surge do nada... – Fazendo uma pausa, franziu o cenho. – Como ela passou pela polícia? Algum de vocês a viu?

– Eu não – respondeu Kelly com uma ponta de pesar. – Infelizmente, estava olhando em outra direção.

– Acho que os policiais estavam concentrando demais a atenção no sujeito que parecia um lutador com cara de poucos amigos – opinou Larry, depois olhando de relance para Rory. – Vi uma parte do vídeo quando estavam editando. Você notou que chegou até a ter a arma bem enquadrada quando ela começou a disparar?

– Achei que ela estava carregando alguma coisa, mas pensei que fosse um tomate podre ou um ovo. – Rory sorriu. – Fiquei animado ao pensar que poderia fazer uma tomada de um tomate se esborrachando na cara de Melcher. Mas um tiro... – Balançou a cabeça e suspirou, e sua expressão tornou séria quando ergueu os olhos para Kelly. – Sabe que por pouco não gravamos nada? Se você não quisesse dar um pulinho até lá...

Ela o interrompeu, contradizendo-o:

– Se *você* não me contasse sobre os manifestantes.

– Se o segurança do parque não mencionasse os manifestantes – aderiu Larry ao coro, acrescentando mais um *se* à série.

– Vamos admitir – declarou Kelly com ironia. – Foi pura sorte.

Rory lançou-lhe um longo olhar de reflexão, depois sorriu.

– Não sei... Acho que havia algum instinto infalível envolvido. O seu.

A observação era um elogio e tanto, vindo dele. Kelly sorriu, comovida mas também embaraçada.

– Sou imune a bajulação, Rory. Vamos fazer um trato e chamar de instinto *de sorte*.

– Tem razão, Tubbs – intrometeu-se Larry na conversa. – Parece que ela tem faro para as notícias. Suponho que isso significa que teremos de parar de chamá-la de Pernas e começar a chamá-la de Faro.

Kelly estremeceu ao ouvir esta observação e reclamou:

– Qual é o problema com vocês, hein? Por que sempre escolhem apelidos que se referem a alguma parte do corpo? Aqui é Pernas. Em St. Louis, olharam para meu cabelo e passaram a me chamar de Ruiva.

– Que falta de imaginação – criticou Larry com Rory. – Mas isso é bem coisa de St. Louis.

– E Pernas é muito mais criativo, suponho – zombou ela, apreciando o bate-boca amigável e a camaradagem.

– É mais sexy – replicou Rory com um sorriso.

– Vou contar a Donna que você disse isso.

Kelly fez a ameaça com a cara mais séria do mundo e o mais leve brilho nos olhos.

– Nem pense nisso – protestou Rory, depois começou a vasculhar no bolso. – Acho melhor eu ligar para ela enquanto ainda tenho chance. Rory Junior a tem deixado muito nervosa. Seus dentes estão nascendo.

Rumou para o hospital. Kelly o viu desviar-se de uma ambulância que chegava e relembrou o elogio dele sobre seu instinto. Não estava certa se fora mesmo o caso. Simplesmente parecera lógico gravar umas tomadas da manifestação.

Já estavam no Central Park fazendo uma tomada externa ao vivo para uma reportagem do *Encontro às cinco*. Fazia parte da campanha de verão da emissora exaltar Nova York. Periodicamente, uma parte do telejornal era transmitida direto do estúdio, e a outra de locais em algum ponto de Nova York. Já haviam usado antes o zoológico, no Bronx e o Shea Stadium, no Queens. Daquela vez, o lugar fora o Central Park, com Kelly e o meteorologista à mão, e a transmissão fora concluída sem uma única falha.

Enquanto estavam guardando o equipamento, Rory começara a tagarelar com um dos guardas. O segurança mencionou por alto que manifestantes estavam se reunindo no restaurante Tavern on the Green, no parque. Iria para lá assim que o pessoal da TV arrumasse tudo e partisse.

Quando Kelly entrou na van para voltarem ao estúdio, Rory passou-lhe a informação, tratando-a tão somente como uma fofoca interessante.

Kelly de imediato sugeriu:

– Por que não damos um pulinho lá, já que estamos tão perto? Não precisamos voltar logo ao estúdio.

Se Kelly tivesse tido tempo de analisar seus motivos para sugerir tal coisa, eles teriam sido bem válidos: Melcher era uma figura polêmica no cenário político de Nova York; abundavam rumores de que estava de olho na mansão do governador, e suas opiniões ultraliberais haviam inflamado o setor conservador do estado. Tudo isso significava que o senador Dan Melcher era uma matéria em andamento, com potencial para tornar-se importante no futuro. O vídeo do protesto poderia ser útil como material de arquivo para uma posterior reportagem em profundidade sobre o senador, ainda que não se mostrasse interessante, por si só, para merecer uma maior cobertura.

Como produtor, Brad Sommers podia ter vetado a ideia, mas deu de ombros em um gesto indiferente de "Vamos nessa".

Rory e Larry colocaram a câmera e o equipamento de áudio na van e entraram no veículo com Kelly e o motorista. Pegando a Center Drive, contornaram o parque em direção ao Tavern on the Green.

Duas dezenas de manifestantes, em sua maioria levando cartazes, concentravam-se defronte ao prédio, mantidos a distância por um guarda a cavalo e dois seguranças do parque. No momento em que chegaram ao local, uma radiopatrulha estacionava e mais dois guardas vieram se juntar aos outros.

Qualquer esperança que os policiais tivessem de persuadir os manifestantes a encerrarem voluntariamente a passeata morreu no instante em que o grupo viu a equipe da televisão retirar o equipamento da van. Kelly tirou um bloco de notas, uma caneta e sua credencial de jornalista da bolsa a tiracolo que servia como repositório para uma bolsinha de dinheiro, suas anotações de trabalho, maquiagem, spray para o cabelo e uma parafernália variada. Avistou um guarda confabulando com um homem de ar aflito vestido a rigor, próximo à entrada do restaurante. Com o bloco na mão, Kelly aproximou-se da dupla. Nenhum dos dois pareceu particularmente feliz ao vê-la.

– Oi. Sou Kelly Douglas com...

O guarda interrompeu-a.

– Sei quem você é, Srta. Douglas.

Sua expressão era adequadamente severa, mas o olhar era apreciativo enquanto lhe percorria o rosto.

– O que está acontecendo?

Ela indagou o óbvio enquanto punha no bolso a credencial e voltava os olhos para os manifestantes por um instante.

Um homenzarrão musculoso com mais de um 1,80 metro de altura, cabeça raspada e bigode à Fu Manchu estava travando um estridente bate-boca com um dos oficiais. Rory Tubbs tinha a câmera focalizada no confronto, um dos olhos fixados no visor. Larry estava logo atrás, levando os cabos e um gravador de áudio.

– Srta. Douglas, por favor – interpôs o homem de smoking, atraindo sua atenção. Um crachá no bolso do peito o identificava como subgerente. Parecia impaciente, irritado e mais do que um pouco apreensivo. – Não deixe que o operador de câmera faça nenhuma tomada do restaurante. Não importa nem um pouco onde se realizará o banquete para o senador.

Ela não prometeu nada.

– O senador está lá dentro? Gostaria que ele nos desse uma declaração.

– Ainda não chegou.

O guarda soltou a informação, para a desagradável consternação do homem.

Kelly aproveitou a dica de imediato, ciente de que isso significava que poderia surgir uma oportunidade de gravar algumas imagens de um confronto entre o senador e os manifestantes.

– Quando ele deve chegar?

O guarda deu de ombros.

– A qualquer momento.

Uma limusine Lincoln preta, resplandecente de tão limpa, surgiu no caminho de acesso ao restaurante. O subgerente ficou instantaneamente tenso, os olhos fixos nas janelas de vidro fumê do veículo, em uma tentativa inconsciente de penetrar no vidro refletivo e identificar o ocupante.

Não querendo correr riscos, Kelly apressou-se em alertar Rory para a possível chegada do senador. Quando o carro parou, ele rapidamente mudou de posição e virou a câmera para a porta traseira da limusine.

Longos segundos arrastaram-se antes que o motorista uniformizado saísse e se dirigisse para a porta do carona, no lado onde estava a câmera, abrindo-a. Um assessor apareceu primeiro, seguido de perto pelo senador. Como de costume, não estava acompanhado pela esposa, que ficara paraplégica, vítima de um motorista bêbado.

Ao reconhecerem sua presa, os manifestantes deram livre voz à ira. O senador ignorou-os, a expressão nunca perdendo o ar afável enquanto parava para trocar umas poucas palavras com o assessor. Puxava, porém, os punhos da camisa branca de peito duro, um gesto nervoso que Rory o vira fazer em ocasiões anteriores, quando algo não ia bem.

Com a habilidade de um ator, fingiu não notar a câmera enquanto ia em frente. Exibindo um sorriso confiante, acenou. Seu ex-chefe de campanha e consultor particular, Arthur Trent, saiu do banco dianteiro, chamando a atenção de Kelly e cumprimentando-o com a cabeça.

Em sua visão periférica, ela notou o avanço impetuoso dos manifestantes e o esforço da polícia para bloqueá-los. Não viu a mulher passar pelos guardas – de repente, ela simplesmente estava lá. Kelly viu a arma em sua mão antes de perceber que o som que ouvira era um disparo.

O lugar foi dominado pelo caos – gente se atropelando para encontrar proteção, o assessor segurando o senador que caía, um policial cambaleando e tombando, alguém lutando com a mulher, a polícia correndo para ajudar e Rory manobrando para capturar toda aquela movimentação frenética. Kelly observava, pensando apenas em termos profissionais, não permitindo que nenhum outro pensamento interferisse, mas sabendo o tempo todo que eram a única equipe de televisão no local.

Quase tão de repente como começou, tudo acabou. A mulher estava deitada de bruços no chão, imobilizada por um policial furioso e lívido que já a algemara. O assessor tinha o senador aninhado em seus braços, a mão ensanguentada comprimindo a ferida no peito.

– Ele foi baleado! – gritou, as lágrimas escorrendo pelo rosto. – Alguém chame uma ambulância!

Kelly viu o guarda a cavalo ajoelhado ao lado do policial caído, ainda segurando as rédeas do animal inquieto. Relanceou os olhos para o sangue a escorrer-lhe pelo canto da boca. Uma parte de sua mente registrou que não era o mesmo homem com quem conversara. Rory tinha a câmera apontada para a mulher agora soluçante, os dedos no zoom.

Kelly pousou a mão no seu ombro.

– Você filmou isso?

– Filmei tudo.

Ouvindo isso, correu para um telefone público dentro do restaurante e passou a notícia para a redação.

Contatada por meio de um telefone celular, a UMPJ com Brad Sommers e uma equipe de dois técnicos chegaram no local em questão de minutos. Àquela altura, os paramédicos estavam colocando o senador na ambulância. Uma outra, com o oficial ferido, estava partindo naquele momento, a sirene ligada. A polícia já tinha isolado a área e metodicamente recolhia os nomes e endereços das testemunhas. Duas outras equipes de TV, junto com o pessoal dos jornais, uma meia dúzia de repórteres e fotógrafos, estavam lá, aumentando a confusão.

Mostrando a sua credencial, Rory abriu caminho com os ombros até alcançá-los.

– Quais são as últimas informações?

– Ouvi um dos paramédicos comentar que, na opinião dele, o policial não vai ficar impune – respondeu Larry.

– E Melcher?

– Ninguém está dizendo nada. – Kelly teve o vislumbre de um paramédico segurando no alto o equipamento intravenoso enquanto a maca que transportava o senador era empurrada para dentro da ambulância. – Não conseguimos sequer fazer alguém confirmar que ele foi baleado.

– Guardem tudo – anunciou Brad. – Vamos acompanhá-los ao hospital. Há outra equipe vindo para cá. Podem cobrir esta parte. Agora me dê o que você gravou. – Estendeu a mão para pegar as gravações de Rory. – Vou ligar o gerador e editar durante o trajeto. – Para Kelly, disse: – Prepare o roteiro em 30 minutos. Assim que chegarmos ao hospital, faremos a sua tomada e colocaremos a trilha sonora. – As portas da ambulância se fechavam quando Rory entregou as duas fitas cassetes a Brad. – Tudo bem, vamos embora.

Saltou para o interior da van de filmagem, uma maravilha da alta tecnologia com um gerador e uma pequena sala de controle equipada com a aparelhagem de transmissão e edição. Carregando consigo a câmera e o material de áudio, os outros o seguiram e se espremeram na traseira do veículo. Kelly acendeu a luz do teto e começou a rabiscar em seu bloco enquanto a van pegava a estrada, colada na ambulância que partia.

Sabendo em seu subconsciente que aquilo que se lia bem por escrito costumava soar mal quando falado, Kelly formulava em silêncio as palavras que escrevia, ao mesmo tempo certificando-se de que o roteiro permitia uma introdução por parte do outro âncora. Também mantinha em mente que o roteiro precisava ter relação com as imagens gravadas, sem se tornar uma mera descrição verbal.

Uma tarefa nada fácil, especialmente quando precisava escrever às cegas. Brad Sommers estava no caminhão, selecionando trechos dos vídeos e juntando-os em uma única peça editada que ela não vira.

Kelly acabou o primeiro rascunho, consultou rapidamente Rory e Larry, depois fez ajustes com base em mais algumas imagens dramáticas que haviam capturado. Teve tempo para dar uma breve burilada e tudo estava pronto antes de chegarem ao hospital.

Enquanto Rory e Larry preparavam-se para gravar, Kelly pôs um pouco de pó de arroz, blush e batom. Não por vaidade, mas por saber que a câmera era notória em desbotar os tons da pele. E qualquer repórter, homem ou mulher, que aparecesse de rosto pálido não projetava o tipo de imagem capaz de inspirar confiança ao telespectador.

Tão logo acabou de retocar a maquiagem, Kelly deu um pulo ao hospital para saber qual era o estado do senador, realizou as mudanças necessárias no roteiro, fez a tomada e a narração para o teipe editado, depois finalmente respirou de alívio pela primeira vez.

Tomou fôlego de novo, o cenho franzido de leve, aquela sensação inicial de orgulho e satisfação dissipada.

– Gostaria de ter visto as imagens que Brad usou – murmurou em tom de crítica. – Se ao menos houvesse mais tempo de rever o teipe.

– Você se saiu bem, Kelly – assegurou-lhe Larry.

Ela balançou a cabeça.

– Podia ter me saído melhor.

Repassou mentalmente o roteiro, identificando uma dúzia de maneiras pelas quais podia tê-lo aprimorado – verbos que podia tornar mais fortes, mais ativos, fragmentos de sentenças que podia usar para causar um impacto dramático, fatos que podia sintetizar e enfatizar.

– Sempre tem de ser o melhor com você.

As palavras foram proferidas por Rory como uma observação, não como crítica – e, no caso, bastante exata. Para Kelly, o melhor equivalia a sucesso, e o sucesso simbolizava aprovação e aceitação, duas coisas que eram de vital importância, muito embora isso fosse algo que ela não podia admitir, nem mesmo para si própria.

– Não é de espantar que esteja nos deixando – acrescentou Rory, depois fazendo uma pausa para encará-la. – Vamos realmente sentir sua falta, sabe?

Enternecida com esta inesperada admissão de afeto, Kelly sorriu.

– Você fala como se eu estivesse de mudança para o outro lado do mundo – ralhou em tom brincalhão para disfarçar sua própria onda de constrangimento. – Só vou mudar de andar.

– É, da emissora local para a rede. Isso é o mesmo que ser lançada na estratosfera.

Jogou o cigarro na escuridão, o brilho da brasa descrevendo um arco rubro nas sombras da noite.

*Rede.* Essa era uma palavra mágica. Uma meta que lutara para alcançar desde que se formara na universidade, havia oito anos. Os últimos oito anos foram penosos, trabalhando sessenta, oitenta horas por semana, percorrendo um longo caminho como uma inexperiente repórter de televisão em uma pequena emissora na zona rural, até ser escolhida como apresentadora de um novo programa de variedades no horário nobre. Finalmente conseguira: tinha atingido o topo da escada – agora só precisava fincar o pé lá.

Sentiu uma ferroada de inquietação ante tal pensamento, lembrando-se do homem que vira antes no parque. Afastou-o de sua mente, forçando-se a dar um tom despreocupado à voz.

– Ainda não fui embora, Rory – replicou. – Você vai ficar grudado comigo por mais outra semana.

– É isso aí.

Ele sorriu.

Brad Sommers saiu do hospital a passos largos.

– Querem você no estúdio, Kelly. – Acenou para que o motorista entrasse na van. – Agora.

Kelly sentiu o gosto do desapontamento na boca. Aquela matéria era sua, fora ela a dar o furo de reportagem, e queria fazer a cobertura para o jornal das 23 horas direto do local. Mas não resistiu quando Brad Sommers a segurou pelo braço e a conduziu à van. Com o novo emprego na rede esperando-a dentro de poucos dias, aquela não era a hora para se arriscar a ser rotulada de temperamental, alguém com quem era difícil trabalhar.

Minutos depois, o motorista deixou-a na rua 50, defronte ao edifício de setenta andares que para sempre seria chamado de RCA Building pelos nova-iorquinos, a despeito das tentativas do novo proprietário de rebatizá-lo como GE Building. Com a bolsa a tiracolo batendo no quadril a cada rápida passada, Kelly cruzou o saguão de granito preto em direção à mesa do segurança.

O guarda de uniforme preto de plantão a viu chegar.

– Vi a sua reportagem especial, Srta. Douglas – disse ele, abrindo o portão. – Como está o senador?

– Ainda na cirurgia.

Kelly parou o tempo suficiente para assinar no livro.

– Ele é um bom homem. Seria uma vergonha perdê-lo.

– Sim.

Quando virava-se para os elevadores, alguém chamou:

– Vai subir?

Kelly captou os vestígios de sotaque inglês e sorriu antes mesmo de ver Hugh Townsend, britânico, segurando o elevador. Esbelto e, como sempre, elegantemente vestido com um terno cinza de verão, confeccionado pelo seu alfaiate favorito de Savile Row, tinha um rosto magro e estreito e uma delicadeza aristocrática nas feições. O cabelo, aparado com capricho, era castanho-escuro, quase preto, com mechas grisalhas aparecendo nos lados que lhe conferiam um ar apropriadamente distinto. Seus modos podiam ser distantes ou charmosos, dependendo da situação ou da companhia. Com Kelly, ele invariavelmente enfatizava o charme.

– Você está trabalhando até tarde esta noite, Hugh.

Ela nunca sabia ao certo como descrevê-lo – amigo, mentor, conselheiro ou, como diretor de produção do novo programa de variedades, chefão.

– De fato, planejei ir para casa uma hora atrás, mas fiquei para ver as notícias na telinha. – Aguardou até Kelly entrar no elevador, depois apertou o botão do andar dela e olhou de esguelha, os olhos cor de mel reluzindo de aprovação. – Trabalho esplêndido.

– Acha mesmo?

Ela ainda nutria algumas dúvidas a respeito.

– Acho.

As portas fecharam-se e o elevador subiu com um leve estremecimento. Kelly fez uma anotação mental para obter uma cópia da reportagem que fora ao ar, a fim de revê-la mais tarde na privacidade do seu apartamento. Lá poderia passá-la várias vezes e analisar seus erros – quer fosse a formulação do texto, a maneira de narrar ou a expressão facial. Às vezes essa era uma forma dolorosa de aprender; ela descobrira, porém, que era a melhor.

– Mas foi uma pena a mulher não esperar até a próxima semana para disparar no estimado senador. Seria um bota-fora e tanto para você.

– E também uma excelente publicidade para a estreia do novo programa, certo?

O olhar de Hugh Townsend rivalizou com a expressão ironicamente divertida nos olhos dela.

– Esse pensamento realmente me passou pela cabeça.

– Foi o que eu achei.

– Venha jantar comigo mais tarde, quando terminar, e então celebraremos o seu triunfo com uma garrafa de vinho. "Pois o vinho nos inspira e nos inflama de coragem, amor e alegria."

– Você tem uma citação para cada ocasião, não é?

– Nem *todas*. – Hugh fez uma pausa, pensativo. – Talvez devamos tomar um Margaux hoje. A safra de 1980 é de um vinho com muito charme.

– O quê? Nem um Latour 1945 para celebrarmos? – zombou Kelly alegremente.

Ele arqueou uma sobrancelha castanha, bom humor e desafio se mesclando.

– Quando você me conseguir um Emmy, Kelly, será uma ocasião realmente digna de um Latour 1945.

– Um Emmy? Você tem grandes ambições, Hugh.

Encarou-a com um meio sorriso.

– Decerto você não pensa que detém o monopólio disto, não é?

– O elevador parou no andar de Kelly, as portas se abrindo com um zunido suave. – Vou mandar um carro esperá-la lá embaixo.

– Um jantar hoje seria maravilhoso, Hugh, mas... – Já podia ouvir os ruídos da atividade frenética vindo da redação. – Esta será uma noite bem louca. Vou querer ir para casa e cair na cama.

Hugh deslizou a mão por baixo da trança embutida dela, os dedos infalivelmente localizando os músculos tensos na nuca.

– Levará horas até que você esteja relaxada o bastante para dormir. – Empurrou-a com gentileza para fora do elevador. – Jantar.

*Jantar*, pensou ela.

## 3

Era meia-noite quando Kelly saiu do edifício para uma calçada vazia. Todos os vendedores ambulantes já tinham ido para casa com suas carrocinhas, e os gatunos haviam desistido de procurar vítimas.

O calor abrandara e o trânsito diminuíra, deixando as ruas quietas – tão quietas quanto poderiam estar em Manhattan. Um pesado caminhão de lixo subia devagar a rua 50, fazendo sua ronda noturna. A alguns quarteirões de distância, uma sirene ecoou, acompanhada pelo som profundo da buzina do carro dos bombeiros.

Kelly puxou para cima do ombro a alça da bolsa, inspirando o áspero ar noturno que tinha Nova York. Localizou o carro solitário à espera no meio-fio e encaminhou-se para lá. Quando o alcançou, o motorista estava ali, segurando a porta aberta. Kelly jogou a pesada bolsa a tiracolo no banco e acomodou-se ao lado.

Pelos alto-falantes, vinha suavemente uma antiga música de Hall and Oates. Desligando-a mentalmente, enfiou a mão na bolsa e tirou de dentro uma pasta volumosa. Abarrotada de papéis, a pasta guardava anotações para futuras entrevistas e uma extensa biografia de um professor de Harvard que virara escritor, que ela programara entrevistar na reportagem do dia seguinte do *Encontro às cinco*. O grosso tomo do autor que narrava os infortúnios econômicos do país também estava na bolsa. Kelly acendeu a luz para leitura e folheou o maço de papéis até achar a biografia, como de hábito preenchendo com trabalho o que, de outro modo, teria sido um período de ócio.

O carro dobrou na Park Avenue e juntou-se aos poucos táxis e limusines que percorriam velozmente a antes efervescente via pública, passando por vitrines às escuras e lojas fechadas. Menos de cinco horas antes, a rua estivera congestionada com o tráfego, os motoristas mal-humorados com o calor e o barulho.

Em questão de minutos, o carro chegou em um endereço luxuoso próximo à Park Avenue. Suspirando com vaga irritação, Kelly lançou um olhar distraído à entrada com baldaquino do restaurante francês discretamente elegante, depois recolheu suas coisas e saiu do carro.

No interior do estabelecimento, o ambiente era fresco e decorado com tonalidades suaves e repousantes, bem o tipo de restaurante que agradaria a Hugh Townsend. Sutilmente chique sem ser moderno, com iluminação fraca, as paredes forradas de uma estamparia floral, a atmosfera era de requinte, não de glamour. Kelly aspirou os odores da culinária francesa – borgonha, tomilho e sálvia.

O maître reconheceu Kelly.

– Boa noite, Srta. Douglas. O Sr. Townsend está à sua espera. Por aqui, por favor.

De sua cadeira em uma mesa de canto, Hugh Townsend observou-a cruzar o salão, sua atenção atraída para o modo como caminhava. Não havia nada particularmente sensual ou coquete nele, ainda assim era do tipo que qualquer homem notaria. As passadas eram longas e graciosas, o gingar dos quadris era sutil, a cabeça empinada e os olhos mirando direto em frente.

Kelly Douglas havia sofrido uma mudança considerável desde a primeira vez em que a vira. Isso fora em um videoteipe. Na verdade, ele a ouvira antes de vê-la. Captara o tom cheio e melodioso da sua voz quando estava passando pela sala de edição. Com sua curiosidade e interesse despertados, dera uma espiada dentro da sala.

Sua reação inicial à mulher no monitor fora totalmente negativa – cabelo escuro, escorrido, caindo reto pelos ombros, óculos de aro de tartaruga, feições fortes mas bastante comuns, um casaco masculinizado. Mas aquela voz... Ele entrara na sala e a ouvira falar com muita inteligência sobre as provações dos sem-teto, impacientando-se quando outras pessoas e vozes a substituíam na tela.

Pouco a pouco, notara os laivos de ruivo no cabelo, o verde-escuro dos olhos por trás das lentes corretoras, a delicada pele de porcelana típica de uma ruiva autêntica, a figura esguia sob o casaco de corte severo e a energia – a intensidade – que emanava. Ficara intrigado com o potencial que via, ainda que realmente mais parecesse uma bibliotecária reprimida.

– Quem é a garota, Harry? – indagara ao editor.

– Kelly... ou algo assim. – Estendera a mão e verificara na caixa de cassetes. – Sim, Kelly Douglas. Trabalha na nossa afiliada em St. Louis. Manda suas reportagens regularmente. Quer passar para a rede de qualquer jeito, creio. – O editor então fizera uma pausa e sorrira para Hugh. – Uma voz e tanto, hein?

– É mesmo – murmurara Hugh com ar pensativo, perguntando depois: – Importa-se se eu pegar o vídeo? Gostaria de revê-lo depois.

– À vontade.

O editor apertara o botão de ejetar e entregara-lhe a fita.

Hugh, na época, estava às voltas com vários projetos e entediado. Após reter a gravação várias vezes, achara poucas falhas nas habilidades jornalísticas de Kelly e permanecera cativado pela voz dela, por aquele tom sereno e cálido e pelo timbre de autoridade sutil. Sua aparência, porém, ofendia o bom gosto inato de Hugh e seu olho clínico de produtor.

Vezes incontáveis no passado ele orientara sua amante do momento acerca de roupas, penteados, maquiagem, para ressentimento de algumas e gratidão de outras.

Por fim, telefonara e providenciara para que viesse a Nova York, aparentemente para uma entrevista. Uma semana depois, Kelly estava na sala de Hugh na NBC, enquanto uma parte dele se mantinha distante e ridicularizava-o por bancar o Henry Higgins.

Ah, mas o resultado de seus esforços sufocara o riso. Em caráter permanente.

Quando Kelly aproximou-se da mesa, Hugh levantou-se e aguardou até que ela ocupasse a cadeira oposta, a bolsa enorme quase arrastando no chão.

– Quais são as últimas notícias?

Ele tornou a sentar.

– Melcher saiu da cirurgia. Em estado crítico, mas estável. – Pegou o cardápio e o pôs de lado, afastando a tentação do caminho. – A mulher foi identificada como uma tal de Delia Rose Jackson. Ex-irmã Mary Teresa e recentemente submetida a tratamento psiquiátrico após ser presa por destruir uma clínica de aborto e esfaquear uma enfermeira. Nenhuma associação conhecida com grupos de defesa da vida.

– *Não matarás* – murmurou Hugh.

– O sexto mandamento. – Ergueu o copo de água e parou, segurando-o a meio caminho da boca. – Você viu a transmissão.

– Não. Mas ficaria desapontado se você não se referisse a isso.

– Usei-o junto com uma foto de família na qual ela aparece com um hábito de freira. – Tomou um gole d'água e baixou o copo, contemplando os cubos de gelo. – Um policial morto por uma ex-freira. Irônico, não é?

– Trágico.

– Bastante – concordou Kelly, mal contendo um suspiro. Com esforço, ergueu a cabeça e afastou do pensamento. Violência, tragédia, morte, ela lidava com tais histórias todo dia. Havia aprendido a não se deixar comover, nem permitir que seus sentimentos pessoais interferissem. Examinou o restaurante por um momento – Que lugar agradável. Nunca estive neste restaurante.

Ela notou que os outros fregueses pareciam ter acabado de sair do teatro.

– A comida é esplêndida. E a carta de vinhos... – ele fez uma pausa enfática, um sorriso curvando o vinco da boca – é excelente.

– O fator decisivo na sua escolha, sem dúvida alguma.

Kelly ergueu a taça de água em uma brinde zombeteiro. Hugh Townsend era um especialista em vinhos havia muito tempo, um enólogo comprovado. Outra ironia.

– Sem dúvida alguma. – Os cantos da boca aprofundaram-se com seu sorriso crescente. – Podemos fazer o pedido agora, se está com fome.

– Faminta – admitiu ela. Um suco com um pãozinho no café da manhã, salada de espinafre no almoço e três colheradas de iogurte antes do noticiário das onze para acabar com a tremedeira fora tudo que consumira nas últimas 24 horas ou mais. E essa era sua rotina.

Hugh fez sinal ao garçom, que veio prontamente à mesa dos dois.

– Vamos fazer o pedido.

– Muito bem, senhor – replicou e virou-se para Kelly. – O que gostaria de comer nesta noite, madame? Posso recomendar especialmente o lombo de carneiro. É preparado com...

– Não, obrigada. – Interrompeu-o antes que sua determinação enfraquecesse. – Vou querer uma salada verde sem molho. Bacalhau grelhado só com limão, sem molho. – Ignorou a expressão de dor dele. – Café depois. Descafeinado, por favor.

– Vai estragar o vinho – Hugh arqueou a sobrancelha em uma evidente expressão de crítica, depois dirigiu-se ao garçom. – Traga um *coq au vin* para a Srta. Douglas.

– Hugh...

Ele levantou a mão, cortando seu rápido protesto.

– Estamos aqui para comemorar. Você pode gastar as calorias extras amanhã, durante a sessão matinal com Rick – argumentou Hugh, referindo-se ao personal trainer de Kelly.

Como parte do severo regime para manter o peso sob controle, Kelly ia à academia três vezes por semana. Em St. Louis, corria 16 quilômetros todo dia, mas em Nova York isso era impensável. Portanto,

37

rotineiramente se submetia a uma série de exercícios extenuantes, executados sob a supervisão de Rick Connors.

– O homem é um sádico – reclamou baixinho, não levantando mais objeção à mudança no seu pedido. *Coq au vin*, afinal não passava de frango preparado com vinho.

Hugh pediu um pato *à l'orange*, depois mandou chamar o sommelier. Este chegou, trazendo a corrente e o *taste vin*. Meio distraída, Kelly ouvia os dois confabularem acerca da carta de vinhos.

O vinho era uma obsessão para Hugh.

Três anos antes, quando ele a chamara a Nova York, Kelly estava ansiosa – desesperada – para causar uma boa impressão. O vinho acabara sendo o meio para isso...

PELO MATERIAL QUE lera sobre os antecedentes de Hugh Townsend, seu gabinete na NBC era bem o que Kelly esperava: poltronas de couro, uma impecável mesa de carvalho, pinturas a óleo na parede, uma atmosfera de elegância discreta. As granulosas fotografias, no entanto, não lhe faziam justiça. Captavam suas feições bem definidas, mas não a delicadeza aristocrática de seus traços, assim como não registravam a encantadora arrogância do sorriso e o brilho caloroso nos olhos.

– Bem-vinda a Nova York, Srta. Douglas.

Contornou a mesa para apertar-lhe a mão.

Kelly estava nervosa e igualmente determinada a não deixar que isso transparecesse.

– Obrigada, Sr. Townsend. É realmente um prazer estar aqui. – Fez uma pausa momentânea, depois abriu a pequena sacola de compras que trazia e tirou de dentro uma caixa de presente. – Talvez seja um atrevimento da minha parte, mas cresci em Iowa. Temos o costume de sempre trazer uma lembrancinha para o nosso anfitrião.

Uma sobrancelha arqueou-se.

– Um presente?

– Uma forma de lhe agradecer pelo interesse que demonstrou pelo meu trabalho – replicou Kelly.

Ele lhe indicou a poltrona.

– Posso abrir agora? – perguntou Hugh, sua curiosidade obviamente despertada.

– Por favor.

Kelly sentou na poltrona de couro e se obrigou a parecer relaxada.

Não houve qualquer gesto brusco de rasgar o papel de embrulho e arrancar o barbante. Em vez disso, ele usou uma pequena faca afiada para cortar o barbante e a fita durex, desembrulhando a caixa. Ela o observou abri-la e retirar do interior uma garrafa de vinho. Ao ver a mão de Hugh deslizar sobre a garrafa quase que em uma carícia, permitiu-se uma respiração longa, profunda e suave.

Seu olhar desviou-se para ela, cheio de interesse e indagação.

– Este é um vinho histórico.

– Eu sei. – Confiante, Kelly recostou-se na poltrona. – O *cabernet sauvignon* Stag's Leap '73, foi o primeiro vinho da Califórnia a vencer o Haut-Brion e o Mouton-Rothschild em um teste de degustação às cegas realizado em Paris, em 1976. Entretanto, muitos consideram o *cabernet* Rutledge Estate '73 superior ao Stag's Leap, só que, infelizmente, ele não participou da competição.

Pensativo, colocou a garrafa sobre a mesa e inclinou a cabeça para o lado.

– Como soube que aprecio vinhos?

Kelly sorriu.

– Faço meu dever de casa.

– É óbvio – replicou e esperou pela continuação da resposta.

– Uma de suas biografias mencionou que o senhor era membro de uma conceituada sociedade de vinhos – explicou ela. – Apostei que não fosse um desses completos esnobes que torcem o nariz para os nossos principais vinhos californianos.

– Apostou alto, Srta. Douglas.

Negligentemente, apoiou um dos quadris na mesa e cruzou os braços, encarando-a com franco interesse.

– Também apostou alto em mim, Sr. Townsend – rebateu ela.

– Talvez sejamos ambos vencedores – retrucou. – Agora me conte como sabe tanto sobre o vinho Stag's Leap. Mais dever de casa?

– De certa maneira. Nasci em Napa Valley.

Já fazia anos que deixara o vale, que não admitia mais nenhuma associação com a Califórnia. Havia criado um novo passado sem nenhum traço do constrangimento, da dor e da humilhação do verdadeiro. Mas daquela vez seu local de nascimento podia ser um autêntico trunfo.

– Sério? Por alguma razão, achei que tinha nascido e sido criada em Iowa.

Hugh relanceou os olhos para o tampo da mesa, despido de quaisquer papéis, como se desejasse checar de novo seu histórico.

– Poucas pessoas crescem na mesma comunidade em que nascem. Essa mudança de um lugar para o outro parece ser uma característica americana. No meu caso, a mudança foi para Iowa. – Kelly achou que havia lidado com a situação de maneira muito eficaz sem realmente mentir. – Anos atrás, quando estava na escola secundária, fiquei curiosa sobre meu local de nascimento e escrevi um artigo sobre a região vinícola de Napa Valley para o jornal. Creio que irá admitir que o vinho... sua fabricação e degustação... exerce um certo fascínio sobre todas as pessoas.

– De fato – concordou ele. – Eu gostaria muito de ler esse seu artigo.

– Vou procurar nos meus arquivos e lhe mandarei uma cópia – mentiu Kelly. Não tinha o artigo e, ainda que tivesse, não o mandaria para Hugh. – Mas aviso desde já, o texto é muito amadorístico. Foi feito quando eu tinha aspirações a escrever em jornais.

– Isso foi antes de descobrir a televisão, naturalmente.

– Naturalmente.

– Quais são as suas aspirações agora?

– Minha meta é me tornar correspondente nacional quando estiver com trinta anos – replicou Kelly.

– Que idade você tem agora?

– Vinte e sete.

– Talvez ainda consiga. – Assentindo com a cabeça, levantou-se da mesa e contornou-a para fitá-la de frente, os braços ainda cruzados no peito. – Se jogar fora esses óculos, fizer alguma coisa com o seu cabelo e trocar esse visual masculinizado de executiva por algo mais elegante. Essa sua aparência de diretora de escola pode funcionar bem em St. Louis, mas nunca dará certo aqui na rede.

Kelly ficou tensa, melindrada com aquela crítica súbita e direta. Crispou as pontas dos dedos nos braços de couro da poltrona para impedir que as mãos voassem defensivamente para os óculos com aro de tartaruga e o grande laço preto – sofisticado, pelo menos era assim que o julgava – prendendo o cabelo comprido na nuca.

Sempre soubera que não era bonita. Era, no máximo, atraente de uma forma sutil. Dera muito duro para adquirir essa aparência certinha e recatada, esse ar estudioso. Doía ouvir Hugh censurá-la por isso. E doía ainda mais que não houvesse percebido.

Mas não havia suportado uma vida inteira de zombarias e ares de riso? O barulho das crianças no pátio da escola rindo e entoando aquela horrível cantilena – "Gorducha, gorducha, peso-pesado, não consegue passar na porta da cozinha" – ficaria para sempre em sua memória. Mas daquela vez não desatou a chorar nem fugiu. Aprendera a não demonstrar mágoa com qualquer coisa que lhe dissessem.

Em vez disso, juntou as mãos com os dedos em ponta e encarou Hugh Townsend friamente por cima deles.

– Minha aparência não tem nada a ver com minha competência como jornalista.

Ele pareceu achar a sua reação engraçada.

– Permita-me contradizê-la, Srta. Douglas. A televisão é um meio de comunicação visual. A aparência é tudo. Portanto, é importante a impressão que se causa aos outros.

Kelly queria desesperadamente vociferar contra Hugh, mas manteve uma serenidade exterior.

– Estou bem consciente de que não sou nenhuma rainha da beleza.

– Se fosse, é bem provável que eu não estivesse conversando com você agora. A aparência de uma pessoa nunca deve distrair ou atrair a atenção do espectador para algo que não seja a matéria em pauta.

– Essa é uma atitude machista – atacou Kelly por pura autodefesa.

– De modo algum. – Ele riu, um som suave e seco que era ainda mais cortante por sua brevidade. – Talvez você seja jovem demais

41

para lembrar-se da grande polêmica que ocorreu em Black Rock, há alguns anos, quanto ao fato de Dan Rather dever ou não usar terno com gravata ou suéter.

– Black Rock?

Kelly agarrou-se ao irrelevante em uma tentativa de desviar o rumo da conversa.

– É o que chamamos de CBS Building.

– Entendo.

– Eu lhe asseguro, Srta. Douglas, que neste ramo os homens são tão cobrados por sua aparência quanto as mulheres. Deve deixar crescer o bigode ou raspá-lo? Deve deixar o cabelo ficar grisalho ou tingi-lo? Deve usar gravata lisa, listrada ou estampada? Há sempre o problema do cabelo começar a escassear... deve usar uma peruca ou fazer um implante? De qualquer maneira, permanece a pergunta. Isso vai distrair a atenção do telespectador? – Fez um gesto para Kelly. – Os óculos, o cabelo, o corte severo de suas roupas distraem.

Ela queria argumentar, assinalar que Sally Jessy Raphaël usava óculos. Até mesmo Bryant Gumble, da NBC, de vez em quando colocava óculos de leitura. Sophia Loren usava óculos, bem como Woody Allen, Steven Spielberg e uma dúzia de outras personalidades.

Mas não levantou nenhum desses pontos, limitando-se a dizer:

– Mas os telespectadores se lembram de mim.

– Um bom jornalista desejaria que se lembrassem da notícia – retrucou Hugh, e Kelly encolheu-se por dentro para se proteger desse tapa verbal gentilmente dado. – Acontece que há uma vaga de repórter na nossa emissora afiliada aqui em Nova York – continuou Hugh. – Marquei uma entrevista para você amanhã. Neste meio tempo, providenciei para que um optometrista lhe arranje umas lentes de contato esta manhã. Daqui você irá para o cabeleireiro; Sigmund é um dos melhores em Manhattan. Quando Sigmund acabar com você, iremos nos encontrar na Saks para escolher roupas mais apropriadas.

– Que negócio é esse? – retrucou Kelly.

Ele simplesmente sorriu e respondeu:

– Encare como uma missão. Uma equipe de gravação irá junto para registrar os acontecimentos. Hoje à noite, terá oportunidade de escrever sua matéria, editar o teipe e montá-lo. Amanhã deve levar com você a reportagem concluída quando for à entrevista, como demonstração da sua capacidade jornalística. – Fez uma pausa, o sorriso se ampliando. – Certo, Srta. Douglas?

Ela estava sendo desafiada. Isso não lhe agradava, não lhe agradava nem um pouco. Mas sabia que não tinha outra opção. Tinha de aceitar.

– A que horas é consulta com o optometrista?

– Dentro de trinta minutos. Mandei um carro aguardá-la lá embaixo.

Menos de duas horas depois, ela saiu do consultório do optometrista já com as lentes de contato de uso permanente que podiam ser utilizadas com segurança em tempo integral. Após uma sessão de quatro horas com Sigmund, o cabelo estava 8 centímetros mais curto, batendo ligeiramente abaixo do ombro. Um permanente tinha acrescentado volume e brilho ao cabelo, acentuando reflexos ruivos naturais. E a maquiagem fora substituída por tonalidades mais quentes que continham sombras marrons e douradas, blushes e batons em tons de pêssego e base bege-clara. Na Saks, o terninho cinza-chumbo listrado foi trocado por um casaco de seda e linho usado sobre uma blusa de seda cor de abricó com cinto de camurça combinando.

Quando viu seu reflexo no espelho de corpo inteiro da loja, Kelly contemplou com espanto a mulher diante de si. Não se transformara, sem mais nem menos, em uma beldade devastadora. Mas para ela a mudança era assombrosa. Seu cabelo cor de mogno caía em ondas cheias e espessas a emoldurarem-lhe o rosto, rosto este que já não parecia tão comum. O corte do casaco e do vestido ainda era severo, porém bem mais suave, o tecido descia delicadamente em volta do corpo. E as cores caíam-lhe muito bem.

– Você tinha razão – disse a Hugh.

– Rara é a mulher capaz de admitir isso para um homem – observou secamente. Ao ouvir tal comentário, Kelly riu e girou em câmera lenta defronte ao espelho. – Está se sentindo à vontade com sua nova imagem?

– Sim.

E por mais estranho que parecesse, estava mesmo.

A matéria acabou sendo fácil de escrever, e o teipe ainda mais fácil de editar.

A entrevista correu sem incidentes. Com absoluta perfeição, pensou Kelly. Ela estava certa. Uma semana depois, lhe ofereceram o emprego.

Deu trinta dias de aviso prévio à emissora em St. Louis e começou a arrumar as malas.

Isso MARCARA o início da sua amizade com Hugh Townsend. Tinha passado a confiar no julgamento e nos instintos dele. Por intermédio de Hugh, conheceu as pessoas certas e fez os contatos certos. O que era vital em uma cidade como Nova York e em uma indústria tão competitiva como a televisão.

Era a segunda vez em sua vida que fazia amizade com um homem, alguém com quem compartilhava seus sonhos, alguém com quem conversava – ainda que nunca conseguisse se forçar a confiar-lhe a dor do passado.

O sommelier retornou à mesa com a garrafa de vinho que Hugh escolhera para acompanhar a refeição. Kelly já havia observado o ritual de degustação do vinho muitas vezes, mas nunca deixava de acompanhá-lo, sempre divertida e fascinada.

Primeiro, o encarregado dos vinhos mostrou a garrafa, o rótulo à frente, para Hugh inspecioná-la. Após Hugh assentir com a cabeça para confirmar que o vinho era mesmo o que pedira, a garrafa foi desarrolhada com um breve e sutil floreio.

Uma pequena dose foi servida na taça de Hugh, um guardanapo alvo como a neve envolvia o gargalo da garrafa para absorver qualquer gota perdida. Kelly observava Hugh pegar a taça pela base, o indicador curvado embaixo e um polegar em cima, a marca de um autêntico conhecedor e uma técnica que Kelly não dominava. Ele posicionou a taça contra o branco do guardanapo, avaliando a profundidade da cor rubi do vinho.

Satisfeito, ergueu a taça e fez rodopiar o vinho com um hábil torcer do punho, vendo-o subir e descer pelos lados da taça, julgando sua viscosidade – a tradição. Levantando a taça, levou-a ao nariz aquilino e aspirou o aroma do vinho – o buquê. Depois degustou-o, bem devagar, rolando-o na boca e deixando-o deslizar pela superfície da língua e alcançar a garganta. Por fim pousou a taça, assentindo com a cabeça para o sommelier em sinal de aprovação.

– Muito bom.

O encarregado dos vinhos fez uma reverência ante o seu pronunciamento.

- Devo deixá-lo respirar e servi-lo depois?

Hugh sacudiu a cabeça.

– Sirva agora. Vai respirar na taça.

– Como desejar.

Encheu ambas as taças e deixou a garrafa sobre a mesa, recuando com mais uma mesura.

Hugh tamborilava os dedos na base da taça e citou suavemente:

– "E quando eu partir da terra e surgir perante o meu amado Senhor para confessar meus pecados, que foram horrendos, irei dizer-lhe: 'Não consigo lembrar o nome da aldeia; nem sequer recordo o nome da moça, mas o vinho, meu Deus, era Chambertin!'", Hilaire Belloc – acrescentou, identificando a fonte.

– Isso não é muito lisonjeiro, Hugh – repreendeu Kelly.

Animando-se, ele sorriu:

– Então vou lhe dar outra. "Que importa que a juventude oferte amor e rosas; a idade ainda assim nos deixa amigos e o vinho." Thomas Moore, creio.

– Muito melhor – declarou Kelly. – Embora eu continue afirmando que você decorou todas as referências ao vinho no Bartlett's.

Pôs a mão sobre o peito como em um juramento.

– Jamais contarei.

– Não achei que você fosse contar. – Relanceou os olhos para a garrafa. – Um Borgonha. O que aconteceu com o Bordeaux? Um Margaux '80, não era?

– Muito astuta. – A cabeça morena baixou em um breve reconhecimento. – Você não tem apenas olho clínico, mas também ouvido apurado para os detalhes. Eu tinha pensado em Margaux, mas decidi que um Chambertin harmonizaria melhor com o pato assado.

– É lógico. – Kelly sorriu, depois suspirou, de repente se sentindo exausta.

– Cansada?

Ela confirmou com a cabeça.

– Foi um longo dia. Tinha esquecido da pressão, do estresse e do contentamento que há no trabalho de externa, quando se está cobrindo um furo de reportagem. Basicamente, passei os últimos dois anos ocupando a função de locutora e entrevistadora, fazendo séries especiais bizarras, sobre estupro, drogas ou aids. – Lembrou-se do maço de anotações de trabalho e do livro, pesando na bolsa a tiracolo. – Eu realmente devia ter ido direto para casa hoje à noite. Tenho de preparar uma entrevista para amanhã com um professor de economia que escreveu um livro. E mais uma com um especialista em coração e pulmão sobre o estado de Melcher.

– Fico feliz que tenha mencionado as entrevistas. Queria lhe avisar que Robert Mondavi virá ao leilão de vinhos na próxima semana.

– Isso é maravilhoso.

O leilão de vinhos, realizado anualmente em julho, com a finalidade de angariar fundos para obras de caridade, era um projeto favorito de Hugh. Seus esforços para o evento do ano concentraram-se em persuadir o maior número possível de vinicultores renomados a comparecerem. Poucos nomes dentre os vinhos da Califórnia traziam o élan de Robert Mondavi.

– Mais do que isso, Mondavi concordou em aparecer na reportagem de sexta-feira, do *Encontro às cinco*, para promover o leilão de sábado.

– Poxa. Talvez eu consiga ser designada para entrevistá-lo – replicou Kelly, sem realmente se importar.

– E vai – Hugh a informou. – Já providenciei isso.

– É mesmo?

– Sim. Também concordou em vir à recepção íntima que vou oferecer em casa na sexta-feira à noite. Você não se esqueceu da festa, não é?

– Já marquei na minha agenda. Em vermelho.

– Espero que venha.

– Com a lista de celebridades que virão, eu não perderia por nada deste mundo. Além do mais, o *Encontro às cinco* de sexta-feira será o meu último noticiário para a emissora. Estarei pronta para farrear um pouquinho.

– E também deixar o cabelo solto? – Seu olhar percorreu rapidamente o coque reluzente, umas poucas mechas soltas se enroscando com delicadeza em volta do rosto e da nuca. – Essa é uma combinação que eu gostaria de ver. Você trabalha demais e se diverte de menos, Kelly.

– É bem provável. – Com um sorriso, ela deu de ombros, desdenhando daquela observação. – Mas o que posso fazer? É a velha ética profissional de Iowa atuando; trabalhe enquanto o sol brilha e tudo mais – brincou Kelly, depois acrescentou: – Além do mais, quem tem tempo para se divertir neste ramo?

Seu dia raramente variava. Levantava-se às 7 horas para assistir aos três programas matinais da rede e à cobertura jornalística da CNN nos quatro aparelhos de televisão que tinha na sala de estar e passar os olhos rapidamente pelas edições matinais do New *York Times, Wall Street Journal, Washington Post* e *Daily News*, todas entregues em sua porta. Três vezes por semana ia à academia de ginástica às 10 horas para uma sessão de tortura com seu personal trainer, seguida por uma hora indispensável com a massagista.

Às 14 horas, estava em sua sala na emissora, atendendo a quaisquer telefonemas ou cuidando da correspondência e se preparando para uma reunião de três horas com os produtores, editores, o diretor, redatores, seus respectivos assistentes e o outro âncora do telejornal para repassar as matérias do dia, a escolha da sequência das entrevistas para o programa e o tempo de duração das reportagens. Então, retornava à sua mesa para escrever sua cópia, depois voltava para uma reunião final antes do irem ao ar, o noticiário das 17 horas. O processo se repetia no jornal das 23 horas. Raramente regressava a seu apartamento em Gramercy Park antes da meia-noite.

Espremidos entre tantas atividades estavam almoços de negócio com seu agente, tarefas especiais que a tiravam do estúdio, bem como diversos eventos políticos, sociais ou ligados à mídia aos quais a emissora queria que ela comparecesse.

Kelly tinha uma faxineira que vinha limpar o apartamento uma vez por semana, mas sempre havia roupas a deixar ou buscar na lavanderia, outras secas a lavar em casa, compras a fazer, contas mensais a pagar, pratos a lavar, lixo a jogar fora e inúmeras outras incumbências.

Seus fins de semana eram invariavelmente preenchidos com as coisas que planejava fazer durante a semana e não podia por falta de tempo. Costumava preencher qualquer horário livre que conseguisse arrancar da sua agenda tentando levantar dinheiro e despertar a consciência popular para as crianças vítimas de maus-tratos e negligência, sua única paixão além do trabalho.

Com exceção de uma ou outra saída noturna com Hugh, sua vida social era totalmente inexistente. O que não a incomodava muito.

Certa vez, poucos meses atrás, havia entrado no estúdio e encontrado a equipe em meio a uma discussão sobre hábitos sexuais. Sexo e esporte pareciam ser os temas favoritos de toda a equipe com a qual trabalhava.

– Ei, Kelly. Venha cá, conte-nos como é a sua vida sexual – havia instigado o homem da iluminação, Andy Grabowski, diante de um coro de gritos de concordância por parte dos demais.

Se a esperança deles fora fazê-la corar, Kelly os desapontara. Encarara-os com um franzir de cenho em zombeteira reprovação e respondera:

– Estão brincando? Meu único hábito sexual é a abstinência.

Todos riram, mas ela estava sendo sincera.

– Você precisa reservar um tempo para se divertir, Kelly – declarou Hugh.

– Vejam quem fala: o homem que marcou uma reunião bem na primeira manhã da segunda-feira livre que tive em meses.

– Temos um programa a produzir, matérias a alinhavar, futuros assuntos a serem considerados.

– Eu sei. – Ela não estava objetando. – Às vezes não me parece real que eu vá fazer *Gente no mundo*. Achei honestamente que Linda James ficaria com o cargo.

– Bem como um grande número de pessoas.

– Com bons motivos. – O garçom chegou com a entrada. Kelly tirou as mãos da mesa, abrindo espaço para que ele colocasse a travessa na sua frente. – Quando a contrataram como correspondente na Costa Oeste para a NBC, ouvi dizer que planejavam produzir um novo programa jornalístico de variedades, no horário nobre, tendo Linda como figura central.

– Mudança de planos.

Hugh assentiu com a cabeça para o garçom quando este se retirava.

– É óbvio.

Hugh ergueu a taça em um brinde.

– Ao seu exclusivo furo de reportagem.

Kelly ergueu o seu, procurando segurá-lo pelo pé, conforme determinava a etiqueta dos apreciadores de vinho.

– Ao programa *Gente no mundo*.

As duas taças se tocaram, depois cada um tomou um gole. Como sempre, Hugh saboreou o seu um pouco mais, depois assentiu com a cabeça em sinal de aprovação.

– Foi suavizado e envelhecido com perfeição.

– Será que o ofenderia se dissesse que é muito gostoso? – perguntou Kelly, lançando-lhe um sorriso travesso.

– Por favor. – Ele simulou um estremecimento. – É forte e de gosto característico com um equilíbrio maravilhoso e um longo sabor remanescente. Nunca, mas nunca mesmo, o chame de gostoso.

– Dou a mão à palmatória – retorquiu Kelly, ainda sorrindo. Após uma mordida no frango assado ao vinho, Kelly retomou o assunto anterior. – Não sei que favor você cobrou ou o braço de quem torceu para me oferecerem o programa, Hugh, mas obrigada.

– Tudo que fiz foi sugerir seu nome. Sua breve atuação como apresentadora do *Hoje*, quando Katie Courie tirou licença-maternidade, encarregou-se do resto. – Ergueu a taça e fitou-a por cima da borda. – Você sabe, de fato, que ao fim do terceiro programa os índices de audiência subiram quase meio ponto. E o mérito disso, sem dúvida alguma, não cabe aos convidados do programa. A seleção dos entrevistados foi deplorável.

– E foi mesmo – confirmou com um breve revirar dos olhos ante a lembrança. – É engraçado, eu esperava que a minha participação no *Hoje* me valesse o cargo de correspondente nacional. Mas um programa de variedades no horário nobre... nunca, muito embora soubesse que estava esquematizando o seu. – Kelly baixou o garfo. – Sério, Hugh, por que me escolheram, quando Linda James tem muito mais experiência e é muito mais conhecida no país inteiro?

– Cuidado – ralhou Hugh. – Sua insegurança está transparecendo.

Mas ele conhecia pouca gente nesse ramo que não era um monte de insegurança. No caso de Kelly, entretanto, havia um complexo de inferioridade quilométrico. Duvidava que mais alguém além dele tivesse notado. Para o mundo, Kelly projetava uma imagem de calma despreocupada, uma imagem totalmente em desacordo com a mulher intensa, organizada e ambiciosa que era. Uma mulher que raramente dormia mais de seis horas por noite e vivia em uma correria louca. Uma mulher faminta por reconhecimento, desesperada por aprovação e emocionalmente carente. Mas ela ocultava isso muito bem por trás de uma grossa couraça de aço.

Kelly riu, o som vindo do fundo da garganta, e ergueu a taça, sacudindo-a por um breve instante.

– Então seja gentil e afague um pouco o meu ego.

– Muito bem. – Ele gostava desses lampejos de total honestidade. – O formato do nosso programa é basicamente de entretenimento: pessoas interessantes, lugares interessantes. A reputação de Linda de fazer a suposta pergunta implacável realmente depõe contra ela. Falta a Linda a sua cordialidade, a sua capacidade de deixar as pessoas à vontade. Você alcança os mesmos resultados, mas sem submetê-las a um torturante interrogatório. E é uma cara nova. O que é exatamente aquilo que os poderes constituídos decidiram que queriam.

– Não vou desapontá-los.

Foi quase um juramento.

Hugh escondeu um sorriso e disfarçadamente a examinou. Recatada era um adjetivo que nunca usaria para descrevê-la. Suas feições, no conjunto ou em separado, tinham uma forte qualidade terrena que não era nada ameaçadora. Ela não era uma donzela indefesa.

Lembrava mais a mãe natureza com o vermelho do sol no cabelo e o verde da grama nos olhos. Quanto mais Hugh pensava a respeito, mais apreciava a analogia.

– Tive uma ideia para o programa que queria discutir com você antes da reunião de segunda-feira. – Kelly espetou uma ervilha em meio aos vegetais variados em seu prato. – Um perfil sobre Harry Connick, Jr., aquele que canta as velhas músicas de Cole Porter e as da época das grandes orquestras. Ele está ganhando bastante popularidade...

Hugh ouviu-a expor a ideia, prestando mais atenção à voz do que às palavras. Mais de uma vez fantasiara sobre como seria ter Kelly sussurrando em seu ouvido.

Durante os primeiros meses em que se conheceram, tinha saído com ela com a intenção de levá-la para a cama. Quando não obteve sucesso inicial, não se importou. Sendo ele um inglês, sabia que a caçada quase sempre era mais excitante do que o abate.

Na noite em que resolvera atacar a presa, Kelly o detivera com um simples e bem colocado "não" e se esquivara dos seus braços.

– Por mais que eu goste de você, Hugh, não quero me envolver intimamente. Amantes, eu posso arranjar. Amigos são raros. Além do mais, um caso seria de muito mau gosto, não concorda?

Com qualquer outra mulher, Hugh teria interpretado as palavras como um falso protesto, a fim de provocá-lo para que a convencesse com muita lábia e muitos beijos mostrando-lhe o quanto a desejava.

Mas com Kelly, não. A expressão determinada nos olhos, o firme empinar do queixo, uma dúzia de outros sinais em sua linguagem corporal o informaram de que estava sendo sincera em cada uma de suas palavras. Hugh rira e a soltara, depois acendera um cigarro.

– Eu não definiria como mau gosto, exatamente – retrucara com um sorriso.

– Um erro, sem dúvida alguma. Nós dois sabemos que não é prudente nos envolvermos com alguém do mesmo ramo. Esse foi um erro que cometi certa vez.

– Deixe-me adivinhar: seu amante era um operador de câmera – afirmara Hugh e sorrira com ironia ao notar seu olhar surpreso. –

Quase todas as mulheres na televisão têm um em algum momento do seu passado. Nunca entendi a atração, mas é óbvio que existe uma. Que tal contar tudo aqui para o bom e velho Hugh? – brincara.

– Não há muito a contar. Não deu certo. Ele achava que sua carreira era mais importante que a minha. Certo dia, acordei e percebi que estava envolvida em um relacionamento destrutivo. Rompi com ele, o que criou muito constrangimento na emissora.

– Onde foi isso?

– Iowa. Uns dois meses depois, ofereceram-me um emprego em St. Louis e fui embora. Então... – Ela suspirava e sorria. – Prefiro tê-lo como amigo, Hugh.

– Amigo.

Apertaram as mãos em um acordo tácito.

Naquela ocasião, ele achava que não tornaria mais a vê-la. Que importava se não pudesse ir para a cama com ela? E durante um tempo, não importara mesmo. Então começara a lhe telefonar de vez em quando, assumindo um interesse vagamente possessivo pelo seu progresso, encarando-a como sua descoberta. Admirava seu ímpeto, sua inteligência e determinação.

Também suspeitava que se tivessem tido um caso nunca sugeriria seu nome para o programa. O que seria uma pena, pois era perfeita para isso.

– ... o que acha da ideia? – concluiu Kelly.

– Parece que seria interessante. Pode apresentá-la na reunião.

O sommelier voltou à mesa para servir mais do vinho. Kelly cobriu sua taça, como sempre limitando-se a uma. Hugh nunca a vira tomar mais de duas. Ela também controlava rigorosamente a alimentação, notou ele, lançando uma olhadela para o frango com o qual Kelly brincava no prato, mais da metade ainda intacto.

E continuava sobrando a metade quando o garçom veio retirar os pratos. Kelly lhe assegurou que o *coq au vin* estava delicioso.

Enquanto tomavam café, conversaram mais sobre o programa, trocando ideias. Por fim, Hugh mandou trazer a conta e o carro.

Eram 2 horas da madrugada quando Kelly entrou no apartamento, um quitinete que havia mobiliado lenta e meticulosamente e, o que era mais importante, de maneira muito pessoal. Parou por um momento, aspirando o leve aroma de óleo de limão e pinho a indicar-lhe que Audrey estivera ali fazendo a limpeza. Não havia nenhum cheiro de cigarros rançosos, nenhum odor enjoativamente adocicado de garrafas de uísque vazias. Escapara disso para sempre.

Virando-se, Kelly tratou de passar as três trancas na porta. Quando os dedos tocaram na última, um simples ferrolho corrediço, pararam. Olhou fixamente para a reluzente superfície de bronze, vendo-o e vendo também outro que era muito semelhante àquele.

De repente estava com 10 anos de novo, com gestos confiantes – se bem que desajeitados –, segurando a chave de fenda na mão direita e forcejando para prender a tranca simples na porta do quarto...

A PONTA DA chave de fenda escorregou da cabeça do parafuso, abrindo um talho na madeira pintada da porta. Ela inspirou bruscamente ao ver a marca, o ar sibilando através dos dentes trincados. Às pressas, tornou a encaixar a ferramenta na fenda do parafuso e começou a girar o cabo estriado, apoiando todo o seu peso para incrustar o parafuso de metal na madeira.

Com um ouvido atento ao ruído de um carro no caminho de acesso, trabalhou freneticamente para colocar a tranca no lugar. Precisava fazê-lo antes que ele voltasse. *Tinha de fazê-lo.*

Concluído o serviço, recuou e examinou a obra, não com satisfação, mas com alívio. Seu quarto era agora um refúgio seguro, um lugar aonde podia ir, trancar a porta e estar a salvo. A salvo da sua fúria bêbada...

OU ASSIM JULGARA, lembrou Kelly e fechou os olhos, ouvindo-o outra vez socar a porta do quarto, sacudir a maçaneta, o berro de raiva quando a porta não abriu, depois o som horripilante de um corpo lançando todo o seu peso contra a porta...

ESTAVA TODA ENCOLHIDA no canto mais distante da cama, as cobertas puxadas ao redor do corpo em um gesto protetor enquanto olhava fixamente para o pequeno ferrolho de bronze, desejando que resistisse. A boca estava seca, a garganta contraída, contraída demais para deixar escapar um único som, uma única respiração.

Novamente ele se jogou contra a porta. Então, ela ouviu o ruído estilhaçante de madeira lascando e cedendo. Soube no mesmo instante que não devia ter feito aquilo – não devia ter colocado aquela tranca na porta. Agora ele estava enfurecido, e a culpa era sua. Mais outra pancada e a porta cedeu, pendendo pela dobradiça inferior. Um chute bem dado e a porta escancarou-se violentamente, depois caiu no chão com estrondo.

– Merda de tranca! – Avançou para a cama, uma grande silhueta escura tropeçando na porta caída. – Por que você pôs essa merda de tranca na porta?

O empastar da voz confirmou-lhe o que já adivinhava – ele estava embriagado de novo.

– Foi sem querer. – Ergueu as mãos para se proteger dos golpes antecipados. – Sério, foi.

– Você é uma maldita mentirosa. – Agarrou-a pelo pulso com uma das mãos e girou-a com a outra, a palma da mão batendo na face com uma força que projetou sua cabeça para o lado. O gosto amargo de sangue estava em sua boca, e o fedor de hálito recendendo a uísque bafejava-lhe o rosto enquanto ele a levantava pelos ombros e a sacudia com violência. – Nunca mais minta para mim de novo.

– Não, eu prometo.

A promessa era pouco mais que um gemido.

– Por Deus, é melhor que não, ou da próxima vez vou lhe dar uma surra de cinto. Ouviu?

Kelly assentiu com a cabeça uma vez, com os olhos cheios de lágrimas, enquanto procurava não fazer ou dizer algo que pudesse despertar sua raiva outra vez.

KELLY ABRIU OS olhos e devagar passou o ferrolho. Era aquele homem no parque. Ele a fizera lembrar-se de tudo isto. Por mais que tentasse esquecer, as lembranças do passado jamais deixavam de rondá-la.

# 4

Um pardal atrevido saltitava cada vez mais perto, cruzando a linha divisória entre a intensa luz do sol e a sombra refrescante, à cata das migalhas espalhadas sobre a mesa. Sam Rutledge observava-o preguiçosamente, sentado meio de lado em uma cadeira de ferro forjado, com um braço apoiado no encosto e uma perna cruzada sobre a outra, o cabelo espesso mostrando as trilhas deixadas pelos dedos ao penteá-los. O chapéu castigado pelas intempéries se achava sobre a almofada de listras verdes na cadeira próxima à sua. Katherine ocupava a que ficava em frente.

O almoço ao ar livre no terraço dos fundos era um ritual das terças-feiras – caso o tempo permitisse, o que geralmente acontecia na Califórnia. Era uma das poucas refeições que compartilhavam, muito embora morassem na mesma casa.

Mas a família Rutledge nunca desenvolvera o costume de se reunir na hora das refeições, nem mesmo quando Sam era menino e os pais estavam vivos. Todos viviam ocupados demais – o pai nas vinhas, Katherine na vinícola, a mãe com suas pinturas. Quando Sam era pequeno, serviam suas refeições no quarto de brinquedos; mais tarde, passou a comer na cozinha com os criados. Nas raras ocasiões em que a família inteira jantava junto, para Sam era como comer com estranhos.

Ainda agora, Sam tinha a sua rotina, e Katherine a dela. Raramente ambas coincidiam, e raramente qualquer um dos dois tentava fazê-las coincidir.

A terra, as vinhas e a vinícola eram o único elo a ligá-los, o sangue, o único vínculo, e o respeito mútuo, a única emoção. Quanto à afeição, havia muito tempo que Sam descobrira ser impossível dar o que nunca recebera.

As videiras vinham primeiro; pessoas e sentimentos vinham depois. Esta era uma lei implícita em Rutledge Estate, lei esta sob a qual o pai de Sam e Katherine o criaram.

– Acho que Emile vai achar bastante justos os termos da proposta – comentou Katherine, atraindo a atenção de Sam para a mesa. – Tem alguma observação a fazer a respeito?

– Não. – Um rascunho da proposta estava sobre a mesa com tampo de vidro. Ele tinha passado os olhos pelo documento antes do almoço, pondo-o de lado em seguida. Agora não fez menção de pegá-lo. Em vez disso, puxou o chá gelado para mais perto de si e correu os dedos pelos lados molhados do copo. – Parece que cobre todos os pontos principais. Creio que não está faltando nada.

– Então aprova?

– O que você alinhavou aí é um acordo muito sensato – respondeu Sam com franqueza, consciente de que não era a sua aprovação pessoal o que ela estava buscando. Afinal, também nunca o havia consultado antes de fazer a proposta ao barão ou indagado se ele era a favor ou não. Se o tivesse feito, descobriria que a ideia não lhe agradava de modo algum. Se ele achasse que mudaria alguma coisa, teria dado sua opinião, mas Katherine não ligava para os seus sentimentos pessoais a esse respeito. Sam sabia disso também.

Àquela altura, não era mais do que uma proposta. Com o tio em cena, talvez nunca passasse disso. Sabendo disso, Sam não via motivo para ficar remoendo o problema, especialmente quando tinha outras coisas em mente.

– Se pegarmos o voo para Nova York na quinta-feira, poderemos tirar a sexta para descansar e nos preparar para nossa reunião com Emile na manhã de sábado. Isso nos dará tempo de sobra, creio eu.

– Dará, sim.

A leve brisa cheirava a poeira e rosas. Ele percorreu rapidamente com os olhos a vastidão do gramado flanqueado por jardins que Katherine criara meio século atrás, em um matagal de videiras silvestres, vegetação rasteira e uvas-ursinas impenetráveis.

A casa assentava sobre a larga ombreira de uma montanha, o terraço dos fundos dando para Napa Valley. Uma balaustrada de concreto acompanhava a borda da ombreira, marcando o fim dos jardins e do gramado verdejante. Para além, estendiam-se o vale e a muralha de montanhas do lado oposto, amarelados pelo calor estival e por uma seca prolongada.

A poeira pairava no ar, um lembrete constante daquelas condições de secura perigosa. Um cigarro jogado ao acaso por um turista podia, com muita facilidade, provocar um grande incêndio, e naquela época do ano, as estradas do vale estavam superlotadas de pessoas em férias excursionando as inúmeras vinícolas.

Um cigarro jogado ao acaso ou um fósforo estrategicamente colocado: Sam não conseguia se livrar do pensamento. Com exceção daquela última confrontação com Len Dougherty, não tinha ocorrido mais nenhuma. O homem andava quieto. Quieto demais, na opinião de Sam.

– Já lhe disse que vamos nos hospedar no Plaza?

Katherine derramou chá quente em uma delicada xícara de porcelana, o vapor aromático dissipando-se para acrescentar seu odor ao ar.

Sam franziu o cenho.

– O leilão de vinhos não será no Waldorf?

– Sim. – Ela espremeu um pouco de limão no chá. – O que garantirá a nossa privacidade no Plaza. – Mexeu a bebida e observou a superfície formar círculos no líquido. – Clayton e eu nos hospedamos no Plaza – falou de um jeito quase indolente. Sam demorou um segundo para perceber que a avó estava se referindo ao falecido marido e não ao seu primo Clay que recebera o nome do avô. – Ele queria me levar para a Europa em nossa lua de mel, mas a Europa estava mergulhada na Primeira Guerra Mundial, então passamos um mês em Nova York. Tivemos momentos maravilhosos.

Sua expressão suavizou-se, como sempre acontecia quando mencionava o falecido marido, avô de Sam. Ao notar este detalhe, Sam quase podia imaginar Katherine apaixonada; ainda assim, porém, achava difícil imaginá-la submetendo-se aos desejos e necessidades de qualquer outra pessoa que não ela própria.

– Lembro-me que vimos Will Rogers – recordou Katherine. – Ele estrelava *Ziegfeld Follies* na ocasião. Isso foi antes de ir para Hollywood, naturalmente, e...

– Com licença, madame – interrompeu a Sra. Vargas, a grossa sola de borracha do sapato silenciando qualquer som e anunciando a sua aproximação. – O Sr. Rodriguez está aqui para ver o Sr. Rutledge. Ele disse que é urgente.

Sam olhou rapidamente para trás da governanta e viu Ramón Rodriguez parado do outro lado das portas francesas que davam para o terraço, apreensivamente remexendo no chapéu que segurava diante de si, o suor a escorrer-lhe pelo rosto. Ramón era um dos três homens aos quais Sam dera a incumbência de vistoriar e consertar as cercas divisórias horas antes.

– Qual é o problema, Rámon?

Em um só movimento, Sam se pôs de pé. Algo lhe dizia que o sossego terminara, antes mesmo que Rodriguez respondesse...

– É aquele velho Dougherty. Estávamos perto da propriedade dele e aí o sujeito ficou *loco,* começou a disparar na gente. – As palavras saíam em atropelo enquanto gesticulava, usando as mãos e o chapéu.

– Deixou Carlos e Ed pregados no chão sem poder mover um músculo. Peguei o caminhão e caí fora de lá o mais depressa que podia.

– Ligue para o xerife e diga-lhe que vá para lá.

Sam lançou a ordem a Katherine enquanto apanhava o chapéu e se encaminhava para a porta.

– Aonde você vai? – perguntou ela, batendo a bengala nas lajotas do chão.

– À casa de Dougherty.

– Por quê? – interpelou Katherine. – Não há nada que possa fazer. O xerife cuidará do caso quando chegar.

Retendo-se, Sam lançou-lhe um olhar impaciente.

– Contratei aqueles homens, Katherine. E os mandei lá para vistoriar as cercas. Não vou ficar aqui sentado enquanto Dougherty treina pontaria nos dois.

Ela não concordava com o raciocínio ou a decisão do neto. Isso estava estampado em sua expressão. Sam não perdeu tempo defendendo seu ponto de vista.

– Ligue para o xerife – repetiu e empurrou as portas francesas, cruzando-as. O amplo vestíbulo central surgiu à sua frente e ele começou a correr. Ramón o seguia de perto, o vestíbulo enchendo-se com os sons de passos atravessando o chão de mármore.

Após sair pela porta principal e descer os degraus, Sam rumou direto para a picape que Ramón deixara estacionada no alto do caminho de acesso. A chave estava na ignição. Sentou-se ao volante e girou a chave, pisando fundo no acelerador. A porta no lado do carona foi escancarada, a figura atarracada de Ramón preenchendo-a enquanto subia atabalhoadamente no veículo. Sam aguardou por uma fração de segundo para se se certificar de que Ramón já tinha entrado, depois engatou a primeira e partiu em disparada.

– O que aconteceu? Desta vez me dê todos os detalhes.

Quase sem reduzir a velocidade, Sam dobrou em uma estrada estreita de terra batida, uma das várias que entrecruzavam a propriedade, interligando as vinhas, as pastagens e a vinícola.

– Não sei. Aconteceu tão depressa... – Ramón lutava para organizar os pensamentos em um arremedo de ordem. – Estávamos examinando as cercas, do jeito que o senhor mandou. Quando chegamos no lado norte, encontramos uma parte caída. Um mourão que apodreceu...

– Em que ponto do limite norte?

Sam conhecia cada centímetro da terra dos Rutledge, cada depressão e elevação, cada árvore e cada pedra nela existentes. Os 10 acres de Dougherty formavam um retângulo que confinava com a propriedade dos Rutledge em dois lados, cortando um canto dela.

– Sabe onde a cerca desce até o meio do declive, acima do lugar onde está a casa de Dougherty? Pois é lá, bem no meio. – Usando as mãos, Ramón tentou ilustrar a localização exata. – Quando encontramos o mourão podre, Ed e Carlos ficaram para arrancá-lo e eu voltei à picape para pegar um novo. Quando ia andando, escutei alguém berrar. Dougherty, acho. Então *bum! bum! bum!,* ele começou a atirar.

– Ed ou Carlos foram atingidos?

Sam visualizou o local. Era uma vinha nova, as jovens videiras em pleno cultivo no seu segundo verão.

– Creio que não. Quando chamei pelos dois, Ed gritou que estavam bem. – Fez uma pausa e sacudiu a cabeça com ar de incerteza. – Na última vez que vi os dois, estavam deitados de barriga para baixo, fazendo amor com o chão.

Ao ouvir este relato, Sam sentiu a raiva se avolumando. A fúria palpitava ao longo do queixo enquanto ele aumentava a velocidade, nuvens de poeira elevando-se como rabos de galo atrás do veículo.

– E quanto a Dougherty? Onde estava?

Nem mesmo tentou adivinhar o motivo para Dougherty abrir fogo assim de repente.

– Em algum lugar perto da casa, acho. Não consegui ver.

Ramón deu de ombros em um gesto expressivo.

Minutos após deixarem a casa, chegaram ao local onde a estrada de terra fazia uma curva fechada para a direita. Freando, Sam reduziu a velocidade e saiu da estrada, estacionando no acostamento gramado. Era o mais próximo que aquele caminho os levaria dos limites que a fazenda compartilhava com Dougherty, que ainda ficava a uns cem metros de distância. Dali, teriam de prosseguir a pé.

Para além da estrada, o terreno elevava-se suavemente em um outeiro arredondado, circundado por fileiras de jovens videiras em camadas e coroado por um céu azul. Sam desceu da picape e parou por breves instantes. Com a colina bloqueando sua visão do local do incidente, apurou os ouvidos para escutar qualquer som capaz de indicar em que pé estava a situação. A quietude só era quebrada pelo murmúrio da brisa através das videiras e pelo barulho do motor esfriando depressa. Não havia nenhum disparo, nenhum grito. Isso não tranquilizou Sam.

– Por aqui.

Ramón cruzou a estrada em direção à vinha no lado oposto. Sam o seguiu.

O solo arado entre as jovens videiras formava uma passagem que contornava a colina. A terra seca mostrava sulcos abertos pelo uso anterior, confirmando ser esta a rota que os três tomaram. Sam localizou a cerca e afrouxou o passo, a exemplo de Ramón. O sol batia-lhe nas costas, através do algodão da camisa, queimando a pele.

Quando se acercavam do mourão do canto, Sam ouviu a explosão de um tiro de espingarda. Um uivo de dor o acompanhou enquanto ele e Ramón se jogavam no chão.

– Vocês não vão me enganar com um truque sujo desses. – A declaração proferida aos berros veio de Len Dougherty. Sam reconheceu a voz de imediato. – Podem contar aos Rutledge por mim, que conheço bem o jogo deles.

– Droga, Döugherty, como é que vamos contar alguma coisa se você não para de atirar na gente? – gritou Ed em resposta, numa voz que revelava mais ira do que medo. O apelo à razão, entretanto, não produziu qualquer efeito em Dougherty.

– Ah, vocês gostariam que eu os deixasse sair rastejando daí, não é?

Agachando-se e usando toda a camuflagem que as jovens videiras ofereciam, Sam procurou se aproximar devagar, passando por Ramón. Ed Braiser e Carlos Jones estavam a uns 50 metros dali, colados ao chão, perto da cerca. Carlos estava mais próximo, com Ed estendido atrás dele, deitado de lado e esfregando a mão direita como se doesse. Um cabo de uma pá quebrada jazia na videira seguinte, as pontas de um lenço branco amarrado tremulando ao vento no alto do cabo. A outra metade da pá estava no chão junto a Ed. Era óbvio que uma tentativa de rendição tinha fracassado.

Satisfeito ao verificar que nenhum dos homens parecia ferido, Sam esgueirou-se para a fileira seguinte, a fim de ter uma visão melhor da propriedade de Dougherty. Um caminho estreito e esburacado, onde reinava o capim, conduzia ao vale raso no alto da encosta da montanha. Anos de abandono haviam transformado a casinha, antes pequena mas bem-cuidada, em pouco mais do que um barraco. A tinta havia muito descascara das ripas, deixando-as cinzentas e apodrecidas aqui e ali. A área a circundar a casa assemelhava-se a um cemitério de peças de máquinas enferrujadas e abandonadas. Um espesso matagal cobria o restante dos 10 acres.

O desleixo, a decadência, a deterioração do lugar bastavam para enfurecer Sam. Com a expressão enfezada, correu os olhos pela área e, por fim, avistou a figura magra mas resistente de Dougherty aco corada atrás do reluzente Buick, usando o capô para apoiar a arma Havia uma garrafa de uísque no chão ao seu lado.

– O que faremos, patrão?

Ramón agachou-se perto dele.

Sam andara matutando sobre esta mesma pergunta. De repente a espingarda detonou outra vez, levantando uma nuvem de poeira bem diante de Carlos. Este colou-se ainda mais ao chão, cobrindo a cabeça com as mãos.

– Suas cobras nojentas, não vão sair daqui depois de derrubarem a minha cerca! – gritou Dougherty. – Tentem de novo e meto uma bala em vocês.

– Isso decide tudo.

A voz de Sam era mais baixa do que um murmúrio. Após examinar a área pela última vez, recuou. Qualquer ideia de esperar que o xerife ou seus assistentes viessem resolver a situação fora descartada no instante em que Dougherty fizera aquela ameaça.

– O que acha?

Ramón juntou-se a ele.

– Ouviu alguma sirene?

Ramón prestou atenção por um momento, depois sacudiu a cabeça.

– Não.

– Nem eu. – Com as exigências do tráfego intenso do verão e a escassez de assistentes determinada pelos cortes orçamentários em todo o país, não havia como prever quando despachariam um carro para o local. Quer demorasse dois ou vinte minutos, em ambos os casos seria tempo demais. Sam colocou a mão no ombro de Ramón.

– Fique aqui.

– Aonde vai?

– Lá embaixo. – Virando bruscamente a cabeça para o lado, Sam indicou a casa de Dougherty. – Vou tentar distrair a atenção dele, e espero fazê-lo o tempo suficiente para que você tire aqueles dois dali.

– Ele vai atirar no senhor.

Ramón o fitou com olhos arregalados.

– Não se não me vir.

Sam estava contando com isso.

Procurando não ser visto da casa, Sam foi descendo a encosta em direção à cerca no limite oeste da propriedade. Ali, o crescimento exuberante de videiras e mato na vinha de Dougherty oferecia densa camuflagem. Sam abaixou-se entre os arames e esgueirou-se furtivamente pelo folhoso túnel de videiras. Com a localização da cabana dilapidada e Dougherty gravado em sua mente, avançou para lá a passo lento e silencioso – algo que não praticava desde garoto, quando seu passatempo favorito era bancar o índio e dar um susto nas pessoas.

Cruzou-lhe a mente que não era mais um garoto e Dougherty não era um trabalhador da vinha ou um dos criados. Antes que pudesse perguntar que diabo estava fazendo ali, a espingarda disparou de novo e o pensamento foi esquecido, posto de lado pela convicção de que precisava deter Dougherty antes que alguém se ferisse.

O suor escorria-lhe pelas têmporas. Enxugou-o e parou para tomar fôlego. Nem uma só brisa penetrava na vegetação espessa. O ar quente era sufocante, carregado com o cheiro de mato e uvas maduras. Enxotou um inseto que zumbia perto do seu rosto e foi em frente, vagamente consciente de como os sentidos estavam estimulados para que o zumbido do inseto soasse tão alto.

Dougherty gritou algo e a voz soou mais perto. Muito mais perto do que Sam esperava. Com cautela crescente, avançou furtivamente em direção ao alto capim na extremidade da videira. Através dos talos marrons, avistou Dougherty, meio deitado e meio apoiado no capô e no para-lama lustroso do Buick. Toda a sua atenção continuava concentrada na elevação, fora do alcance da visão de Sam. Mas a espingarda era claramente visível. Parecia uma carabina militar, uma antiga arma de guerra. Sam guardava uma vaga lembrança de certa vez ter visto Dougherty de uniforme, marchando em uma parada do Memorial Day em homenagem aos habitantes da região mortos na guerra.

Aproveitando-se da camuflagem, Sam examinou a área de perto. O carro estava estacionado próximo a um dos cantos da casa, paralelamente aos degraus dianteiros. Do carro até a vinha não havia nada além de espaço aberto. Se conseguisse alcançar a casa entre os dois...

Com este pensamento, Sam recuou alguns metros e encontrou uma abertura entre os troncos nodosos das velhas videiras. Tirou o chapéu e o empurrou enquanto serpenteava de bruços através do espaço, fechando os olhos para protegê-los do bater das folhas e do capim. Atravessou mais duas fileiras do mesmo modo, tomando cuidado para fazê-las farfalhar o mínimo possível.

Uma olhadela confirmou que a residência quase em ruínas impedia que Dougherty o visse. Pondo-se de pé, Sam cruzou rapidamente a clareira coberta de mato até chegar à casa. Cautelosamente, contornou para o outro lado da moradia e espiou pelo canto. Podia ver os pneus traseiros e parte do capô verde do carro. Aquilo era tudo.

Foi seguindo colado à parede lateral da casa, pisando com cuidado a cada passo. O suor escorria agora, porém o mais estranho era que sua boca estava seca. Umedeceu-a, consciente do martelar do coração, os nervos retesados em um estado de alerta máximo. Não se metia em uma briga desde os tempos da faculdade, mas, naquele exato momento, a adrenalina estava bombeando e achava-se pronto para a luta.

Quando alcançou o canto da casa, o capô do Buick estava bem na sua frente. Parou, aguardou por uns segundos, depois espiou pelo canto da parede.

Len Dougherty continuava na mesma posição. Ainda estava apoiado no capô, resmungando consigo mesmo algo sobre os Rutledge. Sam mediu a distância entre os dois. Três passadas longas e rápidas e estaria atrás de Dougherty.

Ainda não havia nenhum ruído de sirene ao longe.

– Pelo amor de Deus, Dougherty, quer parar de disparar e nos deixar sair daqui?

No instante em que Ed Braiser gritou da encosta, Sam cruzou o espaço intermediário. Estendendo a mão, deu um tapinha no ombro direito de Dougherty. Sobressaltado, este levantou-se bruscamente, girando para a direita, para longe de Sam, e trazendo consigo a velha carabina. Sam agarrou o cano com uma das mãos, fazendo Dougherty rodar, e segurou a coronha da espingarda com a outra. Com uma torção violenta, arrancou a arma de suas mãos e usou o mesmo movimento e impulso para empurrar o homem para trás Desequilibrado, Dougherty caiu no chão.

Automaticamente, Sam puxou o carregador e tirou a bala do cartucho. Houve um movimento na sua visão lateral, no alto da encosta, quando os dois trabalhadores se arrastaram para um lugar seguro. Dougherty fez menção de levantar-se, preparando-se para jogar-se contra Sam, o rosto vermelho de raiva.

– Faça isso – instigou-o Sam, a voz baixa e vibrante de fúria mal controlada. – Dê-me uma desculpa para enfiar a espingarda pela sua goela abaixo.

Dougherty tomara uns dois tragos de uísque antes para livrar-se da ressaca, um pouco do mesmo veneno que o intoxicava. Mas acha-va-se bastante sóbrio para perceber que estava velho demais para ficar aos socos com um homem mais jovem como Rutledge. Soergueu-se com o apoio dos cotovelos.

– Você se sente o máximo batendo em um homem mais velho? – zombou.

– Você pode ser velho, Dougherty, mas parou de ser homem muito tempo atrás.

Sam recuou, enojado. Ainda estava bastante perto, porém, para sentir o odor enjoativamente doce de uísque.

Um carro com uma insígnia vinha correndo e rabeando pela estrada esburacada e deu uma guinada antes de parar perto do Buick, as luzes piscando e a sirene desligada. Um uniformizado auxiliar do xerife saiu da radiopatrulha e aproximou-se com cautela, a alça do cão solta e a mão no coldre da arma.

– O que está acontecendo aqui?

Seu olhar correu de Dougherty caído de bruços à carabina nas mãos de Sam.

– Ele estava disparando contra os meus trabalhadores. – Sam entregou a arma ao auxiliar, mantendo o cano apontado para o céu. – Já a descarreguei.

– Você simplesmente não consegue ficar longe de confusão, não é, Dougherty?

O auxiliar sacudiu a cabeça para ele.

Indignado, Dougherty pôs-se de pé com dificuldade.

– É ele que está metido em confusão. – Apontou um dedo na direção de Sam. – Não fiz nada de errado. Um homem tem o direito de defender sua propriedade, e era isso que eu estava fazendo. Estavam derrubando a cerca e os impedi. – Virou-se para Sam. – Esta terra ainda não lhe pertence. E juro sobre o túmulo de Becca que jamais pertencerá.

– Seu maluco idiota, essa foi a causa de tudo isso? – desafiou Sam, a voz rouca de raiva. Ergueu o braço bruscamente na direção da colina. – Aqueles homens não estavam derrubando a cerca. Estavam consertando-a, até que você começou a atirar. – Fez uma pausa, os olhos estreitando-se. – Meu Deus, podia ter ferido um deles.

– É pouco provável – zombou Dougherty. – Só atinjo o que miro.

– Que alento! – Contrapôs Sam.

– Está me chamando de mentiroso? – Dougherty encrespou-se e bateu forte no peito. – Tenho uma medalha de exímio atirador para provar. Eu podia ter atingido os dois quando quisesse, mas tudo que fiz foi dar um susto e deixá-los acuados ali.

– Ninguém se machucou, certo?

O auxiliar olhou para Sam em busca de confirmação.

Este relanceou os olhos para a colina. Ramón e os outros dois trabalhadores tinham voltado para espaço aberto de novo.

– Parece que não.

O auxiliar hesitou.

– Quer registrar queixa, Sr. Rutledge?

– O que está perguntando a esse sujeito? – interpelou Dougherty. – É ele que está invadindo a minha propriedade.

– Não force a barra, Dougherty – preveniu Sam, sua irritação quase a ponto de explodir. – Ou mandarei trancafiá-lo por agressão com arma mortal. – Para o auxiliar, disse secamente: – Sabe onde me encontrar.

Afastou-se, ignorando as ameaças vazias que Dougherty gritava para ele.

SOB O OLHAR vigilante do auxiliar do xerife, o mourão podre foi substituído e o arame, estendido. Só após o serviço estar concluído é que partiu, levando a carabina consigo e avisando a Dougherty que podia buscá-la dentro de alguns dias, depois que a arma passasse pelo teste de balística. Isso foi tão desagradável quanto o sermão recebido.

Quando a radiopatrulha saiu do quintal, Len Dougherty irrompeu casa adentro, pegou uma garrafa de uísque quase vazia e derramou uma dose em um copo sujo, ainda fumegando de raiva com a injustiça de tudo aquilo. Sabia com exatidão a quem cabia a culpa – diretamente à grande Madame e ao seu arrogante neto. Juntos, tinham virado todos no vale contra ele.

Esvaziou o copo, tomando a bebida de um só trago e acolhendo com prazer a ardência intensa na garganta. Imediatamente tornou a encher o copo, esvaziando a garrafa, e desmoronou na poltrona cheia de calombos que usara como cama após apagar na noite anterior.

Cinzas e tocos de cigarros transbordavam do cinzeiro de cerâmica lascado e rachado na mesinha ao seu lado. A madeira cor de nogueira estava toda marcada com as cicatrizes enegrecidas de queimaduras de cigarro. Caixas de fósforo vazias, maços de cigarros amassados e outros fragmentos de lixo inidentificáveis amontoavam-se ao redor. A única área relativamente limpa na mesa estava ocupada pela fotografia em uma moldura barata, exibindo uma mulher jovem e morena com um sorriso tímido e temeroso no rosto.

Len escarrapachou-se nas almofadas manchadas e olhou fixo para o líquido ambarino no copo.

– Achei que fossem derrubar a cerca, mas dei-lhes uma lição. Dei mesmo. – Soltou um grunhido de ênfase e tomou mais outra dose de uísque, rolando-a na boca antes de engoli-la. Depois virou a cabeça e pousou os olhos no retrato. – Mostrei mesmo, Becca – repetiu suavemente.

Deixou a garrafa vazia escorregar da mão e cair na almofada, encaixando-se junto à coxa. Com extremo cuidado, pegou a fotografia e a apoiou no colo, de frente para si. Sofrimento e um vago tipo de fúria contorciam-lhe o rosto.

– Por que você tinha de morrer, Becca? – gemeu. – Por que me deixou? Você sabia que eu não era nada sem você. Não foi justo você morrer. Não foi justo, quando eu precisava tanto de você.

Um soluço ameaçou escapar-lhe da garganta. Sufocou-o com outro gole de uísque. Tornou a fitar a foto, desta vez com olhos cheios d'água.

– Tínhamos tantos sonhos, Becca. Tantos sonhos para este lugar. – Sua voz estava rouca e suave. Fungou ruidosamente. – Não pemitirei que tomem a nossa terra. Juro a você, Becca. Arranjarei o dinheiro.

Vou conseguir em alguma parte... de algum modo. Talvez... Talvez...
– Deixou o pensamento morrer no silêncio, o fragmento de uma ideia, uma esperança, espalhando-se pelo rosto. Devolveu o retrato ao seu lugar original e sorriu. – Vou conseguir. Vai ver só.

Engoliu o restante do uísque no copo e levantou-se da poltrona. Com surpreendente firmeza no andar, cruzou a sala e bateu a porta atrás de si ao sair de casa e dirigir-se direto ao carro.

Meia hora depois, estacionou em frente à taverna de tijolos quase em ruínas e entrou. A luminária pendurada sobre a mesa de sinuca projetava sua luz sobre a superfície de feltro verde e deixava o jogador solitário nas sombras. As bolas se chocavam quando Len se encaminhou para o bar.

– Preciso de trocado para o telefone. – Bateu a mão sobre o balcão junto com uma nota amarrotada de 10 dólares. – Tenho de fazer uma ligação a longa distância.

– E isto aqui é lugar para se trocar dinheiro? – resmungou Ed Grandão, mas embolsou os 10 dólares e tirou da gaveta da caixa registradora um rolo de moedas de 25 centavos, depois o empurrou para Len no lado oposto do balcão.

Segurando firme o tubo de moedas embrulhadas com papel, ele retornou aos banheiros e ao telefone público na parede. Uma vez lá, hesitou e esfregou a mão na boca de repente seca. Talvez devesse tomar um drinque primeiro. Só uma pequena dose. No mesmo instante, rejeitou a ideia.

Uma dezena de vezes tentara reunir coragem para dar aquele telefonema, e a cada vez bebia tanto que seu esforço era em vão. Mas não daquela vez. Tinha prometido a Becca.

Ainda assim, hesitou antes de pegar o fone e passou a mão no rosto com a barba por fazer. Desejou ter se barbeado, se lavado um pouco antes de fazer a ligação. Era importante causar a impressão certa.

Por que cargas d'água estava se preocupando com isso? Era só um simples telefonema, droga. Sua aparência não importava.

Antes de se confundir com mais pensamentos loucos, Dougherty arrancou o fone do gancho e apertou o "0" para chamar a telefonista.

Uma voz feminina surgiu na linha.

– Obrigada por usar a AT&T. Posso ajudá-lo?

– Sim, quero ligar... – Teve de vasculhar na memória por um minuto antes de lembrar o nome que ela estava usando. – ... Kelly Douglas, em Nova York.

– E o número, por favor?

– Não conheço o número.

– Pode ligar diretamente para Informações, discando o código de área 212-555-12...

– Não, você me arranje o número – interrompeu Dougherty com impaciência; depois se conteve e tentou recorrer ao velho charme que no passado dera tão certo para ele. – Entenda, estou ligando de um telefone público, senhorita. Não tenho papel nem caneta para anotar.

– Isso é um problema – admitiu ela, amável. – Espere um momento que eu vou encontrá-lo para o senhor.

– Obrigado. – Aguardou, mordendo nervosamente o lábio inferior, a boca ficando mais seca a cada segundo. Depois veio a má notícia: de acordo com o serviço de Informações de Nova York, havia apenas uma Kelly Douglas no catálogo, e este número não constava da lista. Sob nenhuma circunstância podiam dá-lo. – Mas é uma emergência – protestou, agitado. – Preciso me comunicar com ela.

– Se declarar a natureza da sua emergência e deixar um número onde possamos localizá-lo, será um prazer transmitirmos o recado à pessoa interessada, de modo que possa procurá-lo.

– Isso não dará certo. Preciso conversar com ela pessoalmente. – Pressionou a testa com a mão, tentando pensar. – Olhe, vamos tentar encontrá-la no trabalho, certo?

– Onde a Srta. Douglas trabalha? – indagou a telefonista.

– Ela é repórter de televisão. Trabalha na... naquela do pavão, NBC.

– Devo fazer uma ligação pessoal?

– O quê? Ah, sim, certo, pessoal.

Transferiu o peso de um pé para o outro e agarrou-se ao fio do telefone de metal, a tensão atuando nos nervos já em frangalhos.

Logo soou um toque no outro lado da linha. Este prosseguiu por um intolerável número de vezes antes que finalmente uma voz atendesse.

– Boa tarde, NBC.

– Tenho uma ligação a longa distância para Kelly Douglas, por favor – anunciou a telefonista.

– Kelly Douglas? Um momento. – Houve uma breve pausa. – A Srta. Douglas não trabalha aqui.

Com isto, o autocontrole de Dougherty evaporou-se.

– Isso é uma mentira deslavada! Ela trabalha aí. Sei que trabalha. Acabei de vê-la no noticiário uns dois dias atrás.

– Lamento, mas... – tentou continuar a voz.

– Ela mandou você dizer isso, não é? – Os dedos estrangulavam o fio de metal enquanto o rosto ficava rubro de raiva. A telefonista disse algo, mas ele estava perturbado demais para ouvir. – Trate de colocá-la na linha neste minuto! Ouviu bem? Quero falar com ela. – Continuou a berrar exigências no fone. Passaram-se vários segundos até perceber que ninguém o ouvia; o telefone estava mudo. Furioso, bateu o fone no gancho. – Ela vai falar comigo. Juro por Deus, farei com que fale comigo – prometeu.

Mas primeiro precisava de um drinque.

## 5

As luzes resplandeciam, banhando a mesa dos âncoras e seus ocupantes com uma luz quente. Fora da área iluminada, o restante do estúdio jazia nas sombras. As pesadas câmeras e seus operadores, os ajudantes de cena, os técnicos de áudio, o maquiador, os assistentes de produção e o diretor de estúdio eram vultos difusos dispostos ao redor do cenário do âncora. Todos estavam atentos ao labirinto de cabos pretos no estúdio, à espera de enganar os incautos.

Na mesa do âncora, Kelly encarava a câmera três e aguardava uma deixa que, conforme sabia muito bem, viria dentro de poucos segundos. O cabelo comprido estava preso em uma trança, algumas mechas soltas para suavizar a expressão e ocultar o audiofone que a mantinha em contato direto com a sala de controle e os técnicos dentro do estúdio. Um microfone estava preso à lapela do casaco azul-celeste, um adorno discreto próximo à echarpe listrada azul e dourado no pescoço.

A luz vermelha na câmera três acendeu, acompanhada pelo sinal manual.

– O governador Cuomo esteve em Nova York hoje para...

Quando Kelly começou a ler a cópia na tela do teleprompter, estrategicamente colocada logo abaixo da lente da câmera, a tela ficou em branco. Sem nenhuma interrupção na narração, Kelly consultou os papéis diante de si, uma cópia impressa do roteiro do teleprompter que mantinha consigo como precaução para uma eventualidade.

– ... reunir-se com autoridades municipais e discutir o auxílio que o estado poderia fornecer para tirar a cidade da atual crise orçamentária. John Daniels tem mais informações sobre o assunto.

Olhando para a câmera, Kelly continuava a parecer perfeitamente composta; pelos fones de ouvido, porém, podia ouvir o produtor executivo na sala de controle chamando as imagens aos gritos, e o diretor repetindo a ordem, acrescentando algumas obscenidades. Baixou os olhos por um segundo, ostensivamente para os papéis, mas, na realidade, para o pequeno monitor oculto na mesa dos âncoras. Viu apenas o próprio rosto.

Na televisão, três segundos de imagem silenciosa podiam parecer uma eternidade. Com os nervos à flor da pele, Kelly trocou a matéria que apresentava pela reportagem seguinte, caso aquela fosse transferida para mais tarde. Depois seu rosto sumiu de repente do monitor, substituído pelo de John Daniels parado defronte à prefeitura.

– Tudo bem. – A voz do diretor de estúdio ecoou o alívio que Kelly sentia. – O teipe leva um minuto e trinta segundos, depois voltamos a você, Kelly.

Kelly assentiu com a cabeça e recostou-se na cadeira, deixando os braços penderem. Elevou a voz ligeiramente para se dirigir a todos no estúdio.

– Se vocês queriam tornar memorável a minha última transmissão, soltando um bando de *gremlins* para causarem todos esses transtornos, foram muito bem-sucedidos.

De trás das câmeras, veio um leve som de risadinhas, e Chuck, o outro âncora, sorriu.

– Só queríamos nos certificar de que não tinha se esquecido das emoções da televisão ao vivo.

– Muito obrigada – murmurou ela com voz seca.

O primeiro dos contratempos menores havia ocorrido antes de irem ao ar. Uma assistente de produção se aproximara de Kelly quando um técnico de áudio estava ajustando o microfone dela, informando-lhe que não iria entrevistar Robert Mondavi; o voo atrasara e ele não chegaria no estúdio a tempo.

– Então vamos eliminar esse segmento.

Em sua mente, andara pensando que podiam inserir uma notícia curta sobre o leilão de vinhos de sábado.

– Não. Townsend arranjou um substituto. Estão agora com o maquiador.

– Quem é?

Kelly detestava fazer entrevista assim no escuro, sem nenhum conhecimento prévio sobre o convidado, seus antecedentes, suas realizações ou os pequenos e singulares mexericos, que poderia torná-lo interessante ao telespectador. Havia o risco muito grande de fazer perguntas idiotas que revelassem sua ignorância.

– Não consigo me lembrar do nome, mas não se preocupe. Vamos preparar uma introdução e uma lista de perguntas para você.

Mal formulara a promessa e já se afastava para atender a um chamado, deixando Kelly com a sensação desconfortável de que talvez tivesse quatro minutos muito longos e potencialmente embaraçosos a preencher ao vivo com um convidado desconhecido.

Já fazia três minutos que estavam no ar quando uma luz havia explodido, cobrindo um canto da mesa com cacos de vidro. Logo em seguida, uma mosca aterrissara no nariz de Kelly e dera um passeio exploratório por seu rosto, uma distração indesejável piorada pelo fato de que o assunto da notícia era o departamento de saneamento municipal. O revés mais recente fora, obviamente, o súbito defeito no teleprompter.

Isso praticamente convencera Kelly de que seu aparecimento final no programa estava amaldiçoado. Ainda assim, brincou com a equipe.

– Chega de surpresas por hoje, meus chapas. Certo?

– Desconfio que podemos esquecer aquela ideia de surpreendê-la com um bolo – comentou às claras Rory Tubbs, o operador de câmera.

O bolo e a festinha da despedida que a equipe havia planejado para Kelly eram um dos segredos menos bem guardados no edifício.

– Um bolo? Algo bem pecaminoso e rico em calorias, espero – replicou Kelly e sorriu.

– Rico em calorias, talvez não, mas pecaminoso, certamente – prometeu Rory, arrancando risadinhas dos demais membros da equipe.

– Que espécie de bolo é esse?

Kelly pôs a mão no quadril em falsa interpelação.

– Tudo bem, dez segundos. – O diretor de estúdio lançou o aviso. Kelly viu que o teleprompter estava funcionando de novo e rapidamente tratou de certificar-se de que as palavras de abertura nos papéis batiam com as letras de imprensa na tela. Eram as mesmas, sim. – Nove, oito, sete, seis, cinco, quatro, três, dois...

Ante seu sinal manual, ela dirigiu-se à câmera.

– Durante sua estada em Nova York, o governador Cuomo também visitará o senador Dan Melcher. O senador continua hospitalizado, recuperando-se de um atentado a bala que sofreu no início desta semana. Segundo o porta-voz do hospital, o estado do senador apresenta "melhoras". Espera-se total recuperação.

A atenção transferiu-se para o outro âncora enquanto este lia a chamada para a próxima notícia, que viria antes do intervalo comercial. Fora do ar, Kelly desprendeu o microfone e retirou-o de baixo do casaco, deixando-o pendurado no assento da cadeira ao levantar-se e sair em silêncio do set. Após os comerciais, vinha a previsão meteorológica, depois o segmento de entrevista com o convidado ainda desconhecido. Ela mal tinha cinco minutos para se inteirar de tudo que pudesse, e pretendia aproveitar cada segundo.

Sally O'Malley, uma das assistentes de produção que regularmente conduzia os convidados do programa ao estúdio, abordou-a longe do set dos âncoras e entregou-lhe duas folhas de papel amarelo.

– A introdução e as perguntas – explicou em um sussurro bem baixo, depois fez um gesto. – Por aqui.

Calculando que Sally a estava levando para conhecer o convidado, Kelly a seguiu, caminhando com cautela por cima dos cabos espalhados pelo chão. Avistou Hugh Townsend parado próximo aos fundos do estúdio com outras duas pessoas. Seu olhar incidiu na mulher esguia e ereta à direita de Hugh. Seu terninho de verão de um rosa suave tinha todas as características de um Chanel, e o corte elegante do cabelo branco...

Meu Deus, era Katherine Rutledge. Kelly ficou gelada de medo, uma sensação de pânico tomando conta de si. Não podia enfrentá-la. Não podia correr o risco de ser reconhecida. Não podia.

Mas como Katherine Rutledge poderia reconhecê-la? Não era mais a jovem gorducha de óculos e cabelo escorrido da qual Katherine se lembrava. Havia mudado. Mudado de nome, de aparência, de vida – tudo.

Contudo, isso não diminuía a grande tensão que a dominava quando se aproximou do trio. Era experiente demais, bem-treinada demais para deixar transparecerem seus sentimentos.

Hugh sorriu-lhe em uma saudação silenciosa, um leve brilho de triunfo nos olhos cor de avelã. Então, com modos impecáveis, virou-se para Katherine Rutledge.

– Katherine, permita-me apresentar-lhe Kelly Douglas. Ela irá entrevistá-la. – Depois inverteu as apresentações. – Kelly, esta é Katherine Rutledge.

– É uma honra tê-la como convidada, Sra. Rutledge.

De perto, Kelly pôde perceber que ela envelhecera pouco em 12 anos. Os olhos ainda eram tão penetrantes e luminosos como sempre foram, e a maquiagem pesada conferia ao rosto um ar liso, ocultando quaisquer rugas que o tempo pudesse ter acrescentado.

– Srta. Douglas. – Katherine lhe estendeu a mão calçada com luva branca, uma qualidade de rainha no gesto do qual Kelly bem se recordava. Era tão inesquecível quanto sua voz cortante como cacos de vidro. Quando Kelly soltou a mão, Katherine usou-a para graciosamente dirigir-lhe a atenção para o terceiro membro do grupo. – Este é meu neto, Sam Rutledge.

Kelly virou-se e ergueu os olhos para um rosto que era forte e magro, só vincos e sombras, reentrâncias e ângulos. O ar suave e juvenil do qual ela se lembrava se fora, muito embora o tivesse visto apenas umas poucas vezes. O que não era de surpreender, considerando-se que não frequentavam nas mesmas rodas. Sam Rutledge pertencia ao círculo dos vinicultores com seus reluzentes conversíveis, alegres festas nos jardins e as mais recentes novidades da moda, enquanto ela pertencia – não, não ia lembrar. Recusava-se a lembrar. Deixara essa vida bem para trás.

– Bem-vindo a Nova York, Sr. Rutledge – cumprimentou, consciente de que aqueles olhos a estudavam com um interesse distraído. Não havia nenhuma expressão de reconhecimento em seus olhos, porém a tensão intensificou-se, acelerando a pulsação. Uma reação que Kelly encarava como mero nervosismo e nada mais, embora isso não explicasse o fato de estar assim tão sensível à presença dele.

– Srta. Douglas.

Ele não fez menção de apertar-lhe a mão, limitando-se a sorrir. O movimento da boca aprofundou as reentrâncias e mudou as sombras de posição, com resultados atraentes.

– Vai se juntar a nós na entrevista, Sr. Rutledge? – indagou ela, enquanto imaginava como conseguiria chegar ao fim daquilo tudo.

– Não. – Houve um breve menear da cabeça e outro leve movimento da boca. – Apenas acompanho Katherine ao estúdio.

Kelly achava estranho que chamasse a avó pelo nome, mas estava preocupada demais para refletir mais sobre esse detalhe.

Atrás dela, vozes elevaram-se, indicando o início de um intervalo comercial. Satisfeita com a distração, Kelly olhou para trás. Duas câmeras se afastavam da mesa dos âncoras, os operadores chutando os cabos para o lado enquanto as manobravam, posicionando-as perante o set, à direita da mesa. O conjunto de holofotes no teto acendeu-se, projetando sua luz brilhante nas duas cadeiras dispostas em ângulo uma em direção à outra e separadas por uma sólida mesa redonda.

Um ajudante correu para o set e pôs uma garrafa de vinho e uma taça junto a um vaso, enfeitado com um arranjo de lírios e rosas.

A jovem assistente de produção cutucou Kelly.

– Por que não leva a Sra. Rutledge para o set e a acomoda lá antes da entrevista?

– Sim.

Hesitou por uma fração de segundo, lutando para controlar o frio na barriga e fazendo o juramento silencioso de transformar essa entrevista na melhor que já realizara. Este era o incentivo de que necessitava para se concentrar.

– Queira me acompanhar, Sra. Rutledge.

Depois que a mulher fez que sim com a cabeça, Kelly seguiu na frente, evitando o melhor possível o emaranhado de cabos.

Hugh observou-as enquanto encaminhavam-se para o set que ele apelidara de toca do papo. Um movimento leve atraiu seu olhar para Sam Rutledge.

– Sua avó está em boas mãos – assegurou-lhe Hugh. – Kelly tem um talento incrível. E uma voz idem.

– Sem dúvida.

Mas não era em sua voz de locutora que estava pensando, com aquele tom de firmeza serena, macia e sem asperezas, nem vivaz nem formal. Sua mente não parava de reviver o som cálido e amigável daquela voz enquanto Kelly brincava com a equipe durante um intervalo.

Quando a dupla chegou ao set, as volumosas câmeras do estúdio bloquearam-lhes a visão.

– Vamos para lá? – Hugh indicou um local indefinido. – Conseguiremos ouvir melhor e também ver o monitor.

– Como quiser.

Sam seguiu Hugh Townsend quando este caminhou para uma área à direita das câmeras, mas ainda atrás delas.

Aquele ângulo proporcionava a Sam uma visão desobstruída do set e de seus ocupantes. Katherine já estava sentada na cadeira mais distante, sua própria postura conferindo-lhe a aparência de um trono. Kelly Douglas continuava de pé, batendo um dedo no fone e balançando a cabeça para avisar que não conseguia escutar nada. No canto do estúdio mergulhado em sombras, o cabelo acaju parecera quase negro. Sob a luz dos holofotes, notou Sam, pegava fogo.

Um técnico de áudio correu para o set. Kelly deu as costas para ele – e para Sam. O técnico ergueu-lhe o casaco para checar a caixa de pilhas presa ao cós da saia, concedendo a Sam um vislumbre da combinação de renda e seda azul-bebê que ela usava por baixo. Ele achou que isso formava um contraste interessante com o corte severo do casaco.

Fosse qual fosse o ajuste feito pelo técnico, funcionou. Quase de imediato, ela o brindou com um sorriso.

– Agora está alto e claro. Obrigada, Carl.

O homem respondeu, com um erguer do dedo em saudação e se afastou do set quando o diretor de estúdio gritou:

– Tudo bem, silêncio. Vamos sair do intervalo dentro de vinte segundos.

Kelly sentou-se e murmurou algo a Katherine que Sam não conseguiu pegar. Depois debruçou-se sobre os papéis no colo, a caneta apressadamente rabiscando nas folhas.

Veio o aviso de "15 segundos", seguido rapidamente pela contagem regressiva.

Sam voltou os olhos para o monitor e indolentemente observou os rostos cederem lugar a mapas meteorológicos. Porém, sua mente vagava, os pensamentos como sempre se voltando para a vinícola, as vinhas e o trabalho a ser executado. Adiara o desbaste do Vinhedo do Sol até voltar para supervisionar o serviço. O engarrafamento do *cabernet sauvignon* com dois anos estava prosseguindo, sob o olhar vigilante de Claude. O *merlot* também estava programado para ser engarrafado.

Len Dougherty não representava mais nenhum problema, pelo menos por enquanto. Antes de partirem para Nova York, o xerife ligara para avisá-los de que ele fora detido pela polícia de Santa Helena. Tinha se declarado culpado de uma acusação de bebedeira e desordem. No presente momento, Dougherty estava na cadeia municipal, cumprindo uma sentença de quatro dias de prisão.

Com atraso, Sam notou uma tomada de Kelly Douglas no monitor. Um conjunto de gráficos surgiu na tela, promovendo o leilão de gala, informando a hora, o local, os preços do ingresso e as obras de caridade que receberiam os lucros.

Intimamente, desejava que pudessem encontrar-se com o barão Fougère, faltar ao leilão e pegar o voo para casa. Mas também reconhecia que essa talvez fosse a última grande festa à qual Katherine compareceria. Deus sabia que devotara sua vida inteira, cada migalha de energia, a Rutledge Estate, suas vinhas e seus vinhos, em detrimento de quase tudo mais. Merecia regalar-se com a glória que seus vinhos tinham alcançado.

E Sam não tinha qualquer dúvida de que o leilão provaria ser um triunfo para os vinhos de Rutledge Estate. Katherine havia doado uma caixa de *cabernet sauvignon* Rutledge Estate Reserva de 1973, uma safra que todo especialista em vinhos classificaria como um vinho clássico, o maior elogio que um vinho podia receber. E era uma safra agora só encontrada em adegas de colecionadores particulares. Na última vez que uma única garrafa da safra de 1973 fora leiloada, sete anos antes, seu preço alcançara 500 dólares, uma quantia fenomenal para um vinho californiano. O preço de uma caixa inteira acabaria atingindo a casa das dezenas de milhares.

Seria uma minimização da verdade definir isso como um triunfo, admitiu Sam.

Ao lado dele, Hugh murmurou:

– Brilhante. Absolutamente brilhante.

Sam virou-se, fitando-o de relance com um leve franzir de cenho. Townsend estava ali de pé, um braço dobrado diante de si, apoiando um cotovelo, enquanto ele esfregava os dedos na boca em uma pose meditativa.

Percebendo o olhar interrogativo de Sam, rapidamente apontou um dedo para o set.

– Ela eliminou quase toda a introdução e escreveu outra. É esplêndido – murmurou por trás da mão.

Só então Sam prestou atenção de fato às palavras que Kelly Douglas estava dizendo.

– ... realmente pode ser considerada uma lenda. Durante a Lei Seca, enquanto os outros substituíam as vinhas por pomares, ela continuou cultivando as suas para a fabricação de vinhos de missa. Na mesma época, replantou as vinhas com as melhores mudas de *vinifera*, pessoalmente selecionadas e importadas da França, sempre firme na crença de que a grande experiência da Lei Seca algum dia acabaria. Crença esta que a história mostrou estar correta. Perguntem a qualquer conhecedor de vinhos californianos sobre Rutledge Estate, e ele falará, com um traço de reverente admiração, sobre o "vinho da Madame". – Kelly fez uma pausa e sorriu para Katherine. – Já lhe disse isto antes, mas tenho de repetir: é, de fato, uma honra tê-la conosco, Madame Rutledge.

– Obrigada, mas o prazer é meu.

Katherine inclinou a cabeça por um breve instante, o charme irradiando-se da expressão para se tornar parte da sua dignidade inata.

– Uma curiosidade. O termo "Madame". De onde surgiu?

– Começou anos atrás. – Ignorou o número exato de anos com um erguer da mão. – Assim que cheguei em Rutledge Estate como recém-casada, os criados referiam-se a mim como "a jovem madame", para me diferenciarem, tenho certeza, da mãe do meu marido, ainda viva na época. Mais tarde, quando regressei da França após a morte dele, vim acompanhada por Girard Brossard e seu jovem neto, Claude. A despeito da existência da Lei Seca, Girard havia concordado em se tornar supervisor dos vinhos em Rutledge Estate. Um cargo que seu neto Claude agora ocupa. Sendo francês, tanto Girard quanto Claude me chamam de Madame. O tratamento vem daí.

Kelly estava bem a par de que Katherine voltou da França com seus dois filhos pequenos, Jonathon e Gilbert, as mudas para a vinha e o caixão com os restos mortais do marido, mas preferiu não mencionar o fato.

Em vez disso, observou:

– Sei que raramente sai de Napa Valley hoje em dia. Será pura coincidência seu comparecimento e do barão Fougère ao leilão de gala em Nova York ou há um fundo de verdade nos rumores de que a senhora está concorrendo com a vinícola de seu filho Gilbert, The Cloisters, para formar uma joint venture com a firma produtora do Château Noir do barão em Napa Valley?

Katherine deu um sorriso cordial.

– Com a presença de tantos grandes *châteaux* já no vale, tais como Pétrus, Lafite-Rothschild; Moët et Chandon, sempre há rumores. Entretanto, se está me perguntando se verei o barão durante minha estada em Nova York, a resposta é sim. Nossas famílias são amigas há muitos anos.

Kelly sentiu sua admiração por Katherine aumentar ao vê-la esquivar-se da pergunta com tanta habilidade. A idade não diminuíra nem a sagacidade nem a rapidez de seu raciocínio. Restando menos de um minuto de entrevista, não havia tempo para insistir no assunto.

– Não deve ser fácil para uma mãe concorrer com o filho no mesmo ramo, seja na fabricação de vinhos finos ou em qualquer outra coisa. Tenho certeza de que a rivalidade entre a senhora e seu filho Gilbert não é diferente.

Katherine inclinou a cabeça para o lado e sorriu para Kelly com olhos arregalados.

– Mas os vinhos de Rutledge State não têm rivais, Kelly.

Instintivamente, Kelly soube que esta era a observação perfeita para encerrar a entrevista. Virou-se para a câmera.

– Como tenho certeza de que poderão atestar todos aqueles que comparecerem ao leilão de gala de amanhã à noite. A conceituada Rutledge Estate, de Katherine Rutledge, da Califórnia, muito obrigada por estar conosco. Foi um raro prazer para todos.

A entrevista fora impecável, e Kelly sabia disso. Esta certeza oferecia algum consolo a nervos que estavam à flor da pele com a tensão daquilo tudo.

Tão logo cortaram para os comerciais, Kelly pediu licença e voltou à sua cadeira na mesa dos âncoras, deixando Katherine nas mãos capazes da sempre atenta Sally O'Malley.

Os minutos restantes do programa passaram como um borrão. Kelly não se lembrava de nada. Sabia que fizera o comentário apropriado quando o outro âncora anunciara aos telespectadores que ela estava de partida, transferindo-se para projetos muito maiores e melhores, fazendo grande propaganda do seu novo programa no horário nobre da rede. Mas, mesmo que disso dependesse sua própria vida, não conseguiria repetir o desempenho.

Enquanto os créditos passavam, tendo ao fundo uma tomada da mesa dos âncoras, ela permaneceu na cadeira, sorrindo e assentindo com a cabeça, fingindo que realmente prestava atenção ao bate-papo da equipe do programa. No instante em que as luzes se apagaram, quis jogar os papéis para o alto de tanto alívio. Mas não era capaz de fazer tamanho alarde emocional em público, especialmente porque não queria que ninguém soubesse que a entrevista fora uma verdadeira provação.

Livrou-se do microfone e do audiofone com mais pressa do que de costume, furiosa e assustada após o encontro com Katherine Rutledge. Assustada porque por duas vezes se pegara começando a encurvar-se na cadeira, como se de alguma forma isso a fizesse parecer menos alta, e querendo evitar o contato visual, como se as pessoas não fossem olhar para ela se também não as olhasse. Detestava isso. Detestava que a forçassem a relembrar o passado. Este não tinha nada a ver com quem e o que ela era agora. Deixara o passado bem para trás, e queria mantê-lo assim.

Sem a intensa iluminação acesa, era possível sentir o frescor do ar-condicionado. Kelly aspirou o ar frio, notando pela primeira vez que as luzes normais do estúdio estavam ligadas. Deu um passo para trás, afastando-se da mesa, e empertigou-se.

Hugh não se retirara ao final da entrevista. Estava perto da porta à sua espera. Katherine Rutledge e o neto estavam ao seu lado. Kelly quis gritar que fosse embora. É lógico que não podia. E não o fez.

Juntou o que ainda lhe restava de compostura e se recompôs, camada por camada, antes de adiantar-se para se reunir aos três.

– Achei que você já tinha ido embora – disse Kelly, conseguindo eliminar da voz todo e qualquer vestígio de acusação.

– Katherine quis esperar para parabenizá-la por seu conhecimento sobre a indústria vinícola. E a história de Rutledge State – explicou Hugh, sorrindo quase com presunção. – Confesso que não informei a ela, antes da entrevista, que você nasceu em Napa Valley.

– Verdade?

Katherine a examinou com interesse renovado.

– Acho que isso implica que também cresci em Napa Valley – apressou-se Kelly a aduzir. – Realmente admito que, durante muito tempo, fiquei fascinada pela minha terra natal. Quanto aos meus conhecimentos de vinho, Hugh tem o costume de apresentar a todos os seus acompanhantes os pontos altos dos vinhos e de sua fabricação, quer desejem ou não aprender.

– Você deve ser uma aluna aplicada.

A observação veio de Sam Rutledge.

Kelly virou-se ligeiramente para ele.

– Obrigada.

A despeito da confusão íntima, Kelly o encarou e sentiu de novo o enervante impacto daquela presença e a atração subsequente. Se ele não fosse quem era, ela talvez tivesse explorado essa atração, testado sua força para verificar se ultrapassava o aspecto físico. Nas atuais circunstâncias, não tinha alternativa senão tentar ignorá-la.

– Kelly é mais do que uma aluna dedicada – interpôs Hugh. – Ela é a nova estrela em ascensão da NBC. De fato, a partir deste momento Kelly está oficialmente na folha de pagamento da rede como apresentadora de um novo programa de variedades a ser transmitido em horário nobre.

– Parabéns. – Sam estendeu-lhe a mão.

Ela deixou a mão descansar na de Sam, mas só por um instante.

Kelly Douglas era uma mulher atraente, algo que ele notara antes, do mesmo modo como notara a combinação rendada que ela usava por baixo do casaco feito sob medida. Mas foi a cautela por trás da fachada de compostura que despertou sua curiosidade. E seu interesse.

– Não devemos mais retê-la, Srta. Douglas – observou Katherine, para alívio de Kelly. – Queria apenas parabenizá-la pela entrevista. Aguardaremos com ansiedade a oportunidade de revê-la no futuro.

– Isso vai acontecer logo – assegurou Hugh. – Kelly comparecerá à recepção desta noite.

– É possível que eu me atrase, Hugh – avisou Kelly. – A equipe preparou um bolo para mim e, provavelmente, algumas outras surpresas também.

– Atrasada ou não, espero você lá. Considere isto uma ordem do seu novo patrão.

– Sim.

Ela deu um sorriso forçado, incapaz de encontrar escapatória.

– Até logo mais, Srta. Douglas – murmurou Sam quando se despediram.

# 6

O táxi encostou silenciosamente no meio-fio da Quinta Avenida e parou defronte à entrada da Trump Tower. Kelly pagou a corrida, acrescentando uma gorjeta, e desceu do carro na cálida noite de verão. Parou por um instante, e o olhar ergueu-se para o luxuoso arranha-céu que se elevava a 68 andares de altura.

Sufocou os receios de última hora. Arrumara-se com cuidado para a festa, afirmando a si própria que era importante causar a impressão certa, devido ao seu novo status como apresentadora de um programa da rede e à formidável lista de convidados de Hugh. Isto era uma mentira. A roupa moderna e sofisticada lhe conferia confiança. Quem se sentiria vulnerável em um modelo original de Calvin Klein?

O casaco rodado era de cetim ouro-velho, de corte trapézio, com mangas raglã e gola militar. Usava-o por cima de um vestido curto de renda em um tom de ouro-escuro, que era, ao mesmo tempo, chamativo e requintadamente simples. O salto com cinco centímetros de altura em uma tonalidade mais suave, mais sutil, e uma cascata de pedras brancas com engaste de ouro nas orelhas forneciam os derradeiros toques de invulnerabilidade.

Assim armada, Kelly entrou no saguão da torre, as paredes e o chão cobertos com mármore cor de damasco. Uma fonte cascateante de imediato afogou todos os ruídos da cidade. O segurança guiou-a até os elevadores particulares que conduziam aos apartamentos exclusivos acima do átrio de lojas nos andares inferiores do edifício. A subida até o sexagésimo andar foi, felizmente, rápida.

Fora do apartamento – na verdade, dois reunidos em um só –, Kelly podia ouvir os sons abafados da festa, que já começara. Respirou fundo para acalmar-se e tocou a campainha.

Segundos depois, a porta foi aberta por um criado de libré, membro da equipe que Hugh contratara para a ocasião. Uma expressão de reconhecimento registrou-se rapidamente em seu olhar.

– Boa noite, Srta. Douglas.

Abriu mais a porta e recuou para deixá-la entrar.

– Boa noite.

Kelly entregou o casaco, pendurando a corrente da estreita bolsa de festa no ombro antes de seguir na direção do barulho.

Parou na sala de estar que se estendia por bem uns 13 metros de comprimento. Em uma parede toda envidraçada em um dos lados, as cortinas transparentes estavam abertas para exibirem o resplendor noturno da cidade. Não havia dúvida alguma de que o apartamento era típico de Nova York, moderno em decoração e espírito. Uma ilha de serenidade e ordem, embora nunca negando a energia da cidade para além do vidro.

É bem verdade que no momento o apartamento estava muito longe da serenidade, refletiu Kelly enquanto percorria com os olhos a sala de estar onde a maioria dos convidados se concentrava, alguns sentados, muitos mais de pé, grupos se formando e se dissolvendo para se formarem de novo em uma nova combinação. Era uma mistura habilidosa de sociedade e fama, políticos e poderosos, de ricos e bem conectados e – obviamente – de vinicultores, elevados pela mística do vinho ao status de semideuses em certos círculos, tal como aquele.

Um garçom de libré branco ofereceu-lhe uma bandeja com canapés de espinafre e salmão defumado. Kelly recusou com polidez e ele se afastou. Um segundo depois, Hugh avistou-a e se aproximou, roçando-lhe a face com um beijo.

– Está atrasada – falou junto ao seu cabelo. Ela o usava solto, espesso e cheio ao redor do rosto, cascateando pelos ombros em um desalinho elegante.

– Antes tarde do que nunca – lembrou-lhe Kelly.

– Provavelmente. Como foi a festa de despedida e o bolo?

– O bolo estava bom, mas o stripper que pulou lá de dentro foi ainda melhor. – Kelly sorriu, fingindo nunca ter havido momentos em que seu rosto ficava mais rubro do que o cabelo. – Insistiram que era um jogador de futebol do New York Jets com passe livre, mas não conseguiram me enganar. Uma olhada só e eu soube que não era.

– Como chegou a essa conclusão?

Hugh dirigiu-lhe um olhar curioso e divertido.

– Foi fácil – insistiu ela. – Posso não saber muito sobre futebol, mas sei reconhecer um cara sarado quando vejo um.

Hugh riu, depois atraiu o olhar de um garçom que passava e chamou-o.

– Quer um drinque?

– Nada de vinho?

Kelly não via uma única taça de vinho na bandeja.

Hugh ergueu uma sobrancelha ante tal pergunta.

– Com este grupo? De modo algum. Fosse qual fosse o vinho que escolhesse, ofenderia quase todas as pessoas aqui. E, definitivamente, não queria esvaziar minha adega transformando esta festa em uma reunião para degustação de vinho. Drinques variados foram a única alternativa prática e segura.

– E muito política.

– Muito – confirmou Hugh com sua usual e atraente arrogância.

– Água tônica com limão – pediu ao garçom. – Serve qualquer marca que você tiver. – O garçom fez uma mesura e se afastou. – Agora me diga – falou ela enquanto se aproximava de Hugh, baixando a voz e esquadrinhando os convidados com outra olhadela, precavida contra o momento em que reencontrasse Katherine Rutledge e seu neto –, quem devo conhecer e quem não devo.

Hugh sorriu com um ar quase de afetação e examinou o grupo.

– Esta recepção poderia ser matéria para um romance de Agatha Christie, caso a querida senhora estivesse viva. – Seu rápido olhar de esguelha atingiu-a. – Esta minha pequena soirée atraiu para cá não só Katherine Rutledge e o barão Fougère, mas também Gil Rutledge. Como dizem, a trama se complica.

– Pressupondo-se que não vá explodir na sua cara.

– Que pensamento interessante – replicou ele. – É péssimo que estejam sendo tão civilizados a esse respeito.

– Você não tem jeito, Hugh.

Mas Kelly riu suavemente assim mesmo.

– Eu sei. – O garçom voltou com a bebida. Com um gesto elegante, Hugh tirou-a da bandeja e entregou-a a Kelly. – Você conhece Gil Rutledge?

– Só pelo que falam. – O que era verdade. – Onde está ele?

– Logo ali. – Hugh indicou discretamente com a cabeça um homem de cabelo branco que conversava com outros dois convidados em um canto. – Venha, vou apresentá-lo a você.

Com uma das mãos no cotovelo de Kelly, escoltou-a através da multidão até onde estava Gil Rutledge. Se Kelly não soubesse que ele era filho de Katherine, não teria certeza de reconhecer a semelhança. Mas estava lá, na cabeleira cor de prata e nas feições, que eram de uma beleza clássica, assim como a mãe. Kelly sabia que Gil devia estar mais ou menos na faixa dos 60 anos, mas, tal como Katherine, os anos lhe pesavam pouco nos ombros. E possuía os olhos azuis da mãe, olhos que podiam provavelmente lançar chispas gélidas de desprazer com a mesma facilidade com que podiam irradiar charme e cordialidade.

Porém, as diferenças eram mais óbvias. Faltavam-lhe a dignidade de Katherine, seu toque de reserva, ou aquela aura de suprema autoridade. Gil Rutledge era mais expansivo, tinha ímpeto, uma sutil ponta de exuberância e uma abundância de charme. Isto evidenciou-se em seu sorriso, em seu rosto, quando os viu se aproximando.

Incapaz de resistir, Kelly retribuiu o sorriso, compreendendo muito bem por que a reputação de Gil Rutledge como um gênio do marketing excedia a de vinicultor.

Ele não deu a Hugh a oportunidade de apresentá-los, estendendo-lhe a mão, no instante mesmo em que ela lhe estendeu a sua.

– Srta. Douglas. – Gil levou a mão de Kelly aos lábios, um gesto absolutamente natural, sem nenhum traço de falsidade. – Tive o enorme prazer de vê-la na televisão no início da noite.

– É muita gentileza sua, Sr. Rutledge.

Por um breve instante, Kelly imaginou qual fora sua reação à entrevista com Katherine, mas seria muita falta de polidez fazer essa indagação.

– *Você* que é modesta demais – ralhou Gil alegremente, continuando a segurar-lhe a mão, agora envolvendo os longos dedos de Kelly entre as suas mãos. – E o nome é Gil.

– Kelly.

Ela devolveu a cortesia.

– Kelly – Gil sorriu. – Obviamente, não sou o único que reconheceu o seu talento, ou então a rede não a teria surrupiado para o novo programa.

– A maior parte disso devo a Hugh.

– Não acredite nela – interpôs Hugh.

– Não acredito – retrucou o outro, virando-se ligeiramente, uma das mãos dirigindo a atenção de Kelly para o homem à sua esquerda. – Kelly, quero que você conheça meu filho, Clay.

A pura força da personalidade de Gil impedira Kelly de notar o homem ao seu lado. Uma beleza de artista de cinema foi sua impressão inicial de Clay Rutledge, desde os cabelos louro-claros até a ponta dos reluzentes sapatos italianos. Tinha um intenso bronzeado californiano, langorosos olhos azuis – um olhar sedutor – e uma boca que só se podia descrever como sensual. Não havia nenhuma dúvida de que possuía o charme do pai, mas existia uma qualidade diferente nisso, menos extroversão e mais intimidade.

– Sr. Rutledge.

Com um leve sorriso, Kelly lhe ofereceu a mão após o pai soltá-la.

– Clay, insisto.

Ele a pegou, mas não a levou aos lábios, como fizera o pai. Limitou-se a segurá-la, a pressão dos dedos quentes ao toque, mais pessoal.

– Clay.

Kelly percebeu o modo como o olhar do rapaz percorreu seu rosto. E a franca apreciação ali estampada.

Houve uma época, não fazia muito tempo, na qual sua atenção a teria lisonjeado, na qual aquele sorriso, aquele olhar ou aquele toque talvez a tivessem deixado nas nuvens. Trabalhando na televisão, especialmente em Nova York, ficara exposta a políticos demais, a celebridades e burocratas demais que flertavam e elogiavam, usavam quaisquer meios para obterem o que queriam. Estava calejada com atitudes como essa agora e habilmente retirou a mão.

– Parabéns pelo novo programa – congratulou-a Clay. – Agora que a conheci, farei absoluta questão de assistir a ele.

Para Clay, toda mulher que conhecia era um desafio. Eram uma obsessão, ou melhor, conquistá-las era uma obsessão. Assim que tinha visto se aproximar aquela mulher esguia e escultural, notado os reflexos avermelhados do cabelo sedoso, seus instintos de caçador ficaram despertos e tornou-se tenso como um puro-sangue na linha de largada.

– Espero mesmo que assista – replicou Kelly com desenvoltura. – Quanto maior for o número de telespectadores, maiores serão os índices de audiência. E maior chance o programa terá de ser um sucesso.

– Tenho o pressentimento de que será um enorme sucesso.

Abriu um leve sorriso, como se houvesse algo que só ele conhecia.

– Certamente todas as pessoas envolvidas estarão trabalhando para alcançar esse objetivo.

Kelly agradeceu o comentário dele com outro sorriso.

Clay reconheceu a reserva nos seus olhos e sorriso. Contudo, era a intensidade por trás de toda aquela gentil compostura, a sugestão de força que o intrigavam. Fez mais algumas observações, efetuando uma sondagem indolente e disfarçada, tentando extrair informações, sempre buscando alguma abertura por meio do orgulho dela, da sua vaidade, carreira ou noções românticas, e sempre atento aos sinais que lhe indicassem a melhor abordagem.

Clay nunca esperava obter êxito logo no primeiro encontro, sempre agindo com base na pressuposição de que haveria outro em alguma ocasião posterior. Quando Hugh Townsend tomou Kelly pelo braço, pedindo-lhe que lhes dessem licença, porque ela precisava conhecer alguns outros convidados, Clay não ofereceu qualquer resistência, nem sequer um protesto educado.

Em vez disso, observou-a se afastar, mentalmente avaliando as novidades que descobrira a seu respeito.

– É uma mulher sagaz, muito inteligente.

Ao seu lado, o pai proferiu uma exclamação gutural, questionando esta declaração, e levou à boca o copo de Chivas com água, resmungando.

– Katherine manipulou-a com bastante facilidade.

Estava fumegando de raiva com a observação de Katherine de que os vinhos de Rutledge Estate não tinham rivais.

– Por falar na Madame, onde está ela?

– Ali em frente. Presidindo a corte – acrescentou Gil Rutledge com evidente de sarcasmo, enquanto inclinava o copo, indicando a mulher no outro lado da sala.

Clay virou-se ligeiramente, seguindo os olhos do pai, e com facilidade localizou a avó. Ela estava de pé no centro da sala, as mãos frouxamente entrelaçadas diante de si, o queixo um pouco empinado enquanto se dirigia ao pequeno grupo que, como era bem evidente, bebia cada uma de suas palavras.

Ao envelhecer, a maioria das mulheres cobria-se de joias magníficentes para desviar os olhos alheios das rugas reveladoras. Não Katherine. Afora as pérolas dos mares do Sul nas orelhas e os diamantes na aliança de casamento, não usava joia alguma.

Não se vestia da forma espalhafatosa como algumas mulheres na festa que Clay podia mencionar. Uma echarpe florida em tonalidades suaves de azul-celeste, rosa e ametista, envolvia o pescoço e caía pelas costas em longas dobras diáfanas. O vestido era do mesmo *chiffon* florido, caindo em uma coluna esguia até uma bainha de lenço, as pontas quase roçando no chão. O efeito era de pura elegância.

Em particular, Clay a saudava. Mas só em particular.

– Pode apostar que ela pensa que o acordo com o barão já está no papo – resmungou Gil.

– E não está? – contrapôs Clay com rispidez.

– Não depois que me encontrar com ele, aí não estará. – Tomou um gole de uísque, então baixou o copo, a expressão severa e decidida. – Tudo que tenho a fazer é abrir-lhe os olhos para alguns fatos.

– Tais como?

– Já existe um excesso de valiosos vinhos de prestígio no mercado. Um mercado que, devo acrescentar, já está em declínio. O lançamento de mais um exigirá um marketing agressivo e uma equipe de vendas experiente. Temos tudo pronto: a organização, as instalações e a experiência. Ela, não. A operação, o volume dos seus negócios é pequena demais. E ainda: ela está com 90 anos. Não viverá muito mais tempo. E sem Katherine, não existe Rutledge Estate.

– Está se esquecendo de Sam.

Gil soltou uma exclamação de desdém ao ouvir isso.

– Ele é tão sem fibra quanto o pai. Katherine, só Katherine, dirige Rutledge, e o faz à sua maneira. Não tolera qualquer interferência, quaisquer argumentos ou ideias além dos seus. Aquela empresa é um bem de família apenas no nome. Como aprendi anos atrás – declarou com amargura, os dedos se crispando ao redor do copo.

– Eu sei – retrucou Clay, e assentiu com a cabeça, distraído. Já ouvira tudo isso antes.

– Tudo que ele precisava fazer era comprar uvas das outras vinhas, mas ela não permitia. O vinho dos Rutledge só seria produzido com as uvas dos Rutledge. – Recordava-se das palavras de Katherine tão claramente como se ela as tivesse pronunciado ontem. – Estávamos perdendo todas aquelas vendas, todo aquele lucro que devíamos estar dividindo, mas ela não me escutava. Nem sequer quando sugeri que engarrafássemos o vinho com um rótulo diferente. Outras vinícolas fazem isso o tempo todo, mas ela, não. Não Katherine.

Gil fez uma pausa, as lembranças voltando aos borbotões e trazendo a raiva consigo.

– Bendito Deus, houve um ano em que choveu sem parar antes que as uvas estivessem prontas para a colheita. Ela vendeu tudo, para não se arriscar a fazer um vinho que poderia ser inferior. Uma safra inteira perdida. E Jonathon concordou. Sempre concordava.

Relanceou os olhos para Katherine no outro lado da sala. Dava-lhe asco ver o modo como as pessoas a bajulavam. Ela era uma bruxa fria e sem coração.

Mentiras. Sua vida inteira era uma mentira atrás da outra. Para ela, família significava mão de obra barata. E aquela insensatez de manter a vinícola funcionando durante a Lei Seca com a produção de vinhos de missa fora outra invenção. Assim como aquela falsa imagem que projetava, de uma mulher fiel aos sonhos do marido *e* à sua memória – julgaria Katherine que ele havia esquecido de tê-la visto com o batom borrado, a blusa aberta, os seios à mostra? Ou do modo como se curvara para ele, agarrando-o pelos braços, os olhos fuzilantes: "Nunca deve contar nada disso, Gil. A ninguém. Jamais. Ouviu bem?"

Gil assentiu com a cabeça em um gesto tenso e brusco, igual ao que fizera naquela ocasião, a mesma escaldante sensação de choque e traição inundando-o. Não havia pronunciado uma única palavra. E não havia esquecido.

– Vejo que Sam está parado ali sozinho – comentou Clay com seu jeito preguiçoso. – Acho que vou dar um alô ao meu querido primo.

– Certo – respondeu o pai asperamente, e tornou a erguer o copo.

SAM ESTAVA DE pé junto a um aparador dourado, em estilo Luís XV, o quadril apoiado em um canto do tampo de mármore. O paletó desabotoado, uma das mãos enterrada no bolso lateral da calça, negligentemente mantendo o paletó aberto.

Percebeu Clay vindo a passos lentos, mas firmes, em sua direção e tomou outro gole da cerveja que vinha bebericando durante quase toda a noite. Estava velha e quente, mas ele continuou com o copo na mão, o olhar relanceando para Clay com desinteresse quando este o alcançou. Os dois nunca tinham sido íntimos ou sequer amigos. Sam não fingia que a situação era diferente.

– Vi que você estava sozinho e achei que talvez quisesse companhia – explicou Clay em saudação, a boca curvando-se em um sorriso.

Era um sorriso que podia fascinar e conquistar uma mulher sem esforço, como bem sabia Sam. E sabia também que o primo tinha os escrúpulos de um gato.

– Pois achou errado – retorquiu e deixou o olhar vagar pela sala. Captou um brilho dourado e ali focalizou a vista.

Era Kelly Douglas. Sam a vira assim que ela chegara na festa, fora impossível não notá-la naquele vestido de renda com filigranas de ouro. Atrairia os olhares de qualquer homem, pela maneira como moldava os seios pequenos e insinuava a esbelteza da cintura, depois parando um pouco abaixo do meio das coxas, celebrando a extensão das pernas longas e bem torneadas.

– Uma mulher incomum – reparou Clay, acompanhando o olhar do outro.

Sam o fitou de relance, a boca enviesando em um sorriso frio.

– Não me diga que ficou caído por ela – ironizou, tendo testemunhado o encontro entre Kelly e o primo do lado oposto da sala.

Clay lançou-lhe um olhar divertido.

– Ainda nem me preparei para atacar. – Examinou-o por um longo segundo. – Continua aborrecido por causa daquele pequeno incidente com sua esposa? Desculpe, Adrienne é sua ex-esposa agora, não é?

Seu casamento com Adrienne Ballard deixara de existir – em tudo, com exceção do nome – seis meses após o enlace, muito antes de surpreendê-la com Clay no que podia ser eufemisticamente descrito como uma posição comprometedora. Mas o incidente, sem dúvida alguma, não contribuíra para promover qualquer sentimento de aproximação com o primo.

– Você não mudou nada, Clay. – Sam colocou o copo de cerveja sobre a mesa de mármore, próximo a um trio de estatuetas de porcelana Kangxi. – Tem tanta classe. A pior do mundo.

Clay apenas riu. Sam encarou-o por um longo momento, depois se afastou. Preferia escolher sua própria companhia.

HUGH CHEGOU MAIS perto de Kelly e murmurou junto ao seu ouvido:

– Agora vamos ao terceiro membro do nosso triângulo: o barão Fougère. Mencione sua biblioteca no Château Noir e ele será seu fã para sempre.

Kelly sorriu consigo mesma. Não era a primeira vez que Hugh a orientava, passando-lhe pequenas informações pertinentes antes de apresentá-la a alguma personalidade importante. Não só essa orientação criava a ilusão de que ela sabia tudo sobre o indivíduo, causando uma impressão favorável, como também fornecia assunto para conversa, sem que nenhuma das partes precisasse recorrer a banalidades como o tempo.

Quando ela foi apresentada ao barão, a primeira reação foi de vago desapontamento. Emile Gerard Chrétien Fougère não combinava com a imagem de um aristocrata francês. Tinha todos os acessórios da nobreza: anel de sinete, smoking feito sob medida, sapatos do mais fino couro, unhas bem-tratadas e ligeiramente polidas. Mas a semelhança parava por aí. Mais ou menos com 50 anos, da mesma altura de Kelly, o corpo mais para o atarracado e com o cabelo começando a escassear, ele tinha o ar grave, estável e distraído de um professor universitário. Kelly percebeu que a referência de Hugh à biblioteca do barão seria a sua chance.

– É um prazer conhecê-la, Srta. Douglas.

Ele a saudou com uma cortesia aflita, os lábios curvando-se sem conseguir romper a seriedade do rosto. Kelly imaginou quantas pessoas não teriam se enganado com aquele ar de alheamento.

– A honra é minha, barão Fougère – insistiu Kelly, depois acrescentando: – E de Nova York.

O barão moveu a cabeça em uma mesura com uma ponta de desatenção, depois, quase que tardiamente, lembrou-se da mulher ao seu lado.

– Perdoe-me, minha esposa, a baronesa Natalie Eugenie Magdalene Fougère. *Mademoiselle* Douglas. E já conhece o nosso anfitrião, *monsieur* Townsend.

Kelly virou-se para a esposa dele, uma mulher miúda e esguia, uns vinte anos mais jovem do que o marido.

– Fico muito feliz em conhecê-la, baronesa Fougère.

– Natalie, por favor. – Seu sorriso foi breve e luminoso, assim como os olhos. O cabelo escuro juntava-se no alto da cabeça, expondo as orelhas pequenas e delicadas com pingentes de rubis e diamantes. O amor pela cor evidenciava-se no vestido de *chiffon* de seda metálica em um torvelinho multicor. – Estamos nos Estados Unidos. Aqui não é lugar para títulos. Posso chamá-la de Kelly?

– Por favor.

Era impossível não gostar dela. E impossível não notar o chocante contraste no temperamento do marido e da mulher.

– A sua cidade é um lugar extremamente fascinante – disse. – Deve ser muito excitante morar aqui.

– Às vezes – admitiu Kelly. – Esta é a sua primeira visita a Nova York?

– Já estive aqui antes duas vezes, mas há tanto a ver e a fazer que jamais me cansaria desta cidade – declarou Natalie Fougère, sem perceber que a atenção do barão já se dispersara. Mas Kelly percebeu.

– Quase todo mundo é da mesma opinião – replicou Kelly, e a baronesa riu em deliciada concordância, o som semelhante a notas musicais em uma escala, só vivacidade e afetação. O barão fitou-a de relance naquele seu jeito grave e distraído, não tendo escutado uma só palavra da conversa.

– Um excelente... como vocês dizem?... *bon mot*, Kelly.

– Apenas uma observação de alguém que vive aqui – corrigiu, depois virando-se para incluir o barão. – Eu soube, barão Fougère, que o senhor tem uma notável biblioteca no Château Noir.

Seus olhos iluminaram-se ante a menção à biblioteca, a expressão tornando-se quase animada.

– É verdade que a coleção contém muitas excelentes e raras primeiras edições. Mas o mérito não é meu. São livros adquiridos por minha família ao longo dos anos. Ao longo dos séculos. A biblioteca é, para mim, fonte de grande prazer.

Prosseguiu detalhadamente, referindo-se a obras de alguns dos maiores escritores e filósofos do mundo. Alguns dos nomes e títulos, Kelly lembrava dos tempos da universidade, o suficiente para poder responder com uma certa demonstração de inteligência.

– Precisa ir ao Château Noir para que eu possa lhe mostrar os tesouros da biblioteca – afirmou o barão em um tom que soou como uma ordem.

Antes que Kelly tivesse uma chance de responder, Gil Rutledge aproximou-se e pousou uma das mãos no ombro do barão em um gesto amigável.

– Emile – falou em saudação. – Vejo que já conhece a encantadora e atraente Srta. Douglas.

– Conheço, sim.

Gil deu um sorriso para Kelly.

– O barão lhe contou que ainda usava calça curta na primeira vez em que nos vimos?

Kelly tentou e não conseguiu imaginar este homem com ar erudito à sua frente como um menino.

– Não, não contou.

– Foi em 1945 – relembrou Gil. – A guerra na Europa tinha terminado, e a primeira bomba atômica fora lançada no Japão, na véspera. Eu era um jovem segundo-tenente, baseado na França naquela época. Tinha um mês de licença, e o avô de Emile graciosamente convidou-me para passá-lo no Château Noir.

– O Château Noir 1945 – murmurou Hugh quase com reverência. – Um vinho verdadeiramente nobre.

– Tenho o orgulho de dizer que estava lá por ocasião do seu nascimento – declarou Gil. – Já durante a fermentação se podia sentir sua futura grandeza. Vários anos depois, quando o vinho foi lançado no mercado, o avô de Emile muito generosamente me enviou uma caixa. Uma lembrança da minha visita ao Château Noir, como ele definiu. Ainda me restam algumas garrafas. Eu lhe asseguro que estão reservadas para celebrações muito especiais. – Virou-se para Emile. – Talvez tenhamos oportunidade de abrir uma no futuro próximo, Emile.

– Talvez – retrucou o barão, sem acrescentar mais nada.

Clay Rutledge observava a reunião inicial entre o barão e Kelly Douglas. Sua atenção concentrava-se nela em uma avaliação ausente, e continuava parado próximo ao aparador dourado. O leve comprimir dos lábios era o único sinal externo de que ainda sentia o golpe da vergastada que Sam lhe aplicara ao partir.

Quando o pai juntou-se ao grupo, o olhar de Clay desviou-se para Gil. Não havia nada que o pai não fizesse para surrupiar este acordo de Katherine – superando-a no negócio dos vinhos. Pois, desde que Clay podia se lembrar, Katherine sempre dominara suas vidas, tanto antes quanto após expulsar o pai da empresa e a família dele da casa. Clay passara a compartilhar do ódio que o pai nutria por ela.

A esposa do barão riu de algo que Kelly disse, atraindo o olhar de Clay. Este examinou-a em tranquila especulação, vendo seu sorriso sumir, substituído por um olhar de interesse polido quando o marido dominou a conversa. Era a segunda esposa do barão. Bem mais moça do que Fougère, necessitava de alegria e drama em sua vida, e, conforme suspeitava Clay, pelos encontros anteriores, ansiava por um tipo ardente de afeição que a excessiva calma do marido não lhe permitia demonstrar.

Clay pensou na fusão que o pai desejava com tamanho desespero. Esta era uma coisa que podia ser disputada em duas frentes. Enquanto o pai trabalhava o aspecto comercial com o barão, ele usaria de persuasão com a esposa.

Clay esperou até Kelly e Townsend se dirigirem a outro grupo de convidados, depois se adiantou devagar para juntar-se ao barão e ao pai. Após mútuos cumprimentos, trocou algumas palavras com o barão, por um minuto ou mais, sobre o leilão de vinhos e a seleção vertical das safras do Bordeaux doadas pelo Château Noir. Então, com um leve girar de cabeça, olhou de relance para Natalie Fougère, dando-lhe um sorriso discreto, um cumprimento com a cabeça e nada mais.

O barão dividiu um olhar vazio entre os dois, depois pareceu despertar, como se de repente lembrasse das boas maneiras.

– Já se conhecem, *non*? – inquiriu à esposa.

– Sim. – Ela sorriu de leve. – De duas ou três ocasiões.

– Esta será a terceira, creio – aduziu Clay suavemente.

– Comparecemos a muitos eventos sociais. É difícil lembrar – desculpou-se o barão.

– Entendo.

Clay assentiu com a cabeça.

Gil disse algo ao barão, exigindo sua atenção. Clay moveu-se para o lado, como se evitasse intrometer-se na conversa, e fitou Natalie nos olhos, retribuindo sua inspeção velada. Ali, na curva da garganta, viu o rápido pulsar de uma veia e soube que mexera com ela. Instinto e experiência apontaram-lhe o melhor método de abordagem: sério e misterioso, dizendo mais com o tom da voz do que com as palavras.

– Está gostando da sua estada em Nova York? – perguntou.

– É uma cidade excitante. Não acha?

Ela continuava a observá-lo, a expressão serena para mostrar um vago interesse na conversa – e nele.

– Quando sentimos solidão e tédio, faz muito pouca diferença onde se está.

Clay se manteve perfeitamente imóvel, tudo nele indicando a intensidade da contenção – a postura, a voz, o olhar.

– Sempre achei que um homem arranjaria muitas diversões agradáveis aqui – retrucou Natalie de uma forma quase casual.

– Talvez eu queira coisas que não posso ter. – Olhou-a bem dentro dos olhos. – Assim como você, creio.

Os olhos da baronesa arregalaram-se perceptivamente. Por um instante, ficou completamente absorta em Clay, perdendo o controle por uma fração de segundo para deixar transparecer excitação e desejo antes de recompor-se.

– Muitas pessoas iriam querer as coisas que tenho, *monsieur* Rutledge.

– É lógico – confirmou e voltou-se para o pai e o barão sem pressioná-la mais. Tinha despertado o seu interesse. Por enquanto, era o bastante. Sabia que, no dia seguinte, o barão tinha um encontro com Katherine. E também sabia que ele nunca levava a jovem esposa aos compromissos de negócios. O que significava que ficaria sozinha para preencher seu tempo como bem entendesse. Ou como ele sugerisse.

KELLY REFUGIOU-SE NA biblioteca suavemente iluminada. Após passar mais de uma hora circulando entre os convidados, sorrindo e conversando, precisava de um tempo. Nunca havia se sentido à vontade em grandes reuniões sociais como aquela. Pelo menos não como convidada.

Dirigiu-se à janela com vista para o Empire State Building e as Torres Gêmeas mais distantes do World Trade Center. Abriu a bolsa dourada e tirou um cigarro, acendendo-o.

– Então não sabia? Fumar pode ser prejudicial à saúde.

Com um leve sobressalto, virou-se, ficando de frente para Sam Rutledge, a pulsação acelerando em reação, todos os nervos à flor da pele. Sam estava sentado muito à vontade em uma poltrona de listras brancas e cinzento-amareladas, o abajur aceso ao lado. Kelly notou a leve curva dos lábios, a pele bronzeada e tensa sobre os ossos faciais.

Fechando a bolsa com um estalido, soprou a fumaça para o teto.

– O mesmo vale para os ovos, as costeletas de porco, os sonhos com muito creme e as caminhadas a pé pelas ruas da cidade após escurecer.

Com esforço, conseguiu exibir um sorriso desembaraçado.

– Você excluiu o álcool.

Ele fez girar a cerveja no copo.

– Se ouvirmos os conselhos de todos os especialistas na área de saúde, a lista será infindável – rebateu Kelly.

– É verdade.

Sam levantou-se da poltrona e aproximou-se lentamente até parar perto da janela, o corpo meio de lado para ela.

Kelly desejou que ele tivesse continuado na poltrona. Ela era alta, mas ele era ainda mais. Costumava encarar a maioria dos homens sem ter de olhar para cima, mas com Sam precisava fazê-lo. Não gostava disso. Sentiu um zumbido de tensão e tratou de sufocá-lo.

Sam apoiou o ombro na vidraça e voltou os olhos rapidamente para a porta aberta e para a multidão de convidados bem-vestidos mais além. A algazarra de vozes coletivas escoava sala adentro. Voltou a fitá-la. Os fios metálicos entrelaçados na renda dourada do vestido tremeluziam na iluminação discreta do aposento. Isso o fez imaginar se ela usava mais seda por baixo ou simplesmente nada.

– Presumo que você também sentiu necessidade de um pouco de silêncio – comentou ele, tomando mais um gole da cerveja.

Kelly sorriu e confirmou com a cabeça, algo de automático existindo em ambos os atos, como se fossem programados.

– Foi um longo dia para mim.

– Imagino que tenha sido mesmo.

– Para você também, suponho – acrescentou. Parecia relaxada, muito à vontade, mas havia uma expressão cautelosa nos olhos quando o fitou de relance, dando a Sam mais uma coisa em que pensar.

– Chegou hoje de avião?

– Ontem. O que deu a Katherine a chance de descansar um pouco antes que todas as atividades começassem.

Ele tinha olhos calmos, refletiu Kelly. Misteriosos e calmos, com uma espécie de força serena que cativaria uma mulher. Tinha a impressão de que Sam defenderia tudo que lhe pertencesse contra todo e qualquer mal.

Aborrecida, desviou os olhos. Aprendera a defender-se sozinha havia um longo tempo. Não precisava de ninguém que tomasse conta dela. Podia muito bem cuidar de si própria sem ajuda de quem quer que fosse.

– Sua esposa não veio com você?

– Não tenho esposa.

Kelly lançou-lhe um olhar um tanto surpreso.

– Acho que li em algum lugar que você era casado.

– Isso é passado. Estamos divorciados.

– Nunca sei o que dizer quando as pessoas me contam essas coisas. – Brincou com o cigarro. – Se devo me mostrar solidária e dizer que lamento ou me rejubilar com elas e ficar contente.

– Fique contente. – Sam deu um leve sorriso. – Eu estou.

– Tudo bem. Estou contente por você.

– Obrigado.

– Katherine parece estar se divertindo. – Kelly teve um rápido vislumbre da matriarca da família Rutledge através de uma brecha no círculo de convidados ao seu redor. – Passou a noite inteira cercada por uma plateia.

O que felizmente havia significado que Kelly não precisava fazer nada além de atrair seu olhar e cumprimentá-la de longe com um gesto da cabeça, satisfazendo assim qualquer dever social.

– Katherine aprecia qualquer oportunidade de conversar sobre o comércio dos vinhos. O que não é de surpreender, suponho. Para toda a família Rutledge, a vida é um *cabernet*.

Com este comentário, a boca de Sam enviesou-se em um ar de cinismo irônico.

Kelly sorriu com o jogo de palavras, e então, examinando-o com curiosidade, sentiu-se compelida a assinalar:

– Você é um Rutledge.

O sorriso de Sam ficou mais pronunciado, bem como o brilho de divertimento nos olhos.

– Katherine diria que sou um daqueles *cabernets* fortes e encorpados, de lento amadurecimento, e ainda com um certo excesso de tanino. Tende a descrever as pessoas como vinhos, considerando ambos coisas vivas com características individuais. No seu caso... – Fez uma pausa, sua expressão tornando-se pensativa enquanto a estudava, o olhar um pouco direto demais e muito pessoal demais. – Acho que ela teria alguma dificuldade em classificá-la. Você é, definitivamente, um vinho seco, em vez de doce. Provavelmente uma variedade do branco...

– Tomara que não – interrompeu Kelly com deliberada irreverência. – Esses vinhos não têm vida muito longa.

– Alguns têm, dependendo da variedade e da safra.

– Então não seria assim tão ruim. – Kelly bateu o cigarro no cinzeiro de cristal. – Espero que Katherine não tenha se ofendido com algumas das perguntas que fiz durante a entrevista.

– Se tivesse, a esta altura você já saberia – assegurou-lhe Sam, ciente de que Kelly havia deliberadamente desviado de si mesma o assunto da conversa. – Tenho a sensação de que Katherine provavelmente achou desafiadoras as suas perguntas, e ela gosta de desafios. Qualquer vinicultor gosta. Caso contrário, seria melhor cair fora do negócio.

– Obviamente, isso deve significar que você também gosta.

– Sim, é verdade. – E encarava um agora. – Por quanto tempo você morou em Napa Valley antes que sua família se mudasse de lá?

– Não muito. – Kelly soltou a fumaça devagar, procurando ganhar tempo. – Mas Iowa é um ótimo lugar para se criar filhos. O ar é fresco. Nada de nevoeiro, nada de poluição. Todo mundo conhece todo mundo e há sempre algo acontecendo. Jogos de futebol das sextas-feiras à noite na escola secundária, desfiles de ex-alunos, passeios noturnos em caminhões de feno, programas natalinos na igreja, corridas de trenó, desfiles do Memorial Day, jogos de beisebol no verão, feiras municipais, turmas passando pelo milharal para tirar os pendões...

– Você tirou algum? – interrompeu Sam com curiosidade.

– Está querendo insinuar que eu não era alta o suficiente? – interpelou-o, erguendo a sobrancelha em alegre desafio.

– De fato, estava tentando visualizá-la de calça jeans e camisa xadrez, o cabelo preso em um rabo-de-cavalo e um chapéu de palha na cabeça. – Seu olhar percorreu-lhe o rosto. – Com essa pele clara, deve ter acabado com uma porção de sardas.

– Não. – Mas Kelly notou que ele tinha algumas, embora quase imperceptíveis por baixo do intenso bronzeado. Deveriam lhe conferir um ar juvenil, mas suas feições eram por demais irregulares. – Ficava igual a um camarão frito.

– Então você tirou mesmo.

Pouca coisa escapava dele – precisava lembrar-se disso.

– Só um verão. Depois arrumei um emprego em uma estação de rádio de baixa frequência e baixo orçamento, primeiro como recepcionista e pau para toda obra. Uns dois meses mais tarde, o diretor da estação já me mandava substituir os disc-jóqueis sempre que um deles faltava. Não demorou muito para que conquistasse meu próprio espaço.

– Com sua voz, isso não me surpreende.

– A voz ajudou, mas ajudou também o fato de que eu podia ficar no lugar do engenheiro, do noticiarista, da pessoa encarregada da previsão meteorológica e do entrevistador. Até o diretor e o gerente de vendas tive de substituir.

– Suponho que foi quando fazia o noticiário no rádio que decidiu ingressar na televisão.

– Na verdade, não. – Kelly percebeu que Sam não estava tomando a cerveja, apenas segurando o copo, enquanto rodopiava a bebida vez ou outra e a deixava subir pelos lados. – Era uma estação de rádio – lembrou-lhe. – Fazer o noticiário consistia em arrancar o último papel vindo pelo telex e ler qualquer coisa que lá estivesse. Chamamos esse tipo de coisa de leitura dinâmica. Naquela época, eu queria entrar para um jornal, trabalhar como repórter. Foi só no meu segundo ano de faculdade que me interessei pela televisão. Fiz estágio em emissoras locais para obter os créditos. Então, pouco antes de me formar, ofereceram-me um emprego de repórter. Aceitei. – Ergueu um ombro em um gesto despreocupado. – Quanto ao resto, é tudo história, como acho que você diria.

Tinha falado com calma e desembaraço sobre seu trabalho inicial no rádio, mas Sam notara as mudanças sutis ocorridas no instante em que ela mencionara a televisão: o maior entusiasmo na voz, a suavização em torno dos lábios e o brilho mais intenso nos olhos. A televisão era o meio de comunicação que Kelly Douglas amava, ainda que não expressasse isso com palavras. Assim como ele nunca encontrara as palavras certas para expressar o desafio e o contentamento que sentia ao trabalhar nas vinhas e na vinícola.

– Sua família deve se orgulhar muito de você.

– Não tenho ninguém no mundo. – Kelly amassou o cigarro no cinzeiro e no mesmo instante arrependeu-se. Agora não tinha nada com que ocupar as mãos. – Minha mãe morreu quando eu tinha 8 anos, e eu tinha acabado de me formar no ensino médio quando perdi meu pai. Não havia mais ninguém, nem irmãos, nem irmãs, ninguém.

– Deve ter sido difícil para você.

– A vida sempre parece difícil... até que se examinem as alternativas.

– É verdade – admitiu Sam, um sorriso fugaz erguendo-lhe os cantos da boca. Depois inclinou a cabeça para um lado. – Que tipo de trabalho seu pai fazia?

– Qualquer coisa, tudo. Como dizem lá em Iowa, ele trabalhava onde quer que desse pé.

Com ar ausente, Sam assentiu com a cabeça enquanto um ligeiro franzir de cenho surgia em sua expressão.

– Acabo de perceber que você disse que nasceu em Napa Valley, mas em momento algum especificou onde. Foi em Santa Helena, Rutherford, Napa, Calistoga Springs?

Quando começou a listar o nome das cidades no vale, Kelly soube que precisava impedi-lo. Cruzou os braços e inclinou a cabeça para o lado, lançando-lhe um olhar divertido.

– Que negócio é esse? Estou sendo entrevistada ou o quê? – ralhou. – Se está tentando descobrir qual é a minha idade, a resposta é 29. Tenho 1,73 metro de altura, quase 58 quilos, cabelo acaju e olhos verdes, solteira. Frequentei a Universidade de Iowa, formei-me em décimo quinto lugar na minha turma. Gosto de cores terrosas, roupas de Calvin Klein, música de Cole Porter, especialmente cantadas por Sinatra. Gosto mais de iogurte Yoplait que de Danone e torta alemã, mas não tolero bolo de chocolate. Prefiro água Evian a Perrier. Tomo uma taça de vinho de vez em quando, mas nunca as chamadas bebidas alcoólicas. Fumo, mas estou tentando parar. Pronto, esqueci alguma coisa?

– Nenhum passatempo?

Os olhos de Sam brilhavam com um misto de admiração e divertimento.

– Você é impossível – declarou Kelly, aturdida ao ver que sua enumeração de fatos verídicos não pusera um fim às perguntas pessoais e esquadrinhadoras.

– Curioso – corrigiu Sam, a boca curvando-se em um sorriso torto. – É óbvio que você é uma pessoa muito reservada. E tão hábil quanto qualquer político em fugir das perguntas. – Desencostou-se da vidraça. – Não pretendia ofendê-la.

– Não houve ofensa alguma.

Mas estava abalada com o fato de Sam ter tão facilmente reconhecido suas respostas evasivas pelo que eram.

– Ótimo. – Continuou a encará-la fixamente. – Imagino que a privacidade é importante para alguém tão visada quanto você.

– É, sim.

Seu sorriso ampliou-se um pouco.

– Então quais são os seus passatempos? Ainda não me contou.

Aborrecida com o modo como ele a fitava – e como estava reagindo a este olhar –, Kelly hesitou por um instante.

– Não sei se isto pode ser chamado de passatempo, mas gosto de restaurar mobília antiga, pegar alguma coisa que está maltratada e arranhada, raspar até aparecer a madeira crua, depois lixar para retirar todos os arranhões e amassados, passar uma nova camada de verniz e deixar a peça com uma aparência nova e reluzente. – À medida que se entusiasmava com o assunto, pouco a pouco perdia aquele constrangimento inicial. – Tudo começou como um meio de mobiliar o apartamento que aluguei vazio quando me mudei para St. Louis. Agora é algo que simplesmente adoro fazer. De fato, estou no meio da restauração de uma incrível mesa de centro antiga com tampo de casco de tartaruga que descobri em uma loja de móveis usados, a poucos quarteirões de onde moro, em Gramercy Park. É de mogno. Até agora, consegui retirar o verniz velho e passar outro, mas ainda precisa de duas ou três demãos de cera. Lustro a mão, é lógico.

– É lógico.

O sorriso com que ele respondeu foi rápido e cálido, uma expressão de compreensão nos olhos que foi inesperada para Kelly. Isso a cativou, muito embora ela reconhecesse o perigo aí contido e a atração que sentia.

– O que posso dizer? Sinto muito prazer e satisfação ao fazer esse tipo de coisa – replicou Kelly, tentando em vão parecer indiferente.

– Isso é evidente. – Fez uma pausa e estendeu a mão para segurar a mão direita dela, virando a palma para cima enquanto os dedos da outra examinavam a pele macia. – Também é evidente que você usa luvas durante todo esse trabalho de raspar, lixar e envernizar.

O toque acariciante daqueles dedos roubou-lhe o fôlego e provocou um arrepio que subiu pelo braço e desceu pela espinha. Nenhum outro toque masculino jamais a deixara assim ofegante. Não era justo que fosse acontecer logo com Sam Rutledge. E não era justo que reconhecesse a mesma sensação expressa nos olhos dele.

– Na verdade, uso mesmo luvas.

Kelly retirou a mão e tentou afastar-se fisicamente daquela aura de tensão.

– Engraçado – murmurou Sam.

– O quê?

Ela levou a mão à bolsa de festa, segurando-a com um pouco mais de força do que o necessário enquanto vasculhava a mente em busca de uma forma casual de encerrar a conversa.

– Também gosto de coisas velhas. Só que, no meu caso, é avião.

– Avião – repetiu Kelly, surpresa. – Você voa?

Sam confirmou com a cabeça.

– Quando posso dar uma escapulida, o que não acontece com frequência, infelizmente. Tenho um Cub modelo antigo. – Vendo sua expressão vazia, Sam explicou: – É um velho biplano de dois lugares com a cabine aberta.

– Um biplano. Igual àquele em que Snoopy voa quando está procurando pelo Barão Vermelho no seu Sopwith Camel? – perguntou Kelly, referindo-se ao personagem da revista em quadrinhos *Peanuts*, incapaz de conter o sorriso.

Sam retribuiu o gesto.

– O meu pequeno Cub não é tão velho quanto o Sopwith, mas existem semelhanças. O meu foi construído há uns quarenta anos, projetado por aeróbatas. Estava em péssimo estado quando o comprei. Demorei quase dois anos, trabalhando nas minhas horas de folga, para recolocá-lo em condições de voo.

– Deve ter sido uma excitação tremenda a primeira vez em que voou nele.

Lembrando-se da maneira como se sentira ao contemplar pela primeira vez uma peça de mobília que restaurara, Kelly podia facilmente imaginar a imensa sensação de orgulho e satisfação que Sam devia ter experimentado.

– E foi – concordou.

Kelly examinou-o com ar pensativo.

– Voar não é um esporte que eu associaria a você. Se tivesse me perguntado, provavelmente indicaria raquete, tênis ou polo. – Todas as opções que exigiam muito da pessoa do ponto de vista físico e mental e se adequavam a um membro do círculo dos vinicultores. – Suponho que há uma grande sensação de liberdade lá no alto.

Sam assentiu com a cabeça.

– Liberdade, poder. Porém, é mais do que isso, é uma sensação de controle total. É algo que se aprende a saborear quando se trabalha com a terra, sempre à mercê dos caprichos da mãe natureza.

– Suponho que seja. – Uma explosão de riso veio da sala de estar. Kelly relanceou os olhos para a porta. – Alguém está se divertindo.

– Parece que sim.

Percebeu sua chance e aproveitou-a.

– Acho que está na hora de voltar para a sala e me juntar aos outros.

– É bem provável que Katherine esteja imaginando por onde ando. Talvez esteja na hora de nós dois voltarmos.

Esta não era a espécie de observação que exigisse uma resposta verbal. Virando-se, Kelly começou a se dirigir para a porta, sentindo a desconfortável presença de Sam logo atrás de si. No instante em que pôs os pés na sala de estar, lançou-lhe um sorriso por cima do ombro e um aceno de despedida com a cabeça e rumou para o mais próximo grupo de convidados.

Hugh interceptou-a antes que os alcançasse.

– Kelly, eu estava começando a achar que você já tinha ido embora.

– Para falar a verdade, eu estava indo à sua procura para avisá-lo de que não vou me demorar.

Não ia se demorar nem mais um minuto.

– Levando em conta o dia cheio que teve, eu já esperava por isso. – Seus olhos transmitiam uma meiga compreensão. Kelly sentiu vontade de abraçá-lo por isso. – Vou chamar um táxi. A esta hora, deve ser difícil achar um circulando vazio.

– Não é preciso táxi algum. – Sam Rutledge continuava lá. Não se afastara como ela esperava. – Temos um carro nos aguardando lá fora. Posso dar uma carona à Srta. Douglas.

– Obrigada, mas realmente não é necessário – insistiu Kelly virando-se para Sam.

– Se não é necessário, então tente encarar como um prazer – sugeriu suavemente.

– Aceite a oferta – aconselhou Hugh. – Na última vez em que peguei um táxi, fedia a vômito do último bêbado que andara nele.

– Se Katherine resolver ir embora... – começou Kelly.

– Por que eu resolveria ir embora? – Katherine Rutledge juntou-se aos três, não demonstrando o mais leve vestígio de fadiga. – Ir aonde?

– De volta para o Plaza – replicou Sam.

– Por que eu iria querer fazer isso? Ninguém está de partida – ponderou ela com calma.

– A Srta. Douglas está – explicou Sam. – E me ofereci para levá-la em casa no nosso carro, mas ela estava preocupada com a possibilidade de você querer sair antes que eu voltasse.

– Foi muita gentileza sua, Srta. Douglas, mas não precisa preocupar-se com isso. Estou me divertindo demais para ir embora tão cedo. Insisto que Jonathon a leve para casa.

– Jonathon? – Kelly franziu o cenho. – Não está se referindo a Sam?

– Eu falei Jonathon? – Momentaneamente confusa, Katherine ignorou o engano com um aceno descuidado da mão. – É lógico que me referi a Sam. Ele a levará.

Sem opção, Kelly lhe agradeceu, pegando o casaco, e partiu, com Sam ao lado. Ao deixarem o edifício com seu frescor de ar-condicionado, saíram na abafada noite de verão. Sam percorreu com os olhos o punhado de carros enfileirados ao longo do meio-fio e apontou para um deles.

– Nosso carro está bem aqui.

Ergueu a mão para chamar o motorista, que se apressou a abrir a porta traseira.

Kelly acomodou-se no banco e ajeitou as dobras do casaco de cetim ao seu redor. Qualquer esperança de fazer o trajeto sozinha desapareceu quando Sam entrou no veículo e se instalou ao seu lado. Ela deu o endereço ao motorista e recostou-se.

– Você não precisava me acompanhar.

Tinha de dizer isso, mesmo que só para liberar um pouco a tensão interior.

– Provavelmente não – concordou Sam com desembaraço. – Mas eu queria me certificar de que você chegaria em casa a salvo. Como você disse antes, as ruas desta cidade podem ser perigosas após escurecer.

– Prejudiciais à saúde – corrigiu ela. Era um hábito arraigado que qualquer citação fosse exata.

– Prejudiciais – Sam concedeu o ponto.

Kelly reclinou-se, de repente querendo relaxar e recusando-se a permitir que a presença dele a detivesse. Soltou um longo suspiro e fechou os olhos, os cantos da boca erguendo-se por um instante fugaz.

– Admito que isto é melhor – comentou ela. – Os táxis em Nova York não são exatamente os mais limpos ou os mais confortáveis para se andar.

– Ou os mais seguros.

Kelly olhou rapidamente de esguelha, encontrando um meio sorriso no rosto dele.

– Verdade.

O carro entrava e saía velozmente das poças de luz lançadas pelos postes de rua. Sam ficou em silêncio por um momento, observando o jogo de luz e sombra no rosto de Kelly. Era atraente, as feições fortes, os traços harmoniosos, o cabelo igual a fogo em um minuto e igual à meia-noite no seguinte.

– Você comparecerá ao leilão de vinhos amanhã à noite?

– Não. – A cabeça apoiada no encosto do banco moveu-se em um breve gesto de negativa. – Vou trabalhar de âncora na edição de fim de semana no noticiário noturno amanhã à noite. Faz parte da campanha da rede me expor mais ao público do país inteiro. De agora em diante, vou aparecer uma vez por mês até a estreia do novo programa em meados da estação, após o encerramento de todos os jogos do campeonato nacional.

– Vai estar ocupada.

– Muito. Principalmente quando, de fato, entrarmos em produção e começarmos a editar os segmentos. Às vezes Hugh vira um feitor de escravos.

– Você o conhece há muito tempo?

Sam descobriu-se imaginando qual seria o relacionamento dos dois. Não que isso fosse da sua conta.

– Somos amigos há mais de dois anos.

*Amigos.* O modo casual com que ela usou a palavra não deu a Sam motivo para suspeitar que houvesse algo mais entre ambos.

O carro reduziu a velocidade e parou diante do edifício de tijolinhos vermelhos típico do início do século XX que abrigava o apartamento de Kelly. O motorista desceu e abriu-lhe a porta. Ao sair do carro, ela ouviu a outra porta bater. Visualizou a figura escura de Sam vindo em sua direção.

De repente a realidade a atingiu em cheio. Um Rutledge a levara para casa. Um Rutledge a estava conduzindo até a entrada do seu prédio. Sentiu a deliciosa ironia da situação e uma sensação de triunfo – e o inebriante sentimento do poder que as acompanhava.

Sam fez sinal ao motorista para esperar e segurou o braço de Kelly pelo cotovelo, guiando-a pelo curto lance de escada até a porta em arco. Duas antigas lanternas de carruagem em ferro forjado iluminavam a entrada. A chave da porta estava na mão de Kelly. Ela a entregou a Sam quando ele estendeu a mão. Sam pegou-a, sem fazer nenhum movimento para inseri-la na fechadura de segurança.

– Obrigada pela carona – agradeceu, incapaz de impedir que um sorriso secretamente satisfeito lhe curvasse os lábios.

– Talvez nos encontremos em uma outra oportunidade.

– Talvez. – Mas ela duvidava disso.

Sam também não achava que tal coisa fosse acontecer. Destrancou a porta e abriu-a para Kelly. Quando já ia entrando, ela parou e virou-se para pedir a chave, uma das mãos movendo-se para manter a porta aberta. Ele passou-lhe a chave.

Depois, em um impulso, deslizou os dedos pelo cabelo de Kelly, firmando-lhe a cabeça pela nuca enquanto baixava a boca para cobrir a da jovem. Kelly ficou imóvel com o contato, mas os seus lábios eram macios sob os dele. Sam explorou maciez e as curvas cálidas, sentiu-os aquecer e mexer-se contra os seus, retribuindo o beijo.

Puxou-a para si, querendo descobrir mais, saborear mais. Kelly era só rendas, aromas suaves e membros longos, forte e flexível, ardente e receptiva. Um beijo não bastava. Queria enroscar-se, perder-se nela. Porém, mesmo sentindo a necessidade avolumar-se, recuou. Travara conhecimento, fizera amor e casara-se com a ex-esposa em uma embriaguez sexual. Não ia se perder em outra.

– Boa noite, Kelly.

Dando um passo para trás, afastou-se dela, como um homem que recuasse da beira de um precipício.

– Boa noite.

Evitando os olhos de Sam, ela deu-lhe as costas e fechou a porta atrás de si.

Ao ouvir o sólido clique da fechadura, Kelly não sentiu nem um pouco daquela anterior sensação de poder. Sentiu-se abalada e vulnerável, forçada a relembrar demasiadas necessidades, já meio esquecidas, que de repente era impossível negar. Isso a assustava.


# 7


Do seu posto junto ao relógio antigo, o adorno central no saguão vivamente colorido do Waldorf, Clay Rutledge viu a baronesa no instante em que esta saiu do elevador. Usava um chapéu de palha vermelho de abas largas e um vestido leve e rodado de seda branca, ligeiramente salpicado de pontinhos irregulares em vermelho, azul-marinho e verde. A aparência era ao mesmo tempo graciosa e sofisticada, muito chique e muito francesa. E muito fácil de avistar em uma multidão.

Ela hesitou por um breve instante, depois virou-se e rumou para a entrada do hotel na Park Avenue. Clay aguardou por vários minutos, então seguiu-a em passo lento.

Os saltos altos e finos provocaram um clique-clique ao cruzarem o mosaico do chão e depois descerem o curto lance de escada até a porta giratória ao nível da rua. Ela atravessou-a, então tornou a parar por um instante. Um porteiro surgiu.

Clay demorou-se no alto dos degraus e observou a breve conversa entre os dois, vendo quando o porteiro apontou para a direita, obviamente dando uma instrução. Clay sorriu ao notar o guia da cidade que Natalie Fougère carregava junto com a estreita bolsa vermelha de fecho. Com um sorriso de agradecimento, ela tomou a direção que o porteiro lhe indicara. Mais uma vez, ele esperou até a baronesa sumir de vista, antes de segui-la.

Na rua, Clay tornou a localizá-la quando ela percorria a rua Cinco Leste, encaminhando-se para a Quinta Avenida. Se fosse qualquer outra mulher, Clay suspeitaria de que ela estaria a fim de explorar as lojas exclusivas na Quinta Avenida. Mas o guia de ruas que trazia consigo e o modo inquiridor como virava a cabeça, o que sugeria ansiedade em descobrir as muitas vistas e sons da cidade, levavam a outra conclusão. Clay foi atrás, tentando antecipar seu destino. Talvez a praça no Rockefeller Center. Ou o Museu de Arte Moderna.

Enquanto isso, continuava a avaliá-la. Após a noite da véspera, não restava nenhuma dúvida em sua mente de que ela era uma mulher solitária com emoções reprimidas, pronta para a excitação de um caso ilícito.

Um momento depois, ela o surpreendeu ao dobrar na Quinta Avenida. Clay estugou o passo, chegando à esquina quando ela subia os degraus da Catedral de St. Patrick. Conservando uma distância cautelosa, Clay entrou na estrutura ornamentada de pedra e mármore branco.

Alguns devotos estavam sentados nos bancos luzidios, enquanto outros, principalmente turistas, perambulavam pelo santuário, admirando os vitrais das janelas e as estátuas religiosas, conversando aos murmúrios. Do fundo da igreja, Clay examinou as pessoas espalhadas pela igreja e, por fim, espiou o chamativo chapéu vermelho que a baronesa usava. Estava em uma das recâmaras que cercavam a nave. Viu quando ela acendeu uma vela e ajoelhou-se para rezar, o brilho de um rosário na mão.

Pensativo, Clay observou-a por um momento, depois retirou-se, cruzando para o lado oposto da avenida. Enquanto aguardava sua saída, fez algumas pequenas revisões em sua análise original da baronesa: Natalie Fougère não era do tipo que tem um flerte casual com um homem por diversão. Não havia dúvida de que gostava do marido, desejando agradá-lo e lutando contra a infelicidade que sentia no casamento. Nada disso, porém, mudava o fato de que estava solitária e madura para um caso amoroso. Isso significava apenas uma ligeira alteração em sua estratégia.

Clay estava frente a frente com uma das paisagens mais fotografadas de Nova York: o resplendor branco das agulhas góticas da catedral em contraste com o vidro negro da Olympic Tower a se elevar logo atrás. Mas seu olhar estava fixo nas portas de bronze. Quando Natalie Fougère saiu, a sorte e o fato de ser sábado estavam do seu lado – não havia trânsito na rua.

Clay alcançou o lado oposto da faixa dos pedestres quando ela desceu o último degrau. Demonstrou surpresa e prazer ao vê-la, antes de rapidamente velar o último sentimento.

– Baronesa. Bom dia.

Natalie possuía olhos castanhos, na cor forte de um chocolate meio amargo. Clay notou o fulgor que surgiu e sumiu depressa em suas profundezas, refletindo sua própria expressão de surpresa reprimida. Com a mesma atenção, observou a leve modificação em volta da boca. Eram estas pequenas e mal discerníveis mudanças na expressão de uma mulher, os sons diferentes de uma voz feminina, os pequenos gestos ou sentenças interrompidas que lhe indicavam as coisas que precisava saber. Assim como a expressão de Natalie Fougère indicou-lhe agora que seu súbito aparecimento perturbara-a.

Clay relanceou os olhos para trás da baronesa, para a entrada da catedral.

– Onde está Emile? Não veio com você? – perguntou, como se não soubesse.

– Teve que ir a uma reunião.

Clay voltou seu olhar para o rosto da baronesa, examinando-o. Com ela, bancaria o homem honrado, lutando contra a forte atração que sentia e exibindo aquela contenção emocional em cada olhar, em cada gesto, em cada palavra.

Sorriu com polidez.

– Então posso acompanhá-la até o hotel ?

– Obrigada, mas... planejava ver um pouco de Nova York.

Com um certo embaraço, Natalie indicou o guia de ruas em sua mão.

– Sozinha? – Clay lançou-lhe um olhar de preocupação alarmada, mascarando-o depois com um sorriso. – Deixe que eu lhe mostre Nova York. A experiência é muito mais agradável quando compartilhada.

Ela hesitou, os olhos passando ligeiros pelo rosto do rapaz.

– Não quero incomodá-lo.

– Seria um prazer, baronesa.

– Natalie, por favor.

Clay captou o leve movimento dos dentes afundando no lábio inferior, um sinal de que ela questionava a prudência de estimular mais intimidade.

Ele inclinou a cabeça com uma reserva cortês que prometia não tirar vantagem do fato.

– Só se me chamar de Clay.

– Como desejar – concordou Natalie com idêntica reserva.

– Estamos muito perto da praça do Rockefeller Center – sugeriu, erguendo a mão para indicar a direção.

Caminhou ao lado da baronesa, tomando cuidado deliberado para não tocar nela ou deixar os ombros roçarem nem mesmo acidentalmente. Passearam por Channel Gardens e pararam no parapeito de pedra para contemplar a praça mais abaixo, com seu café ao ar livre e a estátua dourada de Prometeu, o herói da mitologia grega que roubou o fogo, cintilando em meio aos jatos de água dançante. Afora a menção aos pontos de interesse, Clay pouco falou; os comentários dela foram igualmente restritos.

– Aonde vamos agora? – indagou, depois sugeriu, como uma brincadeira. – Ao Empire State Building, talvez. Nenhum turista de verdade poderia vir a Nova York sem visitá-lo.

– Fica longe?

– Longe demais para ir a pé. Vamos de táxi.

Fez sinal para um táxi que passava, depois segurou a porta para Natalie e entrou atrás dela, cuidadosamente mantendo distância.

Não conseguiu decifrar o silêncio durante o curto trajeto nem no curto tempo anterior. Desviava o olhar com frequência e deixou que o pegasse fitando-a. A baronesa era, conforme concluiu, uma mulher bela e elegante, o cabelo escuro e preso expondo o rosto e a nuca, seu volume oculto sob a copa do chapéu. Em sua mente, comparava-a a um instrumento de muitas cordas, esperando pelo toque de um mestre.

O táxi parou na entrada do arranha-céu em estilo *art déco* na rua 34, que o paraíso cinematográfico e King Kong, havia muito tempo, haviam imortalizado. Dentro do saguão de mármore, Clay comprou ingressos para irem ao terraço e escoltou Natalie até o elevador apinhado de turistas, que os projetou até o octagésimo andar, onde passaram para outro elevador que os transportou pelo restante da subida. Até mesmo com a pressão dos corpos e o mesclar de odores, Clay podia sentir o aroma sutilmente sensual do perfume da baronesa.

Aguardou que o elevador se esvaziasse, então ajudou-a a sair, passando pelos quiosques de souvenirs até chegarem à pesada porta que dava para o terraço. Natalie riu ao sentir o vergastar do vento e agarrou o chapéu, conservando-o na cabeça enquanto se dirigia à mureta. Clay aproximou-se e parou ao lado, mirando com vago interesse a miscelânea arquitetônica de torres de vidro e aço, casas veneráveis com fachada de ardósia e igrejas góticas que era Manhattan.

Com um inconsequente descaso pela altura, Natalie olhou por cima do vidro protetor.

– Daqui os táxis parecem cravos-de-defunto de um amarelo vívido.

Recuou e levantou o rosto para absorver a visão panorâmica.

Clay examinou aquela expressão embevecida de assombro, a curva delicada do longo pescoço e a seda do vestido, que o vento moldava ao corpo curvilíneo.

– Magnífico, não é? – Ele simulou interesse pela vista da ilha de Manhattan, do rio Hudson e do salpicar de veleiros no Sound. – Tão acima de tudo. Isolado da agitação da cidade abaixo. Quase se poderia acreditar que somos as únicas duas pessoas no mundo – refletiu com falsa casualidade. – É lógico que duas pessoas podem fazer o maior de todos os mundos... quando são feitas uma para a outra.

Com esta observação, virou-se para encará-la.

Deliberadamente ou não, Natalie interpretou errado tais palavras.

– Está sentindo falta de sua esposa.

– De meus filhos, talvez – consertou ele, depois encolheu os ombros, desviando depressa os olhos. – Não é nenhum segredo que minha esposa e eu pouco temos em comum, afora o nosso amor pelas crianças – mentiu, com a maior calma. – Ela está contente com suas flores e a pintura, enquanto eu... – Interrompeu-se, franzindo o cenho, irritado. – Por que estou lhe contando isso?

– Talvez por saber que eu compreenderia.

Quando voltou-se, os olhos escuros de Natalie eram um testemunho mudo da solidão existente em seu próprio casamento. Sustentou o olhar dela por um momento significativo, sem esboçar qualquer reação.

– Já passeou de carruagem pelo Central Park?

Ela pareceu momentaneamente desconcertada com a pergunta.

– Não.

– Nem eu. – Lançou-lhe um sorriso convidativo. – Vamos?

Natalie não hesitou nem um segundo, um sorriso iluminando-lhe todo o rosto.

– Sim.

Vinte minutos depois, estavam sentados no banco traseiro de uma carruagem que atravessava o Central Park. Afora os comentários inócuos sobre os locais pelos quais passavam, pouco conversaram, mas Clay percebeu, pelo pequeno sorriso em seus lábios, que ela se sentia à vontade com o silêncio.

Quando contornavam o lago de 18 acres dentro do parque, Natalie inclinou-se para a frente.

– Vê os barcos a remo? – perguntou, continuando a olhar para os raios do sol que cintilavam na superfície espelhada da água. – Como é lindo o reflexo do sol na água.

– Acho que devíamos descobrir se é – anunciou Clay e instruiu o cocheiro para deixá-los perto do local onde se alugavam barcos.

Quando se afastaram do cais, Natalie estava sentada na proa. O chapéu de palha vermelho se achava em sua mão, deixando à mostra o coque reluzente no alto da cabeça. Segurou-se nos lados do barco e recostou-se, erguendo o rosto para o sol.

*Linda*, tornou a pensar Clay enquanto remava, impelindo o barco através da água com puxões lentos e lânguidos. Sua jaqueta esportiva se achava dobrada com capricho no banco ao lado; os punhos da camisa estavam enrolados.

– Isto é maravilhoso. – Ela mergulhou uma das mãos na água aquecida pelo sol e observou as gotas caírem da ponta dos dedos. – Tinha razão, Clay. – Fitou-o com melancolia. – É melhor quando é compartilhado.

– Sim – confirmou, depois permaneceu em silêncio durante várias remadas, continuando a sustentar o olhar de Natalie. – Eu não devia dizer isto, Natalie, mas você é uma mulher muito encantadora.

A voz era cheia de intensidade a custo reprimida.

Por um momento, ela sentiu tamanho aperto na garganta que não conseguiu falar. Muitas vezes – vezes demais em meses recentes – olhara para Emile ansiando para que o marido a notasse de novo, que a visse como a mulher bela e desejável que ele lhe garantira ser antes do casamento. Houvera até ocasiões em que essa ansiedade fora uma dor física.

Sabia que era errado sentir tanto prazer com o elogio de outro homem, mas sentia. Estava carente demais para se incomodar com a origem do alimento de que sua alma precisava.

Mas falou lenta e cuidadosamente:

– É bastante agradável ser notada, Clay.

– Perdoe-me – murmurou ele.

– Por quê? – repreendeu-o Natalie, ante a necessidade de não levar a sério as palavras de Clay. – Por ser gentil?

– Não foi gentileza. Você é uma mulher muito encantadora. Um homem teria de ser cego para não notá-lo.

Às vezes achava que seu marido era cego. Cego às suas necessidades.

Quando Clay ficou silencioso, ela nada fez para estimular a conversa, tentando, em vez disso, desviar a mente para a serenidade do lago e o azul do céu. Mas achou impossível não notar o modo como a luz do sol cintilava no ouro-escuro do cabelo dele, o ondular dos músculos sob a camisa e a força natural daqueles braços.

Como era tola sua esposa, pensou Natalie, não apreciar um homem como aquele. Será que não se percebia afortunada por ter um marido assim tão sensível e atencioso, um homem tão em sintonia com ela a ponto de poder prever um capricho e satisfazê-lo antes mesmo de ser formulado?

Como, por exemplo, a ideia de alugar o barco para passearem pelo lago, só os dois, os altos prédios de Nova York sendo nada mais do que uma vaga intromissão no horizonte para além das árvores. Natalie observava aquelas mãos puxando os remos, os braços musculosos. As mãos seriam quentes e confiantes ao acariciarem uma mulher, buscando agradar, excitar, satisfazer. E seus beijos seriam úmidos e ardentes, de fácil arrebatamento.

Consciente de que seu coração estava acelerado, Natalie desviou os olhos. Não era prudente se entregar a fantasias vãs, ainda que inofensivas.

Com demasiada rapidez, assim pareceu a Natalie, a hora terminou e o barco teve de ser devolvido. Clay ajudou-a a sair do barco, segurando-lhe a mão com uma pressão firme e sutilmente forte. Porém, não a soltou tão logo ela pisou no cais. Ficou parado ao seu lado, uma das mãos apoiando-a pela cintura e a outra no braço abaixo da manga japonesa do vestido.

– Eu estava errado – murmurou, com extrema suavidade. – Até um cego a notaria, seu perfume embriagador, sua voz musical, sua pele acetinada...

Um dedo, apenas um dedo, traçou a curva do braço de Natalie antes que Clay retirasse a mão. Ela respirou fundo e encontrou dificuldade em soltar o fôlego.

Por um momento, imaginou-se cambaleando contra aquele corpo e sentindo-lhe a solidez em contato com o seu, o calor daqueles braços a envolvê-la, a sensação daqueles lábios a explorarem sua garganta. Antes que o pensamento se transformasse em um impulso, Clay recuou, libertando-a, e o momento se foi. Mas não a sua lembrança.

– Há um ótimo restaurante não muito longe daqui – sugeriu Clay. – Se estiver com fome, podemos ir lá almoçar.

A baronesa olhou para o relógio pela primeira vez desde que deixara o hotel.

– Já é tarde. – Descobriu esse fato com uma ferroada de culpa, cônscia de que tinha apreciado demais a companhia para notar o transcorrer das horas. – Preciso voltar ao hotel. Prometi a Emile que me encontraria com ele para almoçarmos juntos à uma da tarde. E já é quase isso.

– É lógico.

Clay assentiu com a cabeça, mas ela captou o brilho fugaz de pesar em sua expressão e o compreendeu, porque sentia o mesmo.

Durante a corrida do táxi até o hotel, Clay aguardou o momento propício, ocasionalmente preenchendo o silêncio com banalidades e esperando até estarem a um quarteirão do hotel para dizer:

– Não sei se o seu marido conversa sobre negócios com você, mas meu pai e ele estão discutindo a possibilidade de formarmos uma sociedade para a construção de uma vinícola na Califórnia. Ambas as partes têm muito a propor. The Cloisters não só produz vinhos premiados, como também tem uma sólida base de vendas, prática de mercado e uma organização que não se pode igualar. Quanto ao Château Noir, nem preciso lhe falar a respeito.

Tomou cuidado para manter seu tom casual. Olhou-a de relance e sorriu, observando que ela ouvia com leve interesse.

– É lógico que, necessariamente, uma sociedade exigirá que ambas as partes cruzem o Atlântico com frequência. – Clay fez uma pausa, deixando o sorriso sumir e o olhar se concentrar no rosto dela. – Acho que vou aguardar com ansiedade por um grande acordo.

O táxi estacionou na entrada na Park Avenue. Ela não teve chance de responder diretamente quando o porteiro abriu a porta traseira do seu lado. Mas Clay já obtivera a resposta que queria quando o olhar de Natalie se prendera ao seu, para depois desviar-se bruscamente.

Pagou a corrida e saiu do táxi atrás de Natalie. Na calçada, ela virou-se.

– Obrigada pelo passeio por Nova York. Foi muito agradável.

Teve o cuidado de não usar seu nome, e tal cuidado era bem revelador.

– O prazer foi meu. – O sorriso foi adequadamente polido quando ele tornou a exibir um ar de contenção severa. – Lembranças ao seu marido.

De propósito, Clay não mencionou o leilão de gala daquela noite, sabendo que ela estaria lá e também ciente de que ela também sabia que ele compareceria.

Com um sorriso discreto e educado, Natalie afastou-se de Clay e entrou no hotel. Ele se demorou um pouco na rua e, pensativo, seguiu-a com os olhos, considerando se lhe dirigiria a palavra naquela noite ou simplesmente deixaria os olhos de ambos se encontrarem, mantendo a distância física.

Ambos os métodos seriam eficazes, dependendo da brevidade com que o pai planejava reencontrar-se com o barão no final de semana seguinte. Clay precisava descobrir isso antes de decidir qual seria a estratégia. Afinal de contas, a escolha do momento certo era crucial em situações desse tipo.

Entrou calmamente no hotel, satisfeito com seu trabalho matinal e certo de que o evento daquela noite acabaria sendo muito interessante.

Um BURBURINHO PERCORREU a multidão trajada a rigor no Grande Salão palaciano do Waldorf quando a caixa do *cabernet sauvignon* Rutledge Estate 1973 Reserva Particular continuou a subir de preço em lances vigorosos. Sam estava sentado junto a Katherine, uma perna cruzada, uma das mãos descansando sobre a coxa e o outro braço passado por cima dela em uma pose de serena indiferença.

Katherine parecia igualmente tranquila e impassível com os lances, que já tinham atingido um preço bem acima da cifra prevista. A tensão, contudo, estava lá, tão palpável a Sam quanto o ávido brilho nos olhos da avó.

Quando o martelo foi batido, o lance vencedor foi a histórica quantia de 65 mil dólares, o máximo já pago por qualquer lote de vinho produzido nos Estados Unidos. Houve um instante de silêncio no salão quando a importância do lance final foi registrada.

A pose de calma digna de Katherine nunca mudou, mas, de esguelha, Sam captou a sutil alteração na sua expressão. Um gato com vestígios reveladores de creme de leite nos bigodes não pareceria mais contente.

Alguém começou a aplaudir. A algumas cadeiras dali, Hugh Townsend levantou-se e virou-se para dirigir seu aplauso a Katherine. Quando os demais se puseram de pé, Sam fez o mesmo para acrescentar seu tributo ao dos demais. Katherine agradeceu a ovação com uma lenta e graciosa inclinação da cabeça. Os aplausos, no entanto, só pararam depois que a escoltaram até diante da plateia.

Ela empurrou para o lado o microfone que lhe ofereceram, a voz em seus tons puros elevando-se para falar à multidão.

– Obrigada. Obrigada a todos. – Fez uma pausa, breve, esperando que reinasse o silêncio, depois prosseguiu: – Meu falecido marido, Clayton Rutledge, foi por muito tempo um admirador de Thomas Jefferson, um dos primeiros humanistas dos Estados Unidos e um conhecedor de vinhos finos. Tal como Jefferson, Clayton acreditava que algum dia nosso país produziria vinhos equiparáveis aos grandes *châteaux* da Europa. Seu sonho era que os vinhos de Rutledge Estate estivessem entre eles, um sonho que levei avante, sozinha, durante muitos anos. Nesta noite, vocês concederam uma grande honra à casa de Rutledge Estate. E uma causa muito válida receberá o benefício deste acontecimento. Clayton se orgulharia muito disso, assim como eu me orgulho. Obrigada.

Irrompeu outra salva de palmas quando terminou. No momento em que vários convidados adiantaram-se para apresentar suas congratulações pessoais, o leiloeiro sabiamente anunciou um curto intervalo enquanto se preparavam para o próximo artigo a ser leiloado.

Sam não se surpreendeu ao ver o barão Fougère e sua esposa entre os primeiros a abordar Katherine. Em um ramo de negócios no qual imagem e prestígio eram de suma importância, os de Rutledge Estate tiveram uma abrupta ascensão. O barão estava impressionado, o que era visível no seu ar de deferência, um contraste chocante com a atitude brusca e levemente arrogante que exibira no encontro da manhã. Isso tinha irritado Sam algumas vezes, mas Katherine lidara com ele sem problemas, e uma sociedade entre as duas partes parecia ser apenas uma questão de tempo. Pelo menos na opinião de Katherine. Sam, por outro lado, sabia que seu tio continuava lutando para permanecer na corrida.

E lá estava Gil, só charme e sorrisos enquanto se colocava frente a frente com Katherine.

– Um preço extraordinário, Katherine. Meus parabéns.

Agia exatamente como um filho, feliz por ela, mas algo dizia a Sam que o brilho alegre nos olhos do tio provinha do ciúme e não do orgulho.

– Obrigada, Gil. – Como sempre, ela mostrava-se cortês, mas reservada com o filho afastado. – Estou certa de que o seu vinho vai sair-se muito bem quando for oferecido. O *cabernet* The Cloisters 1987 é bastante bom para um vinho jovem.

Gil retesou-se ligeiramente ante este cumprimento condescendente.

– Talvez algum dia você concorde em submeter a sua safra 1987 a um teste de degustação às cegas junto com o meu, e então veremos qual dos dois ganhará.

Katherine empinou o queixo.

– Eu nunca faria isso com você, Gil.

Um rubor inundou as faces de Gil. Katherine não só havia se esquivado do desafio, como também, ao mesmo tempo, desferido um golpe mortal. Parecera sincera em seu desejo de não se envolver em uma confrontação direta com o filho e, com isto, poupá-lo da humilhação de perder para ela, mas Sam nem sequer tentou adivinhar se essa era realmente a motivação da avó.

Gil conseguiu reprimir a raiva e forçar um sorriso.

– Ninguém vence o tempo inteiro, Katherine. Nem mesmo você.

E com elogiável autodomínio, afastou-se, rumo ao bar.

Sam juntou-se à avó.

– Acho que isso não foi muito prudente.

– Talvez não, mas era necessário – replicou com frieza, lançando depois um sorriso luminoso a Hugh Townsend.

– Sr. Townsend, é sua a responsabilidade por este desvio das atenções.

– Atenções muitíssimo merecidas, Madame. – Segurou-lhe a mão e curvou-se para beijá-la. – "Assim como o melhor vinho desce suavemente", se o leilão se encerrasse neste momento, seria um enorme sucesso... graças à senhora.

Ela não questionou esta declaração extravagante, nem a agradeceu. Em vez disso, perguntou:

– A sua jovem amiga, a Srta. Douglas, está aqui esta noite? Lembrei-me de um Zachary Douglas que possui uma vinha no distrito de Carneros, lá no vale, e imaginei se seriam parentes.

– Não creio que Kelly tenha parentes na Califórnia. Lamento que não tenha a oportunidade de lhe perguntar. Ela precisava fazer uma transmissão esta noite. – Relanceou os olhos para o relógio de pulso. – De fato, é bem provável que ainda esteja no estúdio, cuidando dos últimos detalhes antes de ir para casa.

– Seis dias por semana. Não tinha percebido que seu horário de trabalho era tão estafante – comentou Katherine, uma sobrancelha arqueando-se com uma leve surpresa.

– O glamour da televisão – replicou Hugh com leve secura.

– Realmente espero que todo esse glamour não se estenda até o domingo – retrucou Katherine, rivalizando com sua secura de tom e de humor. – Todos precisam de uma oportunidade para descansar.

Na opinião de Sam, esta era uma observação estranha. Nunca souberam antes que a avó tivesse tido tempo para algo que não fossem as vinhas e a vinícola. Certo, havia reduzido um pouco seu ritmo nos últimos anos. Ainda assim, descanso não era uma palavra que ele associaria a Katherine.

Após tagarelar por mais alguns minutos, Townsend pediu licença e afastou-se. Sam deixou o olhar esquadrinhar a aglomeração de convidados – pessoas elegantes em roupas elegantes tendo conversas elegantes. Fora criado naquele ambiente, circulando naquelas rodas tão livremente quanto o faria nas vinhas. Naquela noite, entretanto, estava entediado e nervoso.

Localizou Gil perto do bar, conversando com o barão e sua esposa. Clay estava com o pai. Como de costume, toda a atenção de Clay concentrava-se em Natalie Fougère. Sam observava a cena, a boca torcendo-se em um sorriso. Na noite anterior, Clay dera em cima de Kelly Douglas; naquela, estava aplicando todos os seus artifícios na baronesa, com maior êxito, a julgar pelo rubor extasiado em sua expressão.

– O que as mulheres veem nele?

Sam não percebeu que formulara a pergunta em voz alta até Katherine responder:

– O que querem ver. – O toque de amargura, de raiva na voz, a impressão de que ela estava falando por experiência própria, atraíram o olhar dele. – Um homem capaz de acabar com a solidão, alguém que preenchesse o vazio da existência com toda a riqueza daqueles sentimentos para os quais o espírito humano foi criado. Quando a cor se dissipa da vida de uma mulher e o romance murcha, ela anseia em ser outra vez importante para alguém. Ansiosa, sonha. – Seu olhar estava fixo no casal que estava do lado oposto do salão, mas Sam não tinha certeza se eram a baronesa e Clay que a avó estava vendo. – Quando um homem surge e lhe dá atenção, saciando essa ansiedade, ela acredita... porque quer acreditar, porque quer que o seu sonho seja real. Recusa-se a aceitar que seu único desejo pode ser o de tirar vantagem, que para ele é uma coisa barata, porque isso destruiria o seu sonho.

Katherine olhou-o meio sobressaltada, depois a expressão suavizou-se, deixando apenas um vislumbre de amargura nos olhos.

– Minha mãe era uma dessas mulheres – apressou-se a contar. – Após a morte de meu pai, ela foi de homem em homem. Faz séculos que perdi a conta de quantos padrastos tive e quantos amantes passaram por sua vida. Homens como o seu primo vivem à caça de mulheres assim. São camaleões, mudando de cor para serem o que a mulher sonha. No fim, a ilusão de ambos os lados torna-se a única coisa real.

Nunca em sua vida, nem sequer quando era menino, correra um único boato no vale de que Katherine tinha sido vista em público na companhia de outro homem após a morte do marido. Muito ao contrário, os habitantes da região maravilhavam-se com o fato de não haver ninguém.

Contudo, por um breve momento Sam ficara quase convencido de que ela se envolvera em segredo com um homem, alguém que a havia usado e deixado com a amargura do arrependimento. Era óbvio que estava enganado. O conhecimento de Katherine acerca de homens como Clay podia muito bem provir da mãe, tal como ela dissera. Apesar disso, nunca a vira como uma mulher antes. Sempre fora Katherine, forte e autossuficiente demais para precisar de alguém. Mas será que ela já desejara alguém algum dia?

Sam quase perguntou, depois se conteve. O que isso lhe importava, droga? De repente impaciente, consigo ou com Katherine, não saberia dizer, circunvagou rapidamente os olhos pelo salão apinhado, aquela sensação de nervosismo e inquietação voltando com ímpeto.

– Vou sair para tomar um pouco de ar antes de o leilão recomeçar – avisou a Katherine, e encaminhou-se para a saída mais próxima. Alguém deu uma gargalhada, um som suave e musical, mas Sam não se preocupou em identificar sua origem.

– SR. RUTLEDGE – SAUDOU Natalie, dirigindo-se a Clay com a mais suave das vozes.

O rapaz cumprimentou-a com a cabeça, sem sorrir, mas deixando o olhar ardente percorrer-lhe o rosto. Os olhos de Natalie baixaram sob a intensidade deste olhar, depois tornaram a fitá-lo, um brilho suave irradiando-se das profundezas.

Clay esperou até o pai começar a travar uma conversa com o barão antes de lhe dizer:

– Hoje de manhã, depois que a deixei, achei que tinha apenas imaginado o quanto é bela. Estava errado.

Ela sorriu de repente, um sorriso luminoso, então olhou de relance para o marido, mas este estava por demais absorto em sua argumentação para notar. Deliberadamente, assim pareceu a Clay, deixou o sorriso transformar-se em uma risada macia e colocou a mão no braço do barão.

– Emile, você deve saber que este atraente cavalheiro me fez o elogio mais extravagante – declarou, e lançou um olhar coquete a Clay.

Clay não se deixou enganar. Ouviu nestas palavras o clamor silencioso que suplicava ao marido que a olhasse. Mas, quando Emile a olhou de relance, naquele seu jeito cortês e levemente surpreso, não viu o que ela queria com tanto desespero fazê-lo ver – que era uma mulher bonita prestes a fenecer por falta de atenção.

Em vez disso, deu-lhe palmadinhas na mão, como faria com uma criança, e sorriu com ar ausente.

– *Naturellement.*

Não havia o menor laivo de ciúme e preocupação em sua expressão. O tolo encarava a esposa como algo já conquistado e ponto final. Clay reconheceu o mérito de Natalie por encobrir tão bem a mágoa. Sem dúvida alguma, já possuía considerável experiência em ser ignorada. O que era muito melhor para ele.

– Posso lhe trazer um drinque? – ofereceu Clay. – Uma taça de champanhe, talvez?

– Sim, obrigada.

Natalie observou Clay encaminhar-se para o bar.

Nos últimos dois dias, ouvira comentários de outras mulheres sobre Clay Rutledge, comentários sugerindo ser ele um conquistador que causara à esposa uma grande dose de sofrimento. Talvez fosse verdade; não sabia. Ainda que fosse, achava difícil sentir pena da mulher. Em momentos como aquele, achava que preferiria um marido com excesso de paixão a alguém que mal reconhecia sua existência durante a maior parte do tempo.

Na verdade, invejava a esposa de Clay. Mais condenador do que isso era que a descoberta não a chocava.

Apesar de tudo, virou-se para o marido e tentou prestar atenção à conversa com o pai de Clay.

– ... uma mulher notável – concluiu Emile.

– Katherine é realmente uma mulher notável – asseverou Gil Rutledge, depois ergueu os ombros. – Mas como ficará Rutledge Estate quando ela partir desta vida? Uma sombra do que já foi, receio.

Emile franziu o cenho.

– Mas o neto...

– Sam? – Uma sobrancelha ergueu-se bruscamente, a ironia estampada na expressão. – Sam é um bom homem. Mas este é um ramo altamente competitivo. É preciso ser mais do que bom para se alcançar o sucesso neste negócio. – Fez uma pausa e tornou a dar de ombros. – Mas estou certo de que você já pensou neste aspecto da questão.

– Mas é lógico.

Contudo, o ar preocupado de Emile fez Natalie suspeitar que talvez ele não tivesse pensado, fosse lá o que fosse que Gil Rutledge estivesse insinuando com sua observação.

Soou o bater do martelo, indicando que o leilão estava prestes a recomeçar. As pessoas voltavam aos poucos para seus lugares quando Clay regressou com a taça de champanhe. Agradeceu-lhe e deixou Emile guiá-la de volta às cadeiras.

Com a cadeira antes ocupada por Sam agora vazia, Katherine sentou-se sozinha. Um silêncio baixou no salão de festa quando o próximo vinho foi apresentado. Ela ouvia sem muita atenção enquanto uma garrafa, em tamanho imperial, da safra rara de um famoso *château* produzido com um primeiro cultivo em Bordeaux recebeu elogios na familiar linguagem dos vinhos, sendo definido como "dono de um sabor intenso e sólido, com uma maravilhosa interação de aromas de groselha, carvalho, frutas silvestres, toques de anis, folha de louro e cedro insinuando-se no longo e complexo final remanescente, intenso e concentrado mas delicado, com o tanino suavizando-se até adquirir uma textura aveludada".

Tudo isso eram palavras e frases que ela própria usara com frequência no passado. Era a linguagem habitual neste ramo, afinal de contas, embora pessoalmente Katherine tendesse a pensar nos vinhos em termos humanos, sabendo que se poderiam traçar muitos paralelos entre vinhos e pessoas.

Assim como irmãos e irmãs nascidos dos mesmos pais podem diferir em aparência física, personalidade e capacidade, o mesmo ocorria com as safras de vinho. A cada ano se produzia um vinho com uvas colhidas das mesmas videiras usadas no ano anterior, porém cada qual possuía características e qualidades distintas. Um deles podia ser belo e agradável, rico em cor e transparência, possuindo um buquê embriagador, mas com um sabor espúrio ao paladar.

No momento em que pensava tal coisa, Katherine descobriu-se olhando para a cabeça loura e luzidia do neto Clay, sentado a poucas fileiras de distância. Gil estava ao lado do filho, a cabeça levemente virada para murmurar algum comentário. Ao vê-lo, recordou-se da hostilidade, da animosidade expressa nos seus olhos quando a tinha congratulado antes – bem semelhante a um vinho que mostrava uma promessa de grandeza no barril só para se tornar rascante e amargo com a idade.

Em silêncio, Katherine fitou-o e sentiu uma dor de mãe por um filho que passara a odiá-la. Como isso havia acontecido? Onde errara? Teria tudo começado naquela noite, havia tanto tempo? Não, não aceitava isso. Admitia ter havido ocasiões em sua juventude nas quais a mirara com olhos que diziam *Sei o que você fez*, mas também houvera mais ocasiões, muito mais ocasiões, nas quais aqueles olhos brilhantes e inteligentes do filho caçula dançaram com um ar de riso e diabrura.

Talvez a semente do ódio tivesse sido plantada naquela noite, mas nada consegue crescer sem água e nutrição. O que havia fornecido alimento para esse sentimento? O que o fizera voltar-se contra ela? Teria tudo começado com Jonathon? Com a virulenta rivalidade desenvolvida entre Gil e o irmão mais velho?

Quando garotos, os dois tiveram sua cota de sopapos e bate-bocas, porém não mais do que o usual. Sem dúvida, houvera ocasiões em que Gil se ressentira do fato de Jonathon ter certos privilégios como primogênito. Naturalmente, ambos disputavam sua atenção, o que era comum em qualquer família. Se passava mais tempo com Jonathon do que com Gil, era porque Jonathon manifestava um sincero interesse pelas vinhas e pela vinícola que exigia muito do seu tempo. E, naquela época, Gil achava aquilo uma chatice. Fora só depois de Gil voltar para casa após a guerra...

Sim, refletiu Katherine, fora só após a guerra que o problema começara de verdade para todos, mas em especial para Gil e Jonathon. Durante aqueles anos em que estivera longe, havia apenas ela e Jonathon. De repente Gil estava de volta, depois de passar dois anos na França, onde havia degustado o grande Bordeaux e visitado muitas vinícolas famosas, o Château Noir entre elas. Chegara em casa cheio de entusiasmo e novas ideias para o negócio da família.

Relembrando o passado, Katherine percebeu como fora difícil para Jonathon ver o irmão surgir em cena sem mais nem menos. Porém, fora igualmente difícil para Gil, às vezes sentindo-se um intruso. Sem dúvida, fora isso que tornara Gil tão sensível quando uma de suas ideias era rejeitada.

Seus filhos sempre foram completamente diferentes em termos de personalidade e temperamento. Jonathon era retraído, um tipo solitário, ao passo que Gil era expansivo e gregário. Jonathon custava a enfurecer-se, e Gil tinha pavio curto. Jonathon possuía uma mentalidade conservadora, do tipo que examina as coisas com cuidado antes de tomar uma decisão, e Gil queria tudo *agora*.

Katherine alimentara a esperança de que os dois acabassem se complementando mutuamente – um sendo refreado, o outro sendo estimulado, adquirindo um equilíbrio. Em vez disso, eles entraram em conflito.

Certo, naquele primeiro ano, ou mesmo nos dois primeiros, tentaram trabalhar juntos. Mas não demorou para que as divergências começassem a atingir o nível das brigas pessoais.

Ambos eram jovens, na faixa dos 20 anos. Ela julgava, então, que iriam superar tudo aquilo e tratou de dar-lhes responsabilidades separadas mas equivalentes, encarregando Jonathon das vinhas e da vinícola, e Gil das vendas e do marketing, o que acarretava um considerável número de viagens.

Mas isso também não funcionara, e as discussões prosseguiram. No decorrer dos anos, tais divergências foram muitas e variadas. Gil achava que deviam comprar equipamento novo para modernizar a vinícola, padronizar a produção e cortar os custos; Jonathon lembrou-lhe que a vinícola era sua responsabilidade e não havia motivo para comprar novo equipamento quando não havia nada de errado com o que já possuíam. Na opinião de Jonathon, Gil estava gastando dinheiro demais nas viagens, usando o entretenimento dos compradores como desculpa para jantar em restaurantes caros; Gil argumentava que não podia levar os compradores a uma lanchonete qualquer e esperar que comprassem dele a qualidade dos vinhos de Rutledge Estate. Gil queria ingressar no mercado dos vinhos de mesa, produzindo um vinho doce com outro rótulo, insistindo que era aí que estava o dinheiro; Jonathon recusava-se a sequer considerar a ideia, declarando que Rutledge Estate só fazia vinhos de qualidade, não *vin ordinaire*.

E Katherine sempre se descobria presa no meio dessas altercações. Fosse qual fosse o seu motivo ou o partido que tomasse, o outro se sentia injustiçado. Um estava sempre acusando o outro de tentar mudar a cabeça da mãe. Mais ou menos no final, a fazenda se transformara em um campo de batalha, inclusive com os empregados tomando partido na guerra não declarada entre Gil e Jonathon.

Contudo, Katherine continuou com a esperança de que os dois acertassem suas diferenças, até a derradeira e violenta discussão.

Estava no pequeno escritório de Claude, falando com alguém ao telefone, um vendedor ou um funcionário estadual, não se recordava mais. Deixara a porta entreaberta, o que lhe dava uma boa visão do lugar, quando Jonathon irrompeu vinícola adentro, com Gil atrás de si, continuando uma briga obviamente iniciada em outra ocasião...

– DROGA, JON. – GIL agarrou-o pelo braço, forçando-o a parar. Jon virou-se para encará-lo, com uma fúria silenciosa. – Pare de bancar o certinho e dê ao menos uma olhada nesta proposta. – Gil bateu a mão nos papéis que segurava com a outra, o próprio rosto vermelho de raiva. – Os números não mentem.

– Não, mas os mentirosos sabem usar os números muito bem.

– Está me chamando de mentiroso agora? – berrou Gil, indignado. – Ótimo. – Atirou os papéis no rosto do irmão. – Então obtenha *você* as cifras e some-as a seu modo. O total será sempre o mesmo. A compra daquela velha vinícola perto daqui e dos 200 acres que a acompanham seria a coisa mais inteligente que poderíamos fazer. Por que diabos você tem tanto medo de crescer e se expandir?

– E por que você não pode se contentar com o que já conseguiu? rebater Jonathon. – Nada é bom o bastante para você, não é? Olhe só para os seus sapatos italianos, a gravata de seda e o terno de 200 dólares. É sempre mais, mais, mais. Mais vinho, mais dinheiro, mais roupas, mais viagens.

– O que há de errado em querer mais? – retrucou Gil. – Por que simplesmente não admite que não é capaz de lidar com a administração de duas vinícolas?

– Sou perfeitamente capaz. – Jon endireitou o corpo, as mãos subindo até a cintura em uma pose de desafio. – Mas nem morto vou fazer isso só para satisfazer a sua ganância.

– Estou cansado de ouvi-lo me chamar de ganancioso. Estou cheio de vê-lo procurar Katherine com suas invencionices a meu respeito, tentando me prejudicar.

– Invencionices? Não sou eu que estou recheando ilicitamente a minha conta de representação, sugando dinheiro da empresa. É você. – Jon apertou um dedo no peito de Gil. – O precioso menininho dela.

– Seu canalha – xingou Gil, erguendo o punho enquanto acrescentava: – Esta é a última vez que me acusa de ser um ladrão!

Da mesa de Claude, Katherine, horrorizada, viu quando o soco atingiu Jon no queixo, pegando-o de surpresa e fazendo-o cambalear para trás. Jon sacudiu a cabeça e levou a mão ao rosto, depois lançou-se contra Gil com um berro inarticulado.

Ela desligou o telefone sem se despedir e saiu correndo de trás da mesa. Quando chegou à porta, Jonathon estava golpeando Gil com ambos os punhos. Jonathon era maior e mais pesado, mas Gil era mais ágil. Jonathon desferiu um golpe de direita e Gil abaixou-se, acertando uma esquerda no estômago de Jonathon, depois soltando a direita no mesmo local. Jonathon grunhiu e quase se dobrou ao meio. Um punho de Gil atingiu-o com violência na boca, rachando-lhe o lábio e fazendo-o respingar o sangue.

– Parem. Parem, vocês dois!

Katherine puxava Gil, tentando separá-los, mas este continuava a socar Jonathon.

Só depois que outros dois empregados da vinícola vieram correndo para segurar Gil foi que a briga parou. Àquela altura, Jonathon estava no chão, tonto e muito machucado, um dos olhos quase fechados, o sangue escorrendo em profusão do corte no lábio. Katherine ajoelhou-se ao lado do filho e tentou estancar o fluxo do sangue.

– Dois homens adultos brigando como menininhos – murmurou, furiosa. – Estou muito envergonhada por ambos.

Gil libertou-se dos braços que o continham, a respiração saindo irregular.

– Foi ele quem começou.

Katherine lançou-lhe um olhar gélido.

– Discutiremos esse assunto mais tarde, depois de levarmos seu irmão para casa.

– Eles que levem. – Gil fez um gesto para os empregados. – Eu não moveria um dedo para ajudá-lo, mesmo se estivesse morrendo.

Deu as costas e saiu.

Katherine soube, então, que não podia permitir que tal situação perdurasse. Teria que tomar providências. Providências drásticas.

Depois de levar Jonathon para casa e cuidar dos seus ferimentos, chamou Gil à biblioteca. Quando o filho entrou, ela olhou para a inchação arroxeada ao longo do maxilar e lembrou-se do rosto maltratado de Jonathon.

– Se me chamou aqui para me passar mais um dos seus sermões quanto ao trabalho em equipe, é melhor guardar isso para o seu filho mais velho – anunciou Gil, olhando-a com raiva. – Estou cansado de ver Jon me esfaqueando pelas costas. Posso ter começando a briga, mas ele mereceu cada soco.

Gil teria prosseguido, mas Katherine ergueu a mão.

– Não estou interessada em saber qual foi a provocação e também não haverá sermões. – Em cima da mesa à sua frente estavam os papéis que Gil tentara mostrar a Jonathon, um pouco sujos e amarrotados de tanto serem pisados no chão da vinícola durante a briga. – Após aquela asquerosa discussão entre você e seu irmão, ficou evidente para mim que vocês dois não podem continuar a trabalhar aqui.

– Está mais do que na hora de você perceber isso – declarou Gil. – Dê a Jonathon uma das vinhas e deixe-o cultivar suas malditas uvas. É só com isso que ele se importa, de qualquer forma. Eu posso administrar a vinícola. – Viu os papéis na mesa e reconheceu-os. – Podemos comprar a fazenda do velho Schmidt perto daqui, aquela em que ele se recusou a dar sequer uma olhada, e dobrar nossa produção. Em cinco anos, posso transformar Rutledge Estate em um nome que todos conhecerão.

– Tenho certeza de que poderia. Você possui um extraordinário tino comercial, Gil, e o dom para o trabalho de marketing. – Razões estas que levaram Katherine a tomar a decisão. – De fato, este é o motivo pelo qual acredito que se sairá muito bem no seu próprio negócio.

– Está me expulsando?

Sua indignação foi instantânea.

– Deve admitir, Gil, que nunca compartilhou inteiramente da minha visão acerca de Rutledge Estate.

– Sua e de Jonathon, não é?

Katherine ignorou a zombaria do filho e continuou:

– Várias vezes ao longo dos anos, você se opôs aos planos de ação que estabeleci para esta vinícola. Já faz muito tempo que tem suas próprias ideias e opiniões. Uma pequena vinícola só sua lhe fornecerá a oportunidade de colocá-las em prática. Para ajudá-lo a começar, vou comprar sua participação em Rutledge Estate.

– Para me ajudar a começar? O que você realmente quer dizer é que está me pagando para se livrar de mim. Está me dando dinheiro para aplacar a sua consciência antes de me chutar daqui!

– Estou tentando ser justa.

– Justa? É assim que define as coisas? – desafiou ele, irado. – Para você, sempre houve apenas Jonathon. Nunca suportou a minha presença.

– Não é verdade.

– Espera honestamente que eu acredite em você, quando sei como mente? Sua vida inteira é uma grande mentira. E sei qual é. Não suporta isto, não é? Não suporta que eu saiba o que realmente aconteceu naquela noite.

– Não tem nada a ver com este problema.

– Não tem? Você nunca me quis por perto porque sou um lembrete constante do que fez... do que esconde. Acha que não sei disso, acha que nunca soube?

– Está enganado.

Mas Katherine nunca conseguira convencê-lo disso. Nem naquela época nem mais tarde. Ao deixar a biblioteca naquele dia, o filho saíra odiando-a. No passado, ela havia acreditado que, à medida que a vinha de Gil crescesse e se tornasse um sucesso, ele acabaria por reconhecer que sua saída de Rutledge Estate fora melhor para todos. Mas isso não aconteceu e ela não acreditava mais que aconteceria.

Sam passou pelas portas giratórias e saiu na noite quente. Parou e ergueu os olhos para os edifícios que bloqueavam a visão de quase todo o céu. Não se via nas alturas o coruscar das estrelas, e o ar abafado recendia a escapamento de gás e lixo da véspera.

O porteiro se aproximou.

– Táxi, senhor?

– Não, obrigado.

Sam desabotoou o paletó e começou a andar. Quando chegou ao sinal de trânsito na esquina, a temperatura sufocante o fez tirar o paletó e pendurá-lo no ombro.

Ignorando o sinal vermelho na esquina, Sam atravessou a rua e seguiu por uma transversal mergulhada em sombras, passando por uma velha casa com fachada de arenito. Não tinha nenhum destino em mente. Ao ouvir as batidas frenéticas de um antigo rock-and-roll, encaminhou-se lentamente para lá.

Um conjunto musical com três componentes divertia os fregueses do café ao ar livre, na praça inferior do Rockefeller Center. Turistas haviam se aglomerado ao redor do nível superior para observar. O conjunto tocava uma antiga música de Fats Domino, e Sam se dirigiu devagar à esquina e parou.

Uma mulher saiu do edifício na calçada oposta, uma pesada bolsa a tiracolo pendurada no braço. Pelo seu jeito fluido de andar, com um levíssimo balançar dos quadris, Sam soube de imediato que era Kelly Douglas. Eram aquelas longas pernas.

– "Sim, sou eu, e estou apaixonado de novo" – cantava o vocalista na Houver Plaza, um microfone amplificando a voz. – "Não amei mais desde..."

De repente, Sam ficou furioso consigo mesmo. Podia ter seguido qualquer outro caminho ao sair do hotel, por que diabos tinha de vir por aqui? Já se queimara uma vez e não tinha nenhuma intenção de chegar perto do fogo de novo.

Mesmo assim, ficou parado observando enquanto ela se acomodava no banco traseiro do carro estacionado junto ao meio-fio. Julgou vê-la olhar de relance em sua direção, mas não tinha certeza. Disse a si mesmo que não importava, de qualquer jeito. Partiria desta ilha de concreto no dia seguinte e voaria de volta para a Califórnia. Seria o fim dessa história toda.

# 8

As salas de produção destinadas ao novo programa de variedades, *Gente no mundo*, não tinham nem um pouco do subjacente clima de urgência existente na sala da redação, nenhum dos seus momentos de quase frenesi, com matérias chegando e a hora de irem ao ar se aproximando. Ali, vozes raramente falavam, ordens raramente eram dadas, até mesmo a campainha dos telefones soava um tanto civilizada, pensou Kelly enquanto percorria o corredor em direção à sua sala.

Após três dias, ainda estranhava ritmo mais lento que não exigia um produto acabado ao fim do dia. A pressão e a tensão ainda estavam presentes, mas eram de um tipo diferente, mais sutil.

– Kelly. Ei, Kelly.

Ela parou ao ouvir seu nome e deu dois passos para trás até a porta aberta diante da qual acabava de passar. Quando olhou para o interior da sala, DeeDee Sullivan estava contornando a mesa em desordem. Vestia a roupa de sempre, calça larga e camisa polo igualmente larga. Os óculos estavam encarapitados no alto da cabeça, os audiofones enterrados nos lados do curto cabelo castanho, já bastante grisalhos aos 36 anos.

– Voltou cedo. – DeeDee olhou o grande Timex com pulseira de couro que tinha no pulso, suas origens texanas reveladas no instante em que abriu a boca. – Como foi o discurso?

– Foi ótimo, e os convites do almoço foram todos vendidos. O que significa que os cofres do programa de auxílio à criança vítima de maus-tratos estão um pouco mais cheios – replicou Kelly, então sorriu.

– E o filme sobre as crianças, qual foi a reação do público?

DeeDee o havia produzido, doando seu tempo e persuadindo os outros a fazerem o mesmo.

– Lamento, escapuli de lá quando começaram a passá-lo. Tinha coisas demais pra fazer aqui e não pude ficar. – Na verdade, Kelly não fora capaz de enfrentar as cenas com crianças surradas e machucadas, seus olhos assustados, o ar acossado, assim como nunca conseguia trabalhar diretamente com elas. O sentimento de ira era sempre grande demais. Mas aquele não era um assunto que fosse discutir com qualquer um. – Quer alguma coisa?

DeeDee abriu um largo sorriso e levantou o polegar em sinal afirmativo.

– Acabo de falar no telefone com o agente de publicidade de John Travis. Almoço amanhã com o homem em pessoa, sala de Chá Russa, uma hora da tarde.

Kelly alegrou-se, a esperança brotando.

– Isso significa que Travis concordou em nos deixar fazer um perfil dele?

– Oficialmente, ainda não se comprometeram. Alegam que querem primeiro que Travis a conheça, que verifique como conduzirá a entrevista. É parte do jogo que gostam de fazer. No que me diz respeito, benzinho, podemos preparar a tequila e os *tacos*. O cara está no papo.

– Espero que esteja certa – murmurou Kelly, cautelosa demais por natureza para compartilhar do exuberante otimismo de DeeDee.

– Sei que estou – insistiu ela, e encostou-se no batente da porta, tirando os óculos do alto da cabeça e sacudindo-os em um extravasamento de energia. – Meu Deus, sabe o que isso significa, Kelly? Esse sujeito é mais quente que um *jalapeño* mexicano. Seu novo filme vem batendo recordes de bilheteria em toda parte, e só está na segunda semana de exibição. E não é só isso: seu papel tem "Oscar" escrito nas entrelinhas. Já viu o filme?

Kelly assentiu com a cabeça.

– Fui a uma sessão privada semanas atrás.

– Eu também. – DeeDee inclinou-se para a frente, e seu olhar tornou-se intenso, determinado. – Se encaixarmos esse perfil no primeiro programa, irá ao ar mais ou menos na hora em que divulgarem os ganhadores do Prêmio da Academia. Pense no que isso fará pelos nossos índices de audiência. É justamente o pontapé inicial de que precisamos.

– Concordo, mas ainda assim não me sai da cabeça a atriz principal do filme. Alguém conseguiu descobrir se há algum fundo de verdade no boato de que ela vai abandonar o cinema?

– Quem pode separar a verdade das fantasias publicitárias que Hollywood criou em torno desse filme?

DeeDee ergueu um dos ombros ossudos em um gesto de indiferença.

– Na minha opinião, se for verdade, seria uma reportagem fantástica para o programa. Quer dizer, por que cargas d'água Kit Masters largaria a carreira quando está à beira do estrelato? Não faz sentido. – Kelly franziu a testa, depois suspirou. – Infelizmente, Hugh não acha que este seja um assunto capaz de prender a atenção.

– E tem razão, sabe? O público não se interessará em saber por que ela deu as costas ao sonho americano. Por que o faria? É praticamente uma atitude antipatriótica. Vão se limitara a dar de ombros e supor que ela ficou maluca. Definitivamente, não vão assistir ao programa para descobrir. Os telespectadores querem ver reportagens sobre pessoas como John Travis, que passaram por dificuldades e deram a volta por cima.

– O que houve com John Travis?

Virando-se, Kelly se viu face a face com Linda James, a correspondente da rede na Costa Oeste e sua ex-rival ao posto de apresentadora do novo programa. Ela lançou a Kelly um sorriso frio e não fez qualquer esforço para ocultar o brilho de animosidade nos olhos azuis, um brilho tão frio quanto o azul-gelo do terninho que usava.

– Olá, Linda.

Manteve a voz serena, forçando-se a lembrar que, quer merecesse ou não, ganhara uma inimiga na mulher ao ocupar o cargo de apresentadora do programa.

– Ora, ora, pois se não é a correspondente da rede na Costa Oeste, Linda James. – DeeDee Sullivan cruzou os braços e bateu com a ponta do pé no batente da porta. – O que a traz aqui ao nosso cantinho do mundo?

– Trabalho. Acabei de conversar com Hugh. Queria que ele soubesse o quanto fiquei desapontada por não ter a oportunidade de trabalhar com ele, mas, naturalmente, desejei-lhe todo o sucesso do mundo. – Fez uma pausa infinitesimal. – E o mesmo desejo a você, Kelly. Estou um pouco atrasada, eu sei, mas dou-lhe meus parabéns.

– Obrigada. – Kelly aceitou a mão que Linda lhe ofereceu. – Para ser sincera, até o minuto em que me ofereceram o posto, achei que seria eu a congratulá-la.

– Verdade? – Linda ergueu uma sobrancelha, tão dourada quanto o cabelo. – Íntimos como são você e Hugh?

– Sim, verdade – replicou Kelly com firmeza, embora irritada com a insinuação de favoritismo.

Linda James nada disse e, casualmente, baixou os olhos para as mãos por um instante antes de tornar a levantá-los para encarar Kelly.

– Para ser sincera, depois que Hugh me explicou o formato do programa e seu objetivo, percebi que não representa um desafio suficiente para me atrair. Prefiro fazer matérias que tenham mais conteúdo e menos banalidades. Mas estou certa de que um tratamento leve será muito mais adequado a você.

– É muito reconfortante saber que conto com o seu apoio, Linda.

Deliberadamente, Kelly imitou a melosa sinceridade na voz da mulher.

Os lábios de Linda se comprimiram por um breve momento, depois relaxaram em outro sorriso falso.

– Quando cheguei, vocês estavam falando sobre John Travis. Por acaso esperam arranjar uma entrevista para o programa?

DeeDee respondeu francamente.

– Kelly vai almoçar com ele amanhã.

– Que ótimo. – Quase ronronou as palavras. – John T. e eu somos velhos amigos. Ele agora anda tão requisitado que se tornou muito seletivo com relação aos programas em que vai aparecer. Eu lhe direi uma palavrinha a seu favor. – Sorriu para as duas. – Desejo sorte a vocês todos – concluiu, e se afastou, rumo ao saguão do elevador.

– Tenho a sensação de que a única sorte que ela nos deseja é a pior possível – murmurou Kelly.

– Oh, sim, ela dirá uma palavrinha a Travis. – DeeDee ecoou o sentimento. – Uma palavrinha para atrapalhar a entrevista. Linda definitivamente não gosta de você, Kelly.

– Encaro isso como um elogio.

– Atitude inteligente. – DeeDee deu um breve sorriso, depois ficou séria. – E você será ainda mais inteligente se ficar de olho nela. As cobras perigosas são aquelas que não chocalham antes de atacar.

– Tenho toda a intenção de manter distância. Não havia muitas cobras em Iowa, mas os gambás eram numerosos. E eles também não dão aviso.

DeeDee olhou para o corredor e franziu o cenho antes de voltar-se para Kelly.

– Sabe o que me chateia demais?

– O quê?

– Que as pessoas que conhecem Linda James possam acreditar que todas as mulheres na televisão são iguais a ela. – Desencostou-se da moldura da porta, os ombros movendo-se em um tremor teatral que fez Kelly rir. – Não se esqueça: almoço amanhã.

– Mandarei Sue marcar na minha agenda – prometeu Kelly, referindo-se à assistente. Com um aceno de despedida, foi para a própria sala.

Mas Sue Hodges não estava em sua mesa quando Kelly entrou na antessala de seu gabinete. Os recados telefônicos e a correspondência do dia empilhavam-se em um canto da mesa. Kelly recolheu-os e levou tudo consigo para a saleta particular de onde se avistava a praça.

Primeiro examinou com cuidado os recados telefônicos. Não encontrando nada que exigisse atenção imediata, concentrou-se na correspondência e limitou-se a passar os olhos rapidamente pela maioria das cartas até chegar ao bilhete de Katherine Rutledge escrito a mão, no qual esta gentilmente agradecia pela entrevista e expressava sua admiração pelo seu trabalho.

No momento exato em que o leu, não foi a lembrança do encontro com Katherine que lhe veio à mente, mas sim o instante em que deixava o edifício no sábado à noite, quando olhara para o outro lado da rua e vira um homem solitário parado na esquina. Por uma fração de segundo, havia julgado que fosse Sam Rutledge. O que era ridículo, claro, considerando-se que ele deveria estar no leilão de vinhos a alguns quarteirões dali.

Mais ridículo ainda fora o desapontamento que sentira ao perceber que não era ele. Devia ter se sentido aliviada – *estava* aliviada.

O telefone na mesa tocou. Kelly olhou de relance para a luzinha a piscar, depois para a porta de conexão com a antessala. Quando a ligação não foi interceptada no segundo toque, soube que Sue ainda não tinha voltado. Pôs o bilhete de Katherine de lado e tirou o fone do gancho, apertando o botão da linha que piscava.

– Kelly Douglas.

Automaticamente, pegou uma caneta e um bloco de anotações.

A telefonista de interurbano anunciou:

– Tenho uma ligação pessoal para a Srta. Kelly Douglas.

– É ela.

– Pode falar, senhor.

Houve um leve estalido indicando que a telefonista saíra da linha.

– Lizzie, é você? – A voz e o apelido odioso que ele nunca usara com afeto, só com uma ponta de sarcasmo, fizeram Kelly ficar imóvel na cadeira, o choque inundando-a em ondas furiosas. – Lizzie, sou eu...

Ela o interrompeu.

– Sei quem é. – No mesmo instante se arrependeu-se da admissão, furiosa consigo mesma por não fingir ignorância. Mas era tarde demais. – O que quer?

– Vi você outro dia na televisão, dando as notícias. Na primeira vez, achei que os meus ouvidos estavam me pregando uma peça.

– O uísque, quer dizer – retorquiu.

– Você sempre teve uma língua afiada.

– O que quer? Por que telefonou? – Mas já sabia a resposta e, com amargura, acrescentou: – Deixe-me adivinhar, quer dinheiro, certo?

– São os Rutledge. A grande Madame em pessoa. Ela está tentando me tirar a terra. Eu me atrasei um pouco nos pagamentos. Agora ela não vai me dar uma folga. Está exigindo que eu pague tudo ou então ficará com a terra. A casa, as vinhas, tudo. Não posso permitir que isso aconteça. Você precisa me ajudar. Tem se dado um bocado bem, arrumou um bom emprego na televisão, está ganhando uma grana firme. Trinta e cinco mil dólares não serão demais para você.

– Esqueça.

A resposta foi rápida e definitiva.

– Precisa me ajudar. Não tenho mais ninguém a quem recorrer. Droga, você me deve isso!

– Não lhe devo nada! – A ira em seu íntimo subiu à superfície. Fez tremer a voz e o corpo. – Nada, ouviu bem?

– Lizzie, não está pensando...

Mas ela não queria ouvi-lo mais, já tinha ouvido o bastante.

– Nunca, nunca mais tente entrar em contato comigo de novo.

– Não pode estar falando sério!

Kelly bateu o telefone, cortando seu protesto, depois pressionou as mãos no rosto, cobrindo-o enquanto lutava para debelar o choque, a raiva, as lembranças. Odiava o pai. Após todo aquele tempo, alimentara a esperança de que ele já estivesse morto. Desejou que estivesse.

Levou as mãos ao cabelo e enterrou os dedos até o couro cabeludo. Veio o medo, exatamente como sempre viera, logo após a raiva e o desafio.

– Meu Deus, o que foi que eu fiz?

Levantou-se com um giro da cadeira para dirigir-se à janela e olhar cegamente para fora. Envolveu o estômago com os braços, tentando conter as nauseantes contrações enquanto o pânico a dominava.

Devia ter lhe mandado o dinheiro. Ela tinha os 35 mil. Havia economizado religiosamente desde que começara a trabalhar na televisão, guardando cada centavo que podia. Com o acúmulo dos juros, tinha quase 50 mil investidos em obrigações do tesouro ultrasseguras, ultragarantidas. Por que simplesmente não havia lhe dado o dinheiro e calado a boca?

Era chantagem, sabia que era. E não pararia nos 35 mil. Kelly descansou a testa na vidraça e fechou os olhos. Seria exatamente como antes, quando lhe arrancava cada tostão que ganhava. Guardara só o que conseguia esconder dele.

Não, estava certa negando-lhe o dinheiro. Tentou tranquilizar-se com isto.

Mas e se ele abrisse a boca? E se começasse a contar às pessoas a seu respeito? E se...

*Pare. Pare com isso.* Kelly se controlou bruscamente e deu a si mesma uma violenta sacudidela mental. Inclinou a cabeça para trás e olhou para o teto, piscando para conter as lágrimas que ameaçavam se formar em seus olhos. *Agora pense, e daí se ele contasse ao mundo inteiro? Qual a pior coisa que poderia acontecer?*

A resposta era fácil. Hugh, DeeDee, todos na equipe de produção, todos na rede conheceriam a verdade a seu respeito – como ela tinha vivido, como fora criada, cada detalhe humilhante da sua vida e da sua família. Embora talvez a admirassem pelo sucesso que alcançara sozinha, apesar dos pesares, acima de tudo sentiriam pena, e Kelly detestava a piedade. Detestava!

Mas já havia passado por isso antes e sobrevivera; podia fazê-lo de novo. O mundo não acabaria; ela não perderia o emprego nem a carreira. Acontecesse o que acontecesse, seria bem-sucedida. Era ótima em matéria de sobrevivência. Tivera de aprender.

– Kelly?

Seu nome foi pronunciado uma segunda vez antes que o ouvisse e se virasse. Hugh estava parado perto da sala, uma das mãos ainda mantendo a porta aberta. Olhava para Kelly com o cenho franzido. Ela notou esse detalhe, mas isso não se registrou realmente em sua mente.

– DeeDee acaba de me contar sobre o almoço de amanhã com John Travis... – Inclinou a cabeça, o franzir de cenho acentuando-se, os olhos estreitando-se. – Kelly, você está bem?

Ela assentiu com a cabeça uma vez e aproveitou-se do súbito latejar da cabeça como desculpa para sua abstração momentânea.

– Estou com dor de cabeça, só isso.

– Deixe-me adivinhar como arrumou isso – murmurou, e Kelly gelou por uma fração de segundo, imaginando que Hugh ouvira por acaso o telefonema e sabia de tudo. – Linda James. DeeDee mencionou que ela encurralou vocês duas no corredor e mostrou um pouco as garras. Ignore tudo, Kelly. Ignore-a.

Linda James. Seu encontro com a mulher parecia ter ocorrido tanto tempo atrás que Kelly se esquecera completamente. Mas não podia admitir o fato sem estimular mais perguntas.

– Vou ignorar.

Tornou a confirmar com a cabeça.

Os olhos de Hugh pousados nela estreitaram-se.

– Tem certeza de que está bem? Parece pálida.

Kelly fitou-o. Devia lhe revelar a verdade, antes que ele descobrisse por outros meios? Aquela era a deixa perfeita, a oportunidade perfeita para contar tudo. Mas e se nada acontecesse? Não seria melhor esperar para ver?

Quando ele deu um passo em sua direção, Kelly no mesmo instante voltou para a mesa, colocando uma barreira entre ambos. Sentia-se frágil demais, pronta a despedaçar-se ao menor toque.

– Palidez combina com cabelo ruivo. – Procurando mudar de assunto, pegou o bilhete em cima da mesa. – Recebi hoje pelo correio um cartão de Katherine Rutledge agradecendo-me pela entrevista.

– Justamente o tipo de coisa que se esperaria de Katherine. – Hugh tirou o cartão da mão de Kelly e examinou displicentemente seu conteúdo. – Ela vem de uma era na qual tais cortesias eram observadas com rigor.

– Sou da mesma opinião – murmurou Kelly para manter a conversa em terreno seguro.

– Interessante você receber este bilhete. – Bateu de leve o cartão nos dedos em um gesto casual. – Nestes últimos dias, venho bolando uma ideia para... – Interrompeu a sentença e franziu as sobrancelhas. – Tomou alguma coisa para essa dor de cabeça?

– Não. Estava esperando Sue voltar para perguntar se tinha uma aspirina – mentiu Kelly, depois lembrou: – Também preciso avisá-la para marcar o almoço com Travis na agenda e reunir todo o material sobre ele. Quero saber sobre a sua vida e sua carreira mais que ele sabe sobre si mesmo antes de encontrá-lo amanhã.

– Tem uma tarde cheia pela frente – observou Hugh, e pôs o bilhete escrito a mão em cima da pilha de correspondência. – Vamos conversar sobre a minha ideia em uma outra hora.

– Parece ótimo.

Kelly forçou um sorriso enquanto ele se dirigia para a porta. Pegou os recados telefônicos e fingiu examiná-los até o som de passos sumir. Olhou fixamente para o telefone, imaginando o que faria se ele ligasse de novo.

LENTA E MECANICAMENTE, Len Dougherty recolocou o fone no ganchos, os olhos fixos no telefone público. Ela não lhe daria o dinheiro, isso estava tão claro quanto o ódio em sua voz. Bendito Deus, o que faria agora?

Inteiramente sóbrio, sem tomar uma única gota de álcool nos últimos seis dias, desceu cambaleando a travessa serpenteante, passando por um punhado de butiques, que ocultavam a entrada do Hotel Santa Helena, e emergiu na Main Street. O tráfego congestionava as duas faixas da pista, os Lincoln e Mercedes colados a *trailers* e caminhonetes de fazenda, criando um roncar constante dos motores em ponto morto. No alto, a bandeira na cúpula do hotel ondulava e farfalhava ao sabor da brisa forte.

Dougherty não via nem ouvia nada daquilo. Sentia-se mal por dentro, mal e assustado. Esbarrou em um homem corpulento de bermuda amarela e florida e camisa havaiana sem sequer enxergá-lo.

– Veja por onde anda.

Mas a áspera reclamação também não se registrou. Ele achava que, a qualquer momento, os joelhos iriam fraquejar. Agarrou-se ao sólido apoio de um velho lampião de ferro, um dos antigos lustres elétricos que iluminavam a Main Street. Parou ali, cambaleando de choque.

Estava tão certo de que ela arranjaria o dinheiro. Tão certo... Passou a mão nos olhos, querendo que tudo fosse um pesadelo. Mas não era.

Perderia a terra. Havia prometido a Becca que não o faria. Havia prometido.

Sua respiração se transformou em pequenos soluços enquanto curvava-se, encostado ao poste. Não havia nada que pudesse fazer, ninguém mais a quem recorrer, ninguém que lhe desse tanto dinheiro assim. Sem aquela quantia, os Rutledge lhe tomariam a terra.

– Eles vão vencer – sussurrou, olhando para o céu, sem se importar com os olhares de reprovação dos transeuntes. – Não posso impedi-los, Becca. Não tenho ninguém mais a quem pedir, ninguém capaz de enfrentar os Rutledge...

A voz foi sumindo enquanto ele contemplava o céu azul, um pensamento se formando devagar em sua mente, se formando e crescendo.

Os Rutledge. Talvez ainda não tivesse perdido a batalha. Tinha de tentar. Becca desejaria que tentasse.

## 9

Durante os dias seguintes, cada toque do telefone transformou-se para Kelly na sua espada de Dâmocles pessoal. Vezes e mais vezes ensaiara o que diria, como reagiria, as palavras que usaria para afastar a piedade.

Nada, até então.

Kelly estava sentada na mesa de conferência de nogueira em meio aos produtores e redatores da equipe do programa, todos ali presentes para a reunião regular das manhãs das segundas-feiras. Rabiscava com um ar ausente no bloco de anotações, desenhando quadrados e retângulos, conectando-os com linhas retas. Ainda era cedo para respirar aliviada. Mas pelo menos sentia-se plenamente preparada, pronta para enfrentar tudo que viesse.

Quando Hugh começou a falar, ela ergueu os olhos em uma manifestação de interesse, ouvindo as palavras sem atenção, distraída demais para realmente se concentrar, até que captou a frase "região vinícola de Napa Valley".

– O que?... – indagou, provocando um franzir de cenho de Hugh e olhadelas divertidas dos demais. – Desculpe, não estava prestando atenção – admitiu Kelly, quase convencida de que sua mente estava lhe pregando peças. – O que você acabou de dizer?

Hugh olhou de relance para os outros, uma sobrancelha arqueando-se enquanto citava a Bíblia:

– "Eles estão bêbados, mas não de vinho." – Quando Hugh focalizou os olhos em Kelly, estes expressavam uma leve impaciência, mas ele repetiu: – Decidi que faremos uma reportagem sobre a região vinícola de Napa Valley. DeeDee vai produzi-la. Conversei com Katherine

Rutledge no fim de semana e ela concordou em ser entrevistada. Acreditem em mim, seria impossível encontrar um assunto melhor do que Katherine Rutledge. Ela simboliza o passado, o presente e, muito possivelmente, a futura direção da região – Fez uma pausa, voltando a atenção para a mulher à frente. – A propósito, Kelly, ela me pediu para lhe transmitir seus cumprimentos. Tive a impressão de que está ansiosa em revê-la.

*Não!*, gritou a palavra em sua mente. Napa Valley era o último lugar aonde queria ir. Mas quando abriu a boca conseguiu formular uma objeção de maneira muito calma e razoável.

– Acha mesmo que é prudente fazer uma reportagem sobre vinho, levando-se em conta a crescente oposição à bebida, no país, e a legislação mais rigorosa contra as pessoas que dirigem embriagadas?

– Um bom argumento, mas acho que é até muito prudente, além de muito atual e de grande riqueza em termos de cenário e mística. Além do mais, acho que o risco de ofender alguém é muito pequeno, ainda mais quando lembrarmos que Katherine Rutledge sobreviveu aos anos da Lei Seca. O assunto precisa ser abordado.

Ela sentiu-se acuada e procurou ganhar tempo.

– Quando planeja exibi-la?

– Dentro de duas semanas.

– Duas semanas? É impossível – protestou Kelly de imediato. – Não há tempo suficiente para prepará-la.

A sobrancelha de Hugh elevou-se, a expressão ao mesmo tempo intrigada e divertida.

– Como pode dizer isso uma mulher que teve menos de dez minutos para se preparar antes de realizar uma entrevista ao vivo com Katherine, quase duas semanas atrás? E foi esplêndida, devo acrescentar – desafiou Hugh. Então prosseguiu, sem interrupção. – Em termos logísticos, tudo se encaixa com perfeição. Enquanto você, Kelly, se encarrega dos últimos detalhes do segmento sobre Harry Connick, Jr., DeeDee e sua equipe podem pegar um voo para a Califórnia, filmar a colheita das uvas e escolher as locações para a parte da entrevista. Você irá depois, fará a entrevista e de lá irá direto para Aspen, para fazer a reportagem sobre John Travis.

Lançou a Kelly um sorriso de congratulações quanto a última decisão. No dia seguinte ao almoço com Travis, o agente de imprensa havia ligado, concordando com a entrevista. Se houvera mesmo, por parte de Linda James, alguma tentativa de sabotá-la, era óbvio que fracassara.

– Duas matérias em um único voo transcontinental – comentou DeeDee. – Os rapazes do orçamento vão adorar você.

– Exatamente o que penso. A propósito, DeeDee, as uvas em Rutledge Estate só estarão prontas para serem colhidas dentro de duas ou três semanas. Portanto, você terá de dar um giro pelas outras vinhas do vale que ainda não terminaram a colheita. Eu prometo que encontrará muitas. Variedades diferentes de uvas amadurecem em épocas diferentes.

– Por que não esperam para filmar a colheita em Rutledge Estate? – argumentou Kelly, vendo aí, ao menos, um meio de ganhar tempo.

– Foi o que pensei a princípio, mas Katherine se opôs fortemente. Insistiu que ficavam ocupados demais durante o esmagamento; e que uma equipe de televisão atrapalharia o trabalho. Faremos as coisas do jeito dela ou não faremos nada.

Kelly era inteiramente favorável a esta última opção, mas também era esperta demais para não admitir o fato. Não podia falar nada sem dar um motivo, e como poderia fazê-lo, quando este pânico que sentia era injustificado? Não havia esperanças de convencer Hugh a desistir da reportagem, especialmente agora que ele já tinha se decidido. Só havia um jeito de sair dessa: persuadi-lo de que sua ida era desnecessária.

– Considerando-se o quanto é importante esta entrevista com John Travis – começou Kelly, deslizando os dedos pela caneta e virando a ponta para cima e para baixo, em uma pequena amostra de agitação –, acho que seria melhor se eu concentrasse os meus esforços nele. DeeDee pode fazer sozinha a reportagem do vinho, a entrevista e tudo mais. Depois eu cuido da chamada e da narração, então a peça inteira pode ser montada.

Isso era algo que se fazia o tempo inteiro, dando aos telespectadores a impressão de que a pessoa realmente realizara a entrevista, quando, de fato, fora o produtor do segmento que executara a tarefa. Além do mais, o programa tinha três reportagens filmadas desse mesmo modo.

– Cada peça que fazemos é importante, Kelly. – Hugh fixou o olhar nela, a expressão intrigada e também levemente irritada. – Uma reportagem pode atrair a atenção dos telespectadores, mas o restante precisa ter o mesmo nível de qualidade para impedi-los de trocar de canal.

– Eu sei, mas...

– Você fará a entrevista – decretou Hugh. – Definitivamente há, uma espécie de química entre você e Katherine. Pode não haver com DeeDee. Seja como for, não tenho intenção alguma de descobrir. – Fez uma pausa momentânea, examinando-a com mais atenção. – Você me surpreende, Kelly. Sempre manifestou interesse pelo lugar onde nasceu. Agora tem a chance de ir a Napa Valley, às custas da rede, e está inventando razões para não ir.

Kelly estava acuada pelas próprias mentiras e invencionices.

– Não é que eu não queira ir – tornou a mentir. – Este programa, seu sucesso, é mais importante para mim do que ir a Napa Valley. Achei que seria melhor, continuo achando que é melhor, direcionar as minhas energias para a entrevista com Travis.

– Esta é uma decisão que cabe a mim. Não a você.

Agora era Hugh Townsend, o produtor executivo do programa, falando. Não o amigo ou ex-mentor.

Ele ouvira seus argumentos e os rejeitara. Seu tom de voz deixava claro que considerava a questão encerrada. Se Kelly insistisse no assunto, estaria desafiando a autoridade de Hugh e pondo em risco o relacionamento pessoal com ele. Não estava disposta a fazê-lo; não podia se dar a esse luxo.

– Como você mesmo disse, você é o chefe, Hugh.

Deu de ombros, em um gesto de concessão e, intimamente, tentou racionalizar como infantilidade o medo que sentia.

Admitia que o vale só lhe trazia lembranças desagradáveis, lembranças que preferia esquecer, mas, e daí? Iria lá, faria a entrevista e partiria. Com sorte, toparia com dois ou três fantasmas. E só ela saberia quando os encontrasse.

Palavras corajosas. Incomodava-a que soassem tão vazias em sua mente.

No FRESCOR DA grande construção de colunas que era a vinícola de Rutledge Estate, Claude Broussard percorria a passagem entre os imensos tanques de aço inoxidável. Todos já estavam vazios, mas em um mês, talvez menos, iriam ferver com o sumo e as cascas da colheita de uvas daquele ano. Tudo precisava estar pronto para a ocasião.

Um empregado saiu de um dos tanques, bloqueando a passagem por um momento. Claude parou, sondando as feições pontudas do novo empregado, um homem magro e rijo de óculos e com entradas cada vez mais pronunciadas. Tentou, em vão, lembrar o nome do sujeito.

O homem tomou um pequeno susto ao ver Claude ali, parado. Fez um brusco cumprimento com a cabeça, desviando o olhar de enquanto empurrava os óculos para o alto do nariz e virava-se para arrastar a mangueira até o próximo tanque.

Com desconfiança, Claude desafiou:

– Este aqui está limpo?

– Está. – A cabeça do homem moveu-se em uma afirmativa rápida e nervosa. – Reluzente como novo.

O homem era novato, e as palavras soaram falsas demais. Claude resmungou em dúvida e se agachou para espiar embaixo. O interior das paredes brilhava como em confirmação. Mas Claude confiava mais em seu instinto do que nos olhos.

No minuto seguinte, executou uma proeza aparentemente impossível, espremendo os ombros espremendo largos pelo pequeno orifício próximo à base do tanque. Uma vez lá dentro, fez uma inspeção mais de perto. Depois de terminar, passou de novo pela abertura com a facilidade da experiência, depois ficou de pé, aprumando-se para conter a raiva que fervia em seu íntimo.

– Você é casado? – Claude o fuzilava com os olhos.

– Sim.

O homem confirmou com a cabeça, os olhos piscando depressa por trás dos óculos.

– Você deixaria um filho seu nascer ali? – Claude apontou um dedo rígido para o tanque. – Ali?

O empregado franziu o cenho, boquiaberto, perplexo e incerto.

– Não deixaria, não, porque este tanque não está limpo. – No instante em que as palavras saíram, o controle evaporou-se e ele berrou: – Acha que um grande vinho pode nascer em um lugar que não seja limpo? Não pode! Vá embora! – Com um gesto brusco, mostrou a porta ao empregado. – Saia daqui. Não quero gente preguiçosa na minha vinícola.

– Se não está limpo o bastante, faço tudo de novo. Não pode me despedir sem me dar outra chance.

– Por acaso o meu vinho teria outra chance se eu não descobrisse isto? Não. Você não terá mais chances aqui. Trate de procurá-la a serviço de alguma outra vinícola. – Quando o empregado permaneceu pregado no chão, Claude deu um passo em sua direção, cerrando os punhos. – Vá embora. Junte suas coisas e vá.

– Mas... – O empregado fez uma pausa e olhou de relance para trás do velho. – Sr. Rutledge, eu...

– Se Claude afirma que você não serve mais para trabalhar em Rutledge Estate, então não serve, Johnson.

Sam Rutledge aproximou-se até parar ao lado do chefe da adega.

– Mas não é justo.

Sam sorriu sem alegria e replicou:

– E o que é?

Vermelho de raiva, o homem largou a mangueira e saiu todo altivo, resmungando baixinho.

– Achhh. – Claude emitiu um som como se livrasse a boca de um gosto ruim. – Lamento não ter usado a mangueira nele. O vinho não terá futuro se for flagelado por empregados desleixados como esse aí. É vital que ele tenha início em recipientes limpos, para começar bem a vida. Aquele imbecil só pensava em terminar logo a tarefa.

– Ele já foi embora. – Sam pousou a mão no ombro descaído do outro, sentindo as vibrações da ira prolongada do velho. – Vou chamar Gino e mandá-lo limpar os tanques.

– Todos eles – acrescentou Claude com um olhar rápido e feroz. – Quando ele acabar, vou inspecioná-los.

– Tenho certeza de que ele sabe disso.

Sam deu uma palmadinha final no ombro de Claude e se retirou. Claude observou-o. Passaram-se vários minutos, porém, até a cólera esfriar o suficiente para lhe permitir pensar no empregado que Sam escolhera para limpar os tanques. Claude assentiu com a cabeça grisalha, em sinal de aprovação. Era uma escolha sensata. Gino D'Allesandro era alguém a quem se podia confiar um serviço perfeito. Apesar de tudo, examinaria os tanques. Nunca era demais ser cauteloso.

– Claude.

Virando-se, Claude viu Katherine vindo em sua direção, um ar de tensão nos lábios e um brilho de fúria nos olhos. Aquela não era a hora do dia em que ela costumava ir à vinícola.

– Madame. – Franziu o cenho. – Qual é o problema?

– Você viu Sam? Disseram-me que ele estava aqui com você.

Seu olhar percorreu a área rapidamente, depois voltou a fixar-se nele, com impaciência.

– Ele saiu faz poucos minutos. Foi chamar Gino para limpar os tanques. Há algum problema, Madame?

– De fato, há um problema, e é tudo obra do meu filho.

– Gilbert – disse Claude, dando ao nome a pronúncia francesa.

– Sim, Gil. – A tensão no rosto de Katherine se intensificou. – Falei com o barão Fougère hoje de manhã. Parece que Gil teve uma longa conversa com ele e lançou algumas dúvidas.

– Dúvidas?

– Sobre Sam. E sua capacidade de administrar Rutledge Estate, ou qualquer outra vinícola. O que eu mesma questiono há algum tempo.

– Sam é um bom homem – declarou Claude, firme em seu julgamento. – E gosta muito das videiras, da terra.

Ela soltou um suspiro de desagrado.

– É a única coisa que lhe desperta um sentimento profundo. Às vezes... – A voz baixou. – Às vezes gostaria que se parecesse mais com Gil, que tivesse um pouco daquela agressividade. Mas lhe falta ambição. É mole demais, acomodado demais. Nunca lutaria para defender Rutledge Estate.

Claude discordou gentilmente daquela opinião.

– Acho que ele nunca começaria uma briga, Madame, mas poderia acabar com uma.

O olhar de Katherine era cético, mas ela não argumentou. Apertou a mão na bengala e levantou a cabeça, o queixo empinando até um determinado ângulo.

– Preciso ter a certeza de que o futuro de Rutledge Estate está a salvo. Este acordo comercial com o barão pode me garantir isso. Nada e ninguém devem impedir que tal coisa aconteça. Muito menos Gil. – Com esta afirmação, virou-se. – Preciso encontrar Sam.

Claude assentiu com a cabeça, em sinal de compreensão. Enquanto Katherine se afastava, notou o orgulho em seu porte. Quando menino, acreditava que ela fosse uma princesa pertencente a alguma casa real. Para ele, Katherine fora a mulher mais bonita que já tinha visto. Enquanto o passar dos anos o tornava velho e nodoso, o rosto enrugado com tantos vincos quanto os anéis no toco de uma árvore, ela conservava a maior parte da beleza. Assim como mantinha a esbeltez da juventude.

Tinha o cabelo negro naquela época, com todo o brilho do anel de ônix que seu patrão, o barão, usava. Também era curto, obedecendo à moda daqueles anos após o fim da Grande Guerra. Aquela que agora chamavam de Primeira Guerra Mundial.

Claude não passava de um menino de 11 anos quando vira a Madame pela primeira vez, no jardim do *château*, com a patroa, a baronesa, e um outro homem com o cabelo tão amarelo quanto o sol. Embora não soubesse na ocasião, o homem era seu marido, Clayton Rutledge.

Os risos eram algo raro de se ouvir naqueles dias. Mas fora o som da risada de Madame, tão musical e cristalina, que o atraíra ao *château* para olhar mais de perto os convidados que chegavam...

UMA BRISA DE maio trazia o cheiro mesclado de alfazema e rosas enquanto ele, acocorado atrás de uma latada de rosas, espiava o jardim através da treliça. Mais além, elevava-se o *château*, reverente e magnífico. A altaneira coleção de torres e torreões, construída com pedras imensas e enegrecidas pela idade, projetava-se para o céu límpido.

Ele não prestava mais atenção àqueles detalhes do que à verdejante teia de vinhas que se estendia às suas costas, inteiramente cobertas de folhas, quase até o fim da Gironde. Tinha olhos apenas para a jovem mulher com a baronesa. Seu colorido era vívido, a pele alva como giz, o cabelo negro como tinta, os lábios rubros como o vinho do *chai*, e os olhos mais azuis do que o céu e cintilantes de alegria.

O homem falava inglês. Claude pensava que a pronúncia fosse americana, embora não soubesse, pois não entendia nenhuma das palavras. Mas a mulher falava francês. Lindamente.

Por quanto tempo permaneceu ali escondido, olhando e ouvindo, não sabia. Sentia as pernas começarem a formigar por ficar tanto tempo acocorado. Contudo, não queria sair dali, nem mesmo quando ela veio passeando pelo caminho de cascalho cuidadosamente varrido, cada vez mais perto de seu esconderijo.

Quando ela se virou para chamar a baronesa, Claude reconheceu a ameaça de ser descoberto ali. Tencionava escapulir de fininho, esgueirar-se ao longo da treliça de rosas até sumir de vista. Mas o pé enorme o traiu, fazendo-o tropeçar e cair com estardalhaço sobre as roseiras cheias de espinhos.

Claude levantou-se atabalhoadamente o mais depressa que pôde, mas era tarde demais. Lá estava ela, os olhos azuis percorrendo-o com franca curiosidade.

– Quem é você? – perguntou.

Claude fitou-a de frente e se levantou, Para um garoto de 11 anos, era bastante alto.

– Eu me chamo Claude Henri Brossard. – Lançou um rápido olhar para a baronesa, temendo uma reprimenda, mas ela parecia estar achando a situação mais engraçada do que digna de raiva. De repente quis desesperadamente ganhar valor aos olhos daquela bela mulher e acrescentou, com ar muito importante: – Meu *grand-père* é o *maître de chai* aqui no Château Noir.

– Ah, é? – Ela se mostrou adequadamente impressionada. – E seu pai?

O olhar de Claude baixou enquanto ele lutava com um aperto na garganta.

– Ele está morto, madame. Morreu na guerra.

A baronesa interpôs, com muita suavidade:

– Ele foi vítima do gás nas trincheiras. Uma febre lhe roubou a *maman* logo depois. Claude mora agora com o *grand-père*.

– Lamento, Claude. – A bela madame o fitou com olhos gentis. – Meu pai morreu quando eu tinha sua idade. Foi um momento doloroso para mim. Às vezes ainda dói quando penso nele.

Claude sentiu o coração inchar de alegria ao ouvi-la dizer aquilo, que ela compreendia o que lhe embargava a voz.

– Quando eu for um homem feito – contou –, serei o *maître de chai*. Meu *grand-père* está me ensinando todas as coisas que preciso saber.

– Então você deve saber muito sobre as vinhas.

Ela entrelaçou as mãos diante de si, as luvas alvas como pérolas contrastando com o rosa-claro do vestido.

Claude tentou imitar um dos augustos cumprimentos com a cabeça que seu *grand-père* fazia com tanta frequência.

– Conheço tudo sobre as vinhas e a vinícola. Meu *grand-père* costuma me consultar na degustação dos vinhos.

Ele tinha exagerado um pouquinho a verdade com aquela observação, mas, em diversas ocasiões, já haviam lhe pedido para provar os vinhos jovens. E seu avô sempre buscara sua opinião. Talvez não propriamente a opinião: indagara acerca do que provava e o instruíra sobre as coisas que deveria procurar.

– Que sorte a minha ter encontrado alguém tão culto como você. Meu marido e eu passaremos várias semanas aqui. Talvez seu avô o deixe ser nosso guia, mostrar-nos as vinhas e a vinícola.

Claude sentiu o peito se encher de orgulho, a ponto de julgar que fosse estourar.

– Vou pedir permissão...

Fez uma mesura rápida com a cabeça, para a madame e a baronesa, depois saiu correndo em direção ao *chai*, a comprida, baixa e imponente construção onde se armazenava o vinho em tonéis gigantescos até que ele amadurecesse o suficiente para ser engarrafado. O lugar onde sabia que encontraria o *grand-père*.

A permissão não foi dada de imediato. O *grand-père* pareceu duvidar que o pedido fosse sério e respondeu que precisava primeiro conversar com o barão. Foi só no final da tarde que o *grand-père* avisou a Claude que se apresentasse no *château* às 10 horas em ponto, na manhã seguinte.

Vestindo sua camisa mais limpa e a melhor calça, o cabelo rebelde alisado com água, Claude chegou ao *château* exatamente às dez. Estava excitado e nervoso. Não sabia ao certo o que o tornava mais nervoso: o vislumbre da grandiosidade em mármore e dourado da ampla *galerie*, quando a porta se abriu, ou a visão do barão, esbelto e atraente no paletó de tweed e no suéter estampado com motivos geométricos, e a compreensão de que ele pretendia acompanhá-los.

Contudo, era a bela madame a dona de seu coração e das suas atenções. Embora aquilo parecesse impossível a Claude antes, ela estava então ainda mais bela no vestido azul-claro, que deixava o cabelo ainda mais negro e os olhos ainda mais escuros que o azul intenso e raro do mármore no chão da *galerie*.

Era difícil tirar os olhos da madame, especialmente quando ela sorriu e indagou sobre sua saúde. Corando, Claude murmurou uma resposta e virou-se para o barão, seu *patron*.

– Pensei em começar pelas vinhas, se o senhor concordar – disse Claude.

O barão não fez comentário e acatou a vontade dos convidados, deixando-os escolher. A madame trocou umas rápidas palavras com o marido na língua dos dois, depois falou a Claude:

– Grandes vinhos têm seu começo nas vinhas. Esse é o lugar onde também devemos começar.

Nesta manhã, a vinha parecia saber que tinha convidados importantes e trajou-se com suas mais vívidas vestes verde-esmeralda para a ocasião. Muito tempo atrás, o *grand-père* ensinara a Claude como distinguir a variedade da videira *vinifera* pelo formato das folhas. Ansioso em exibir seu conhecimento, penetrou rapidamente no espaço com um metro de largura entre as fileiras das videiras.

– Esta é a mais jovem das nossas vinhas. Foi plantada para o *cabernet sauvignon* – começou. – Vocês podem perceber isso pelo...

Mas a madame não estava ouvindo. Tinha se abaixado para pegar um punhado da terra revolvida entre as fileiras e agora estendia a mão enluvada para o marido, mostrando-lhe a terra pedregosa que tinha na mão em concha. Embora não compreendesse o que ela dizia, Claude captava o tom maravilhoso daquela voz.

Por fim a madame comentou com o garoto, em francês:

– Não esperávamos encontrar um solo tão pobre.

Claude pensou que ela estava criticando e procurou explicar.

– É verdade que o solo é pobre para o cultivo de outras colheitas, mas é o melhor para o cultivo das uvas do vinho. É como diz o meu *grand-père*: a água drena rapidamente do solo, e as raízes das videiras precisam ir fundo até acharem a umidade e os nutrientes de que necessitam. É muito importante que tenham raízes profundas. É assim que se conservam fortes e saudáveis quando chove pouco ou demais. Também é importante que as vinhas peguem sol de manhã e à noite.

Com um gesto largo do braço, indicou a vinha inteira, posicionada de modo a receber o máximo de sol o dia todo.

– Entendo. – Ela deixou o olhar percorrer a vinha, depois voltou imediatamente a pousá-lo na terra pedregosa que tinha na mão. Remexeu-a com a ponta do dedo enluvado. – A terra que possuímos nos Estados Unidos é cascalhenta como esta.

Ela parecia achar significativo este detalhe, então Claude concordou com a cabeça. Mas foi o nome do país que ele entendeu, vendo aí uma outra oportunidade de compartilhar seu conhecimento com a Madame.

– Já ouviu falar da *phylloxera*, *non*?

Referia-se ao minúsculo inseto semelhante a uma pulga que atacava as raízes, acabando por matar a videira.

Na juventude do seu avô, a praga da *phylloxera* devastara o continente, destruindo, só na França, 2,5 milhões de acres, por fim se alastrando até a Austrália. O invasor mortal viera dos Estados Unidos, mas Claude não queria ofender a madame referindo-se a este fato.

Ela começou a negar com a cabeça, então seu marido falou alguma coisa. Ambos trocaram umas rápidas palavras.

– Meu marido me contou que o avô dele perdeu as vinhas na nossa terra por causa dessa praga. Replantou muitas delas, mas não todas.

– Ele lhe contou como conseguiram fazer com que a *phylloxera* não atacasse as raízes das novas plantas e não as matasse também?

– Não – admitiu a madame.

A boca de Claude curvou-se em um sorriso de prazer silencioso por ser ele a lhe contar.

– Descobriu-se que a *phylloxera* não atacava as raízes de certas videiras norte-americanas. Foram tiradas mudas das nossas *viniferas* e enxertadas nas raízes americanas. Muitas pessoas acreditavam que isso significava não ser mais possível produzir vinhos finos com estas uvas que recebiam alimento das raízes americanas. Mas o meu *grand-père* – acrescentou Claude com orgulho – não concordou com aquela conversa fiada. Afirmava que as videiras saberiam que o solo era francês, mesmo se a seiva que lhes proporcionava sabor passasse pelas raízes americanas. – Fez uma pausa e repetiu as palavras que seu *grand-père* pronunciava com tanta frequência. – Está tudo na terra, madame. Só se pode produzir grandes vinhos com uvas de grande qualidade, e a terra proporciona às uvas a sua grandeza. É lógico que também precisam de tempo e cuidados apropriados – arrematou, acrescentando os outros dois itens da trindade essencial. – Deus fornece o tempo e nós fornecemos os cuidados.

Claude falou como se ele fosse pessoalmente responsável por aquele último item.

Ela não o contestou.

– Não tenho dúvidas de que você cuida muito bem das videiras.

Enchendo-se de satisfação ao ouvir o elogio, continuou a volta pela vinha. Assinalou o formato característico da folha do *cabernet sauvignon,* mostrou um cacho de flores e as uvas minúsculas que se formavam em certos lugares e explicou que aquelas videiras estavam no quarto verão de cultivo e que aquele ano prometia ser o primeiro no qual as uvas teriam o potencial de produzirem um grande vinho.

Claude esquadrinhou a mente em busca de cada migalha de informação que o *grand-père* lhe ensinar sobre as videiras. Ocasionalmente, o *patron* interpunha um comentário, embora, na maior parte do tempo, deixasse Claude se encarregar das explicações.

Rápido demais, o sol atingiu o ápice e iniciou o arco descendente, hora da refeição do meio-dia e do fim do passeio. Com relutância, Claude ficou frente a frente com a madame e preparou-se para deixá-la.

Ela sorriu.

– Obrigada, Claude, por esse passeio tão informativo. Talvez amanhã, se estiver livre, possa nos levar à vinícola.

O garoto hesitou e olhou para o *patron*, desejando que fosse ele a avisar à madame. O barão, porém, limitou-se a fitá-lo com um olhar sugestivo e aguardou que ele falasse.

O menino sentiu-se constrangido, inseguro sobre a melhor maneira de abordar o assunto e preocupado em não aborrecê-la.

– Perdoe-me, madame – começou, apreensivo. – Mas a fragrância que usa... É deliciosa – apressou-se a acrescentar. – Acontece que o meu *grand-père* é muito rigoroso. Não permite nenhum cheiro forte na vinícola, nem mesmo creme de cabelo perfumado, nada que possa contaminar os vinhos novos. – Viu um afluxo de cor surgir-lhe nas faces e, no mesmo instante, baixou os olhos, murmurando: – Lamento muitíssimo, madame. Se não fosse por isso, eu ficaria muito feliz em lhe mostrar a vinícola.

– O seu *grand-père* faz alguma objeção ao cheiro de sabonete?

Ele ergueu a cabeça, mal ousando manter a esperança.

– *Non.*

– Amanhã lhe prometo que meu marido e eu não teremos cheiro algum. – Sua voz era fria, mas o olhar era bondoso. – Está bem assim?

– *Oui*, madame. – Claude dei um sorriso luminoso. – Meu *grand-père* ficará encantado ao saber que a senhora compreende. Muitas vezes ele me disse que o vinho deve vir sempre em primeiro lugar. Pessoas e sentimentos vêm depois.

Ela pareceu refletir sobre aquelas palavras por vários segundos, depois assentiu com a cabeça para Claude e segurou no braço do marido para retornarem ao *château*. Claude foi andando de costas, depois virou-se e correu para a pequena cabana na propriedade que dividia com o *grand-père*.

Claude estava animado demais para comer, e o ensopado esfriou enquanto contava ao *grand-père* tudo que tinha acontecido e tudo que a madame tinha dito. Pouco importava que o *grand-père* não compartilhasse de sua animação ou do seu entusiasmo.

Na manhã seguinte, tornou a se apresentar no *château*. Daquela vez, Claude levou o mesmo grupo à antiga vinícola de pedra. Naquele dia, o progresso foi muito mais lento. O marido da madame tinha muitas perguntas, precisando de tradução tanto para as perguntas quanto para as respostas. Por sorte, o *grand-père* estava por perto para responder às indagações mais técnicas.

Após o almoço, retomaram o passeio no *chai* para provarem alguns dos vinhos jovens. Lá dentro estava frio; as paredes espessas conservam a temperatura constante de 12,8°C. Claude ficou observando enquanto o *grand-père* subia em uma pequena escada para alcançar o topo de um dos grandes tonéis de carvalho deitados de lado. Usando uma marreta de madeira, ele tirou o batoque do orifício e introduziu no tonel um longo tubo de vidro, que alguns chamavam de "ladrão de vinho". Fechou a parte superior do tubo com o polegar caloso e extraiu uma alta coluna de vinho púrpura. Com uma habilidade que provinha de meio século de experiência, encheu cada taça com a dose exata.

Por um momento, Claude temeu que seu *grand-père* não lhe preparasse um copo. Justamente quando começava a se remexer, inquieto, o *grand-père* ofereceu-lhe um, tratando-o como um homem adulto – assim como fazia a madame.

Com as taças na mão, o barão assumiu o comando e passou por todo o processo de degustação, etapa por etapa, no inglês falho e com sotaque carregado que Claude não conseguia acompanhar. E, por não conseguir, imitou o *grand-père*, como sempre fazia.

Primeiro examinou a cor do vinho. Tinha um tom de púrpura mais para o vermelho do que para o azul, o que indicava a juventude.

Envolvendo a taça com as mãos, aqueceu o líquido até a temperatura ideal e moveu a taça em círculos vigorosos para agitá-lo e soltar os vapores. Levou-a ao nariz e aspirou-os.

Aquele era o buquê do vinho, que consistia numa variedade de odores. Claude ficou encantado quando a madame detectou tantos aromas diferentes: carvalho, definitivamente cedro, frutas silvestres que lhe lembravam mais groselhas pretas do que uvas e um vestígio de violetas. Até mesmo o *grand-père* pareceu impressionado por ela possuir um olfato tão apurado.

Finalmente, Claude tomou um gole do vinho, sugando-o para o interior da boca em um jato fino, acariciando-o com a língua, depois usando-a esta para empurrá-lo para cada reentrância da boca, mastigando-o do jeito que fazia um provador, do jeito que o avô lhe ensinara. Era forte e rascante, porém sem o equilíbrio necessário.

Naquele ponto, o *grand-père* sempre o fazia cuspir o vinho. Mas não lhe forneceu nada em que pudesse cuspi-lo. Claude olhou em volta, incerto, depois engoliu-o ruidosamente. O sabor permaneceu na boca por longo tempo.

Tanto a madame quanto o marido demoraram-se na degustação do vinho em suas taças. Em seguida, ela levou os dedos aos lábios por um breve instante, baixando-os em seguida.

– É forte – disse ao barão. – Deixou um certo travo na boca.

– O gosto que sentiu é do tanino – explicou o *patron*. – É o que dá ao vinho uma vida longa. Contudo, não pode haver tanino demais, ou então terá um sabor amargo, tal como o chá que permanece em infusão por tempo demasiado.

– Entendo.

A madame assentiu com a cabeça, depois traduziu para o marido as observações do barão.

Nos dias e semanas subsequentes, Claude viu a madame com frequência. Ela e o marido estavam sempre por perto, olhando uma coisa, fazendo perguntas sobre outra, curiosos sobre tudo que os cercava. Às vezes Claude os acompanhava. Em outras ocasiões, só conseguia vê-la enquanto executava alguma tarefa que seu avô mandara.

Mas descobriu muito mais sobre a madame, quase todas as informações provindo de suas conversas com ela e os outros empregados da propriedade. Nos Estados Unidos, ela morava em um lugar chamado Califórnia, onde, no passado, haviam produzido vinhos americanos de qualidade inferior, antes que o país aprovasse uma lei absurda que proibia a produção ou a venda de vinho ou de qualquer outra bebida alcoólica.

A madame fizera amizade com a baronesa anos atrás, quando ambas tinham frequentado a mesma escola na Suíça. De acordo com os mexericos dos criados da casa, ela trouxera consigo à França seus dois filhos. O caçula se chamava Gilbert, e o primogênito tinha um nome em inglês que Claude achava difícil pronunciar: Jonathon. Ele nunca os vira. Contaram-lhe que a madame também tinha trazido uma mulher para tomar conta dos dois e cuidar de suas necessidades.

Também descobriu que tanto a madame quanto o marido acreditavam que logo chegaria o dia no qual seria legalizada outra vez, no país deles, a produção de vinho. Quando isso acontecesse, fariam um vinho, com uvas plantadas em sua própria terra na Califórnia, que rivalizaria com os melhores dos grandes *châteaux* da França. Uma impossibilidade, é lógico, já que o solo deles não era francês. De qualquer modo, Claude esperava em segredo que a bela madame concretizasse seu sonho.

Apesar daquilo, por mais que descobrisse sobre eles, por mais que adorasse a madame, duvidava que algum dia chegasse a entender os norte-americanos. Eram muito diferentes dos convidados que costumavam hospedar-se no *château*. Eram, definitivamente, muito diferentes do *patron,* o barão.

O patrão inspecionava com regularidade as vinhas, examinava as videiras, para saber se havia doença, e as uvas, para checar o amadurecimento. Com a mesma frequência, vinha ao *chai* e consultava o *grand-père* de Claude sobre os vinhos a envelhecerem nos tonéis e nas garrafas, verificando o progresso. Mas ver o *patron* tratar amigavelmente os empregados, estar ao lado deles hora após hora, aprender o trabalho, fazê-lo pessoalmente – ah, aquilo era impensável.

No entanto, o marido da madame fazia essas coisas quase como algo rotineiro. Quando a vindima se aproximou e chegou a hora de cortar as folhas velhas para deixar que o sol banhasse mais as uvas que amadureciam, ele ficava nas vinhas com os trabalhadores, observando o que faziam, descobrindo por que selecionavam certas folhas e não outras, depois imitando-os.

Seu francês era tão ruim, as sentenças entremeadas com o inglês, que a madame quase sempre o acompanhava. Claude achava que ela demonstrava tanto interesse pelo trabalho quanto o marido de faces coradas.

Muito embora não conseguisse entendê-lo, assim como o restante dos empregados, Claude passou a gostar dele. Não tanto quanto da madame, é lógico. Ela era especial, o marido era incomum. Queria fazer tudo, saber tudo.

Ao alvorecer da manhã em que as primeiras uvas seriam colhidas, o marido chegou na vinha vestido de maneira informal. Pegou com o capataz uma cesta e um facão de lâmina curva e rumou para a fileira designada. Mais incrível ainda foi que trabalhou tanto quanto os outros colhedores.

No dia seguinte, em vez de ir às vinhas, foi à vinícola e aprendeu como tiravam os pedúnculos das uvas e as esmagavam. A madame ficou com ele o tempo inteiro, transmitindo as perguntas infindáveis ao *grand-père* de Claude e relatando as respostas.

Dia após dia, a rotina era sempre a mesma. Muitas vezes o *grand-père* de Claude resmungava que o homem era uma amolação, uma pedra no sapato. Mas Claude tinha visto o brilho de aprovação, de respeito, nos olhos do *grand-père*, e notado a paciência em sua voz quando explicava algo a *monsieur* Rutledge, com frequência em longos detalhes.

Sim, o *grand-père* gostava daquele homem. E também gostava da madame, embora nunca o admitisse.

Quando o esmagamento terminou e as vinhas se cobriram com o manto vermelho e dourado do outono, Claude esperou que o casal partisse. Contudo, ficaram, embora algumas vezes os deixassem, tal como nas ocasiões em que, durante o verão, entravam no carro de passeio e viajavam para Paris ou visitavam outra vinícola no Médoc. Por quê? Claude não sabia. Não havia lugar capaz de produzir vinhos melhores do que o Châteaux Noir. Alguns eram tão bons quanto, talvez, mas nenhuma melhor.

Naquele inverno, ficaram disponíveis para a primeira poda. Que visão inusitada era a do alto *monsieur*, abaixado quase até o chão enquanto trabalhava, cortando fora os ramos improdutivos da videira. Ao fim do dia, mostrava à madame as bolhas na mão com um certo orgulho, e ambos riam.

Com o avizinhar da primavera, os dois foram às vinhas para a segunda poda, a poda do verde, de importância crítica tanto em termos de extensão quanto de escolha da hora. Albert Girardin, o horticultor do *château*, conduziu-os de planta em planta e ensinou a imaginar o galho central despido e no ponto máximo de crescimento. A partir daquela imagem mental, a planta era podada, de modo que os ramos e folhas se equiparassem à área da raiz.

Mais tarde, Albert comentou com Claude que desejava que os outros trabalhadores aprendessem tão depressa quanto aqueles norte-americanos. Também admitiu, com algum embaraço, que a madame mostrava uma notável afinidade com as videiras, algo incomum em uma mulher. Claude orgulhava-se muito daquilo.

Foi um verão feliz. Havia muitos convidados no *château*, muitas festas. Às vezes, à noite, quando estava certo de que o *grand-père* dormia, Claude esgueirava-se para fora da cabana e atravessava furtivamente as vinhas banhadas pelo luar até chegar ao *château*, as dúzias de janelas exibindo o esplendor da elegância.

A música animada que vinha lá de dentro enchia o ar noturno. *Jazz*, era assim que a chamavam. Os convidados reuniam-se no grande salão, os homens muito garbosos com as casacas pretas, que usavam abertas sobre os coletes brancos trespassados, as calças pretas com vincos impecáveis, o cabelo reluzente de brilhantina. E as damas de vestidos retos, tremeluzindo com as franjas de contas, as echarpes de gaze e as fitas de cetim que iam até o chão, os cordões de pérolas chegando até abaixo da cintura. Como todos pareciam belos, sofisticados, com as longas piteiras e as taças de champanhe de cristal.

Sempre, sempre Claude sentia-se aliviado ao avistar a madame entre os convidados e ver de novo como era bonita. Só então voltava às escondidas para a cabana e para a cama.

Veio o outono, sem nenhum prenúncio da tragédia que se avizinhava. Em uma fria manhã de setembro, o *monsieur* saiu do carro. Acenou para Claude e gritou que ia escolher as mudas que levariam consigo para os Estados Unidos. A madame não o acompanhava. O filho caçula, Gilbert, estava com febre. Um médico iria tratá-lo.

Que azar estar doente em um dia glorioso como aquele, pensou Claude, contemplando a névoa que brilhava no Gironde. Em algum lugar, uma cotovia gorjeou uma saudação para o sol nascente, sua luz dourada cintilando nas folhas úmidas de orvalho da vinha e lançando sombras profundas entre as fileiras. O ar tinha um cheiro bom de frescor. Era, de fato, um dia glorioso.

Foi só no final daquela tarde, ao retornar da escola, que Claude soube da terrível notícia: o *monsieur* norte-americano morrera em um acidente de carro. Tentara desviar de uma carroça puxada por um cavalo e perdera o controle do veículo. Tinha saído derrapando da estrada e capotado, o que provocara sua morte instantânea.

Pairava sobre a propriedade uma atmosfera fúnebre que não deixava sequer o sol penetrar. Naquela noite, quando o trabalho do dia findou, os empregados reuniram-se, homens, mulheres e crianças, em pequenos grupos. As línguas não paravam de comentar a tragédia, as cabeças balançavam, todos relembravam...

– O *monsieur* devia estar correndo muito. Estava sempre com pressa, querendo saber tudo, querendo saber imediatamente.

– *Oui*, o *monsieur* e suas perguntas infindáveis.

– Pobre madame, como deve estar sofrendo. Ela ia com o marido a toda parte.

– *Oui*, os dois estavam sempre juntos... até hoje.

– Se tivesse ido com ele, as crianças teriam perdido o pai e a mãe. Foi a vontade de Deus que o filho caçula adoecesse logo hoje, dentre todos os dias.

– A doença não é séria. A febre já baixou.

Claude estava entre eles, de ouvidos atentos. Era crescido demais para chorar. Mas queria fazê-lo por ela, sua bela madame. Quem cuidaria dela agora? Quem iria protegê-la e afastá-la de todo mal?

Uma missa íntima foi celebrada no dia seguinte pela alma do *monsieur* americano Clayton Rutledge. As famílias de todos os trabalhadores reuniram-se no pátio coberto de seixos, em frente à entrada do *château*, e aguardaram o regresso da Madame. Xales cobriam a cabeça das mulheres, as roupas tão sombrias quanto o céu cinzento. Tal como os outros homens, Claude usava uma tarja preta na manga como símbolo de luto.

Viu os carros cruzarem os portões de ferro e fazerem o longo e lento trajeto de retorno pelo caminho de cascalho branco que dava acesso ao *château*. Quando pararam defronte à multidão, ele respeitosamente tirou a boina da cabeça.

*O patron* em pessoa ajudou a madame a descer do carro. Ela estava toda vestida de negro: sapatos, vestido, luvas, véu e chapéu de *cloche*. Parou ao ver os empregados ali reunidos. Apertou com força a mão do filho mais velho, um menino de 8 ou 9 anos e calça curta, o cabelo de um amarelo mais claro que o do pai. Parecia confuso e assustado. O mais novo, diziam, continuava de cama, mas havia melhorado bastante.

Os olhos de Claude passaram pelo menino e fixaram-se na bela madame. Quando esta se adiantou para enfrentar a multidão, não baixou a cabeça, ergueu-a ainda mais. Os ombros não se curvavam com o sofrimento, permanecendo aprumados e altivos. Contudo, através do véu, Claude pôde ver o brilho da umidade nas faces, e seu coração condoeu-se por sua pobre e corajosa madame.

Quando ela falou, a voz não vacilou, não falhou, alcançando-os nítida e pura.

– Vocês prestaram ao meu marido uma grande honra ao virem aqui hoje. Os dias que ele passou com todos vocês, aprendendo com vocês, foram os mais felizes de sua vida. Agradeço-lhes por isso. Nos dias e anos que virão, quando me lembrar daqueles momentos, prometo que lembrarei da felicidade que experimentamos, não do sofrimento, pois levo comigo recordações que guardarei como um tesouro para sempre. E quando pensarem no meu marido, espero que se recordem dele com carinho, assim como vou me recordar de todos aqui.

Depois deu meia-volta e apertou a mão de cada um, menos a de Claude. A madame logo partiria, e ele não suportava a ideia. Afastou-se dali sem ninguém perceber e se escondeu na vinha. Lá, entre as videiras e as uvas de um púrpura quase negro, deixou as lágrimas deslizarem pelas faces e os ombros largos sacudirem com soluços silenciosos.

Todas as manhãs, durante uma semana, Claude acordou com a horrível sensação de medo de que aquele fosse o dia no qual ela iria embora. Mas a semana passou e a madame ainda estava lá, embora nunca a visse aventurar-se fora do *château* nem uma única vez.

Claude chutou uma pedra à frente, saiu caçando-a sem nenhum ânimo e usou a ponta gasta do sapato para lançá-la voando em direção à vinícola, erguendo a cabeça só para mirar as agulhas negras do *château* que se elevavam acima da muralha de álamos. Era véspera da vindima, porém Claude não sentia nem um pouco da animação das colheitas anteriores.

Viu o *grand-père* defronte à vinícola, conversando com o *patron*, algo muito comum aquela época do ano. Afrouxou o passo ainda mais. O *grand-père* não apreciaria qualquer interrupção àquela hora, e a refeição da noite, preparada pela esposa de Albert, o horticultor, permaneceria aquecida na área da cozinha, que ficava nos fundos da cabana.

Pensando na madame isolada no *château*, Claude olhou com atenção para o barão e, displicentemente, revolveu a terra seca e pedregosa com a ponta do sapato. O barão tinha um ar sério e um pouco triste. Parecia ser o início a falar: o *grand-père* de Claude respondia tão somente com um seco e ocasional aceno de cabeça. Aquela não era uma conversa normal, pensou Claude, examinando com mais atenção o *grand-père*. Ele estava excessivamente empertigado, teso de tanta raiva.

Aquilo era muito curioso. O avô costumava ficar impaciente, costumava ficar irritado, mas furioso? Claude não se lembrava de vê-lo naquele estado.

O *grand-père* fez uma reverência formal ao barão e saiu. Encaminhou-se direto para Claude e passou pelo neto sem uma palavra, sem um olhar. Lágrimas. Seriam lágrimas o que vira nos olhos do *grand-père*? Por um momento, Claude ficou atônito demais com aquilo para se mexer. Depois correu atrás do velho, a fim de certificar-se de que seus próprios olhos não o tinham enganado.

Quando o alcançou, uma única lágrima deixava uma trilha úmida na face de traços bem marcados do *grand-père*.

– *Grand-père*. Qual é o problema? O que aconteceu?

Mas não recebeu resposta enquanto o *grand-père* abria a porta da cabana e a empurrava com violência, fazendo-a bater na parede. A porta voltou em direção a Claude. Ele a segurou e entrou, fechando-a atrás de si. O *grand-père* estava parado junto à mesa de cavalete na cozinha, as mãos apoiadas no tampo, a cabeça abaixada.

– *Grand-père*.

Claude deu um passo cauteloso em direção ao velho, depois estacou.

O *grand-père* afastou-se bruscamente da mesa e aproximou-se a passos largos da pequena janela, olhando para fora com cara amarrada.

– A partir de hoje, não sou mais *maître de chai*. – A voz saiu baixa e rouca, tensa de indignação. – André Paschal irá me substituir.

Claude fitou-o, espantado. Não era possível.

– O q-q-quê?

– O *patron* – pronunciou a palavra quase com zombaria – alega que estou velho demais. Que, para o bem do vinho, está na hora de outra pessoa ocupar o meu lugar. Velho demais! – Bateu a mão espalmada na mesa de trabalho onde estava a pia, e Claude sobressaltou-se com o som explosivo que o golpe provocou. – Meu pai era *maître de chai* aos 80 anos. Ainda tenho uns bons anos pela frente. Mas *ele* não enxerga isso. – Virou-se de repente e sacudiu o dedo para Claude. – Esse tipo de coisa não aconteceria se o velho *patron* ainda fosse vivo.

O velho *patron* morrera antes de Claude nascer. Ele nunca conhecera nenhum outro *patron* além daquele a quem agora servia. Fitou o *grand-père* de olhos arregalados, lutando para assimilar tudo aquilo, para entender o que significava.

– O que vai acontecer?

A mão do *grand-père* pendeu ao lado do corpo e ele voltou a olhar pela janela, dominado pela tensão.

– Irão me aposentar. Pelos meus anos de serviço, receberei uma cabana e três acres de vinhas – fez uma pausa e começou a tremer – no distrito do quinto cultivo! Eu, Girard Stephen Louis Broussard, que nasci no Médoc, no distrito do primeiro cultivo. – Berrou as palavras e bateu o punho no peito com ênfase. – *Eu*, que passei meio século produzindo os melhores vinhos, agora estou condenado a viver os meus últimos anos fazendo *vin ordinaire*. Não porque perdi o conhecimento, a habilidade ou a experiência para produzir um Bordeaux de primeira qualidade. *Non*, é porque o *patron* acha que estou velho demais.

O *grand-père* calou-se e ambos permaneceram imóveis por um longo tempo, mergulhados nos próprios pensamentos. Para Claude, aquele era o único lugar que conhecera, o único lar que tivera na vida. Logo o deixaria, exatamente como a madame. Até então acreditava que se tornaria homem feito no Château Noir, que algum dia seria o *maître de chai*, que faria vinhos dos quais se orgulharia. Agora... não sabia o que seria dele, dos dois.

Finalmente, o *grand-père* deu as costas para a janela, uma exclamação de asco brotando da garganta.

– A comida está esfriando. Vamos comer.

Serviu a comida das caçarolas, colocando-a nos pratos. Sentaram-se à mesa e cada um fingiu comer, pois quase toda a comida teve de ser raspada dos pratos quando acabaram.

Mais tarde, após o sol se pôr, Claude estava sentado à mesa, o livro escolar aberto diante de si, uma vela ardendo ao lado. O *grand-père* estava sentado no escuro ao pé do fogo, cuja luminosidade bruxuleante bailava em seu rosto, conferindo-lhe um ar de couro velho, todo rachado e seco. Mãos que conheceram as nódoas púrpuras de cinquenta anos de colheitas de uvas pendiam frouxamente dos braços de madeira da cadeira. Naquela noite, parecia velho, velho e alquebrado em espírito. Claude queria lhe dizer alguma coisa, mas não sabia as palavras. Por fim, os olhos voltaram a concentrar-se nas letras embaçadas das páginas do livro escolar.

167

Ouviram uma batida na porta. Claude fez menção de levantar-se da cadeira, mas o *grand-père* acenou para que voltasse a fazer o dever de casa e foi atender pessoalmente.

Era a madame! Claude ficou boquiaberto ao vê-la cruzar a porta. Com um estalar de dedos e um gesto impaciente da mão, o *grand-père* mandou Claude buscar correndo mais velas para iluminar a sala e expulsar as sombras densas da noite. Estava constrangido com a humildade da cozinha e do único aposento, reconhecendo a pobreza do reboco branco das paredes, após ter vislumbrado a seda que forrava as do *château*.

Quando o *grand-père* ofereceu uma cadeira de madeira à madame, Claude correu a buscar um pano limpo para cobri-la. Porém, quando voltou com o que achara no baú com as coisas da mãe, a madame já estava sentada, falando baixo com o *grand-père*. Claude parou um pouco distante do círculo de luz formado pela vela e olhou com ar de espanto, ainda incapaz de acreditar que a madame estava ali.

Ela envergava o preto do luto, mas nenhum véu lhe ocultava o rosto. Suas feições estavam serenas e pálidas, sem qualquer traço de carmim nas faces ou vermelho nos lábios. Contudo, estava linda. E os olhos, aqueles olhos fixos no *grand-père*, pareciam queimar. Não com raiva ou irritação. Era algo diferente, uma espécie de poder, talvez.

Suas palavras chegavam a Claude aos poucos. Ele se aproximou para ouvi-las melhor.

–... o sonho que meu marido e eu compartilhamos de algum dia produzirmos vinhos tão bons quanto qualquer um da França. Vou concretizá-lo, mas não posso fazê-lo sozinha. Precisarei de ajuda. Preciso de sua ajuda, *monsieur* Broussard.

– Minha?

– Sim. Preciso que me ajude a selecionar mudas fortes e saudáveis. Preciso que o senhor e o seu neto – olhou para Claude por um breve segundo – venham comigo para a Califórnia, a fim de me ajudarem a plantar as videiras e cuidar delas. Até o dia em que a Lei Seca for revogada, só poderemos fazer vinhos para a igreja e usos medicinais. Nós... tenho autorização para fazê-lo – acrescentou, depois prosseguiu. – Nesse meio tempo, transcorrerão vários anos até que as videiras cresçam e amadureçam para alcançar o estágio onde possam dar uvas com o potencial de produzirem um grande vinho. Fará isso, *monsieur* Broussard? Irá para os Estados Unidos comigo e se tornará meu *maître de chai*?

Claude aguardou que o *grand-père* respondesse, com medo de alimentar a esperança, com medo de respirar. Por um longo tempo, o *grand-père* ficou em silêncio, depois assentiu com a cabeça e a empinou.

– Ouvi falar muito sobre os Estados Unidos e o vinho ruim que fazem lá – observou, e Claude quase gemeu em voz alta ao notar a ponta de desprezo na voz do *grand-père*. – Talvez vocês precisem de um francês para lhes mostrar como produzir um bom vinho.

Um pequeno sorriso ergueu os cantos da boca da madame.

– Então irá comigo?

– Irei.

Claude quase soltou um brado de alegria, mas conteve a excitação até a madame se retirar. O avô fechou a porta, depois virou-se para Claude e piscou.

– Velho demais, hein?

– Vamos para os Estados Unidos. Vamos para os Estados Unidos!

Claude lançou-se nos braços do *grand-père* e o enlaçou com força.

Havia muita coisa a fazer, mudas a comprar, providências a tomar, malas a fazer, passagens a reservar. Foi no final do inverno que o navio zarpou de Bordeaux.

CLAUDE ESTAVA PARADO entre os reluzentes tanques de fermentação, não mais o jovem vigoroso que fora assim que chegara em Rutledge Estate, mas sim um velho, tão enrugado e desgastado pelo tempo quanto fora o *grand-père*.

Que estranho lembrar-se da sua terra natal de maneira tão clara após todos aqueles anos. As torres e agulhas do *château* projetando-se para o céu, as paredes enegrecidas, uma cotovia rumando para o sol em um voo espiralado, o cricrilar dos gafanhotos, as vinhas estendendo-se ao longo das margens do Gironde, o sabor do ensopado preparado pela esposa de Albert, o aroma de alfazema e rosas que exalava do jardim formal do *château*, a música, os vestidos de contas – o que despertara tais lembranças com tamanha intensidade? Teria sido a referência da Madame ao novo barão? Ou a menção ao filho caçula, Gilbert?

E por acaso isso importava? Já fazia tanto tempo. Este era o seu lar agora, seu verdadeiro lar. Olhou em volta, um sorriso de satisfação enrugando o rosto. Conhecia cada palmo daquele velho prédio, cada canto e cada reentrância, cada som e cada cheiro. Conhecia cada um dos seus segredos, e os guardava.

Tinha uma pequena casa de pedra na propriedade, onde dormia. Entretanto, a vinícola era seu lar, o lugar onde passava o dia inteiro, onde fazia as refeições, onde produzia vinhos tão bons quanto os do Château Noir.

Vinho. Precisava preparar seu lar para receber a safra daquele ano. Tempo. Aonde ia o tempo? Parecia passar tão depressa agora, pensou, e saiu às pressas para verificar a nova tanoaria.

A CONSTRUÇÃO BAIXA a uma curta distância da vinícola de tijolos fora, no passado, um estábulo para os cavalos de tração que puxavam as carroças e os arados da propriedade. Vinte anos atrás, fora convertida em escritórios, as portas das baias tapadas com tijolos até o meio, janelas instaladas nas aberturas emolduradas. As divisórias das baias foram derrubadas, erigindo-se outras mais resistentes para que o prédio tivesse salas de um tamanho confortável. Um assoalho de tábuas de carvalho cobria o antigo concreto.

Um velho carvalho erguia-se lá fora, os grandes galhos arqueando-se por cima da construção e sombreando-a durante a maior parte do dia. Sam passou por baixo da árvore e entrou no antigo estábulo.

Gaylene Westmore, uma morena rechonchuda que desempenhava as funções de recepcionista, secretária, encarregada da correspondência, arquivista e pau para toda obra, estava ao telefone. Sem interromper a conversa, pegou uma pilha de recados que estava sobre a mesa e entregou-a a Sam, batendo um dedo no de cima. Era de um distribuidor no noroeste do país, solicitando cinco caixas do *cabernet*

Reserva 1986. Sam duvidava que pudesse mandar mais de uma, porém verificaria o inventário no computador.

Ouviu os estalidos de um computador e percorreu o corredor do velho estábulo até a seção de contabilidade. Parou lá apenas o suficiente para entregar o cartão de ponto de Johnson a Andy Halsted e avisar que Claude o despedira.

– Teremos de documentar isto, Sam. Informe a causa e as circunstâncias.

– Deixe o formulário próprio em cima da minha mesa. Vou preencher e assinar – respondeu Sam, bem a par de que Claude não preenchia formulários. Pelo menos, nunca no tempo oportuno.

Voltando pelo mesmo caminho, passou pelo corredor e entrou no escritório, do lado oposto do prédio. As velhas vigas talhadas à mão estavam expostas, conferindo ao aposento um ar levemente rústico. Havia uma mesa de mogno gasta e arranhada junto à janela.

Sam a encontrara havia sete anos, quando Katherine o mandara subir ao sótão para buscar os enfeites de Natal. Arrastara-a para baixo, assim como uma velha ferrotipia do seu tataravô, George Simpson Rutledge, o primeiro dono da propriedade, que utilizara aquela mesma mesa.

Percebendo que ele tencionava colocá-la no escritório, Katherine dera uma olhada no móvel e dissera:

– Precisa mandar reformá-la.

– Assim que tiver tempo – replicara Sam.

Lógico que nunca sobrou. Ele gostava dos amassados e arranhões, das manchas de tinta e marcas de cigarro – davam personalidade ao móvel. A velha ferrotipia ocupava um lugar de destaque na estante da parede atrás da mesa, aninhada em meio aos volumes sobre viticultura e enologia, compartilhando o espaço com um velho espectrofotômetro, uma pipeta de amostragem quebrada e alguns tubos de vidro calibrados.

O sofá forrado com um áspero tecido de crina na parede oposta era outro dos achados que Sam desenterrara do sótão. Nunca vira um móvel tão desconfortável quanto aquele. Era reservado aos vendedores de quem Sam não gostava e dos quais desejava se livrar depressa.

Um par de bergères, forradas com um couro cuja cor lembrava a de um vinho Borgonha e ornadas com tachas de bronze, ficava defronte à mesa, refugos da biblioteca da casa principal. As paredes eram pintadas de um verde suave, acentuando as cores de tapete de *siskel* que cobria quase todo o assoalho de carvalho. A nudez era rompida por uma coleção de raras gravuras de Audubon e desenhos botânicos de videiras *vinifera*.

Sam se dirigiu à mesa e enganchou o chapéu em uma escultura moderna que supostamente retratava Baco, o deus romano do vinho. Uma pilha de questionários e formulários do governo já preenchidos ocupava o centro da mesa, aguardando sua assinatura. Os relatórios agrícolas municipais e estaduais, bem como o questionário da associação dos vinhos, que examinou rapidamente antes de colocar a assinatura e a data embaixo. O relatório mensal para o Departamento de Álcool, Tabaco e Armas de Fogo, especificando a quantidade de vinho guardada em estoque e nos tonéis, o total de vinho armazenado como garantia para o governo e o montante dos impostos pagos por Rutledge Estate foram junto com Sam enquanto ele fazia a cadeira deslizar até o terminal de computador para checar as cifras da lista.

Satisfeito com a exatidão, empurrou a cadeira de volta para a mesa. Quando ia pegar a caneta para assinar o relatório, Katherine entrou. Ele ergueu uma sobrancelha com um leve ar de surpresa.

– Finalmente o encontrei – declarou, com um tom frio que subentendia censura. – Percorri quase toda a vinícola atrás de você.

Era raro que Katherine saísse à sua procura.

– Qual é o problema?

Indicou a bergère, convidando-a a sentar, mas ela ignorou o gesto e continuou de pé.

– Gil convidou o barão e a esposa para passarem algum tempo em Napa Valley. Emile aceitou. – As palavras soaram cortantes. – Ele acha que deve a Gil a cortesia de vistoriar as instalações e ver como operam. Enquanto estiver aqui, naturalmente também desejará passar algum tempo em Rutledge Estate.

– Quando ele virá? – Sam foi em frente e assinou o relatório.

– Dentro de duas semanas.

Levantou a cabeça, franzindo o cenho ligeiramente.

– Então pretende ficar durante a fase de esmagamento.

– É óbvio. – Katherine andou até a janela junto ao sofá de tecido de crina e, através da vidraça, contemplou a velha vinícola de pedra, ambas as mãos descansando no castão entalhado da bengala. – Com certeza sabe que Emile estará de olho em você. Gil plantou dúvidas quanto à sua capacidade de administrar sozinho uma grande vinícola.

– Ele teria perdido uma grande oportunidade, se não o fizesse – replicou Sam secamente. – O vale inteiro sabe que você dirige Rutledge Estate. É você quem toma todas as decisões importantes. Meu único papel aqui é executá-las.

Ela virou a cabeça para lançar um dos seus olhares frios e desafiadores.

– Espero que elimine essas dúvidas enquanto Emile estiver aqui.

Achando graça, Sam recostou-se e ficou balançando a cadeira para trás.

– E como propõe que eu faça isso, Katherine, quando nunca consegui convencê-la da minha capacidade?

Surpreendida com a franqueza do neto, Katherine não moveu um músculo. Sua própria falta de fé em Sam era algo que nunca discutira com ele antes. Não tencionava tocar no assunto naquele momento.

– Essa não é a questão – insistiu.

– Essa é exatamente a questão – contrapôs Sam. – Se você realmente acreditasse que posso administrar a vinícola sozinho, nunca teria entrado em contato com o barão, antes de mais nada, teria?

– Nunca questionei a sua dedicação ao trabalho. Como gerente, você é mais do que adequado.

– É isso que se chama ser diminuído por um elogio ambíguo, Katherine.

Seu sorriso era duro e frio.

Irritada com a insistência dele no assunto, Katherine retorquiu:

– Por natureza, você é complacente demais.

– Complacente. – Juntou as pontas dos dedos de ambas as mãos em uma pose de falsa reflexão. – Suponho que fui condescendente demais quando tirei o rifle de Dougherty e não o enfiei goela abaixo dele depois que atirou nos meus homens. E ano passado, quando você ficou de cama após o tombo, processei Rutcliff Winery, em Sonome, e consegui um mandado de segurança para impedi-lo de distribuir o vinho engarrafado com um rótulo quase idêntico ao nosso. Você se aborreceu quando suspendi a ação, depois que concordaram em fazer mudanças substanciais no desenho do rótulo. Queria que continuasse o litígio, que os forçasse a pagar indenização, que os transformasse em um exemplo para as outras vinícolas. Na minha opinião, não havia necessidade de nos envolvermos em uma onerosa batalha judicial.

– Seria um dinheiro muito bem gasto. Você foi indulgente demais.

– Foi o que você disse na época.

– Eu estava com razão.

A raiva escureceu-lhe os olhos, uma ocorrência tão rara que de imediato capturou a atenção dela. Por um instante, Katherine julgou que o neto fosse sair da cadeira. Sem perceber, prendeu o fôlego e esperou pela explosão de cólera. Mas ela não veio. A explosão foi sufocada enquanto Sam debruçava-se na mesa e pegava os recados telefônicos.

– O seu jeito é o único certo, não é, Katherine?

O tom de cinismo trazia um laivo de sarcasmo.

– O meu jeito é o único certo para Rutledge Estate. – Desapontada com o neto outra vez, ela não ocultou o fato. – A fraqueza nunca deve ser permitida.

Sam ergueu a cabeça.

– Não tome bom senso por fraqueza, Katherine – avisou. – O solo pobre e a paisagem agreste de Rutledge Estate constituem um meio ambiente desolador, exposto ao calor do sol e a um vento quase constante. As uvas ali produzidas parecem pequenas, talvez até insignificantes. Mas todas criaram as cascas grossas de que necessitavam para sobreviver neste clima.

– Estou bem ciente disso, Jonathon.

– Sam – corrigiu ele, interrompendo a quase discussão, considerando-a fútil. – É melhor não se enganar com o barão por perto, ou então ele vai pensar que sua mente está fraquejando.

– Quero esta fusão.

Foi uma declaração dura e categórica.

– E Gil se esforçará ao máximo para tirá-la de você – lembrou-lhe Sam. – Para ele, é uma questão pessoal.

Um silêncio prolongou-se por vários segundos antes de Katherine responder.

– Há essa motivação pessoal de Gil, mas ele também precisa da fusão por motivos financeiros. Todas as vinhas estão infectadas com essa nova variedade de *phylloxera*. – Falou devagar, a voz pensativa. Lembrava a Sam um computador processando os dados e compilando uma resposta. – Durante os próximos quatro anos, cada acre de terra terá de ser replantado, o que exigirá um enorme investimento.

– Presumo que ele recorreu ao mercado de futuro, para financiá-lo.

– É verdade. – Os lábios de Katherine curvaram-se com a sombra de um sorriso. – Mas seria muito melhor obter um capital externo que contribuísse para uma boa parte do custo. Imagino se Emile sabe da situação de Gil – refletiu. – Talvez eu deva mencionar o fato... só de passagem, é lógico.

– É lógico – zombou Sam. – Só por curiosidade, onde o barão se hospedará enquanto estiver aqui?

– Gil lhe ofereceu a própria casa de hóspedes, mas Emile reservou uma suíte no Auberge du Soleil. Território neutro – explicou Katherine, e deu as costas para a janela, erguendo a cabeça confiante. – Preciso oferecer uma festa para dar as boas-vindas ao barão no vale, talvez enquanto a equipe de televisão estiver aqui.

Sam franziu o cenho.

– Qual equipe de televisão?

– Eu planejava lhe contar no almoço de amanhã. Conversei com Hugh Townsend na semana passada. Ele deseja fazer uma reportagem sobre os vinhos da Califórnia e quer mostrar Rutledge Estate como tema central.

– E você aceitou?

– Eu não gostaria que Emile tivesse a impressão de ser Gil o único capaz de gerar publicidade. Também podemos fazê-lo, e será a nível nacional. Talvez até a nível internacional – acrescentou com um gracioso dar de ombros. – Certamente isso conseguirá elevar mais o nome de Rutledge Estate do que muitas fotografias e artigos em publicações comerciais e revistas especializadas em vinho. Creio que a equipe ficará aqui por vários dias. Quem sabe? Talvez tenhamos uma importante notícia a dar-lhes durante a estadia. – Encaminhou-se para a porta. – Almoço amanhã, à uma da tarde.

Intimamente, Sam imaginou se Kelly Douglas estaria entre os membros da equipe. Mas não perguntou. Em vez disso, assentiu com a cabeça e confirmou:

– Amanhã, à uma da tarde.

Sozinho, olhou fixamente para a porta que Katherine fechara ao sair. Não sabia ao certo por que a lembrança do encontro com Kelly Douglas, em Nova York, ficara tão rapidamente entranhada em sua mente. Talvez fosse o contraste entre o som sereno e suave da sua voz e a tensão e energia irrequieta que sentia vibrar nela. Talvez fosse a força e a inteligência em suas feições. Ou talvez fosse a cautela que às vezes vira nos seus olhos, uma cautela indicando que ela era de alguma forma vulnerável, a despeito da força que ostentava.

Ou talvez fosse tão somente o calor daquele maldito beijo.

Afastando os pensamentos errantes, concentrou-se nos recados telefônicos diante de si.

## 10

A chuva tamborilava na janela da sala de Kelly e escorria como uma cachoeira pela vidraça. Dez andares abaixo, Nova York continuava a correr, a atropelar-se, a agitar-se ao longo de mais um dia, os táxis espirrando poças nas ruas, buzinas impacientes tocando, gente que passava às pressas nas calçadas sob a proteção de guarda-chuvas e jornais dobrados ou enfrentando a chuva de cabeça descoberta. O ritmo, a energia da cidade nunca diminuíram.

Kelly desviou a atenção da cena abaixo e olhou para a mesa. Em um gesto casual, deslizou a mão pela borda da superfície de nogueira. A mesa era que descobrira em uma liquidação particular de objetos usados em St. Louis antes de mudar-se para Nova York. Utilizada como mesa de trabalho pelo antigo dono, estava em mau estado naquela ocasião, o tampo salpicado de mossas e manchas pretas, com vários puxadores das gavetas faltando, os lados cheios de estrias e arranhões e uma perna rachada. Os homens da transportadora tinham olhado para aquilo com um erguer de sobrancelhas quando descobriram que ela queria enviá-la com o restante da mobília.

Mas dessa vez, as sobrancelhas se arqueavam em silenciosa admiração. Não havia mais qualquer vestígio das manchas e arranhões. Um pano úmido e ferro quente haviam eliminado os amassados. Uma massa cor de madeira fixou o pé rachado e consertou os arranhões. Duas aplicações de um removedor de tinta eliminaram até mesmo as piores descolorações. Uma camada de verniz na tonalidade da nogueira acentuara os belos veios da madeira. E três camadas de cera lhe proporcionaram um brilho intenso.

Sentindo a superfície lisa e encerada, Kelly pensou nas horas que passara esfregando a cera transparente em pasta por cada centímetro da madeira recém-envernizada. Ainda era possível sentir o cheiro de cera de abelha, sobrepujado pela fragrância mais forte de rosas e violetas que exalava de uma jarra de porcelana Pickard. A jarra era um dos achados que fizera em um mercado de pulgas na Sexta Avenida com a rua 26, uma lebre preta de ferro batido, antes usada como encosto de porta, que agora adornava a mesa. Posters com pinturas de Monet e O'Keeffe emprestavam cor às paredes.

Seu olhar caiu sobre a grossa pasta colocada em cima da mesa. Uma pasta que o departamento de pesquisa havia deixado alguns minutos antes e que continha todas as informações e artigos que o pessoal havia conseguido juntar sobre Katherine e o espólio Rutledge. Na verdade, a pasta não era tão grossa quanto ela esperava.

Kelly abriu-a e folheou o conteúdo, deixando de lado, por um tempo, um resumo de oito páginas datilografadas. O restante das coisas eram principalmente cópias de artigos de revistas, recortes de jornal, páginas extraídas de livros sobre a história local da fabricação de vinho e fotografias, velhas e novas.

Todo o material estava em ordem cronológica, começando com George Simpson Rutledge, que fizera fortuna no negócio de importação e exportação durante a corrida do ouro, em São Francisco. Em 1879, comprara o rancho de 500 acres que viria a se tornar Rutledge Estate. Como muitos outros residentes abastados da cidade, construíra uma casa de veraneio no vale que, segundo a linguagem floreada da época, era "em tudo tão grandiosa quanto a de qualquer duque europeu". No mesmo artigo, mencionava-se que, além de criar gado, ovelhas e cavalos, tencionava plantar vários acres de vinhas e seguir a tendência de outros do vale "de produzir vinhos com as uvas ali plantadas".

Um artigo posterior sobre os efeitos destrutivos da *phylloxera* no vale incluía uma linha onde se lia: "Todos os 50 acres de vinhas pertencentes a George Simpson Rutledge, de São Francisco, foram devastados pela praga. O Sr. Rutledge declara que replantará tudo, caso surja um medicamento."

Havia um necrológio, comunicando a morte da esposa no último ano do século XIX. Outro artigo curto após esse, com diferença de poucos meses, declarava que o Sr. Rutledge tinha entregado a administração da sua empresa em São Francisco ao filho mais velho e se mudado em caráter definitivo para sua casa no vale.

Uma granulosa fotografia de jornal mostrava os danos causados ao vale pelo grande terremoto que arrasara São Francisco. A legenda embaixo identificava as ruínas como a cabeça de carneiro, de pedra, na propriedade de George Rutledge. "Os tijolos nas chaminés da casa principal soltaram-se, e a vinícola sofreu danos menores. O Sr. Rutledge se julga afortunado pelo fato de não ter sido pior a destruição."

Por ocasião de sua morte, em 1910, publicaram uma extensa matéria relatando as realizações de sua vida. O último parágrafo declarava que ele deixava dois filhos, uma filha e quatro netos. Não era citado o nome de nenhum deles.

Este artigo era seguido por outro, de 1917, sobre o casamento de Clayton Rutledge e Katherine Leslie Fairchild. O repórter prosseguia em detalhes, descrevendo os vestidos usados pela noiva e pelas damas de honra, a recepção luxuosa, as bebidas e comidas servidas e os presentes de casamento. "Os pais do noivo presentearam o feliz casal com a casa de veraneio da família, em Napa Valley." No final do mesmo ano, uma coluna social mencionava que Clayton Rutledge e sua mulher decidiram residir permanentemente na casa de Napa Valley e "viver como fazendeiros".

Um artigo sobre a legislação da Lei Seca, proposta no Congresso, que ameaçava a florescente indústria vinícola no vale, incluía uma citação de Clayton Rutledge, declarando estar convicto de que a produção de vinhos estaria isenta. Depois vinha um recorte de jornal, com data posterior à entrada em vigor da Lei Seca, onde se mencionava que a vinícola de Rutledge Estate recebera permissão para produzir vinhos de missa e para fins medicinais. O artigo seguinte continha notícias de sua morte, seis anos depois, em um acidente de carro perto de Bordeaux, na França. Deixava sua mulher, Katherine, e dois filhos pequenos, Jonathon, de 8 anos, e Gilbert, de 6.

Kelly suspirou. Não havia nada ali que já não soubesse. Começou a pular os artigos seguintes à procura dos mais recentes. Então seu olhar pousou no título do seguinte artigo.

### ESTRANHO ACIDENTE MATA GERENTE DE RUTLEDGE ESTATE

O corpo de Evan Dougherty foi encontrado na adega da vinícola de Rutledge Estate, no início desta manhã, por um empregado. As autoridades presumem que um barrilete de vinho rolou do suporte e caiu sobre a vítima, esmagando-lhe o crânio. O médico-legista do município acredita que a morte ocorreu na noite anterior. Outros empregados da propriedade confirmam que Dougherty costumava fazer rondas noturnas na vinícola. Não houve testemunhas do acidente.

É, de fato, uma tragédia para a jovem esposa de Dougherty, que espera seu primeiro filho.

KELLY OLHOU FIXAMENTE para o recorte de jornal, surpresa por sua inclusão ali, embora isso mostrasse que os pesquisadores foram implacáveis em sua busca de quaisquer informações referentes aos Rutledge. Limitou-se a passar os olhos pelas folhas seguintes. A maior parte delas era de artigos elogiosos sobre os prêmios ganhos pelos vinhos de Rutledge Estate nos anos subsequentes e as várias safras aclamadas pelos críticos. As poucas matérias que as revistas publicaram sobre Katherine Rutledge não continham novas informações.

Quando a porta da sala se abriu de repente, Kelly ergueu rapidamente os olhos. Hugh parou na entrada.

– Estou interrompendo?

– Está. Mas nenhuma outra interrupção foi tão bem-vinda. – Fechou a pasta e colocou-a de pé, batendo-a na mesa para reacomodar as folhas ali contidas. – Acabo de fazer uma leitura muito chata.

– Sobre o quê?

Ele entrou, deixando a porta aberta.

– A família Rutledge. Não há muita coisa. – Guardou a pasta em uma gaveta da mesa. – Katherine deu pouquíssimas entrevistas e não há quase nada sobre o rompimento com o filho caçula. É óbvio que há mais fofoca do que artigos escritos a esse respeito. – Kelly fez uma pausa e sorriu. – Desculpe, você veio aqui por algum motivo. O que é?

– Só vim lhe avisar que houve uma ligeira mudança no cronograma – respondeu. – E que, a meu ver, vai lhe agradar. A entrevista com John Travis foi adiada por dois dias, devido a um conflito de datas dos compromissos dele. O que significa que você terá dois dias livres para passar em Napa quando estiver ocupada com Katherine. Será mais barato mantê-la por lá do que fazê-la regressar a Nova York de avião, depois voltar e voar para Aspen no dia seguinte.

– Então me dê esses dois dias de folga em São Francisco, e trato feito – sugeriu Kelly, quando o telefone tocou e sua assistente atendeu na antessala. – Estaremos ainda mais perto do aeroporto.

– Sem problema.

Hugh deu de ombros.

Sue apareceu na porta e deu umas batidinhas discretas no batente para chamar a atenção de Kelly.

– Ligação para você na linha um, Kelly – avisou-lhe. – É um homem, mas não deu o nome. Vai atender ou prefere que eu diga que está ocupada?

Por um longo momento, Kelly não respondeu, dominada por um flagrante sentimento de inevitabilidade. De alguma forma, soubera o tempo inteiro que ele tornaria a telefonar, agora que sabia onde estava, como contatá-la.

Hugh encaminhou-se para a porta.

– Se estiver livre por volta das três da tarde, dê uma passada no meu escritório. Já tenho uma gravação do tema musical proposto para o programa.

Forçou-se a concordar com a cabeça, depois levou a mão ao telefone.

– Vou atender, Sue. – Pegou o receptor e aguardou, o dedo imóvel acima da luz piscante. – Feche a porta, por favor.

Quando esta se fechou, ela apertou o botão.

– Kelly Douglas falando. Quem é? – indagou com calma. O pior já acontecera, não restava nada além do medo.

– Srta. Douglas, como vai? Aqui é Steve Gray, da United Gold Exchange. Estou telefonando para lhe proporcionar a rara oportunidade de aproveitar uma excelente oferta.

Com as primeiras palavras, Kelly vacilou entre o riso e a raiva. Escolheu um território neutro e avançou.

– Steve, que bom que telefonou. É uma coincidência e tanto. Na reunião de pauta desta manhã, estávamos falando em preparar uma exposição das falsas alegações feitas pelas empresas de telemarketing.

Soou um clique e a linha emudeceu. Kelly recostou-se na cadeira com imensa satisfação e uma tardia sensação de alívio por ter se enganado.

LUFADAS DE AR quente entravam pela janela aberta do Buick verde e branco que ia roncando pela Silverado Trail, o amortecedor arranhando e soltando fagulhas no pavimento. O verde intenso das videiras bem-cuidadas estendia-se à direita em linhas caprichosas e simétricas. Len Dougherty não pôde deixar de notar as fileiras e comparála-s com as suas, que conservavam um ar selvagem de floresta mesmo com toda a dura semana de trabalho que dedicava a elas, labutando da aurora ao crepúsculo, podando e desbastando para dar um pouco de ordem ao lugar sem causar danos excessivos à colheita.

Logo adiante, altas colunas de álamos ladeavam o curto caminho que dava acesso ao conjunto de construções em estilo monástico que abrigava a vinícola, as salas de prova, a área de vendas e os escritórios de The Cloisters. Len passou pela entrada e continuou por mais 1,5 quilômetro até chegar a uma estrada particular que subia, serpenteante, pela escarpada vertente de uma montanha. Dobrou ali.

Altaneiros bosques de eucaliptos, sequoias e carvalhos cercavam ambos os lados da estrada estreita, os galhos arqueando-se por cima formando um dossel de folhas verdes. O solo pedregoso aos pés do arvoredo era um emaranhado de capim crestado, sumagres venenosos e uvas-ursinas duras de talo carminado.

Ao se aproximar do cimo da elevação, chegou a um par de portões de ferro ornamentados e reduziu a velocidade até parar. A nuvem de poeira enrodilhou-se janelas adentro e, no mesmo instante, começou a se depositar no ar quente e parado. Len sacudiu-a vigorosamente das mangas do seu melhor terno – o único, de riscas azul-marinho –, que comprara para o funeral de Becca.

Os portões estavam abertos. Dougherty refletiu se devia ir de carro. Era, provavelmente, uma caminhada de 400 metros até a casa. Saiu do carro e bateu a porta, guardando a chave no bolso. Começou a andar, suando. Praguejando baixinho, afastou os braços do corpo. Não queria aparecer na porta com úmidos círculos de suor manchando as axilas.

A uma curta distância do portão, a estrada de terra deu lugar a um caminho pavimentado de concreto com tijolos vermelhos em cada lado. Seguindo por ali, dobrou a curva e avistou as paredes de estuque e a cobertura de telhas da casa de hóspede aninhada em um declive na encosta da montanha. A grama verde e luxuriante cercava o jardim de pedras e a falsa cascata nos fundos.

O caminho se ampliava e formava círculo anel ao redor de uma fonte de pedra, circundado de flores alegres. No centro ficava a casa principal, baixa e comprida, as telhas vermelhas ardendo sob o sol vespertino.

Dougherty parou e tirou um lenço do bolso da calça; enxugou o suor do rosto e esfregou-o em volta do colarinho, depois tornou a enfiá-lo no bolso. Quando começou a dirigir-se à casa, vislumbrou a alta cerca que contornava a quadra de tênis à esquerda e mais áreas gramadas e flores.

– O lugar inteiro ocupa muito mais do que os meus 10 acres – murmurou com inveja.

Era quase o bastante para fazê-lo querer voltar, mas também era o bastante para mantê-lo andando até a porta dianteira. Ao chegar, hesitou de novo e passou a língua nos lábios, tentando não pensar no quanto uma dose bem gelada de uísque cairia bem. Antes de perder a coragem, Dougherty apertou a campainha e tentou enxergar algo através das vidraças grossas que cobriam a porta, de cima a baixo, como um tabuleiro de xadrez. Mas os retângulos de vidro distorciam a visão. Ele teve a impressão de que uma sombra se aproximava da porta segundos antes que esta se abrisse.

Um mexicano vestido com o librê preto de criado olhou-o da cabeça aos pés, antes de encará-lo com frieza.

– Em que posso ajudá-lo, *señor*?

– Estou aqui para ver o Sr. Rutledge – apressou-se a responder, nervoso.

Mais uma vez, os olhos escuros o examinaram com ceticismo.

– Ele está à sua espera?

Dougherty foi poupado de dar uma resposta quando a voz de uma mulher chamou de algum aposento da casa.

– Quem é, Louis? Se for Clay, diga-lhe que o pai está na quadra de croqué.

– A quadra de croqué. É para lá?

Dougherty apontou bruscamente o polegar para a quadra de tênis.

– Não, *señor*. É do outro lado da casa, no gramado inferior – replicou o mexicano, incerto se devia estar lhe contando isto.

– Obrigado.

Dougherty saiu imediatamente para procurá-la.

Contornou a casa e mais uma vez tirou o lenço do bolso para secar o suor da nuca e da testa. Abaixou-se ao atravessar um caramanchão de glicínias e sentiu a brisa. Desejou poder tirar o paletó e desfrutá-la, mas precisava manter o ar de executivo. Afinal de contas, era uma proposta comercial que apresentaria a Rutledge.

Quando a elevação distanciou-se da casa, ele viu uma piscina à esquerda, complementada com uma casa de banho e uma cabana, espreguiçadeiras e mesas com guarda-sóis. Ouviu um estalido, como o som de bolas de bilhar se chocando.

Então divisou a figura familiar de Gil Rutledge, todo vestido de branco, camisa, calção, meias e tênis, uma viseira branca sombreando-lhe os olhos e mesclando-se ao grisalho do cabelo. Estava em um trecho plano do gramado, escavado na vertente da montanha. Achava-se ligeiramente curvado, as pernas separadas e um taco de madeira de cabo longo entre elas. Mirou a ponta do taco em uma bola vermelha e atirou-a através de um arco de arame que estava pregado fora da grama.

Dougherty desceu com cuidado a ladeira íngreme em direção ao gramado inferior. Quando Gil Rutledge o ouviu, ergueu os olhos e lançou-lhe um olhar frio, tão desafiador quanto o da mãe. Isso irritou Dougherty, mas aquele não era o momento de perder a calma.

– Boa tarde, Sr. Rutledge.

– Boa tarde.

A resposta foi tudo menos amigável.

– É bem provável que você não se lembre de mim. Sou Len Dougherty.

Manteve o sorriso largo e confiante.

– Dougherty. – Ele estreitou os olhos, depois tornou a abri-los devagar. – Sim, você já foi assistente do chefe de produção em Rutledge Estate. Se não me falha a memória, foi despedido por beber em serviço.

– Só um golinho para espantar o frio – retrucou Dougherty, instantaneamente na defensiva. Mais uma vez controlou-se e acrescentou, com maior calma: – Sabe como é, às vezes.

Rutledge curvou-se de novo sobre a bola vermelha e mediu o ângulo para o próximo arco de arame.

– Se é trabalho que deseja, vá à vinícola e preencha uma ficha de inscrição.

– Não vim aqui atrás de trabalho, embora um agora viesse bem a calhar – admitiu, pensando melhor.

Rutledge balançou o taco entre as pernas e bateu na bola, fazendo-a rolar pela grama caprichosamente aparada e ir direto até o próximo arco. Parou a uns 3 centímetros dele. Rutledge fuzilou o arco com os olhos por um instante, depois andou até lá.

Dougherty foi atrás.

– Tenho um negócio a lhe propor.

Rutledge fitou-o de relance enquanto assumia a mesma postura sobre a bola.

– Não estou interessado.

Deu uma tacada leve na bola. Esta passou pelo arco e parou centímetros depois.

– Acho que este vai lhe interessar. – Dougherty desejou que Rutledge parasse de ficar batendo naquela maldita bola de madeira para lá e para cá. – Se é que está tão interessado em se vingar da sua mãe quanto penso que está.

Rutledge tinha feito menção de bater de novo na bola, apontando para os arcos duplos com uma estaca atrás deles. Empertigou-se ao ouvir a referência à sua mãe.

– Katherine?

– Consegui sua atenção, hein?

Dougherty sorriu.

– O que Katherine tem a ver com a sua proposta?

– É o seguinte. – Parou por um segundo para organizar as ideias. – Sabe, tenho 10 acres de terra que confinam com Rutledge Estate ao norte. Dez excelentes acres da melhor terra de vinha desta região. Para mantê-los sob minha propriedade, no entanto, preciso descobrir um meio de impedi-la de me tomar a terra. É aí que você entra.

– Como ela pode tomar a sua terra, se você é o dono, como afirma ser?

– Sou o dono, sim, mas também lhe devo 35 mil dólares, e ela tem a minha vinha como garantia. Se eu não arranjar o dinheiro até o fim de outubro, ela ficará com a terra. Nós dois sabemos que aquilo vale mais de 35 mil dólares. Ora, uma terra de vinha de primeira qualidade está sendo vendida por 40, 50, talvez até 100 mil por acre.

– Aí está a sua resposta. Venda.

– Quem vai querer a terra quando ela tem o direito de cobrir qualquer oferta legítima que eu receba? – contestou Dougherty. – Além do mais, se eu vender, não terei onde morar, não terei nada.

– O que está sugerindo?

– Que você me empreste 35 mil para eu poder pagar a dívida. Devolverei o dinheiro um pouco a cada ano, quando vender as minhas uvas, e você ficará com a terra como garantia. Não terá nenhum prejuízo.

Rutledge sorriu e tornou a inclinar-se sobre a bola.

– Não sou banqueiro. O meu negócio é fabricar vinho, não emprestar dinheiro. – Balançou o taco. Atingiu a bola com uma tacada firme e a bola passou como um raio pela grama, parando na frente dos arcos, em linha reta com a estaca atrás. – Você tem os seus problemas com Katherine e eu tenho os meus.

Foi andando até onde estava a bola.

Dougherty permaneceu imóvel por um minuto, depois correu atrás dele.

– Mas vocês dois querem selar um acordo com aquele barão francês. – Notou o olhar penetrante que lhe lançou Rutledge. – Todos sabem disso. Este vale é, simplesmente, uma grande vinha. Os boatos voam por aqui.

– Se sabe disso, então deve saber também que, atualmente, todos os meus esforços se concentram em alcançar essa meta. – Estava parado sobre a bola e fitou Dougherty com um longo olhar de consideração. – Se eu for bem-sucedido, talvez fique em posição de ajudá-lo. Mas o dinheiro não seria um empréstimo. Tem de haver algo mais neste acordo para mim.

– O que quer dizer?

Dougherty de repente ficou desconfiado.

– Os 35 mil me garantiriam um arrendamento a longo prazo da sua terra por uma módica quantia anual. Naturalmente, você teria o direito de morar lá.

Quanto mais Gil pensava na ideia, mais atraente esta lhe parecia.

Katherine não gostaria se ele assumisse o controle da vinha de Dougherty. Ele conhecia aquela terra. Era um solo excelente para a vinicultura. Dougherty não mentira a esse respeito. Como seria doce usar as uvas daquela vinha no novo vinho a ser produzido em cooperação com o barão. Isso irritaria Katherine tanto quanto o fato de perder para ele.

Sorriu, antecipadamente regozijando-se um pouco com a reação da mãe, e deu mais uma tacada na bola para fazê-la passar pelos arcos. A bola bateu na estaca e quicou, voltando.

– Quando você terá uma resposta sobre o acordo com o barão? – perguntou Dougherty enquanto Gil apanhava a bola, media a distância que ia do taco até a estaca e pousava a bola nesta distância exata.

– Logo, assim espero. O barão vai chegar hoje. De fato, já devia estar aqui.

Mirou e bateu, fazendo a bola passar de novo pelos arcos duplos.

– Tem de ser logo – preveniu Dougherty, correndo atrás dele, as moedas tilintando no bolso quando Gil andou até a bola. – Preciso desse dinheiro até o fim de outubro. Se não conseguir com você, terei de fazer esta oferta a algum outro vinicultor.

– Não faça.

Era uma ameaça, não uma sugestão.

– Ah, é? – Fez uma fraca tentativa de desafiá-lo, mas não conseguiu sustentar seu olhar. – E como vai me impedir?

– Será fácil. – Gil tornou a posicionar-se junto à bola escarlate de croqué. – Simplesmente começarei a espalhar o boato de que Rutledge Estate anos atrás usou aquela terra como depósito de lixo para todos os seus inseticidas e substâncias tóxicas, que cada centímetro dela está contaminado. Ninguém porá a mão naquilo. Ninguém sequer comprará as suas uvas.

– Não é verdade.

– Lógico que não é. Mas em quem acha que vão acreditar, em você ou em mim?

A posição da bola lhe dava um ângulo difícil para atingir o próximo arco. O cenho franziu-se com um ar de concentração enquanto ele examinava a situação.

187

Dougherty, furioso, ergueu a mão e apontou para a paisagem bem-tratada da elevação com a casa de hóspedes, a quadra de tênis, a piscina, os amplos gramados e a imponência esparramada da casa principal.

– Trinta e cinco mil não são nada para você. É bem provável que gaste esta mesma quantia por mês só para manter este lugar. Por que este nosso trato tem de depender do acordo com o barão?

Três anos antes, antes de descobrirem que a primeira das suas vinhas estava infectada com a *phylloxera*, 35 mil dólares pareceriam pouco mais do que troco miúdo. Mas naquele momento enfrentava o replantio organizado de cada uma de suas vinhas pelos quatro anos seguintes – a um custo que talvez chegasse a uns 70 mil dólares por acre, com um mínimo de quatro anos até que as videiras produzissem uvas adequadas à fabricação de vinho. O custo total alcançaria a casa dos milhões de dólares. Nesse ínterim, a produção baixaria, o fluxo de caixa diminuiria e a saída de caixa aumentaria.

Os banqueiros estavam nervosos, olhando por cima do ombro, controlando cada tostão que gastavam. Para eles, 35 mil dólares pelo arrendamento da terra não era um bom negócio. Sem dúvida alguma, subiriam pelas paredes se ele sequer sugerisse a ideia.

Aos olhos deles, seu acordo com o barão era uma história bem diferente. Mostraram-se inteiramente favoráveis ao negócio, tão logo lhes explicara os termos da proposta. De fato, praticamente babaram ao tomarem conhecimento do poderio financeiro do barão e do capital que injetaria na empresa. Até que isso acontecesse, porém, não soltariam os cordões da bolsa.

Gil colocou o taco entre as pernas e ensaiou várias tacadas.

– O pagamento dos 35 mil depende do meu acordo com o barão porque não preciso da sua terra sem ele.

– Mas esta é uma bela chance de passar a perna em Katherine – lembrou-o Dougherty.

E era, mas, em termos financeiros, ele estava de mãos atadas.

– Haverá outras. – Mirou no arco e preparou a tacada. – A cabeça do taco atingiu a bola com um *thwack* firme. Gil empertigou-se e observou a bola rolar em linha reta pela grama. – Essas são as minhas condições.

– Mas preciso desse dinheiro antes do fim de outubro, caso contrário...

– Você não tem nada com que se preocupar – interrompeu Gil. – O acordo com o barão está quase selado. Katherine não vai me vencer nessa. Farei tudo que for necessário para me certificar disso. Confie em mim.

Dougherty hesitou e mordeu o lábio.

– Se tem tanta certeza assim, acho que deve estar tudo bem. Se houver algo que eu possa fazer, qualquer coisa em que possa ajudar...

– Eu lhe aviso, se houver. – Virou-se e, com sua visão lateral, vislumbrou Clay descendo os degraus de pedra bruta que levavam ao nível da piscina. O barão havia chegado. Gil apoiou o taco no ombro e lançou uma olhadela mordaz para Dougherty. – Bom dia.

Os olhos do outro baixaram sob a intensidade do olhar de Gil. Dougherty assentiu com a cabeça, depois saiu atravessando o gramado escorregando ao subir a encosta gramada. Chegou ao topo e correu um dedo pelo colarinho da camisa, depois rumou de novo para o caminho de acesso defronte à casa.

Gil observou-o com desprezo, certo de que o homem não pararia até chegar ao bar mais próximo ou à garrafa mais próxima. Clay juntou-se ao pai.

– Quem era?

– Len Dougherty.

– Aquele bêbado que é dono da pequena vinha junto à de Katherine – lembrou Clay e sacudiu a cabeça com um ar de divertimento. – Vi um velho Buick estacionado perto dos portões de entrada e fiquei imaginando a quem pertenceria. Deve ser dele. O que o sujeito queria?

– Tinha uma proposta de negócio para mim.

Clay olhou para o pai, esperando ver o sorriso que refletia a sua própria ironia, mas a expressão de Gil era séria.

– Que espécie de proposta ele teria a ponto de interessá-lo?

– Uma bem tentadora. – Gil tirou o taco do ombro e lançou um breve sorriso a Clay. – Ajudou o barão a instalar-se?

Clay confirmou com a cabeça.

.- Transmiti o seu convite para o jantar desta noite, mas ele está cansado da viagem e planeja jantar na suíte. Vamos encontrá-lo no café da manhã, depois iremos à vinícola.

– Parece ótimo.

Encaminhou-se para a bola.

Clay seguiu-o.

– Recebeu um convite para a festa que Katherine oferecerá ao barão na próxima semana?

– Recebi.

Seu pai deu um longo sorriso, posicionando-se para mais uma jogada.

– Eu também. E pensei que ela estava determinada a impedir que até mesmo a nossa sombra, especialmente a sua, cruzasse de novo sua porta – comentou Clay em tom galhofeiro.

– Pretendo ser uma sombra em sua vida até o fim de seus dias.

Deu uma leve batida na bola para que esta passasse pelo arco.

– Sim – confirmou Clay com um ar levemente pensativo, observando o pai preparar-se para a próxima jogada. Ele era um mestre do croqué, um jogo que exigia a habilidade para dar tacadas leves e certeiras, como no golfe, o posicionamento correto da bola, como no bilhar, e toda a astúcia do xadrez. – Talvez lhe interesse saber que a baronesa está inteiramente a nosso favor.

– Conversou com ela?

– Só por uns instantes. Enquanto o barão estava se registrando.

Fora bastante simples, bastante inocente ter uns poucos momentos a sós com Natalie Fougère enquanto o marido ocupava-se com outra coisa.

Depois de destrancar o porta-malas, Clay deixou o porteiro retirar a bagagem e entrou no Albergue do Sol, um balneário de uma simplicidade elegante. O barão estava junto à pequena mesa da recepção, parecendo abatido por causa do longo voo. Sua esposa se encaminhava casualmente para as portas de vidro que davam para o terraço e para a paisagem convidativa mais além. Clay parou perto da mesa só o suficiente para se certificar de que não havia nenhuma dificuldade com a reserva, depois seguiu Natalie até lá fora.

Ela estava imóvel, com os braços abertos, as mãos descansando no parapeito de madeira, o rosto erguido para o sol da tarde. Ele ouviu-a suspirar enquanto se aproximava dela e parava ao seu lado.

– Deve estar cansada da viagem – comentou, adotando a mesma atitude de contenção anterior.

Natalie fitou-o de relance e sacudiu a cabeça, o cabelo escuro preso sofisticadamente em um simples coque.

– *Non*. Tive um sono muito longo e delicioso no avião. Quanto a Emile, ele nunca consegue dormir durante um voo.

Deu as costas para o panorama que o terraço oferecia, com as vinhas estendendo-se por todo o vale como uma colcha de retalhos, pontilhada por modernos moinhos de vento para afugentar as geadas. As escarpadas montanhas Mayacamas formavam uma muralha escura a menos de 7 quilômetros de distância.

– É encantador – declarou ela. – Lembra um pouquinho a Provença. Talvez seja por causa das palmeiras e oliveiras, que proporcionam ao lugar um ar mediterrâneo.

– Eu sabia que esta seria a sua impressão do vale. – Lançou-lhe um olhar longo e sugestivo. Estavam bem à vista do barão. Clay não se importou. Quando muito, isso acrescentava um certo tempero ao jogo. – Estranho, não é, como consigo saber o que você pensa, o que sente. Às vezes é como se a conhecesse a vida inteira. – Então desviou os olhos. – Tolice, não acha?

– *Non*. –Tocou-o no braço, a pressão muito leve.

– Estou feliz que tenha vindo, Natalie. – Clay baixou os olhos para os dedos dela.

– Eu também.

– Pensei que não quisesse vir. Julguei que fosse ficar na França.

– E perder a oportunidade de conhecer o vale de que tanto ouvi falar?

Natalie manteve um tom despreocupado, mas ele notou o toque de emoção na voz e, confiante, foi em frente com o plano.

– Você não devia ter vindo.

Contraiu o queixo e franziu o cenho para a paisagem diante de si.

– Mas...

– Perdoe-me, Natalie, mas é muito penoso para um homem co-mo eu.

Deixou as palavras saírem forçadas, em tom baixo e rouco.

– O quê?

Virando a cabeça, ele notou seu olhar e sustentou-o.

– Ver uma mulher. Saber que é a mulher ideal, aquela que tem os mesmos sonhos, ri das mesmas coisas, sente os mesmos desejos. Ficar acordado à noite...

– Clay – sussurrou Natalie em sinal de protesto, mas os olhos não se desprendiam dele e os lábios estavam entreabertos.

– Conte-me que não se sente do mesmo jeito e juro que nunca mais tornarei a mencionar o fato.

– Não posso – admitiu ela e sorriu, os olhos escuros transbor-dantes de desejo. Então, com a calma de uma mulher que tomara uma decisão, baixou os olhos para o bosque de oliveiras na encosta da colina. – Gosto de dar caminhadas ao anoitecer. Parece um lugar de tanta paz ali entre as oliveiras, com o riachinho fluindo, não acha?

– Eu mesmo já admirei o lugar muitas vezes. Seria lindo ao luar.

E foi assim, com essa simplicidade, que o encontro foi combinado. Nada mais era preciso dizer quando Emile juntou-se aos dois.

O SOL SE PUNHA atrás da cordilheira de montanhas a oeste, deixan-do raios de escarlate e magenta no céu, banhando a terra de tonalida-des acobreadas. Natalie estava parada junto à janela funda da sala de estar e observava a luz morrer aos poucos, dolorosamente consciente do silêncio mortal no aposento.

Emile estava sentado na poltrona de um amarelo vívido, os pés apoiados em um pufe da mesma cor, os óculos de leitura precaria-mente encarapitados na ponta do nariz, as mãos segurando um livro aberto. O único som que ouvira dele desde o jantar fora o das pági-nas virando. Como sempre, Emile nem sequer percebia sua presença na sala.

Mais além do terraço particular, a copa das oliveiras descia acom-panhando a encosta íngreme da colina. Natalie permanecia de vigília, aguardando até que as sombras embaixo das árvores se adensassem e a estrela Vésper coruscasse no céu crepuscular.

Afastando-se da janela, cruzou o chão de cerâmica e acendeu o abajur ao lado da poltrona do marido. Este ergueu os olhos por um momento sem realmente vê-la e resmungou seu agradecimento. Mais uma vez mergulhou na leitura do livro, algum tratado filosófico que ela sabia que acharia bastante chato.

– Vou andar um pouco, Emile – avisou-o.

Distraído, levantou os olhos e franziu a testa.

– Já anoiteceu.

– Deve estar fresco lá fora. Estava quente demais para explorar o lugar quando chegamos hoje à tarde – explicou enquanto se dirigia para a porta. – Vou levar a chave. Não precisa esperar por mim, se estiver cansado.

Olhou para trás por um instante e viu que ele estava absorto na leitura.

Saiu da suíte para a delicada calidez do ar noturno e fechou a porta silenciosamente. Não viu ninguém no estacionamento em frente à fileira de *maisons* e seguiu pela estreita trilha de terra que contornava o prédio de terracota e atravessava a grama crestada até o bosque de oliveiras.

As luzes do balneário acima piscavam para Natalie em meio aos galhos, galhos que a protegiam dos olhares alheios. Ela perambulou sem pressa entre as árvores enquanto lentamente rumava para o regato de águas silenciosas.

Uma grande pedra, escura e cinzenta, projetava-se da relva alta perto do leito do riacho. Automaticamente, Natalie limpou o pó que a cobria e sentou-se. Por cima do ombro, podia divisar a lua ascendendo no céu, um disco prateado juntando-se à poeira de estrelas.

Em alguma parte à esquerda, ouviu o ruído de uma porta de carro batendo. Na margem oposta do arroio, o terreno subia em uma colina aconchegante coberta de mais árvores. Natalie apurou os ouvidos e não escutou nada por um tempo muito longo. Mas sabia que era Clay. Sabia que ele viera, assim como sabia que estava lá agora lutando com a própria honra, a própria noção de certo e errado.

Quanto a si mesma, não tinha tais questionamentos, apenas uma forte sensação de fatalidade de que estava em seu destino conhecê-lo, que tudo estava marcado para acontecer havia muito tempo, a despeito do seu casamento. Não nutria nenhum sentimento de culpa por estar ali, nenhum sentimento de vergonha ou arrependimento, só um grande contentamento que provocava uma espécie de excitação.

Uma pedrinha rolou encosta abaixo, seguida pelo som do capim a farfalhar. Vagamente, pôde distinguir o vulto alto movendo-se entre as árvores. Então Clay estava lá, atravessando o riacho de águas cintilantes para ir ao seu encontro enquanto ela se punha de pé.

– Natalie. – Parou, o rosto nas sombras. – Quase não vim.

– Então por que veio?

– Porque você me pediu.

– Podia ter se esquivado.

– Não. – Clay sacudiu a cabeça. – Você sabe que eu não podia.

– Não mais do que eu.

Quando ele deu o último passo, cobrindo a distância entre ambos, ela foi para os seus braços e Clay baixou o rosto, tomando a boca de Natalie em um beijo que era rude e cheio de desejo. Ela o devolveu com ansiedade. Aqui estavam o fogo e a glória que faltavam em sua vida havia tanto tempo. Tanto, tanto tempo.

Clay afastou os lábios e os deslizou pela face e pelo cabelo dela. Com os braços envolvendo-o e mantendo-o bem perto de si, Natalie sentiu a pressão daquelas mãos levando seu corpo ao dele.

– Não bastará estar com você agora. – A respiração, os lábios dele brincavam no seu ouvido. – Emile e meu pai, os dois precisam chegar a um acordo. Preciso vê-la de novo. – Esfregou a boca na veia sensível do pescoço, provocando arrepios deliciosos na pele. – Se Emile preferir trabalhar com Katherine...

Interrompeu o pensamento e estremeceu, os braços estreitando-a.

– Acho que ele não o fará – murmurou Natalie com convicção, correndo os dedos pelos cabelos macios e encaracolados dele. – Emile não compartilha da paixão da Madame pelo vinho. Para ele, é um simples negócio. Essa é a razão pela qual, na minha opinião, tende a favor do seu pai.

Clay recuou, emoldurando-lhe o rosto com as mãos enquanto o olhar parecia transpassá-la.

– Tem de ser desse jeito, Natalie. – As coisas que sentia eram bastante ardentes, bastante reais neste momento para transparecerem no rosto. – Tem de ser assim para podermos nos ver, estar juntos.

– Eu sei. – Com a ponta dos dedos, desenhou o ângulo do queixo e o contorno dos lábios. – Quero que me ame, Clay. Preciso que me ame.

Esticou-se para encontrar-lhe a boca, deixando que o beijo a arrebatasse em uma espiral de paixão.

NA MANHÃ SEGUINTE, no lado oposto da mesa do café, Clay discretamente a examinava, mal prestando atenção à conversa entre o pai e o barão. Ela estava radiosa, os olhos brilhando toda vez que timidamente se encontravam com os dele. Não havia nenhuma dúvida na mente de Clay: Natalie tinha o ar de uma mulher apaixonada. Ele se espantava com o fato de seu marido não ter notado essa mudança. Era óbvio que o homem era um bobalhão no que se referia a mulheres, mas, também, a maioria dos homens era.

Observando-a passar manteiga em um croissant, tornou a refletir sobre como fora fácil. Muito mais fácil do que havia esperado. Ela era agora a mais forte aliada dos dois. Começou a planejar quando a veria de novo, o que diria, o que faria.

## 11

O Ford Thaurus percorria veloz a Highway 29, os faróis cortando a escuridão cada vez mais densa. A luz passava como um relâmpago pelos gigantescos eucaliptos que flanqueavam a estrada, erguendo-se como sentinelas espectrais na noite. A dupla cordilheira de montanhas costeiras que se estendia por todos os 150 quilômetros de extensão do vale para formar um estreito corredor era pouco mais do que silhuetas negras que se assomavam contra o céu salpicado de estrelas.

DeeDee Sullivan estava atrás do volante do carro alugado, os óculos escuros encarapitados no alto dos cabelos cortados bem curtos. Kelly estava ao seu lado, os olhos continuamente se desviando para a paisagem mergulhada em sombras fora da janela do carona. Achava irônico ter deixado o vale 12 anos atrás durante a noite e regressar também à noite, quebrando o juramento que fizera de nunca mais voltar.

– Levando-se em conta como anda a nossa sorte, não me surpreende que o seu voo tenha atrasado mais de uma hora. – DeeDee baixou os faróis quando viu um carro vindo na direção contrária. – Eu esperava que ela mudasse com a sua chegada. Mas, se isso serve de indicação, então não mudou.

– Presumo que enfrentaram alguns problemas.

As luzes de quintal dispersas pelo vale permitiam que Kelly vislumbrasse as vinhas adormecidas ao luar. Ali, no plano, na extremidade do vale, predominava o cultivo de uvas *chardonnay, riesling*, as variedades brancas produtoras de vinho que se beneficiavam com o frescor dos nevoeiros marinhos que deslizavam da baía de San Pablo no verão e se espalhavam uma cerração espessa e branca por todo o vale, deixando os outeiros ocasionais isolados do sol.

– Problemas. – DeeDee soltou uma risada curta. – Até agora não tivemos outra coisa. Estamos aqui há dois dias, três, se contar hoje, e não conseguimos um único teipe que possamos usar. Em um dia inteiro de trabalho, gravamos uvas sendo colhidas, trabalhadores mexicanos com rostos que contavam a própria história, empregados correndo para esvaziar as cestas de uvas no caminhão na ponta de cada fileira, o capataz mantendo um registro constante do número de cestas para cada trabalhador, os caminhões roncando estrada abaixo carregados de uvas, os homens nas vinícolas com os braços manchados de suco até os cotovelos, as uvas revolvendo ao passarem pelas máquinas destiladoras, o sumo fervendo e espumando nos tanques, os trabalhadores ao fim do dia, com as silhuetas contra o mais esplendoroso pôr do sol que já se viu... tudo, tudo. – Ambas as mãos largaram o volante enquanto ela as erguia no ar com um gesto largo e dramático. – Tudo destruído!

– Como? – indagou Kelly, tentando ignorar as imagens velozes que cruzavam sua mente, lembranças de colheitas que vira, instigadas pelas imagens orais de DeeDee. – O que aconteceu?

– Havia algo errado com a câmera. – Suspirou, desgostosa. – Umas riscas muito leves apareciam ao longo de cada teipe. O que me enfurece é saber que Steve queria rever a gravação da vinícola no monitor do caminhão e eu não deixei, para não perder tempo. Queria ir logo às vinhas e gravar as cenas com os colhedores de uvas enquanto ainda tínhamos um pouco de luz matinal, que nos daria alguns efeitos de sombras. Quanto tempo demoraria? Dez, vinte minutos. Podíamos ter encontrado o problema então. De qualquer modo, só descobrimos tudo à noite. Steve foi de carro a São Francisco ontem, para mandar consertar a câmera. A lente estava com um defeito e ele precisou esperar que enviassem outra nova de avião. Voltou hoje, pouco antes que eu saísse para buscá-la no aeroporto.

– Mas está funcionando agora.

Logo à frente, Kelly avistou um prédio velho e familiar onde outrora se localizava um armazém de beira de estrada. Quase vinte anos atrás, aquilo se tornara a Oakville Grocery e um ponto de referência conhecido na estrada. Ela entrara lá muitas vezes só para olhar os artigos estranhos que tinham: trufas, ovos de codorna, latas de caviar e patês franceses.

Lembrou-se do aroma de pão francês bem fresquinho, dos suados e calorentos trabalhadores das vinhas que abriam caminho com os ombros até o balcão de frios para comprarem um sanduíche e uma cerveja gelada, dos turistas com máquina fotográfica pendurada no pescoço esperando na fila junto com mulheres de salto alto e vestido de seda, dos Mercedes e dos empoeirados caminhões das vinícolas estacionados lado a lado na frente.

– Sim, está – confirmou DeeDee, o tom da voz agora sombrio. – É muito bom termos dois dias a mais aqui. Vamos precisar deles.

– Parece que sim. – À esquerda, as luzes da paisagem iluminavam a entrada da vinícola Mondavi. Kelly achava difícil concentrar-se no que DeeDee dizia: à medida que reconhecia mais lugares, recordava-se de mais coisas. Contudo, precisava continuar conversando, precisava da distração que aquilo lhe proporcionava. – Já foi a Rutledge Estate?

DeeDee assentiu com a cabeça.

– Ontem. Dei uma passadinha lá para avisar à Sra. Rutledge que estávamos aqui. – Sra. Rutledge. O nome soava errado a Kelly. Ela era Madame ou Katherine Rutledge, nomes que ecoavam a força da sua personalidade. – Ela me mostrou o jardim. Um ótimo cenário para uma parte da entrevista, diga-se de passagem. – Fez uma pausa e lançou um sorriso a Kelly, arqueando uma sobrancelha. – Saiba que a Sra. Rutledge me *informou* da conveniência de irmos lá amanhã, à uma e meia da tarde. Graças a Deus, concordou em deixar-nos chegar cedo na manhã seguinte, do contrário quem sabe quanto tempo levaria para gravar as várias sequências com ela na casa, na vinícola, nas vinhas e nos jardins.

– Um dia e meio bastará para o segmento da entrevista – afirmou Kelly. – Nas atuais circunstâncias, será uma reportagem difícil de editar. Tudo que Katherine fala merece ser citado.

– A julgar pelo breve tempo que passei com ela, é bem provável que você esteja certa. Eu adoraria fazer um extenso documentário com Katherine Rutledge. Imagino se conseguiria convencer Hugh a me deixar editar o material em duas versões – refletiu. – Uma curta para o programa e outra mais longa... – Interrompeu a sentença e encolheu os ombros. – Oh, bem, não custa nada sonhar.

– É verdade – murmurou Kelly enquanto passavam pelo pequeno povoado de Rutherford, que era pouco mais do que um conjunto de prédios em uma encruzilhada.

– Você ficará feliz em saber que pode dormir até mais tarde. Quanto a nós, acordaremos antes do alvorecer. Descobri uma vinha onde irão colher uvas amanhã. Quero fazer umas tomadas dos trabalhadores entre as videiras às primeiras luzes da aurora. Voltaremos ao meio-dia para almoçar e buscá-la. Você vai adorar o lugar onde estamos hospedados. É uma pousada excelente que serve apenas o café da manhã. Margerie, a dona do lugar, é uma verdadeira joia. Prepara lanches com frios para nós e tudo mais. Espere só até provar a torrada francesa dela – declarou DeeDee. – Ela usa Gran Marnier na manteiga.

Quando chegaram aos arrabaldes de Santa Helena, DeeDee reduziu a velocidade do carro para dobrar em uma das travessas.

– Eu queria lhe contar que fomos convidados para uma grande festança em Rutledge Estate em homenagem ao barão Fougère. Temos permissão para participar das festividades, sob a condição de guardarmos a câmera tão logo todos se sentem à mesa. – Olhou para Kelly. – Você conheceu o barão. O que acha de fazer uma entrevista curta com ele, obtendo suas impressões acerca de Napa Valley, Rutledge Estate etc.?

– Podíamos, sim – concordou sem entusiasmo. – Mas ele é um tantinho pedante. De certa maneira, detestaria entrevistá-lo e descobrir que foi chato demais para incluir na reportagem.

– Ótimo argumento. – Minutos depois, DeeDee entrou no caminho de acesso de uma casa em estilo vitoriano, sombreada por olmos e carvalhos altaneiros. – Aqui estamos – anunciou, pondo o carro em ponto morto. – Reservamos o melhor quarto para você.

A cama era um móvel antigo e magnífico de quatro colunas, com colchão de penas e uma velha colcha, macia e desbotada pelas numerosas lavagens. A cadeira defronte à secretária de mogno era Chippendale. Um chintz com um estampado alegre forrava o sofá diante da lareira. O banheiro privativo tinha uma velha banheira em forma de cisne com pés em garras. Uma cortina franzida pendia de um arco oval suspenso acima dela.

Kelly pousou a bagagem no chão e se dirigiu às portas que se abriam para uma varanda particular. As longas maçanetas de bronze eram frias e lisas ao contato com os dedos. Ela abriu as portas e saiu para a noite.

Rosas subiam pela treliça que fechava um dos lados da varanda, perfumando o ar cálido. Os galhos dos carvalhos arqueavam-se muito altos, emoldurando a vista da vinha prateada pelo luar mais além do gramado da casa. A leste, as montanhas não muito altas da cordilheira das Vacas desenhavam uma silhueta negra e denteada no céu noturno. Kelly contemplou os pontinhos de luz espalhados pelas vertentes.

Aquela paisagem específica não lhe era familiar, mas o cenário, sim. Olhou para o trecho das montanhas que no passado conhecera tão bem, sem notar que esquadrinhava as encostas envoltas pela noite à procura do seu posto de observação favorito à sombra de um carvalho retorcido, pensando nas horas que passara ali, às vezes com um livro, às vezes apenas sonhando, às vezes chorando por si mesma, nutrindo suas mágoas, às vezes contemplando as montanhas Maya-camas a oeste, cobertas de luxuriantes florestas de sequoias, tão diferentes da ressequida cordilheira das Vacas cravejada de carvalhos, pinheiros e medronheiros, e às vezes apenas observando a mudança das estações no vale abaixo.

O inverno, com suas videiras em hibernação, estendia-se como fileiras de esqueletos escuros e grotescamente retorcidos, às vezes alvos com as fortes geadas ou embaçados pelas gélidas chuvas invernais. Chuvas que transformavam o verde das colinas e o amarelo intenso das vinhas em um manto de mostardeiras-dos-campos.

As brisas frescas da primavera, a profusão de flores, o verdor das videiras com mais e mais cor surgindo a cada dia, até alcançarem o auge da floração no verão e o calor chegando, crestando as encostas das colinas com uma fulva tonalidade de amarelo, e então as vinhas eram aradas, despidas de todas as ervas daninhas, enquanto as uvas amadureciam.

O frenesi inicial do outono, quando os trabalhadores migrantes percorriam fileira após fileira, despojando as videiras das uvas doces, e o ar recendia ao cheiro dos sucos em fermentação. As folhas mudando de cor, pintando o vale de dourados e escarlates vibrantes, depois caindo e trazendo os podadores, devastando as videiras até estas se assemelharem aos esqueletos invernais. A névoa da fumaça de madeira queimando, evolando-se no ar.

Estação após estação, a terra mudara, mas o sofrimento em sua vida permanecera sempre o mesmo.

Agora estava de volta. E todos os seus instintos a mandavam fugir enquanto ainda tinha chance.

O DISCRETO HAN LI, de andar silencioso, o cozinheiro residente em Rutledge Estate da quinta geração de sino-americanos, trouxe ao terraço um bule de um café escuro e forte, em estilo europeu, e pousou a bandeja na mesa com tampo de vidro, ao alcance de Katherine.

– A madame quer mais alguma coisa? Uns docinhos frescos para acompanhar o café, talvez? – sugeriu.

Ela olhou de relance para o barão. Este recusou com um pequeno sacudir da cabeça.

– Creio que não, Han Li. Obrigada – respondeu Katherine enquanto tirava da bandeja duas xicrinhas de café.

Com uma leve mesura, o criado saiu tão silenciosamente quanto viera. Ela encheu ambas as xícaras com o café fumegante, entregou uma a Emile, depois devolveu o bule à bandeja.

– Fico feliz que tenha podido vir esta manhã, Emile – falou em francês, ciente de que ele se sentia mais à vontade quando conversava na própria língua. – Sei que Gil o manteve muito ocupado nestes últimos dias.

– Ele tinha muito a mostrar. – O ar de reserva havia se intensificado desde o último encontro em Nova York, prova do sucesso de Gil em minar a posição dela. – Tem uma estratégia de marketing e uma campanha de vendas das mais interessantes para a vinícola. Seu filho é um negociante muito inovador.

– É, sim. Seu sucesso neste ramo fala por si. – Katherine sentia um orgulho considerável pelas realizações de Gil, um fato que surpreenderia muita gente no vale. Sobretudo o filho. – Igualmente importante para mim é que a qualidade dos melhores vinhos melhorou a cada safra, com pequenas exceções. É lógico que toda a região fez grandes progressos na última década. Isto se percebe em termos de qualidade. Pergunte a qualquer distribuidor, e ele responderá que qualquer garrafa de vinho exibindo um rótulo onde apareça Napa Valley como lugar de origem é um sucesso de vendas. – Katherine tomou um golinho do café. – Isso é notável quando se considera que, de todos os vinhos fabricados na Califórnia, Napa Valley contribui com menos de cinco por cento do total. Dentro de alguns anos, até mesmo essa percentagem irá diminuir.

– Por quê?

Emile franziu a testa.

– A nova variedade de *phylloxera*. – Pousou a xícara no pires. – Foi estimado que até 75 por cento das vinhas aqui no vale terão de ser arrancadas e replantadas. Infelizmente, até dois anos atrás alguns vinicultores ainda enxertavam suas mudas ao rizoma AXR-1, que não é resistente a essa nova variedade.

Aquele era um rizoma híbrido, um cruzamento entre uma videira *vinifera* chamada *amaron* e a *rupestris* americana.

– Mas isso é tolice – protestou Emile. – Na França, sabemos há muito tempo que esse não é um bom rizoma. Embora de fácil crescimento, é vigoroso demais.

– Lembro que o seu avô também se opôs veementemente a isso há mais de sessenta anos. Felizmente, segui o conselho. Nem uma única videira em Rutledge Estate precisou ser replantada. – Fez um ligeiro beicinho de pesar. – O pobre Gil não teve tanta sorte. Está enfrentando o replantio de todas as vinhas, mas estou certa de que ele lhe contou isso.

Emile fez uma valorosa tentativa para disfarçar a ignorância com um encolher de ombros.

– Mas é lógico.

Katherine ouviu o som de passos se aproximando e olhou de relance para as portas francesas que se abriam para o terraço quando Sam as cruzou. A escolha do momento não podia ser mais perfeita.

– Ah, aqui está Sam – anunciou Katherine, automaticamente passando para o inglês. – Combinei que ele o levaria em um rápido passeio pelas nossas vinhas e pela vinícola. Assim vocês dois terão a oportunidade de se conhecerem.

– Presumindo que o senhor tenha tempo, barão.

Sam acrescentou o título e contornou a mesa para um aperto de mão quando o barão se levantou. Intimamente, irritava-se com o papel de guia turístico que lhe fora imposto, bem consciente de que

Katherine queria que impressionasse o barão com seu conhecimento sobre o negócio dos vinhos.

– Vou me forçar a ter – assegurou o barão.

Após terminar o café, o homem partiu de jipe com Sam. Foram primeiro à vinha no sopé da colina, que chamavam de Vinhedo do Sol. Mostrou-lhe o sistema de irrigação que fora instalado durante o segundo ano da seca para sustentar as vinhas e as uvas diminutas que eram responsáveis por até 70 por cento do vinho engarrafado como Reserva, o melhor. O barão fez algumas perguntas sobre os rizomas e o problema da *phylloxera* nas vinhas da Califórnia, mas demonstrou pouco interesse pelas vinhas propriamente ditas.

Claude esperava pelos dois na entrada da velha vinícola de tijolos. Sam fez as apresentações, depois explicou:

– Claude já foi do Château Noir. Seu avô foi *maître de chai* lá.

– Isso foi há muitos anos – interpôs Claude, a cabeça grisalha erguendo-se em ângulo altivo –, na época em que o seu *grand-père* era o *patron*.

– Seu *grand-père* era Girard Broussard, *non*?

O barão examinou-o com um olhar curioso e pensativo.

– Era. – Claude assentiu com a cabeça bruscamente.

O barão respondeu com um gesto afirmativo da cabeça que era displicentemente contemplativo.

– O nome do seu *grand-père* era muito reverenciado no Château Noir. – O peito largo de Claude estofou-se um pouco mais ao ouvir aquelas palavras elogiosas sobre o avô. – Está em Rutledge Estate há muito tempo?

– Viajei no navio que trouxe a madame aos Estados Unidos, após a morte do marido. Estava com 13 anos, ainda não era um homem. Ajudei a madame a plantar as novas videiras e, com elas, fabricar o primeiro vinho.

A conversa inteira foi conduzida em francês. Sam entendia apenas um trecho ou outro. O mesmo aconteceu quando Claude levou o barão para conhecer a vinícola. Sam duvidava que Katherine houvesse previsto que isto ocorreria. Pessoalmente, achava a situação mais do que um pouco divertida.

– Um homem notável, o seu *monsieur* Broussard – comentou o barão quando saíram da vinícola e atravessaram o pátio empoeirado a caminho dos escritórios.

– É o melhor – assegurou Sam. – Só há um do seu quilate no vale: André Tchelistcheff. O homem está na faixa dos 80 anos, talvez já esteja até com uns 90 a esta altura, mas continua trabalhando como consultor particular para diversas vinícolas no vale.

– Ouvi falar dele, é lógico – o barão confirmou com a cabeça.

Ninguém que passasse algum tempo em Napa Valley deixaria de ouvir o nome de André Tchelistcheff. Ele era uma figura quase tão lendária quanto Katherine. Assim como Claude Broussard, era um chefe de produção que nunca possuíra a própria vinícola.

A parte administrativa de Rutledge Estate mostrou ser mais interessante ao barão do que as vinhas ou a vinícola. Ele examinou cifras de vendas, relatórios de produção e folhas de custos, fazendo muitas e variadas perguntas. Uma hora transcorreu antes que Sam o conduzisse ao seu escritório nos fundos dos antigos estábulos.

Gaylene, a secretária-recepcionista, trouxe-lhes café, no estilo americano. Entre um gole e outro, falaram sobre o tempo, a atual seca na Califórnia e seus efeitos no vale. Por fim, o barão colocou a xícara vazia na mesa e recostou-se na bergère.

– Agora me diga, o que acha dessa proposta de colaboração entre Rutledge Estate e o Château Noir? Não me recordo de ouvi-lo mencionar algo a respeito.

Houve um movimento da cabeça para os lados que passou por uma indiferente negativa quando Sam se reclinou na cadeira.

– Minha opinião pessoal não muda nada. Essa é uma decisão que cabe ao senhor e a Katherine tomar.

– Mas é a sua opinião que estou buscando – persistiu o barão.

Sam tentou de novo esquivar-se da questão.

– É óbvio que tem os seus méritos.

– Isso não é uma resposta.

– Talvez não. – Sam baixou a cabeça, admitindo o argumento. – Mas é a mais diplomática que posso lhe dar.

O barão agarrou-se a isso imediatamente.

– Então não está a favor?

Sam balançou-se na cadeira, a boca enviesando-se em uma expressão tensa e irônica.

– Está decidido a me colocar em uma situação constrangedora.

– *Non*. Estou decidido a saber o que pensa.

– Nesse caso – retrucou Sam enquanto encolhia os ombros –, para ser perfeitamente honesto, acho a coisa toda unilateral demais para meu gosto.

O barão franziu o cenho.

– Não compreendo. Por que unilateral? Os termos propostos são bastante justos.

– Parecem justas, talvez. Mas se esse acordo for selado é o senhor quem vai ganhar. Nós perderemos muito.

– Como perderão? – As mãos e os ombros ergueram-se em um gesto de confusão. – Explique-me isso.

– Esta é uma terra Rutledge, barão. Todo ano colhemos uvas Rutledge e as transformamos em vinhos Rutledge. Tudo isso mudará no minuto em que o senhor e Katherine chegarem a um acordo. No futuro, quando um grande vinho for produzido aqui nesta propriedade, superior a qualquer um dos grandes *châteaux* na França, inclusive o seu, o Château Noir compartilhará do crédito e da glória. – Sam fez uma breve pausa. – Para dizer o mínimo, esta ideia não me agrada. Se os papéis se invertessem e fosse o Château Noir a perder a identidade, não creio que o senhor fosse gostar.

Um ar de satisfação estampou-se no rosto do barão se reclinava na poltrona e continuava a examinar Sam com ar pensativo.

– Então, se fosse você a decidir...

– Se fosse eu a decidir – respondeu Sam, sorrindo –, nunca teria entrado em contato com o senhor, antes de mais nada.

– Já expressou essa opinião a Katherine?

– Não. E ela nunca perguntou.

– É compreensível– replicou o barão com um lento e pensativo gesto afirmativo da cabeça, depois deu uma olhada no relógio. Eram quase 13 horas. – Já é uma hora da tarde, não percebi o tempo passar. Prometi à minha esposa que voltaria para almoçarmos juntos. Tem sobrado pouco tempo para ficarmos juntos, nesta viagem.

– Vou levá-lo ao hotel.

Sam levantou-se da cadeira.

Após deixar o barão no balneário, Sam retornou à propriedade e rumou direto para a casa, a fim de trocar ideias com Katherine. Quando entrou no caminho de acesso circular, viu um carro azul de aluguel, depois o caminhão, as portas laterais abertas revelando o equipamento de iluminação e a câmera. A equipe de televisão tinha chegado.

O primeiro impulso foi sair dali, mas o segundo impulso o fez descer do jipe e entrar na casa.

A luz do sol penetrava pelos retângulos de vidro das portas francesas na extremidade oposta ao vestíbulo de mármore, iluminando o grupo parado diante delas por trás. A miúda Katherine estava entre os membros da equipe, mas foi a figura alta e esguia de Kelly Douglas que Sam buscou primeiro.

Com passadas deliberadamente vagarosas, encaminhou-se para o grupo, o som dos passos intrometendo-se na conversa. Notou aquele instante de espontaneidade no qual Kelly se virou e o viu, o reconhecimento brilhando nos olhos e o sorriso de prazer suavizando o contorno dos lábios. Por que só precisava fitá-la para ficar tão perturbado e cheio de desejo?

Parando, dirigiu suas primeiras palavras a Katherine.

– Deixei o barão no hotel. – Depois virou-se. – Olá, Kelly.

Sentiu a tensão entre ambos se intensificar, quase como um zumbido no ar.

– Sam. É bom revê-lo.

Sua expressão era afável e educada, nada mais, enquanto ele lhe apertava a mão. Suas defesas estavam erguidas e solidamente instaladas. Por quê?

– Bem-vindos a Rutledge Estate.

Estava consciente da pressão firme daqueles dedos e do rápido afrouxar quando ela soltou a mão. Imaginou se Kelly sentira o mesmo choque súbito e intenso quando as palmas se uniram.

– Obrigada – agradeceu ela, e passou a apresentá-lo ao restante da equipe de televisão.

Ao fim disto, a atenção de Sam retornou a Kelly. Ela usava o cabelo preso em uma trança que era, ao mesmo tempo, simples e sofisticada, a luz do sol que penetrava pelas portas do terraço realçando os reflexos acobreados do cabelo.

– Por que Hugh não veio com você? – perguntou.

– Bem que ele queria – replicou Kelly. – Mas não conseguiu fugir dos compromissos.

– Hugh nos deu a sua lista de restaurantes imperdíveis no vale – interpôs a outra mulher do grupo, a produtora DeeDee Sullivan, com uma pronúncia levemente arrastada. – É uma pena que não tenha nos dado tempo suficiente para conhecer todos.

Ouviu-se o suave ranger das grossas solas de borracha cruzando o mármore, o que indicava a aproximação da governanta, a Sra. Vargas.

– Com licença, Madame, há uma ligação para a senhora – informou a Katherine, sua aparência como sempre severa e aprumada no uniforme preto engomado. – Parece que o homem do bufê está com algum problema que precisa discutir com a senhora.

Katherine assentiu com a cabeça, com uma certa brusquidão, depois respondeu:

– Sam, pode mostrar a casa a Kelly e à Srta. Sullivan enquanto atendo este telefonema?

– Sim, queremos gravar algumas cenas domésticas com a Sra. Rutledge – explicou DeeDee Sullivan. – Talvez levar o telespectador em um pequeno giro pela casa. Sutilmente, é lógico.

– É lógico.

Sam devolveu o sorriso brincalhão enquanto Katherine os deixava para atender o telefonema.

– Vamos adiantar o serviço e montar o equipamento no terraço – sugeriu o operador de câmera. – Já estaremos prontos quando vocês voltarem.

– Parece ótimo. – DeeDee confirmou com a cabeça, depois fez um gesto indicativo com uma das mãos. – Mostre o caminho.

Obedecendo, Sam foi na frente. Kelly o seguiu com a ansiedade mal contida. Quando era menina, achava que aquela era a casa mais imponente já construída.

Havia salas de estar com torneados sofás em estilo Luís XV e porcelana frágil. Jarras da dinastia Ming, cães da dinastia Foo, cristais de Lalique e sopeiras de Limoges. As paredes eram de cores suaves e harmoniosas, contrabalançadas pelas madeiras preciosas e pinturas impressionistas.

Atrás de duas pesadas portas entalhadas, havia uma biblioteca com painéis de nogueira e estantes que iam do chão ao teto repletas dos livros mais variados, desde literatura de ficção até a de não ficção, de clássicos até histórias infantis. Tapetes persas desbotados estavam espalhados pelo assoalho, e um rizoma antigo, retorcido e desfolhado estava pendurado na parede acima do console da lareira como uma peça de escultura.

A sala de jantar formal era enorme, dominada por pesados aparadores e carrinhos de chá de mogno, todos exibindo as linhas distintas do estilo Luís XVI. No teto, um lustre de cristal Waterford, em três níveis, espargia luz sobre a longa mesa e as cadeiras forradas com tecido de tapeçaria.

A ala sul tinha um jardim de inverno repleto de plantas tropicais e decorado com um misto de móveis entalhados e pintados a mão e peças de ferro batido com acabamento de uma mistura de metal e ferro envelhecido.

Havia uma sala de música, complementada com um majestoso piano de ébano, um novo aparelho de som com disc laser e uma vitrola antiga. Uma arejada sala matinal que dava para o terraço tinha diversos vasos repletos de flores frescas do outono e uma lareira com acabamento de pinho curtido.

Ao longo do corredor, acima da escadaria de mármore, havia quartos de hóspedes mobiliados com camas de quatro colunas com cabeceiras entalhadas em motivos intrincados, divãs franjados e cômodas orientais dispostos em uma ordem simples e refinada.

Kelly parou de contar os aposentos quando Sam as conduziu à ala sul do segundo andar. Ele abriu uma porta à direita e afastou-se para deixá-las passar. Quando DeeDee ia entrar, Steve, o operador de câmera, chamou-a lá de baixo.

– Alcanço vocês depois – avisou e saiu correndo para verificar o que ele queria.

Hesitando só por um breve instante, Kelly entrou. Era um aposento de canto, sem nenhum móvel, o parquê arranhado e fosco. Janelas altas ocupavam dois lados do recinto. A luz do sol jorrava pelas janelas, inundando-o de claridade. No ar, pairava um odor diferente, um cheiro de mofo e poeira misturado com algo mais que Kelly não conseguiu identificar.

Com a curiosidade despertada, ela virou-se para Sam.

– Que lugar é este?

Sam estava parado à porta, um dos ombros apoiado no batente.

– Minha mãe usava este quarto como estúdio, embora preferisse chamá-lo de "ateliê".

A rispidez da voz beirava a ironia.

– Claro, sua mãe era uma artista – lembrou Kelly, capaz de, afinal, reconhecer os sutis cheiros de terebintina e tintas a óleo que pairavam no ar. – Ela trabalhava com pintura a óleo, não é?

– Entre outras coisas. Houve uma época em que experimentou de tudo. – Seu olhar circunvagou pelo quarto. – Ela variava desde o desejo de ser uma Dalí de saias ao de ser uma Wyeth de saias, uma Warhol de saias, e nunca se detinha em um único estilo tempo suficiente para dominá-lo. Quando lhe dava na veneta, ficava aqui por horas a fio, às vezes durante dias.

Seus pensamentos retornaram àquela época. Kelly pôde perceber na voz dele, ver em sua expressão.

– Você deve ter passado um bom tempo aqui vendo-a pintar, quando era menino.

O olhar de Sam voltou a pousar nela, a expressão endurecendo.

– Eu não tinha permissão para entrar aqui.

Kelly ficou aturdida com a resposta, com a total ausência de emoção em sua voz. E com a súbita compreensão de que ele continuava imóvel na entrada, sem cruzar a soleira da porta por onde o proibiram de entrar quando criança.

– E seu pai? – perguntou suavemente, pensando em todas as vezes nas quais ansiara por morar naquela casa, em ser uma Rutledge.

– As vinhas o mantinham ocupado. As vinhas e as discussões com meu tio.

– E quanto a você?

Um ombro ergueu-se em um gesto de indiferença.

– Meus pais se asseguraram de que eu tivesse babás qualificadas para cuidarem de mim até eu ter idade suficiente para tomar conta de mim mesmo.

*Meus pais se asseguraram de que eu tivesse babás.* As palavras a chocaram, despedaçando as ilusões que tinha sobre a vida nesta casa. Tentando preservá-las, Kelly disse:

– Mas você tinha Katherine, tinha sua avó.

A boca de Sam torceu-se em um sorriso zombeteiro.

– Katherine não é do tipo que se imaginaria como a avó ideal, sempre à disposição com algumas palavras bondosas e um prato de biscoitos de chocolate feitos em casa. – Desencostou-se da porta, os olhos presos nela, e Kelly sentiu de imediato que ele se arrependera do breve vislumbre da infância que lhe dera. – Pronta para continuar?

Kelly entendeu muito bem que Sam não queria nem piedade nem simpatia, então não ofereceu nenhuma das duas.

– É lógico.

Saiu do estúdio vazio e seguiu-o pelo corredor.

Havia mais aposentos, suítes de hóspedes e uma sala de jogos. Quando chegaram ao fim do corredor, só restava uma porta a abrir. Sam segurou a maçaneta de bronze.

– Este é o meu quarto.

A reação de Kelly foi rápida e forte. Não queria ver o quarto, não queria saber nada a respeito de Sam.

– Não preciso entrar aí. Não vamos usá-lo em nenhuma das tomadas – disse, depois prosseguiu, sem lhe dar chance de responder. – Provavelmente, já estão à minha espera lá fora. Há um banheiro perto do terraço? Preciso aplicar mais maquiagem para a gravação.

– Bem perto.

Sam afastou-se da porta.

Voltaram por onde vieram até a escadaria de mármore e desceram, para o vestíbulo de entrada. Após Kelly ir buscar a volumosa bolsa de lona a tiracolo, Sam escoltou-a até o lavabo no primeiro andar.

Quando ela saiu, dez minutos depois, com o rosto empoado, a sombra nos olhos, o blush e o batom reforçados sutilmente, ele já não estava mais lá. Tanto melhor, argumentou consigo mesma. Já estava bastante nervosa por causa da entrevista. Por estar aqui. Não precisava de plateia para observá-la, nem mesmo uma plateia de uma só pessoa. Em especial quando esta pessoa era Sam Rutledge.

## 12

Um abajur lançava um círculo de luz sobre a poltrona de um amarelo vívido que o barão ocupava. As sombras da noite escureciam o restante da sala de estar da suíte. As venezianas de madeira das janelas estavam abertas, deixando entrar o ar noturno. Uma brisa impetuosa adentrou o cômodo, trazendo consigo os aromas embriagadores de oliveiras e uvas em fermentação enquanto virava as páginas de orla dourada do livro que Emile tinha nas mãos. Era uma distração insignificante, conseguindo apenas fazê-lo mudar o modo como segurava o livro para prender as páginas, nunca o arrancando de sua absorção no material diante dele.

Só após concluir o capítulo de *L'Évolution Créatrice*, de Bergson, sua cota de leitura prescrita para o dia, foi que baixou o livro. Retirou os óculos de leitura e, pensativo, refletiu sobre as passagens que acabava de ler. Vários minutos transcorreram antes de pegar o marcador de livros de prata, desenhado no formato do brasão da família, que estava em cima da mesa, junto ao abajur. Segurou-o por um momento, depois encaixou-o entre as páginas e fechou o livro, distraidamente relembrando que Natalie lhe dera o marcador de prata no seu aniversário de dois anos antes – ou seriam três?

Fez menção de perguntar, depois se deu conta de que ela não estava lá. Tinha saído para dar uma volta. Estas caminhadas haviam se tornado quase uma rotina noite após noite, desde que chegaram.

Pondo de lado o livro, levantou-se da poltrona e andou até as portas altas, abertas para a varanda privativa. As trevas tinham se adensado ao redor do balneário, transformando as oliveiras ao longo da encosta da colina em indistintas sombras negras. Uma olhadela no relógio confirmou que já era tarde. Esfregou os olhos e pensou em deitar-se, depois decidiu que aguardaria o retorno de Natalie, certo de que isso ocorreria logo.

Voltou à poltrona e tornou a abrir o livro. À medida, porém, que os minutos passavam e ficava cada vez mais tarde, o tomo de filosofia não conseguia mais manter seu interesse. Sua mente não parava de retornar a Natalie, prestando mais atenção nela do que o fazia por meses. Logo o livro jazia abandonado no colo.

Ao escutar o girar da chave na fechadura, seguido pelo clique do trinco de metal, ergueu o livro e fingiu lê-lo. A luz de repente inundou os cantos da sala de estar, afugentando as sombras.

– Imaginei que já estivesse na cama.

Ela fez uma breve pausa ao vê-lo ainda na poltrona.

Entretanto, foi o tom da voz dela que lhe chamou a atenção, sua força tranquila, sua cadência melodiosa. Colocou o livro de lado para examiná-la quando ela atravessou a sala. Havia cor em suas faces e um brilho nos olhos escuros. O sorriso que Natalie lhe deu era quase radioso. Emile não conseguia recordar-se de quando vira pela última vez tanta felicidade estampada em sua expressão.

– Você deve ter caminhado um bocado esta noite.

– Das sombras negras da dúvida ao enluarado resplendor de uma promessa.

Emile franziu o cenho.

– Não estou familiarizado com essa citação. De que livro a tirou?

– De um livro muito grande. – Sua voz parecia zombar dele. – Grande demais para caber no seu colo. – Natalie sorriu ao notar o ar confuso do marido. – Do céu. O céu à noite.

– Eu não havia percebido que você sentia tal fascínio pela nature-za – refletiu. – Talvez as obras de Thoreau, o escritor norte-america-no, a interessem. Tenho um ou dois de seus livros na nossa biblioteca no *château*. Preciso me lembrar de encontrar um para você quando regressarmos. – Contudo, quanto mais observava o cintilar daqueles olhos, a vivacidade que ela demonstrava, mais achava que aquela não era a resposta. – Talvez eu devesse acompanhá-la qualquer noite dessas, embora não seja prudente se aventurar até muito longe. Este país está cheio de cascavéis. Gilbert me contou que estão por toda a parte quase a noite inteira, embora costumem rastejar para as videiras à procura dos ovos postos pelos pássaros.

Natalie lançou-lhe um olhar de surpresa.

– Falou com Gilbert hoje? Você não mencionou nada no jantar.

– Não, hoje não. Ele me contou isso já faz vários dias. Seria prudente restringir seus passeios às trilhas mais transitadas, Natalie – aconselhou Emile.

Ficou aborrecido com o modo como ela lhe sorriu, mostrando a tolerância de uma filha para com o pai excessivamente cauteloso. Seria assim que Natalie o encarava? A próxima observação dela pareceu confirmar o seu medo.

– Já é tarde, Emile. Você devia estar na cama. – Ela falou como se estivesse se dirigindo a um velho cansado.

Mas quando afinal foi se deitar ele permaneceu acordado por muito tempo, matutando sobre as pequenas mudanças na atitude da esposa, na sua maneira de agir, tentando descobrir a causa. Pensamentos desgarrados lhe vieram. Quase com agressividade, afastou-os da mente. Mas eles continuaram a perturbá-lo.

A TRILHA SE estendia ampla e lisa, sombreada por altaneiros carvalhos, pelos medronheiros e pelos velhos eucaliptos, o solo pedregoso aos pés das árvores desobstruído de vegetação rasteira. Aqui e ali, raios da luz matinal penetravam através do dossel folhoso e mosqueavam a terra poeirenta aos pés de Katherine.

Montada em um tripé a vários metros de distância, a câmera capturava no vídeo o efeito quase místico dos raios solares fragmentando-se ao seu redor. Steve Gibbons conservava um dos olhos colado ao visor, a tensão no corpo indicando a empolgação pela tomada que estava gravando. O homem do áudio, Rick Meers, estava acocorado aos pés do outro, ouvindo com atenção as vozes que vinham pelo audiofone enquanto constantemente checava os níveis.

Kelly se mantinha fora do enquadramento, deixando que a câmera focalizasse apenas Katherine enquanto conversavam.

– Agora me conte sobre este caminho onde estamos, Katherine.

Tal qual uma artista veterana, Katherine repetiu a explicação que dera antes, na primeira vez em que o mostrara ao grupo.

– Este caminho é, na verdade, uma antiga trilha de cavalos que vai da casa principal à vinícola. No passado, eu a percorria seis vezes ao dia. Por muitos anos, era muito mais fácil vistoriar a cavalo as vinhas e as atividades da propriedade. Com frequência, montava ao alvorecer e raramente apeava antes do sol se pôr. – Fez uma pausa e sorriu. – Quando completei 65 anos, meu filho Jonathon me comprou um carrinho de golfe e me convenceu a aposentar o meu cavalo de caça cinzento. Mas, no passado, nós dois podíamos percorrer esta trilha de olhos vendados.

Vários segundos de silêncio seguiram-se a esta observação final. Então, DeeDee disse energicamente:

– É isso aí. Pare a gravação. Conseguimos. E está perfeito. – As sentenças curtas e rápidas indicavam o entusiasmo que ela se esforçava em suprimir da voz. Mas Kelly já trabalhara com ela tempo suficiente para perceber isso. – Vamos para a vinícola. Muito bem – disse a Katherine, quase como uma lembrança de última hora. – Vamos pegar aquela sua foto maravilhosa a cavalo, observando os trabalhadores nas vinhas, e editá-la na sequência. É uma imagem fantástica. Meu Deus, de culote e rebenque, a senhora parece até a Barbara Stanwyck a cavalo. Não acha, Kelly?

– Uma Barbara Stanwyck muito jovem – interpôs Kelly quando as três desciam a trilha de cavalos rumo à vinícola.

– E isso importa? Aquela mulher sempre me pareceu nunca envelhecer.

– Seja como for, encaro a sua declaração original como um elogio – afirmou Katherine com sua típica graciosidade.

– Isto aqui é, realmente, um atalho para a vinícola, não é? – perguntou Kelly, visualizando a planta da casa e da vinícola e a localização da trilha entre ambas.

– É muito mais perto por aqui, sim – confirmou Katherine quando contornavam uma curva na trilha e a vinícola de tijolos surgia diante delas.

Vendo-a, Kelly sentiu a tensão retesar-lhe os nervos. Mentalmente, preparou-se para as lembranças secretas que tinha do lugar. Não podia pensar nelas. Precisava bloqueá-las da mente.

Um homem saiu da vinícola, vestindo calça cáqui e camisa de trabalho havana, com um chapéu de feltro velho e surrado na cabeça. Demorou um segundo inteiro para Kelly perceber que era Sam Rutledge. Ele estacou ao vê-las.

– Bom dia.

A saudação foi dirigida a todos, mas seu olhar foi para Kelly, que sentiu a atração forte e instantânea.

– Gostei do chapéu – comentou ela, deixando-se levar por esse sentimento.

A boca de Sam curvou-se em um meio sorriso.

– Precisamos de algo para nos proteger do sol quando passamos o dia inteiro lá nas vinhas. – Steve e Rick juntaram-se aos demais, carregando o equipamento. – Ainda dando duro, pelo que vejo – observou Sam.

– Eles querem gravar uma parte da entrevista nas nossas adegas de envelhecimento – explicou Katherine.

– Está brincando? – declarou DeeDee, erguendo as sobrancelhas. – Como podíamos *não* incluir adegas que trabalhadores chineses escavaram na encosta da colina há mais de um século? Seria o mesmo que fazer uma reportagem sobre o Texas sem mencionar o Álamo.

– São uma parte essencial de Rutledge Estate – admitiu Sam.

– Bud está trazendo o caminhão – informou Steve Gibbons a DeeDee. Bud Rasmussen era, tecnicamente, assistente de iluminação, mas preenchia múltiplos papéis, indo desde eletricista a maquiador, quando necessário. – Todo o nosso equipamento de iluminação está no caminhão. Calculei que provavelmente precisaríamos de mais luz ali para conseguir a aparência e o efeito desejados. Quer nos mostrar a direção certa para que a gente possa ir na frente?

– Boa ideia. – DeeDee assentiu com a cabeça, depois olhou em volta. – Onde ficam as adegas?

– No lado oposto da vinícola – respondeu Kelly automaticamente. – Será mais rápido atravessá-la do que contornar o prédio.

– É verdade – confirmou Katherine. – Embora eu ache que seria melhor eu lhes mostrar o caminho.

– Eu a acompanho – decidiu DeeDee. – Kelly, você pode ficar aqui à espera de Bud.

– Tudo bem.

Quando os outros se afastaram, Kelly percebeu que a haviam deixado a sós com Sam. Virou-se, descobrindo o quanto se achava perto dele, e sentiu algo percorrer-lhe velozmente a pele, algo disparar no sangue. Em um gesto automático, recuou.

– Ontem você saiu antes que eu tivesse chance de lhe agradecer por ter nos levado para conhecer a casa.

Ele inclinou a cabeça em direção a Kelly, uma expressão intrigada nos olhos enquanto os raios oblíquos do sol marcavam seus traços.

– Como sabia onde ficam as adegas?

O pânico paralisou-a por um momento. Tal como qualquer emoção forte, este sentimento aguçou-lhe os sentidos. Podia sentir o cheiro de poeira no ar, o aroma de uvas em fermentação e o odor agradável de sabonete que emanava da pele dele. Havia um gostinho de medo na boca. Tratou de ignorar tudo isso para ostentar um falso sorriso despreocupado. Sua mente, graças a Deus, não parara de funcionar.

– Nosso departamento de pesquisa é inigualável. Se eu pedisse, é possível que me arranjassem a planta baixa da vinícola e da casa, em vez de um simples desenho de Rutledge Estate. Acredite em mim, viemos preparados.

– Creio que sim. – Fez um gesto afirmativo com a cabeça, aceitando sua explicação, e Kelly respirou de alívio. O caminhão entrou no pátio, levantando mais poeira: – Parece que o seu colega chegou. Não irei mais detê-la. Também tenho trabalho a fazer. – Fez menção de sair, depois voltou a fitá-la. – Vai à festa em homenagem ao barão amanhã à noite?

Kelly assentiu com a cabeça.

– Todos nós iremos.

– Então nos veremos depois.

Lançou-lhe um rápido sorriso e se encaminhou para um jipe estacionado.

O jeito como a fitou, com um brilho caloroso nos olhos, fez com que se sentisse bem. Contudo, não queria sentir essa atração por ele. Era poderosa demais. A seu modo, era perigosa demais. Rapidamente, dirigiu-se ao caminhão para juntar-se a Bud Rasmussen.

– Oi. – Ele desceu do caminhão, baixo e rechonchudo como a lata de cerveja que lhe dera o apelido. – Onde está o pessoal?

Antes que Kelly pudesse responder, soaram gritos vindos da vinícola, as palavras indistintas, mas com um inegável tom de fúria. Virou-se bruscamente para a grossa porta de madeira.

– Minha Nossa – murmurou Bud enquanto DeeDee saía em disparada do prédio, com Steve e Rick atrás de si. Rumaram direto para o caminhão. Antes mesmo de o alcançarem, Kelly notou que o rosto de DeeDee estava rubro.

– O que aconteceu? – Kelly franziu a testa. – Ouvimos gritos.

– Acabamos de levar uma chamada violenta, foi o que aconteceu – retrucou ela, o constrangimento começando a ceder lugar à raiva. – Katherine ia nos apresentar ao seu chefe de produção, quando de repente o homem transformou-se em um touro furioso, berrando conosco para que saíssemos de lá, porque nosso perfume iria destruir o seu vinho. Pensei... ah, Deus, lá vem ele.

DeeDee baixou a voz no instante em que viu o velho atarracado saindo da vinícola com Katherine ao lado.

Claude aproximou-se depressa do grupo, o rosto velho contraído em vincos contritos.

– Perdoem-me. Tenho um gênio terrível. Não devia ter gritado daquela maneira.   ·

Katherine interveio.

– Expliquei a Claude que a culpa foi minha. Não os aconselhei a evitar o uso de qualquer colônia forte hoje. Embora seja improvável, há sempre a possibilidade de que os vinhos possam absorver um pouco de sua fragrância. Portanto, temos aqui uma regra severa que proíbe isso.

– É claro – murmurou DeeDee, só ligeiramente apaziguada com o pedido de desculpas e a explicação.

– Vocês entendem, não é? – insistiu Claude, apreensivo. – Não é que eu não queira que visitem as adegas. Seria um enorme prazer mostrar-lhes os nossos tesouros, deixar que os provem. Por favor.

Kelly interrompeu-o.

– Por favor, não se desculpe, *monsieur* Broussard. O senhor tinha motivos para se aborrecer. Compreendemos isso. Honestamente, compreendemos.

– Mas não é justificativa para a minha raiva – argumentou ele, a cabeça grisalha baixando com abjeto arrependimento.

– Venham. – Katherine decidiu o impasse. – Podem tomar uma ducha lá na casa. Mandarei Han Li preparar café com alguns dos seus deliciosos docinhos e vamos esquecer esse lamentável incidente.

À NOITE, NA elegante sala de estar da pousada, todos conseguiram rir do incidente enquanto reviam o teipe que acabaram gravando na adega. Do canto do sofá vitoriano onde estava enroscada, Kelly via na tela da televisão Claude Broussard usar uma marreta de madeira para arrancar a rolha, chamada de batoque, do seu orifício no alto do tonel de vinho.

– Esse sujeito é uma figura. – DeeDee estava sentada de pernas cruzadas no chão diante do aparelho. – Um urso enorme e feroz de dentes afiados em um minuto e um ursinho de pelúcia no minuto seguinte. Eu achava que não ia gostar dele, mas juro que gosto.

– Exceto quando ruge, certo?

Steve lhe deu um empurrão bem-humorado pelas costas antes de enganchar a perna no braço da poltrona e recostar-se.

– Tenho a impressão de que ele é igual ao meu pai – replicou DeeDee. – Seu rugido é pior do que a mordida.

Kelly tendia a concordar, embora não falasse nada. Estava atenta demais à cena que passava na tela da televisão.

Tinham escolhido um local nas adegas subterrâneas onde dois túneis se cruzavam, o ângulo da câmera mostrando ambos a se estenderem para o fundo das adegas. Os barris de carvalho francês, empilhados em três níveis, enfileiravam-se em ambos os lados de cada túnel de calcário. Havia lâmpadas instaladas a intervalos regulares ao longo das paredes abobadadas das cavernas artificiais, porém, projetavam tanto sombra quanto luz. Kelly aparecia em primeiro plano com Katherine e Claude Broussard, conversando e provando o vinho que Claude extraíra do barril com a própria pipeta.

Mas não foi o seu desempenho, bom ou ruim, que prendeu sua atenção. Foram as cavernas das adegas: sua atmosfera fresca, o cheiro de terra e as lembranças de todas as vezes em que perambulava por ali quando jovem, esgueirando-se até lá quando ninguém estava olhando para escapar do calor de um dia de verão, escondendo-se nas sombras escuras para evitar que a flagrassem quando um trabalhador calhava de passar pelo lugar, pensando em todas as pessoas que tinham trabalhado nestes túneis na última década, imaginando seus fantasmas ainda a vagar por aqueles corredores subterrâneos. Naquela época, sentia fascínio pelas cavernas, por sua história plena de significado, seus aromas embriagadores, seus silêncios sobrenaturais mas reconfortantes. Durante um tempo, as adegas foram para ela um refúgio do seu próprio mundo tempestuoso.

Exatamente como as trevas da noite mais tarde se tornaram o seu refúgio, pronto a ocultá-la e protegê-la da ira irracional do pai. Tal como ocorreu na noite em que estava sentada na cozinha. Ela havia ligado o rádio para copiar a letra de uma nova canção. Não ouviu a porta dianteira abrir. Só soube que o pai estava lá quando ele falou da porta da cozinha.

– Você nunca tira essa sua bunda gorda da cadeira.

Ele disse isso alto, pronunciando cada palavra com cuidado, do jeito que sempre fazia quando andava bebendo.

A cadeira arrastou para trás ruidosamente quando ela se apressou a levantar-se e dar meia-volta para encará-lo, cada nervo disparando um sinal de alerta.

– Não ouvi você entrar.

Prevenida contra ele e o seu temperamento incerto, certificou-se de colocar a cadeira entre ambos e desejou que fosse a mesa.

– Estou surpreso que consiga pensar direito com o rádio berrando desse jeito. – Gesticulou com a mão em direção ao aparelho que estava em cima da geladeira. – Abaixe o som dessa porcaria. Melhor ainda, desligue.

Acolhendo com alívio a desculpa para aumentar ainda mais a distância entre ambos, correu à geladeira e esticou-se para desligar o rádio. No silêncio súbito, ouviu as pernas da cadeira arrastarem no chão de linóleo atrás de si, e em seguida o som surdo de um corpo pesado sentando-se nela.

– Por que não pôs o jantar na mesa?

Ela queria lhe dizer que a comida estava pronta já fazia duas horas, mas engoliu as palavras, não desejando contrariá-lo.

– Está no forno. Mantive quente para você.

Apanhou um pegador de panela em cima do fogão e baixou a porta do forno.

Usando o pegador de panela, enfiou as mãos dentro do forno e segurou o prato de comida na grade do meio, tirando-o de dentro do forno. Quando se virou para a mesa, evitou encará-lo. Não queria ver a maldade estampada naquele rosto.

– Pronto, aí está. – Debruçando-se na frente de uma cadeira, pousou o prato na mesa e empurrou-o em direção ao pai, depois recuou, mantendo-se fora de alcance. – Vou pegar os talheres.

Não dera mais de um passo em direção à gaveta dos talheres quando ele reclamou, enojado.

– Você chama de comida essa gororoba fria?

Pelo canto dos olhos, ela o viu erguer o braço e empurrar violentamente o prato para fora da mesa. As ervilhas voaram, junto com um hambúrguer grelhado que saiu rolando. Só o macarrão e o queijo ficaram grudados no prato quando este caiu e quebrou, espalhando cacos e pedaços de macarrão grudento.

Por um instante, ela olhou fixamente para a sujeira no chão e lutou para sufocar um soluço de frustração. Queria sair daquela casa e deixar tudo para ele limpar. Mas sabia que o pai não o faria. A comida ainda estaria lá de manhã, tudo seco e pisado.

Rodeando a cadeira dele, contornou a mesa e abaixou-se para começar a recolher os cacos do prato quebrado.

– Posso preparar uns ovos mexidos para você ou esquentar uma lata de *chili* – sugeriu, depois respirou fundo bruscamente, largando o primeiro grande fragmento do prato de louça branca ainda quente do forno.

– *Chili* ou ovos – reclamou ele enquanto ela mordia o dedo queimado, fechando os olhos para reprimir as lágrimas que ameaçavam brotar. – Isso é tudo que temos para comer nesta casa? O que você fez com todo aquele dinheiro que lhe dei para as compras? Gastou tudo com doces?

Ela levantou-se de um pulo.

– Você só me deu 20 dólares.

– E daí? – desafiou ele. – Onde está a comida?

– Não se compra muita coisa com 20 dólares – protestou ela com a voz embargada pela emoção e, no mesmo instante, virou-se para puxar a cesta de lixo para mais perto da sujeira.

– Não sou burro – declarou quando a filha tirou alguns guardanapos de papel do porta-guardanapo de plástico e abaixou-se para recomeçar a limpar o chão. – Compram-se mais do que ovos e umas latas de *chili* com 20 dólares.

– Não muito mais – resmungou ela baixinho, pensando em todos os itens da sua lista que não se podiam comer, tais como papel higiênico e pasta de dentes.

– O que você disse? – A voz era baixa e ameaçadora.

Ela ficou paralisada de medo por uma fração de segundo, depois respondeu:

– Eu disse que podia fazer umas panquecas.

– E queimar tudo do jeito que fez na última vez? Não, obrigado.

Abruptamente, empurrou a cadeira para trás. No mesmo instante, ela recuou, encolhendo-se para se proteger. Mas o pai não veio em sua direção; estava se encaminhando aos armários da cozinha.

Ao vê-lo abrir uma porta e vasculhar a prateleira de cima, soube com exatidão o que ele estava procurando – a garrafa de uísque que havia encontrado antes e esvaziado no ralo. Em pânico, baixou a cabeça e concentrou-se em recolher a comida derramada, usando ambas as mãos e metendo bocados de comida e cacos de louça entre os guardanapos.

– O que foi que aconteceu com a garrafa de uísque que guardei aqui?

Sua voz atingiu-a com a violência de uma chicotada. Seu corpo ficou rígido.

– Garrafa de uísque. – Tentou assumir um ar de inocência enquanto continuava de olhos pregados no chão. Havia recolhido quase toda a comida; só precisaria de um pano molhado para limpar o resto. Jogou na cesta de lixo os guardanapos de papel em frangalhos e levantou-se, esfregando os joelhos. – Tem certeza?

– Não desconverse. Eu mesmo coloquei ali. – Os olhos dele se estreitaram. – Andou xeretando os armários, não é? Tudo bem, o que fez com a garrafa?

– Nada. Nem mesmo sabia que estava lá – mentiu e apressou-se a esconder o fato. – Mas realmente encontrei uma garrafa vazia perto da sua cadeira na sala de estar ontem à noite. Está aqui na cesta de lixo. Talvez você tenha se esquecido de que já bebeu tudo.

– Não esqueci de nada. Não sou burro como você. Aquela garrafa estava bem ali e estava quase cheia – afirmou ele, repetidamente apontando com o dedo para a prateleira superior do armário.

– Se diz que estava, então acho que estava mesmo. – Deu de ombros com um descaso simulado e se dirigiu à pia. – Já que você não conseguiu encontrar, vou fazer um café.

Pegou a cafeteira elétrica e segurou-a embaixo da torneira de água fria, abrindo-a. O pai bateu violentamente a mão espalmada no tampo de fórmica da mesa. Ela saltou para o lado, sobressaltada com o barulho explosivo.

– Não minta para mim, droga! Quero saber o que você fez com aquela garrafa.

Ela tentou fazer pouco-caso de sua exigência com uma risada, mas esta saiu nervosa e esganiçada.

– Já disse que não sei de garrafa nenhuma. Não estou mentindo.
– Fechou a torneira e colocou a cafeteira em cima da pia. – Falo sério. – Sabia que de alguma forma tinha de fazê-lo mudar de assunto.
– Tenho uma ideia – acrescentou alegremente e se encaminhou para o fogão enquanto falava. – Que tal eu preparar um sanduíche de ovo frito com queijo? Lembra, você sempre disse que faço os melhores sanduíches que já comeu.

– Não quero nenhum sanduíche de ovo com queijo. – Passos pesados pontuaram suas palavras. – E não quero nenhuma droga de café!

Ouvindo a água da cafeteira esparramar, ela se virou. Tarde demais viu o braço dele erguer-se em um arco oblíquo bem na sua direção, os dedos segurando a alça da cafeteira. Abaixou-se e instintivamente levantou as mãos para proteger o rosto e a cabeça.

A pesada cafeteira bateu-lhe com força no antebraço esquerdo. Algo estalou audivelmente. Uma dor cega disparou braço acima, arrancando-lhe um grito da garganta. Cambaleando, recuou de encontro à pia, ao lado do fogão, depois as pernas cederam e os joelhos dobraram enquanto escorregava para o chão. A brusca interrupção da queda provocou mais dor, até a cabeça parecer zumbir.

– Meu braço – gemeu e tentou aninhar junto ao corpo o membro ferido. – Você quebrou o meu braço.

– Azar meu não quebrar o seu maldito pescoço.

A voz zombeteira estava próxima. Abriu os olhos e o viu lá, parado, o rosto com uma expressão fria e toda contorcida.

– Vamos lá, levanta daí, sua putinha nojenta.

Kelly sacudiu a cabeça, com medo de vomitar caso se mexesse demais.

– Levanta logo ou vai continuar apanhando, sua putinha.

A ameaça não era vã. Deu-se conta disso no instante em que o viu se preparar para chutá-la.

*Não suportaria sentir mais dor. Não suportaria.*

Acertou um pontapé bem no calcanhar do pai. Desequilibrado, ele esbarrou com violência na mesa da cozinha, uivando de dor. Houve uma colisão e o estrépito de cadeiras caindo. Lá estava ele, no chão em meio às cadeiras, despejando uma enxurrada de obscenidades.

Esta era a sua chance, talvez a única chance de escapar. Apoiando o braço quebrado no corpo o melhor possível, conseguiu se pôr de pé. Atravessou a cozinha até a porta dos fundos e saiu cambaleando nas trevas da noite.

Inconscientemente, Kelly esfregou o antebraço que se quebrara naquela noite havia tanto tempo. Só de manhã ele ficara sóbrio o suficiente para levá-la ao hospital e engessá-lo. Kelly estremeceu ao relembrar as longas horas de dor que compartilhara com a noite cálida.

Com esforço, desviou os pensamentos do passado e concentrou-os na entrevista gravada. O passado não importava, só o presente.

Katherine mal tinha acabado de falar, quando a voz de DeeDee soou atrás da câmera.

– Um dos seus trabalhadores morreu em um estranho acidente. Quer nos falar sobre isso, Katherine?

Não era incomum que um produtor interrompesse uma entrevista gravada para indagar algo por conta própria, mas a escolha das perguntas pegara Kelly de surpresa. Quando ouvira a questão mais cedo, havia se surpreendido demais para notar a reação de Katherine. Mas no momento, ao assistir ao teipe, tinha tempo para observá-la.

Ela ficou imóvel ao ouvir a pergunta, depois lançou a DeeDee um olhar glacial.

– Isso aconteceu já faz tempo. Quase sessenta anos agora.

– Mas ele morreu nas adegas – insistiu DeeDee. – Aconteceu aqui?

– Não muito longe – admitiu Katherine, a expressão ainda demonstrando uma tensa serenidade. – Foi uma coisa muito trágica para todos nós.

– O que aconteceu?

– Ninguém sabe. Encontraram um tonel não muito longe do corpo. Estava sujo de sangue. O xerife achou que ele se soltou do suporte e caiu, matando-o instantaneamente. Como você disse, foi um estranho acidente.

DeeDee suspirou audivelmente ao ouvir de novo a resposta de Katherine às perguntas.

– Acho que podemos contar como certo que essa parte toda será retirada na edição, Kelly. Não é de espantar que você não perguntasse nada sobre o acidente mencionado no recorte de jornal que a pesquisa descobriu. Esperava que houvesse uma reportagem interessante por trás disso. Bem...

Tornou a suspirar e ficou de joelhos, apertando um botão no videocassete e fazendo avançar rapidamente as tomadas cortadas.

Como ninguém parecia esperar qualquer comentário por parte de Kelly, ela não fez nenhum. DeeDee soltou o botão, deixando o teipe retomar a velocidade normal em uma tomada de Katherine sob a intensa luz do sol, a vinha em segundo plano estendendo-se a perder de vista como um veludo cotelê verde-escuro.

Kelly ouviu a própria voz dizer:

– Você era uma mulher em um ramo dominado pelos homens. Era uma mulher de negócios em uma época na qual o lugar da mulher era em casa. Mesmo assim construiu Rutledge Estate. Como? Os obstáculos certamente eram monumentais.

Antes mesmo de ouvir a resposta de Katherine, sentiu um arrepio nos braços.

– Há sempre obstáculos para tudo – replicou Katherine. – É preciso contorná-los, galgá-los. Se o desejo for bastante forte, sempre se arranjará um meio para se obter o que se quer. Entretanto, se não for mais do que um desejo casual, sem a determinação de lutar, de trabalhar, de sacrificar-se para concretizá-lo, então só se inventarão justificativas para explicar por que não se conseguiu.

Katherine talvez não soubesse disso, mas repetira quase estas mesmas palavras a Kelly quando esta era uma adolescente excessivamente rechonchuda de óculos e cabelo escorrido. Não se esquecera delas nem uma única vez em todos aqueles anos.

Contudo, ao tornar a ouvi-las, Kelly tinha a sensação de que havia completado um ciclo em sua vida – avançando do passado ao presente e regressando do presente ao passado.

A INTENSA LUMINOSIDADE do sol banhava o conjunto de prédios cinzentos de The Cloisters. As estruturas que abrigavam a vinícola e os escritórios foram projetadas com uma simplicidade monástica que lhes conferia um imponente ar de grandeza severa. Len Dougherty estava parado à sombra do escritório central e olhava para o contra-cheque em sua mão. O velho Gil Rutledge o havia contratado como segurança para impedir que turistas desgarrados entrassem em áreas da vinícola onde tinham o acesso proibido. Seu salário não era gran-de coisa, considerando-se a horda de turistas que passava por The Cloisters todo dia, a cinco dólares por pessoa.

Dougherty dobrou o contracheque ao meio com todo o cuidado e imaginou o que faria com o dinheiro. Talvez comprar algumas roupas novas ou pagar a conta do telefone atrasada e mandar religá-lo. Definitivamente, queria comprar um grande buquê de flores para colocar no túmulo de Becca. Ela sempre gostara de flores.

Enquanto guardava o contracheque no bolso da camisa, ouviu o poderoso ronco de um Mercedes. Erguendo os olhos, viu o reluzente carro cinza-azulado que Gil Rutledge sempre dirigia entrar veloz-mente no estacionamento.

– Por que essa pressa toda?

Dougherty viu o Mercedes parar com um abrupto ranger de pneus na vaga reservada.

Gil Rutledge saiu intempestivamente de trás do volante e deu um empurrão furioso na porta, batendo-a com força atrás de si. Dougherty só precisou dar uma olhada no seu rosto para saber que o homem estava lívido. Mas não se dirigiu ao escritório, conforme Dougherty esperava. Cruzou em largas passadas o estacionamento, indo direto até a Ferrari cor de carmim estacionada a duas vagas dele

Pela primeira vez, Dougherty percebeu que o filho de Rutledge havia saído do prédio. Rutledge interceptou-o, impedindo-o de en-trar no baixo carro esporte.

Algo estava errado. Dougherty podia farejar isso no ar. Pior ainda, tinha a inquietante sensação de que o problema estava ligado ao acor-do com o barão. Se fosse este o caso, tinha o direito de saber. Deixou a sombra do prédio e foi depressa verificar o que estava acontecendo.

–... ele me telefonou há menos de meia hora. – A voz de Rutledge estava baixa de tanta fúria. – Por que cargas d'água não me contou que estava dando tudo errado? Você alegava saber o que se dizia por trás das portas fechadas.

226

– Mas – argumentou Clay com um olhar aturdido – é impossível. Joguei tênis com Natalie hoje de manhã. Segundo ela, tudo estava bem.

– Uma ova que estava! – explodiu Gil, depois calou-se ao ver que Dougherty estava rondando junto à capota do carro esporte. – O que você quer?

Gil fitou-o de cara feia.

– É sobre o barão, não é? – adivinhou Dougherty. – Seu acordo com ele fracassou, certo? Ela passou a perna em você.

– Isso é o que ainda vamos ver – retorquiu Rutledge laconicamente.

– E quanto ao meu dinheiro? Preciso dele.

– Vou dizer isso ao barão. Estou convencido de que fará uma grande diferença para ele. – Súa voz estava carregada de sarcasmo. No segundo seguinte, gesticulou para que Dougherty se afastasse. – Vamos lá, caia fora daqui.

Dougherty hesitou por um momento, depois saiu, indo direto até o Buick que deixara estacionado na sombra. Gil observou o suficiente para se certificar de que ele estava de partida, depois virou-se para Clay.

– Droga, eu tinha aquele homem na palma da mão. Sei que tinha.

Gil fechou os dedos sobre a palma aberta e sacudiu-a com ênfase.

– O que o fez mudar de ideia? Explicou alguma coisa? – indagou Clay, ainda franzindo a testa com um ar de incredulidade.

– Não. Quando perguntei, só disse que era uma decisão comercial. Era impossível pressionar para obter uma resposta mais específica pelo telefone.

– Acho que vou até lá. Talvez Natalie possa me contar o que está havendo.

Clay estendeu a mão para a maçaneta da porta da Ferrari.

– Não se dê a esse trabalho. Os dois já deixaram o hotel – informou-o Gil concisamente. – Eu mesmo acabo de vir de lá.

– Deixaram o hotel?

– Sim. – Gil sorriu com uma raiva fria. – O barão pediu ao funcionário da recepção para remeter a correspondência, os recados, tudo para Rutledge Estate.

Os ombros de Clay descaíram.

– Está brincando.

– De modo algum. – Pronunciou a palavra em um hausto de revolta. – Se há alguém que está rindo neste exato momento, esse alguém é Katherine. Mas prometo que não será para sempre.

– E quanto à festa desta noite? – lembrou Clay. – Não irá mais agora, irá?

A boca de Gil tornou a curvar-se em um sorriso.

– Eu não a perderia por nada deste mundo.

– Você está falando sério – replicou Clay, dando-se conta da situação.

– Pode ter certeza de que estou. E quero você lá também. – Apontou bruscamente um dedo para o filho. – Converse com a esposa dele em particular. Katherine envenenou a mente do barão. Descubra como. Entendido?

– Certo.

– Quero esse acordo, Clay. E vou tê-lo. De um jeito ou de outro.

Saiu com passadas decididas.

Clay ficou parado ao lado do carro por um longo momento, o choque inicial devagar se transformando em raiva. Era tudo culpa de Katherine. A avó tornara sua vida miserável desde que podia se lembrar. Deus, detestava aquela mulher.

## 13

Fileiras de luzes brancas pendiam no terraço, criando um dossel em forma de treliça que lançava uma claridade suave sobre a área inteira. Embaixo, havia o cintilar das porcelanas e dos cristais sobre as toalhas de linho branco, a sucessão de mesas longas dispostas em meia-lua para acomodar os 50 e tantos convidados da festa.

Tocheiros ardiam a intervalos estratégicos no jardim, as chamas bailando ao sabor dos acordes de Mozart que o quarteto de cordas tocava. Música de fundo para o amigável tagarelar das vozes. A atmosfera era de informalidade típica da Califórnia, no estilo de Napa Valley. A cálida noite de verão ditava a indumentária: leves paletós esportivos e camisas de colarinho aberto para os homens, vestidos de *chiffon*, crepe da China e gazes etnicamente rebordadas para as mulheres. Os cetins, os tafetás e os lamês foram deixados em casa, junto com os diamantes, rubis e esmeraldas, fazendo predominar as pérolas, as gargantilhas de prata e as joias de ouro nos acessórios.

Com a câmera equilibrada no ombro, Steve Gibbons perambulava entre a multidão de convidados, capturando cenas festivas. Kelly o seguia de perto, à disposição para fazer uma entrevista ocasional e identificar para DeeDee alguém de importância que reconhecia.

A grande maioria dos convidados era de vinicultores e suas esposas, com um famoso crítico de vinhos, um chef de renome mundial, dois repórteres de publicações do ramo e uma ou duas celebridades ocasionais para variar. Na opinião de Kelly, o tempero era fornecido pela presença de Gil Rutledge e seu filho, Clay. Aquilo criava um cenário interessante, todos os atores em cena ao mesmo tempo: Katherine, o barão Fougère, Gil.

Quando Steve parou para obter uma tomada de um grupo risonho, Kelly deixou o olhar voltar para Gil Rutledge. Ele parecia relaxado, completamente à vontade em seu ambiente, o charme a todo vapor enquanto se entregava ao ritual social antecedente ao jantar de beijos no rosto, saudações efusivas e das conversas sobre vinho.

Kelly imaginou que tipo de comentários Gil podia estar fazendo sobre Katherine. Virou-se para mencionar o pensamento a DeeDee e encontrou Sam Rutledge bem ao lado. Lutou para ignorar o rápido arrepio de reação à sua proximidade.

– Oi. – Kelly sorriu. Na última vez que o vira, Sam estava na fila informal dos anfitriões, desempenhando o papel de dono da casa que deveria desempenhar sempre, junto com Katherine, o barão e sua esposa, recebendo os convidados que chegavam. – Já acabou de cumprimentar os convidados?

– A não ser que alguém decida invadir a festa, o último dos convidados já chegou.

Sam submeteu-a a outro rápido exame. A textura acamurçada da seda crespa que ela usava parecia convidar sua mão a uma carícia e a cor vívida de água-marinha do vestido intensificava o verde de seus olhos. O cabelo acobreado amontoava-se no alto da cabeça, alguns fios escapando. Sam distraidamente imaginou quantos grampos o manteriam no lugar.

– Não acredita realmente que alguém invadiria a festa, acredita?

Kelly parecia achar mais graça da improbabilidade do que da probabilidade de algo assim ocorrer.

Encolheu os ombros.

– Nunca se sabe.

Sam só conseguia pensar em uma pessoa: Len Dougherty. Embora o capataz, Ramón Rodriguez, tivesse mencionado, justamente naquela manhã, que Dougherty estava trabalhando como segurança em The Cloisters. Sóbrio, Dougherty era inofensivo. Só quando bebia é que causava problemas.

Contudo, era curioso que, com tantas vinícolas no vale, Dougherty estivesse trabalhando para The Cloisters. Sam imaginou se Gil sabia que Dougherty constava na sua lista de pagamento ou se era tudo pura coincidência. Lançou uma olhadela especulativa em direção a Gil e tomou um gole da água Calistoga gelada.

– Tem voado ultimamente? – perguntou Kelly.

O olhar de Sam voltou a fixar-se nela, o pesar repuxando a boca em um meio sorriso.

– Ando ocupado demais nas últimas duas semanas para voar. – Pareceu satisfeito por Kelly haver se recordado do seu interesse por aviões. – Pensei em escapulir por umas duas horas no domingo e colocar à prova o Cub. Tenho um lugar vago no banco do carona, e a vista aérea de Napa Valley é imperdível.

– Terei de aceitar a sua palavra a esse respeito – replicou ela com um rápido sorriso e um sacudir de cabeça. – Compareci a um espetáculo aéreo lá em Iowa certa vez. Havia uns dois daqueles pequenos biplanos no espetáculo, muito semelhantes, imagino, ao que você tem. Costumavam usá-los em uma antiga representação mambembe, completada com pilotos se equilibrando nas asas dos aviões, combates aéreos simulados e rastros de fumaça saindo da cauda. Lembro que observava aqueles aviõezinhos fazendo parafusos e mergulhando, dando rasantes nos milharais *virados de cabeça para baixo*. Tenho estômago bastante forte, mas não creio que conseguisse aguentar todos aqueles *tonneaux,* mergulhos e loops.

– E se eu prometer manter as asas na horizontal o tempo inteiro?

Embora o tom fosse brincalhão, o olhar era sério. Perturbadoramente sério.

Kelly percebeu que queria aceitar a promessa e o convite. Isto era impossível, é lógico. Partiria no dia seguinte. Não sabia por que não respondia aquilo.

– Talvez em alguma outra ocasião eu o acompanhe. – E, no mesmo instante, mudou de assunto. – Eu me lembro que os pilotos daqueles outros aviões usavam óculos de proteção quando voavam. Você usa?

Também se lembrava da banda local tocando vezes sem conta "Esses homens maravilhosos em suas máquinas voadoras". Na época, achara divertida a escolha da canção. Agora, olhando para Sam, a música parecia totalmente apropriada.

– Em uma cabine aberta, óculos de proteção são uma necessidade. – No momento seguinte, um brilho divertido surgiu em seus olhos. – Às vezes chego a pôr no pescoço uma longa echarpe branca, igual à que os ases da Primeira Guerra usavam.

– É mesmo? – Não sabia se acreditava ou não.

Ele confirmou com a cabeça.

– É, quando estou me sentindo nostálgico. Ou quando quero fazer uma bela figura para alguém particularmente atraente.

– Mulher, é lógico.

– Sim, é lógico. – Sam sorriu.

– Imagino que já levou muitas passageiras no seu avião – comentou Kelly sentindo uma imediata e intensa ferroada de antipatia por todas elas.

– Isso nunca aconteceu. Na verdade... – fez uma pausa, o olhar procurando os seus olhos – você é a primeira a quem convido.

Kelly não queria saber nada sobre aquilo. Por alguma razão, só fazia tudo parecer ainda pior. Contudo, conseguiu sorrir e dar uma resposta bastante neutra.

– Nesse caso, sinto-me bastante honrada.

– Espero que sim. – Um garçom de andar resoluto caminhava entre os convidados, segurando um triângulo de prata e batendo nele a intervalos regulares. – Acho que é a nossa deixa para o jantar – observou Sam.

– E a nossa para guardar a câmera. Com licença.

Afastou-se para se reunir à equipe. Sentia-se mais segura com os colegas.

Folhas de parreira entrelaçadas feitas de prata, sustentavam os cartões diante de cada lugar na mesa. Kelly encontrou um com o seu nome e sentou-se, aliviada ao encontrar DeeDee à sua direita. Trocar banalidades sociais com estranhos não era o seu forte.

– Lindo – murmurou DeeDee e indicou com a cabeça o *epergne* que sustinha cascatas de uvas, cachos de *cabernet sauvignon* de um negro purpurino contrastando fortemente com os *pinot chardonnay* de um verde dourado.

– É, sim – Kelly olhou para o arranjo. – Hugh certamente aprovaria. Ele deplora o uso de centros de mesa com flores ao jantar. Na sua opinião, a fragrância das flores não só interfere no sabor da comida, como também afeta o gosto do vinho que é servido.

– Isso é bem coisa de Hugh.

Kelly assentiu com a cabeça e distraidamente examinou os convidados sentados à mesa, parando por um instante em Sam. Eu estava sentado perto de Katherine, na cabeceira das mesas dispostas em meia-lua. O barão estava à direita da anfitriã, a esposa a seu lado. Contudo, Sam foi o único que Kelly notou.

O sol havia bronzeado sua pele e desbotado o caramelo-claro do cabelo. Os olhos castanhos eram de uma tonalidade mais escura. Ainda agora, sentado à mesa, conversando com a mulher ao lado, havia nele uma aura de calma que a impressionava, tão forte quanto a atração que sentia. De repente, mais do que tudo, queria sair dali, deixar aquela festa, aquele lugar, aquele vale.

No dia seguinte. Fugiria no dia seguinte.

Um garçom bloqueou sua visão ao se inclinar entre sua cadeira e a de DeeDee e encher a taça de DeeDee com um vinho dourado-claro. Depois ficou à esquerda de Kelly, servindo-lhe vinho, seus atos repetidos por uma equipe de garçons de libré preto que atendia aos convidados.

O silêncio reinou nas mesas quando Katherine se levantou. Ela aguardou até contar com a atenção de todos, depois começou a falar.

– Convidei vocês a virem aqui esta noite para dar as boas-vindas a um convidado muito especial do nosso vale. Durante as últimas duas décadas, a família Fougère tem produzido grandes vinhos em seu *château* no Médoc. Vinhos que todos nós apreciamos, a despeito do sabor de inveja que deixou em nossas línguas. – Seu comentário arrancou sorrisos e algumas risadinhas. – O barão Emile Fougère preserva a orgulhosa tradição familiar de fabricar excelentes vinhos Bordeaux. – Pegou a taça de vinho e, virando-se para o barão, ergueu-a em um brinde. – Ao barão Fougère. Que esta seja a primeira das muitas visitas que fará ao vale.

Murmúrios de concordância percorreram as mesas enquanto todos se punham de pé e erguiam as taças para ele antes de tomarem um gole do revigorante *chardonnay*. O barão também se levantou e ficou teso e imóvel diante dos demais, então fez um gesto para que todos se sentassem.

– Chegou o momento, creio eu – declarou com uma rápida olhadela para Katherine –, de todos saberem que as duas famílias de vinicultores, Fougère, da França e Rutledge, da Califórnia, concordaram em se unir e produzir um vinho magnífico com as uvas de Napa Valley. – Após o anúncio, houve uma coletiva exclamação de espanto. O barão ergueu a taça. – A Fougère e Rutledge.

A julgar pela expressão de Gil e pela desenvoltura com que imitou o gesto do barão, Kelly achou que a notícia não o surpreendera. Bastante estranho era o fato de ser Sam a única pessoa envolvida que parecia ter sido apanhada desprevenida. Será que ele não estava a par de nada? Ou simplesmente não esperava que o anúncio fosse feito esta noite? Kelly não sabia responder; o sorriso de Sam substituíra o franzir de sobrancelhas rápido demais enquanto agradecia as congratulações da loura ao lado. Pensativa, bebeu um gole do vinho enquanto o barão se sentava.

– Que nome darão ao vinho? – perguntou um repórter de uma conceituada revista sobre vinhos. – Já decidiu, barão?

– Será Fougère-Rutledge – replicou ele.

Sorrindo, Katherine imediatamente interpôs:

– Ou Rutledge-Fougère.

– Acho melhor você só imprimir isso, Ed – declarou Gil Rutledge com uma voz maliciosa – depois de saber quem vai realmente ganhar a parada.

Clay riu com o restante dos convivas ao ouvir o comentário do pai, mas, ao contrário deles, sabia que ele não estava se referindo ao rótulo do vinho, e sim ao acordo propriamente dito. Pelo que sabiam, nada estava assinado ainda. Até que estivesse, a batalha não estava perdida.

Um garçom colocou a entrada à sua frente, ostras frescas ao *vinaigrette* com limão e coentro, e Clay tentou de novo atrair a atenção de Natalie na cabeceira da mesa. Fora impossível ter uma conversa particular com ela antes do jantar. Havia gente demais em volta, de ouvidos atentos. Porém, a expressão de angústia refletida naqueles olhos ao saudá-lo assegurara a Clay que a decisão do marido a pegara de surpresa.

Preocupava-o, contudo, que Natalie não tivesse sequer olhado de relance em sua direção. Decerto havia percebido onde estava sentado.

Os pratos da entrada foram retirados e serviram os medalhões de carne de carneiro com molho de anchovas e azeitonas e alcachofras fritas antes que o olhar dela o procurasse e se fixasse em Clay por vários segundos, transbordante de desespero.

Toda a tensão dele dissolveu-se quando a autoconfiança voltou. Natalie sairia da festa furtivamente para encontrá-lo. Faria tudo que pedisse. Aquela mulher estúpida estava apaixonada.

Com uma ponta de presunção, Clay comeu a carne e, deliberadamente, deixou intocada a taça de *cabernet sauvignon*. Era um Rutledge Estate da Reserva Particular, o vinho da Madame. No que lhe dizia respeito, tinha tanto valor quanto lavagem de porcos. Mas bebeu até a última gota o doce e gelado Château d'Yquem, o *crème de la crème* dos vinhos de sobremesa, acompanhando o prato final.

Após o jantar, a festa transferiu-se para os jardins, onde um conjunto musical com cinco componentes tocava swing, em substituição ao quarteto de cordas. Quando Clay avistou Natalie ali parada, um tanto distante do marido, soube que aquela era sua chance.

Adiantou-se com um ar casual e parou a uns dois palmos dela, de frente para o conjunto musical, fingindo ouvir a música.

– Natalie, preciso conversar com você. Não olhe – murmurou para alertá-la quando ela fez menção de se virar. – Apenas escute. No outro lado da casa há uma trilha que passa entre as árvores. Encontre-me lá.

– Não posso – respondeu com um sussurro. – Não esta noite.

– Tem de ser hoje – insistiu Clay. – Pode ser a nossa última oportunidade. – Ouviu-a mais uma vez respirar fundo em sinal de protesto e apressou-se a acrescentar: – Se você me ama, estará lá.

Esta tática era horrivelmente velha, mas sempre funcionava. As mulheres eram tão facilmente manipuladas pelas emoções. Sorrindo para si mesmo, Clay afastou-se antes que ela pudesse responder.

Um leve sorriso pairava nos lábios de Katherine enquanto ela examinava os convidados. O anúncio dado no jantar provocara uma conversação geral, criando um clima de excitação. Olhou de esguelha para Emile.

– Causamos um rebuliço – murmurou. – Muitos esperavam por um anúncio desses, mas poucos achavam que viria tão depressa.

– Suspeito que o seu neto não ficou muito contente ao ouvi-lo. Você tem motivos para confiar tanto nele.

– É mesmo?

Katherine deu às palavras um tom de leve curiosidade.

– Confesso que questionei sua capacidade por algum tempo. Achava que sua natureza era plácida demais, que lhe faltava o seu pulso firme na administração da vinícola. Agora me parece óbvio que estava enganada..

– O que o fez mudar de ideia?

Perscrutou-o com um novo interesse, instigado pela convicção presente na voz do barão.

– Algo que ele comentou comigo outro dia – replicou Emile, e Katherine aguardou que o barão elucidasse. – Sam manifestou o seu desprazer para com o fato de que um Fougère compartilhe o mérito proveniente de um grande vinho fabricado por um Rutledge. Não ligou a mínima se me ofendeu ou não. – Fez um gesto de concordância com a cabeça. – Ele é um homem que não se furta a lutar pelo que acredita. Isso não é algo que se possa dizer de muitos homens.

Katherine não respondeu. A raiva fora a primeira reação ante a revelação do comentário de Sam. Logo a seguir, viera uma onda de perguntas e dúvidas, junto com uma crescente inquietação. *Será que tinha julgado Sam mal o tempo inteiro?*

Seus pensamentos retornaram à conversa travada alguns dias antes, acerca da visita iminente de Emile, relembrando a inesperada ousadia do neto ao mencionar a falta de fé dela na capacidade dele. Na ocasião, julgara infantil essa atitude, um assunto totalmente inadequado à discussão. Mas seria mesmo?

E havia aquele incidente dos tiros com Dougherty, quando Sam rejeitara a recomendação de deixar que o xerife se encarregasse do caso e fora lá pessoalmente. Ela havia encarado aquilo com um gesto motivado por um tolo orgulho masculino, uma necessidade de provar a virilidade em face do perigo. Teria sido por uma questão de lealdade, de responsabilidade para com os seus homens?

E aquela ação judicial contra a vinícola em Sonoma, no inverno anterior. Ela tinha se enfurecido com a fraqueza que ele demonstrara ao chegar tão depressa a um acordo e suspender o processo. No minuto em que soubera daquilo, cancelara a procuração que lhe dera após sofrer a queda. A seus olhos, ele havia demonstrado não ter tutano para enfrentar uma briga. Mas, apesar de tudo, Sam os livrara de uma batalha judicial que consumiria tempo e dinheiro.

Se mergulhasse ainda mais fundo no passado, será que encontraria incidentes semelhantes, atitudes de Sam das quais fizera mau juízo? A idade certamente não lhe embotara a visão. Mas será que não a teria deixado com uma mentalidade estreita? De repente Katherine ficou confusa, incerta.

– Está ouvindo essa música, Katherine? – murmurou Emile. – Natalie e eu a dançamos quando lhe propus casamento. Creio que vou procurá-la e perguntar se gostaria de reviver aquele momento.

Ela respondeu com um gesto afirmativo da cabeça, escutando sua voz, mas nada do que dizia. Nem sequer notou quando ele se afastou.

KELLY SENTIU VONTADE de abraçar Steve quando este se aproximou e a convidou para dançar uma música lenta, salvando-a de um vinicultor tagarela que se pendurara em seu ouvido nos últimos vinte minutos, contando a história de sua vida muito chata, naturalmente com a esperança de que ela quisesse entrevistá-lo para o programa na televisão.

– Eu adoraria. – Kelly segurou a mão de Steve e deu ao seu chato parceiro um sorriso forçado. – Com licença.

– Volte quando acabar. Tenho mais a contar – falou o homem, enquanto ela se distanciava.

Kelly murmurou uma resposta ambígua e seguiu Steve até a pista de dança armada no gramado, em frente ao coreto enfeitado de videiras. Steve puxou-a para os seus braços e começou a conduzi-la pela pista.

– Ótima festa, não é? – Sorriu para Kelly com absoluta sinceridade.

– Ótima.

Ela sorriu sem nenhuma animação, certa de ser a única pessoa que não se divertia. DeeDee estava ali perto, às gargalhadas com dois texanos transplantados. Rick batia papo com um astro do rock em decadência que se tornara um pouco respeitável demais. Quanto a Steve, suspeitava que ele era capaz de se divertir até em um cemitério.

– Gosto dessa canção, você não? – observou Steve e começou a cantar a letra junto ao seu ouvido. Felizmente, possuía uma boa voz.

Quando começavam a contornar a pista pela terceira vez, Sam adiantou-se e deu um tapinha no ombro de Steve, os olhos fixos em Kelly.

– Posso interromper?

– Por que não? – Steve deu de ombros.

No momento seguinte, a mão de Kelly pousou no ombro de Sam, a outra firmemente presa entre os dedos dele. Os passos dos dois emparelharam-se, embora ela não notasse. Pelo que se lembrava, nunca em sua vida estivera tão consciente da proximidade de outra pessoa. Pior ainda, sentia-se como a adolescente desengonçada e retraída que fora no passado.

– Não se importou que eu interrompesse, não é?

Sua voz era um murmúrio agradavelmente rouco. Com o rosto encostado no seu ombro, Kelly podia senti-lo vibrar.

– Não.

Continuou a olhar por cima do ombro dele, observando os outros casais girando pela pista de dança.

Não conseguia relaxar por completo em seus braços, por mais que tentasse. Porém, o corpo de Sam estava próximo, e a pressão daquela mão nas suas costas era possessiva. Recordou-se da vez em que se beijaram, as necessidades que despertara, que ainda despertava. Só por um instante, permitiu-se imaginar como seria fazer amor com Sam, conhecer a carícia das suas mãos e experimentar aquela onda de prazer e liberação. Mas aquilo nunca aconteceria. Não podia permitir que acontecesse.

– Está muito quieta – falou ele, afinal.

– Foi um longo dia. – Kelly agarrou-se à primeira desculpa que surgiu e dirigiu-lhe um sorriso rápido. – Acho que a comida e o vinho acrescentaram os toques finais.

Os sulcos que emolduravam a boca de Sam se aprofundaram.

– Em outras palavras, "Mostre-me o caminho de casa. Estou cansada e quero dormir".

Ela riu e acrescentou a próxima fala.

– Tomei um drinque uma hora atrás, e a bebida subiu direto à cabeça. – Mas quando olhou para Sam, foi mais do que o vinho o que lhe subiu à cabeça. Interrompeu o contato e murmurou: – Agora estou cansada.

– Os seus colegas de equipe ainda não parecem dispostos a se recolher.

Kelly avistou Steve escoltando a esposa de alguém pela pista e sorriu.

– Tenho a impressão de que estão dispostos a se esbaldar a noite inteira.

– Se quer ir embora antes deles, posso levá-la em casa.

– Não me tente – preveniu ela em tom brincalhão. – Eu posso aceitar a sua oferta.

– Nesse caso, o que diria se eu prometesse trazer o carro logo depois desta dança?

Kelly hesitou só por um instante.

– Eu aceitaria.

– Ótimo. Trato feito.

Era impossível resistir ao seu sorriso.

COM A CABEÇA erguida, Emile circulava entre os convidados, cumprimentando alguns com a cabeça com seu jeito inconsciente e distraído e esquadrinhando os restantes com os olhos, à procura de Natalie. Por acaso, virou-se e viu-a andando sozinha nos jardins simétricos. No mesmo instante, mudou de rumo.

– Natalie. Está ouvindo essa música? – falou Emile antes de alcançá-la. Sobressaltada, ela rodopiou, a saia cor de carmim enfunando-se como uma chama. – Nós a dançamos na noite do nosso noivado. Esqueci o nome. Sabia que você lembraria.

Ela parecia pálida, assustada, insegura, enquanto os dedos tocavam nas pérolas do pescoço em um gesto nervoso.

– Eu... eu também esqueci.

– Quer dançá-la de novo? – convidou, com a seriedade costumeira.

Houve um pequeno movimento negativo com a cabeça.

– Está quase no fim, creio. Talvez em uma outra ocasião.

Quase conseguiu sorrir.

Emile captou o leve tremor na voz e fitou-a com uma intensidade que lhe era incomum.

– Algo errado? Você parece pálida.

– Não. Estou com dor de cabeça. – Fez um gesto de descaso com a mão. – A festa, o barulho, a música, tudo isso fez a minha cabeça latejar. Nada mais. Pensei em dar uma volta aqui entre as rosas. É uma pausa muito bem-vinda.

– Quer que eu mande o garçom trazer algo para dor?

– Já tomei um comprimido. Por favor, não se preocupe comigo. Logo vou melhorar, tenho certeza. Você precisa retornar a seus convidados – ponderou Natalie, apreensiva. – Vieram para vê-lo. Não deve negligenciá-los.

– Muito bem.

Mas ficou perturbado com aquele comportamento, com a agitação. Refletiu a respeito com todo o cuidado enquanto se juntava à festa, mais profundamente transtornado do que desejava admitir para si mesmo. Daí não ter perdido de vista o jardim de rosas. E Natalie.

KATHERINE INTERCEPTOU UM garçom.

– Quando vir o meu neto, avise-lhe que precisamos conversar.

– Sim, Madame. – Com uma mesura, ele seguiu em frente.

– Qual é o problema, Katherine? – veio a voz mordaz de Gil. – Sam voltou a fazer algo para desapontá-la?

Ela deu meia-volta para fitá-lo. Gil afastou-se para o lado, um copo de conhaque na mão, um sorriso irônico nos lábios e uma expressão de ódio nos olhos.

– Felizmente, Sam não é igual a você – replicou Katherine, encarando o filho com frieza.

Uma cor intensa escureceu o rosto dele e uma veia saltou no pescoço enquanto a fuzilava com os olhos. Tomou um rápido gole de conhaque e fez um esforço visível para controlar a raiva.

– Não há dúvida de que a festa desta noite será alvo de todas as conversas no vale. Mas não há nada assinado ainda, há? Planejo ter uma conversinha com o barão esta noite. Quem sabe? Pode ser que isto também acabe se tornando alvo de todas as piadas do vale.

– Não estou com disposição para trocar farpas com você esta noite, Gil – retrucou Katherine, francamente impaciente. – Para você, sempre foi uma questão pessoal, quando, na verdade, jamais o foi. O ciúme entre você e o seu irmão era destrutivo. Assim como a *phylloxera* que está matando as suas vinhas é uma doença que rói as raízes e, com o tempo, mata a videira. Eu não podia permitir que as coisas continuassem daquele jeito. Esperava que, tão logo tivesse o seu próprio negócio, se desse conta do fato. Creio que me enganei. – De repente sentiu-se cansada e triste. E velha. – Jonathon está morto e você continua infectado.

– É assim que justifica a sua atitude de me chutar daqui? – interpelou-a com voz baixa e furiosa.

– Seu velho patético e raivoso – murmurou ela, afastando-se, desta vez usando o apoio da bengala.

Evitando os convidados, rumou para o terraço, onde as mesas haviam sido separadas, algumas retiradas em definitivo e o restante deixado ali para quem preferisse sentar e conversar. Havia pouca gente na festa agora. Perdida em pensamentos, Katherine por pouco não viu Sam atravessar as lajotas de pedra em largas passadas, encaminhando-se para as portas do terraço.

– Sam, Sam, quero conversar com você – chamou, e esticou o passo.

Ele parou, lançando-lhe um olhar quase irritado.

– Vou levar Kelly Douglas para a pousada dos Darnell. Volto daqui a meia hora, mais ou menos.

– Ela não vai ficar magoada se esperar por mais alguns minutos.

A resposta de Katherine foi ríspida. Por alguma razão, seu mau humor havia aflorado.

Seu tom arbitrário o ofendeu, deixando-o rígido de raiva. Um músculo saltou no queixo de dentes cerrados enquanto ele abria a porta do terraço para a avó e entrava atrás. Parou dentro do vestíbulo de mármore e virou-se de frente para Katherine, sem perceber que assumia uma postura de combate.

– O que há de tão importante que não pode esperar?

– Falei com Emile...

– E vocês dois chegaram a um acordo. Já sei. Ouvi o anúncio ao jantar. – Sam não tentou controlar a dureza da voz, a lembrança do fato magoando-o de novo. – Você podia ter mencionado o fato para mim antes de contar ao mundo, Katherine. Acho que eu merecia isso de você.

– Eu tinha toda a intenção de lhe contar. Emile e eu concordamos que um anúncio não seria... – Parou e concluiu a sentença com um gesto de impaciência. – Não é isso que eu queria conversar. Emile comentou comigo alguns minutos atrás que você se ressente da ideia de que um vinho Rutledge leve o nome Fougère. É verdade?

– É. – Fez menção de sair após esta afirmativa, depois mudou de ideia. – Francamente, Katherine, não entendo por que você não detesta essa ideia. Desde que eu era menino, sempre a ouvi repetir vezes e mais vezes que algum dia o nome de Rutledge Estate seria citado junto com Pétrus, Mouton-Rothschild e Margoux. Você devotou a vida inteira a este sonho. As videiras, as uvas, o vinho, nada mais importava. Agora acabou. Encerrou. – Fitou-a e sacudiu a cabeça. – Não há mais Rutledge Estate, não depois desta noite. Só Fougère-Rutledge ou Rutledge-Fougère. Mas não Rutledge Estate.

– E isso importa para você. – Ela exibiu uma expressão estranha enquanto examinava o rosto dele.

Uma risada curta e amarga escapou.

– Meu Deus, Katherine, sou um Rutledge. Nós temos vinho nas veias, não sangue.

Virou-se e saiu, deixando-a parada no vestíbulo.

QUANDO KELLY SAIU da casa, esperava ver o jipe de Sam estacionado no caminho circular. Mas ele estava parado perto de um jaguar conversível pintado do mesmo verde das pistas de corrida inglesas. Abaixando-se, abriu a porta do carona para ela.

– Este sim é o carro que um vinicultor bem-sucedido dirigiria – comentou Kelly, com uma voz meio jocosa.

– Uso-o sempre que quero impressionar alguém.

Esperou que ela se sentasse e se acomodasse, depois fechou a porta.

– Estou impressionada – assegurou Kelly, enquanto Sam contornava para o lado do motorista.

– Ótimo. – Abriu a porta, chaves na mão. – Se quiser, posso levantar a capota.

Ela sacudiu a cabeça.

– É uma linda noite. Deixe abaixada.

O vento e o ruído significavam menos conversa durante o trajeto. Kelly preferia assim.

Uma vez longe de casa e do resplendor de luzes, Kelly viu que as estrelas brilhavam e que uma meia-lua pairava alta no céu noturno. Havia pouco trânsito em Silverado Trail. O carro esporte seguia rapidamente pela rodovia, fazendo as curvas sem esforço. O vento veloz formava túneis nos lados abertos do carro, levando consigo o ronco amortecido do motor e os aromas do vale. Ela virou o rosto para receber em cheio o impacto do vento e deixou-se envolver, sem pensar, sem sentir.

Logo o carro reduziu a velocidade e Sam saiu da rodovia e dobrou em uma estrada secundária que os conduziu aos arrabaldes de Santa Helena. Os últimos 3 quilômetros passaram depressa. Kelly quase lamentou quando ele entrou no caminho de acesso e parou, desligando o motor e os faróis.

– Não demorou nada. – Sam virou-se no assento e ficou de frente para Kelly, apoiando o braço no encosto do banco.

– Nada mesmo. – Kelly soltou o cinto de segurança e fez menção de segurar a maçaneta da porta para fugir. – Obrigada pela carona. Eu... – Escutou o som distante de uma música evolando-se no silêncio da noite e parou para ouvir, atraída pela familiaridade do som, pelas lembranças de todas as outras vezes em que a ouvira. – Viola espanhola – murmurou.

Sam ergueu a cabeça para escutar por um instante.

– Alguns trabalhadores imigrantes devem estar acampados nas proximidades.

– Creio que sim – concordou Kelly suavemente, ainda atenta ao intrincado jogo de notas.

– Por quanto tempo mais vai ficar? – Não fora intenção dele fazer esta pergunta.

– Parto amanhã de manhã.

– Amanhã? – Ele franziu a testa com um ar de surpresa. – Pensei que ainda fosse ficar aqui por mais uns dias.

– Os outros vão. Precisam gravar mais algumas tomadas do vale. Os trabalhadores migrantes nas vinhas, os caminhões nas rodovias, a atividade nas vinícolas durante o esmagamento, esse tipo de coisa, mas não precisam de mim para isso – explicou. – Meu serviço acabou.

– Suponho, então, que isto seja um adeus.

Sam levou uma das mãos ao rosto de Kelly, afastando da testa, com os dedos, os fiapos de cabelo escuro, depois encaixando a mão na curva do pescoço, acariciando com o polegar o contorno de seu queixo.

– Suponho que sim.

A voz de Kelly saiu um pouco sussurrada, não tão firme quanto gostaria que estivesse, sentindo os olhos de Sam fixos nela.

Kelly percebeu a mudança, viu a expressão aprofundar-se, a cor escurecer. A emoção inundou-a, despertando de novo aquelas necessidades. Ergueu a mão até o pulso dele, afirmando a si própria que não queria isto, mas era mentira. Queria, sim.

Apesar de tudo, murmurou:

– Ainda tenho de arrumar a mala. Eu devia entrar.

Mas não se afastou.

– Devia, sim – concordou Sam e inclinou-se para mais perto, a mão livre deslizando garganta acima para emoldurar-lhe o rosto.

Sob o polegar, podia sentir o pulsar rápido de uma veia, emparelhando-se com o seu. Este detalhe e sua imobilidade foram os únicos encorajamentos de que precisava.

Com delicadeza, Sam roçou os lábios nos dela, criando uma fricção úmida e deliciosa. Isso o excitou. Excitou-a também quando sua boca moveu-se em direção à dele em uma resposta hesitante. Sam queria mais e o tomou, puxando-a para mais perto de si, os dedos no cabelo, arrancando grampos e derrubando barreiras que seria melhor deixar erguidas.

Sam não soube quando os lábios de Kelly se abriram, quando as línguas entraram em ação, mas sabia que ela tinha um gosto de frescura e limpeza, como a água da chuva. Sabia que podia beber e nunca se fartar. Porém a necessidade de experimentar estava lá, quente como a noite, como as notas longínquas e palpitantes de uma viola espanhola – como a pressão exigente daquela boca em contato com a sua. Contudo, bem no âmago daquele calor, sentiu que encontraria paz.

Recuando, Kelly deixou a cabeça baixar para evitar o olhar perscrutador enquanto lutava contra uma tempestade de ânsias inúteis. Partiria pela manhã. Aquilo não daria em nada, não podia dar.

Respirou fundo, inalando todos os cheiros cálidos e terrenos que identificava com Sam. Deslizou as mãos para dentro do paletó. Deixou-as lá por um momento para se controlar, sentindo músculos e nervos, a força rija que emanava dele. Aquilo lhe deu a resolução de que necessitava.

– Adeus, Sam.

Saiu do carro e andou ligeiro até a construção.

Sam observou-a imóvel até a porta dianteira fechar-se atrás dela. Então abriu a mão fechada e olhou para os grampos que tinha na palma aberta. Cinco. Tornou a fechar os dedos sobre os grampos, depois guardou-os no bolso e deu partida no carro esporte, o ronco do motor afogando o som distante de uma viola solitária.

KATHERINE CONTINUOU PARADA à janela, observando o caminho circular muito depois que as lanternas traseiras vermelhas do Jaguar desapareceram. A festa e seus deveres de anfitriã foram esquecidos enquanto a mente reconstituía incontáveis vezes a conversa com o neto. O fogo sumiu dos seus olhos, e os ombros caíram enquanto ela se apoiava pesadamente na bengala, parecendo o que era: uma velha confusa.

– O que foi que eu fiz? – murmurou para a noite.

Algo se mexeu nas sombras perto do caminho. Katherine observou aquilo meio distraída, demorando a reconhecer o vulto de um homem, e mais ainda a perceber que era Emile.

O que ele estava fazendo ali sozinho? Por que não estava com os convidados? O franzir da testa se aprofundou quando ela o viu dobrar na velha trilha de cavalos e sumir no túnel de árvores.

Precisava conversar com ele. Mas continuou na janela por mais um longo minuto enquanto o pensamento ganhava força suficiente para impeli-la à ação. Com a bengala batendo no chão em um nítido acompanhamento dos passos, saiu do salão dianteiro e cruzou o vestíbulo de mármore em direção à porta de mogno.

Lá fora, atravessou o caminho de acesso e a estreita faixa de grama entre o caminho e a larga trilha. No instante em que se aventurou para além do alcance da intensa claridade proveniente das luzes da casa, os olhos a traíram. Há muito tempo sabia que tinha dificuldade em enxergar à noite. Agora a escuridão parecia impenetrável, e ela parou, cercada pelas trevas, sombras negras fundindo-se para formar uma sólida muralha.

Katherine hesitou, depois fez menção de voltar para casa. Mas tinha de conversar com Emile. A necessidade tornara-se imperativa, algo que se recusava a adiar. Por acaso não havia afirmado a Kelly Douglas que conhecia aquela velha trilha de cavalos tão bem que podia percorrê-la de olhos vendados? Era verdade quando o dissera antes, e continuava sendo agora. Guiada pelo instinto, pela memória e pela bengala, ela avançou lenta e cautelosamente.

Pouco a pouco, os sons da festa no terraço se dissiparam, e o silêncio da trilha orlada de árvores se adensou a seu redor. Duas vezes, Katherine julgou ouvir vozes à frente e parou para ouvir. A cada vez foi forçada a concluir que era o sussurro da brisa noturna passando através dos galhos folhosos acima de sua cabeça.

Uma pedra rolou sob seus pés. Ela perdeu o equilíbrio e quase caiu, mas a bengala a salvou, equilibrando-a. Levou a mão ao coração, que martelava com selvageria.

– Sua velha estúpida – murmurou consigo mesma. – Perambulando por aqui no escuro, sem uma lanterna, você merece cair e quebrar o pescoço.

Mas continuou andando, embora com muito mais cuidado. A trilha parecia muito mais longa à noite do que à luz do dia. Ela começou a se preocupar com a possibilidade de se desviar do caminho. Parava com mais frequência para espiar à frente, esperando ver o cintilar das luzes de segurança no pátio da vinícola romperem as trevas.

De repente lá estavam, piscando através dos galhos. Suspirou de alívio, não mais temerosa de ter se perdido. Só então parou para imaginar por que Emile fora à vinícola e como sabia sobre a velha trilha de cavalos. Mentalmente, livrou-se das perguntas: teria as respostas muito em breve.

Foi em frente, agora certa de seu destino, as luzes de segurança servindo de faróis para guiá-la. Vários metros adiante, ouviu vozes em algum lugar à frente.

– Emile? – chamou, com voz interrogativa. Houve um silêncio instantâneo. Katherine franziu o cenho, certa de que as vozes tinham sido apenas fruto da sua imaginação. – Quem é? Quem está aí? – interpelou e não recebeu resposta.

Houve um farfalhar fora da trilha, mas ela não viu nada, só mais escuridão. Silenciosamente, adiantou-se, os ouvidos atentos a qualquer outro ruído, com crescente inquietação.

Por fim alcançou a clareira banhada de luz onde ficava o pátio da vinícola. Esquadrinhou-a com os olhos sem ver qualquer sinal de Emile. Decidindo que ele entrara na vinícola, rumou para as grandes portas de madeira e bloqueou a lembrança dos próprios fantasmas.

Um xingamento abafado pôde ser ouvido das sombras no canto oposto do prédio. Katherine viu a forma escura de um homem agachado.

– Emile? – chamou, dando um passo em sua direção. O vulto ficou de pé de regente, a cabeça levantando, o rosto claramente visível à luz de segurança. Espantada, Katherine estacou, interpelando no mesmo instante:

– O que está fazendo aqui?

Ao ouvir a voz, ele largou o objeto que tinha na mão e correu, fugindo para a escuridão atrás do prédio, os passos ligeiros quebrando a quietude.

O que ele largara? Começou a adiantar-se, depois notou a grande forma escura no chão, quase oculta pelas sombras profundas do prédio. Parecia... Katherine levou a mão à garganta.

Bendito Deus, parecia um corpo.

Aquela visão provocou um choque violento em Katherine, e as imagens passaram velozes por sua mente ainda que a forçassem a avançar. Era um homem, deitado com o rosto voltado para o chão, inconsciente. Ela se abaixou e tocou no ombro do homem vestido com um paletó preto. O corpo virou molemente sob a pressão da mão.

– Emile.

Katherine sufocou o grito que tinha na garganta.

Ele não estava inconsciente. Estava morto.

Katherine soube antes mesmo de verificar a pulsação. Ergueu os olhos. No mesmo instante, foi dominada por algo muito pior do que um déjà vu.

14

As batidas prosseguiram, altas e insistentes – Kelly enterrou a cabeça embaixo do travesseiro e tentou bloquear o som. Não funcionou. Gemeu em um protesto sonolento antes de ouvir uma voz abafada chamar seu nome. Atirou longe o travesseiro e, zonza, ergueu a cabeça, afastando o cabelo do rosto. As lentes de contato estavam pegajosas. Piscou para limpá-las e lançou um olhar remelento para a janela e a luminosidade cinza-perolada do alvorecer que entrava por ali.

– Kelly. Pelo amor de Deus, acorde!

As batidas recomeçaram, sacudindo a solidez da porta contra a moldura.

Kelly reconheceu a voz de DeeDee e respondeu, rouca de sono.

– Já vou.

Arrastou-se para fora da cama e apanhou o robe de seda aos pés da cama, vestindo-o enquanto se dirigia à porta, franzindo o cenho com irritação. Odiava acordar assim. Destrancou a porta e abriu-a. DeeDee irrompeu quarto adentro.

– Vista-se depressa – disse a Kelly. – Não temos muito tempo. O barão foi morto ontem à noite.

– O quê?

Instantaneamente desperta, Kelly tornou a afastar o cabelo.

– Você me ouviu, o barão foi morto, *assassinado.* – Encaminhou-se para a valise que Kelly arrumara na noite anterior e começou a tirar as roupas de dentro. – Prenderam um suspeito. O pessoal já está na cadeia agora. Conversei com Hugh e ele quer que a gente cubra tudo.

Jogou na cama uma combinação de seda cor de pêssego debruada de renda, junto com uma calcinha do mesmo tipo.

– Quando aconteceu? Onde? Como? Por quê?

Não havia tempo para recato; Kelly despiu o robe e a camisola, deixando-as onde caíram, e enfiou às pressas as roupas íntimas.

– Ontem à noite. Logo depois de você sair da festa. – DeeDee tirou da valise uma saia cor de aveia e uma blusa dourada e amontoou-as em cima da cama. – Katherine achou o corpo perto da vinícola. Atingiram o barão na cabeça com um, abre aspas, instrumento cego, fecha aspas. Quanto ao por que, terá de perguntar a quem cometeu o crime. – Puxou uma meia-calça da bolsa de lingerie e jogou-a para Kelly, depois colocou um par de sapatos altos bege junto a seus pés. – Uma van de reportagem já está vindo da Grande São Francisco. Vou buscar um café para nós e a encontro no carro.

E saiu, a saia longa rodopiando, a mesma que usara na festa da noite anterior.

Kelly levou exatos cinco minutos para se vestir. Desceu correndo a escada e se dirigiu à porta de entrada, o cabelo solto e esvoaçante, a volumosa bolsa a tiracolo estufada com o peso da maquiagem, os pentes, escovas e fixador de cabelo em spray.

DeeDee estava no carro, o motor ligado, quando Kelly se acomodou no banco do carona.

– Conte-me tudo. – Equilibrou um espelho no colo e começou a aplicar a maquiagem, algo que aprendera a fazer com rapidez e habilidade. – O que o barão estava fazendo na vinícola?

– Ou ninguém sabe, ou ninguém está contando.

Deu a volta pelo caminho de acesso e saiu na rua.

– Katherine tem de saber – ponderou Kelly enquanto passava pó de arroz sobre a base e o blush. – Você disse que ela o achou, o que

249

significa que sabia que ele estaria na vinícola. Podia não ser uma coincidência os dois estarem ali.

– Ótimo argumento. Mas Katherine não está falando com ninguém além da polícia. Acho que viu tudo. Um dos policiais que estavam no local quase admitiu que foi ela quem identificou o sujeito que prenderam.

– Quem é?

Desenhou o contorno dos lábios com lápis cor de coral, acrescentou batom, depois começou a pintar os olhos.

– Ainda não liberaram o nome.

– Até que ele seja formalmente acusado, é bem possível que não o façam. Não foi alguém da festa?

Passou rímel nos cílios, escurecendo a cor castanha.

– Não. A polícia interrogou todos antes de deixá-los ir embora. Tive a impressão de que, definitivamente, não prenderam nenhum dos convidados.

– É o motivo que me intriga. – Com dedos ágeis, Kelly torceu as longas mechas do cabelo em uma trança. – Por que alguém ia querer matar o barão Fougère?

– Talvez um simples roubo que deu errado – sugeriu DeeDee com um casual dar de ombros.

– Roubo. – Kelly considerou esta hipótese sem muito entusiasmo.

– Por que não? Há uma enorme quantidade de trabalhadores imigrantes pobres no vale neste exato momento.

– Eu sei. – Mas seu instinto rejeitava esta possibilidade.

Não houve mais tempo para conversar. DeeDee estacionou em frente ao edifício da prefeitura que também abrigava a delegacia de polícia e a cadeia. Kelly contou, no mínimo, três outras equipes de televisão aglomeradas na calçada. De acordo com o logotipo nos veículos estacionados junto à guia, eram todos da grande São Francisco.

Kelly avistou Steve e Rick a um lado e seguiu para lá. DeeDee ia logo atrás.

– Alguma novidade? – perguntou, um bloco de anotações e uma caneta na mão.

– De certa maneira – replicou Steve e indicou algo com a cabeça.

Kelly virou-se quando Linda James deixou a equipe e veio na sua direção em largas passadas, a hostilidade irradiando-se da cabeça aos pés.

– O que está fazendo aqui? – indagou, agressiva. – Eu cubro a Costa Oeste.

– Estamos fazendo uma reportagem sobre Rutledge Estate, onde ocorreu o assassinato.

Kelly nem sequer tentou parecer conciliadora. Ainda era cedo demais e ela precisava fumar o primeiro cigarro matinal e tomar mais do que um golinho de café.

– Então restrinja-se à sua reportagem. Eu vou fazer a cobertura desta notícia – informou-lhe Linda.

– Faça o seu trabalho e deixe-nos fazer o nosso – revidou Kelly.

Linda rapidamente mirou-a de cima a baixo com um olhar mordaz.

– Pode fazê-lo... enquanto durar. – Deu meia-volta e afastou-se.

– Cretina – resmungou DeeDee.

Em silêncio, Kelly repetiu o pensamento enquanto voltava rapidamente os olhos para o jipe que estava estacionando junto à guia. Sam desceu, viu toda a imprensa ali reunida e hesitou. Ninguém pareceu notável. Kelly pediu licença e se aproximou dele. Sam parecia tenso e cansado, como um homem que não dormira a noite inteira, a sombra de uma barba escurecendo o rosto moreno e encovado.

– Eu devia saber que você estaria aqui.

Havia severidade e dureza em suas feições, a tensão de uma longa noite transparecendo no tom de leve irritação.

– Como está Katherine? – indagou ela.

– Bem.

– E a baronesa?

– Não tente me arrancar informações – preveniu-a, deixando claro que não estava com disposição para responder a mais perguntas da imprensa. Kelly bem podia imaginar o modo como teriam invadido Rutledge Estate quando se espalhara a notícia do assassinato do barão.

– Eu estava preocupada, Sam – respondeu calmamente.

O olhar direto de Sam examinou o rosto dela. Depois ele assentiu com a cabeça, um pequeno suspiro de cansaço lhe escapando.

– O doutor a está mantendo sob sedativos. Ela ficou bem abalada. – Fez uma pausa, depois acrescentou seriamente: – Isso não podia ter acontecido.

Pelo tom de voz, Kelly percebeu que ele se culpava e pousou a mão em seu braço, a primeira vez que iniciava um contato físico entre ambos.

– Mesmo que estivesse lá, Sam, não havia nada que pudesse fazer para evitar.

Sam fez menção de dizer algo, depois parou e fitou-a, a desconfiança voltando aos olhos, concentrada tanto na profissão de Kelly quanto nela. Ainda assim, doía. Queria que Sam confiasse nela. Não sabia por que isso de repente era tão importante.

– Talvez pudesse. Talvez não – respondeu por fim.

Um carro havana chegou e estacionou em um espaço reservado apenas aos veículos dos funcionários. Um homem de terno escuro e gravata saiu, depois esticou-se para dentro do carro e apanhou uma maleta. Sua chegada atraiu uma enxurrada de repórteres.

– Quem é?

Kelly olhou com curiosidade. Quando o homem se aprumou, a luz do sol nascente cintilou no aro de metal dos óculos. Uma mecha de cabelo castanho caiu sobre a testa dela. Ela puxou-a para trás e virou-se para os repórteres que se aproximavam antes que Kelly pudesse enxergar melhor o seu rosto.

– Zelinski, o promotor – replicou Sam.

Kelly lançou-lhe um olhar de espanto, depois, com a mesma rapidez, voltou a olhar para o promotor. Zelinski. Não podia ser Ollie Zelinski. Ollie fora seu melhor amigo – seu único amigo – quando era menina. Naquela época, ele falava em estudar Direito.

Inconscientemente, aproximou-se para olhar mais de perto. Nem sequer percebeu que Sam a acompanhava. Tinha olhos apenas para o homem alto e esbelto de terno e gravata.

Afinal viu seu rosto. Era Ollie, alto e desengonçado, o pomo de adão ainda subindo e descendo na garganta quando ele falava, os óculos

252

de lentes grossas que ampliavam os olhos cor de avelã, fazendo-os parecerem ainda maiores, mais redondos. Ollie Coruja, como as outras crianças o chamavam.

Que dupla formavam, Ollie Coruja e Lizzie Gorducha. Quase sorriu ao lembrar dos dois, uma gorda e o outro magro, alvo de zombaria por parte dos colegas, unindo-se por autodefesa e se tornando amigos fiéis em consequência disso.

Agora veja só os dois, pensou Kelly. Ollie era promotor, e ela logo teria o seu próprio programa na televisão em rede nacional. Sentiu-se orgulhosa. Orgulhosa de ambos.

Ollie certamente parecia estar se saindo muito bem na coletiva improvisada à imprensa. Microfones eram empurrados para o seu rosto e choviam perguntas de todos os lados. Algumas eram respondidas, outras, ignoradas. Kelly parou de pensar no passado e começou a prestar atenção àquela voz firme de barítono.

– Foi acusado de assassinato.

– Conversou com ele? – gritou um repórter atrás da multidão. – Ele contou por que matou o barão?

– Qualquer discussão quanto ao motivo nesta fase das nossas investigações seria pura especulação – replicou Ollie. – E, respondendo à sua primeira pergunta, não, não conversei pessoalmente com ele.

Seu olhar percorreu os rostos dos jornalistas, parando por um breve instante em Kelly enquanto ele aguardava mais perguntas.

Linda James disparou a próxima.

– Ele tem família?

– Ele... – Ollie parou, seu olhar voltando rapidamente para Kelly, um brilho súbito e caloroso iluminando-lhe os olhos. Ele a reconheceu. Kelly não esperava por isso; mas quem mais a conheceria tão bem? Abruptamente, Ollie baixou os olhos, rompendo o contato. Quando ergueu a cabeça, seus olhos a procuraram de novo, com uma expressão de pesar. Kelly teve uma sensação súbita e desagradável na boca do estômago. – Ele tem uma filha que deixou a região há muito tempo. Que eu saiba, não tem outros parentes.

Em algum lugar atrás da multidão, uma voz de homem reclamou em voz alta.

– Parem de me empurrar. Estou indo.

– Lá está ele – gritou um repórter, abafando a pequena exclamação de protesto que Kelly proferiu.

Apenas Sam estava perto o bastante para ouvir. Olhou-a de soslaio quando todos os olhares focalizavam o prisioneiro de cabelo grisalho que três policiais escoltavam até uma radiopatrulha. Os olhos de Sam fixaram-se no rosto lívido e semicerraram-se ao notar o choque refletido nos olhos arregalados de Kelly.

O restante dos presentes foi em direção ao prisioneiro, os pulsos algemados nas costas. Mas Kelly continuou paralisada, olhando espantada, incapaz de se mexer, de fugir.

Linda James abriu caminho agressivamente entre a multidão de jornalistas e furou com o microfone o bloqueio dos oficiais de polícia que flanqueavam o prisioneiro.

– O que acha da acusação de assassinato, Sr. Dougherty?

– Não fui eu. Sou inocente, ouviram? – gritou Len Dougherty para todos eles enquanto se esquivava das mãos que o impeliam para a radiopatrulha com a sirene ligada. – É tudo uma cilada. Estão tentando me responsabilizar por algo que não fiz. Nunca matei ninguém, e quem disser o contrário é um mentiroso.

– Pode provar isso, Sr. Dougherty? – desafiou Linda James.

– Eu... – Sua voz sumiu. Por um instante, pareceu um velho doente e assustado. Reassumiu a raiva e a bravata ao ver Sam. – Aqueles Rutledge não vão largar do meu pé. Querem a minha terra e vão me impingir essa acusação de assassinato para pôr as mãos nela. É uma mentira. Não sou assassino. – Viu Kelly e esticou o pescoço para não perdê-la de vista. – Conte a essa gente, Lizzie. Vão ouvi-la. Conte que o seu velho não é um assassino. Você sabe que sou inocente, Lizzie. Você sabe.

As palavras restantes foram cortadas quando os policiais o forçaram a sentar no banco traseiro. Àquela altura , as cabeças estavam se voltando para descobrir quem e onde estava a tal "Lizzie". Kelly era a única mulher nas proximidades.

– Ele estava falando com você, não é, Kelly? – declarou Linda James com um olhar ligeiramente satisfeito. – Você é filha de Leonard Dougherty, não é?

254

Por um longo segundo Kelly não respondeu, consciente de que DeeDee a fitava com um olhar atônito, e Sam com os olhos semicerrados. Mas sabia que não havia como fugir da verdade, não agora que Linda James farejara o seu cheiro. Nenhuma mentira poderia escondê-la, nenhum fingimento poderia tornar tudo mais fácil. Era preciso enfrentar a realidade dos fatos.

– Sim.

A voz saiu entorpecida; ela também se sentia desse jeito. Não havia mais medo, raiva ou ressentimento, só uma deprimente sensação de inevitabilidade.

De repente foi bombardeada de perguntas, vozes martelando-a de todos os lados. Uma floresta de microfones brotou à sua frente. As lentes das câmeras estavam focalizadas nela. Havia uma amarga ironia na lembrança de todas as vezes em que fora parte daquela horda de jornalistas a cercá-la, e agora era ela o alvo das atenções.

– Quanto tempo faz que não vê seu pai?

– Acha que ele é culpado?

– Como se sente vendo seu pai acusado de assassinato?

Fez que não com a cabeça para todas as perguntas, evitando encarar qualquer um dos repórteres.

– Não tenho mais nada a declarar – insistiu e tentou se afastar, mas todos a seguiram.

Para onde quer que se virasse, havia alguém com um microfone ou uma câmera, um bloco de anotações ou um gravador. Cercada, sacudida para todos os lados, Kelly tentou abrir caminho, mas havia gente demais.

De repente um braço forte contornou-lhe os ombros e um corpo a protegeu no lado esquerdo, o outro braço estendendo-se para forçar passagem, e a voz de Sam exigiu:

– Afastem-se. Deixem-nos passar.

Ollie juntou-se a Sam, flanqueando Kelly pela direita. Juntos a fizeram atravessar aos empurrões a multidão de jornalistas direto até o jipe de Sam. Sam separou-se dos dois, e Ollie ajudou Kelly a sentar no banco do carona.

– Tire-a daqui, Sam – disse Ollie, depois apertou rapidamente a mão dela. – Lamento – murmurou, depois virou-se para bloquear os repórteres que os seguiram.

Sam partiu. Kelly não sabia aonde ele a estava levando. Mais do que isso, não se importava. Olhava em frente sem nada ver enquanto o vento soprava pelos lados abertos do jipe, ardendo no rosto. Não sentia. Não sentia nada. Ainda não.

Em algum ponto da estrada cheia de curvas que serpenteava pela cordilheira das Mayacamas, Sam estacionou o jipe em um acostamento gramado perto de um riacho de águas rumorejantes, com árvores altas cobertas de musgo em suas margens. Desligou o motor e deixou o silêncio envolvê-los. Kelly permaneceu imóvel, a expressão vazia, os dedos crispadamente entrelaçados com força.

Quando Sam pensou em Len Dougherty, no tipo de pai que devia ter sido – sempre bêbado, sempre metido em encrenca –, quis soltar um palavrão, bem alto e bem feio. Seus próprios pais não teriam nada de que se gabar, esquecendo-se de sua existência durante a metade do tempo, nunca se preocupando em comparecer aos jogos de futebol ou às reuniões de professores. Mas ele nunca sentira vergonha deles. Isso já era motivo suficiente para odiar Dougherty.

Por que é que fora relaxar a segurança? Dougherty não devia ter chegado nem a 30 metros da vinícola. Ele andava quieto demais já fazia um bom tempo. Devia ter percebido isso, mas deixara muitas outras coisas desviarem seus pensamentos. E Kelly, definitivamente, era uma delas.

– Para onde o levaram? – Kelly quebrou o silêncio.

Sam respirou fundo antes de responder, desejando que houvesse um modo de poupá-la, de protegê-la. Era impossível.

– Para a prisão municipal, em Napa.

Ela assentiu com a cabeça, como se estivessem falando sobre o tempo. Sam procurou sinais de choque, mas seus olhos estavam límpidos e brilhantes, a cor voltava ao rosto. Ela mantinha suas emoções firmemente sob controle. Isto era parte daquela força que sentira nela e que, como Sam sabia, ela precisaria reunir por inteiro até tudo terminar.

– O que vai fazer? – perguntou Sam, achando que ela parecia linda ali sentada. Linda e solitária.

Houve um quase imperceptível dar de ombros.

– Não posso fugir. Não posso fingir que nada disso aconteceu. Não desta vez – Um cardeal esvoaçava entre os galhos de uma sequoia, um lampejo vermelho em contraste com o verde-escuro da folhagem. – Ele transformou a minha vida em um inferno. Agora está repetindo tudo.

– Você não é responsável pelos atos dele. – Os olhos de Sam estavam sombrios e atenciosos ao examiná-la.

– Não, não sou. – Mas ainda assim ela sofreria por causa disso, como sempre sofrera. Podia não ser justo ou certo, mas era assim que seria. Kelly havia crescido sabendo como era sentir que os outros a criticavam, que a menosprezavam por causa do seu pai. – Sou responsável só pelo meu comportamento. Contudo... – Não terminou o pensamento enquanto uma parte da antiga raiva e ressentimento ameaçava aflorar. – O que aconteceu ontem à noite?

Quantas vezes no passado tinha feito pergunta semelhante? Quantas vezes tinha precisado determinar as circunstâncias que cercavam a mais recente escaramuça do pai com a lei? Tantas vezes julgara que aquilo não a aborrecia mais. Mas dessa vez era diferente: agora a acusação era de assassinato.

– Não há muito que eu possa lhe contar – admitiu Sam. – Katherine viu Emile entrar na velha trilha de cavalos que conduz à vinícola. Queria conversar com ele, então o seguiu. Sua visão à noite tem piorado muito ao longo dos anos, e ela é uma mulher idosa. Tenho certeza que demorou mais do que Emile para chegar à vinícola. As luzes de segurança na vinícola estavam acesas. Ela escutou um ruído e viu Dougherty curvado sobre o corpo de Emile. Ao vê-la, ele largou a marreta que tinha na mão e correu.

– Correu. – A trança produzia uma sensação de calor e peso na nuca. – Ele não fugiria se não fosse culpado, suponho.

Com ar ausente, Kelly esfregou o antebraço esquerdo, aquele que o pai havia quebrado em um acesso de fúria bêbada. Lembrou-se de outras ocasiões em que a surrara, machucando-lhe o rosto ou deixando-a com um olho roxo. Sabia que ele era mais do que capaz de agir com violência. Se tivesse matado alguém em uma briga, Kelly acreditaria nisso prontamente. Mas assassinato... A palavra soava como uma obscenidade. Muito embora detestasse o pai, não queria acreditar que ele pudesse ser capaz de um ato desses.

– E agora, Kelly?

Ela respirou fundo e soltou o ar devagar, lutando contra a raiva que sentia, reprimindo-a.

– Vou voltar à cidade, creio eu. Voltar à pousada dos Darnell.

– Estarão à sua espera.

– Meus colegas da imprensa? – disse com uma ponta de amargura, depois fitou o cenário rural. – Por mais pacífico que seja este lugar, não posso ficar aqui para sempre. Cedo ou tarde, terei de enfrentá-los. Em seguida, enfrentarei tudo, uma coisa de cada vez. Mas eu precisava desta folga. – Encarou-o. – Obrigada por isto, Sam.

– Esqueça. – Sam girou a chave na ignição.

O barulho do motor e o vento formando túneis nos lados abertos do jipe dificultavam a conversa. Regressaram à cidade em um silêncio pesado.

## 15

DeeDee precipitou-se para Kelly no minuto em que cruzou a porta.

– Por onde andou? Hugh já ligou meia dúzia de vezes. O homem está furioso, querendo saber o que está acontecendo. *O que* está acontecendo, Kelly?

– Você estava lá. Meu pai foi acusado de matar o barão Fougère.

A aspereza em sua voz era acidental, um reflexo da necessidade que sentia de estar duplamente prevenida. E que provou ser uma tática eficiente ao silenciar DeeDee.

Kelly passou pela outra e foi direto ao telefone na elegante sala de estar vitoriana, onde discou o número da linha particular de Hugh, preparando-se mentalmente. Ele atendeu no segundo toque, a voz muito tensa e muito britânica.

– Oi, Hugh. Aqui é Kelly.

Fez um esforço para projetar um ar de serenidade e segurou com força o fio do telefone, entrelaçando os dedos nos anéis.

Houve um segundo inteiro de silêncio pesado antes que ele falasse, com uma voz calma e controlada demais.

– Kelly, que bom que telefonou. Certamente deve saber que o seu nome está ganhando manchetes em todos os serviços de comunicação do país.

– Achei que estaria.

O seu lado profissional reconhecia que matéria sensacional aquilo dava: um rico barão francês assassinado em uma famosa vinícola pelo pai de uma personalidade do telejornal. Era o tipo de notícia capaz de fazer a carreira de alguém.

– Achou, é? – Ele estava lutando para conter a raiva, mas ela aflorou com uma força tranquila. – Então que tal me explicar que história é essa? Esse homem é seu pai? Lembro-me claramente de ouvi-la dizer que ele estava morto.

– Na ocasião, uma mentira era mais fácil do que contar a verdade. – Mas duvidava que ele fosse entender isso.

– Kelly, Kelly, Kelly – murmurou Hugh em uma censura suave, mas zangada. – A publicidade sobre esse caso apenas começou. Há muita gente neste edifício que não está... satisfeita, digamos, com o que está vendo e ouvindo. Ele é culpado?

– Provavelmente. Não sei. – Sua cabeça começou a latejar. Ela esfregou a têmpora.

Houve um suspiro de pesar, de resignação.

– Nestas circunstâncias, será melhor você tirar uma licença do programa.

– Não. – Seu protesto foi instantâneo e assustado.

– Isto não é uma sugestão, Kelly.

– Mas preciso trabalhar, Hugh. Vou enlouquecer se...

– Então reze para que ocorra algum desastre capaz de tirar essa notícia da primeira página – retrucou, depois acrescentou formalmente: – Farei todo o possível, mas...

Hugh já estava pensando em substituí-la. Kelly pôde sentir isso em sua voz. Se tal coisa acontecesse, seria o seu fim, sua carreira estaria encerrada. Tinha devotado sua vida a isso; era o centro de sua existência. As pessoas com quem trabalhava – a equipe de gravação, os produtores, os redatores, o pessoal do programa – eram a sua família, seus amigos. E Hugh – ela esperara que ele ficasse aborrecido, até mesmo zangado, mas estava certa de que a apoiaria, certa de que montaria uma campanha em sua defesa para lembrar ao mundo que os pecados do pai não eram seus. Em vez disso, estava pronto a dar-lhe as costas. Com esta licença, já estava se distanciando dela e distanciando-a do programa.

Sentia um horrível aperto na garganta e no peito. Mesmo depois de todo aquele tempo, ainda não era imune à dor da traição e da rejeição.

Vagamente, ouviu a voz de Hugh.

– Kelly, perguntei se DeeDee está aí.

Ela virou-se um pouco para confirmar que DeeDee estava parada na entrada em arco da sala de estar, ouvindo.

– Sim.

– Preciso conversar com ela. Entregue a DeeDee todas as suas anotações e o material sobre John Travis. Ela precisará disso para entrevistá-lo. E, Kelly, seria prudente você sumir de circulação. Linda James está querendo ver sangue neste caso.

Kelly passou o telefone a DeeDee.

– Ele quer conversar com você.

Quando DeeDee o pegou, Kelly de imediato subiu a escada de mogno e foi para o quarto que deixara com tanta pressa poucas horas antes. Jogou a bolsa a tiracolo em cima da cama desfeita e dirigiu-se à janela.

Lá, nas vinhas que se estendiam mais além dos carvalhos vigorosos, podia ver as figuras curvadas dos trabalhadores migrantes despojando as videiras de suas uvas. A manhã mal começava, porém o dia era longo e eles avançavam a passo lento, poupando as energias para gastarem-nas mais tarde. Teria sido um deles que tocava viola na noite anterior?, imaginou. Parecia que fora uma eternidade atrás, algo que havia sonhado junto com o calor do beijo de Sam.

Fechou os olhos para reprimir aquela necessidade súbita e dolorosa de ser abraçada e consolada, de conhecer o calor de braços fortes a envolvê-la e para dar-lhe forças. Estava tão cansada de enfrentar tudo sozinha. Mas não fora sempre assim desde a morte da mãe? Não havia aprendido que não podia contar com mais ninguém além de si mesma? Sentiu o arder das lágrimas e abriu bem os olhos. Chorar não mudava nada, também aprendera isso.

Ouviu uma leve batida na porta, seguida pela voz de DeeDee:

– Kelly, sou eu. Posso entrar?

Kelly expulsou o resto da autopiedade e armou suas defesas, aprumando os ombros enquanto virava de costas para a janela.

– Está destrancada. – Ao soar o clique da fechadura, foi até a valise e tirou de dentro as pastas grossas sobre John Travis. – Hugh me pediu para lhe entregar isto.

DeeDee hesitou, depois as apanhou.

– Lamento sobre isto, Kelly. Hugh está preocupado com o programa. Muitos empregos dependem dele.

– O que é um emprego comparado com muitos? Não posso criticar a lógica desse argumento. Mas este é o meu trabalho. A minha carreira.

– Ele só quer que você tire uma licença, Kelly. Essa coisa toda pode acabar em uns dias e você voltará ao trabalho. Não perdeu o emprego.

– E não vou perder – jurou enquanto começava a recolocar as roupas na valise.

– Essa situação deve ser horrível para você. – Havia pena no olhar de DeeDee. Kelly odiava o sentimento. – O que vai fazer?

Kelly encolheu os ombros vigorosamente.

– Não sei. Hugh quer que eu desapareça por enquanto.

– E você vai fazer isso?

Era uma ideia tentadora. Só Deus sabia como.

– Passei a maior parte da minha vida me escondendo, mentindo, fingindo. E aonde esta atitude me levou?

Contudo, sentia-se acuada, inquieta, com os nervos em frangalhos.

– Se ficar, é melhor não ser aqui. Neste exato momento, todos pensam que você vai visitar o seu pai na cadeia. – Com *todos*, ficava entendido que se referia aos membros das várias ramificações noticiosas da mídia para lá enviadas a fim de cobrir o assassinato do barão. – Tão logo descubram que isso não acontecerá, vão acampar lá fora.

Kelly já havia pensado nessa possibilidade.

– Vou precisar do carro.

DeeDee transferiu as pastas para a curva de um dos braços e enfiou a mão no bolso para pegar as chaves.

– Para onde vai?

– Ainda não sei – admitiu Kelly. – Neste exato momento, preciso pensar.

Ela fechou os dedos em volta das chaves, ciente de que tinha a liberdade na mão. Mas seria mesmo a liberdade?

O VENTO FUSTIGAVA as pontas do cabelo castanho-claro de Sam, trazendo consigo o cheiro forte de uvas em fermentação misturado com o leve ar marinho soprando através das janelas abertas do jipe. Os portões de ferro que marcavam a entrada principal de Rutledge Estate estavam fechados, barrando o acesso aos repórteres e às equipes de gravação. Sam dobrou em uma estradinha secundária sem placa antes de alcançá-la.

Exausto pela falta de sono, rumou direto para a casa. Deixou o jipe estacionado no lado de fora e entrou pela porta da frente. A escadaria ficava à esquerda, descrevendo uma curva majestosa para o segundo andar. Seguiu para lá, com a intenção de tomar uma chuveirada e ter algumas horas de sono.

Quando estava no meio da escada, a governanta, a Sra. Vargas, o reteve.

– A Madame está na sala matinal. Pediu que o senhor fosse até lá quando voltasse.

Exausto e irritado, ele fez menção de dar uma resposta malcriada, depois respirou fundo e replicou.

– Então diga-lhe que irei vê-la *após* tomar um banho e mudar de roupa.

262

Subiu a escada e percorreu o corredor, entrando no quarto. Manteve a mente vazia enquanto se dirigia ao banheiro anexo e ligava o chuveiro. A água jorrou, gelada a princípio, depois pouco a pouco aquecendo.

Sem perder tempo, despiu-se e jogou as roupas no mosaico de cerâmica do chão, deixando-as lá amontoadas. Testou a temperatura da água. Estava quente. Entrou debaixo da ducha, fechando a porta atrás de si. Permaneceu sob os pulsantes jatos de água, permitindo que expulsassem a fadiga dos músculos, a água escorrendo pelos ombros largos, descendo pelas costas e pelo peito até chegar aos quadris estreitos e às pernas fortes.

A água batia com força nas paredes azulejadas do boxe e seu chiado o envolvia como uma nuvem de vapor. Segurando o sabonete com as mãos em concha, Sam esfregou-o nos braços e no peito, formando uma camada de espuma que a água corrente de imediato dissolvia, deixando escorregadia e reluzente a pele bronzeada.

Enquanto passava as mãos pelo corpo, deu por si pensando em Kelly e na sua reação ao descobrir que era o pai quem estava preso pela morte do barão, no choque inicial que lhe tirara a cor do rosto, fazendo-a parecer vulnerável e desprotegida, no jeito como suas mãos se fecharam enquanto lutava para controlar as emoções e enfrentar a enxurrada de repórteres. Isso fora muito mais enternecedor, a seu modo muito mais sexy, do que uma crise histérica ou uma fuga soluçante.

Praguejando baixinho, Sam ergueu o rosto para a ducha e fechou os olhos, tentando afastá-la da mente, mas só conseguiu evocar a imagem de Kelly sentada ao seu lado no jipe, todo aquele magnífico cabelo preso naquela trança abominável. Passou os dedos pelo cabelo, afastando do rosto as mechas úmidas. Aquela trança fora o mesmo que saber que ela usava aquela lingerie rendada tão feminina por baixo das roupas severas.

Continuou imóvel sob os jatos pulsantes, a mente presa naquele pensamento erótico. Tentou se convencer de que dormia sozinho havia tanto tempo que qualquer mulher o excitaria. Só Deus sabia que, lá no jipe, quisera tomá-la nos braços, abraçá-la, consolá-la.

Mas não o fizera. E não o fizera porque as coisas não parariam por ali. Também não parariam com um beijo, e sexo não era o que Kelly precisava dele no momento.

Não o fizera porque nunca, em toda sua vida, sentira-se tão absurdamente protetor em relação a outra pessoa, a ponto de protegê-la de si mesmo. Era uma nova emoção para ele e Sam não tinha certeza se gostava dela, mas isso não diminuía seu sentimento.

Dez minutos depois, Sam entrou na sala matinal, vestido com uma calça cáqui e uma camisa de cambraia, o rosto macio e bem barbeado, o cabelo ainda úmido do banho. Katherine estava sentada à mesa do café da manhã, exibindo uma aparência de frescor e repouso, cada mecha do cabelo branco perfeitamente arrumada. Só as leves olheiras indicavam que tivera uma noite de insônia.

– Bom dia. – Sam encaminhou-se ao aparador, ignorou o aparelho de café de prata e serviu-se de suco de laranja recém-preparado. – Como está Natalie?

Puxou uma cadeira e sentou-se.

Com os lábios curvando-se em uma expressão de ligeira ironia, Katherine tomou um gole do café.

– Clay ligou uma hora atrás para fazer a mesma pergunta. – Baixou a xícara. – Ela continua de cama. A Sra. Vargas levou a bandeja ao seu quarto mais cedo, mas ela recusou. Suspeito que passará a maior parte do dia lá em cima.

Fosse por culpa ou sofrimento, Katherine preferia não especular. Assim como preferia não fazer qualquer especulação com a polícia quando lhe perguntaram por que Emile havia saído da festa e ido à vinícola na noite anterior. Mas tinha suas suspeitas. E temores. Guardaria ambos totalmente para si.

– A morte de Emile, naturalmente, cancela o acordo que fizemos. Talvez seja melhor assim. Nossos vinhos continuarão a levar apenas o nome Rutledge Estate – declarou Katherine. – Há uma triste ironia no fato de algo de bom poder advir de uma tragédia tão terrível.

– Uma ironia muito triste.

Sam tomou um gole do suco e olhou fixamente para o copo, o semblante carregado.

Se ao menos ele tivesse lhe contado o quanto se preocupava com Rutledge Estate, pensou Katherine. Se o tivesse feito, ela nunca teria procurado Emile, este não viria a Rutledge Estate, não haveria festa e Emile ainda estaria vivo. Essa era a verdadeira tragédia. Mas não lucraria nada remoendo tais ideias, e, então, concentrou a mente nos problemas do presente.

– A polícia já disse quando vão liberar a área? – perguntou. – Revistaram meticulosamente o lugar. A esta altura, certamente já reuniram todas as provas e tiraram todas as fotos necessárias do local.

– Não consegui conversar com ninguém. Havia uma multidão de repórteres no distrito policial quando cheguei – explicou ele, depois fez uma breve pausa. – Transferiram Dougherty para a cadeia municipal.

– Sim, ouvi no rádio que ele foi oficialmente acusado de assassinato.

Sam inclinou a cabeça para ela.

– Então também deve ter ouvido falar sobre Kelly.

Katherine assentiu com a cabeça.

– A reportagem alardeava muito o fato de Dougherty ser seu pai.

– Ela é uma moça forte e corajosa. – Moveu copo em círculos e observou o suco subir pelos lados. – É difícil acreditar que ela seja sua filha.

– Coragem. – Katherine refletiu enquanto testava a palavra que soava tão estranha vindo dela. – Isto descreve muito bem Evan Dougherty, seu avô. Provavelmente, também herdou dele a inteligência e a determinação. Os olhos verdes, o cabelo ruivo... talvez eu devesse ter notado a semelhança, embora isso pouco importe.

– Realmente.

Não ligava a mínima para quem eram os pais dela, mas lembrava da cautela de Kelly quando ele estava por perto. Seu pai detestava todos que tivessem alguma relação com Rutledge Estate. Será que Kelly também o considerava um inimigo? Droga, queria que confiasse nele.

– Por acaso mencionei que a meteorologia prevê chuvas fortes na nossa região dentro de dois dias? – indagou Katherine.

265

– É a última coisa de que precisamos neste exato momento – resmungou Sam, frustrado.

– Infelizmente, estão afirmando que há setenta por cento de possibilidades de chover.

Ele soltou um suspiro de cansaço ao ouvir isso.

– Vou mandar retirarem as equipes esta manhã e começarem a vistoriar as vinhas para me certificar de que há bastante espaço para o vento circular em volta dos cachos de uvas. Isso deve ajudar um pouco.

– Concordo inteiramente, Jonathon. Sam – disse, notando o erro e se corrigindo em seguida. – O mofo pode se formar muito depressa nas uvas molhadas após a chuva, especialmente se os dias que se seguem são quentes.

Consciente disso e de que o mofo causaria a perda da colheita, Sam afastou a cadeira da mesa.

– É melhor eu telefonar para Murphy e mandar que deixe os seus helicópteros de prontidão.

– Helicópteros – repetiu Katherine com aspereza. – Que utilidade teriam para nós?

– Após a chuva cessar, a mãe natureza pode não nos enviar ventos bastante fortes para secar as uvas. Planejo usar os helicópteros para lhe dar uma mãozinha.

– O mesmo Sam de sempre – murmurou ela em sinal de desaprovação. – Sei que você sempre manifestou interesse por aviões. Não há dúvida de que é um passatempo divertido para você, mas as vinhas não são lugar para cultivar os seus passatempos.

– Isso não tem nada a ver com o meu interesse em voar, Katherine.

– Por favor, não insulte a minha inteligência. – Lançou-me um olhar frio e irado. – Se não fosse pelo seu interesse em voar, essa ideia tola toda nunca lhe ocorreria.

– Não há nada de tolo nisso – Sam lutava para manter a voz calma. – Muito pelo contrário, é lógico e prático. As pás rotativas dos helicópteros pairando sobre uma vinha atuam como um leque gigante, soprando vento diretamente nas plantas. Admito que têm utilidade limitada em situações desse tipo, mas quando foram empregadas provaram ser bastante eficazes, especialmente quando as folhas ao redor dos cachos de uvas foram cortadas.

– Talvez. – Mas sua expressão mostrava que ela não estava convencida. – Só que nunca os usamos antes e não vejo motivo para começar agora.

– Eu vejo. – Sam levantou-se da cadeira e se encaminhou para o telefone.

– O que está fazendo? – interpelou Katherine quando ele tirou o fone do gancho.

– Ligando para Murphy.

Começou a discar os números.

– Não ouviu o que eu disse?

– Ouvi. – Sam levou o fone ao ouvido.

– E deliberadamente contrariaria minha vontade nesta questão? – desafiou ela, indignada.

– Sim. Não tenciono permitir que o mofo destrua metade da nossa colheita, como fizemos alguns anos atrás, só porque você não percebe a vantagem de um novo método.

Melindrada com o flagrante desafio, Katherine reagiu agressivamente.

– Desligue esse telefone já!

– Espere um minuto, Murphy – falou Sam no fone, depois baixou-o, tampando o bocal com a mão. – Isso é uma ordem, Katherine? – Examinou-a com um olhar duro e tranquilo. – Porque, se for, vou ignorá-la. É meu trabalho aqui fazer o que for melhor para o bem videiras, e, se esta minha atitude a enfurece, pior para você.

*O bem das videiras.* Esta expressão ecoava lembranças do passado. Katherine olhou para Sam por outro longo segundo e fez um gesto com a mão.

– Providencie os helicópteros, se quiser. Veremos como se saem.

Ele voltou a encostar o fone no ouvido.

– Murphy, aqui é Sam Rutledge. Parece que vamos precisar dos seus helicópteros.

A ESCOLA SECUNDÁRIA, a lojinha barateira onde comprara quase todas as suas roupas, a maltratada taverna de tijolos onde o pai passava a maior parte do tempo, os restaurantes onde ela tinha trabalhado lavando a louça – nunca esguia o bastante ou bonita o bastante para servir as mesas. Kelly passou devagar por todos esses prédios, sem fugir das recordações, mas enfrentando-as. Revivendo toda a dor de se sentir deslocada, de não usar as roupas certas, de ser diferente, de sentir-se envergonhada de ser quem e o que era, de quem era seu pai e do que ele era, as risadinhas abafadas, os comentários maldosos.

Mas havia a biblioteca pública com suas estantes de livros que lhe proporcionaram tantas, tantas horas de fuga, o escritório do jornal onde publicaram seu artigo sobre a história dos vinhos de Napa Valley, a casa onde a professora de inglês residira, e havia sua amizade com Ollie. Momentos de alegria entre todas as lembranças tristes.

De certa forma, isso tornou tudo mais fácil quando Kelly saiu da Main Street e dobrou na Spring Street a oeste. Havia pouco trânsito. A rua estendia-se reta e desimpedida, mas ela dirigia devagar assim mesmo. Seguia sem pressa enquanto ia cobrindo de carro o percurso que fizera a pé tantas vezes.

Perto dos arrabaldes da cidade, chegou ao cemitério. Uma dúzia de rosas de cabo longo, tão rubras quanto o vinho tinto produzido com as uvas do vale, estava no banco ao lado, uma fita amarela amarrando-as. Com as rosas nos braços, desceu do carro estacionado em frente à entrada. Podia ter seguido de carro, mas queria percorrer a pé os últimos metros até o túmulo da mãe.

O cemitério era tão velho quanto a cidade, um diversificado conjunto de jazigos de família, criptas e lápides desgastadas pelas intempéries. Vez ou outra, Kelly parava para ler nomes familiares cinzelados em granito e mármore.

Diminuiu o passo ao se aproximar do túmulo da mãe. Um vaso com um variado buquê de margaridas, cravos e saudades estava no chão próximo à lápide esculpida com o nome de REBECCA ELLEN DOUGHERTY e o epitáfio de AMADA ESPOSA.

– *Ele* trouxe essas flores, não é? – Kelly fuzilava-as com os olhos. A raiva a dominava, tão violenta a ponto de fazê-la tremer. Queria arrancá-las dali e atirá-las bem longe. Queria, mas não o fez. Sua mãe não gostaria disso.

Agachou-se e, delicadamente, colocou as rosas perto da lousa.

– Ah, mamãe. – Sua voz falhou um pouco. – Como ele pôde agir assim conosco? Como pôde?

No minuto em que disse isto, Kelly soube o que tinha de fazer. Não por ele. Pela mãe – e por si mesma.

DIPLOMAS DE DIREITO emoldurados dividiam o espaço da parede com uma fotografia do governador e do brasão do estado da Califórnia. A mesa pesada estava atravancada com blocos de papel amarelo, uma fortuita pilha de grossas pastas de arquivos, um telefone preto e um retrato de duas menininhas de cabelo escuro e óculos fazendo pose. Bem no meio estava um saco de papel branco, com um sanduíche de pão de centeio com queijo e presunto comido pela metade em cima de um papel de embrulho branco igual ao do saco. A cadeira de escritório giratória rangeu quando Ollie levantou-se para cumprimentar Kelly, apressadamente limpando as mãos em um guardanapo de papel.

Kelly viu o sanduíche e hesitou.

– Já é hora do almoço?

– Eu só estava comendo um pouco mais cedo. – Tornou a guardar o sanduíche no saco e empurrou-o para um canto da mesa perto do terminal de computador. – Não tive tempo de tomar café hoje.

A observação lembrou-a do motivo por que estava ali. Desviou os olhos, de repente constrangida.

– Não foi minha intenção interromper.

– Tudo bem. Sério mesmo. – Deu um sorriso tranquilizador, permitindo-lhe vislumbrar o menino que fora seu amigo. – Sente-se, Liz. Desculpe. Agora é Kelly, não é?

Ela sentou na beirada da cadeira com encosto de couro que ficava em frente à mesa, a única peça não ocupada com uma pilha de papel.

– Mandei trocar legalmente o meu nome nove anos atrás.

– Você está com ótima aparência, Kelly.

A cadeira giratória tornou a girar ao receber o seu peso.

– Obrigada. Eu... – Procurou algo para dizer, algo que dissipasse este constrangimento. – Você soube na hora quem eu era, não é?

– Sua voz – respondeu com um leve encolher de ombros. – É inconfundível. Talvez porque a ouvisse com tanta frequência.

– Costumávamos conversar muito, não é? – Kelly sorriu ao lembrar-se. – Não sabe quantas vezes pensei em você, imaginei onde estaria, o que estaria fazendo. Presumi que tinha deixado este lugar há muito tempo. Quando o vi hoje na... – Deixou a frase inacabada. Aquela não era a hora, nem o local, para relembrar o passado ou tentar galgar o abismo que os anos criaram. – Ollie, será que posso vê-lo?

– Posso providenciar isso. – Ollie assentiu com a cabeça e examinou-a com atenção. – Se está certa de que é o que quer.

– Não é uma questão de querer, mas de dever. – Baixou os olhos para os dedos entrelaçados, depois ergueu a cabeça. – Ele tem advogado?

– Não. Mas a corte pode indicar um.

– Sim, mas a acusação é de assassinato. – Incapaz de permanecer sentada por mais tempo, Kelly levantou-se da cadeira e foi até a janela, passando os braços em volta da cintura. – Vai precisar de um que seja muito bom. Sei que é impróprio pedir ao promotor que recomende um advogado de defesa, mas não sei a quem mais recorrer – explicou, tensa.

Kelly deu as costas para a janela. Por um longo tempo, Ollie ficou calado, e ela não conseguia pensar em nada para quebrar o silêncio. Por fim, pegou um dos blocos de papel amarelo que estavam em cima da mesa.

– Vou lhe dar alguns nomes. Pode escolher qualquer um.

Começou a escrever no bloco, naquele jeito desajeitado e invertido dos canhotos. Quando terminou, arrancou a folha e a estendeu a Kelly. Esta hesitou, depois adiantou-se para pegá-lo.

– Obrigada. – Dobrou-a e guardou-a na bolsinha de fecho.

Ele ajustou os óculos no alto do nariz.

– Sabe, eu sempre imaginei se nos reencontraríamos. Para ser honesto, nunca pensei que seria em uma situação como esta.

– Nem eu. – Kelly correu a mão sobre a parte superior da bolsa, depois sentou-se de novo na cadeira. – Ele deu algum depoimento?

– Não.

– Tem certeza – começou a dirigir, depois calou-se, sacudindo a cabeça. – Você deve ter certeza ou então não o acusaria de assassinato.

– Quer os fatos, Kelly? – perguntou em tom gentil. – Uma testemunha o viu no local com a arma do crime na mão. Encontraram uma lata de gasolina a menos de um metro do corpo. Estava cheia. Havia uma mancha de gasolina na calça que o seu pai estava usando quando o prenderam. Acharam mais três latas no porta-malas do carro. E também descobriram um recibo de quatro galões de gasolina no bolso da mesma calça. Sua rixa em relação a Rutledge Estate é bem conhecida no vale.

Lentamente, Kelly juntou as peças.

– Então você acredita que ele foi lá para incendiar a vinícola. O barão o pegou em flagrante e ele o golpeou.

O que significava que não fora premeditado. Por alguma razão, isso tornava tudo mais aceitável.

– Essas palavras são suas, não minhas. – Mas não as negou.

– Entendo. – Kelly mudou o modo como segurava a bolsa. – Quando posso vê-lo?

Ollie fitou-a por um longo segundo, depois largou a caneta em cima da mesa e recostou-se na cadeira.

– Não se meta nisso. Você não lhe deve nada. Afaste-se daqui.

Um sorriso de ironia pesarosa repuxou um dos cantos da boca de Kelly.

– E isso não seria um prato cheio para os tabloides? "Filha famosa abandona o pai acusado de assassinato." – Kelly fez uma pausa, ficando séria. – Mas não é por esse motivo que vou ficar. Se eu me afastasse, seria igual a ele. E não sou.

– Não, não é – concordou Ollie e pegou o telefone. – Quando quer ver seu pai?

*Nunca.*

– O mais depressa possível.

Ollie fiou-se realmente na palavra de Kelly. Quinze minutos depois, ela foi introduzida em uma sala pequena e sem janela, em alguma parte nas entranhas do edifício. Fedia a suor e fumaça rançosa e não tinha ar suficiente. Kelly sentou-se a uma mesa de escritório arranhada, de cromo e madeira preta, e esperou, mas não por muito tempo.

Em menos de um minuto, um guarda uniformizado escoltou seu pai até a sala, depois postou-se perto da porta. O pai puxou a cadeira de madeira, sentando-se diante dela, e Kelly deu sua primeira boa olhada em Dougherty.

Ele mal havia completado 60 anos, porém parecia dez anos mais velho. O cabelo, antes de uma tonalidade escura de acaju, como o dela, estava ralo e grisalho. Os olhos verdes eram descorados e turvos, e a pele tinha uma aparência doentia e amarelada, os vasos sanguíneos rompidos formando uma rede de trilhas nas faces e no nariz. Parecia menor e mais magro, como se tivesse encolhido com o passar dos anos, desde a última vez em que o vira

– Tem um cigarro aí, Lizzie?

Ele se remexia na cadeira, e Kelly sabia ser uísque o que Dougherty queria mais do que um cigarro. Sempre fora o uísque.

Sem dizer uma palavra, Kelly tirou um cigarro da bolsa, acendeu-o e entregou-o ao pai, a ponta com o filtro virada para ele. Acendeu outro para si e soltou a fumaça em um jato fino e furioso.

– Meu nome agora é Kelly – retrucou formalmente.

– Era assim que sua mãe se chamava antes de casar comigo. Rebecca Helen Kelly. – Sorriu, mas seu sorriso era um pouco torto. – Eu me senti bem ao ouvir você usando esse nome. Já visitou o túmulo dela?

– Sim.

– Ontem mesmo, levei flores para ela.

Kelly quis gritar que não falasse sobre a mãe. Ele não tinha o direito. Mas não fora ali para brigar.

– Tenho os nomes de alguns advogados de defesa – contou-lhe. – Conversarei com eles hoje à tarde e escolherei um para representá-lo.

– Não é preciso. – Sua mão tremeu quando sacudiu a cinza do cigarro no cinzeiro de plástico preto sobre a mesa. – Posso arranjar um defensor público. Precisaremos do seu dinheiro para impedir que os Rutledge roubem a minha vinha. Não o gaste com advogados.

– Essa não é uma pequena enrascada. Desta vez, você não vai se safar com uma multa e alguns dias de cadeia.

– E acha que eu não sei? – trucou Dougherty.

– Vou contratar um advogado para defendê-lo. – Kelly deu uma rápida tragada no cigarro, depois baixou-o e esfregou a unha do polegar para cima e para baixo na ponta do filtro. – A vinha não vai lhe servir de nada na prisão, e é exatamente para lá que você vai.

Os olhos remelentos fixos nela estreitaram-se depois desta acusação.

– Você acha que eu fiz aquilo, não é? Acha que matei o barão.

O guarda olhava em frente, a expressão estoica, mas devia estar escutando cada palavra. Isso não deteve o pai, e Kelly não impediu que a detivesse também.

– Conte-me você então – desafiou ela friamente, compreendendo que, por causa dele, aprendera a fugir muito cedo na vida. A fuga sempre fora a melhor defesa contra sua violência de bêbado.

– Não fiz aquilo. – Dougherty perscrutou-lhe o rosto, então algo pareceu partir-se em seu íntimo e baixou a cabeça, passando a mão pelo cabelo ralo e grisalho. – Você não acredita em mim. Ninguém acredita. – Soltou uma risada desdenhosa. – Pode apostar que ela contava com isso. Foi por isso que me acusou para a polícia. Comigo na cadeia, não há como pôr as mãos no dinheiro para impedi-la de me tomar a terra. Não posso sequer colher as uvas. Ela é esperta, é mesmo. – Sacudiu a cabeça, e a cinza caiu da ponta do cigarro no tampo da mesa maltratada. – Astuta como uma raposa e fria como um iceberg, aquela mulher. Quer a minha terra de volta. Não importa que eu seja inocente.

– Então por que fugiu?

– Por quê? – Ergueu a cabeça, lançando-lhe um olhar aturdido. – O que você faria se tropeçasse em um corpo e alguém começasse a gritar com você? Ficaria lá e esperaria o tempo passar?

– Eu não fugiria. Não se fosse inocente.

Dougherty esfregou as costas da mão na boca e evitou encará-la.

– Bem, depois de todos os problemas que tive com os policiais, não ia ficar lá plantado. Caí fora o mais depressa que pude. – Em

273

silêncio, Kelly admitiu que o pai fora programado para fugir tanto quanto ela. – Nossa, estou morto de sede. Tem aí algum chiclete? Talvez uma jujuba? Umas duas barras de chocolate viriam bem a calhar. A comida aqui é péssima. – Estava de olho comprido na bolsa de Kelly. – Você sempre gostou de doces.

– Não gosto mais. – Pousou a mão em cima da bolsa, pensando em todas as vezes nas quais os bolsos e a bolsa continham barras de chocolate com amendoim Snicker, pacotes de M&M's ou caixas de bombons Milk Dud. Então seu pedido despertou outra lembrança: ele sempre gostava de comer doces depois de tomar um grande porre. – Andou bebendo ontem à noite, não é? – Não pensara em perguntar tal coisa a Ollie. Talvez, inconscientemente, já soubesse a resposta.

Ele se encrespou todo.

– Tomei umas duas doses.

– Foram mais do que duas, aposto.

Meu Deus, como o odiava. O sentimento lhe queimava na garganta.

– Tudo bem, talvez fossem mais de duas – Esmagou o cigarro no cinzeiro, a mão trêmula. Parecia velho e fraco, sem forças para erguer a mão, que dirá para desferir um golpe mortal. – Eu não tomava uma gota há duas semanas. Nem uma única gota em duas semanas, juro. – Mas esta era uma velha história para Kelly. – Então ontem a coisa ficou preta. Eu achava que conseguiria o dinheiro para resgatar a promissória que está com ela. Mas o acordo dele entrou pelo cano e...

– E você se embriagou – acusou Kelly, enojada. – Se embriagou tanto que, provavelmente, não consegue lembrar metade do que aconteceu ontem à noite. Pode ter matado o barão e nem sequer se recorda disso. Assim como nunca se recordava de todas as vezes em que me batia.

Fez menção de levantar-se da mesa, mas a mão dele rapidamente esticou-se, os dedos longos e ossudos como garras segurando-lhe o braço com força surpreendente. Isso fez disparar um reflexo em Kelly, que ergueu a outra mão para se proteger do tapa antecipado. Mas Dougherty relanceou os olhos para o guarda e, de imediato, soltou-a recuando.

– Não foi bem assim – insistiu. – Não ontem à noite. Algumas partes não estão muito claras, mas não o matei. Não estava tão bêbado a ponto de esquecer uma coisa dessas.

Se sua voz não estivesse tão baixa, Kelly juraria que estava dizendo isso por causa do guarda.

– É lógico que não estava – zombou, implacável. – Por isso estava agachado.

Furioso, Dougherty inclinou-se em direção à filha.

– Era por causa daquelas malditas latas de gasolina. – Um brilho maldoso de repente cintilou em seus olhos e ele se inclinou mais um pouco, baixando a voz ainda mais. – Ah, eu tinha descoberto o modo perfeito para acertar as contas com ela por roubar a minha terra, Lizzie. Imagine só, todos os preciosos vinhos da Madame com gosto de gasolina. – Sorriu, depois moveu a cabeça de um lado para o outro em um gesto pesaroso. – Se ao menos eu tivesse conseguido entrar naquelas cavernas... tudo que precisava fazer era despejar a gasolina naqueles tonéis de carvalho, pingar um pouco nas rolhas e tudo, tudinho, estaria estragado.

Ele nunca pretendera incendiar a vinícola, percebeu Kelly. Seu plano era muito mais insidioso do que isso; ele queria contaminar cada litro de vinho armazenado nas adegas de Rutledge Estate, destruir safras que abarcavam décadas e mais décadas.

– Como pôde fazer isso? – Kelly quase sussurrou as palavras.

Franzindo o cenho constrangidamente ao ver a reação dela, Dougherty encolheu um ombro em um gesto defensivo.

– Se ela me tomar a vinha, não me restará nada. Eu queria que ela sentisse na pele como isso é bom.

As paredes pareceram se fechar; o ar de repente tornou-se sufocante. Ela não conseguia respirar. Precisava sair dali. Agarrando a bolsa, pôs-se de pé e dirigiu-se para a porta.

– Estou pronta para sair – avisou ao guarda.

– Aonde vai? – chamou o pai.

– Arranjar um advogado.

– Diga-lhe que sou inocente. Era o vinho que me interessava. Juro que não o matei. Você precisa acreditar em mim.

Mas como podia acreditar nele? Como?

# 16

O sol daquele final de setembro resplandecia sobre o terraço, aquecendo o ar vespertino. Com braçadas hábeis e ritmadas, Gil Rutledge percorreu toda a extensão da piscina, tocou na borda e parou, após completar o regime diário de vinte voltas. Retirou do rosto o excesso de água e olhou para o filho.

Clay estava parado junto à borda da piscina, nervosamente roendo a unha do polegar, algo que não fazia desde que descobrira o sexo, ao chegar à puberdade. Nervosismo era um outro modo de dizer "medo", pensou Gil. Era algo que nenhum dos dois podia se dar ao luxo de demonstrar.

– Há uma jarra de martíni ali na mesa. Prepare dois copos para nós – sugeriu a Clay, e, com um impulso, saiu da água.

Enquanto se enxugava, vigiou disfarçadamente Clay e observou, com satisfação, que a mão do filho estava firme. Nenhuma gota de bebida derramou ou caiu do copo quando Clay o entregou a Gil. Aquele negócio desagradável talvez tivesse lhe abalado os nervos, mas não o fizera perder o controle. Aquilo era bom.

Nas presentes circunstâncias, um brinde seria de extremo mau gosto. Gil não inclinou o copo em direção a Clay antes de tomar um gole de martíni. Sentando-se, recostou-se na espreguiçadeira, sentindo um certo orgulho da firmeza da carne bronzeada, da ausência de gordurinhas. Estava em melhor forma do que a maioria dos homens com metade da sua idade, e sabia disso.

– Alguma novidade? – Ergueu uma sobrancelha cinza-prateada para Clay.

– Que eu saiba, não. – Clay sentou-se na beirada de uma cadeira, os cotovelos apoiados nos braços dela, ambas as mãos segurando o copo de martíni. – A polícia não andou mais por aqui fazendo perguntas, não é?

– Não. Por que andaria? – contestou Gil com calma, e, preguiçosamente, tomou outro gole de martíni.

Clay correu os dedos pelo cabelo louro e deu de ombros.

– Quando tomaram os nossos depoimentos ontem à noite, disseram que talvez aparecessem de novo, se tivessem mais perguntas.

– Não há nada que possamos acrescentar ao que já declaramos – replicou Gil, fazendo um gesto displicente com o copo. Depois olhou para Clay e falou, com firmeza: – Na hora aproximada em que mataram Emile, você e eu estávamos juntos. Dúzias de pessoas nos viram. Além do mais, a polícia prendeu o culpado.

– Mas no noticiário do meio-dia mostraram uma cena de Dougherty insistindo que era inocente.

– Também não há culpados em San Quentin.

– Tem razão.

Clay sorriu com silenciosa admiração pela calma do pai, por sua fria autoconfiança. Uma parte daquele sentimento o contagiou, e ele respirou um pouco mais aliviado.

– Achei que seria apropriado visitar a viúva inconsolável amanhã e oferecer nossas condolências. – Gil indolentemente ergueu o rosto para o sol. – De acordo com as minhas fontes, parece que a querida Natalie é a única herdeira de Emile. Quanto azar que Katherine não tenha conseguido fazer o barão assinar o acordo antes. É possível que Natalie possa ser convencida a trocar de sócio na joint venture.

– Eu diria que isso é mais do que possível.

Intimamente, Clay ergueu o copo em uma saudação silenciosa e tomou um longo gole, soltando um suspiro ruidoso.

Mas foi um comentário feito antes pelo pai que fez Clay pensar. Levantou-se da cadeira e, distraído, aproximou-se da beirada do deque de pedra da piscina.

– Você disse que ela é a única herdeira.

Voltou rapidamente os olhos para o pai, em busca de confirmação.

– Presumindo que ele não tenha alterado nada no testamento nos últimos meses. Por quê? O que tem em mente?

– Divórcio. Barbara podia ser convencida de que seria a melhor solução.

Pensativo, Gil tomou um gole do drinque.

– Você está falando em comunhão de bens. Isso seria muito dispendioso, Clay.

Levantou-se, a desaprovação estampada no rosto e na postura.

Clay apenas sorriu.

– Eu alegremente daria metade do que tenho agora para pôr as mãos no Château Noir. Afinal de contas, Natalie vai precisar de alguém para ajudá-la a administrá-lo.

Surpreso, Gil fitou-o por um instante, depois jogou a cabeça para trás e soltou uma sonora gargalhada.

– Meu Deus, gosto do modo como pensa. – Adiantou-se e deu uma palmada no ombro de Clay. – Formamos uma dupla e tanto, filho. Uma dupla e tanto.

Sorrindo, brindaram e engoliram o resto da bebida em um só gole. Em silêncio, reconheceram que, enquanto permanecessem juntos, não havia nada a temer.

O CARRO ALUGADO sacolejava ao longo da trilha esburacada que conduzia ao quintal dominado pelo mato. Kelly parou com uma freada perto de um Buick estacionado em frente à casa. Por mais impossível que parecesse, a casa realmente tinha a aparência pior do que se lembrava.

A pintura que estava descascando quando partira, dez anos atrás, agora tinha se soltado por completo, expondo as tábuas cinzentas e podres. O telhado cedia a um canto, provavelmente com uma infiltração também. Pó e sujeira cobriam as vidraças da janela. Uma estava rachada, mas ela não via nenhuma quebrada.

Peças de máquinas quebradas, pneus velhos e estranhos pedaços de sucata projetavam-se acima do capim alto que cercava a casa. Se havia algum vestígio do canteiro de flores, que antes era contornado de pedras próximo do alpendre dianteiro, estava oculto pelo capim.

À primeira vista, a vinha não parecia muito melhor. Um emaranhado de videiras tão denso quanto uma floresta. Quando olhou mais de perto, Kelly pôde distinguir locais onde as varas foram cortadas para criar uma ilusão de fileiras.

Desligou o motor e contemplou o Buick verde e branco estacionado, o cromo reluzente cintilando ao sol. Parecia deslocado junto ao quintal repleto de mato e à casa caindo aos pedaços, todo limpo e resplandecente, a carroceria pintada brilhando de tão polida.

Mas sempre fora assim, o pai sempre muito cuidadoso com o carro. Assim como as roupas tinham de estar limpas e perfeitamente engomadas, o carro precisava estar impecável. Sua principal tarefa era mantê-lo brilhante. Aquele velho Chevy azul que ele possuíra quando ela estava no primeiro ano da escola secundária fora o pior, o azul-rei revelando cada mancha de poeira e sujeira. Kelly lembrou-se das horas que passara penando para limpar todas as riscas de umidade antes que o sol causticante as secasse...

COM O TRABALHO quase concluído, subiu no para-choque e esticou-se para alcançar o alto da capota do carro com a camurça. A frente do top de tricô azul estava ensopada. Colava-se à pele, revelando os pneus de gordura. Um elástico de borracha prendia o cabelo em um rabo de cavalo, o suor grudando no rosto e no pescoço as poucas mechas que escapavam e fazendo os óculos escorregarem para a ponta do nariz.

A porta de tela bateu, o ruído paralisando-a por um instante e fazendo todos os seus nervos se retesarem. O calor matinal e a lânguida energia foram esquecidos enquanto se apressava em esfregar as nódoas de água que secavam rapidamente na capota e olhava disfarçadamente para a porta.

Encolhendo-se ao ver a intensa luminosidade do sol, o pai parou no alto dos degraus e ergueu a mão para proteger os olhos. O rosto exibia aquela reveladora aparência descorada de quem bebera uísque demais na noite anterior. Segurava um copo, cheio até a metade com um líquido marrom-claro. Ela sabia que não era chá gelado o que ele bebia.

– Ainda não acabou de lavar esse carro? – interpelou, irritado.

– Estou quase acabando. – Desceu da capota, sentindo como se o quintal inteiro de repente estivesse coalhado de ovos.

– Olhe só para isto. – Ele desceu do alpendre, apontando um dedo para a capota. – Você deixou manchas por toda parte. Qual é o problema com você, droga? Eu lhe comprei óculos novos e nem assim consegue enxergar.

– Desculpe.

Apressou-se a esfregar a camurça sobre a área indicada.

– Você sempre pede desculpa – zombou. – Eu lhe peço para fazer uma coisa simples, como lavar o meu carro, e o que acontece? Você é tão gorda e preguiçosa que não consegue fazer direito nem mesmo isso.

– Vou fazer – prometeu ela.

– Pode ter certeza de que vai, porque ficarei bem aqui para me certificar disso. Ouviu bem, ou também é surda, além de cega?

– Ouvi.

Encolheu-se no íntimo ao sentir a violência degradante daquelas palavras, as lágrimas ardendo nos olhos.

– É melhor mesmo – preveniu Dougherty, depois explodiu: – Pelo amor de Deus, preste atenção ao que faz. Está deixando marcas de dedo por todo o cromo. Limpe tudo – ordenou, e ela apressou-se a obedecer. – Não vou à cidade com o carro desse jeito. O que as pessoas vão pensar?

Ela parou, o ressentimento aflorando.

– O que vão pensar? Por que não se preocupou com o que iam pensar ontem à noite, quando saiu cambaleando daquele bar? Ou no mês passado, no espetáculo com fogos de artifício de 4 de Julho, quando começou a cantar a plenos pulmões "God Bless America" sacudindo aquela garrafa para todos os lados como um bêbado...

Soltou um grito quando as costas da mão a atingiram na face.

– Não seja atrevida comigo, sua fedelha. – Esbofeteou-a de novo, com mais força.

Cambaleando com a violência do último tapa, ela se chocou contra o carro, o osso ilíaco colidindo com o para-lama dianteiro, uma dor entorpecedora disparando pelas costas. Viu o pai vir de novo em sua direção e atirou-lhe no rosto a camurça molhada, um gesto de autodefesa puramente reflexivo com a única arma que tinha.

Aquilo o retardou por um instante enquanto praguejava e arrancava do rosto o pano pesado. Foi o tempo suficiente para que ela se virasse e se colocasse longe do alcance daquelas mãos punitivas. Mas não do copo de uísque que ele tinha na mão. Dougherty atirou-o na filha. Embora tenha se abaixado, ela não conseguiu evitar que o copo a atingisse na testa com um golpe resvalante.

O terror foi mais forte do que a dor, e ela começou a correr, indo direto para o abrigo da fileira de videiras, ignorando os gritos do pai e o ardente latejar no quadril e no rosto. Consciente dos passos que martelavam o chão em sua perseguição, mergulhou sob a cobertura da vinha e seguiu às cegas, pequenos soluços de pânico escapando da garganta a cada respiração. Só passou a andar mais devagar quando chegou à cerca divisória.

Mais além, havia uma moita cerrada de uvas-ursinas com talos escarlates. Ela passou por baixo dos arames e rastejou para o matagal. Finalmente a salvo do pai, parou, ofegante, o suor escorrendo pelo rosto, o coração batendo freneticamente na garganta. O quadril doía, a cabeça latejava. Cuidadosamente, tocou no rosto. A região ao redor da bochecha já começava a inchar e havia um calombo duro na testa, um princípio de galo. Mas a pele não se rompera. Tinha sorte. *Sorte.* Com este pensamento, ela começou a chorar baixinho e amargamente.

– Saia daí, ouviu bem? – berrou o pai de repente, e ela ficou paralisada com o medo renovado, enxugando depressa as lágrimas que deslizavam pelo rosto. – Tire essa a bunda daí e acabe de limpar o meu carro!

Os segundos transcorreram, mas ela não deixou o esconderijo.

– Imprestável, é o que você é! – tornou ele a gritar. – Não passa de uma vagabunda gorda e preguiçosa. Não é de se espantar que sua mãe morresse. Foi a morte para ela olhar para você e perceber que coisa gorda e inútil era a filha. Ela morreu porque não suportava mais olhar para você, sua vagabunda.

Ela tapou os ouvidos com as mãos para silenciar as palavras odiosas. Palavras que feriam mais do que punhos.

O SOM DAS palavras ainda ressoava na mente de Kelly quando ela saiu do carro lentamente, olhando em volta e imaginando o que estava fazendo ali. Devia estar procurando um lugar para passar a noite antes que os turistas reservassem todos os quartos. Mas sabia por que viera: para enfrentar seus outros fantasmas. Era algo que precisava fazer. Estava fugindo deles, negando sua existência há tempo demais.

O solo irregular e pedregoso não era exatamente feito para se andar de salto alto, mas ela avançou com cautela até o alpendre dianteiro. Com igual cautela, evitou as tábuas podres e tentou abrir a porta da frente. A tranca continuava quebrada. A porta abriu com um empurrão.

Kelly entrou e ficou parada por um minuto na sala de visita abafada, assaltada pelos cheiros familiares: o odor enjoativamente doce do uísque derramado, o fedor duradouro de vômito seco e pontas velhas de cigarro. Os brilhantes raios do sol da tarde faziam uma vã tentativa de penetrar nas janelas encardidas e lançar luz no aposento, porém conseguiam apenas injetar uma claridade mortiça.

A mesinha lateral junto à poltrona do pai estava quase enterrada sob os copos sujos, um cinzeiro transbordante e uma fotografia emoldurada da mãe. Uma garrafa de uísque vazia estava no chão, ao lado da poltrona. Provavelmente, havia outras embaixo.

Contemplou o sofá onde a mãe tinha morrido. Ainda estava coberto com a velha manta indiana, as listras antes vívidas agora encardidas e desbotadas. Por acaso, Kelly olhou para o tapete de retalhos trançados no chão. Na mesma hora, foi invadida pela lembrança de si mesma rolando no tapete com o pai, rindo incontrolavelmente enquanto ele lhe fazia cócegas; gargalhando também.

Ficou atordoada com a lembrança. Risadas não eram algo que associasse àquela casa, à infância ou ao pai, até agora.

Ainda franzindo o cenho, dirigiu-se à cozinha. Havia uma pilha de pratos sujos na pia e mais alguns derramando-se sobre o balcão. O linóleo do chão, rachado e amarelado pelo tempo, tinha se soltado do rodapé arranhado. Mas lá estavam o fogão e o forno, que outrora enchiam a casa de aromas deliciosos. Bolos, bolinhos e a especialidade da mãe, saborosos biscoitos de chocolate com amêndoa.

Mais uma parada: seu quarto. Depois partiria.

Nada fora trocado desde sua partida. Uma grossa camada de poeira cobria cada superfície, o toucador de pinho barato que pintara de branco, a colcha de flores na cama de ferro e o velho rádio na mesinha de cabeceira. Kelly girou o botão. Uma mistura de música e estática se fez ouvir. Sorriu, surpresa por ainda funcionar, e desligou-o.

A velha boneca, Babs, estava recostada no travesseiro sobre a cama. Uá-uá, chorou, quando Kelly a pegou, soprando a poeira fina que cobria o rosto de plástico e inclinando-a para que abrisse os olhos. Depois, tocou na bainha do vestido azul que a mãe tinha feito à mão para a boneca.

Babs fora um presente especial do Papai Noel, quando Kelly estava com 7 anos. Naquele ano, tiveram uma árvore de Natal e passaram a noite inteira, os três, o pai, a mãe e Kelly, fazendo cordões de pipoca, colando correntes de papel com cola de farinha de trigo e recortando estrelas, bengalas doces e flocos de neve para decorar a árvore, encimando-a com uma estrela gigantesca de papel laminado. Quando o pai roubou um pouco de pipoca para comer, sua mãe riu e deu um tapa na mão dele. Ele, então, piscara para Kelly e disfarçadamente lhe passara algumas. Na manhã seguinte, lá estava Babs embaixo da árvore.

Kelly encostou a face no cabelo louro empoeirado da boneca e fechou os olhos com força, confusa com as lembranças inesperadas. Estava balançando os ombros de um lado para o outro, com ar ausente, embalando a boneca, quando escutou um veículo entrar no quintal.

A polícia, pensou, provavelmente armada com um mandado de busca para procurar mais provas contra o pai. Voltou rapidamente à sala de estar e afastou para o lado as cortinas apodrecidas pelo sol a tempo de ver Sam Rutledge descer do jipe. Ficou paralisada por um instante, temendo o quanto ele descobriria mais sobre suas raízes e o que pensaria dela.

Mas era um pouco tarde para se preocupar com aquela possibilidade. Ele já se encaminhava para a porta. Kelly alcançou-a primeiro e abriu-a, ainda com a boneca nos braços. Sam tirou o chapéu amolecido pelo tempo e parou no alpendre.

– Tive o pressentimento de que a encontraria aqui. – Os olhos castanhos a examinavam gentilmente.

– Quis dar uma olhada.

Embaraçada, segurou a boneca um pouco mais apertado, nervosa com a presença dele ali e tentando não demonstrar.

Sam assentiu com a cabeça, aceitando a explicação.

– Conversei com Oliver Zelinski há pouco. Ele me contou que você foi ver seu pai.

Por um instante, Kelly estava de volta àquela exígua sala de entrevista, sentada diante do pai.

– Ele odeia Katherine. Acho que não tinha percebido o quanto, até hoje.

– Eu sei. – Sam aproximou-se e tocou nos cachos de náilon da boneca com as pontas dos dedos. – Esta deve ser a sua boneca.

– Não pude levá-la comigo quando parti. Não havia espaço na valise. – Afastou-se, deixando que o gesto servisse de permissão para entrar. A sala de estar no mesmo instante pareceu pequena com ele ali dentro. Forçou-se a encará-lo, a enfrentá-lo. – Você não perguntou por que menti sobre quem era.

O olhar de Sam passou pela a sala por um breve momento antes de focalizá-la de novo.

– Acho que adivinhei a razão.

– Não foi sempre assim. Quando minha mãe era viva, estava sempre limpando e tirando a poeira, pintando e costurando pedaços de pano para fazer capas para móveis ou cortinas. Depois que morreu, tentei, mas...

– Qual era a sua idade quando ela morreu?

– Oito. Não menti a esse respeito. – Kelly respondeu e deu as costas. – Ela também gostava de cozinhar. Naquela época, a casa sempre cheirava bem. – Inconscientemente, Kelly mudou a posição em que segurava a boneca, enlaçando-a com ambos os braços e deixando o olhar vagar pela sala, passando pelo velho sofá, pelas janelas, pelo abajur, vendo-a não como era, mas como se lembrava. – Eu me recordo que mamãe costumava ir de janela em janela, vigiando e esperando que ele chegasse em casa. Às vezes me deixava esperar com ela, aí eu trazia o meu cobertor e o travesseiro e deitava no sofá. Quando o carro dele entrava no quintal, me mandava para a cama, dizendo que eu precisava ficar lá, "porque o papai não estava se sentindo bem".

Sam prestava mais atenção à voz do que às palavras. Fazia-o lembrar-se de um rio de águas silenciosas, manso à superfície, mas com fortes correntezas ocultas embaixo. Envolvia um homem, atraindo-o para si. Assim como agora a estava atraindo para o passado. Ela parecia pequena e solitária ali parada, abraçando a boneca.

– Ele já bebia naquela época – contou-lhe Kelly. – Não muito, talvez, e não com frequência, mas bebia. Quando era pequena, não compreendia o que mamãe queria dizer quando falava que ele não estava se sentindo bem. Sabia apenas que não gostava quando ele chegava em casa com aquele cheiro esquisito na boca, o rosto todo corado, a voz empastada, todo piegas e amoroso em um minuto e furioso no seguinte. Mamãe tentou fazê-lo parar de beber. Pedia e suplicava, e ele prometia parar. Durante um tempo, tudo corria bem, até o próximo porre.

Ela não esperava qualquer resposta de Sam, e ele não disse nada, observando-a caminhar distraidamente para o sofá e passar os dedos pelo encosto. Parte dele queria tirá-la daquela sala suja e sufocante, mas ele sentia que Kelly precisava do desabafo.

Kelly ergueu a cabeça, olhando para o espaço.

– Às vezes, mamãe e eu íamos esperá-lo quando ele saía do trabalho, especialmente nos dias de pagamento. Eu achava que ela agia assim para tornar mais difícil ele parar em um bar e tomar um drinque com os amigos no final do dia. Com ele, um único drinque sempre levava a outro. Ficava furioso com mamãe, às vezes, por ela esperá-lo, acusando-a de falta de confiança, de espionar e controlar seus passos. – Fazendo uma pausa, deixou que os olhos parassem de contemplar e se fixassem em Sam. – Nessa época, estava trabalhando em Rutledge Estate.

Sam sabia o que Kelly desejava ouvir dele e então disse:

– O que explica como você conhecia a planta da vinícola.

– Sim.

Seu olhar fixou-se em Sam. Ele adorava o verde-escuro e quase negro dos olhos dela, sombreados e profundos como uma luxuriante floresta de pinheiros. Mas não sabia o que fazer com o que escondiam. Nesse momento, estava zangado com os pais e Katherine por não lhe permitirem aproximar-se daqueles olhos, por fazê-los esquivarem-se dele. Se não estivessem assim tão distantes, talvez ele conseguisse enxergar melhor o íntimo de Kelly, entender o que estava acontecendo.

– Mais tarde, quando estava mais crescida, mamãe me mandava buscá-lo para garantir que ele viesse direto para casa – relembrou casualmente. – Naturalmente ela achava que, assim, era menos provável que ele entrasse em algum bar com uma menininha. Era divertido esperá-lo sozinha, indo para o carro encarapitada nos seus ombros, conversando pelo caminho. – Fez uma pausa, franzindo a testa por um segundo com uma expressão de vaga perplexidade. – Mas às vezes eu não fazia o serviço direito e acabávamos em um bar barulhento e enfumaçado, e eu o via transformar-se em um estranho.

Sam notou que os pensamentos de Kelly se tornavam sombrios. Então ela pareceu se controlar e ergueu a cabeça, lançando-lhe um rápido sorriso.

– Eu gostava de ir a Rutledge Estate. Era fascinada pela vinícola e pelas adegas frescas. Quando ninguém estava olhando, costumava entrar furtivamente e perambular por ali. – Seu olhar percorreu suavemente o rosto dele. – Vi você algumas vezes.

– Viu? – Ele sabia que Dougherty havia trabalhado na vinícola, mas na época não sabia muito a respeito do homem. Ou de sua família. – Eu até ignorava que ele tinha uma filha.

– Ótimo. – Kelly pôs a boneca no sofá, não descuidadamente, mas sem realmente se aperceber do que fazia. – Fico feliz que não se lembre de mim. Eu era feia. Uma garota alta e gorducha, de óculos e cabelo escorrido. – Parou e fitou-o, depois sacudiu a cabeça e riu suavemente, de si mesma, suspeitava Sam. – Mas, por que é que estou lhe contando isso tudo?

– Talvez porque tenha chegado a hora de abordar o assunto. – Estava parado com uma das mãos no quadril e o polegar da outra enganchado no bolso traseiro da calça cáqui, os olhos calmamente observando-a. Não havia nada de desafiador na pose, apenas masculinidade e uma espécie de força serena.

– Talvez eu ache não que devesse estar lhe contando.

– Eu acho.

Sam falava sério. Não havia piedade em seus olhos, apenas desejo de ouvir, de compartilhar o passado. Ninguém jamais quisera compartilhar coisa alguma, especialmente quando a experiência podia ser desagradável. Ela estava desequilibrada, as emoções ricocheteando por todo canto. Precisava controlá-las. Sentia-se vulnerável demais.

– Fale comigo, Kelly – estimulou Sam, surpreendendo-se com a gentileza em sua vez.

– Não há muito mais a contar. – Dirigiu-se à mesa lateral com passadas enérgicas e recolheu os copos sujos, algo de automático no gesto sugerindo a Sam que ela arrumara a bagunça do pai vezes infindáveis, que aquilo era uma liberação de sua energia inquieta a borbulhar. – Após a morte da minha mãe, a bebedeira piorou. Ela não estava mais lá para controlá-lo. Eu tentei. Se ele estava trabalhando, eu ia aguardá-lo na saída. Esperava-o, indo de janela em janela, temendo cada vez que o telefone tocava. Jogava fora toda garrafa que encontrava. Fazia tudo que ela fazia. Mas não era a mesma coisa.

Quando levou os copos para a cozinha, Sam a seguiu, tentando desviar os olhos dos quadris hipnotizantes. Só conseguiu em parte. A pia transbordava de pratos sujos. Ela parou e, desanimada, olhou para a louça por um segundo, ainda segurando os copos, mas sem lugar onde colocá-los. Acabou por empurrá-los para a pia, fazendo-os tilintar ao encostarem uns nos outros.

Mantendo-se de costas para ele, andou até a janela e olhou para fora.

– Ele sempre encontrava um motivo para beber – murmurou, e Sam notou que Kelly nunca o chamava de papai ou pai, sempre se referindo a Dougherty como *ele*. – Bebia porque mamãe tinha morrido. Bebia porque se sentia mal, bebia porque se sentia bem. Quando estava quente, bebia para refrescar. Quando estava frio, bebia para esquentar. Nunca tinha dinheiro porque vivia entornando-o goela abaixo. E quando estava, de fato, sentindo-se bem, gostava de bater nas coisas.

– Batia em você.

Os olhos de Sam a fitavam com uma expressão penetrante.

Os ombros de Kelly ergueram-se e num gesto deliberadamente vago.

– Algumas vezes. Durante a maior parte do tempo, eu conseguia escapulir antes que ele me machucasse de verdade.

Mas Sam viu o modo como ela acariciava o braço, como se doesse – como se lembrasse de uma dor passada. Seus lábios se comprimiram. Kelly não precisava da sua raiva.

– Ele sempre se arrependia quando ficava sóbrio depois. Suplicava que o perdoasse, que não o odiasse. Prometia que não aconteceria de novo, que ia parar de beber. Era quase como viver com duas pessoas diferentes. Quando estava sóbrio, agia como um pai. Fiz meu dever de casa? Por que estava chegando tarde da escola? O que eu estava fazendo tanto tempo com aquele garoto, o Zelinski? E quando bebia, em geral não era seguro estar por perto, a não ser quando trazia consigo uma mulher. Então eu não queria estar por perto. – Kelly ergueu os olhos para o teto, reprimindo um tremor de repulsa. – As paredes desta casa são finas demais.

Não queria mencionar os sons que ouvira, a respiração pesada e os gemidos, as molas da cama rangendo e as obscenidades que sussurravam um para o outro. Por um longo tempo, o ato sexual fora para ela algo feio e revoltante.

– Certa vez, ele passou seis meses e 12 dias sem beber. – Kelly procurou dar um tom despreocupado à voz, mas ela saiu embargada. – "Desta vez será diferente, vai ver só", costumava dizer. Prometia e eu acreditava. Queria que fosse diferente. – Percebeu que a voz foi ficando mais rouca, mas, pela primeira vez, não conseguiu controlá-la, não conseguiu fazê-la projetar os tons serenos que queria que tivesse. – Eu vivia pensando que, se ele realmente me amasse, pararia de beber. Mas ele não parava. E continuava a me bater. E eu o odiava. Odiava mesmo.

Sua voz vibrava de dor e raiva. Ela amara o pai, mas ele não tinha retribuído o amor. Era algo que Sam compreendia. Kelly não era a única com carências emocionais insatisfeitas. Ele sabia como era sentir-se indesejado e mal-amado, chamar à noite e não encontrar resposta da pessoa por quem procurara.

Kelly só estava meio consciente de que Sam continuava na cozinha até sentir no ombro o peso reconfortante da mão dele. Por que ele tinha de tocá-la? Naquele momento, quando estava fraca e vulnerável.

Deu meia-volta para encará-lo.

– O que está fazendo aqui? – interpelou, uma estranha rouquidão na voz. – Por que veio?

Leve, muito levemente, Sam deslizou as costas dos dedos na face de Kelly, desenhando sua curva.

– Porque não queria que ficasse aqui sozinha. – Kelly queria acreditar no que via, nos olhos dele, mas aquele velho instinto protetor disparou e a fez virar a cabeça para se esquivar do toque daqueles dedos. As mãos de Sam escorregaram do rosto para os braços, acomodando-se ali carinhosamente. – Você não queria ficar sozinha, não é?

– Ninguém quer ficar sozinho – respondeu ela. – Embora *ele* talvez quisesse, contanto que tivesse ao lado uma garrafa.

– Não pense nele, Kelly. – A pressão das mãos aumentou, atraindo-a para si, os braços cingindo-a. – Pense em mim. – A boca roçou-lhe na testa, no canto dos olhos e na face. – Bem aqui. – A respiração saía quente em contato com os lábios dela. – Agora. – Mais uma vez esfregou a boca na de Kelly. – Só em mim.

Compaixão. Kelly não sabia que o beijo de um homem podia ter compaixão. Era mais do que gentileza, mais do que ternura. Sua boca apaziguava e excitava até mesmo enquanto as mãos eliminavam com carícias a tensão, o estresse, a dor. Não havia nenhuma exigência nos lábios que vagavam pelo seu rosto, só compreensão.

Ficou fácil, incrivelmente fácil, pensar nele e em nada mais. Sam a cercava, seu calor e sua força fundindo-se. Kelly precisava daquilo, com desespero, havia muito tempo. Relaxou contra o corpo de Sam e murmurou seu nome, virando a cabeça para deter aquela boca errante.

Quando ele sentiu o corpo de Kelly ceder súbita e suavemente, lutou para controlar a própria reação. Lembrou a si mesmo que ela precisava de conforto, não de paixão, mas aquilo não impediu que suas mãos se moldassem ao peito e aos quadris dela, deixando-a saber como podia ser o verdadeiro ato de compartilhar. E não impediu que sua boca desfrutasse do delicioso sabor da boca dela.

Todas as boas intenções se evaporaram quando ele notou a reação do corpo de Kelly, as mãos puxando-lhe a cabeça para baixo, os lábios ousadamente exigindo mais e mais do beijo e dele. Sam tinha de tocá-la. Era uma pressão, um calor.

Correu os dedos pelo pescoço dela, tocando a veia pulsando freneticamente na garganta, e baixou a cabeça para explorá-la mais plenamente. Sentia a maciez da blusa e os botões forrados de pano que a fechavam. Abriu-os e introduziu as mãos, afastando a blusa e encontrando mais seda. Quase sorriu quando vislumbrou a combinação de seda cor de pêssego orlada de renda.

Voltando a tomar-lhe a boca, sufocou a exclamação entrecortada enquanto suas mãos alisavam a fina seda e descobriam o ondular das costelas embaixo. Esfregou os polegares nos bicos ocultos dos seios pequenos e sentiu-os endurecer e o corpo arquear para encerrar a brincadeira provocante.

Recuou, precisando vê-la, precisando ver o que estava em seus olhos. Seu olhar percorreu-lhe demoradamente o rosto. Os olhos de Kelly estavam sombrios e turvos, um desejo ali refletido que se igualava à sua própria ânsia. Ele baixou os olhos para os seios e os bicos pontudos que ressaltavam contra o tecido. Tinha de prová-los para saber se eram tão rijos quanto pareciam.

Arqueando-a para trás sobre o braço, abaixou-se e esfregou os lábios em um deles, sentindo-a afundar os dedos em seus ombros, ouvindo-a prender o fôlego. Com um leve gemido, fechou a boca em volta do tecido e do mamilo e aspirou o aroma de limpeza e paixão que ela emanava.

As mãos de Kelly estavam em seu rosto, puxando sua boca para ela. Sam estava perdido. A pouca inibição que restara desintegrava-se bem depressa. Quanto mais Kelly se abria para ele, respondia ao seu desejo, mais fundo Sam caía. Ele percorria as mãos pelo corpo dela, aninhando, acariciando, moldando, querendo tocá-la inteira e senti-la tremer em resposta.

De repente, Kelly afastou a boca, as mãos se fecharam em um gesto de resistência, a respiração saindo rápida e irregular.

– Oh, Deus, não. Não aqui. – Proferiu o protesto entrecortado em um quase soluço.

Sam ficou imóvel, a imundície da cozinha e da casa atingindo-o instantaneamente, junto com a resolução inicial de manter o abraço sereno e sem cobranças. Recuou, mas não a deixou afastar-se.

– Não – concordou calmamente. – Não aqui. Não agora.

Os olhos de Kelly fixos nele estavam muito abertos, desconfiados e incertos, e ainda assim enevoados pelo desejo que despertaram um no outro. Sam olhou para o círculo úmido que sua boca havia deixado na combinação e o nítido contorno dos bicos embaixo. Imaginou se ela sabia que isto era uma promessa do que viria.

– Mas vai acontecer – afirmou a Kelly. – Nós dois queremos. Você sabe disso tão bem quanto eu.

Ali parada, consciente daquelas mãos que fechavam a frente da blusa, daqueles dedos que habilmente a abotoavam, Kelly não podia negar o fato, mas a súbita contração no estômago a deixara momentaneamente sem fala.

Ela o queria, não só para abraçar, não só para trocar uns poucos beijos ardentes e não só para obter consolo, embora tivesse conseguido aquilo. Queria-o na cama. Queria-o como não se lembrava de algum dia ter querido um homem. Só precisava olhar para aquelas mãos seguras, para o peito largo, para a rija extensão daquele corpo, e imaginar como seria tocar e ser tocada por Sam, rolarem juntos na cama em uma fusão de corpos febril.

Era loucura, insanidade. Não podia se dar ao luxo de pensar assim. Seu mundo estava ruindo, sua carreira desmoronando, sua imagem fabricada com tanto cuidado sendo maculada pelo passado, conspurcada pelo nome do pai. Era naquilo que precisava concentrar a atenção. Não em Sam.

Mas quando ele recuou, deixando-a completamente sozinha, fora do alcance daqueles dedos, a rígida pressão no estômago não sumiu. Ela se esforçou para normalizar a respiração e, com gestos meticulosos, enfiou a bainha da blusa por dentro do cós da saia.

– Não estava planejando passar a noite aqui, estava?

Kelly ergueu a cabeça ao ouvir a pergunta e tomou fôlego de uma maneira irregular, embaraçadamente afastando do rosto as mechas perdidas de cabelo que tinham escapado da trança.

– Não.

– Então vamos sair daqui. – Estendeu a mão para Kelly, convidando-a a segurá-la. – Não há mais nada aqui para você.

Hesitou só por um instante, depois encaixou a mão na dele em um cálido contato e o deixou conduzi-la para fora da casa. Tinha se esquecido do simples prazer que podia experimentar ao segurar a mão de alguém. Quando pararam em frente ao carro dela, não havia mais motivo para as mãos permanecerem unidas. Kelly quase lamentou o fato. Não queria que Sam a afetasse daquela maneira, mas isso era algo que não conseguia controlar quase desde o momento em que se conheceram.

Após a obscuridade e o cheiro rançoso da casa, os raios oblíquos do sol brilhavam e o ar recendia a frescor. Kelly colocou a mão em concha acima dos olhos, protegendo-os da luminosidade enquanto o encarava. O sol era uma bola flamejante atrás dos dois, seu brilho escurecendo o rosto dele em um borrão de feições fortes.

Nas alturas, o céu era de um azul imaculado, sem manchas de nuvens. Era como se as vinhas se estendessem eternamente ao redor, o solo debaixo dos pés, parecendo ter a idade do tempo, as montanhas silenciosas. Por um momento, parecia que Sam era parte dos elementos, um homem nascido do sol quente, da bruma marinha, das montanhas rochosas.

– Por quanto tempo mais ficará aqui? – A voz de Sam quebrou o encantamento.

– O tempo que eu quiser.

– Pensei que precisasse partir logo.

Suas sobrancelhas juntaram-se com uma expressão de surpresa intrigada.

– Oficialmente, estou de licença do programa. – Kelly tentou fingir que aquilo não a magoava.

– O que quer dizer com esse "oficialmente"?

– Quero dizer que, nos próximos dias, os advogados da rede provavelmente começarão a conversar com meu agente sobre o cancelamento do meu contrato, de modo que possam me substituir por outra apresentadora.

– Por quê? – A voz interpelativa soou áspera. – O que você fez?

– Cometi o pecado imperdoável de ganhar as manchetes da pior maneira possível. Meu nome agora está associado com um caso de assassinato.

Falou aquilo em um tom muito despreocupado, porém uma parte da mágoa, com traços de amargura, transpareceu.

– Mas você não tem nada a ver com isso. Não podem responsabilizá-la pelos erros do seu pai.

Kelly fitou-o, incapaz de lembrar-se de uma ocasião na qual alguém tivesse se zangado por sua causa. Mas Sam se zangara. De certa forma, este fato tornava tudo mais fácil.

– O problema não são os erros do meu pai. É a fama que o caso me deu. – Reconhecia aquilo, bem como a injustiça do fato. – Aos olhos do público, sou filha de um homem acusado de assassinato. Isso inevitavelmente tornará tendenciosa a opinião das pessoas a meu respeito, e a rede não pode permitir que questionem o caráter e a integridade da apresentadora do novo programa de variedades do horário nobre. Essa pessoa tem de estar acima de reprovação. Eu não estou. É simples assim.

– Vão esquecer. – Havia uma dureza em sua expressão que a comoveu.

– Com o tempo – concordou Kelly. – Mas vai demorar para que isso aconteça. A data do julgamento ainda nem foi marcada. O que significa que será preciso enfrentar toda essa publicidade. Também não será um julgamento curto. Ele não vai se considerar culpado. Jura que não fez aquilo.

– Acredita nele?

Sam não acreditava. Kelly podia senti-lo em sua voz. Desviou os olhos, concentrando-os na selva de videiras e recordando-se de uma época na qual andava a cavalo nos ombros do pai, sentada muito acima das filas de videiras, as mãos dele segurando-a pelas pernas para se certificar de que ela não cairia.

– O caso aqui não é se eu acredito nele – respondeu Kelly suavemente. – Na verdade, eu não quero acreditar na possibilidade de que fosse capaz de matar um homem.

– Eu sei.

Estas duas palavras quase a fizeram sucumbir. Kelly se sentiu súbita e inexplicavelmente cansada, cansada de lutar para ser alguém na vida, cansada de lutar para partir os grilhões do passado. Sentiu o ardor das lágrimas, mas não se entregaria ao pranto. Odiava a fraqueza.

– Onde vai passar a noite? – A pergunta de Sam forneceu a distração de que ela precisava.

– Em um motel qualquer. Provavelmente em Napa ou Vallejo.

– Vão localizá-la. – Sam referia-se aos repórteres.

– É bem provável.

– Você quer isso?

– Não.

– Então volte para casa comigo. Tenho guardas vigiando os portões de entrada para manter a imprensa afastada. Lá não vão incomodá-la, e a casa tem vários quartos vazios.

Para Sam, até mesmo os mais ricamente mobiliados estavam vazios.

Kelly sacudiu a cabeça.

– Acho que não. Eu estaria me ocultando de novo.

– Não se ocultando. Só nos bastidores, em vez de ser uma figura de destaque no circo da mídia.

O seu sorriso era irresistível. Kelly deu uma risada suave e cedeu.

– Tudo bem. Eu vou.

– Há uma entrada lateral. Lembra-se de onde fica?

– Creio que sim.

– Então eu a sigo.

O reflexo do jipe no espelho retrovisor devia tê-la feito pensar melhor. Em vez disso, a visão do veículo assegurava-lhe que não estava sozinha. Quando estacionou em frente à casa, realmente hesitou por um momento, imaginando como Katherine reagiria quando descobrisse que Sam a convidara para ficar com eles.

Katherine não piscou um olho. Simplesmente olhou de relance para a corpulenta governanta parada nas proximidades.

– Sra. Vargas, queira levar a Srta. Douglas à suíte de pau-rosa na ala sul – instruiu, depois virou-se de novo para Kelly. – O jantar é às sete. Sei que você vai querer se refrescar primeiro, mas não é necessário trocar de roupa. Somos bastante informais aqui.

– Obrigada.

Mas isso não alterava a sensação de que estava usando esta mesma saia e blusa há dias. Kelly lançou a Sam um breve sorriso e seguiu a governanta pela escadaria de mármore até o segundo andar.

Mais tarde, quando desceu para o jantar, vestia uma blusa branca e uma calça de camurcina cor de tabaco. A onipresente Sra. Vargas apareceu e lhe mostrou uma saleta adjacente à sala de jantar formal. Katherine já estava sentada à mesa quando Kelly entrou, hesitando a princípio. Havia apenas dois lugares arrumados na pequena mesa.

Katherine notou a reação.

– Natalie não jantará conosco esta noite. Vai comer no quarto.

A baronesa. Kelly tinha se esquecido de que ela também estava hospedada lá.

– E quanto a Sam?

– Acho que ele ainda está na vinícola. – Katherine desdobrou o guardanapo e o estendeu no colo. – Houve algum problema com dois fotógrafos que invadiram a propriedade. A polícia também está aqui para interrogar vários de nossos empregados que moram na fazenda. Acho que Sam estará ocupado por algum tempo.

– Entendo.

Kelly sentou-se na única cadeira restante e tirou de cima da mesa o guardanapo cor-de-rosa, abrindo-o no colo.

Não houve mais referência, ou sequer indireta, à morte do barão e, certamente, nenhuma ao papel que o pai de Kelly teria desempenhado naquilo. Como a anfitriã perfeita que era, Katherine centralizou a conversa em tópicos seguros, de alguma forma conseguindo tornar interessante um assunto tedioso como o tempo ao discutir os efeitos da seca na Califórnia e a preocupação contraditória de que a chuva pudesse representar um perigo para a colheita de uvas do vale. Kelly ficou feliz ao verificar que a conversa restringia-se a questões mundanas. Não se sentia bem para lidar com qualquer outro assunto.

Logo após o jantar, pediu licença e foi se deitar mais cedo. Se Sam retornou antes que ela subisse a escada, não o viu. Enfiou-se na cama de pau-rosa com quatro colunas, puxou a colcha de chintz sobre o corpo, tentando não pensar em Sam ou que o pai passaria aquela noite em uma cela de prisão.

## 17

Uma máscara para dormir de cetim rosa jazia na mesinha de cabeceira ao lado da cama de Katherine. Ela a tinha retirado bem antes da aurora, assim que acordara. Não se levantara, deixando-se ficar na cama, ainda com o pijama masculino de cetim, semelhante em estilo aos que vestia na época em que era recém-casada, quando trajes para dormir como este eram considerados bastante indecentes.

Mas não era o prazer que experimentara de chocar e excitar o marido que tinha em mente ao contemplar a luz do sol matinal que entrava pelas cortinas diáfanas da janela a leste. Seus olhos azuis estavam sombrios e aflitos. Rugas de preocupação vincavam-lhe a testa enquanto seus dedos distraídos moviam-se em um tamborilar nervoso e silencioso nas páginas do livro que estava aberto no colo, o livro propriamente dito agora esquecido, assim como o abajur inutilmente aceso da mesinha de cabeceira.

Uma batida na porta arrancou Katherine de sua irrequieta contemplação. Às pressas, fechou o livro e escondeu-o embaixo dos gordos travesseiros que a mantinham ereta na cama. Com igual pressa, alisou o edredom de brocado rosa, apagando qualquer vestígio da noite inquieta que tivera.

Por fim apagou a luz e chamou:

– Entre, Sra. Vargas.

Recostou-se nos travesseiros, aconchegando o edredom em volta dos quadris enquanto a governanta entrava, carregando uma bandeja. Ela trazia o costumeiro copo de suco de laranja recém-preparado, aninhado em uma taça de prata com gelo esmigalhado; um bule de café, a xícara e o pires que o acompanhavam; um pratinho de passas. Algo que Katherine só consumia se fosse em particular.

– Bom dia, Madame.

A Sra. Vargas veio direto à cama e colocou a bandeja no colo de Katherine.

– Bom dia.

Pegou o guardanapo que a governanta lhe entregou.

– Como está madame Fougère hoje de manhã?

– Não sei dizer, Madame.

Recolheu a garrafa de água e o copo que deixara na mesinha de cabeceira na noite anterior.

– Por quê? – Katherine lançou-lhe uma olhadela penetrante. – Você levou a bandeja do café da manhã para Natalie.

– Ela recusou.

– Você a deixou lá?

– A porta estava trancada, Madame.

Houve um instante de silêncio antes de Katherine começar a empurrar a bandeja que lhe prendia as pernas. Uma assustada Sra. Vargas apressou-se a retirá-la, quase derramando a garrafa de água enquanto Katherine jogava as cobertas para o lado e saía da cama.

– Onde está o meu robe? – interpelou, os olhos azul-escuros fuzilando de raiva.

– Na cadeira, Madame. – Aturdida governanta indicou-a com a cabeça, a bandeja equilibrada impossibilitando-a de ir buscá-lo. Katherine agarrou o robe de cetim acolchoado e enfiou os braços nas mangas. – O que está fazendo, Madame?

– Vou acabar com essa tolice. – Katherine calçou os chinelos e marchou para a porta, ordenando por cima do ombro: – Traga a bandeja dela.

– Sim, Madame.

A Sra. Vargas lançou uma rápida olhadela pelo quarto, depois colocou a bandeja de Katherine na cama e correu para alcançá-la.

Katherine só parou ao chegar à porta da suíte de Natalie, que ela nunca tivera a oportunidade de compartilhar com Emile. Bateu duas vezes na porta, com força.

– Natalie? Sou eu, Katherine. Abra esta porta agora mesmo.

Era uma ordem, não um pedido. Uma ordem que não admitia discussões.

Quase de imediato, soou um farfalhar sussurrante no outro lado da porta. Depois o clique da fechadura girando.

– Pode entrar – soou a voz abafada.

Sem qualquer cerimônia, Katherine entrou no quarto em desordem. Bandejas intocadas de comida, valises abertas, roupas espalhadas por todo canto, um vestido de noite jogado descuidadamente no chão. A pouca luz do sol filtrava-se pelas cortinas de damasco fechadas. Katherine adiantou-se e abriu-as bruscamente, depois voltou-se e fez um gesto de comando para a governanta.

– Traga a bandeja e tire todas estas daqui – ordenou com energia.
– Mais tarde volte e limpe esta sujeira.

Apressando-se a obedecer, a Sra. Vargas deixou a bandeja do café da manhã e retirou as outras, fechando a porta atrás de si. Só então Katherine virou-se para a mulher no lado oposto do quarto. Ela vestia uma longa camisola de seda marfim semelhante a uma combinação, os braços cruzados sobre o peito, as mãos esfregando os ombros e a parte superior dos braços. O cabelo escuro caía solto e desalinhado nos ombros. Os olhos escuros estavam inchados de chorar, o rosto, abatido. Natalie deu as costas para os olhos perscrutadores de Katherine.

– Você não pode continuar a se isolar neste quarto, Natalie. – A irritação fez com que a voz de Katherine soasse áspera. Ela não suavizou o tom, nem sequer quando viu Natalie estremecer ao ouvi-la.
– Isso não resolve nada.

– Você não entende – murmurou a outra em um fraco protesto.

– Embora seja verdade que perdi meu marido, um homem que amei profundamente, não me atrevo a entender a dor que está sentindo com a morte de Emile – declarou Katherine, seu tom agora firme, em vez de áspero. – Mas você precisa deixá-la de lado e cumprir com os deveres que agora lhe cabem.

– Não posso – soluçou Natalie, e baixou a cabeça, cobrindo o rosto com a mão, o corpo tremendo em mais um pranto silencioso.

– Você não tem escolha, por mais brutal que pareça.

– Seria melhor se eu tivesse morrido.

– Mas não morreu. Emile, sim.

Natalie deu meia-volta, exibindo um lampejo de raiva.

– Precisa ser assim tão cruel?

– Se for necessário, sim. – Katherine permitiu que um traço de satisfação lhe curvasse os lábios. – Veja só esta pilha de recados e telegramas na sua bandeja. Seu advogado de Paris ligou cinco vezes. Há decisões que precisam ser tomadas, papéis a assinar, uma infindável sucessão de detalhes a resolver e – fez uma pausa para suavizar o tom de voz – precisa começar a pensar no funeral.

– Oh, Deus. – Sufocou um soluço e cobriu a boca.

– Essas coisas não podem ser adiadas até você se sentir capaz de enfrentá-las, Natalie. Você não pode se dar a esse luxo. Tem uma vida pela frente e uma vinícola para administrar.

Ela balançou a cabeça.

– Não conheço nada sobre vinhos.

– Aprenda. Eu aprendi – retorquiu Katherine, a impaciência voltando. Parou e suspirou. – Emile deixou um legado. Se realmente gostava dele, cuidará para que o Château Noir mantenha sua tradição de vinhos finos. – Quando Natalie não respondeu nada, Katherine encaminhou-se para a porta. – Eu a espero lá embaixo antes do meio-dia.

KELLY DORMIU ATÉ tarde, uma raridade para ela. Encontrou a bandeja que fora deixada na pequena sala de estar do quarto, mas o café da garrafa estava frio, e o suco fresco havia se concentrado no fundo. Suspirando de alívio, Kelly pegou a bandeja e levou-a para baixo.

A Sra. Vargas aguardava ao pé da escada para recolhê-la. Deu uma única olhada na bandeja e sugeriu:

– Há café fresco e suco na sala matinal, se quiser me acompanha.

– Obrigada.

A governanta conduziu-a para uma sala alegre voltada para o leste e decorada no estilo familiar das províncias francesas, com uma mesa de ferro forjado em verdete, a lareira de pinho curtido, cadeiras e mesinhas laterais adornadas com pinturas discretas feitas a mão. A mulher indicou com a cabeça a bandeja com o suco e a cafeteira de prata com torneira sobre o aparador floreadamente entalhado.

– Se quiser se servir – falou formalmente, depois acrescentou: – Há croissants na cesta em cima da mesa e diversas compotas. A Madame já tomou o café da manhã. Gostaria de comer mais alguma coisa? Uma omelete, talvez? Ovos quentes?

– Apenas torrada sem manteiga, obrigada.

– Torrada sem manteiga – repetiu a governanta.

– De pão integral, se for possível.

– É lógico.

Sozinha na sala, Kelly dirigiu-se ao aparador e encheu um copo com suco. Pousou-o na mesa com tampo de vidro e voltou para buscar o café. Estava de pé junto ao aparador quando Sam entrou. Ele parou para fitá-la, alto e esbelto com a calça verde de caçador e o suéter de algodão estriado, roupas que acentuavam as pernas longas, os quadris estreitos e a cintura muito fina. Ele notou com leve aborrecimento a presilha de ouro que prendia na nuca o cabelo luzidio. Só por um momento, permitiu-se imaginar que a única razão da presença de Kelly ali – a única razão para ela ter vindo ao vale – era estar com ele.

Então Kelly virou-se e Sam tirou o chapéu, jogando-o no assento de junco entrelaçado de uma cadeira enquanto atravessava a sala.

– Bom dia. – Olhou de relance para as feições suavizadas pelo sono enquanto se dirigia ao aparador e à cafeteira de prata. – Acabou de levantar? Como se sente?

– Culpada. – As pernas da cadeira arranharam o chão quando ela a puxou para trás. Kelly sentou-se e olhou para Sam quando este também puxou outra cadeira da mesa, o vapor evolando-se da grossa caneca de café em sua mão. – Mas não posso dizer o mesmo a seu respeito, não é? – Havia algo nele, uma espécie de vigor sereno, a indicar que passara a manhã ao ar livre. E uma sensação de que, caso se aproximasse, sentiria em Sam o cheiro de sol e ar fresco. – Você está acordado já faz tempo, creio.

– Desde o alvorecer – admitiu ele e sentou-se, apoiando os braços na mesa e segurando a caneca com ambas as mãos graúdas. Sua postura era solta e preguiçosa, relaxando com uma facilidade que Kelly invejou. – Estive nas vinhas. Há previsão de chuvas e eu queria me certificar de que cortaram uma quantidade suficiente de folhas nos cachos de uvas para permitir que o ar circule e as seque, caso realmente chova; de outro modo, o mofo pode se formar e estragar metade do cacho. Isto significa que, quando chegar o esmagamento, teremos de enfrentar a tarefa de examinar cada cacho de uvas mofadas para separar só as boas, o que consumirá muito tempo. Foi o que tivemos de fazer há dois anos, e, acredite, não foi divertido.

– Ninguém lhe contou que hoje é domingo? Supõe-se que seja um dia de descanso – ralhou Kelly em um tom brincalhão.

– Ah, mas as uvas não sabem disso, e a mãe natureza não presta atenção aos dias da semana.

Ergueu a caneca, olhando-a por cima, um brilho malicioso nos olhos castanho-dourados.

– Suponho que não.

Kelly sorriu de leve e viu o olhar dele voltar-se imediatamente para os seus lábios. Quando se demoraram ali, a sensação foi quase física. Ela sentiu a pulsação acelerar em resposta. Tentou, mas não conseguiu normalizá-la, nem sequer quando Sam ergueu os olhos para encará-la.

– Você parece ter descansado. Dormiu bem?

– Muito bem.

– Fico feliz que um de nós tenha descansado.

Os olhos dele estavam fixos em Kelly, deixando claro que ela era o motivo da perda de sono. E deixando igualmente claro que as coisas entre os dois ainda estavam em suspenso.

A atração estava lá, inegável, poderosa de ambos os lados. Mas não passava disso. Atração. No momento, havia coisas demais à sua frente, problemas demais, incertezas demais. Aquela era uma complicação absolutamente dispensável, então Kelly decidiu ignorar ambas as mensagens.

– Bem, Katherine mencionou, no jantar de ontem à noite, que alguns jornalistas invadiram a propriedade e que era provável que você estivesse ocupado até tarde. – Notou que os cadernos do jornal dominical estavam descuidadosamente empilhadas em cima da mesa, perto do cotovelo dele. A primeira página da seção que estava por cima exibia sua fotografia e uma outra que ela não conseguia identificar por causa da distância. – Alguma coisa no jornal?

Olhou para o jornal enquanto tomava um gole do café, querendo saber o que estava escrito ali mas temendo a sua leitura.

– Bem o que você esperava. – Pegou o jornal e jogou-o em uma cadeira vazia, fora das vistas de Kelly. – Se insiste em ler, deixe isso para depois do café.

Houve um leve endurecimento em suas feições. Kelly compreendeu o motivo. Sam não queria que coisa alguma relacionada com a morte do barão atrapalhasse aquele momento. Mas o ato de esconder o jornal não o afastava dos seus pensamentos. Ao contrário de Sam, ela reconhecia a futilidade desse gesto, mas deixou passar.

– Sim, senhor – respondeu e começou a fazer uma continência zombeteira quando a governanta voltou à sala com a torrada de pão integral que pedira. Deixou a mão baixar.

– Isso parece nutritivo – zombou Sam em tom alegre quando Kelly pegou uma fatia cortada na diagonal.

– E é.

Entretanto, mordiscava sem vontade um canto da torrada, ouvindo o leve ranger das grossas solas de borracha do sapato da governanta quando ela saiu da sala.

– E então, algum compromisso especial na sua agenda hoje?

A pergunta de Sam parecia ser uma tentativa de conferir às coisas um ar de normalidade. O mundo de Kelly estava longe da normalidade.

– Que agenda? – Ela olhou displicentemente para a torrada escura em sua mão e deu uma mordidinha no canto, deixando os dedos brincarem com o pão. – Dois dias atrás, cada minuto do meu tempo estaria lotado de coisas para fazer. Agora não tenho nada além de tempo livre e pouca coisa para preenchê-lo. – Sem nem reparar, começou a esfarelar o pedacinho da torrada. – Já contratei um advogado, um sujeito chamado John MacSwayne. Ele tem fama de ser um bom advogado de defesa.

– Já ouvi falar dele. – Sam assentiu com a cabeça, seu desprazer com a mudança do tema da conversa evidenciando-se na tensão em volta da boca.

– Ele ainda tem de fazer uma visita à prisão para tornar tudo oficial. Planeja ir assim que for possível. Com certeza, antes de encontrá-lo na terça-feira – acrescentou, expressando abertamente seus pensamentos, só meio consciente das coisas que estava dizendo e a quem. – Depois que conversamos e eu lhe contei o pouco que sabia, ficou convencido de que podia reduzir as acusações. Afirmou que, na sua opinião, Ollie não conseguiria provar que houve premeditação. – Kelly viu o monte de farelo em seu prato e, constrangida, limpou os poucos ainda grudados nos dedos. – Após o nosso encontro, não haverá realmente mais nenhuma razão para eu ficar aqui. Tudo mais pode ser decidido pelo telefone.

– Para onde vai?

– Vou voltar a Nova York.

O olhar de Sam continuou nela enquanto ele levava a caneca à boca, perguntando, com os lábios encostados na louça:

– O que fará lá?

– Muitas coisas.

– Cite duas. – Amenizou o desafio com um sorriso.

– Primeiro, fazer lobby para manter o meu emprego – replicou Kelly, depois fez uma pausa, sorrindo com um bom humor levemente amargo. – Na televisão, ausência quase nunca significa "longe dos olhos, perto do coração". Quase sempre é "longe dos olhos, longe da memória". Estando lá, pelo menos posso defender o meu caso. Tentar isso assim de longe seria difícil, se não impossível.

– Tudo bem. Agora, qual é a segunda? – perguntou Sam, incapaz de refutar a lógica da primeira.

– Desde que me mudei para Nova York, venho colaborando ativamente em um programa de auxílio às crianças vítimas de maus-tratos, sempre que posso ajudando a levantar fundos e a despertar a opinião pública. Poderia dedicar uma parte maior do meu tempo a essa atividade agora, me envolver mais. Deus sabe que aquelas crianças merecem a ajuda de todos.

Ao ouvir sua voz embargar de emoção, parou e olhou de soslaio para Sam, a fim de verificar se ele havia reparado.

Os olhos de Sam estavam sombrios, quase negros de raiva, mas quando ele falou, sua voz estava mais suave, o tom mais delicado do que se lembrava de ouvir antes.

– Merecem, sim, assim como você merecia.

Sua tranquila compreensão foi quase a ruína de Kelly. Precisou lutar para conter as lágrimas.

– Assim, presumo que seja esse o motivo, se eu puder ajudar uma única criança – respondeu com voz rouca –, se puder impedir que uma única criança sofra os maus-tratos físicos e psicológicos que sofri, já será o suficiente.

– Uma só não será o suficiente. Acho que nós dois sabemos disso. É pessoal demais.

Um assunto que ainda era embaraçoso de tocar exatamente por esse motivo.

– De qualquer maneira – falou e respirou fundo para se acalmar, soltando o ar e forçando um sorriso –, além dessas duas coisas, tem mais uma: uma cadeira de balanço Brentwood que adquiri em um mercado de pulgas. Deve ter umas vinte camadas de verniz, e só consegui raspar a metade.

– A cadeira pode esperar. Tudo isso pode esperar mais alguns dias. Você não precisa partir por enquanto.

Ela sacudiu a cabeça.

– Preciso trabalhar. – Não querendo que Sam interpretasse mal a declaração, apressou-se a acrescentar: – Não é uma questão de dinheiro. Consegui economizar um pouco, o suficiente para me sustentar por um tempo e ainda pagar as despesas do advogado.

– Finja que está em férias – argumentou Sam. – Descanse. Dê uma chance para que as coisas morram aos poucos.

Ele fazia tudo parecer muito lógico. Ainda assim, Kelly hesitou.

– Não sei.

– Quero que fique, Kelly.

Queria mais do que isto. Kelly podia senti-lo em sua voz, o que a perturbava – bem como as coisas que isso a fazia querer.

– Não estou pronta, Sam – respondeu, depois percebeu que não estava sendo inteiramente honesta. – Não estou pronta para você.

– Acho que também não estou pronto para você. Mas o que isso muda? Nada.

– Mas devia.

– Talvez. E talvez não se possa mudar certas coisas. Talvez só precisemos aceitá-las.

– Não acredito nisso.

– Não, é? Então acredite em outra coisa: neste exato momento, preciso de você aqui comigo e acho que você precisa estar comigo.

– Não. – O protesto foi rápido e veemente.

– Pode negar o quanto quiser, Kelly. Mas conosco a questão não é *se*. É *quando*. – Empurrou a caneca de café para longe e levantou-se. – Por mais que me agrade continuar esta discussão, preciso voltar ao trabalho e verificar como os rapazes estão se saindo. – Parando por um instante junto à cadeira dela, roçou a ponta do dedo em sua face. – Vejo você mais tarde.

– Certo – murmurou Kelly, enervada com a convicção presente naquela voz.

Só depois que o som de passos sumiu foi que conseguiu se descartar deste sentimento, pegar o jornal e começar a ler.

A morte do barão não ganhara a primeira página, mas ainda assim cobria duas páginas inteiras dentro do jornal. No total, havia três matérias relacionadas. A primeira, um relato factual das circunstâncias de morte do barão e da subsequente prisão do pai de Kelly.

Uma segunda matéria narrava basicamente os antecedentes do barão Emile Fougère com citações de vários dignitários e colegas vinicultores sobre o homem e sua contribuição à indústria dos vinhos, inclusive uma de Gil Rutledge, declarando: "O mundo perdeu um grande vinicultor e um homem gentil."

Uma fotografia de Kelly encabeçava o último artigo, embora este se concentrasse principalmente em seu pai e relegasse a três pequenos parágrafos uma recapitulação de sua carreira no noticiário televisivo. Uma parte das informações sobre seu pai mais parecia um relatório policial, os fatos secos engordados com entrevistas de gente que o conhecia de longe, se lembrava dela e fornecia um relato bastante amplo dos erros do pai no passado, provando mais uma vez que as pequenas cidades têm boa memória.

Suspirando, Kelly empurrou-o para o lado. Sam estava certo: era justamente o que esperava. Consolava saber que, na edição de amanhã, a matéria se restringiria a uma curta coluna, enterrada em alguma parte das páginas internas.

O café estava frio quando o provou. Kelly fez uma careta e levantou-se para acrescentar mais um pouco da bebida quente que havia na cafeteira de prata. Um som de passos leves aproximou-se da sala matinal em um ritmo contido. Kelly relanceou os olhos para o arco de entrada, sorrindo ao pensar que fosse Katherine.

Mas foi a baronesa Fougère que entrou na sala matinal e parou, hesitante. Usava um vestido preto simples, sem outras joias além da aliança e do anel de noivado. O cabelo escuro estava preso em um coque liso. Notava-se uma valorosa tentativa de mascarar a palidez com maquiagem e disfarçar o inchaço em volta dos olhos, mas nada poderia ocultar a expressão de sofrimento intenso naqueles olhos. Eles se arregalaram ao ver Kelly, surpresa e consternação presentes em suas profundezas atormentadas.

– Você é a repórter da televisão. – A voz soou desgostosa em sua acusação.

– Eu era... – começou, só para ser interrompida.

– Como entrou aqui?

– Estou hospedada aqui. Sam me convidou. – Kelly não podia continuar deixando a mulher pensar que ela era apenas uma repórter de televisão. – Perdoe-me, baronesa, mas precisa saber que sou filha de Leonard Dougherty.

Seu franzir de cenho expressou um ar de ignorância.

– Não compreendo.

Culpa. Kelly a sentiu, e por mais que tentasse, não conseguia racionalizá-la.

– Ele foi acusado da morte do seu marido.

Uma palidez intensa surgiu no rosto de Natalie quando ela virou a cabeça.

– Eu sabia que prenderam um homem. Se dissessem seu nome...

Não houve histeria, nenhuma esbravejante explosão de acusações, nenhum acesso de choro, só uma angústia profunda e silenciosa que Kelly achava insuportável. Aquela convicção meio formada de que era um erro permanecer aqui cristalizou-se em uma certeza.

– Lamento muito, baronesa. Minha presença aqui só irá perturbá-la. Partirei imediatamente.

Deixando a xícara no aparador, Kelly dirigiu-se rápido à porta. Não tinha dado três passos quando a baronesa ergueu a mão para detê-la.

– Não, por favor.

Katherine entrou, os olhos sagazes assimilando rapidamente toda a cena.

– Natalie. Que bom que se juntou a nós. Deve lembrar-se de Kelly Douglas, é lógico.

– Ex-Dougherty – insistiu Kelly com firmeza. – Eu lhe contei quem sou eu.

Katherine deu um sorriso calmo, sem demonstrar surpresa.

– Kelly se tornou a vítima infeliz de uma grande atenção da mídia devido aos atos do pai. Sam sugeriu que se refugiasse conosco e eu concordei.

– E sou grata, mas creio que, nas presentes circunstâncias, seria melhor se eu fosse embora.

– Bobagem. – Katherine reagiu com veemência e teria dito mais, porém a voz suave de Natalie interpôs:

– Não precisa ir embora.

Kelly sacudiu a cabeça.

– É muita bondade sua, mas a minha presença aqui só pode ser um lembrete constante e desagradável de tudo que aconteceu.

A baronesa pareceu surpreender-se com esta observação.

– Como pode me lembrar de algo que não consigo esquecer? Cada vez que respiro, a dor da morte de Emile está comigo. Sua presença não pode piorá-la, mas me magoaria saber que sou a causa da sua partida.

Kelly tentou argumentar, mas Katherine interferiu.

– Natalie está certa. Você vai ficar e não queremos mais ouvir essa conversa de sair daqui.

Acuada, Kelly não conseguia pensar em nenhum argumento. Cedeu, da forma mais graciosa que pôde, e pediu licença para voltar ao quarto com o pretexto de escrever uma carta para um amigo inexistente. Em seu quarto, sentiu-se ainda mais confinada e, inquieta, andou de um lado para o outro como uma fera enjaulada até a chamarem para o almoço.

Nuvens agourentas avultavam no horizonte a oeste, a escuridão pressagiando chuva. O sol boiava alto no céu, ignorando-as enquanto refulgia jovial sobre um vale de vinhas.

Das portas francesas no salão principal, Katherine contemplava as nuvens ameaçadoras, o negrume que combinava com seu estado de espírito sombrio. Embora ainda estivessem distantes, havia sempre a possibilidade de não passarem pelo vale. O mesmo se aplicava a outras coisas, mas o pensamento não a consolava.

Estava envelhecendo, disse a si mesma. Começava a ver coisas que não estavam lá. Ver fantasmas. E talvez Natalie também tivesse passado a ver fantasmas. Pensou na viúva de Emile na biblioteca, dando todos aqueles telefonemas penosos, cuidando de tantos detalhes exaustivos, lidando com vários assuntos importantes que pareciam tão insignificantes, assim como ela própria fizera tanto tempo atrás.

A atmosfera na sala de repente pareceu pesada, sufocante. Katherine escancarou as portas e saiu para o terraço. O ruído de água forrando desviou sua atenção da escura massa de nuvens para além das Mayacamas. Seguindo o som, viu a figura esguia de Kelly Douglas cortando a água da piscina, as pernas batendo, as braçadas largas e poderosas impelindo-a por toda a extensão da piscina. Uma corrida com os demônios, suspeitava Katherine, a exaustão sendo o troféu. No passado, ela também havia trabalhado até estar cansada demais para pensar, para sentir.

Observou Kelly percorrer a piscina mais três vezes no mesmo ritmo mortal antes de parar e sair da água. Uma mulher alta e magra, os braços e pernas reluzindo com a umidade, os ombros e o peito arfando com o esforço, o traje de banho dourado, um dos vários que Katherine guardava para os convidados, brilhando mais que o sol. Empurrou para trás o cabelo comprido e deixou-o pender solto pelas costas em uma cortina escura, com leves reflexos ruivos.

De muito longe, veio o toque da campainha. Katherine virou-se com um franzir da testa. Não esperava visitas aquela tarde. Quem chegaria sem avisar?

Com a curiosidade despertada, Katherine voltou ao salão principal e cruzou o vestíbulo de mármore, chegando quando a Sra. Vargas abria a porta dianteira. Ficou rígida ao ver o característico e basto cabelo cinza-prateado que só podia pertencer ao seu filho Gil. Um segundo depois, veio a confirmação quando ouviu sua voz perguntando por Natalie. O filho dele, Clay, o acompanhava.

– Deixe-os entrar, Sra. Vargas – instruiu e atravessou o vestíbulo de mármore em direção à porta da frente, a bengala batendo no chão a cada passo.

Assentiu com a cabeça para a governanta em um gesto de descaso e encarou o filho, notando sua expressão desconfiada e a cautela em seus olhos.

– Você veio ver Natalie. Isso é prudente? – Uma sobrancelha ergueu-se calmamente.

– Cortês, acredito. Vimos oferecer nossas condolências e nossa assistência.

– É lógico.

Ela aceitou a desculpa dada por Gil, sabendo que não passava de um pretexto.

– Como está a baronesa? – inquiriu Clay, o rosto atraente exibindo uma expressão de adequada preocupação.

– Recuperou-se do choque inicial da morte de Emile – replicou Katherine. – O tempo cuidará do resto

– Pode avisá-la de que estamos aqui? – pediu Gil, os olhos silenciosos e desafiadores, sua hostilidade cuidadosamente contida. Katherine ansiava em lhe contar que isso agora era inútil, mas ele não acreditaria nela, como não tinha acreditado na outra noite.

– Natalie está na biblioteca.

Apoiou-se pesadamente na bengala por um instante, depois virou-se e foi na frente, ouvindo os passos que a seguiam, um rápido e firme, o outro lento e calculado. Contudo, sob certos aspectos, ambos eram semelhantes.

Como era mesmo aquela frase banal? Tal pai, tal filho. Mas Gil não se parecia em nada com o pai, seu amado Clayton. Aquela ambição, aquela férrea determinação de alcançar o sucesso, Gil herdara dela. E a tinha transmitido ao filho, junto com sua lábia e astúcia. Cada um possuía traços de caráter que poderiam ser benéficos, caso não tivessem se deturpado. Estaria Gil com a razão? Será que a culpa era dela?

Seu suspiro saiu silencioso enquanto fazia uma pausa diante das portas da biblioteca. Bateu de leve e entrou. Natalie estava sentada na bergère de couro junto à lareira apagada, como se buscasse seu calor. O olhar estava fixo no seu interior enegrecido, as feições pálidas e tensas, e ela segurava frouxamente um maço de mensagens enviadas por fax.

– Natalie. – Katherine estava parada na porta, observando-a girar a cabeça com um sobressalto, a expressão vazia logo substituída por uma confusão momentânea. – Você tem visitas.

– Visitas? – Levantou-se, incerta. Sua hesitação aumentou, acompanhada por um súbito afluir da cor às faces, quando viu Clay e Gil Rutledge parados no corredor fora da porta. – Eu... – Juntou nervosa-

310

mente os papéis, depois deu as costas, tocando nos lábios, em seguida baixando a mão até chegar à garganta. – Por favor, deixe-os entrar.

Katherine afastou-se para lhes dar passagem, uma das mãos pousada na maçaneta de bronze. Demorou a se retirar, disfarçadamente observando Gil aproximar-se de Natalie primeiro, juntando as duas mãos e levando-as ao peito, murmurando palavras de solidariedade. Contudo, eram os olhos de Clay que Natalie buscava. Katherine saiu, deixando a porta aberta, de propósito.

A sala de música ficava perto da biblioteca, na extremidade oposta do corredor. Atraída pela visão do piano preto de ébano, Katherine entrou e se encaminhou devagar para lá. Sentou-se no duro banco do piano e correu a mão pela lisa madeira preta que ocultava as teclas.

Sorriu de leve, recordando-se das horas de lições que os filhos tomaram. Já fazia anos que ninguém tocava piano ali. Sem dúvida alguma, estava horrivelmente desafinado. O que não teria aborrecido Jonathon, relembrou Katherine, a curva dos lábios aumentando com ternura e malícia. O pobre garoto possuía um péssimo ouvido, sendo incapaz de reconhecer quando tocava uma nota errada. Gil zombava dele sem piedade por causa disso. Claro, Gil tinha muito mais talento musical, dominando o piano com a desenvoltura de um pianista nato.

– Madame quer um chá com bolinhos? – A voz da governanta interrompeu seus pensamentos, dispersando-os.

– Isso seria ótimo, sim.

Katherine despachou-a com um gesto impaciente da mão, depois baixou-a para o colo. Uma vez lá, seus dedos brincaram, ansiosos, com o pano do vestido.

Katherine olhou para o piano, os olhos outra vez sombrios, outra vez aflitos, as rugas de ansiedade e preocupação voltando de novo. Ansiava em parar de conjeturar. Devia tê-los interrogado, enfrentado, mas ela própria estava incerta... e temerosa demais de não conseguir distinguir entre a verdade e a mentira.

Detestava envelhecer. Detestava aquele corpo que não era mais confiável, a mente que não parava de divagar, os olhos que fitavam o presente mas às vezes evocavam imagens do passado.

311

Vozes, abafadas e indistintas, vinham da biblioteca. Katherine conseguiu distinguir a voz de Gil entre a dos demais. Um momento depois, ouviu passos no corredor. Eram de Gil. Mesmo após todos aqueles anos, podia reconhecer seu andar rápido e firme. Ele vivia com pressa, sempre determinado a chegar aonde quer que fosse.

Quando se aproximaram da sala de música, ela de repente imaginou se o filho vinha vê-la. A esperança levou-a a ficar de pé. E estava presente em sua voz quando o chamou no instante em que ele passava defronte à porta.

– Gil?

Ele parou e olhou de relance para a sala de música. A irritação apareceu por um momento em sua expressão e foi como um balde de água fria em Katherine.

– Alguma objeção que eu use o telefone no salão principal? Tenho de dar um telefonema importante.

– Um telefonema importante? – questionou ela e murmurou: – Muito conveniente para Natalie e Clay.

Quando o intenso rubor lhe tingiu as faces, Katherine soube que acertara em cheio. O telefonema supostamente importante nada mais era do que um ardil para deixar Clay a sós com Natalie. Saber disso não lhe proporcionou nenhuma satisfação e ela deu as costas quando o som dos passos de Gil seguiram pelo corredor até o salão principal.

No minuto em que Gil saiu da biblioteca, Natalie se dirigiu à lareira e ficou parada contemplando o abismo enegrecido pelo fogo, cabisbaixa, de costas para Clay, isolando-se. Erigira uma couraça ao seu redor que dificultava a Clay decifrar o que havia em seu íntimo. Só podia esperar que fosse tão frágil quanto parecia.

– Natalie – começou e deu um passo à frente.

Ela o deteve em uma afirmação suavemente áspera.

– Você não devia ter vindo aqui.

– Não consegui mais manter distância. A ideia de você estar sozinha, sabendo a angústia pela qual estava passando, era mais do que eu podia suportar. E...

– Ele sabia. – Foi como se Natalie não tivesse escutado uma palavra do que Clay dissera. Desconcertado, evitou fazer qualquer comentário e aguardou, imaginando se a tinha avaliado mal. Natalie virou-se ligeiramente, lançando-lhe um olhar torturado enquanto passava os braços com força em volta do próprio corpo. – Devia saber. Por que outro motivo nos seguiu?

– Não parei de me atormentar com essa mesma pergunta. – Aproximou-se quando ela se virou para a lareira. – Mas precisamos enfrentar o fato de que talvez nunca saibamos a resposta. – Muito de leve, cobriu com as mãos os dedos dela enterrados nos braços. Natalie estremeceu ao sentir este toque, mas não se afastou, e Clay soube que não tinha nada a temer. – Eu queria que nós dois fôssemos livres. Queria que ficássemos juntos. Mas não desse jeito. Nunca desse jeito. – Baixou a cabeça e, muito de leve, afagou com os lábios o cabelo dela. – Amo você mais do que a minha própria vida. Não suportaria se me odiasse agora.

Com um pequeno gemido, ela virou-se e colou-se em Clay. Ele a enlaçou em um abraço ardente e amoroso, sem pressioná-la, ainda não. Mais tarde, quando se certificasse de que não haveria culpa nem recriminação, mencionaria o assunto da fusão.

As portas do terraço que davam para o salão principal estavam abertas. Kelly hesitou, depois cruzou-as, o frescor casa na penumbra proporcionava um alívio após o intenso calor do sol. Fez uma pausa e empurrou os óculos para o alto da cabeça, enfiando as hastes nos lados do cabelo quase seco. Olhou em volta à procura de Katherine, mas não havia ninguém na sala.

Havia vozes no vestíbulo de mármore, e Kelly foi investigar, os pés descalços quase não fazendo barulho ao atravessarem o tapete persa do salão. Antes que chegasse à porta, a Sra. Vargas entrou, os olhos arregalando-se ligeiramente, traindo uma leve surpresa por encontrar alguém no salão.

– Posso ajudá-la, senhorita?

Seu olhar percorreu os pés descalços e as pernas desnudas de Kelly e o curto roupão felpudo que ela usava sobre o maiô dourado.

– Não realmente. – Teve a nítida impressão de que a governanta considerava o seu traje inadequado para o salão. – Eu estava procurando Katherine.

– Creio que a Madame está na sala de música. Se quiser...

– Não – apressou-se Kelly a interromper. – Eu só estava imaginando a que horas servirão o jantar hoje à noite.

– Às sete, senhorita.

– Obrigada.

Contornou rapidamente a governanta e rumou outra vez para a porta, chegando lá quando Katherine entrava.

– Gostou do banho de piscina? – inquiriu Katherine. As palavras, o tom e o sorriso, tudo revelava a polidez de uma perfeita anfitriã para com sua convidada.

Kelly proferiu um som de concordância, depois percebeu que não era o bastante.

– Estou acostumada a fazer ginástica, mas não tem sobrado muito tempo para qualquer exercício físico desde que cheguei. Nadar era justamente o que eu precisava.

Estava prestes a acrescentar mais coisas quando notou que Katherine não estava ouvindo. Sua atenção havia se desviado para a entrada do vestíbulo de mármore e o tranquilo murmúrio de vozes que vinham de lá.

– Tem alguém aí?

A mão ergueu-se para a frente do roupão, fechando mais um pouco as lapelas.

– Gil e Clay já estão de partida – replicou Katherine. – Vieram visitar Natalie e apresentar seus pêsames.

Kelly ouviu a porta de entrada abrir e saiu do salão para espiar furtivamente os dois homens que partiam, curiosa com esta visita inesperada, considerando-se o relacionamento menos do que amigável entre Katherine e seu filho. Os dois homens já estavam fora da casa, Gil sumindo de vista e Clay virando-se para a baronesa, que estava parada na soleira da porta, mantendo-a aberta. Disse alguma coisa, depois levou a mão à sua face e acariciou-a lentamente. Observando a cena, Kelly espantou-se com o gesto, que só podia ser descrito como íntimo. Incerta, relanceou os olhos para Katherine.

– A versão de Clay para o toque solidário, desconfio – comentou Katherine com uma nítida frieza na expressão que confirmou a impressão inicial de Kelly.

Clay e Natalie Fougère eram mais do que amigos ou simples conhecidos. Contudo, seu sofrimento com relação à morte de Emile parecera bastante sincero. Intrigada, Kelly refletia a esse respeito enquanto subia a escadaria para tomar um banho antes do jantar.

## 18

O lustre, repleto de pingentes de cristal, espargia sua luz sobre o amplo vestíbulo, expulsando a escuridão da noite. O mármore polido do chão e da majestosa escadaria reluzia suavemente com a luz, exibindo uma calidez e uma opulência que contrastavam com a aparência fria e severa que tinha, à luz do dia.

Sam estava por demais acostumado com aquele ambiente para notar a mudança ao atravessar o vestíbulo em largas passadas e subir a escadaria rapidamente. Só tinha duas coisas em mente, um banho frio de chuveiro e Kelly, e o banho de chuveiro não ocupava muito dos seus pensamentos. Desde de manhã, aguardava que o dia chegasse ao fim e a noite começasse. Aquilo finalmente aconteceu, um pouco mais tarde do que planejara.

No alto da escada, afastou-se do intenso reluzir da balaustrada com acabamento de metal e percorreu o corredor a caminho do quarto. Quando se aproximou da porta de Kelly, automaticamente afrouxou o passo, hesitou, depois parou e bateu uma vez.

– Entre. – A porta pesada abafou a voz, alterando o tom cheio e melodioso, mas não o sentido das palavras.

A mão segurou a maçaneta e a girou. Com um empurrão, abriu a porta e entrou no quarto às escuras. Não completamente às escuras.

Um abajur estava aceso na saleta de estar, só que era mais decorativo do que funcional, aprofundando as sombras no resto do aposento, em vez de expulsá-las.

Então ele a viu, parada junto a uma janela, seu rosto um brilho pálido em contraste com o negrume da noite fora das vidraças. Vestia um robe de seda, e Sam notou que seu cabelo estava preso de novo em uma trança abominável. Ela parecia distante demais. Ele precisava mudar aquilo. Soltou a porta, deixando-a bater, e se aproximou de Kelly.

– Você costuma ficar parada no escuro?

– Nem sempre.

Mas aquela noite Kelly queria se perder nas sombras, ocultar-se na escuridão, ficando a salvo... conforme tantas vezes quando se protegia dos acessos de fúria embriagada do pai.

Observou a figura envolta em sombras vir em sua direção. Então o som de seus passos parou e Sam estava lá, junto à janela, bem perto. Perto demais. Devia acender mais luzes, mas não por enquanto. Ainda não.

– Desculpe por não ter aparecido no jantar. – A voz era baixa, porém Kelly estava plenamente consciente daquele olhar calmamente avaliador. – Eu planejava, mas sempre que tentava escapulir acontecia alguma coisa. Receio não estar sendo um bom anfitrião.

– Pois eu não acho. Tomamos café juntos hoje de manhã.

Casual. Faça tudo parecer leve e casual, sugeriu Kelly a si mesma. Não era fácil, ainda mais quando sentia a intensidade de sua presença e do modo como ele tinha cheiro de terra, sol e algo mais que era tão masculino.

– É verdade. – A voz de Sam copiou o tom displicente dela. – Como foi o seu dia?

Kelly virou-se devagar para a janela e tocou na vidraça fria com a mão.

– Tomei banho de piscina, peguei um pouco de sol e pensei.

– Sobre o quê?

Kelly não lhe saíra da cabeça o dia inteiro. Sam imaginou se o mesmo ocorrera com ela.

– Dúzias de coisas. Mas principalmente sobre o meu trabalho. – Kelly encostou-se na janela e descansou a testa na vidraça, olhando para fora - Não posso perdê-lo. Não agora. Não depois do duro que dei para consegui-lo. Tem de haver um meio de impedir que isso aconteça, algo que eu possa dizer ou fazer para convencê-los a não se livrarem de mim.

– Não acha que está criando problema à toa? Ainda não perdeu o emprego.

– Mas com essa licença estou muito perto de perdê-lo. Perto demais – insistiu. – Se eu não lutar para mantê-lo agora, vão me despedir. Por isso é tão imperativo formular algum plano de ação.

– Por exemplo? – Sam observou a boca de Kelly torcer-se em um sorriso que não era um sorriso.

– Ainda não encontrei uma resposta para essa questão – admitiu ela, depois soltou um suspiro que tinha algo de derrota. – Pensei em apresentar minha história à mídia, tentar angariar apoio do público. Mas como descrevê-la para pessoas que não passaram pelo mesmo? Como posso fazê-los entender o que significa crescer com alguém que bebe demais, que desconta as frustrações em uma criança?

– Tive um quadro muito claro de como deve ter sido quando você me explicou tudo outro dia, Kelly.

– Você também *viu* a casa, a imundície e as garrafas. Os seus olhos contaram tanto quanto a minha descrição. Provavelmente mais – acrescentou ela. – Não sou boa em expor meus sentimentos num papel, Sam. Sei porque tentei. Há pouco, tentei escrever um depoimento para o *New York Times,* mas não adiantou. – Desencostou-se da janela e espalmou a mão na vidraça. – Acabou sendo um exercício de frustração.

– Pode ser que você esteja sendo crítica demais – sugeriu Sam. – Importa-se que eu leia o que escreveu?

– A não ser que seja hábil em juntar os pedaços, não pode fazê-lo. Rasguei tudo e joguei na cesta de lixo.

– Não devia estar assim tão ruim.

Sam sentia-se quase tentado a pegar os pedaços de papel e juntá-los.

– Certamente não estava bom. A televisão é o meu meio de trabalho, não a imprensa escrita. Posso transmitir a minha mensagem quando deixo as imagens contarem metade da história.

– Então use a televisão.

– Mas não há imagens capazes de mostrar a raiva, o ódio, a dor, tudo que ficou reprimido dentro de mim durante todos esses anos – protestou Kelly, liberando a frustração em um súbito arroubo de cólera. – Como posso colocar uma câmera dentro da minha cabeça para mostrar que as minhas lembranças mais remotas são de acordar no meio da madrugada com muito barulho, portas batendo, vozes furiosas falando alto ou o ruído de pratos e garrafas quebrando ao serem atirados? Como mostrar a confusão e o terror de uma criança sozinha em um quarto às escuras, escondida na cama, com medo de abrir a porta, com medo do que acontecia lá fora?

– Kelly, foi um inferno para você, sei que foi.

Quando a mão de Sam se ergueu para tocá-la, Kelly se esquivou, mas a voz dele e este movimento forneceram a distração de que ela necessitava para recuperar o controle de suas emoções.

– Inferno é um meio de definir a situação. – Sua voz estava calma de novo, embora marcada pela amargura. Kelly virou-se para a janela. – Já lhe contei sobre a primeira vez em que me bateu, a primeira vez em que descobri o quanto podia ser realmente mesquinho quando "não estava se sentindo bem", como mamãe costumava dizer?

– Não. Não contou, não.

– Você pode pensar que esqueci, que reprimi tudo. Mas eu me lembro dos fatos muito claramente, como se estivessem gravados a fogo na minha mente – refletiu ela. – Foi no meu primeiro ano na escola. Eu estava no jardim de infância. Minha mãe fez um vestido amarelo novo para mim. E o chamou de meu vestido de sol. E fiquei exultante quando me deixou usá-lo na escola. E lá fui eu, uma menininha rechonchuda ansiosa em exibir seu novo vestido de sol. Achei que estava parecendo muito especial, mas não foi o que os outros garotos no ônibus pensaram ao me ver naquilo. Riram e disseram que eu parecia um bolo fofo. Tentei fazê-los parar, porém, quanto mais tentava, mais zombavam de mim. Foi ainda pior quando voltei para casa após a escola. Estava aos prantos quando mamãe veio me receber na porta. Queria saber qual era o problema e eu lhe contei.

– SINTO MUITO, FILHINHA. – Dedos amorosos enxugaram as lágrimas do seu rosto. – Não preste atenção ao que aqueles meninos disseram. Só estavam provocando você. Este é um lindo vestido e você fica um encanto nele.

– Disseram que parecia um bolo fofo.

Soltou outro soluço.

– Bem, você não é. É a minha menininha. – Deu-lhe um abraço apertado, depois a pegou no colo e a levou até o sofá. – Agora fique aqui sentada e vou lhe trazer uns biscoitos de chocolate com amêndoa que preparei especialmente para você, certo?

– Certo.

Mas sua voz tremeu ao pronunciar a palavra, e o queixo também continuou a tremer.

Observou a mãe ir para a cozinha, e mais outra lágrima deslizou de um olho. Estava fungando alto quando o pai saiu do quarto, a camiseta só meio enfiada por dentro da calça.

– O que foi? – Parou para fitá-la, cambaleando um pouco. – Está chorando?

Kelly assentiu com a cabeça enquanto mais lágrimas se derramavam dos olhos.

– No ônibus, Jimmy Tucker e aquele outro menino, Carl, estavam zombando de mim e me xingando.

– Você não mandou que parassem?

– Sim, mas eles nem ligaram.

– Então devia ter dado um soco na boca dos dois.

– Eles são grandes demais – protestou, o lábio inferior projetando-se em um beicinho trêmulo.

– Isso não é desculpa. – Pegou-a no colo e colocou-a de pé diante do sofá, depois se ajoelhou, ficando de frente para a filha. Seu rosto estava muito perto do dela, e seu hálito tinha um cheiro estranho. – Vamos lá. Vou lhe ensinar a lutar. Erga as mãos assim.

Ela olhou para os punhos erguidos e sacudiu a cabeça.

– Mas não quero lutar, papai.

– Bem, vai lutar assim mesmo. Agora faça o que eu digo. Erga os punhos assim e apare o golpe quando eu tentar bater em você.

Tentou seguir a orientação do pai, mas quando a mão dele avançou como uma cobra em direção ao seu rosto, não foi suficientemente rápida e os dedos acertaram em cheio sua bochecha.

– Tem de ser mais rápida, Lizzie.

Sua mão atingiu-a de novo, desta vez fazendo o rosto arder com a violência da pancada.

– Ai! – gemeu e apertou com a mão a face dolorida.

– Lute comigo. Tente bater em mim. Vá em frente.

– Não. Não quero – tornou a recusar, ficando mais confusa e assustada.

– É melhor revidar ou não vou parar de bater em você. – Primeiro uma das mãos, depois a outra a atingiram no queixo com tapas implacáveis e dolorosos. Quando ela ergueu os braços para proteger o rosto dos outros golpes, o pai a esmurrou no estômago. A menina gritou de dor, quase se dobrando ao meio e apertando o estômago. Imediatamente, ele tornou a esbofeteá-la no rosto.

Com o medo enfurecendo-a, ela gritou com o pai:

– Pare!

– Está ficando zangada, é? – zombou com um sorriso maldoso. – Então revide.

Tornou a acertá-la, com mais força do que antes. Ela caiu de costas na almofada do sofá, com lágrimas escorrendo pelo rosto.

A mãe saiu correndo da cozinha.

– Meu Deus, Len. O que está fazendo com a menina?

– Ele bateu em mim, mamãe – soluçou.

– Foi só um tapinha. Estou ensinando-a a lutar.

– Ela é só uma menininha, Len.

Pegou-a no colo e saiu depressa da sala de estar, refugiando-se na segurança do quarto.

– Por que papai bateu em mim, mamãe? – soluçou. – O que fiz de errado?

– Não fez nada de errado, benzinho. Às vezes... – A mãe parou por um instante e abraçou-a com força, descansando o queixo no alto da sua cabeça. – Às vezes papai esquece o quanto é forte. Ele não tinha intenção de machucá-la.

– O QUE FIZ de errado? – repetiu Kelly suavemente. – Quando a gente é pequena, não consegue compreender. Apenas sente toda essa confusão e culpa quando gritam conosco sem razão e, em especial, quando simples brigas se transformam em maus-tratos sádicos. Quando penso no número de vezes que minha mãe me salvou... – Parou e estremeceu significativamente. – Mas ela morreu e me deixou sozinha. De repente precisei crescer depressa só para sobreviver. Não tive realmente uma infância. Em um minuto era criança e, no seguinte, era velha. Velha e apavorada. Não só em relação a ele – apressou-se a acrescentar. – Vivia igualmente apavorada com a possibilidade de alguém descobrir como era, de fato, a minha vida. Por isso eu mentia sobre os machucados e olhos roxos. Não suportava que as pessoas soubessem a verdade. Vivia envergonhada demais, humilhada demais.

– Envergonhada – explodiu Sam, incapaz de permanecer em silêncio por mais tempo – Não havia nenhum motivo para se sentir envergonhada ou culpada. Você não tinha feito nada de errado. O problema era com seu pai. Ele é que batia em você.

– Como posso fazê-lo entender? – replicou Kelly com um perplexo sacudir da cabeça. – Se alguém vive repetindo que algo é sua culpa, você começa a acreditar. Começa a pensar que deve ter feito alguma coisa. Essa é a pior parte, a parte insidiosa. Não são apenas os golpes físicos. É o mal que isso também causa ao eu mais íntimo. E não se pode gravar esse tipo de coisa em videoteipe.

Dougherty fizera aquilo com Kelly. Sam nunca havia desprezado outro ser humano com tamanho fervor antes.

– Durante algum tempo, hoje – prosseguiu Kelly –, pensei seriamente em passar por todos os programas de entrevistas. A dificuldade, como você sabe, é que a minha história não é brutal o bastante. Não sofri violência sexual. As surras não me aleijaram ou mutilaram. A única coisa que torna a minha história sensacional para a imprensa

321

é o fato de que ele foi acusado de assassinato. Mas, mesmo se eu comparecesse a todos os programas, o que ganharia? Muita publicidade e a imagem de uma criança maltratada e também da filha de um assassino. Sem dúvida alguma, não garantiria a minha permanência no emprego.

– Seria assim tão ruim se o perdesse?

Kelly girou a cabeça, atônita por Sam fazer uma pergunta dessas.

– Aquilo é toda a minha vida. Todos os meus amigos estão na televisão. – No mesmo instante em que falou, lembrou-se da conversa telefônica excessivamente breve que tivera com DeeDee naquela tarde. Kelly tinha ligado para contar onde estava hospedada e verificar se DeeDee tinha alguma pergunta sobre o material da entrevista com Travis.

Para ser honesta, também telefonara porque queria conversar com alguém capaz de compreender o efeito mortal de tudo aquilo em sua carreira, alguém que sentisse um pouco de compaixão, que talvez se indignasse com o modo como a estavam tratando. Mas DeeDee se mostrara polida e distante, como se quisesse distância de Kelly, assim como fizera Hugh, caso a empresa começasse a considerá-la um risco em potencial e não uma excelente aquisição.

A lembrança daquele telefonema provocou um aperto na garganta e tirou a estridência de sua voz quando concluiu:

– O meu sonho sempre foi conseguir um emprego na rede.

– Certamente houve outros – sugeriu Sam calmamente.

No passado, sim, pensou Kelly. No passado, sonhara em ter um lar aconchegante, um homem que a abraçasse, amasse e protegesse. Mas aquilo fora há muito, muito tempo, quando ainda alimentava ideias românticas sobre a vida.

– Não realmente. Nada além de fantasias infantis.

Com aquela resposta, voltou a olhar pela janela. A lua era uma lasca branco-prateada cavalgando baixo no negrume do céu, pontuado por estrelas distantes, sua luz tão suave que quase não exercia nenhum efeito na noite.

– Continuam prevendo chuva.

Mas as nuvens que eram visíveis ao crepúsculo agora se perdiam na escuridão.

Houve um farfalhar, pano roçando em pano, quando Sam mudou de posição e apoiou um ombro na moldura da janela para olhar para fora.

– Se vier, estaremos preparados – afirmou, reconhecendo que ela procurava mudar o tema da conversa para um assunto menos saturado de emoção. Naquele exato momento, também precisava da mudança. – Pelo menos, tão preparados quanto possível. Cortamos as folhas em volta de cada cacho para o ar poder circular e tenho um helicóptero de serviço de plantão.

– Um helicóptero?

– Para pairar sobre as vinhas e gerar ar para secar as uvas – explicou Sam, o olhar voltando-se para Kelly, encarando-a – Então temos de esperar que as videiras não levem umidade demais à fruta e diluam o sabor antes deestarem prontas para a colheita, o que acontecerá dentro de mais alguns dias. Antes que surgisse esta ameaça, todos achavam que esta seria a melhor safra que o vale já viu em muitos anos. Agora isto é questionável.

– Talvez não chova.

Kelly não sabia ao certo por que os problemas de Sam importavam tanto para ela, quando ela própria tinha inúmeros a enfrentar, mas o fato é que importavam mesmo.

Ele sorriu, os dentes brancos brilhando nas sombras que lhe ocultavam as feições.

– Talvez não, mas um vinicultor aprende a se preocupar com as coisas que pode controlar, enfrentar as que não pode e seguir em frente.

– Palavras sábias. – Havia uma mensagem nelas, destinada a Kelly. – Acontece que você aguenta a perda de uma única safra, mas não das vinhas inteiras.

– Kelly, a vida já forçou as pessoas a mudarem de carreira antes. Talvez você encontre um ramo de atividade que aprecie mais, talvez até pessoas de que goste mais.

– Talvez.

Mas sentia-se cercada pela escuridão, trancada dentro de si mesma sem nada a que recorrer, nada além daquele quarto e daquele momento.

– Kelly?

Ela queria lhe pedir para não pronunciar seu nome daquele jeito. O intenso calor de sua voz parecia penetrar nas suas roupas, atraindo-a.

– Sim, Sam. – sussurrou Kelly.

Mas Sam não podia dizer o que queria. Que daria tudo para passar a noite fazendo amor com ela. Sem nenhuma palavra, desencostou-se da janela e levou as pontas dos dedos até seu rosto macio.

Kelly fechou os olhos para se defender daquele toque leve, mas não podia afastar a sensação daquele contato e da presença de Sam, representando calor e força e o fim da solidão, mesmo que fosse por apenas uma noite. E, aquela noite, ansiava em saber como se sentiria, como seria ter braços fortes a enlaçá-la, ser abraçada e amada.

Impelida pela necessidade, tocou no rosto dele e correu os dedos pelo contorno firme do queixo, sentindo a leve barba de um dia. A mão de Sam desceu pelo pescoço até os ombros. Através dos olhos semicerrados, Kelly observou a mão dele deslizar por seu braço. Os dedos circundaram-lhe o pulso, ergueram-no, depois percorreram a palma até as pontas dos dedos se tocarem.

Rápidas ferroadas de algo indefinido fizeram seu corpo inteiro estremecer. Poderia ser desejo. Kelly só sabia que queria mais. Muito mais.

– Sam.

– Não – objetou com uma sabedoria que não sabia possuir. – Não fale. Não pense.

Kelly finalmente inclinou a cabeça para fitá-lo, admitindo, em um tenso sussurro:

– Não quero pensar.

– Então me diga o que quer. – Afundou os dedos no cabelo de Kelly. – Isto? – Levou a outra mão à garganta e desceu devagar até os seios túmidos. Houve um selvagem acelerar da pulsação, dos sentidos, da respiração... de tudo. – Ou talvez isto?

A mão baixou ainda mais e encaixou-se na curva acentuada da cintura, puxando-a para mais perto do seu calor, da sua paixão. Depois a respiração dele estava em seu cabelo, roçando na têmpora com

324

a suavidade de um murmúrio, passando-lhe na face, e a dor íntima transformou-se em algo cego e primitivo. Ainda assim, Sam a beijou, e Kelly queria que o fizesse. Contudo, não tentou impedir que aquela boca continuasse vagando. Permaneceu imóvel, absorta no delicado afago apenas das pontas dos dedos, na cálida carícia da respiração na pele e na promessa de que havia mais por vir. Não havia motivo para correr, havia tempo. Tempo para tudo, e ela queria tudo, cada toque, cada sussurro e cada segundo desta noite.

Kelly era pura seda, onde quer que Sam tocasse... as mangas do robe, a pele, o cabelo. A despeito da infelicidade de sua infância, era pura seda. Seda quente. Sam não conseguia se fartar. Desejava-a, e não só porque não havia uma mulher em sua vida há longo tempo. Era mais do que isso, mais do que luxúria. Muito mais do que luxúria. Era um aperto no peito e também na virilha.

Recuando, Sam colocou os dedos nos lados do pescoço, deslizando os polegares sob a ponta do queixo, erguendo-o para fitá-la nos olhos.

– Você quer o que eu quero, Kelly? – perguntou com voz rouca e observou seus lábios se tornarem cheios e se separarem. – Quer isto?

Com os dedos, ergueu a borda superior do robe e tirou-o devagar dos ombros. O robe deslizou pelos braços e caiu, com um farfalhar silencioso, no chão aos pés de Kelly. Ela estremeceu de leve e respondeu estendendo as mãos para os botões da camisa. Sam a deteve, puxando-a consigo enquanto recuava em direção à cama.

Lá chegando, despiu a camisa e Kelly espalmou as mãos nos pelos de seu peito, por fim tocando e sentindo carne, músculos e ossos, a força dele, o poder dele. Sam encontrou sua boca e esfregou os lábios nos dela. Era impossível fazer outra coisa senão convidá-lo a entrar.

O calor e o desejo foram instantâneos, aprofundando o beijo, criando uma urgência antes inexistente. Kelly precisava dele, dentro de si, fundindo-se nela, transformando-a em algo novo. Colou-se em Sam, as mãos inquietas subindo e descendo pelas suas costas, precisando saber tudo a respeito dele e querendo que ele soubesse tudo a seu respeito.

Estava acontecendo muito rápido. Não suficientemente rápido, mas ainda assim rápido demais. Sam queria saborear, explorar cada

325

glorioso centímetro daquele corpo. Mas não havia gentileza agora, nenhuma paciência, não com a insistência daquelas mãos afundando nele, o corpo de Kelly pressionando o seu em uma veemente solicitação. Uma solicitação que Sam estava mais do que disposto a responder e satisfazer.

A escuridão era um casulo que os isolava do mundo. Não havia outro som senão o arfar febril da respiração e o violento martelar da pulsação cada vez mais acelerada. Os dedos dela puxavam o cós da calça, e a barriga de Sam estremeceu sob o contato. Ele se encarregou da tarefa, tirando o resto das roupas que se tornaram uma barreira e observando quando Kelly recuou, baixou as alças finas da camisola e a despiu com gestos provocantes. Ficou nua à sua frente, como a personificação longa, esguia e pálida de um desejo sob a suave luz do abajur.

Os olhos de Sam a admiravam. Então ele viu a trança caída sobre um ombro.

– Espere – murmurou com voz rouca e cruzou o espaço entre ambos para segurá-la.

Com dedos hábeis, desfez a trança, e Kelly sentiu o cabelo farto deslizar, livre, sobre os ombros nus. Sacudiu a cabeça para deixá-lo cascatear pelas costas. Sam lentamente correu os dedos pelo cabelo e prendeu uma mecha entre o polegar e o indicador, deslizando-a entre estes dois dedos até a ponta macia. O retorno à delicadeza, à ternura, após o quase frenesi que os impelia, foi inesperado e dolorosamente maravilhoso. Kelly de repente achou muito difícil respirar.

– Por que você sempre o prende desse jeito?

Mais uma vez, Sam passou a mão no cabelo antes de abaixar-se para roçar os lábios na curva do ombro dela. Suas mãos estavam de novo em toda parte, mal a tocando, só a ponta dos dedos escorregando pelos braços, pelos quadris, pela cintura, pelos seios. Kelly descobriu que delicada agonia aquilo podia ser. Começou tocando-o, precisando que ele fizesse a mesma descoberta.

Um momento depois, ainda abraçando-a, Sam afastou as cobertas da cama com uma das mãos e deitou-a no colchão, juntando-se a ela e dando-lhe um beijo longo e lascivo. Isso a fez querer mais, porém Sam já começara a atendê-la com as mãos e os lábios.

Demorando-se por um tempo devastadoramente longo, ele transferiu a atenção para os seios e estimulou os bicos com a língua, ignorando o arquear do corpo para ter mais, e os dedos dela afundaram no seu cabelo para exigir mais. De boca aberta, ele os beijou, pressionando levemente cada mamilo rígido com a língua. Estremecendo, Kelly contorceu-se debaixo dele e Sam aprofundou-se mais, pondo fim ao tormento. Kelly enfiou os dedos no cabelo dele e sentiu a pressão aumentar, acompanhando o ritmo daquela boca hábil, avolumando-se, exigente e excitante, até julgar que ia cair em prantos.

A suave luz do abajur brincava em suas pálpebras. A pele de Sam estava quente e úmida sob suas mãos, o gosto dele era intenso e masculino. Agarrou-se a ele, certa de que aquilo duraria para sempre e ainda assim terminaria cedo demais.

Por longos minutos, Sam lutara com a ânsia de tomar rápida e avidamente tudo que ela lhe oferecia. Não tinha mais controle, não com aquelas mãos instigando-o e aquele corpo parado à espera, silenciosamente confirmando que Kelly estava tão ansiosa quanto ele. Por uma última vez, a boca de Sam cobriu a de Kelly e sufocou seu grito de aturdimento quando a penetrou lentamente.

Era como mergulhar no fogo, pleno de pureza, calor e desvario. Ele sabia que seria desse jeito, sem limites, sem restrições. Nada e ninguém além dos dois, voando cada vez mais alto.

NO OUTRO LADO do quarto, o abajur continuava a lançar seu círculo de luz suave e aprofundar as sombras por todos os demais lugares. As colunas entalhadas de pau-rosa montavam guarda em silêncio, formas negras altas e sólidas nos quatro cantos da cama. Plenamente satisfeito, Sam contentava-se em ficar deitado naquele emaranhado de pernas e braços e desfrutar do calor do corpo relaxado de Kelly encostado ao seu, a pele ainda úmida do suor do amor.

Em uma parte distante da mente, Sam suspeitava que não seria tão fácil voltar a trancar as emoções em seu compartimento escuro e exíguo. Então Kelly se mexeu e se acomodou em uma posição mais confortável, deixando-o bem consciente da força do seu corpo e da sua incrível maciez.

Preguiçoso como um gato, Sam acariciou com a mão o seio pequeno.

– Se você me perguntasse até ontem à noite, eu diria que gosto de mulheres com seios grandes. Você me fez mudar de ideia.

– Fiz mesmo?

Displicentemente, esfregou a face no ombro dele, depois inclinou a cabeça para olhá-lo.

– Fez, sim. – Com a boca se curvando, Sam baixou os olhos para Kelly e o sorriso sumiu dos lábios, os olhos examinando-a atentamente. – Como consegue isso?

Levou a mão aos lábios dele e desenhou seu contorno.

– O quê?

Kelly segurou a mão de Sam e enfiou um dedo úmido na boca.

– Fazer com que me sinta forte e me deixar fraco. Esvaziar-me por dentro e tornar a preencher o vazio com apenas um toque.

– Eu faço isso com você? De verdade?

Parecia surpresa, encantada.

– Faz, sim.

Sam puxou-a para cima de si e saboreou o que o dedo já havia explorado.

O sono ainda custaria muito a vir. Para ambos.

KELLY VIROU-SE E descobriu que o outro lado da cama estava vazio. Os lençóis estavam frios sob sua mão estendida. Sam se fora. Devia ter saído já fazia um bom tempo. Franzindo o cenho, Kelly sentou-se e tentou afastar o sono dos olhos e do rosto, argumentando consigo mesma que não tinha importância, que estava acostumada a acordar sozinha. Mas daquela vez era diferente, agora se sentia solitária. Dobrou as pernas e abraçou-as, puxando o lençol por cima dos joelhos, depois descansou o queixo neles, lutando contra o nó na garganta.

Ouviu uma batida à porta, forte e insistente. Logo, Kelly percebeu que era o mesmo som que a despertara.

– Quem é?– perguntou, súbita e vividamente percebendo que a camisola era um montinho de seda brilhosa no chão e que o lençol fino pouco fazia para ocultar sua nudez.

– Sra. Vargas. Eu trouxe a bandeja do café e o suco.

Kelly pegou a colcha e puxou-a sobre o lençol.

– Entre.

A porta abriu-se e a governanta entrou silenciosamente no quarto, equilibrando a bandeja com a perícia da experiência.

– Posso deixá-la na cadeira? – Indicou com a cabeça grisalha uma cadeira na sala de estar.

– Por favor.

Kelly sentiu-se constrangida e pensou em como seria maior o constrangimento se Sam ainda estivesse na sua cama.

No minuto em que a governanta se retirou, Kelly saiu da cama e apanhou o robe no chão perto da janela, deixando a camisola caída onde estava. Da noite para o dia, as nuvens tinham avançado sobre o vale, cobrindo o céu matinal com um manto cinzento e opaco. Nada de chuva por enquanto, pensou Kelly, e vestiu o robe. Depois foi descalça até a bandeja.

O aroma de café recém-coado saiu da garrafa em um jato de vapor quando Kelly retirou a tampa. Encheu uma xícara e levou-a aos lábios, aspirando o cheiro revigorante.

De repente ocorreu-lhe a vaga lembrança de lábios quentes roçando nela e a voz de Sam dizendo: "Já é de manhã. Preciso ir." Será que a havia tocado no rosto então? Aquilo parecia tanto um sonho que Kelly nem tinha certeza se realmente acontecera. Será que ele dissera a ela para continuar dormindo? Não devia estar nem meio acordada naquele momento.

Algo tentava aflorar-lhe à memória. Kelly franziu o cenho, procurando lembrar enquanto olhava fixamente para o café preto na xícara. *Café*, era isto. Sam dissera: "Venha ao meu escritório quando se levantar. Terei café pronto." Não podia ser um sonho. Devia ter acontecido.

A sombra de um sorriso ergueu de leve os cantos da boca, uma espécie de prazer secreto na descoberta de que Sam não saíra furtivamente de madrugada sem uma única palavra, de certa forma vulgarizando o que tinham compartilhado. Kelly devolveu a xícara ao pires, decidindo que preferia tomar a primeira xícara de café com Sam.

Anos atrás, Kelly aprendera a tomar um banho de chuveiro e se vestir às pressas, mas agora conseguiu quebrar todos os recordes. Conseguiu até mesmo sair da casa sem encontrar nem Katherine nem a governanta.

Parou por um instante nos degraus de entrada e ergueu os olhos para a densa cobertura de nuvens. O ar estava parado, com um leve cheiro de chuva. De alguma parte, não muito distante dali, vinha o zumbido entrecortado das pás de um helicóptero agitando o ar. Kelly adivinhou de onde provinha o som, mas só enxergava nuvens, árvores e os topos das colinas.

Descartando a breve curiosidade ao dar de ombros, começou a descer o caminho de acesso, depois parou na entrada da trilha de cavalos, um atalho para a vinícola e o escritório de Sam. Hesitou só por um instante, então mudou de rumo e seguiu por ali.

O arvoredo se espessava em ambos os lados da trilha larga, os galhos entrelaçados bloqueando a maior parte da luz. As nuvens aumentavam a obscuridade e a sensação de isolamento. De ouvidos atentos ao ruído tranquilizante dos veículos roncando ao longo da estrada, Kelly tentou imaginar a escuridão do local na noite da festa. Devia ser maior, com certeza.

O pensamento, porém, levou-a a refletir de novo sobre o que havia instigado o barão a ir à vinícola. E seguir aquele trajeto. Será que apenas procurava escapulir da festa por um tempo? Era bem provável. Kelly só encontrara o barão Fougère duas vezes, mas, em ambas as ocasiões, tivera a impressão de que não era muito sociável, que preferia a companhia dos livros. Então por que não fora para a biblioteca da casa? Ficaria sossegado lá, ficaria sozinho, e, certamente, a atmosfera do lugar cairia melhor do que esta trilha mergulhada em sombras profundas.

A não ser que tivesse se aborrecido com alguma coisa. Kelly se lembrou de imediato da conversinha íntima que inadvertidamente havia testemunhado entre a baronesa e Clay Rutledge. Será que o barão vira algo semelhante? Algo que o fizera suspeitar que a esposa estava tendo um caso? Aquele poderia ser o tipo de coisa que o faria percorrer um caminho escuro e solitário, eventualmente chegando à vinícola e deparando com o pai dela. Seria tudo coincidência? Estaria o barão no local errado na hora errada? Será que tudo se resumia àquilo?

As perguntas continuavam martelando. Kelly suspirou e sacudiu a cabeça. Passara a maior parte dos últimos dez anos – primeiro quando estudava jornalismo na universidade, mais tarde na carreira – fazendo perguntas, arrancando respostas. Tornara-se uma segunda natureza, um hábito por demais enraizado para que pudesse quebrá-lo com facilidade ou rapidez. Especialmente quando essa reportagem específica envolvia o próprio pai e, de certa forma, ela mesma.

A vinícola surgiu à sua frente, dominando o pátio ao fim da trilha de cavalos. Sem o sol matinal para avivar sua cor, os tijolos do prédio pareciam escuros e opacos, em nítido contraste com a longa fita de um amarelo vívido estendida desde a extremidade oposta do edifício. Kelly reconheceu a larga fita plástica do tipo que a polícia usa para isolar o local de um crime. Estava surpresa por ainda não terem retirado.

Não haveria nada para ver; todas as provas haviam sido recolhidas muito tempo atrás. Kelly sabia disso. Ainda assim, deu por si indo até lá para olhar.

O solo estava cheio de pegadas. Um leve contorno permanecia, indicando onde encontraram o corpo. Havia mais dois lugares que também estavam marcados. Kelly decidiu que um deles provavelmente mostrava a localização da arma do crime, e o outro, o lugar onde o pai largara a lata de gasolina, mas não sabia qual era qual.

Lembrou-se da breve e desagradável visita feita ao pai. Ele se mostrara confuso e assustado, escondendo-se atrás de uma pose de bravata furiosa. Era bem provável que estivesse tão assustado quanto bêbado, naquela noite. Ao ser desafiado pelo barão, provavelmente o atacara em um gesto de pânico.

Mas por que com uma marreta? Por que não com as latas de gasolina que estava carregando? Se planejava destruir o vinho armazenado nas adegas, o que estava fazendo aqui? A entrada para a adega ficava atrás da vinícola. Kelly franziu a testa e olhou de relance para a luz de segurança instalada no alto do prédio. Por que teria vindo naquela direção, assim tão perto das luzes, em uma área tão profundamente iluminada? Estaria tão bêbado que não percebera? Ou tão bêbado que nem se importara?

Uma pequena porta lateral da vinícola se abriu, e a figura robusta e encanecida de Claude Broussard saiu. Deu uma olhada para a fita amarela. Fez menção de desviar os olhos, depois virou a cabeça bruscamente, fixando-os em Kelly.

– Oi.

Sorrindo, Kelly deu um passo em direção a Claude.

Imediatamente, este sacudiu para Kelly a mão enorme, uma expressão de ferocidade dominando o rosto enrugado de traços bem marcados.

– Não permitimos repórteres aqui. Você está invadindo. Deve sair agora mesmo!

Mais uma vez Kelly se viu forçada a explicar sua presença.

– *Monsieur* Broussard, sou filha de Leonard Dougherty.

– Você?

Os olhos de Claude fixos nela estreitaram-se com óbvia desconfiança, as vastas sobrancelhas grisalhas juntando-se em uma moita sólida e cerrada.

– Eu mesma. O senhor deve ter me visto na televisão ou nos artigos de jornal sobre a morte do barão.

– Não tenho nenhuma vontade de ver ou ler essas notícias. – Aproximou-se, continuando a fitá-la. – Eu me lembro da filha dele. Era uma garota alta e gorducha que usava óculos.

– E que costumava entrar furtivamente na vinícola – acrescentou Kelly. – Certa vez, o senhor me pegou escondida na adega.

– Peguei, sim. – Assentiu com a cabeça, a aceitação vindo devagar.

– Eu estava morta de medo, certa de que fosse me bater – relembrou Kelly.

O velho Claude sacudiu a cabeça.

– Eu nunca bateria em uma criança. – Depois sorriu. – Deixei que provasse o vinho.

– É verdade – murmurou ela, de repente se lembrando. – Pensei que tivesse gosto de suco de uva, mas era azedo.

– Azedo, não – reprovou ele. – O vinho era jovem, um tantinho ácido, talvez.

– Mais do que um tantinho, pelo que me lembro – replicou Kelly, o sorriso se ampliando.

Claude Broussard devolveu o sorriso por um momento, depois ficou sério, uma tristeza surgindo em seus olhos.

– Seu pai não era um bom homem. Começou a beber no trabalho. Achei uma garrafa de uísque que havia escondido. Não podia permitir que aquilo continuasse. Tive de despedi-lo.

– Eu sei. – Kelly baixou a cabeça, lembrando-se do quanto se sentira humilhada quando fora esperá-lo na saída do trabalho naquele dia só para ser informada de que o haviam despedido. Na manhã seguinte, ele entrara cambaleando em casa, em um porre monumental. Ao recuperar finalmente a sobriedade, contara-lhe que tinha se cansado de deixar que os Rutledge o tratassem como um escravo e se demitira. Mas ela sempre soubera da verdade. Sem pensar, virou a cabeça e olhou para o local do crime. – Ele estava sempre embriagado, sempre causando problemas.

– Vamos sair daqui. – A mão áspera como couro segurou-a pelo braço, guiando-a com firmeza para longe dali. – Este não é um bom lugar.

Comovida com o gesto, Kelly ergueu os olhos para o rosto de Claude e examinou a rede de rugas com que a idade vincara aquele rosto rijo.

– Qual é a sua idade? – Ele já parecia velho quando ela era menina.

Claude parou de repente, retesando a postura, aprumando os ombros largos.

– Que importância tem isso?

Era óbvio que a pergunta o ofendera.

Kelly deu de ombros, como se tentasse mostrar que aquilo não era mesmo importante.

Ainda cheio de orgulho, fitou-a bem dentro dos olhos.

– Estou na minha septuagésima década. Meu *grand-père* trabalhou como *maître de chai*, em Rutledge Estate, até os 84 anos. Seus últimos anos foram bons, e os vinhos foram vinhos excelentes. Estes

333

jovens com seus diplomas universitários, tubos de ensaio e metros, o que sabem sobre a fabricação de vinhos finos? Velho – repetiu a palavra com asco. – Assim como o meu *grand-père*, ainda me resta um bom número de anos. Por enquanto, não estou pronto para me aposentar.

– Não foi minha intenção sugerir que estivesse.

– *Non*? – Seu olhar desafiou-a, depois amenizou-se, mas a expressão de vaga irritação perdurou no rosto. – O que você queria aqui?

– Vim ver Sam.

– Ele saiu não faz cinco minutos.

– Saiu? – Desapontamento. Kelly não esperava senti-lo tão intensamente. Olhou para os escritórios da vinícola, notando pela primeira vez que o jipe não estava estacionado em frente do longo prédio. – Sabe aonde foi?

– *Non*.

Kelly balançou a cabeça, tentando fingir que não importava.

– Então vejo-o mais tarde em casa.

Mas não seria a mesma coisa, e Kelly sabia disso. Com um aceno de despedida para Claude, retomou o longo caminho de volta à casa.

## 19

Por uma brecha nas árvores, Kelly avistou um Bronco prateado estacionado no caminho de acesso defronte à casa. Parecia um pouco cedo para visitas matinais, pensou. Só depois de sair da trilha de cavalos foi que viu os outros veículos no caminho – um carro com emblema da polícia, um sedã despretensioso e o jipe de Sam.

Havia algo errado. Kelly sentiu um arrepio, a tensão súbita de todos os nervos, tornando-os retesados como arame. Parou por um segundo, depois apressou o passo e atravessou o gramado, dirigindo-se à porta de entrada. Quando a abriu, escutou a voz de Katherine.

– Ela não está em parte alguma da casa. Deve ter saído.

Dois oficiais uniformizados, Ollie Zelinski, o advogado de defesa Jonh MacSwayne e Sam estavam reunidos ao pé da escadaria de mármore, de frente para Katherine, que se juntou ao grupo. John MacSwayne estava na faixa dos 40 anos, um toque de grisalho nas têmporas, de altura, peso e compleição medianos. Possuía um desses rostos paternais, do tipo que projetava a imagem de um homem que lidava com uma juventude transviada mas nunca encontrava motivo para perder a fé na bondade básica que enxergava nos jovens. Virou-se para Kelly, tal como os outros, quando ouviram a porta da frente bater.

– Estavam procurando por mim?

Avançou devagar em sua direção, preparada para más notícias. A severidade refletida na expressão de Sam e a raiva reprimida em seus olhos só confirmavam o que seus instintos já tinham lhe contado.

Sam veio ao seu encontro.

– Seu pai fugiu – avisou-a. – Ouvi no rádio e vim lhe contar. Então Zelinski e os outros apareceram.

– Quando? – A voz de Kelly soou seca. Era o único jeito de impedir que a raiva e a fúria transparecessem.

Sabia bem o que significava a fuga do pai: uma caçada humana completa, com barreiras de estrada, equipes de busca, a polícia fervilhando por toda a região, helicópteros sobrevoando a área. O tipo de notícia que atrairia um enxame de jornalistas. E seu nome seria envolvido nesse escândalo outra vez, justamente quando toda a publicidade estava prestes a morrer.

– Mais ou menos ao alvorecer – replicou Ollie, com um olhar de pena.

– Como? Como foi possível?

Kelly afastou-se de Sam, discretamente rejeitando o conforto que ele parecia estar oferecendo ao permanecer parado ao seu lado. Se Sam a tocasse, perderia o controle. E Kelly não queria que nenhuma daquelas pessoas percebesse como a notícia a afetara. Cruzou os braços com força à altura da cintura, um gesto protetor contra a sensação de estar em carne viva por dentro.

– Ele fingiu estar passando mal. Havia um novo guarda de plantão. Ainda estamos juntando os detalhes.

Ollie empurrou os óculos para o alto do nariz, algo que costumava fazer quando estava nervoso.

Kelly reconheceu a característica, mas não se impressionou realmente.

– Por que vieram? Não foi só para me contar.

Os olhos de Ollie desviaram-se por um instante, depois voltaram a fitá-la, sem exatamente encará-la.

– Isso nunca devia ter acontecido. A prisão de seu pai já lhe causou problemas suficientes e eu queria que você soubesse o quanto lamento. – Fez uma pausa. – Tem alguma ideia para onde ele poderia ter ido?

– Já verificou no bar ou na loja de bebidas mais próxima?

A amargura aflorou. Kelly não conseguiu evitar.

– Acha que tentaria vir para cá ou seguiria para a Grande São Francisco? Oakland ou São Francisco? – indagou um dos policiais.

Estavam observando-a. Todos eles. À espera de uma resposta que ela não tinha.

– Não sei. – Sacudiu a cabeça em um gesto curto, tenso, e sentiu as madeixas do cabelo solto roçarem na face. Passou os dedos no cabelo, puxando-o para trás e desejando tê-lo preso em um coque. – Não sei aonde foi ou o que faria. Seria mais fácil manter-se anônimo em uma cidade. Mais lugares onde se esconder, mas não sei se raciocinaria desse jeito.

– E quanto às montanhas? – perguntou o outro patrulheiro – Seu pai aprecia a vida ao ar livre? Gosta de caçar?

– Não.

– Alguma vez foi acampar?

Kelly tornou a sacudir a cabeça.

– A bebida é a sua única forma de recreação.

– E quanto aos amigos?

– Faz dez anos que parti. Não sei quem são os seus amigos ou se os tem. Vocês teriam de verificar nos bares que frequentava. Descubram quem são os seus companheiros de bebedeira.

Fizeram mais perguntas que Kelly não pôde responder. A cada uma, sua tensão aumentava até os nervos ficarem ainda mais à flor da pele. Por fim não suportou mais.

– Se eu soubesse de alguma coisa, qualquer coisa, acham que não lhes contaria? – retrucou. – Quero que o peguem tanto quanto vocês. Quanto mais tempo ficar solto, mais essa história vai se arrastar...

Kelly interrompeu o restante da sentença, no mesmo instante arrependendo-se do súbito descontrole.

Não ajudou muito Sam pousar a mão em suas costas, mais uma vez ficando ao seu lado.

– Chega de perguntas por enquanto, creio eu – declarou, enquanto Kelly se mantinha empertigada, lutando para não se encostar nele.

– Certo. – Ollie assentiu com a cabeça. – Lamento fazê-la passar por isto, Kelly, mas foi impossível evitar. Se pensar ou lembrar de alguma coisa que possa ser útil...

Durante todo o interrogatório, MacSwayne se conservou na posição de observador silencioso. Quando Ollie e os dois policiais se despediram e se dirigiram para a saída, ele ficou para trás. Esperou até a porta fechar, depois virou-se para Kelly.

– Só tenho uma coisa a acrescentar a esta infeliz situação, Srta. Douglas – falou. – Se por acaso conversar com o seu pai, se ele entrar em contato com você...

– Isso é impossível – interpôs Kelly. – Ele não sabe onde estou.

– Receio que saiba. – As sobrancelhas de MacSwayne ergueram-se em um silencioso pedido de desculpas. – Entenda, eu contei a ele que você estava hospedada aqui.

Sam murmurou um palavrão baixo e feio e indagou em voz alta:

– Por que fez isso, droga? Não havia razão para ele saber onde Kelly estava.

– Na ocasião, pensei que houvesse. – O advogado encolheu os ombros, como para indicar que o mal estava feito, sendo inútil discutir se era certo ou errado. – Quando visitei Dougherty na prisão, ele não parava de meter o malho nos Rutledge, na sua pessoa em particular, Sra. Rutledge. – Relanceou os olhos para Katherine e não recebeu nenhum vislumbre de reação. – Estava fazendo muitas acusações e achei que talvez mudasse de opinião se soubesse que a filha estava hospedada aqui.

– E mudou? – Sam mostrou um cinismo e ceticismo ostensivos.

– Infelizmente, não. Neste aspecto, está convencido de que vocês estão tentando virar a filha contra ele. Mas a paranoia é, com frequência, um dos efeitos colaterais do alcoolismo – declarou MacSwayne e voltou sua atenção para Kelly. – E isso é parte do que eu queria conversar com você.

Com um braço estendido indicando um canto longe de Katherine e Sam, e o outro curvado às suas costas para conduzi-la, levou-a para um lado onde pudessem conversar em particular. Kelly não entendia o que ganhariam discutindo o hábito de beber do pai. Aguardou, tensa e impaciente, que o advogado explicasse.

– Se, por acaso, tiver notícias do seu pai – começou MacSwayne, a voz baixa, o tom confidencial –, faça todo o esforço possível para convencê-lo a se entregar.

– É improvável que ele me escute.

– Tente. As coisas melhorarão muito para ele se fizer isso – explicou o advogado, depois prosseguiu: – Quando o prenderam na manhã seguinte ao assassinato do barão, o nível de álcool no sangue estava consideravelmente acima do limite legal. Ele admite que andou bebendo. É possível que estivesse bêbado demais para saber realmente o que estava fazendo. Posso alegar irresponsabilidade penal por doença mental, possivelmente reduzir as acusações para homicídio involuntário. Mas, para consegui-lo, ele precisa se entregar; aí temos de soltá-lo sob fiança e inscrevê-lo em um programa de reabilitação. Precisamos mostrar que o alcoolismo é uma doença e que o seu pai é uma vítima.

– Não me fale em vítimas. – A voz de Kelly vibrava de raiva. – *Eu* fui a vítima. Fui *eu* que tive de morar com ele e suportar suas mentiras. Era em *mim* que ele batia quando se embebedava. Fui *eu* que paguei o preço. E continuo pagando!

Lutando com as lágrimas que ardiam nos olhos, Kelly girou e afastou-se rapidamente e às cegas. Nem sequer ouviu Sam chamá-la.

Antes que Sam pudesse segui-la, MacSwayne o deteve.

– Deixe-a ir.

Sam virou-se para ele.

– O que diabo você falou para ela?

– Receio tê-la aborrecido. Julguei que, a esta altura, já aprendera a encarar as bebedeiras do pai como uma doença, algo que Dougherty não causou, não consegue controlar e nem curar. – MacSwayne, pensativo, olhou na direção que Kelly havia tomado e de volta para Sam. – Há programas para aqueles cujos pais são ou eram alcoólatras. Os Alcoólicos Anônimos têm um especialmente destinado a filhos adultos de alcoólatras. Procure convencê-la a participar de um deles, liberando a raiva que guardou dentro de si durante todos estes anos. De qualquer maneira, é um passo na direção certa.

LÁGRIMAS TREMULAVAM NAS pontas dos cílios. Kelly apressou-se a enxugá-las quando ouviu os passos firmes e compassados de Sam se aproximando. Sua fuga do vestíbulo a levara à biblioteca.

Quando Sam entrou, Kelly não se virou, continuou parada perto de uma poltrona de couro, uma das mãos pousadas no encosto.

– Kelly?

No instante em que sentiu a pressão quente daquelas mãos na parte superior dos braços, afastou-se.

– Estou bem. – Tivera tempo não mais que o suficiente para se refazer. Correu os dedos pela cúpula plissada do abajur, precisando manter as mãos ocupadas ou começaria a contorcê-las. – Mas um cigarro cairia bem. Você tem um aí por acaso, tem? Deixei os meus na bolsa lá em cima.

– Não. Não tenho.

– Tudo bem. – Acendeu o abajur, lançando um pouco de luz na sala apainelada, ooscurecida pelas nuvens cinzentas e sombrias para além das janelas. – Com tudo que vem acontecendo, estou surpresa que não tenha começado a fumar mais.

Havia um controle remoto na mesa perto do abajur. Kelly o pegou e apontou para a televisão, apertando o botão de *power*. Uma imagem brilhou instantaneamente na tela.

– Kelly, quanto a seu pai... – começou Sam.

Ergueu a mão para silenciá-lo, o olhar preso na tela.

– Há um novo boletim de notícias. Talvez o tenham apanhado.

Sentou-se rapidamente na poltrona de couro e inclinou-se à frente para se concentrar nas palavras do repórter.

Mas o boletim acabou sendo uma correção de uma notícia anterior, segundo a qual tinham visto o suspeito a bordo da barca para São Francisco, informação que se mostrara falsa. A correção foi seguida por uma recapitulação da evasão e uma reapresentação das notícias sobre a morte do barão.

– Vamos tomar um café – sugeriu Sam quando a emissora retomou a programação normal da manhã.

Kelly sacudiu a cabeça.

– Prefiro ficar aqui, para o caso de surgir alguma novidade.

– Ainda que surja, não há nada que você possa fazer.

– Sei disso, mas quero ficar assim mesmo. É algo que preciso fazer. Tente entender, sim?

Kelly passou o restante do dia e a maior parte da noite em frente à televisão, mudando de um canal para o outro, assistindo ao boletim de notícias em um canal e conferindo com a reportagem em outro. Muitas pessoas afirmavam tê-lo visto, informações que, em sua maioria, provaram ser falsas, e o resto não pôde ser confirmado de um jeito ou de outro. A polícia continuava a afirmar que ele ainda estava em alguma parte da cidade de Napa, insistindo que as estradas tinham sido bloqueadas dez minutos após a fuga.

Havia cenas da SWAT revistando um prédio abandonado, helicópteros dando rasantes em uma área, oficiais nas barreiras da estrada abrindo porta-malas e verificando documentos de identidade, e longas fileiras de carros estendendo-se pelas rodovias. Havia entrevistas com diversos funcionários do Judiciário, habitantes de áreas isoladas com medo de ficarem sozinhos em casa, gente na rua e turistas. A cobertura era ampla.

E tudo isso, cada reportagem de destaque, começava com uma variação das palavras: "O pai de Kelly Douglas, uma figura conhecida nos noticiários televisivos, acusado da morte do barão Emile Fougère, da França, continua solto... esta manhã... esta tarde... esta noite."

E quase todas as reportagens ainda incluíam uma publicidade sobre ela ou um flash de uma transmissão ou uma tomada sua defronte à prisão municipal de Santa Helena.

No dia seguinte, o alvorecer veio sem chuva e sem nenhuma evolução dos acontecimentos. Leonard Dougherty continuava desaparecido. Mais ou menos no meio da manhã, houve um rebuliço com a cobertura, ao vivo, da polícia cercando uma pequena vinha no distrito de Carneros, onde se julgava que o suspeito estivesse escondido. A equipe de gravação de um noticiário à bordo de um helicóptero mostrou aos telespectadores uma figura indistinta encolhida sob as videiras espessas. Após 20 minutos de suspense, o homem entregou-se à polícia.

No instante em que o homem saiu rastejando debaixo das videiras, as mãos entrelaçadas no alto da cabeça, Kelly soube que não era o pai. O cabelo preto, a pele morena; parecia um mexicano. O repórter no local chegou à mesma conclusão. Uma foto mostrou na tela o rosto do pai para esclarecimento dos telespectadores.

A transmissão do meio-dia incluía a continuação de uma notícia anterior e a explicação de que o homem detido na vinha era um imigrante ilegal. Havia também uma reportagem de uma casa, em uma região distante no distrito de Stage's Leap, no vale, que mostrava sinais de arrombamento naquela manhã, embora parecesse não ter ocorrido roubo algum. Agora a polícia admitia a possibilidade de que Dougherty tivesse furado as barreiras da estrada e estivesse fora dos limites metropolitanos de Napa. Estavam ampliando as buscas.

No final da tarde, uma chuvinha fina começou a cair. Nuvens baixas envolviam as altas colinas e picos de ambas as cordilheiras. Os telejornais do início da noite mostravam repórteres no local, parados sob a proteção de guarda-chuvas gotejantes, relatando os últimos fatos sobre a caçada humana e acrescentando algumas suposições.

A afiliada da NBC exibiu uma reportagem semelhante que fora gravada mais cedo, antes de começar a chover. Quando Kelly ouviu a chamada do âncora, desconfiou que era o alvo principal. Mas ficou atônita ao ver Linda James, sua inimiga e rival, na tomada de abertura, parada defronte à casa arruinada do pai, explicando aos telespectadores que aquela era a casa onde Kelly Douglas havia crescido.

O Buick verde e branco surgia em segundo plano, junto com o capim alto e a sucata espalhada. Linda James subia os degraus e abria a porta. Um corte hábil mostrava-a entrando na sala de estar. A bagunça do lugar, a sujeira, o monte de cinzas e tocos de cigarros ao lado do retrato de sua mãe.

Oh, Deus. Kelly cobriu a boca com a mão, sufocando um grito. Lá estava a sua boneca em close, sentada com ar de desamparo na almofada suja: a cozinha encardida e os pratos com uma camada de comida endurecida, empilhados na cuba e na pia, o conteúdo mofado da geladeira. Por que não tinha limpado tudo quando estivera lá?

Linda James estava sentada em uma cama. A cama de Kelly. Passando um dedo no tampo empoeirado do toucador, a mão na cabeceira de ferro, parada na janela contemplando o céu lúgubre.

O segmento de dois minutos e meio acabava fora da casa, com Linda expressando simpatia e encerrando com a seguinte observação:

– Não conseguimos entrar em contato com Kelly Douglas para obtermos uma declaração, embora saibamos que continua na região. Sem dúvida alguma acompanhando os últimos acontecimentos acerca da caçada ao pai. Com sentimentos contraditórios, suponho. Linda James, de Napa Valley.

Profissionalmente, Kelly reconhecia que fora uma boa reportagem. Em termos pessoais, sentia-se devastada, exposta. Com sua privacidade invadida. Furiosa e envergonhada, saiu intempestivamente da biblioteca. Isto nunca tornaria a acontecer. Não pela segunda vez.

Parou só por um instante quando a porta da frente se abriu e Sam entrou. A camisa estava ensopada, o algodão molhado grudando-se à pele e desenhando o contorno musculoso do peito. A calça de cor havana estava respingada de chuva e molhada em volta da bainha. Ele não a viu de imediato quando tirou o chapéu, espalhando pingos de água pelo chão de mármore. Kelly respirou fundo para se acalmar e afrouxou o aperto nos punhos, enfrentando seu olhar quando ele por fim a notou.

– A chuva começou a cair de verdade lá fora – disse, com uma leve careta.

– Parece que sim. – Ela se dirigiu às escadas.

– Vai subir?

– Sim.

– Vou com você. Preciso tomar um banho de chuveiro e vestir umas roupas secas. – Com longas passadas, encaminhou-se para a escadaria, deixando um rastro de água ao passar. Subiram lado a lado a escada. – Alguma novidade no noticiário desta noite?

– Nada. Ele está escondido em algum lugar por aqui.

Um suspiro brotou dele.

– Lamento. Achava honestamente que, a esta altura, já o teriam capturado.

– Eu também – admitiu Kelly.

Sam parou quando chegaram à porta do quarto dela.

– Tudo bem com você?

Kelly não sabia ao certo se algum dia se sentiria *bem*.

– Vou sobreviver – afirmou.

– Sei que irá. – Sorriu. – Vejo você daqui a pouco.

Kelly concordou com a cabeça, mas não respondeu quando abriu a porta e Sam seguiu pelo corredor. Sem perder tempo, agarrou a bolsa e tirou do armário a capa de chuva da Burberry. Então saiu e desceu correndo a escada.

Quinze minutos depois, o carro alugado percorria a estrada esburacada, espadanando a água ali empoçada, e parou bruscamente defronte à velha casa de Kelly. A chuva havia manchado de um tom quase preto as ripas de madeira expostas, transformado as vidraças em cintilantes espelhos escuros. Kelly contemplou a casa por um longo minuto, depois apagou os faróis e desligou o motor.

Saiu do carro em uma chuva constante e alcançou a porta da frente sem pisar nas poças mais fundas. A sala de estar estava escura como breu quando Kelly entrou. Ela tateou ao longo da parede até achar o interruptor e ligá-lo; a luz do teto inundou a sala de uma claridade opaca. Tirando o casaco, olhou em volta e decidiu começar pelo lixo.

Miraculosamente, achou sacos de lixo no armário embaixo da pia. Encheu o primeiro com a comida estragada da geladeira, com os recipientes e tudo. Esvaziou a cesta de lixo da cozinha no segundo e reuniu as caixas de papelão vazias espalhadas por toda parte. Apanhando o terceiro saco, foi de aposento em aposento, esvaziando cinzeiros, recolhendo garrafas vazias, revistas e jornais velhos e tudo o mais que parecesse lixo. Quando terminou, havia quatro sacos cheios empilhados perto da porta da frente.

A seguir, pôs mãos à obra na pia de pratos sujos, raspando o máximo possível a comida endurecida, depois molhando e esfregando, molhando e esfregando. Trinta minutos após começar, enxugou a última panela e guardou-a na gaveta do fogão. Com a cuba cheia de água com sabão, escovou a bancada da cozinha, o fogão e a pia inteira, depois limpou as portas dos armários e a geladeira, por dentro e por fora.

Quando acabou, o quinto saco de lixo estava quase cheio. Arrastou-o para a sala de visitas junto com os outros. Lá fora, a chuva havia se reduzido a um chuvisco. Aproveitando-se disso, Kelly correu até o carro, acendeu os faróis, depois carregou os sacos, um a um, para fora e guardou-os atrás de um trailer enferrujado perto do telheiro.

Após terminar, virou-se e examinou a sucata visível à luz dos faróis. As peças que podia erguer, jogou-as atrás do trailer. Quanto ao resto, deixou onde estava. Amanhã voltaria e pensaria no que fazer a respeito. Daria um jeito no capim também, caso parasse de chover.

Mas ainda tinha de tirar a poeira da mobília, varrer e limpar o chão e lavar o banheiro. Apagou as luzes do carro e voltou para dentro da casa. Começou a fechar a porta, depois mudou de ideia e deixou-a aberta para que o ar entrasse.

Seus dedos estavam no último botão da capa quando ouviu um ruído. Um tilintar, como de talheres. Franzindo o cenho, tirou a capa e pendurou-a em uma cadeira enquanto se dirigia à cozinha.

Ficou paralisada ao chegar à porta, olhando com espanto para o pai. Ele estava sentado em uma das cadeiras da cozinha, calmamente comendo cereais sem leite direto da caixa. O cabelo cada vez mais ralo estava molhado e colado na cabeça como um boné cinza-escuro, mas ele vestia roupas secas.

A raiva, que ultimamente sempre parecia rondá-la, voltou.

– O que veio fazer aqui?

– Comer. – Enfiou na boca mais outro punhado de Frosted Flakers e mastigou ruidosamente. – Salsichas frias, queijo e cream crackers, umas duas barras de chocolate e uns biscoitos de chocolate crocante, isso é tudo que comi nos últimos dois dias. Você melhorou um pouco o ambiente. Está ótimo. – Tornou a meter a mão na caixa. – Por que não fez um café? Com esta chuva, quase congelei lá fora. Levei algum tempo para me certificar de que estava sozinha. Lembre-se, gosto de muito açúcar no café.

Kelly quis arrancar-lhe da mão com um tapa a caixa de cereais. Mas acabou indo até a pia, lavando as mãos e enchendo de água a velha cafeteira elétrica.

– Perguntei o que veio fazer aqui.

– Buscar comida, roupas, cobertores e qualquer outra coisa que eu possa precisar.

Ela juntou duas colheradas de café à água, apertou a tampa e ligou a tomada na parede, depois segurou com força na beira da pia, apoiou-se nela, mantendo-se de costas para o pai.

– Por que tinha de fugir da prisão?

– O que esperava que eu fizesse? Que ficasse lá e fosse condena-do por algo que não fiz? De jeito nenhum. – Ouviu o farfalhar dos cereais. – Tinha de cair fora, arranjar um jeito de pôr as mãos em algum dinheiro para impedir que aqueles Rutledge roubem a minha terra. Foram espertos me culpando do jeito que fizeram. Aquelas uvas lá fora deviam ter sido colhidas ontem. Com essa chuva, prova-velmente vou perder a droga da colheita por causa do mofo. Não vai me render um centavo. O que significa que vou precisar muito mais disto aqui. – Continuou comendo ruidosamente. – Precisa me ajudar, Lizzie. Tenho de arranjar dinheiro suficiente para pagar àquela viga-rista antes que ela me tome a terra.

– Entregue-se e eu o ajudarei. – Kelly olhava fixamente o canto lascado na porta do armário. – Você me disse certa vez que precisava de 35 mil dólares. Tenho essa quantia. Você poderá tê-la, e ainda mais. Entregue-se à polícia e resgatarei a promissória. A terra será sua, livre de dívidas.

– Os Rutledge fizeram a sua cabeça, não é?

Kelly virou-se para encará-lo, as mãos buscando apoio na beirada da pia, tal como antes.

– Não. Essa ideia é minha. Exclusivamente minha. – A caixa de cereais permanecia em cima da mesa. As mãos de Dougherty estavam cheias de farelos enquanto a fitava com olhos desconfiados. – Vou acompanhá-lo quando se entregar. Eu mesma o levarei de carro.

– Não. Não vou me entregar. Não vou voltar mais para aquela prisão.

– Vão apanhá-lo cedo ou tarde – argumentou ela.

– Não, não vão. Não se você me ajudar.

– Ajudá-lo? Como?

A cafeteira começou a gorgolejar às suas costas.

– Saindo às escondidas, indo se encontrar comigo com frequência, me trazendo comida e outras coisas.

Kelly não conseguia acreditar no que estava ouvindo.

– Está me pedindo para me tornar coautora material do crime. Para ser cúmplice de um prisioneiro em fuga.

– Droga, sou inocente. – Dougherty fuzilou-a com os olhos. – Pode apostar que se sua mãe ainda fosse viva faria isso. Ela me ajudaria. E gostaria que você ajudasse.

– Não fale nela! – Instigada pela raiva e por uma antiga dor, Kelly adiantou-se rapidamente e se apoiou no encosto da cadeira mais próxima, os dedos afundando no vinil barato e rasgado e no estofo de espuma a esfarelar. – Estou cheia de ouvi-lo falar nela sem parar. No quanto a amava. No quanto sente falta dela. Você a matou. Matou-a tão certamente quanto se tivesse colocado as mãos em sua garganta e a estrangulado. – Mais uma vez havia lágrimas ardendo nos olhos, embaçando-lhe a visão. – Eu lhe avisei que ela estava doente. Disse que precisávamos levá-la a um médico. Mas você respondeu que não tinha dinheiro para gastar com contas de médico. "É só um resfriado de verão", disse. Mas tinha bastante dinheiro para esbanjar com uísque, não é? Caiu fora. Caiu fora e me deixou aqui sozinha tomando conta dela. E eu não sabia como! Não sabia o que fazer!

346

Kelly mal conseguiu sufocar um soluço. O ar parecia ter sido espremido dos pulmões. Tentou aspirar mais enquanto o pai apoiava os braços na mesa, baixando a cabeça de leve e virando-a para o lado. A cafeteira gorgolejou e suspirou em um ritmo acelerado que parecia equiparar-se ao doloroso martelar do seu coração. Por mais que quisesse virar e sair porta afora, não podia. Havia começado aquilo e agora precisava ir até o fim.

– Você estava tão bêbado quando chegou em casa naquela noite, que apagou antes mesmo de chegar à porta. Ela tentara esperar por você do jeito que sempre fazia. Estava doente e fraca demais para fazer outra coisa que não deitar no sofá. Eu me deitei no chão ao seu lado, e quando acordei... ela estava morta.

– Eu sei. – Dougherty juntou as mãos sobre o tampo da mesa, um leve tremor nelas. – Eu a desapontei. Estava sempre desapontando Becca. Deus sabe que a amava, mas não fui um bom marido. – A voz de uísque soou gutural com o arrependimento, e seus olhos brilhavam de umidade quando ergueu a cabeça, não inteiramente capaz de encará-la. – Creio que também não fui um bom pai.

– Não foi um bom pai? Meu Deus, essa é, sem sombra de dúvida, o maior eufemismo de todo o século – declarou Kelly, a incredulidade e a indignação batalhando pela supremacia dentro dela. A última venceu. – Já se esqueceu que quebrou o meu braço e de todas as vezes em que me bateu, todas as vezes em que fui à escola com equimoses e olhos roxos, todas as noites que passei aqui sozinha, com medo de que você não voltasse para casa e com mais medo ainda de que voltasse? A verdade é que nunca tive pai. Morei nesta casa com um bêbado. Um homem que gostava de surrar crianças.

– Era o uísque – protestou ele.

– Então por que não parou? Por que tinha de beber? Por quê?

– Você nunca entendeu, não é? Becca, sua mãe, sempre soube.

Autopiedade. Percebera aquilo tantas vezes que o mesmo velho asco voltou.

– Então faça com que *eu* entenda.

– Porque sou um fraco. Porque nunca poderia ser forte como sua mãe. Como você. – Manteve os olhos fixos nas mãos entrelaçadas.

– Ela sempre soube que eu era um incapaz. Que sempre seria um incapaz. Mas o uísque fazia com que eu me sentisse grande e poderoso. Eu podia me gabar de como algum dia iria usar as uvas da minha vinha para produzir meu próprio vinho. Vinho que seria tão bom quanto o de qualquer outra pessoa no vale. Quando estava com o uísque na barriga, conseguia acreditar nisso. Aí caía bruscamente na realidade e sabia que nunca aconteceria. Porque não podia fazê-lo. Não tinha o necessário. No íntimo, quero dizer.

Kelly ficou ali olhando para o pai, para o cabelo áspero já rareando, para a pele flácida que o abuso de álcool por tempo demais amarelecera e que parecia mais envelhecida do que realmente era. No passado, os ombros tinham sido largos e musculosos, agora estavam ossudos e descaídos, com um ar de derrota. Aquele homem velho, exausto e alquebrado era o fugitivo que a polícia estava caçando com helicópteros, cães e armas engatilhadas.

– Esta terra era a única coisa que me tornava alguém – prosseguiu, a voz baixa e rouca. – É por isso que preciso me agarrar a esta vinha. É por isso que não posso deixar os Rutledge a tomarem de mim. – Por fim ergueu os olhos, que suplicavam a Kelly. – Não percebe? Sem isso todos verão que não sou nada.

– Entendo – murmurou Kelly e deu as costas, indo até os armários, pegando duas xícaras limpas e enchendo-as de café enquanto seus pensamentos se atropelavam.

Todos aqueles anos. Todos aqueles anos de dor, raiva e... medo. Todos aqueles anos de ânsia, ódio e carência. Agora só ansiava que tudo terminasse, que pudesse livrar-se daquilo tudo e dele para sempre.

Apanhou a lata de açúcar e colocou no café três colheres de chá, depois levou as xícaras à mesa e pôs uma diante dele.

– Beba o café. Vai aquecê-lo. – Puxou uma cadeira e sentou-se à mesa, na frente do pai. – Não pode viver fugindo – replicou finalmente, vendo-o erguer a xícara com ambas as mãos e engolir ruidosamente o café quente. – Conversei com MacSwayne ontem. É um bom advogado. Pode ajudá-lo, desde que você se entregue à polícia.

– Ajudar-me a ir para a prisão, quer dizer – resmungou. – Os Rutledge armaram essa direitinho para mim. É a minha palavra contra a dela, e quem vai acreditar em mim?

– Mas se é inocente...

– *Se.* – Dougherty fez uma pausa e soltou um fragmento de risada destituída de humor. – Vê só? Nem mesmo você acredita em mim. Minha própria filha acha que matei o sujeito.

Kelly queria acreditar no pai, mas aquilo significava confiar nele, algo que nunca lhe trouxera nada senão sofrimento e dor de cabeça.

Soltou um longo suspiro de cansaço e disse:

– Então me responda umas perguntas.

– Que tipo de perguntas? – Também não havia nenhuma confiança no olhar dele.

– Você contou que, naquela noite, tinha ido a Rutledge Estate para entrar nas adegas e destruir o vinho. – Kelly cobriu a xícara com a mão, o vapor que subia esquentando a palma enquanto casualmente a girava um pouco. – Se queria entrar nas adegas, o que estava fazendo naquele canto do prédio da vinícola?

– Ouvi vozes, pessoas falando. Sabia que havia uma festa na casa. Fiquei preocupado com a possibilidade de terem transferido tudo para lá, de Katherine estar planejando levar os convidados em um passeio pelas adegas e exibir os vinhos. Pensei que seria melhor investigar. Esperar até mais tarde, se fosse necessário.

Aquilo fazia sentido, admitiu Kelly, um tanto relutante.

Quando foi investigar, o que viu?

– Nada. Pelo menos até aquele cara aparecer cambaleando na minha frente e desmoronar no chão.

– Você não tinha me contado isso. – A chuva recomeçara a cair, tornando-se um tamborilar constante no telhado. – Disse que o corpo já estava caído lá.

– *Estava* caído lá quando cheguei perto – insistiu ele, com um toque de indignação.

*Semântica*, refletiu Kelly. Supunha-se que só políticos e burocratas distorciam estes detalhes sutis em seu próprio benefício.

– Tudo bem. – Respirou fundo e foi em frente. – O que viu antes disso?

– Nada. Já lhe contei. Tudo que ouvi foram vozes, algumas pessoas falando, discutindo.

– Sobre o quê?

Ele soprou o café e tomou mais um gole.

– Não sei. Não consegui entender o que estavam dizendo. – Franziu a testa, irritando-se com suas perguntas. – Fosse como fosse, provavelmente não me lembraria de nada. Tinha andado bebendo. E tinha sido a primeira vez em mais de duas semanas. Você não precisa acreditar em mim. Apenas dê uma olhada nos armários – desafiou. – Não achará nenhuma garrafa enfurnada aí.

– As vozes que ouviu, quantas eram? Duas, três, quatro? Ou mais?

– Pelo amor de Deus, como espera que me lembre?

Levantou-se, zangado, e caminhou em largas passadas até a pia para se servir de mais uma xícara de café e acrescentar mais açúcar.

– Tente.

Dougherty custou a responder.

– Duas. Talvez três. Não estou certo.

– As vozes, eram masculinas? Femininas? Ou ambas?

– Uma era definitivamente de homem, não era? – Soltou uma risadinha abafada por ter sido suficientemente esperto para lembrar que a vítima era do sexo masculino.

– E quanto à outra? Ou outras?

– Não sei. – Enfiou a cabeça dentro da geladeira, procurando algo para comer, depois tirou do armário uma lata de pêssegos em calda. – A que falava alto, aparentando aborrecimento ou mesmo fúria, era, sem dúvida alguma, uma voz de homem. – Vasculhou em uma gaveta com utensílios de cozinha e encontrou um abridor de lata. – Acho que calculei que fossem homens, mas... agora não tenho mais certeza. Está tudo confuso. Uma delas podia ser de mulher.

O que podia ser verdade ou um meio conveniente de tentar convencê-la de que havia mais alguém lá. Kelly esfregou os dedos nas têmporas. Ignorava havia algum tempo uma dor de cabeça que vinha ganhando força, mas agora era uma pressão ininterrupta e latejante.

– Quando se aproximou do corpo, viu mais alguém por perto?

Com um garfo tirado da gaveta dos talheres, o pai voltou à mesa e começou a espetá-lo nos pedaços de pêssego.

– Só a grande Katherine Rutledge em pessoa, olhando para mim como se eu fosse uma espécie de verme. – Engoliu os pedaços de pêssego com café quente e doce. – Quem pode garantir que não foi ela quem derrubou o camarada?

A sugestão era ridícula. Katherine era uma mulher formidável, mesmo aos 90 anos, mas não possuía nem o tamanho nem a força para atingir na cabeça um homem quase 30 centímetros maior do que ela com uma pancada violenta o bastante para matá-lo.

– E viu ou ouviu algo antes disso?

– Não que eu lembre. – Enfiou o garfo em mais outro escorregadio pedaço de pêssego.

– Nenhum ruído de passos? – insistiu Kelly. – Nem de alguém correndo ou algo semelhante?

– Quantas vezes preciso repetir que nada está claro para mim? – retrucou, meio zangado e meio frustrado. – Talvez prefira que minta, dizendo que realmente ouvi alguma coisa, não é? Acha que não quero? Acha que não ando queimando os miolos na tentativa de encontrar um meio de fazer alguém acreditar em mim? Droga, sou bastante inteligente para saber que se me apanharem em uma mentira, *uma única mentira*, ninguém acreditará em nada do que eu disse sobre aquela noite.

A chuva açoitava as vidraças enquanto o silêncio entre ambos se intensificava. Nenhuma outra pergunta ocorria a Kelly, que ainda estava tentando decidir se acreditava em alguma das respostas. Observou-o beber o caldo na lata. A xícara de café estava quase vazia.

Dougherty levantou-se, dizendo:

– Preciso pegar comida. – Tirou da caixa debaixo da pia um saco de lixo, enfiou dentro mais dois sacos, depois começou a esvaziar as prateleiras dos armários, enchendo-o com comida enlatada. – Vá buscar para mim uma calça e uma camisa para eu levar comigo.

– Para onde vai? – A polícia estava procurando por toda a parte. Não havia mais lugar seguro onde pudesse se esconder. Não por muito tempo. – Onde vai ficar?

– Para que quer saber? Para que possa mandar a polícia atrás de mim? – zombou, tal como fazia o pai do qual se lembrava e não o estranho que se sentara à mesa. Kelly abriu a boca para negar a acusação, depois mudou de ideia, percebendo que, obviamente, informaria à polícia. Ele deve ter lido isso no seu rosto. – Eu sabia que aqueles Rutledge iriam virá-la contra mim.

– Pare de culpar os Rutledge! – Furiosa, Kelly levantou-se bruscamente da cadeira, as mãos cerradas ao lado do corpo. – Você sempre tenta responsabilizar alguém pelos seus problemas. Mas ninguém se meteu nessa confusão, só você. E se não acredito no que me conta é porque mentiu para mim muitas vezes no passado e quebrou promessas demais. Você. Não os Rutledge.

Dougherty baixou os olhos e desviou-os, resmungando:

– Eu mesmo pego as minhas roupas.

Um ronco baixo se fez ouvir acima do barulho da chuva. Kelly julgou que fosse um trovão, mas o som perdurou, só o volume aumentou. Com um sobressalto, percebeu que não era um trovão, mas um motor.

– Acho que está chegando alguém.

Murmurou o aviso para o pai e correu à sala de visitas a tempo de ver faróis de um carro formarem uma trilha luminosa através da chuva que caía.

Dirigiu-se à porta da frente, que deixara aberta. Um veículo estava parando ao lado do carro alugado. Por um instante, a luz dos faróis a cegou. A porta dos fundos bateu com uma pancada seca quando os faróis se apagaram. O silêncio reinou, com exceção do ruído da chuva caindo. Kelly esperou que uma porta de carro fechasse, uma luz acendesse dentro do veículo e mostrasse se o motorista usava uniforme.

A escuridão revelou a forma preta e quadrada do veículo. Era um jipe. O jipe de Sam. Uma parte da tensão se esvaiu, depois retornou de roldão. De cabeça descoberta, ele atravessou correndo a chuva e as poças de água até alcançar os degraus de entrada. Kelly afastou-se da porta e o deixou entrar.

Sam parou tão logo pôs os pés na sala de visitas e sacudiu das mãos e dos braços o excesso de água, o olhar percorrendo-a com mais do que um toque de impaciência e irritação.

– Podia ter avisado a alguém aonde ia.

– Não me ocorreu – admitiu Kelly, depois indagou, curiosa: – Como soube onde eu estava?

– Não sabia. Foi só o primeiro lugar onde pensei em procurar. – As mãos transferiram-se para os quadris enquanto o peito estofava em um hausto profundo que saiu com um som de cansaço. – Importa-se de me contar o que está fazendo aqui?

– Limpando. – Devia contar sobre o pai, que ele estivera ali momentos atrás, que os dois conversaram, porém as palavras não saíam. Era como se um louco e inoportuno senso de lealdade as sufocasse. – Uma das emissoras apresentou um segmento sobre a casa no telejornal desta noite. Mandaram uma equipe de gravação para cá. Entraram aqui... O lugar parecia um chiqueiro. – Olhou de relance para a sala de visita. Ainda conservava a aparência surrada, mas agora apresentava uma melhora. – Eu não queria mais nenhuma outra equipe vindo aqui e mostrando aquela bagunça.

– Não virão. Vou colocar um segurança aqui para garantir que não tornará a acontecer. Lamento não ter pensando nisso antes – explicou ele, a delicadeza voltando à voz. – Então? Está pronta para ir?

– Ainda preciso tirar a poeira e passar um pano molhado. Eu...

– Amanhã mando alguém aqui para fazer uma faxina por você. – Sua mão pousou no ombro de Kelly, virando-a para a sala e indicando uma cadeira. – Vamos lá. Pegue a capa. Vou apagar a luz da cozinha.

Quase tarde demais, Kelly lembrou-se das xícaras de café e da lata de sucrilhos em cima da mesa.

– Não, eu faço isso.

O sentimento de culpa causado pelo seu silêncio anterior com relação ao pai a fez ir para a cozinha a passos rápidos, quase correndo.

Sam seguiu-a. Kelly chegou primeiro à cozinha, mas não a tempo de ocultar as evidências de que alguém estivera ali. Com um ar intrigado, ele olhou de relance para as xícaras que ela empurrou para a pia.

– Quem esteve aqui? – Então seus olhos se estreitaram com uma expressão de profunda desconfiança. – Seu pai?

Ela respirou fundo, depois assentiu com a cabeça.

– Sim.

– Quando? Quanto tempo faz?

– Ele saiu pela porta dos fundos quando você chegou.

Sam proferiu uma imprecação abafada e disparou para a porta escancarando-a. Mas Len sumira havia um bom tempo. Fechou a porta com um empurrão violento e deu meia-volta para fitá-la, a fúria nos olhos.

– Por que não o reteve aqui? – resmungou, afastando as cadeiras do caminho ao atravessar a cozinha e voltar à sala de visitas.

– E o que eu devia fazer? – rebateu Kelly e puxou com brusquidão o fio da cafeteira, arrancando a tomada da parede. – Engalfinhar-me com ele, imobilizá-lo até você entrar? Não sabia quem estava dirigindo o carro.

Kelly seguiu-o até a sala de visitas e viu-o pegar o telefone preto na mesa próxima à poltrona que o pai usava. Era um telefone antigo, de disco giratório. Kelly sabia que não funcionava, mas deixou Sam descobrir por conta própria. Não conseguindo linha, ele recolocou o fone no gancho e virou-se.

– Isto tem de ser comunicado à polícia, Kelly.

Nunca vira tamanha inflexibilidade no rosto de Sam, em seus olhos, no queixo, no corpo inteiro.

– Eu sei.

Movendo-se com rápida economia de movimentos, ele pegou a capa de chuva pendurada no encosto da cadeira e jogou-a nas mãos de Kelly, depois segurou-a pelo braço com a força de um touro e conduziu-a para a porta dianteira. Ela embolou a capa contra o corpo, sem vesti-la quando saíram. A chuva contínua e abundante era fresca em contato com o rosto quente de Kelly, e os dedos dele apertavam-lhe o braço.

– Por que não me contou que ele estava aí?

A pergunta pareceu ter saído à força enquanto Sam continuava a olhar direto em frente, não para Kelly.

– Eu não sabia como.

Sua voz soou tão infantil quanto ela se sentia. Mas não era mais uma criança, era uma adulta.

– Não sabia como? Quando você soube que era eu, tudo que precisava fazer era gritar que ele tinha fugido pela porta dos fundos. Talvez eu conseguisse pegá-lo. – Soltou-a e abriu a porta do motorista no carro de Kelly, segurando-a para deixá-la entrar, seu olhar tornando a fixar-se nela. – Achei que o queria preso. Achei que queria que tudo terminasse.

– E quero. – Kelly encarou-o, a chuva caindo a cântaros entre os dois, escorrendo pelo rosto de ambos.

– Então por que não disse nada? Acha que poderia manter tudo em segredo?

– Lógico que não!

– Para onde foi seu pai?

– Ele não me contou.

– Viu que direção tomou?

– Fui ver quem chegava de carro. Depois ouvi a porta dos fundos bater.

– O que ele lhe contou, Kelly? A polícia vai querer saber.

O queixo de Kelly começou a tremer. Ela baixou a cabeça para esconder o fato, consciente da chuva que pingava da ponta do nariz.

– Contou que nunca valeu muito como pai. Contou também que não fez aquilo, que não matou o barão Fougère, que havia mais alguém lá.

– E você acreditou nisso? – O cinismo e a zombaria em sua voz a fizeram sentir-se repelida. – Já esqueceu o que ele lhe fez? O preço que pagou?

– Não, não esqueci. E nunca esquecerei.

Kelly acomodou-se atrás do volante e puxou bruscamente a porta das mãos de Sam, fechando-a. O motor roncou logo ao primeiro girar apressado da chave. Vislumbrou Sam quando ele subiu no jipe. Então os faróis descreveram uma trilha através da chuva, mostrando-lhe a estrada esburacada.

Lágrimas misturaram-se com as gotas de chuva nas suas faces. Kelly enxugou a umidade e dirigiu mais depressa que devia. Nem mesmo sabia ao certo do que estava fugindo desta vez: do passado ou do presente.

## 20

Ensopada até os ossos, Kelly entrou correndo em casa e foi direto para a escadaria. Já estava no meio da escada quando a porta da frente se abriu. Voltou rapidamente os olhos quando Sam entrou, com um telefone celular na mão.

– Kelly, espere. – Mas a aspereza da voz só a fez acelerar o passo.

Sam a seguiu, subindo os degraus de dois em dois. Alcançou a porta do quarto de Kelly quando estava prestes a fechá-la. Sua mão estendeu-se à frente e segurou-a, depois empurrou-a para dentro. Ela recuou quando Sam entrou. Ele deu mais um passo em sua direção, então viu o lampejo de medo em seus olhos. Isto o fez estacar de súbito. Estava furioso. Mais do que furioso. Jogou o telefone na almofada de uma poltrona e procurou controlar a irritação.

– Precisamos conversar, Kelly – disse, conferindo à voz a maior calma possível. Havia bem uns dois metros a separá-los, mas não fez nenhum movimento para encurtar a distância.

– Não agora. Estou molhada e com frio. Preciso vestir umas roupas secas. Você também. – Os braços estavam cruzados na frente, as mãos agarrando os ombros, mas o gesto parecia mais de proteção do que aquecimento.

– Agora, sim – declarou Sam. – Deixei você sozinha ontem à noite. Não tornarei a fazê-lo.

– O que você quer? Um pedido de desculpas? Tudo bem, sinto muito. Não lhe contei onde ele estava. Não sei por que não o fiz. Estava confusa, certo? Não posso explicar. – Virou-se ligeiramente com óbvia agitação. – Nem consigo explicar a mim mesma.

– Então ele não a machucou ou ameaçou.

– Não. – Kelly sacudiu a cabeça, depois jogou-a para trás para fitar o teto, comprimindo com força os lábios por um instante. – Conversamos. Discutimos, na verdade. Tentei convencê-lo a se entregar à polícia, mas gastei saliva à toa. – Baixou a cabeça e suspirou fundo. – Ele não parava de jurar que era inocente, que não iria para a prisão por algo que não fizera. – Calou-se, virando o rosto para Sam e lançando-lhe um olhar zangado. – E não pergunte se acredito ou não. Conheço melhor do que você todas as mentiras que me pregou. É só que... uma parte de mim não para de pensar: *E se ele age como o menininho manhoso que chorou de verdade? E se desta vez não estiver mentindo?*

– Kelly. – Sam deu um passo em sua direção.

No mesmo instante, ela lhe deu as costas.

– Meu Deus, porque estou lhe contando isso? Não tem nada a ver com você. Nada mesmo.

– Acho que tem.

Kelly deu meia-volta, a umidade brilhando nos olhos, tornando-os excessivamente luminosos.

– Quer parar com isso? Quer parar, Sam? Não preciso de sua piedade. Não preciso que você ou qualquer outra pessoa sinta pena de mim.

Sua raiva despertou uma centelha de irritação nele.

– Para sua informação, não sinto pena de você. Droga, Kelly, eu me importo com você!

– Por que se importaria? – retrucou, ainda não convencida.

Sam examinou-a com ar sério.

– Algum dia lhe ocorreu que posso ter me apaixonado por você? – Uma expressão de choque surgiu nos olhos de Kelly. Recuou um passo, a cor se esvaindo do rosto. – Posso ver que a possibilidade a faz vibrar de emoção – resmungou ele.

– Não é possível que saiba o que sente. Não nos conhecemos há tempo suficiente.

– E quanto tempo é necessário para alguém se apaixonar? – desafiou Sam. – Um dia? Uma semana? Um mês? Dois? Qual deve ser o prazo?

– Não sei. Só acho...

Kelly estava se afastando, e Sam não permitiria que ela se safasse mais uma vez. Em duas passadas, cruzou o espaço entre ambos e agarrou-a pela cintura, fazendo-a virar-se para encará-lo.

– Não me diga o que pensa. Diga-me o que sente.

Houve uma confrontação de olhos, de vontades.

– Você quer saber o que sinto, não é? – Kelly despejou as palavras com raiva, o corpo rígido em um ato de resistência. – Que não quero gostar de você. Que foi um erro ter qualquer tipo de envolvimento com você. Seja lá o que for que exista entre nós, não vai durar.

– É mesmo? Então talvez a gente deva aproveitar ao máximo enquanto durar.

Sam a puxou para si com violência e afundou os dedos no cabelo úmido de Kelly, puxando-lhe a cabeça para trás enquanto seus lábios procuravam os dela.

Kelly debateu-se, as mãos empurrando-o em um gesto de protesto, os dedos crispando-se em um gesto de necessidade. Resistiu ao poder daqueles braços e buscou o desejo daquela boca. Queria lutar, mas aquilo significava lutar consigo mesma. A perda de uma batalha nunca fora mais fácil ou mais satisfatória.

Movido pela raiva e pela frustração, Sam esmagou-lhe a boca vezes e mais vezes. Nem que fosse só por aquela noite, iria provar que tudo que compartilharam era algo especial, algo incomparável, algo certo. Ela não pensaria em nada, não lembraria de ninguém, só dele.

Quando a resposta de Kelly veio, foi total e completa. Seus lábios relaxaram em submissão, separaram-se em rendição. Ele sufocou o som suave de desamparo que ronronou de sua garganta. Um trovão ribombou e um relâmpago brilhou por um segundo fugaz fora das janelas do quarto, mas a tempestade era toda íntima, arrebatando os dois em seu vórtice.

Sam sentiu os dedos de Kelly puxando a frente da sua camisa. Começaram a despir as camadas de roupas molhadas, sem se incomodarem com o que rasgavam. Era tudo ardor e pressa enquanto caíam na cama, Sam rolando com ela, a boca percorrendo-lhe com impaciência o rosto escorregadio pela chuva, as mãos implacáveis em sua ganância de tocar e explorar.

Com uma certa agressividade, Kelly rolou por cima dele, conduzindo os lábios em uma corrida frenética por todo o corpo. Mas não era o suficiente. Ela se movia em cima de Sam, arquejando com um prazer intenso enquanto ele a segurava pelos quadris e a penetrava, preenchendo-a. Não só fisicamente. Mesmo em sua confusão, Kelly entendia aquilo.

Atirou a cabeça para trás, o corpo esguio arqueando-se com a tensão e o assombro. Uma parte racional da sua mente registrou o pensamento de que ela não queria amá-lo, não queria precisar dele. Então as mãos estavam escorregando pelo peito de Sam e ela estava se abaixando para beijá-lo.

Fechando os olhos, Kelly se deixou transportar para um lugar onde a realidade era algo indistinto e onde o amor era mais do que uma simples palavra.

Quando os derradeiros frêmitos os abandonaram, Kelly deixou-se ficar meio deitada sobre Sam, a cabeça aninhada em seu peito, movendo-se com o seu subir e descer cada vez mais lento. A própria respiração começara a se normalizar, as vagas ferroadas de dúvidas começando a retornar. Mas, por enquanto, era embalada pela carícia preguiçosa daquela mão em seu cabelo úmido.

– Como você se sente agora? – murmurou Sam, a voz soou baixa e ressonante do peito que vibrava contra o ouvido de Kelly.

– Satisfeita – admitiu Kelly. – Muito satisfeita.

Durante um longo minuto, havia somente o tamborilar da chuva nas vidraças da janela. Ela julgou que Sam aceitara a resposta que lhe dera.

– Mas...? – desafiou Sam com uma ponta de irritação na voz. – Acho que ouvi um "mas" no fim.

– Tocar, beijar, fazer amor. Talvez tudo se resuma nisso – replicou Kelly quando a mão imobilizou-se sobre seu cabelo. Soerguendo-se com o apoio do cotovelo, afastou o cabelo do rosto para fitá-lo, vendo a impaciência e a negativa em seus olhos. Contudo, argumentou suavemente: – Talvez não haja nada de mais profundo.

– Fale só por si mesma. – Calmamente, Sam virou-a de costas, depois deitou-se por cima dela. – Quanto a mim, não nego que adoro seu corpo. Adoro os seus seios. – Tocou em um deles. Adoro ter estas suas longas pernas me envolvendo. – Deslizou a mão do quadril até a coxa. – Durante a metade do tempo, mais da metade do tempo, só preciso pôr os olhos em você para desejá-la. Mas, escute bem, adoro muito mais a mulher que há dentro deste corpo.

A convicção estava lá, em seus olhos, em sua voz, em sua expressão.

– Como pode estar tão seguro? – admirou-se Kelly, franzindo de leve a testa.

Com imensa ternura, Sam tocou com o dedo o pequeno vinco entre as sobrancelhas e deu um sorriso triste.

– Como pode estar tão insegura?

– É muito simples. Sam, minha vida virou de pernas para o ar na semana passada. Não sei ao certo se tenho um emprego, talvez não me reste sequer uma carreira, aí você aparece. – A mão alisou a ponta do queixo de Sam, apreciando sua firmeza, a força que havia lá, uma parte inata dele. – Eu posso estar me agarrando a você para obter segurança. Se for só isso, então não durará. Preciso pôr minha vida em ordem, Sam. Preciso pensar em uma solução para os meus problemas.

– Pense em um meio para acabar com eles. – Segurou-lhe a mão e depositou um beijo na palma, seu olhar não se desviando do rosto de Kelly. – Apenas se certifique de que não se esquecerá de mim.

– Será impossível esquecer. – Kelly sorriu, muito consciente daquele corpo rijo e longo, moldado ao seu.

– Ótimo. Mas há algo mais que você precisa saber.

– O quê?

– Quero ter filhos e providenciar para que me saia melhor na tarefa de criá-los do que meus pais se saíram comigo. Quero que você seja a mãe deles. Quero você na minha vida. E quero estar na sua, então é melhor se certificar direitinho de que vai sobrar espaço para mim.

Uma sobrancelha arqueou-se em um aviso meigo.

Mas Kelly estremeceu assim mesmo.

– Você me assusta.

Sam beijou-lhe de leve os lábios.

– Então somos dois, porque você também me assusta bastante.

Virou-se de costas e se levantou da cama, só pele bronzeada e músculos afilados.

– Não espera realmente que eu acredite nisso, não é?

Kelly sentou-se.

As roupas dos dois formavam pilhas ensopadas no chão. Sam recolheu-as e voltou os olhos para ela.

– Lógico que espero. Nunca me permiti tornar-me íntimo de alguém antes. Nunca me permiti importar-me com os outros. Se não nos importamos, não há dor. Se não queremos demais, ou não esperamos demais, não há desapontamento. É mais seguro assim. – Fez uma pausa, sustentando o olhar de Kelly. – Talvez você e eu sejamos iguais neste aspecto. Sei que jamais quis gostar de você. Resistia a este sentimento sempre que estava perto de você. Estava tão ocupado lutando contra isso que acabei me apaixonando... e lhe dei o poder de me magoar. – Sam a encarou por mais um segundo, então sorriu. – Seja bondosa.

Mas Kelly não devolveu o sorriso. Estava desnorteada demais com o modo como ele expusera os seus sentimentos, tornara-se vulnerável. Sam Rutledge vulnerável – a combinação parecia contraditória, e, contudo, fazia-a sentir-se aquecida por dentro, quase em paz.

Sam levou as roupas molhadas para o banheiro e parou ao ver a série de artigos femininos dispostos ao longo da pia, próximo à cuba de porcelana. Maquiagem, escovas, fixador de cabelo em spray, pentes, loções, estava tudo lá. Sua ex-esposa provavelmente deixava essas coisas na pia do banheiro, mas Sam não se lembrava de notá-los. Pegou um pote de creme de limpeza e cheirou a beirada da tampa. Era Kelly, fresca, sedosa, sutilmente sensual.

Um filete da água a escorrer das roupas molhadas em seus braços descia pela coxa. Virando-se, Sam jogou tudo dentro da banheira. A Sra. Vargas podia pensar o que quisesse de manhã. Avistou um pedaço de renda rasgada no monte de roupas molhadas e sorriu. Pensasse lá o que pensasse, estaria certa. Tirou uma toalha do suporte e voltou ao quarto para juntar-se a Kelly.

KELLY NÃO SE surpreendeu quando Ollie Zelinski e um tenente da equipe que dirigia a caçada humana ao pai dela apareceram na casa para interrogá-la, na manhã seguinte. Antecipando o fato, havia anotado, em detalhes, o que tinha acontecido na noite anterior, omitindo apenas as partes pessoais sobre a morte da mãe e os motivos que o pai lhe dera para beber. Havia concluído suas anotações pouco antes de Sam voltar para tomar uma xícara de café com ela.

– Alguma objeção à minha permanência? – perguntou Sam, depois que a Sra. Vargas conduziu Ollie e o tenente à sala principal.

– Não – replicou o tenente, um homem chamado Lew Harris, com um barrigão e um ar cansado. – Na verdade, é provável que eu tenha algumas perguntas a lhe fazer.

– Tem café na cafeteira – avisou Sam. – Sirvam-se.

O tenente serviu-se, enquanto Ollie se sentava.

– Lamento muito por isso – disse a Kelly.

– É rotina, eu sei. Fui repórter tempo o bastante para conhecer os procedimentos da polícia.

Kelly não conseguia adivinhar por que Ollie acompanhara o policial, e não era para oferecer simpatia ou apoio moral. Os dois tinham sido amigos no passado, e ela suspeitava que Ollie esperava que confiasse nele o suficiente para contar-lhe coisas que talvez relutasse em revelar a qualquer outra pessoa. Estava fazendo seu serviço. Ela conseguia perceber.

– Aqui está. – Kelly entregou o maço de anotações que fizera. – Escrevi tudo enquanto ainda estava fresco na memória: o que ele disse, o que tinha comido, o que estava vestindo quando partiu, qualquer coisa que, na minha opinião, pudesse ser significativa.

Ollie passou os olhos rapidamente pelos papéis, depois entregou-os ao tenente. Automaticamente, Harris enfiou a mão dentro da jaqueta e tirou do bolso da camisa os óculos de leitura. Colocou-os, depois lançou um rápido sorriso aos demais.

– A vista é a segunda coisa que some – comentou, então deu palmadinhas no estômago protuberante. – A cintura é a primeira.

Era uma piada velha, mas Kelly conseguiu sorrir. Ele começou a ler as anotações. Ela sentou-se e observou, consciente da tensão que se avolumava. Por fim o tenente bateu os papéis na mesa para acertar as beiradas e olhou de soslaio para Ollie.

– Ao menos agora sabe qual será a defesa de Dougherty – acrescentou. – Vai alegar que havia mais alguém discutindo com Fougère.

– Isso é assim tão impossível? – desafiou Kelly, tranquila.

– Impossível? Não, improvável. Altamente improvável. Pensam que me surpreendo com o fato de surgir tal alegação? A única coisa que me surpreende é ele não ter incluído uma vaga descrição dessa terceira pessoa.

A chuva cessara em alguma hora da noite. Um raio de sol entrava pela janela da sala matinal, penetrando na fragmentada cobertura de nuvens. Kelly podia ouvir o zumbir surdo e entrecortado de um helicóptero, um dos vários que avançavam devagar sobre as vinhas da propriedade, agitando o ar para secar as uvas molhadas antes que o mofo se instalasse.

– Então considera-o culpado. – Kelly não precisou esperar por uma resposta.

– Como o pecado – declarou o tenente, depois encolheu os ombros, um tanto constrangido. – Desculpe, sei que é seu pai, mas esta é minha opinião profissional.

– Lew participou da investigação sobre a morte do barão – explicou Ollie.

– Entendo – murmurou Kelly.

Sam se remexeu na cadeira ao lado.

– Kelly não quer acreditar que seu pai seja capaz de cometer assassinato. Suponho que nenhuma filha acreditaria, a despeito do tipo de pai que foi.

– Digamos apenas que ainda tenho uma ou duas dúvidas – sugeriu Kelly, ciente de ser a única no grupo que não estava convencida.

– Srta. Douglas, no que se refere a seu pai, temos o motivo, a oportunidade e a notória arma ainda quente. – Harris enumerou tudo com os dedos e explicou o último ponto. – A arma do crime, vista em sua mão e com suas impressões digitais.

– Havia outras impressões digitais nela?

– É lógico.

– Já as identificaram?

– Temos um conjunto de impressões que não identificamos – admitiu Ollie. – As outras duas pertenciam a trabalhadores aqui de Rutledge Estate. A marreta é o instrumento de trabalho deles, por assim dizer.

– Não seria irônico se esse terceiro conjunto de impressões digitais pertencesse à pessoa que realmente matou o barão Fougère? – sugeriu Kelly, mais para irritar do que por acreditar na possibilidade.

– Kelly, temos uma preponderância de evidências contra o seu pai – começou Ollie, com toda a paciência.

– Todas circunstanciais. Vocês têm uma testemunha que o viu ao lado do corpo com a arma do crime na mão. Mas não têm ninguém que o visse cometendo o crime. O seu suposto motivo é a pressuposição de que o barão o tenha pego em flagrante quando propositadamente tencionava destruir a propriedade alheia. O que significa que o apanhou de surpresa. Se foi assim, por que ele não bateu no barão com uma das latas de gasolina que estava carregando? Por que as pousou e pegou uma marreta?

– Talvez Fougère a tivesse na mão. Ouvindo barulho de alguém rondando, pegara-a para se proteger – teorizou o tenente. – Então devem ter lutado pela sua posse. Conseguindo tirá-la dele, seu pai usou-a para golpeá-lo.

– Ou talvez houvesse uma terceira pessoa lá. Alguém que discutira com o barão e depois atingiu-o mortalmente. – Kelly retornou à versão do pai com teimosia. – Conseguiram determinar o paradeiro de todos os convidados da festa na hora aproximada da morte do barão? Algum deles estava ausente do terraço nesse momento?

– Você e eu tínhamos saído – lembrou-lhe Sam. – Eu a levei em casa.

– Mas não posso jurar que você estava comigo quando ele foi morto – contestou Kelly. – Não sei a que horas deixamos a festa. Eu não estava de relógio naquela noite e não sei que horas eram quando cheguei ao quarto. Por tudo que sei, você podia muito bem ter voltado para a vinícola, e não para casa, encontrado-se lá com o barão, discutido com ele e depois o atingido na cabeça.

– Você está se agarrando a ninharias – objetou Sam, com aspereza. – Que razão eu teria para matá-lo?

Mas ela tinha algo a dizer e estava determinada a dizê-lo.

– Diga-me você. Sei que quando o barão Fougère anunciou antes do jantar que Fougère e Rutledge iriam se unir na Califórnia, você não se mostrou nada feliz com a novidade.

– Foi uma surpresa. – A dureza tinha voltado a suas feições – Eu sabia que o assunto estava sendo discutido, mas ninguém me informou que tinham chegado a um acordo.

– E você não gostou – insistiu Kelly.

– Não fiquei inteiramente satisfeito, não. – A resposta saiu lacônica e ríspida, assim como a interpelação que a seguiu. – O que você está sugerindo, Kelly?

– Tentando provar um argumento. – Os olhos de Kelly desviaram-se de Sam para Ollie e o tenente. – Talvez haja outras pessoas que tivessem motivo para querer o barão morto, pessoas que, de alguma forma, poderiam lucrar com isso. Mas é muito mais fácil acusar um bêbado notório, não é?

Ollie preferiu uma resposta diplomática.

– Caberá ao júri decidir sua culpa ou inocência.

– Fora de qualquer dúvida razoável – lembrou-lhe Kelly. – E, por enquanto, continuo tendo motivo para duvidar.

– Lamento que se sinta dessa maneira, Kelly – replicou Ollie, e estava realmente sendo sincero. Levantou-se da mesa. – Acho que já terminamos aqui, Lew.

– Certo. – O tenente pareceu quase aliviado e apressou-se a recolher suas coisas.

– Vou com vocês até a porta. – Kelly levantou-se, já arrependida de algumas das coisas que dissera. Sam acompanhou-a quando os conduziu ao vestíbulo de entrada. – Sem ressentimentos?

Estendeu a mão para Ollie, como um gesto mais de reconciliação do que de despedida.

– Sem ressentimentos.

Ele apertou a mão de Kelly cordialmente.

– Acho que alguém tem de bancar o advogado do diabo – observou Kelly, em defesa da decisão impopular que assumira.

– Por que não a filha do diabo? – Ollie sorriu.

– Obrigada. Eu devia saber que você entenderia.

Ela devolveu o sorriso, aliviada por não ter se distanciado do seu amigo de infância.

Sam acrescentou suas despedidas às de Kelly e fechou a porta quando os dois homens partiram. Calmamente, virou-se. Kelly permaneceu imóvel, com o reluzente mármore do vestíbulo em segundo plano, sua atenção já concentrada nos próprios pensamentos. Contudo, a despeito de toda a imobilidade, havia nela uma energia, inquieta e contida. Parecia emanar e encher a casa de vida.

– Importa-se de me contar que história é essa?

– O quê? – Kelly franziu o cenho com um ar de perplexidade, depois lançou-lhe um olhar levemente impaciente. – Certamente você não pensa que falei a sério quando sugeri que podia ter matado Fougère. Eu lhe disse que só estava tentando argumentar que talvez houvesse outras pessoas com motivo e oportunidade. Nem por um minuto achei que você fosse capaz de uma coisa dessas.

– A mim preocupa muito mais que você esteja começando a acreditar na inocência do seu pai. Prepare-se para uma tremenda decepção, Kelly – preveniu.

– Não é que eu *acredite* nisso. O que quero, na verdade, é descobrir se ele é ou não inocente, pelo meu próprio bem, pela minha própria sanidade. Não consigo parar de pensar no caso.

– E o que é preciso? Uma confissão?

– Não sei. – Ergueu as mãos em um misto de frustração e irritação. – Só sei que, neste exato momento, existem furos no caso.

– Você contratou um advogado para defendê-lo. Isso é serviço de MacSwayne. Não seu.

– Por acaso já deu uma boa olhada na imagem da justiça, Sam? – indagou, os lábios curvando-se em um leve sorriso. – Não só os olhos estão vendados, como a balança pende mais para um lado. Nós dois sabemos que ele seria uma péssima testemunha em sua própria defesa. E se me convocarem a depor, terei de testemunhar que ficava violento quando se embriagava. Qual júri no mundo acreditaria que um homem desses é inocente, ainda que seja?

– Então o que está dizendo? – Os olhos de Sam fixos em Kelly estreitaram-se.

– Estou dizendo que ele foi um pai horrível e, como homem, não é muito melhor, mas não quero que o condenem por isso. Se for para a prisão, quero que seja porque é culpado. Isso é assim tão difícil de entender?

366

Estava quase zangada com Sam e demonstrou o que sentia.

– Não. Difícil de entender é como se propõe a prová-lo. Por que acha que tem de ser você a fazê-lo? – rebateu, a aspereza da voz equivalendo à dela.

– Quem mais o fará? O único meio de provar alguma coisa é eliminar todas as outras possibilidades. E isso só pode ser conseguido por meio de perguntas.

Katherine parou no alto da escada.

– Perguntas sobre o quê?

A mão delicada deslizou pela balaustrada quando começou a descer.

– Sobre quem poderia ter assassinado o barão Fougère.

Virando-se de frente para a escadaria e Katherine, Kelly recuperou o controle de suas emoções, algo que mantinha a custo com Sam por perto.

Sua resposta fez Katherine parar de repente no meio do degrau antes de reiniciar a descida.

– Ora, isso é inquestionável. Por mais doloroso que seja para você aceitar o fato, foi seu pai.

– Ele insiste que não fez aquilo. Afirma que havia alguém com o barão, e que discutiam.

Algo de fugidio surgiu na expressão de Katherine, mas quando falou sua voz estava límpida como cristal.

– Isso é ridículo.

– É o que todo mundo não para de me dizer. – Kelly ainda estava bastante zangada para querer provocar algum tipo de reação. – Mas se não foi ele, então quem foi? Alguém chamado Rutledge, talvez?

Katherine ficou rígida.

– Certamente não espera que eu responda a uma pergunta assim tão absurda.

– Está satisfeita agora, Kelly? – murmurou Sam.

De repente toda confusão e incerteza voltaram de roldão. Droga, o que estava fazendo? Suspirou e sacudiu a cabeça.

– Não sei o que deu em mim. Sam tem razão. Eu lhe devo um pedido de desculpas.

– Bobagem. – Katherine tocou-lhe no braço. – Você tem passado por uma tensão considerável nestes últimos dias. Em tais situações, todos nós tendemos a agir e a falar movidos pelo desespero.

Kelly imaginou se Katherine sabia que motivação poderosa podia ser o desespero. Certamente, ela sabia. Coisas demais dependiam do que aconteceria nos próximos dias. Seu emprego, possivelmente até seu futuro. Não podia ficar sentada em silêncio e esperar. Tinha de agir.

## 21

Um vento brincalhão puxava a barra da saia de Kelly quando ela saiu do carro na margem gramada da estrada. O salto do sapato afundou por um breve instante no pequeno monte de cascalho antes que alcançasse terreno mais sólido e fechasse a porta do carro. A firme batida foi uma violenta interrupção na pacífica quietude da vinha.

Então o silêncio reinou, dominado mais uma vez pelo vento farfalhante que sussurrava através das folhas das videiras e pelo distante zumbir do tráfego. Kelly olhou de relance para o jipe estacionado defronte ao carro alugado, os óculos grandes com lentes cinza-escuras protegendo os olhos da luminosidade do sol matinal. Uma echarpe de seda crua, estampada em tons dourados, verdes e ferruginosos, cobria-lhe a cabeça, as longas pontas enroladas ao redor do pescoço e atadas em um nó atrás, para mantê-la no lugar.

Kelly correu o dedo pela borda interna da echarpe, onde a seda roçava a face, e virou-se para contemplar o mar de videiras. A paisagem assemelhava-se quase ao éden, aquecida pelo sol brilhante resplandecendo em um céu de um azul vívido e isolada pela cadeia de montanhas. Lá, no meio de tudo isso, estava Sam, com aquele surrado chapéu de feltro marrom.

Ela esticou o braço para dentro da janela aberta do carro e apertou a buzina uma, duas, três vezes. Quando Sam virou-se para olhar,

Kelly acenou, depois atravessou com cautela a rasa vala de escoamento, avançando obliquamente em direção à extremidade da fileira de videiras onde ele estava. Parou e observou-o aproximar-se em largas passadas, andando com aquele seu jeito másculo e confiante, os braços balançando naturalmente ao lado do corpo.

– Oi. – Sua voz alcançou-a, cálida e cheia. – O que foi? Alguma novidade?

– Não. Ele continua solto por aí. Ninguém o viu. – Seu pai tornara-se um assunto delicado entre ambos. Kelly passou para um tema mais seguro. – Como estão as uvas? Secas, espero.

– As que examinei pareciam estar.

Sam ergueu o galho de uma videira e mostrou um cacho de bagas muito juntas com cascas de um preto purpurino.

Com o dedo, verificou o centro, à procura dos vestígios de umidade. As uvas no talo comprimiam-se tanto umas nas outras que parecia não haver abertura que permitisse a passagem do ar até o centro. Sam arrancou uma das uvas e esmagou-a entre o polegar e o indicador, depois esfregou-os, testando a viscosidade do sumo para obter uma indicação do conteúdo de açúcar no bago.

– Preciso testar para me certificar, mas acho que dentro de mais uns dois dias esta vinha estará pronta para a colheita.

Pequenas rugas criadas pela exposição à intempérie aprofundaram-se em volta dos olhos quando Sam virou a cabeça para vistoriar casualmente as fileiras de videiras.

– O que significa que o esmagamento vai começar e que você estará mais ocupado do que nunca.

– Definitivamente, mais ocupado do que gostaria de estar neste momento. – Seus olhos tornaram a pousar em Kelly, com uma luz cálida que conferia uma certa intimidade ao momento. – Quer provar?

Sem esperar por uma resposta, Sam tirou outra uva do cacho e levou-a aos lábios de Kelly, seus olhos fixando-se na boca e escurecendo de um jeito que fez sua pulsação disparar. Obediente, Kelly abriu a boca e ele introduziu a fruta entre os lábios separados, deixando a ponta dos dedos manchada de sumo demorar-se na curva inferior.

Kelly mordeu a uva e sentiu o explodir do sumo doce e travoso no momento em que a mão cobriu a dele para mantê-la ali perto dos lábios. Foi algo que não fez de forma consciente, mas sim seguindo um instinto, uma reação ao sentimento de intimidade que a envolvia, que envolvia os dois.

O sumo da polpa e a casca amassada escorregaram garganta abaixo.

– Humm, gostoso – murmurou automaticamente, depois enfiou o dedo de Sam na boca e deixou a língua limpar as manchas de sumo. Em seguida, concedeu a mesma atenção ao polegar com toda a inocência de uma criança lambendo o glacê de uma colher. Só ao fitá-lo nos olhos foi que aquele simples ato se transformou em algo mais. O mais estranho foi que não lamentou nem se sentiu constrangida.

– Droga – falou Sam suavemente, com um sorriso. – Veio aqui para me enlouquecer?

– Isso foi uma ideia de última hora. Uma ideia inconsciente – admitiu Kelly e depositou nos dedos dele uma última beijoca, depois baixou a mão, soltando-a.

– Por que veio?

– Eu estava inquieta demais para passar mais um dia sentada, assistindo aos noticiários na televisão sem fazer nada.

Era este "sem fazer nada" que mais a aborrecia. Mas aquilo era algo que Sam não conseguia, ou não iria, entender.

– Eu estava certo de que o apanhariam ontem – disse Sam. – Não pode ter se afastado tanto assim da casa, não a pé. Se bem que o terreno é bastante irregular a leste. Ouvi dizer que estão vasculhando a região metro por metro. Talvez o façam sair do esconderijo.

– Talvez. – Kelly assentiu com a cabeça e respirou fundo. – De um modo ou de outro. – Soltou o fôlego. – Vim aqui para que você não fique todo aflito quando chegar em casa e descobrir que não estou lá. Vou voltar, então não precisa ir à minha procura. Certo?

– Certo.

– Nos vemos mais tarde.

Aproveitou a deixa para retornar ao carro.

– Você não disse aonde ia – lembrou Sam quando ela já se afastava.

Kelly virou-se e forçou-se a rir.

– E você bem que gostaria de saber, não é?

Acenou e atravessou quase correndo os últimos metros que a separavam do carro, mentalmente cruzando os dedos para que ele não a pressionasse para obter uma resposta mais específica. Não queria mentir para Sam.

– Procure-me quando chegar.

– Pode deixar – prometeu Kelly e entrou no carro alugado. Acenou para ele pela última vez enquanto se afastava.

A menos de 2 quilômetros da propriedade, Kelly se deparou com a primeira barreira na estrada. A fila de carros era curta, e a demora não ultrapassou os cinco minutos. Quando dois oficiais de uniforme se aproximaram do carro pelos dois lados, Kelly lutou contra o súbito nervosismo e pegou os documentos referentes ao aluguel do carro e sua carteira de motorista expedida em Nova York, que estavam à mão no banco ao lado.

Um dos patrulheiros parou junto à porta, alto e sério, os óculos escuros ocultando os olhos e refletindo a imagem distorcida de Kelly.

– Os documentos e a minha identificação. – Kelly entregou tudo antes que ele lhe pedisse.

O patrulheiro pegou-os, dizendo:

– Abra o porta-malas, por favor.

Consciente de que o outro espiava pela janela traseira, Kelly esticou-se e abriu o porta-luvas para apertar o botão que abria o porta-malas.

– Você é Kelly Douglas? – indagou o primeiro oficial, com a carteira de motorista na mão.

– Sim.

Kelly sabia que ele não podia deixar de reconhecer o seu nome ou ignorar que era filha do fugitivo.

– Tire os óculos escuros, por favor.

Com os nervos à flor da pele, Kelly fez o que foi pedido e aguardou por segundos intermináveis enquanto ele comparava seu rosto com o retrato na carteira de motorista.

371

– Aonde vai, Srta. Douglas?

A pergunta foi proferida com calma, mas a suspeita implícita era óbvia.

– À vinícola The Cloisters – replicou, certificando-se de que a mão segurava e relaxada, o volante, sem crispar os dedos como estes queriam. – Tenho um encontro marcado com o proprietário, o Sr. Gil Rutledge.

Houve um silêncio enquanto o patrulheiro, pensativo, estudava sua resposta. Kelly só podia esperar que ele não ligasse para checar. Kelly Douglas não tinha encontro algum. Elizabeth Dugan, sim. A tampa do porta-malas fechou com uma batida firme e fez estremecer um pouco a carroceria. O espelho retrovisor refletiu o segundo patrulheiro quando ele ergueu o polegar para o primeiro, indicando não ter visto nada de suspeito e liberando-a.

– Pode ir, Srta. Douglas. – O patrulheiro devolveu os documentos e a identificação.

– Obrigada.

Ela os colocou no banco ao lado e partiu, mas, pelo retrovisor, viu que os dois homens confabulavam, depois um deles se dirigia à radiopatrulha e pegava algo lá dentro.

Só podia supor que o oficial tencionava se comunicar pelo rádio com seu superior e informá-lo de que ela passara pela barreira, prevenindo-o para o caso de Kelly não ter contado a verdade quanto à sua ida a The Cloisters e planejar encontrar-se com o pai.

Na barreira seguinte, Kelly teve a impressão de que os policiais estavam à sua espera. Quase não houve reação ao verem seus documentos, e só fizeram um exame superficial no carro. Chegou a The Cloisters um minuto antes da hora marcada.

Em contraste com a cinzenta austeridade da estrutura semelhante a uma abadia que abrigava os escritórios da vinícola, havia um luxo sutil no seu interior. Que se evidenciou ainda mais quando Kelly entrou na espaçosa sala de Gil Rutledge.

Um tapete persa em discretas tonalidades de borgonha, dourado e azul cobria quase todo o chão de lajotas de pedra. Uma antiga tapeçaria decorava uma das paredes, dividindo o espaço com velhas pinturas que retratavam cenas de vinhas. Na extremidade do aposento, janelas de mainéis estendiam-se do chão ao teto e se abriam para uma ondulante paisagem de vinhas. Uma maciça mesa antiga de mogno luzidio estava em frente às janelas. Atrás dela, Gil Rutledge estava sentado em uma cadeira alta e profusamente entalhada, semelhante a um trono.

– Srta. Dugan. – Sorrindo com um charme característico, levantou-se da cadeira e contornou a mesa para saudá-la. – Creio ter ouvido a Srta. Darcy dizer que você é de Sacramento e trabalha na Secretaria de Saúde, não é?

– Não. Na verdade, não pertenço a nenhum órgão governamental e não sou Elizabeth Dugan. – Tirou os óculos escuros – Sou Kelly Douglas.

– É lógico. Agora a reconheço.

Seu sorriso apagou-se um pouco, a expressão assumindo um ar de curiosidade intrigada.

– Tive de mentir para a sua secretária. Não sabia ao certo se o senhor me receberia e não quis deixar o meu verdadeiro nome na sua agenda para evitar que um dos seus funcionários aqui do escritório o visse e, possivelmente, deixasse vazar a informação para a imprensa. Acho que nenhum de nós quer uma horda de repórteres acampada diante do prédio.

– É verdade. Por favor, sente-se. – Indicou um par de cadeiras de madeira entalhada com forro de veludo de felpa curta. Kelly escolheu a que estava mais próxima enquanto Gil Rutledge tornava a contornar a mesa e sentava-se. – O que deseja de mim? – No mesmo instante, ergueu a mão, detendo-a. – Se esta visita tem alguma relação com o salário que seu pai tem a receber pelos últimos dias em que trabalhou aqui, de acordo com o prazo do pagamento da firma, o pagamento só sairá no fim desta semana. Não creio que, em termos legais, haja qualquer problema em liberá-lo para você. Entretanto, vou confirmar.

Seu pai havia trabalhado aqui? Com todo o cuidado, Kelly controlou a expressão para não demonstrar nem um pouco da surpresa que sentia. Recordou-se de que, ao visitá-lo na prisão, ele havia mencio-

373

nado que tinha um emprego em uma vinícola, mas sem citar o nome. Nem a imprensa mencionara o fato.

– Creio que ele trabalhou para o senhor como segurança – lembrou.

– Há um certo exagero no título do cargo. Como contei à polícia, seu papel correspondia mais ao de uma babá melhorada para os turistas, com a função de garantir que não invadissem áreas da vinícola que estão interditadas ao público – explicou Gil. – Devo admitir que, de acordo com os nossos registros, ele nunca nos causou nenhum problema. Pelo que sei, manteve-se sóbrio durante todos os dias em que trabalhou aqui. Certamente, nunca recebemos qualquer queixa a seu respeito. – Soltou um suspiro profundo. – O que torna os acontecimentos subsequentes ainda mais trágicos.

– Sim, suponho que sim. – Algo estava lhe escapulindo, algo de que devia se lembrar. – O senhor esteve na festa naquela noite, não esteve?

Kelly já conhecia a resposta. Era só uma tática para dar a si mesma tempo para pensar sem permitir nenhuma imagem silenciosa.

– Sim. Tanto Clay quanto eu comparecemos. Admito que me surpreendeu receber um convite. Não é nenhum segredo que Katherine e eu não nos damos bem há anos. Suponho que tenha sido por cortesia. Afinal de contas, o barão veio inicialmente a este vale a meu convite. Foi só um gesto de polidez incluir o meu nome na lista de convidados. E Katherine é escrupulosamente educada. Suponho que achou que eu não fosse.

Seu sorriso tinha um ar de menininho travesso.

– Pelo que me recordo, o senhor e Katherine estavam competindo entre si para formar algum tipo de joint venture com o barão Fougère, não é? O anúncio feito no jantar daquela noite deve tê-lo surpreendido.

– De modo algum. Emile já tinha me ligado naquela tarde para me informar da sua decisão. Previ que haveria um anúncio de que tinham chegado a um acordo. É lógico, não houve tempo para assinar nada antes da sua morte trágica.

– Então não existe nada de concreto outra vez.

– Teoricamente, não. – Os ombros se ergueram em um gesto casual. – A decisão final, obviamente, caberá à viúva. Ela talvez prefira respeitar a decisão de Emile. – Fez uma pausa, depois deu um sorriso de silenciosa comiseração. – Tudo isso deve ser muito penoso para você.

– É, sim. – Kelly assentiu prontamente com a cabeça. – Principalmente, suponho, porque eu estava na festa mas saí antes... Vocês continuaram lá, não é?

– Sim. Embora Clay e eu tivéssemos decidido ir embora, você nos incentivou a tomar essa decisão. Srta. Douglas. – Os olhos sorriram para Kelly do outro lado da mesa. – O orgulho não me permitiria ser o primeiro a partir. Quando a vi sair, não havia mais razão para continuar lá. Foi então que Clay e eu começamos a circular, despedindo-nos de todos. Isso pode ser uma coisa muito demorada quando se está em uma festa onde se conhece praticamente todo mundo. Sei que conversei um bom tempo com os Ferguson. Vamos participar em breve de um torneio de croqué em Meadowwood – acrescentou como um aparte. – Recordo que vi a baronesa sentada sozinha no jardim de rosas. Estávamos nos encaminhando mais ou menos em sua direção. Não houve tempo para procurar por Emile. Na verdade, estávamos conversando com Clyde Williams e a esposa quando ouvimos a sirene da polícia. Foi então que soubemos que havia acontecido alguma coisa.

A despeito dos nomes dos outros convidados que ele havia inserido, seu álibi para a hora da morte era o filho, e vice-versa. Na opinião de Kelly, aquilo era muito conveniente, talvez até altamente suspeito. Bem, ela queria pensar que era suspeito.

– Suponho que tenha sabido do assassinato do barão logo em seguida. A polícia revelou quem julgava ser o responsável por sua morte?

– Não houve nenhuma declaração a esse respeito, mas um amigo meu da polícia me contou que tudo apontava para Leonard Dougherty. – Uma expressão pensativa surgiu por um instante no seu rosto enquanto se recostava na cadeira e olhava fixo para o cálice de prata com vinho em cima da mesa. – Lembro-me de pensar na ocasião como era irônico que as duas mortes ocorridas em Rutledge Estate envolvessem um Dougherty. Descontando o prematuro falecimento do meu irmão por causas naturais, é lógico. Um aneurisma, segundo o relatório do legista.

– Eu só pude saber algo sobre a morte do barão na manhã seguinte.

Com todo o cuidado, Kelly fez a conversa retomar o rumo original, ainda incomodada com essa vaga sensação de que algo estava lhe escapando, algo de que precisava se lembrar.

– Deve ter sido um golpe terrível, especialmente para alguém na sua posição – comentou Gil, solidário.

– Às vezes ainda me sinto atordoada – admitiu, tentando pensar em algo mais para dizer.

– Tenho certeza que sim.

– Certamente já sabe que ele jura não ter matado o barão. Está convencido de que Katherine o acusou do crime para impedi-lo de levantar fundos para devolver o dinheiro que lhe deve, relativo à hipoteca dos 10 acres de terra que possui. Se não pagar, ela fica com a terra.

Dinheiro. Era isso. O pai tinha lhe contado que alguém lhe daria o dinheiro para saldar a dívida com Katherine, mas o acordo fracassara. Fora por isso que começara a beber naquela noite. Teria sido o empréstimo que dera em nada ou o acordo com o barão Fougère?

Dando um tiro no escuro, Kelly acrescentou:

– Ele estava certo de que o senhor lhe emprestaria o dinheiro para liquidar a dívida.

– Ele disse isso? – Gil Rutledge conseguiu simular com habilidade um ar de surpresa. Kelly talvez tivesse acreditado, se ele deixasse tudo nesse pé. Mas ele deu uma risadinha com uma ponta de nervosismo. – Seu pai realmente me pediu emprestado uma quantia enorme. Mesmo se o meu trabalho fosse emprestar dinheiro, nem sequer cogitaria a possibilidade. Não se ofenda, por favor, mas é um risco imenso fazer negócio com seu pai. Posso ter me descartado com alguma resposta vaga do tipo "vou pensar". Mas lhe asseguro que nunca tive qualquer intenção de lhe emprestar um centavo. Acho que ele confundiu fantasia com realidade.

– Mas o senhor sentiria uma certa satisfação em tirar aquela terra das mãos de Katherine.

– Se eu pudesse lhe surrupiar aquilo por 35 mil dólares, talvez pensasse a respeito. Mas o preço era alto demais quando não havia nada a se obter além de satisfação.

Kelly notou que ele mencionara a quantia de que o pai necessitava. Por que se lembraria daquilo, se não estivesse pensado seriamente em lhe emprestar o dinheiro? Talvez tivesse até concordado em conceder o empréstimo, recuando quando o barão chegara a um acordo com Katherine.

– Seria dispendioso. – Kelly procurou ganhar tempo, tentando recordar-se de tudo que o pai dissera.

– Muito. Como disse antes, seu pai confundiu fantasia com realidade.

Outro pensamento lhe ocorreu.

– Ele me contou que fora à vinícola na noite da festa para despejar gasolina nos barris de envelhecimento nas adegas. Sabia que a gasolina ensoparia a madeira e destruiria o vinho lá dentro.

– Meu Deus, que maneira diabólica de se vingar. Nunca imaginei que o seu pai tivesse uma mente tão tortuosa.

– Presumindo que fosse ideia dele – Kelly fez uma pausa deliberada para causar maior impressão – e não sua.

A raiva toldou o rosto inteiro de Gil.

– Está sugerindo que o instiguei?

– E instigou?

– Katherine está por trás disso, não é? – Em um piscar de olhos, pôs-se de pé, a raiva salpicando-lhe o rosto de manchas vermelhas, as veias saltando no pescoço. – Aquela vigarista santarrona. Não vai envolver o meu nome em um caso de assassinato e se safar dessa. Se pensa em me arruinar e eliminar qualquer chance que eu tenha de fazer um acordo com a viúva de Fougère, é melhor pensar duas vezes. – Começou a gritar, tremendo com a força da ira. – Conheço a verdade sobre a lenda da Madame. Conheço os segredos que esconde na enoteca há anos. Sei sobre o acidente que não foi acidente. Se a Madame tentar isso, juro por Deus que vou difamar o nome dela e de seus

377

vinhos para sempre! – Deu um soco na mesa e Kelly sobressaltou-se com aquele som explosivo. – Agora caia fora daqui. Caia fora antes que eu a tire a pontapés!

Sem hesitação, Kelly levantou-se e saiu às pressas do escritório, mais assustada com a violência daquela fúria do que gostaria de admitir.

Gil Rutledge ficou de pé atrás da mesa, custando a recuperar o controle. Ainda respirando com dificuldade, ergueu as mãos trêmulas e passou-as na cabeça, depois apertou a nuca. Quando se acalmou o suficiente, pegou o telefone e apertou o botão da extensão de Clay.

Quando Clay surgiu na linha, Gil não perdeu tempo com preliminares.

– Katherine está tentando nos envolver no caso do assassinato.

– Meu Deus, será que ela...

– Neste exato momento, só está tentando nos ligar a Dougherty. Quero que você comece a pressionar a viúva de Fougère. E afaste-a de Katherine de qualquer maneira. Não confio nela. Não confio em nenhuma das duas.

Bateu o telefone e dirigiu-se em largas passadas à janela, olhando para fora.

Durante todo o trajeto de volta à propriedade, Kelly reconstituiu mentalmente a cena vezes sem conta, tentando dar sentido às declarações obscuras – acusações, de fato – que Gil Rutledge fizera. Por fim começou com a primeira e analisou-a.

*Conheço a verdade sobre a lenda da Madame.* Qual era a lenda de Katherine Rutledge? Que havia concretizado o sonho compartilhado com o marido de produzir, na Califórnia, vinhos iguais aos melhores da França. Que tinha replantado todas as suas vinhas com mudas de uvas adequadas à fabricação de vinho em uma época na qual outros no vale estavam arrancando as suas para replantar com uvas de casca dura tipo exportação ou nogueiras e ameixeiras. Que mantivera a vinícola funcionando durante a Lei Seca ao fabricar vinhos de missa e medicinais. Que havia mantido viva a memória do marido. Que basicamente havia realizado o sonho de toda a sua existência e que muitos especialistas consideravam os vinhos Rutledge Estate equivalentes aos melhores de Bordeaux.

Aquela era a lenda, mas a declaração de Gil Rutledge subentendia que não era verdade. Tudo ou apenas uma parte? Tinha de ser uma parte. Havia nela um número demasiado de fatos documentados: as vinhas foram replantadas, muitos especialistas haviam elogiado publicamente os vinhos de Rutledge Estate; ela devotara a vida à vinícola; vendera vinhos de missa e medicinais durante a Lei Seca. Onde estava a mentira?

Confusa, Kelly passou para a próxima. *Conheço os segredos que ela esconde na enoteca há anos.* Tinha de estar se referindo à enoteca da adega, que abrigava uma coleção de todos os vinhos que Rutledge Estate havia produzido ao longo dos anos. *Segredo* implicava algo que estava oculto ali, *segredos* implicava que havia mais de um. *Há anos* subentendia que foram colocados lá bastante tempo atrás. Mas o que podia estar escondido ali? Ela conhecia a enoteca. Era prateleira após prateleira de garrafas empilhadas quase até o teto. Seria impossível ocultar ali qualquer coisa de qualquer tamanho. Ou não seria?

A última era um pouco mais simples. *Sei sobre o acidente que não foi acidente.* Kelly sabia da existência de dois acidentes, presumindo-se que Gil usara a palavra no contexto no qual ela a estava interpretando. O marido de Katherine, Clayton Rutledge, morrera em um acidente automobilístico na França, e o avô de Kelly, Evan Dougherty, falecera em um estranho acidente na vinícola. Se algo não era um acidente, então era deliberado. Se fora causada uma morte deliberadamente, isto a transformava em assassinato. De quem? Cometido por quem? Por Katherine?

Por que a tentativa de decifrar os fatos a deixava tão perturbada? Aquilo nada tinha a ver com o pai ou com a morte do barão. Ou teria? Sem dúvida alguma, havia uma correlação com Katherine, e fora Katherine quem vira o pai de Kelly debruçado sobre o corpo do barão Fougère.

Evitando o portão da entrada principal da fazenda, Kelly pegou a estradinha secundária e foi direto à vinícola. A enoteca era a única pista que tinha. Estacionou à sombra dos medronheiros com casca cor de canela. Não havia nem sinal de Sam ou do jipe.

A recepcionista não estava na mesa quando Kelly entrou no prédio administrativo. Hesitou por um momento, depois se encaminhou para o estreito armário de metal instalado na parede atrás da mesa. Penduradas em ganchos no seu interior estavam duplicatas de todas as chaves das várias fechaduras da propriedade. Kelly localizou a chave da enoteca, apanhou-a e saiu sem que a vissem.

Com a chave na mão, contornou o prédio da vinícola e se dirigiu às adegas de envelhecimento. Entrou no frescor sombreado das caves e parou, retirando os óculos escuros e empurrando para trás a echarpe. O silêncio reinava, tão absoluto que era quase sobrenatural. Não havia vozes nem sons de trabalhadores, nada. Só as luzes enfileiravam-se ao longo das paredes dos túneis escavados a mão, as formas gigantescas dos tonéis de envelhecimento e as prateleiras de barriletes estendendo-se ao longo das paredes.

O silêncio amplificou o som dos passos quando Kelly seguiu para a porta gradeada de ferro preto, adornada com um *R* floreado. Mais além da treliça de barras estava a enoteca, com camadas de garrafas deitadas.

Kelly inseriu a chave e girou-a. Um empurrão e a porta abriu-se silenciosamente a partir das dobradiças bem oleadas. Entrou, fechando a porta atrás de si, e parou, examinando a sala subterrânea longa e estreita. Garrafas, centenas e centenas delas, cobriam a parede oposta, do chão à curva do teto abobadado. Havia uma mesinha e uma cadeira de madeira, prateleiras com espaços vazios para futuras safras, uma escada de mão resistente. Fora isso, a sala não tinha nem móveis nem enfeites.

Uma volta pelo lugar confirmou que as paredes eram sólidas. Não havia salas laterais ocultas nem esconderijos óbvios. Kelly mais uma vez esquadrinhou as garrafas com os olhos e suspirou. Se algo estava oculto ali, tinha de ser pequeno. Algum tipo de documento ou papéis teriam sido guardados entre as garrafas? Mas aquilo seria arriscado, perigoso. Provavelmente, havia meia dúzia de trabalhadores, chefes de produção e seus assistentes, que teriam razão para entrarem, sem mencionar os visitantes, que eram normalmente trazidos para conhecerem a coleção. Algum deles podia, por acidente, descobrir os papéis. E se estes fossem, alguma forma, incriminadores, por que não os queimaram?

Por que escondê-los ali? Aquela servia exclusivamente para armazenar a coleção de vinhos que a propriedade engarrafara. Se encontrassem alguma outra coisa entre as garrafas, suspeitariam no mesmo instante.

Mas havia algo escondido ali. Kelly começou a procura com base na seguinte premissa: se quisesse esconder alguma coisa naquela sala, onde colocaria? Não entre as garrafas. As pessoas estavam sempre puxando-as para olhar os rótulos. Dentro de uma garrafa? Sim.

– Guardados há anos – murmurou Kelly, repetindo a frase de Gil. – Quantos anos? Trinta? Quarenta? Cinquenta?

Tentou lembrar-se das datas – Katherine tinha se casado com Clayton Rutledge quase no final da Primeira Guerra Mundial, e Gil deixara Rutledge Estate no início dos anos 1960. Um período de aproximadamente uns quarenta anos.

Kelly passou para o setor da coleção que continha vinhos engarrafados ao fim da Primeira Guerra. Começou pegando-as, certificando-se de que estavam cheias de vinho. Quando chegou à década de 1920, a época da Lei Seca, começou a examinar mais depressa, à medida que uma suspeita importuna começava a se formar.

De repente pulou para a última parte dos anos 1920, *após* a morte de Clayton. Tirou uma garrafa da prateleira e examinou-a. Parecia exatamente igual às demais. Mas seria mesmo? Só havia um jeito de descobrir.

Kelly levou-a até a mesa e retirou a rolha. Examinou o conteúdo e franziu o nariz ao aspirar o forte odor avinagrado que indicava no que o vinho se transformara. Experimentou mais outra garrafa, com o mesmo resultado. Agora incerta, voltou à prateleira. E se suas suspeitas fosse infundadas? Não ousava abrir todas as garrafas na tentativa de achar a certa.

Mais uma. Experimentaria só mais uma.

A ALÇA DE couro afundava no ombro, o peso das duas garrafas que Kelly enfiara dentro da bolsa puxando-a para baixo. Segurava-a bem junto ao corpo para impedir que as garrafas tilintassem quando entrasse na casa. A governanta estava no lado oposto do vestíbulo, cruzando as portas do terraço sem fazer barulho.

– Sra. Vargas – chamou-a Kelly. – Onde está Katherine?

A mulher parou.

– A Madame está almoçando no terraço.

– Natalie está com ela?

– Madame Fougère já tinha um compromisso marcado.

– Sam está lá? – Kelly adiantou-se rapidamente.

– Sim, senhorita. Vai se juntar a eles?

– Sim, mas não vou almoçar. Traga umas taças de vinho, por favor.

– É lógico.

SAM LEVANTOU-SE QUANDO Kelly entrou no terraço.

– Estava começando a imaginar o que tinha acontecido com você.

Puxou a cadeira ao lado da sua.

– Eu avisei que voltaria. – Sentou-se, pousando com cuidado as garrafas no colo.

– Teve um passeio agradável, espero.

Katherine sorriu cordialmente e deu uma mordida no salmão escaldado que estava no garfo.

– De fato, tive uma manhã muito ocupada.

– O que andou fazendo?

O rápido olhar de Sam mostrou uma curiosidade casual.

Com impecável oportunidade cronológica, a governanta entrou no terraço com as taças de vinho que Kelly pedira. Esta viu o interrogativo franzir de cenho no rosto de Katherine.

– A Srta. Douglas me pediu que trouxesse estas taças.

– Achei que devíamos tomar vinho no almoço – explicou Kelly e tirou as garrafas da bolsa. – Dei uma passada nas adegas antes de vir para casa e peguei estas aqui.

Kelly colocou-as em cima da mesa, certificando-se de que os rótulos estavam de frente para Katherine.

Esta empalideceu ligeiramente ao vê-los.

– Sua escolha foi péssima. Leve-as daqui, Sra. Vargas.

– Não. – Os dedos circundaram o gargalo de uma das garrafas quando Kelly, firme mas calmamente, desafiou: – Acho que devíamos experimentar este vinho. Quer abrir, Sam?

– Não tenho nenhuma intenção de experimentá-lo, e certamente não há motivo para abrir essa garrafa – declarou Katherine com aspereza. – Conheço os vinhos de Rutledge Estate tão bem quanto conheço meus próprios filhos. Essa safra específica está inutilizada há anos.

Sam olhou para o rótulo.

– Katherine tem razão, Kelly. Esse era um vinho tinto lotado, feito para o consumo quando jovem. Assim como um Beaujolais, tem vida muito curta. A esta altura, já deve ser vinagre.

– Vamos abrir e ver. Que mal há nisso? – raciocinou Kelly. – Se não prestar, não beberemos.

– Isso é um desperdício – insistiu Katherine, conservando-se quase rígida.

– Está enganada, Katherine. Há um propósito. – Kelly sustentou o olhar de Katherine. – Você sabe e eu também.

Sam olhou de uma para a outra.

– Que significa tudo isso?

– Você quer lhe contar ou eu conto? – indagou Kelly e recebeu de Katherine como resposta um trêmulo sacudir da cabeça. – Isso tem a ver com a Lei Seca, Sam, e com o trabalho final que preparei sobre a história da indústria vinícola na escola secundária em Napa Valley. Ficou tão bom que o jornal local o publicou. Para escrevê-lo, entrevistei gente que viveu durante aqueles anos. Contaram-me muitas histórias sobre contrabandismo e os métodos que usavam, de todo tipo, desde corridas loucas de carro à noite até o embarque de botijas de vinho em caixões. As vinícolas envolvidas também tinham de encontrar meios de explicar aos funcionários do Imposto de Renda a perda do inventário. Às vezes o proprietário alegava que uma mangueira partira e que galões de vinho tinham se derramado ou que o fogo destruíra os tonéis de vinho, outras vezes... outras vezes enchiam os barris com água colorida para parecerem cheios quando os agentes federais os inspecionassem. Se você abrir esta garrafa de vinho, Sam, vai descobrir que só tem água colorida.

– Isso é verdade, Katherine? – Os olhos estreitados de Sam eram penetrantes.

– Sim. – A voz era pouco mais que um sussurro. Estava pálida, os olhos exibiam um azul aquoso, brilhando com a dor. De algum modo, conseguiu manter a cabeça ereta, mas parecia velha, muito velha. – Como ...

A voz falhou.

– Como descobri? – Kelly completou a pergunta. – Conversei com o seu filho hoje de manhã. Sei também sobre o suposto acidente.

– *Foi* um acidente. – A mão coberta de veias subiu, os dedos esguios fechando-se até formarem um punho. – Precisa acreditar nisso. A morte de Evan foi um acidente trágico e horrível.

Evan. Seu avô. Kelly baixou os olhos para as próprias mãos.

– Talvez possa me contar a sua versão do que aconteceu.

– Já faz tanto tempo. Tanto tempo. – Katherine sacudiu a cabeça levemente. – Eu nunca soube que o vinho estava sendo vendido ilegalmente... pelo menos até aquela noite.

A voz tornou-se frágil e desanimada, assim como ela parecia estar.

– Evan era o gerente da propriedade. Estava encarregado de tudo, da contabilidade, das contratações, das compras, das vendas, de tudo. Quando Clayton era vivo, Evan prestava contas a ele. Mais tarde, a mim. – Baixou a mão no colo. – Haverá alguma fotografia dele?

– Nunca vi nenhuma.

– Evan era um homem atraente, com um jeito arrogante, quase brutal, só músculos e charme pretensioso. E inteligência. Um homem muito esperto. Quando veio a Lei Seca, deve ter sido bastante fácil para ele tirar o vinho da vinícola e vendê-lo no mercado negro, depois encobrir suas atividades com falsos lançamentos, falsos registros. Ainda não sei se começou as operações ilícitas antes de Clayton e eu irmos para a França ou durante os mais de dois anos que passamos lá. Quando retornamos, com Girard Broussard e seu neto, Claude, preocupei-me apenas com as novas vinhas. Interessei-me muito pouco pelas brigas entre Evan e *monsieur* Broussard. Era mais fácil dizer ao avô de Claude que deixasse Evan cuidar das coisas como sempre o fizera. Achei que assim seria melhor. O avô de Claude quase não falava inglês. Como podia lidar com os inspetores, os formulários? Por que devia fazê-lo, quando Evan podia se encarregar dessa parte?

Um suspiro brotou-lhe do peito, cheio de pesar.

– Nunca questionei o que ele fazia na vinícola. Talvez ficasse em dúvida em relação a algumas coisas, à quantidade de uvas que comprávamos dos outros plantadores, mas preferia evitar sua companhia. Ele já tinha feito algumas observações sugestivas no passado, e o que elas não sugeriam seus olhos o faziam. Evan Dougherty era esse tipo de homem. Quando a babá dos meus filhos engravidou e descobri que ele era o pai, fiquei indignada e insisti que a desposasse. Evan casou, mas não deixou de ser um mulherengo. Creio que encarava toda mulher como uma conquista a ser feita.

A voz morreu no nada, seu olhar fixando-se em um ponto distante do passado.

Sam pousou a garrafa de vinho na mesa.

– O que aconteceu naquela noite, Katherine?

Naquele momento, ocorreu uma mudança sutil. A confrontação não era mais entre Kelly e Katherine. Era entre Sam e Katherine.

– Naquela noite? – Ela dirigiu-lhe um olhar vazio, depois fitou-o fixamente por vários segundos, reconhecendo que ele não aceitaria nada além da verdade completa. – Era tarde. Saí para caminhar um pouco. Sentia-me perdida, solitária. O dinheiro nunca tinha faltado. Até então, nunca precisara me preocupar com o que gastava. Mas depois da queda da bolsa, sobrara muito pouco. No primeiro ano, foi difícil. Eu me ressentia do fato, entenda. Tentava negá-lo, mas, naquela noite, acho que afinal compreendi que dependeria da pequena renda que a propriedade fornecia.

Uma nuvem encobriu o sol, lançando sombras no terraço. A brisa ganhou força e repuxou a echarpe frouxamente enrolada no pescoço de Kelly.

– Quando vi Claude correr para casa em meio à escuridão, soube que queria companhia, nem que fosse a de um menino. Chamei-o, perguntei por que estava ali fora àquela hora da noite. Ele me contou que saíra para dar uma volta, mas parecia perturbado, extraordinariamente quieto. Julguei que talvez tivesse acontecido algo na escola e indaguei qual era o problema. A princípio, Claude relutou em me contar, depois admitiu que vira Evan enchendo o caminhão com os vinhos das adegas. Estava muito confuso com o fato. Lembro que disse: "*Monsieur* Dougherty devia estar fazendo isso?" Tentei pensar em um motivo para Evan transportar vinho à noite, quando não havia trabalhadores para ajudar. Mas nada fazia sentido. Mandei Claude voltar para casa, para perto do avô, e não se preocupar: eu iria lá e conversaria com Evan. Por fim, encontrei-o nas adegas. Na verdade, ouvi-o assobiar antes de vê-lo. Ele estava carregando botijas de vinho...

– Aonde vai com essas botijas?

Katherine parou bem no centro da passagem, flanqueada pelas prateleiras de barriletes.

– Ora, ora, ora. – A boca curvou-se naquele seu sorriso preguiçoso e insinuante enquanto os atrevidos olhos verde-garrafa percorriam-na. Ela sentiu a pele esquentar, a despeito do frescor da cave subterrânea. – Pois se não é a viúva em pessoa. E sozinha. Finalmente se sentiu só e veio procurar por companhia, não é?

– Eu lhe fiz uma pergunta.

– As adegas são bastante frias. Você devia estar usando algo mais quente do que essa blusa fina. – Pousou as botijas no chão. – É melhor que vista o meu paletó antes que pegue uma gripe fatal.

Ele o despiu, fazendo o tecido xadrez da camisa estirar-se sobre o tórax, distinguindo a musculatura flexível. Não fora intenção dela notar tal detalhe.

– Não preciso do seu paletó.

Katherine deliberadamente conferiu uma expressão gélida à voz e aos olhos. Mas aquilo não o afetou enquanto ele avançava em sua direção.

– É lógico que precisa. – Katherine não se mexeu, imobilizada pela sensação de que, se recusasse, estaria cedendo sua autoridade. – Agora vamos lá. Vamos colocar este paletó nos seus ombros e aquecê-la.

Quando ele o pendurou nas suas costas, foi forte o impulso de esquivar-se àquele contato. Ela o controlou e permaneceu impassível enquanto Evan a agasalhava e fechava o colarinho na garganta. O paletó conservava o calor do seu corpo e o seu cheiro másculo e almiscarado. Katherine sentiu-se sufocar com aquilo.

– Pronto. Não está melhor assim?

Mantendo o paletó fechado, ele bateu de leve na ponta do seu queixo com o polegar, depois o acariciou de leve.

Katherine conservou a expressão gélida.

– Quero saber o que você estava planejando fazer com aquelas botijas e com o vinho no caminhão.

Recusou-se a permitir que ele a distraísse ou irritasse.

– Vender, é lógico. – O sorriso lento era presunçoso enquanto seus olhos percorriam vagarosamente o rosto de Katherine.

– A quem?

– A alguém que conheço em São Francisco. – Soltando o paletó, deslizou um dedo para sua face. – Eu sempre soube que sua pele seria macia ao toque. No corpo inteiro, aposto.

Desta vez, ela deu um tapa na mão para afastá-la.

– Quem?

Evan deu um sorriso.

– Sabe, não consigo me lembrar do nome.

– Você está vendendo bebida ilegalmente. Está desviando o meu vinho para vendê-lo no mercado negro. Eu devia ter percebido isso.

Estava furiosa.

– Ora, ora, não é nada com que deva se preocupar – ralhou Evan com voz murmurante. – Você assume responsabilidades demais. Trabalha em excesso. É um jeito de fugir da solidão, eu sei. As noites devem ser ainda piores sem um homem para abraçá-la. Deve estar louca de desejo.

Suas mãos moveram-se para os ombros dela.

– Pare. – Katherine, furiosa, contorceu-se para evitar o contato daquelas mãos. – Você me envolveu em uma operação de contrabando. Percebe o que acontecerá se for apanhado?

– Não aflija essa sua linda cabecinha com isso. Não vai acontecer nada. Não depois de todo esse tempo.

387

Ele virou-se um pouco para ficar frente a frente com Katherine.

– Todo esse tempo? – A raiva veio primeiro, depois o medo das consequências que as atividades dele poderiam lhe acarretar. Recuou, não fugindo dele, mas da ideia do que poderia ocorrer. – Percebe que se o pegarem minha permissão para fabricar vinho será revogada, confiscarão a vinícola, perderei tudo?

– Sou cauteloso. – Aproximou-se, a voz doce como mel. – Eu lhe garanto que sou muito cauteloso. Pode estar certa de que o Evan aqui vai cuidar das coisas do mesmo jeito de sempre. Não sabe disso? De onde acha que vem o lucro dos últimos anos? Certamente não é da venda daquele vinho de igreja. Mas eu venho me certificando de que você receba a sua parte.

– Tem de parar com esse tipo de coisa. O risco é grande demais.

Ela fez menção de recuar mais um passo e colidiu contra a solidez dos barriletes de vinho.

– Está preocupada comigo. Isso me agrada. – Apoiou as mãos no barril de carvalho, prendendo-a no círculo dos braços abertos. – Muitas coisas em você me agradam.

Katherine espalmou as mãos no peito dele para mantê-lo à distância.

– Não estou preocupada com você – retrucou, outra vez zangada. – Estou preocupada comigo!

– Seus olhos são como ardentes chamas azuis. Eu sempre soube que havia um fogo debaixo de todo esse gelo.

Envolveu um lado do rosto com a mão.

Ela tentou virar a cabeça, em vão.

– Pare. Solte-me.

Tentou empurrá-lo, tirá-lo do caminho e manter distância entre ambos mais uma vez. Entretanto, ele simplesmente escorregou o outro braço para as suas costas.

– Não quer realmente que eu a solte, quer? – murmurou Evan, confiante.

– Sim!

Katherine jogou a cabeça para trás, a fim de fuzilá-lo com os olhos, e, no mesmo instante, percebeu seu erro, quando a mão dele aprisionou-lhe a cabeça e a boca encontrou a sua.

Debateu-se, fechando os lábios com força, mas Evan os devorou, mordiscando aos poucos e tomando-os por completo, o tempo inteiro ignorando as mãos que o empurravam e a tensão do corpo que arqueava para se libertar. Quando começou a socá-lo, ele limitou-se a dar uma risadinha abafada.

– Uma gatinha selvagem, não é? São sempre as que ronronam mais alto. Deixe-me ouvi-la.

Sem qualquer esforço, prendeu as mãos dela entre os dois e acariciou-a no pescoço com a boca, lambendo a veia que descobriu pulsando, ali.

Gemendo ante a própria impotência, Katherine fechou os olhos, odiando-o, desprezando-o, sentindo nojo – por lembrá-la de todas as vezes em que ela e Clayton tinham feito amor, de todas as vezes em que a boca de Clayton vagara por seu rosto e pescoço, excitando-a, enchendo-a de desejo, de todas as vezes em que suas mãos moldaram seu corpo, mostrando-lhe o modo perfeito como um homem e uma mulher podiam se encaixar. Ansiava em experimentar tudo aquilo de novo, a febre e a cupidez, a dor que podia se transformar em prazer irracional.

Perdida em lembranças, não se deu conta de que os dedos afundavam na camisa de Evan até se colarem ali. Não se deu conta de que o corpo buscava uma proximidade maior. Não se deu conta de nada até sentir o súbito jato de ar frio no seio no instante em que aquela mão áspera o cobriu.

– Não! – Agrediu-o violentamente, batendo e chutando, tentando se desvencilhar. – Solte-me. Ouviu bem? Solte-me!

– Você ouviu a madame. – Era a voz de um menino tentando falar como um homem.

– Claude.

Katherine quase gritou de alívio ao vê-lo ali parado, um garoto alto e robusto, grande para a idade e exibindo a sua expressão mais séria.

Evan olhou por cima do ombro.

– O seu cãozinho de estimação a seguiu de novo, pelo que vejo. É melhor mandá-lo para casa, não acha? – Virando-se, sorriu-lhe. – Ele é jovem demais para entender como são as coisas. – Pressionou os quadris contra o seu corpo, certificando-se de que ela sentira o rígido volume dentro da calça. – Caia fora, garoto – falou, sem tirar os olhos dela. – A dona aqui não quer a sua ajuda.

Katherine franziu o cenho em uma expressão de surpresa aturdida ante esta total indiferença com relação a Claude. Recobrando-se, revidou:

– Nem quero você.

Mais uma vez, tentou se desvencilhar, só para ouvi-lo rir dos seus esforços.

De repente Claude estava lá, lançando-se entre ambos e tentando afastá-lo. Evan virou-se e, com um único gesto, empurrou-o para trás, fazendo-o cair esparramado no chão duro da adega. Depois agarrou-a pelo pulso antes que pudesse escapar.

– Saia daqui – avisou a Claude. – Antes que eu o mande para casa com o rabo entre as pernas. – Riu quando Claude se levantou atabalhoadamente, o rosto sombrio e furioso. – Agora vamos ter um pouco de privacidade. – Puxou com violência Katherine para si, sorrindo. – Um pouco de pânico é natural. Já faz muito tempo para você. Eu vou devagar.

– Não.

Foi mais um som do que uma palavra enquanto ela tentava usar os braços como escudo.

Houve um estalo surdo, e ele ficou imóvel, um ar de choque no rosto. Espantada, Katherine o viu girar os olhos e cair no chão. Claude fitou-a, o pânico nos olhos jovens.

– CLAUDE O ATINGIU – explicou Katherine – para me defender. E Evan estava morto. Nunca fora intenção de Claude matá-lo. Foi um acidente horrível e eu sabia que tinha de fazer tudo parecer assim.

– Por quê? – Sam inclinou-se à frente, tentando entender. – Por que não podia chamar a polícia?

– E enfrentar o escândalo de uma investigação? – Katherine sacudiu a cabeça. – Como eu podia explicar minha ida às adegas tão tarde da noite? Como podia dizer que fora conversar com Evan Dougherty àquela hora da noite? Nós dois sabemos o que as pessoas pensariam. É assim hoje e era pior na época. E como podia me arriscar a deixar a polícia descobrir que ele estava contrabandeando bebida? Significaria perder tudo. E Claude... Claude só tinha 16 anos. Sua vida seria destruída.

– Então derrubou o barril do suporte para fazer tudo parecer um acidente – adivinhou Kelly e pensou no pai, imaginando se Katherine levara em conta as outras vidas que seus atos tinham mudado para sempre. A morte de Evan Dougherty significou que ele crescera sem pai e ela fora privada de um avô.

– Sim, foi o que fiz. Precisava fazer com que aquela morte parecesse acidental – confirmou Katherine, assentindo devagar com a cabeça, parecendo, de certa maneira, encolhida pela exaustão. – Em seguida, virei-me e vi Gil me fitando com olhos frios e acusadores. – Esfregou os braços, como se a lembrança a fizesse sentir frio. – Nunca descobri como ele chegou lá. Ele gostava de rondar as pessoas furtivamente, apanhá-las de surpresa. Talvez fosse uma brincadeira que quisesse fazer naquela noite. Nunca tocou no assunto. – Olhou para Kelly no lado oposto da mesa, a expressão humilde e os olhos suplicando compreensão. – A morte de Evan foi um acidente.

– Sim – concordou Kelly suavemente, lamentando ter algum dia desejado saber a verdade sobre a lenda de Katherine Rutledge.

– Queiram me desculpar – murmurou Katherine enquanto pegava a bengala. – Estou muito cansada. Acho que vou me deitar um pouco.

Sam já estava lá, puxando a cadeira para trás e colocando a mão sob o braço de Katherine, ajudando-a a levantar. Um gesto de preocupação solícita. Kelly nunca o vira fazer aquilo antes.

– Você ficará bem? – perguntou com calma.

A cabeça branca ergueu-se, uma sombra da confiança anterior.

– É lógico.

Tudo isso, pensou Kelly, e não conseguira nada que provasse a culpa ou a inocência do pai.

– Katherine. – Esperou que a mulher se virasse. – Nunca lhe perguntei. Na noite da festa, viu mais alguém na vinícola?

– Mais alguém?

A dor brilhou em seus olhos por um instante fugaz.

Ou seria alarme?

– Você viu, não é?

Uma nuvem de tristeza toldou-lhe o olhar.

– Quando fui verificar se Emile ainda estava vivo, ergui os olhos e só vi um fantasma. Um menininho de olhos frios e acusadores. Ele desapareceu no momento em que olhei.

Kelly sentiu o olhar duro de Sam quando Katherine se encaminhava lentamente para as portas do terraço.

– Tinha de fazer essa pergunta? – Ele voltou para perto da mesa.

O vago dar dos ombros não chegou a ser uma resposta.

– Acha que ela viu Gil naquela noite?

– Acho que viu exatamente o que disse que viu. Um fantasma.

Sam parecia muito certo. O problema era que Kelly não acreditava em fantasmas, a não ser que estivessem vivos.


## 22

As paredes apaineladas da biblioteca reluziam na luz do sol matinal que entrava pelas janelas. Kelly perambulava pela sala, correndo o dedo por uma coleção de clássicos com capa de couro e tocando na lupa de bronze em cima da mesa. O suave tilintar do telefone rompeu o silêncio. Ela o ignorou: a Sra. Vargas ou Katherine atenderiam. Inquieta e detestando aquela sensação de ociosidade, andou até uma janela.

Um suspiro de desânimo escapou-lhe. No dia anterior. não tinha conseguido nada. Com um pesaroso repuxar da boca, reconheceu que não era bem a verdade. Apossara-se de segredos de família e não gostava do fardo que representavam.

– Telefonema para você, Srta. Douglas. – A governanta de passos silenciosos estava parada na porta.

– Obrigada, Sra. Vargas. – Kelly se dirigiu à mesa e atendeu na extensão. – Aqui é Kelly Douglas.

– Kelly. Sou eu, Hugh.

– Hugh. – Umas mil coisas nas quais Kelly não se permitira pensar lhe afluíram à mente em atropelo. – Como vai? E quanto à entrevista com John Travis? Como foi?

– Foi bem. Estou telefonando porque...

– Sim?

– Você precisa entrar em contato com o seu agente, Kelly. Precisamos discutir alguns assuntos, e compreendo que ele se sente relutante em conversar até falar com você.

– Que assuntos?

Inconscientemente, Kelly ergueu mais um pouco o queixo, certa de que conhecia a resposta.

– Kelly. – Suspirou seu nome com uma voz carregada de reprovação e pesar. – Naturalmente, não preciso explicar tudo para você.

– Precisa, sim.

Uma longa pausa sucedeu a mais outro suspiro.

– Bendito Deus. "Rápido, traga-me uma taça de vinho, para que eu possa molhar as ideias e dizer algo brilhante."

Hugh resmungou a citação.

– Esqueça o brilhantismo, Hugh, e tente a verdade.

– Achei que seria óbvio para você, Kelly.

– E é. Como dizem lá em Iowa, é tão óbvio quanto uma tacha de latão na orelha de um porco – replicou Kelly laconicamente. – Querem me substituir no programa, não é isso? – Não esperou que Hugh confirmasse. – Pode avisá-los, por mim, de que vou lutar e esbravejar em alto e bom som a cada passo do caminho. Meu pai me causou bastante sofrimento na vida. Não vou deixar que me custe o emprego. Ou a carreira.

– Kelly, isso não é pessoal.

– Está enganado, Hugh. É muito pessoal.

– Tente entender. Tudo que aconteceu causou sérios prejuízos à sua imagem, à sua credibilidade.

– Estou bem a par desse fato. Também sei que podem ser separados.

– Como? O ceticismo permeava-lhe a voz.

Ela não tinha uma resposta pronta para esta pergunta.

– Se gastassem menos tempo procurando descobrir alguém para me substituir e mais tentando corrigir o problema, talvez arranjassem uma solução. De modo algum sou a única pessoa que sofreu violência física e emocional por parte de um pai alcoólatra. Talvez eu pudesse entrevistar alguma personalidade famosa com antecedentes semelhantes que tenha conseguido superar a notoriedade dos pais. Sua história poderia influenciar a opinião pública a meu respeito. Tem que haver algo que se possa fazer, Hugh.

– Talvez – murmurou, o tom de voz menos cético e mais pensativo.

– Em todo caso, Hugh, vou ligar para o meu agente e pedir-lhe que contrate uma firma de relações públicas para começar a controlar e reparar os danos causados à minha imagem. Se os poderes constituídos querem discutir o assunto comigo, eu o farei. Mas isso é tudo.

– Entendo.

– Tomara, Hugh. Tomara que sim.

Desligou e sentiu uma necessidade súbita e urgente de ar fresco.

No vestíbulo de entrada, escancarou as portas do terraço e saiu. Deixou a sombra da casa, buscando o calor do sol. O som lamentoso de uma sirene cortou a quietude matinal. Kelly recusou-se a pensar que tinha relação com o pai.

Cruzou as duras lajotas de pedra do chão e se dirigiu ao gramado, a grama espessa amortecendo cada passo. A meio caminho da balaustrada de concreto que servia de proteção contra o íngreme declive da terra, ouviu vozes que vinham do jardim de rosas. Estacou ao ver Natalie Fougère nos braços de Clay Rutledge.

Bruscamente, a baronesa interrompeu o beijo e o empurrou, arqueando o corpo para escapar dos braços que a enlaçavam. Clay disse algo e Natalie sacudiu a cabeça e se desvencilhou, rumando às pressas para o terraço, cabisbaixa, sem se dar conta da presença de Kelly. Furioso, Clay deu meia-volta e afastou-se em largas passadas, atravessando o jardim e contornando a casa para sair pela frente.

Poucos metros as separavam antes de Natalie vê-la. Fitou Kelly com ar assustado, lançou uma olhadela para o jardim de rosas, depois virou-se, pálida e apreensiva.

– Você viu – murmurou Natalie.

– Vi você e Clay juntos. Não me surpreende. Suspeitei o tempo inteiro que vocês dois estavam tendo um caso.

Kelly observou o constrangimento e a culpa se intensificarem na expressão da mulher enquanto ela evitava encará-la.

– Por favor, não é o que está pensando. Está tudo acabado. Não suporto mais que ele me toque. – O pequeno tremor de repulsa parecia sincero. – Eu lhe disse isso, mas ele se recusa a ouvir.

– Você não estava no jardim de rosas quando o seu marido foi morto, estava? – adivinhou Kelly. – Tinha saído às escondidas para se encontrar com Clay.

– Estávamos juntos, sim.

Esfregou a mão no antebraço em um gesto nervoso.

– E Emile a seguiu, certo?

Natalie fitou-a com atormentados olhos castanhos, sem responder. Não havia necessidade de uma resposta.

– Eu não devia ter ido me encontrar com ele. Foi um erro.

– O que aconteceu? Seu marido flagrou vocês dois juntos? – Kelly fez com que as perguntas se sucedessem suave e rapidamente – Houve um bate-boca? Uma luta? Clay bateu nele?

– Não. Não!

– ELA ESTAVA ASSUSTADA, Sam.

Kelly se achava sentada no parapeito largo e coberto de limo da balaustrada de concreto de onde se descortinava todo o vale.

O sol poente cavalgava na fímbria das montanhas a oeste, tingindo toda a terra de um matiz ambarino. A paisagem formada por vinhas, carvalhos dispersos pelo vale e construções exibia um ar de fotografia antiga, amarelecida na luz vespertina. Sam estava de pé ao lado de Kelly, um pé na grama e outro apoiado na balaustrada, os braços cruzados ao redor do joelho dobrado.

– Assustada por quê? – indagou, porque era o que ela queria.

– Não sei. – Kelly arrancava pedacinhos do concreto esboroado ao longo da borda da balaustrada. – Talvez estivesse com medo de Clay por ele ter matado o barão. Talvez estivesse com medo por ter sido ela a assassina. Ou talvez só estivesse com medo das pessoas descobrirem que era infiel ao marido. Talvez fosse algo de que se arrependa de verdade. – Kelly ergueu a cabeça, estreitando os olhos para contemplar o sol que se vestia de escarlate. – Quem sabe quais são as suas razões? Mas alguém está mentindo, Sam. Ela afirma que estava com Clay, e Gil alega a mesma coisa. E se Clay não estava com nenhum dos dois quando o barão Fougère foi morto? Mas se foi isso, como prová-lo?

– *Você* não pode. – Sam inclinou a cabeça em sua direção. – Conte à polícia o que descobriu e deixe que investiguem. Isso é serviço deles.

– Certo, acrescente uma pitada de sexo e infidelidade a uma história já bastante escandalosa – objetou Kelly. – Natalie Fougère admitiu que estava tendo um caso com Clay Rutledge, saiu furtivamente para se encontrar com ele e Emile a seguiu. Tudo que ela precisa fazer é negar, e Clay já tem um álibi. É a minha palavra contra a deles. Não tenho como comprovar nenhuma dessas coisas.

Sam deixou passar o argumento.

– A polícia acha que descobriu onde seu pai está acampado, em uma ravina próximo ao velho moinho Bale. Um dos guardas-florestais localizou o local do acampamento depois que um turista avisou que vira sinais de fumaça.

– Como soube disso? Não ouvi nada nos noticiários.

– Conversei com um dos guardas-florestais do parque hoje à tarde. Ele me contou. O terreno lá é bem agreste e acidentado. Estão tentando isolar a área agora e encurralá-lo. Nesse meio-tempo, levaram os cães até lá para tentar encontrar a trilha que leva ao acampamento.

– Eles têm certeza que é ele?

– Acharam um saco plástico de lixo com alguma comida enlatada e uma camisa igual à que você descreveu. A dedução é que ele saiu às pressas, talvez ao ouvir o guarda-florestal se aproximando. Com um pouco de sorte, já o terão sob custódia amanhã.

O que era uma forma educada de dizer "de volta à prisão". Com base em uma acusação de assassinato. Kelly olhou para o norte, onde o pico cônico do monte Santa Helena coroava o horizonte.

– Você devia ficar feliz. – Sam manteve a voz muito fria, muito serena.

– E estou.

Ou não estava?

– Não parece.

– Vou comemorar quando realmente o apanharem. Até então – Kelly limpou dos dedos os fragmentos de cimento –, ainda restará a questão da culpa. E quem está mentindo e por quê. Tenho de pensar em um jeito de arrancar a verdade.

– Deixe tudo como está, Kelly.

– Sem fazer nada? Sam, ele pode ser inocente.

– E pode não ser. – Retirou o pé da balaustrada, endireitando-se. – Não cabe a você descobrir.

– Mas ninguém está tentando. Já decidiram que ele é culpado.

– Isso não é razão para você se meter na história. Não tem nada a ver com você, e não quero vê-la envolvida.

– Por quê? – Kelly estava de pé, as palavras deixando-a gelada. – Porque ele é um bêbado e um encrenqueiro?

– Você é que disse. Não eu. Que importa se ele for para a prisão por algo que não fez, Kelly? – desafiou Sam. – Após o inferno em que a fez viver, merece tudo que receber. Você está fora disso. Mantenha-se assim.

– Não posso. É meu pai – rebateu Kelly.

Sam olhou-a longa e seriamente.

– É a primeira vez que o chama assim.

– E isso importa? Não muda nada.

– Pois devia. Kelly, você, dentre todas as pessoas, sabe que ele não merece tanta preocupação. Deixe como está.

– Não posso. E não vou. – Fez menção de passar por Sam, mas este se pôs no seu caminho.

– Por quê? – desafiou Sam. – Acha que se provar sua inocência ele vai lhe agradecer? No minuto em que sair da cadeia, irá se embebedar. Será que não percebe isso? Ou acha que, se o fizer, ele acabará amando você?

Com um empurrão, Kelly passou por ele, as lágrimas marejando os olhos. Durante todo o trajeto até a casa, esforçou-se para não chorar, os pulmões ardendo a cada vez que respirava. Emoções a inundavam, mas a raiva era predominante. Três passos após entrar no vestíbulo, tomou o rumo da biblioteca.

Lá, foi até a mesa e vasculhou as gavetas até achar a lista telefônica. Folheou até o *R* e correu o dedo pelos nomes, depois parou e pegou o telefone. Apertou os números em rápida sucessão e aguardou.

– Quero falar com o Sr. Rutledge – comunicou Kelly à voz na outra ponta da linha.

– Quem é, por favor?

– Srta. Douglas. – Sentou-se na beirada da mesa e esperou.

Por fim, Gil Rutledge surgiu na linha.

– Sim, Srta. Douglas. O que posso fazer por você? Mas, por favor, seja breve. Estou recebendo convidados esta noite.

Serei muito breve, Sr. Rutledge – Manteve a voz seca e fria, não traindo nem um pouco da raiva que fervia abaixo da superfície. – Primeiro quero deixar claro que Katherine nada sabe a este respeito. Isto é exclusivamente entre mim e o senhor.

– O que é? – Ele foi abrupto.

– Sei que não estava com seu filho quando mataram o barão. Se meu pai for preso por causa desse crime, é mais do que justo que receba uma compensação.

- O que está dizendo?

– Por enquanto, não vou contar nada a ninguém. Mas isso pode mudar, é lógico.

A voz dele baixou em um murmúrio baixo e furioso.

– Isso é chantagem.

– Uma palavra pesada, Sr. Rutledge. Eu tinha em mente um acordo comercial. Pense no caso. Voltaremos a conversar.

Desligou, depois parou, a mágoa substituindo a raiva. Correu os dedos levemente pelo telefone.

– Encontrei um mentiroso, Sam – sussurrou. – Agora vou descobrir a verdade. Tenho de descobrir.

Convivera tempo demais com mentiras. Mentiras que havia contado sobre as equimoses infligidas pelo pai, sobre o braço quebrado... Acima de tudo, as mentiras infindáveis que o pai lhe contara.

Precisava descobrir se ele era culpado ou inocente. Era o único meio de deixar de ser uma vítima – o único meio de, afinal, poder ser livre.

Estava fazendo isto por si mesma, não pelo pai. Mas não sabia como fazer Sam entender aquilo. E magoava-a que ele não entendesse, magoava-a muito mais do que gostava de admitir.

ERA TARDE DA noite quando Sam subiu a escada para se deitar. Durante todo o anoitecer, havia esperado que Kelly o procurasse para fazer as pazes. Estava certo, então, de que, depois de refletir um pouco, ela reconheceria que ele só estava tentando evitar que sofresse mais uma vez com essa atitude de esperar demais de Dougherty, de querer algo que o homem não podia lhe dar.

Quando chegou em frente à porta de Kelly, parou no meio do corredor. Se não tivessem discutido, estaria ali dentro. Ainda podia estar. Bastava cruzar a porta.

Não. Não pediria desculpas por uma única coisa que dissera. Estava com a razão. Dougherty só lhe causara dor. Àquela altura, Kelly já devia ter aprendido que ele não havia mudado. O homem era um bêbado e mentiroso contumaz. Estava na hora de Kelly se conscientizar deste fato.

Com passos longos, Sam se dirigiu ao próprio quarto.

## 23

Quase uma dúzia de malas, um misto de couro preto reluzente e tapeçaria floral, estava no chão de mármore perto da porta de entrada quando Kelly desceu na manhã seguinte. Olhou para a bagagem e, no mesmo instante, percebeu a importância do fato.

– Bom dia.

As batidas familiares da bengala de Katherine acompanharam a saudação.

– Bom dia. – Com a mão, Kelly fez um gesto em direção às malas. – Vejo que Natalie está de partida.

– Sim. Um carro virá buscá-la daqui a pouco mais de uma hora. O legista finalmente liberou o corpo de Emile para o enterro – explicou Katherine. – Natalie tenciona acompanhar o caixão até o aeroporto. De lá, irá de avião para Nova York e então para a França.

– Entendo. – Mas Kelly não previra que Natalie fosse partir assim tão depressa.

– Importa-se de dar um pulinho na vinícola e avisar a Sam? Estão instalando um novo sistema telefônico nos escritórios, e a linha está temporariamente desligada. Sei que Sam vai querer ver Natalie antes que ela vá embora.

– Não me importo, não – respondeu Kelly a Katherine, mas não tinha certeza se queria ver Sam por enquanto. Ou talvez simplesmente quisesse demais.

Ao sair, Kelly se deu conta de que também era hora de ela partir. Não do vale, mas da casa. Sam não compreendia nem aprovava o que estava fazendo. Se continuasse, haveria mais palavras furiosas. De qualquer forma, tudo acabaria entre os dois, um dia. Não era melhor aproveitar a oportunidade?

Uma porta de carro bateu, arrancando bruscamente Kelly dos seus pensamentos. Ela estava na entrada da velha trilha de cavalos. Virando-se, viu Gil Rutledge. Ele parecia a imagem da saúde vigorosa, vestido com uma calça azul-celeste e camisa polo, a cabeleira leonina e prateada penteada com toda a meticulosidade.

O telefonema de ontem à noite... Dera certo. Era isso que Kelly queria, o resultado que esperava alcançar, mas ela não contava que ele a procurasse assim tão depressa.

Gil ergueu a mão em um cumprimento e veio em sua direção, sorrindo com desenvoltura.

– Saiu para dar uma caminhada matinal, Srta. Douglas?

– Estou indo para a vinícola.

Kelly se esforçou para usar toda a sua presença de espírito, reconhecendo que precisaria dela.

– Pensei no que falamos ontem à noite pelo telefone, conforme sugeriu. Está na hora de conversarmos.

– Tudo bem. Quando?

– Agora.

– Como eu disse, estou indo para a vinícola. Pode vir comigo ou esperar até que eu volte.

– Vou com você.

Kelly deu de ombros, indicando que a escolha cabia a Gil, que sua decisão fazia pouca diferença para ela. Quando começou a percorrer a trilha, ele seguiu ao seu lado. Andaram vários passos sem falar.

Por fim, Kelly falou.

– O senhor me surpreende.

– É mesmo? – Seu sorriso era insinuante e desafiador.

– Sim. Um negociante como o senhor tem de saber que não é inteligente mostrar-se ansioso demais em fazer um acordo. É sinal de fraqueza.

As sombras profundas da trilha os cercavam, interrompidas pelos dispersos retalhos de luz.

– Talvez eu tenha decidido que não quero manter nenhum tipo de negócio com você.

– A escolha é toda sua.

Havia uma tensão, uma espécie de excitação, retesando-lhe os nervos.

– Talvez eu ache que você está jogando às cegas para ver se alguém engole a isca.

– Provoquei algo, não é? – Kelly dirigiu um sorriso a um esquilo que disparava entre os galhos de uma árvore. – O senhor está aqui.

– Dei alguns telefonemas hoje de manhã, Srta. Douglas. Sei que está correndo o risco de perder o emprego.

– Ah, mas ainda tenho meus contatos na mídia, Sr. Rutledge.

– E eu tenho advogados especializados em casos de difamação. Se eu fosse você, não sairia por aí fazendo falsas acusações.

– Não seriam falsas – assegurou-lhe Kelly, sorrindo tão insinuantemente quanto ele.

Gil parou.

– Prove.

Kelly sacudiu a cabeça em sua direção com reprovação zombeteira.

– Não é assim que as coisas funcionam, Sr. Rutledge. Meu pai ficará preso por um longo tempo, se o condenarem.

– Nunca faço negócio até saber o que vou receber em troca e o que o meu sócio está propondo. Pessoalmente, Srta. Douglas, acho que você não tem nada além de conversa fiada.

– O bastante para que saia queimado. – Kelly retomou o passo sereno, forçando-o a acompanhá-la.

A expressão de Gil era severa.

– Não estou achando nada divertido.

– Não pensei que fosse achar.

Ela ouviu um veículo se aproximando pela estrada, mas o denso arvoredo o ocultou de vista.

– Acho melhor começar a falar.

– O que gostaria que eu falasse? Do caso entre a baronesa e seu filho? Ou do modo como ela saiu às escondidas da festa para se encontrar com Clay? Infelizmente, o barão deve ter desconfiado, porque a seguiu.

– Pura especulação.

– É mais do que especulação, Sr. Rutledge. É um fato.

– Isso não vale o tempo que estou gastando. Se não tem prova melhor do que essa...

– Tenho. – Estavam se aproximando da curva no caminho. Não muito longe, ficava a vinícola. – Posso ter uma testemunha.

– Katherine?

SAM DESCEU DO jipe e, pensativo, olhou a Mercedes cinza-azulada que estava estacionada no caminho de acesso. Um vinco franziu-lhe a testa enquanto ele subia com passos leves e ágeis os degraus que conduziam à pesada porta de mogno hondurenho na entrada. Entrou no vestíbulo de mármore e viu que Katherine descia a escada.

– Sam. – Um sorriso curvou-lhe a boca.

– Ótimo. Kelly lhe deu o meu recado.

– Kelly? – Sam estacou, o franzir de cenho se aprofundando. – Não a vi.

– Verdade? Eu a mandei à vinícola não faz dez minutos. Talvez tenha seguido pela trilha de cavalos e vocês não tenham se cruzado no caminho. Queria me certificar de que você sabia que Natalie vai embora agora de manhã.

– É por isso que Gil está aqui? – Sam olhou de relance para a bagagem junto à porta – Vai levá-la ao aeroporto?

– Gil? – Katherine parecia intrigada. – Por que pensa isso? Ele não está aqui.

– A Mercedes está estacionada lá fora.

– Que estranho. – Ela se adiantou – Gil não veio aqui. Será que está com Kelly?

No minuto em que a avó disse isto, Sam soube que Kelly estava com ele.

– Droga de mulher – resmungou e apertou com força a chave de ignição que segurava. – Eu a avisei para não se meter nessa história. Para parar de fazer perguntas.

– Perguntas? Sobre a morte de Emile? Acha que Kelly está interrogando Gil sobre isso?

– É bem provável. – Sam deu meia-volta, irritado, e estendeu a mão para a porta. – Vou voltar à vinícola para ver se estão lá. Preciso conversar com Kelly.

– Espere. Eu o acompanho.

– Por quê?

Sam parou, a porta entreaberta, os olhos estreitando-se quando viu o ar confuso e aflito no rosto de Katherine.

– Porque...

Interrompeu a resposta e, impaciente, gesticulou para que se apressasse.

– Droga, Katherine, você viu mais alguém naquela noite? – interpelou Sam, de repente zangado com ela. – Viu Gil?

Katherine pareceu hesitante, incerta

– Eu... talvez tenha visto.

Praguejando, ele escancarou a porta e saiu às pressas.

– KATHERINE? – Kelly repetiu a pergunta de Gil e sacudiu a cabeça.

– Katherine afirma que viu Dougherty, meu pai... e o fantasma de um menininho de olhos frios e acusadores.

Ele ficou ligeiramente rígido ao ouvir esta declaração.

– Então quem é a sua testemunha misteriosa?

– Por acaso mencionei que visitei meu pai na prisão antes de sua fuga? – Contornaram a curva. No fim do túnel de árvores, o sol matinal resplandecia nas paredes de tijolos rosados da vinícola. – Naturalmente, conversamos sobre o que aconteceu naquela noite. Ele me contou que ouvira vozes, pessoas discutindo. Que se aproximara furtivamente pelo lado do prédio para ver o que estava acontecendo.

– Está dizendo que era seu pai?

Kelly ignorou o desprezo em sua voz.

– É lógico que ele estava muito bêbado naquela noite. Talvez tenha dificuldade em se lembrar do que viu.

– É isso o que está oferecendo? – Gil Rutledge sacudiu a cabeça com frio divertimento. – Você não tem nada, Srta. Douglas. Nós dois sabemos que nenhum júri no mundo condenaria o meu filho por homicídio com base no testemunho de um bêbado.

Clay. Teve de se esforçar para ocultar a súbita onda de júbilo. O fato de Gil aparecer agora de manhã a havia convencido de que o pai era inocente. Mas precisava ouvir aquilo. Sem perceber, acelerou o passo.

– Mas o condenariam se houvesse provas comprobatórias, não é, Sr. Rutledge?

– Que provas? – Ele proferiu as palavras através dos dentes trincados.

– Está se adiantando, Sr. Rutledge. É neste ponto que o senhor vai me mostrar o que está propondo.

– Quanto?

– Não serei gananciosa. – Chegaram à clareira. O canto da viníola ficava a menos de metros dali. – Diga o senhor.

Gil parou.

– Não posso dar mais de 20 mil em dinheiro vivo.

Kelly virou-se para olhá-lo de frente.

– Seu filho não vale muito para o senhor.

– Mais tarde. Posso lhe dar o restante mais tarde.

– Crediário. Interessante. – Kelly assentiu calmamente com a cabeça. Estava forçando a situação. Podia ver a raiva se acumulando e não tinha nenhum desejo de presenciar outra exibição de mau humor. – Depois lhe direi o que é.

– Não. Eu digo. – Prendeu-lhe o pulso quando ela fez menção de recuar para longe dele. – A prova. Qual é?

– Quando eu receber o dinheiro vivo, você terá a prova.

Esperava que, no próximo encontro, já tivesse convencido Ollie a colocar nela um gravador escondido. A fita talvez não fosse admitida como prova, mas ao menos ele teria de reconhecer a inocência do seu pai.

– Não é o bastante.

– Azar o seu. – Kelly tentou soltar o pulso. – É tudo que conseguirá por enquanto.

– Tudo uma ova.

Com um safanão, Gil puxou-a para si.

– Solte o meu braço – ordenou Kelly com rispidez. – Está me machucando e não gosto de ser machucada.

– Vou machucar mais do que o seu maldito braço, se não me contar o que tem.

Torceu-lhe o pulso e Kelly arquejou com a dor que disparou braço acima.

– Solte-a.

Kelly olhou com surpresa para a figura corpulenta e colérica de Claude Broussard. Mas os dedos de Gil em volta do pulso não afrouxaram.

– A Srta. Douglas e eu estamos tendo uma discussão particular. Você está interrompendo. Agora saia daqui. Vá.

Gil sacudiu bruscamente a cabeça para mandar Claude seguir seu caminho.

– Solte a moça primeiro. Depois eu vou embora.

– Escute aqui, seu velho burro.

405

– Velho? – Foi um rugido. - Disse que sou velho? Eu? Claude Broussard?

Lançou-se em um discurso longo e veemente em francês enquanto se aproximava dos dois com passadas lentas, mas firmes.

Kelly olhava fixo para a marreta de madeira que Claude empunhava como uma arma e não viu o jipe que entrava no pátio, indo em direção aos três. Vozes, o pai ouvira vozes, discutindo, mas dissera que não conseguira entender o que estavam dizendo. Não conseguira entender, percebeu Kelly, porque estavam discutindo em francês.

A marreta. Ollie havia dito que dois conjuntos de impressões digitais pertenciam a trabalhadores da propriedade. Se um deles fosse de Claude – bendito Deus, ela tinha *a prova*. O motor do jipe foi desligado, impondo um novo silêncio ao pátio.

– Você – murmurou Kelly, depois repetiu com voz mais forte, o olhar erguendo-se para o rosto de Claude. – Era você que estava discutindo com o barão Fougère naquela noite, não era, Claude?

– O quê? – A voz de Gil soou sufocada e aturdida enquanto a soltava.

– Não era, Claude? – insistiu Kelly, vendo o velho hesitar, o rosto empalidecendo um pouco. No canto de sua visão, notou que duas figuras aproximavam-se rapidamente. Sam e Katherine, pensou, mas não tirou os olhos de Claude.

– Ele disse... que eu era velho demais. – Havia uma expressão de pesar, confusão, até mesmo dor nos olhos escuros. – Disse que traria um homem mais jovem para ocupar meu lugar. Ele não quis ouvir. Tentei...

– Você o matou, não foi? – persistiu Kelly delicadamente, com todo o cuidado, tentando arrancar-lhe uma admissão de culpa. Alguém inspirou com força. Kelly recusou-se a deixar que o som a distraísse.

– Ele disse que estava tudo decidido. Estava ocupado demais. Pôs as mãos em mim para me tirar do caminho e eu...

Pareceu sufocar com as palavras.

Kelly completou por Claude.

– E você o golpeou.

Ele confirmou com a cabeça mais uma vez, depois seus olhos nublaram-se de lágrimas ao virar a cabeça para Katherine.

– Madame, foi um acidente. Não era minha intenção atingi-lo com tanta força. Eu ...

– Não fale mais, Claude. – Ela se postou ao seu lado, pousando-lhe a mão no braço e erguendo os olhos também marejados de lágrimas. – Por favor, Claude, não fale mais nada até eu lhe arranjar um advogado – instou Katherine com voz de comando.

Estava tudo terminado. Kelly sentiu a ansiedade se esvair, o corpo relaxar de alívio enquanto ela se virava um pouco e enfrentava o olhar de Sam. O silêncio entre ambos se alongou, tornando-se pesado com o clima de tensão.

– Parece que seu pai estava dizendo a verdade – admitiu afinal. – É inocente. Desta vez.

– Eu precisava saber disso, Sam. Não espero que compreenda, mas não podia conviver com mais nenhuma mentira. – Deu um passo em direção ao prédio administrativo. – Vou chamar a polícia.

– Kelly. – Sua mão estendeu-se, como se fosse retê-la. – Fui em casa para lhe contar, ouvi pelo rádio há alguns minutos, apanharam o seu pai.

– Ele está bem?

Kelly fitou-o com um olhar penetrante, achando que captara algo em sua voz que dizia o contrário.

– Fora a sujeira, o cansaço e os arranhões por andar no meio do mato, está ótimo.

Ela assentiu com a cabeça e olhou para Claude.

– Preciso vê-lo, contar o que ouvi e providenciar sua soltura.

– Não existe nenhuma razão para vê-lo, Kelly – argumentou Sam. – A polícia vai acabar soltando-o. MacSwayne pode cuidar do caso. Você não precisa estar lá.

– Sim, preciso. – Sem mais uma palavra, saiu.

– Seu pai não vai lhe agradecer, Kelly – comentou Sam quando Kelly se afastava, enfurecido por ela não enxergar isso, por ter de se submeter à dor de descobrir por si mesma.

Minutos depois, a polícia chegou e Claude foi preso. Tão logo tomaram seu depoimento, Sam foi procurar por Kelly, determinado a acompanhá-la, caso não conseguisse convencê-la a mudar de ideia quanto à decisão de ver o pai e providenciar sua soltura pessoalmente. Não a deixaria passar por tudo aquilo sozinha.

Mas chegou tarde. Ela já tinha saído.

Sam aproximou-se do jipe quando o carro da polícia partiu com Claude no banco traseiro. Katherine e Gil estavam parados perto do jipe, ambos vendo a radiopatrulha se distanciar. Nenhum dos dois pareceu se dar conta da presença de Sam quando ele os alcançou.

A expressão de Gil continuava ligeiramente aturdida, confusa.

– Foi o velho Claude – murmurou como se precisasse dizê-lo para acreditar no fato. – Desde o princípio, julguei que Clay...

Fechou a boca, sem completar a sentença.

– Somos uma dupla e tanto. – Katherine lançou-lhe um olhar sábio e triste. – Pensei que fosse você. Julguei tê-lo visto lá.

A boca de Gil curvou-se em um sorriso despojado de bom humor.

– E viu. Eu tinha ido avisar a Clay que Emile o seguira. Ao atravessar a mata para encontrá-lo antes de Emile, acabei me perdendo. Quando finalmente cheguei, lá estava você ... ao lado do corpo de Emile.

Gil sacudiu a cabeça, recordando que, ao achar Clay, limitara-se a anunciar: "Emile está morto." Como Clay empalidecera com o choque, presumira que o filho era culpado, sem indagar mais nada. Quase riu ao entender que, provavelmente, Clay pensara que ele o matara.

Ficando sério, tornou a olhar de relance para Katherine, os olhos se estreitando com suspeita velada.

– Se julgou que me viu, por que não mencionou o fato à polícia?

– Por que você não lhes contou sobre Clay?

– Ele é meu filho.

– Exatamente.

A incerteza surgiu em sua expressão por um breve instante. Após um momento, assentiu com a cabeça para ela, a sombra de um sorriso nos lábios. Depois virou-se e foi embora, voltando ao carro pela trilha de cavalos.

Virando-se, Katherine olhou rapidamente para Sam, sentindo os efeitos da idade e do cansaço.

– Leve-me para casa, Sam.

Em silêncio, ele ajudou-a a sentar-se no banco do carona, depois contornou o jipe e se acomodou atrás do volante. A chave estava na ignição, mas Sam não ligou o motor. Voltou-se para examiná-la.

– Você achava que Gil matou o barão, mas não contou à polícia. Por que, Katherine?

– Pensei ter imaginado que Gil estava lá naquela noite – começou ela, depois parou e suspirou. – Não, é mentira. Eu queria que fosse tudo minha imaginação. Assim como queria que fosse Dougherty quem tivesse assassinado Emile. Não meu filho.

– Seu filho a odiava. E, provavelmente, ainda a odeia. Há uma guerra fria entre vocês desde que posso me lembrar. Por que o protegeu, Katherine?

– Se você tivesse filhos, não faria essa pergunta.

– Essa é a sua razão. Acha que ele demonstraria a mesma lealdade com você?

– Possivelmente não. – Descartou a importância do fato com um erguer da mão. – Mas não importa, não é? – Através de uma brecha nas árvores, uma vinha tornou-se visível. – Sei que as uvas estão secando muito bem. Parece que os helicópteros funcionaram.

– A meu ver, não há dúvidas disso.

– Não ando enxergando muita coisa nestes últimos tempos... Sam. – Fez uma pausa deliberada antes de acentuar seu nome. – A idade, suponho. Em todo caso, está na hora de me afastar dos negócios. De agora em diante, Rutledge Estate está sob sua responsabilidade.

Sam olhou de soslaio para a avó, um sorriso repuxando o canto da boca.

– Você não pode largar tudo. Não saberia como.

– Talvez eu o surpreenda. Afinal de contas, Claude exigirá uma boa parte do meu tempo e atenção ao longo dos próximos meses e semanas – declarou.

É lógico que ela apoiaria o velho Claude, ele devia ter percebido isso. Certo ou errado, ficaria ao seu lado. Assim como ele devia ter feito com Kelly. Cometera um erro, e todas as melhores intenções não mudariam a realidade. Como poderia explicar aquilo? Como poderia fazê-la entender?

# 24

Era final de tarde quando Kelly estacionou em frente à velha casa. O mato fora cortado ao redor, e toda a sucata retirada. Tudo que pudesse ser usado estava empilhado junto ao velho telheiro. Tábuas novas substituíam as podres, no degrau de entrada. Eram pequenos detalhes que pouco melhoravam a aparência da casa, mas ela notou todos, ao sair do carro.

A porta do carona fechou com uma pancada seca.

– Viu só isso? – interpelou o pai, indicando com a mão a vinha.

– Destruída, toda a droga da colheita provavelmente destruída, cada cacho cheio de mofo. Se aqueles malditos Rutledge não tentassem me culpar por aquele assassinato, podia ter mandado colher essas uvas antes de começar a chover. Agora terei sorte se puder aproveitar alguma coisa.

Ignorando o comentário, Kelly esticou-se para o banco traseiro e pegou um saco de compras.

– Aqui está.

Dougherty olhou para o saco, depois para a filha.

– Não vai entrar?

– Não.

– Mas pensei que fosse por esse motivo que tivéssemos passado na loja. – Tirou o saco de suas mãos, franzindo o cenho. – Pensei que tivéssemos vindo aqui para jantar e comemorar a minha liberdade.

*Comemorar.* O som por demais familiar daquela palavra instigou nela uma explosão de raiva.

– Com quê? Uma garrafa de uísque? – desafiou Kelly belicosamente. – Você é um homem livre. É a desculpa perfeita para tomar um porre, não é? Acontece que agora também estou livre. Livre de você e das suas bebedeiras.

Indignado e furioso, ele protestou:

– Eu disse jantar. Não mencionei nada sobre bebida.

– Não, não mencionou. Mas isso realmente não importa, porque não ligo a mínima se você se embriaga ou não. Nada que faça jamais poderá me machucar de novo.

Lembrando-se daquilo, Kelly parou antes que o bate-boca se transformasse em uma briga séria. Enfiou a mão dentro da bolsa a tiracolo e tirou de dentro um cartão comercial, entregando-o ao pai.

– MacSwayne queria que lhe desse isto – acrescentou, formal.

– O que é?

Ainda de cenho franzido com a irritação, ele tentou lê-lo por cima do saco de compras.

– O nome e o número de telefone da sede local dos Alcoólicos Anônimos.

– Por que está me dando isto? Não sou alcoólatra.

– Só é – insistiu Kelly, a raiva subjacente vibrando na voz. – Por que não para de mentir para si mesmo e admite logo? Talvez possam ajudá-lo. Eu não posso.

Deu as costas e entrou no carro.

– Aonde vai?

– Não sei ao certo. Converso com você amanhã.

Kelly fechou a porta e deu partida no motor. Quando saiu do quintal, o pai continuava lá parado.

Tensa e cansada, com a cabeça doendo, Kelly voltou para Rutledge Estate. Viu o jipe estacionado em frente à casa e, mentalmente, preparou-se para mais outra altercação com Sam, jurando que seria a última.

Ele abriu a porta da frente antes que ela a alcançasse.

– Você voltou.

– Sim.

– Soltaram seu pai?

– Finalmente. – Kelly esbarrou nele ao passar para o vestíbulo. – E, não, ele não me agradeceu, se é o que está esperando ouvir – completou por cima do ombro enquanto se encaminhava para a escadaria de mármore.

– Não, não é o que quero ouvir. Não é sequer o que quero falar.

Seguiu-a.

Kelly subiu ligeiro a escada.

– Tudo já foi dito.

– Droga, você não está facilitando as coisas.

– Isso é péssimo. Mas por que eu iria facilitar para você? Ninguém jamais facilitou coisa alguma para mim. Enfrente a realidade, Sam. Não sou o tipo de pessoa com quem você quer estar e ponto final.

Em seu quarto, Kelly foi direto ao armário e pegou a valise.

Sam segurou-a pelo braço, detendo-a.

– Quer me ouvir por um minuto?

– Já ouvi você – revidou, necessitando da raiva para proteger-se da mágoa. – Durante toda a minha vida, ouvi alguém. De agora em diante, ouvirei a mim mesma.

– Do jeito que eu devia tê-la ouvido desde o princípio.

Com o tom suave da voz fazendo-a parar mais do que a mão a imobilizá-la, Kelly fitou-o com desconfiança.

– O que quer dizer?

A mão de Sam afrouxou a pressão, os olhos pousados nela tornando-se meigos, o arrependimento toldando-os.

– Aquelas coisas que eu disse sobre o seu pai... Sei o quanto a magoou no passado, e não me refiro apenas à violência física. Não queria que você se magoasse de novo. Estava tentando protegê-la.

– Não se pode proteger as pessoas de coisas assim.

– Não, não se pode. – Fez uma pausa e pareceu procurar as palavras certas. – Kelly, não sei muito sobre famílias. Nunca fui chegado aos meus pais. Ensinei a mim mesmo a não ligar, porque era mais fácil.

– Se não nos importamos, não há dor.

Kelly lembrou que Sam dissera aquilo.

– Talvez essa não seja a atitude certa. Talvez não se deva devolver tudo que se recebe, em especial quando o que se recebe não é nada. Talvez às vezes seja preciso fazer algo só por acreditar que seja a coisa certa a fazer.

– Talvez.

Kelly estava com medo de ver implicações demais no que ele estava dizendo.

– Kelly, não sou perfeito.

412

Ela se afastou, mantendo-se fora de alcance. Se não o fizesse, sabia que tocaria nele.

– Nenhum de nós é.

Pousou a valise na cama e abriu-a.

– Para onde vai? De volta a Nova York?

– Sim em um ou dois dias. – Kelly assentiu com a cabeça. – É onde está o meu trabalho. – Dirigiu-se ao armário e retirou as roupas que estavam nos cabides. – Conversei com Hugh enquanto estava no escritório de MacSwayne aguardando que soltassem meu pai. Sua inocência ajudou muito a salvar a minha credibilidade... e a minha carreira. – Carregou tudo para a cama. – O suficiente para a rede considerar que uma campanha agressiva de relações-públicas cuidará do resto.

– Fico feliz. – A voz dele soou mais próxima. – Sei o quanto o seu trabalho significa para você.

Antes acreditava que significasse tudo, lembrou-se Kelly enquanto punha as roupas na cama ao lado da valise. Mas aprendera algumas coisas sobre si mesma nos últimos dias. Antes achava que uma carreira era tudo de que precisava para sentir-se realizada. Não era o bastante. Por mais que amasse o seu trabalho, queria um marido, filhos, um lar – uma família. Sabia disso agora.

Kelly respirou profundamente e soltou o ar devagar.

– E melhor você saber logo que vou resgatar a promissória do que o meu pai lhe deve. MacSwayne está redigindo um acordo para ele assinar amanhã. – Tirou uma blusa do cabide e começou a dobrá-la. – Presumindo que permaneça sóbrio, é lógico. Vou arrendar a vinha, contratar alguns trabalhadores para consertar tudo durante o inverno e tomar conta da fazenda no próximo ano. Com os cuidados adequados, deverá produzir uma boa renda e dar um retorno mais do que adequado ao meu investimento.

– Então você vai voltar. – Sam estava parado logo atrás dela.

– Provavelmente no próximo fim de semana. – Kelly sabia o que ele estava pensando e não se permitiu sequer refletir a respeito, concentrando-se em guardar no fundo da valise a blusa dobrada com capricho e precisão, depois pegando uma saia. – Estou pensando em vir pelo voo noturno na sexta-feira, vistoriar a vinha e resolver qualquer negócio relacionado com a fazenda no sábado, retornando no domingo para Nova York ou para qualquer outro lugar onde estejam gravando o programa.

– Quero vê-la quando regressar, Kelly.

Ela sentiu o arder das lágrimas e fechou os olhos para reprimi-las.

– Estarei muito ocupada. Duvido que tenha tempo.

– Arranje tempo. É isto que terei de fazer, especialmente agora que Katherine está se afastando dos negócios e eu passarei a administrar a vinícola.

Sam estava impaciente com ela. Podia notar em sua voz.

Mas Kelly deliberadamente focalizou a atenção no conteúdo da sentença.

– Katherine vai se aposentar?

– Sim.

– Meus parabéns.

– Não mude de assunto. – A mão agarrou-lhe o braço e a fez virar-se, forçando-a a enfrentar seu olhar avaliador. – Eu lhe avisei certa vez que quando você começasse a fazer planos para a sua vida, devia arranjar um lugar para mim. Falei sério, Kelly.

– Eu sei, mas não acho que seria prudente nos vermos por enquanto. Talvez por um longo tempo. – Tentou, mas não conseguiu eliminar a dor da voz. Sam não podia saber o quanto era difícil para ela dizer aquilo, ignorar o peso cálido daquelas mãos nos seus braços, ver a dolorida expressão de confusão nos seus olhos. – Não percebe, Sam? Aconteceram coisas demais. Ainda há muitas outras em que preciso pensar. Sobre mim mesma, eu acho. Tenho o nome de um grupo de apoio em Nova York composto de pessoas que têm pais alcoólatras. Creio que talvez possam me ajudar a entender uma parte dos meus sentimentos, uma parte da minha raiva. Talvez algum dia consiga até perdoar meu pai por tudo que fez comigo.

– O que isso tem a ver conosco? Com o fato de me ver?

– Tudo – insistiu, depois tentou explicar. – Preciso aprender a confiar de novo. Fui magoada tantas vezes que isso vai levar algum tempo. E nenhum relacionamento pode existir e crescer sem confiança. Tente entender.

– Entender? – Seu sorriso foi caloroso e totalmente inesperado. Você está falando com um vinicultor, Kelly. Sei tudo sobre enxertar um broto de videira em um rizoma. Não há como ter certeza antecipada de que o enxerto vai pegar. Tem de ser cuidado, regado, nutrido, e mesmo então, não existem garantias de que vai florescer. Mas isso é tudo que estou pedindo, esse tempo para nos conhecermos e amadurecer o nosso sentimento. Vai nos dar isso, Kelly? Esse tempo juntos para descobrirmos se podemos fazer com que dê certo?

Kelly fitou-o por um longo momento de hesitação, depois sorriu, uma luminosidade espalhando-se pelo rosto.

– Sim – concordou, compreendendo que queria aquilo tanto quanto ele.

*fim*

Este livro foi composto na tipologia Minion Pro Regular, em corpo 10/12,5, e impresso em papel off-set 56 g/m² no Sistema Cameron da Divisão Gráfica da Distribuidora Record.